KNAUR

Iny Lorentz

Die Wanderhure

Roman

Besuchen Sie uns im Internet:
www.knaur.de

Aus Verantwortung für die Umwelt hat sich die Verlagsgruppe
Droemer Knaur zu einer nachhaltigen Buchproduktion verpflichtet.
Der bewusste Umgang mit unseren Ressourcen, der Schutz unseres Klimas
und der Natur gehören zu unseren obersten Unternehmenszielen.
Gemeinsam mit unseren Partnern und Lieferanten setzen wir uns
für eine klimaneutrale Buchproduktion ein, die den Erwerb von Klima-
zertifikaten zur Kompensation des CO_2-Ausstoßes einschließt.
Weitere Informationen finden Sie unter: www.klimaneutralerverlag.de

Eigenlizenz September 2023
Knaur Taschenbuch
© 2004 Knaur Verlag
Ein Imprint der Verlagsgruppe
Droemer Knaur GmbH & Co. KG, München
Alle Rechte vorbehalten. Das Werk darf – auch teilweise –
nur mit Genehmigung des Verlags wiedergegeben werden.
Covergestaltung: ZERO Werbeagentur, München
Coverabbildung: Collage unter Verwendung von
Bildern von Trevillion Images und Shutterstock.com
Satz: Ventura Publisher im Verlag
Druck und Bindung: GGP Media GmbH, Pößneck
ISBN 978-3-426-44793-2

2   4   5   3   1

ERSTER TEIL

•◆•

Der Prozess

Konstanz,
im Jahre des Herrn 1410

I.

$\mathcal{M}$arie schlüpfte schuldbewusst in die Küche zurück und versuchte, unauffällig wieder an ihre Arbeit zu gehen. Wina, die Haushälterin, eine kleine, breit gebaute Frau mit einem ehrlichen, aber strengen Gesicht und bereits grau werdenden Zöpfen, hatte ihr Fehlen jedoch schon bemerkt und winkte sie mit tadelnder Miene zu sich. Als Marie vor ihr stand, legte sie ihr die Hand auf die Schulter und seufzte tief.

Seit Meister Matthis' Ehefrau im Kindbett gestorben war, hatte Wina versucht, dem Mädchen die Mutter zu ersetzen. Es war nicht einfach gewesen, den richtigen Weg zwischen Nachsicht und Strenge zu finden, aber bisher war sie mit Maries Entwicklung zufrieden gewesen. Aus dem neugierigen und oftmals viel zu übermütigen Kind war eine gehorsame und gottesfürchtige Jungfer geworden, auf die ihr Vater stolz sein konnte. Seit dem Tag allerdings, an dem Marie erfahren hatte, dass sie verheiratet werden sollte, war sie wie ausgewechselt. Anstatt vor Freude singend und tanzend durchs Haus zu springen, tat sie ihre Arbeit mit mürrischem Gesicht und benahm sich so wild wie ein Füllen, dem man zum ersten Mal Zügel anlegen wollte.

Andere Mädchen jubelten, wenn sie erfuhren, dass ein Mann aus angesehener Familie um sie warb. Marie hatte jedoch völlig verstört reagiert, so als fürchte sie sich vor dem wichtigsten Schritt im Leben einer Frau. Dabei hätte sie es kaum besser treffen können. Ihr Zukünftiger war Magister Ruppertus Splendidus, der Sohn eines Reichsgrafen, wenn auch nur von einer leibeigenen Magd. Trotz seiner Jugend war er ein bekannter Advokat, dem eine glänzende Zukunft bevorstand.

Wina nahm an, dass der hohe Herr Marie gewählt hatte, weil er eine Frau benötigte, die tatkräftig genug war, ein großes Haus mit vielen Bediensteten zu führen. Dieser Gedanke machte sie stolz, denn sie hatte Marie dazu erzogen, selbständig zu handeln und sich vor keiner Arbeit zu scheuen. Das brachte sie wieder in die Gegenwart zurück. Die Vorbereitungen für die Hochzeit waren noch lange nicht abgeschlossen, und es wurde schon Nacht. Schnell drückte sie Marie eine Teigschüssel in die Hand.

»Hier, rühr das gut. Es dürfen sich keine Klumpen bilden. Sag mal, wo warst du überhaupt?«

»Im Hof. Ich wollte ein wenig frische Luft schnappen.« Marie senkte den Kopf, damit Wina ihre abweisende Miene nicht wahrnahm. Die alte Frau würde ihr sonst nur weitere Vorwürfe machen oder ihr einen mit verwirrenden Andeutungen gespickten Vortrag über eheliche Pflichten halten.

Marie konnte Wina nicht verständlich machen, dass ihr die überraschende Wendung, die ihr Leben genommen hatte, Angst einjagte. Sie war gerade erst siebzehn geworden und ihres Vaters einziges Kind, daher hatte sie den Gedanken an eine Heirat weit von sich geschoben. Jetzt aber sollte sie innerhalb von ein paar Tagen in die Gewalt eines Mannes gegeben werden, für den sie nicht das Geringste empfand.

Soweit sie sich erinnern konnte, war Ruppertus Splendidus mittelgroß und hager wie viele junge Männer, die sie kannte. Seine Gesichtszüge waren zu scharf geschnitten, um hübsch zu sein, wirkten aber auch nicht direkt unangenehm – im Gegensatz zu seinen Augen, die alles und jeden zu durchdringen schienen. Als Marie ihm das bisher einzige Mal begegnet war, hatten sein Blick und die schlaffe Berührung seiner kalten, beinahe leblosen Hand ihr Schauer über den Rücken gejagt. Und doch konnte sie weder Wina noch ihrem Vater begreiflich machen, warum der Gedanke an eine Verbindung mit dem Sohn des Grafen von Keilburg sie nicht in einen Glückstaumel versetzte.

Da Wina noch immer so aussah, als wolle sie ihr einen Vortrag über das richtige Benehmen halten, versuchte Marie, das Thema zu wechseln. »Die Ballen mit dem flandrischen Tuch, die die Fuhrleute heute vom Rheinhafen hochgebracht haben, liegen mitten im Hof, und es sieht nach Regen aus.«

»Was? Das darf doch nicht wahr sein! Die Ware muss doch schleunigst unter Dach und Fach gebracht werden. Und die Fuhrknechte sitzen alle beim Wirt, um deine morgige Vermählung zu feiern, und werden sich weder durch Schelten noch durch gute Worte zurückholen lassen. Mal sehen, ob ich einen der Hausknechte finde und ihn wenigstens dazu bringe, eine Plane über die Ballen zu decken. Macht ihr derweil alleine weiter.« Der letzte Satz galt nicht nur Marie, sondern auch Elsa und Anne, den beiden Mägden, die ebenfalls vollauf mit den Vorbereitungen für die Hochzeit beschäftigt waren.

Kaum hatte Wina die Küche verlassen, da drehte sich Elsa, die kleinere der beiden Schwestern, zu Marie um und sah sie mit leuchtenden Knopfaugen an. »Ich kann mir denken, warum du dich weggeschlichen hast. Du wolltest deinen Liebsten heimlich beobachten.«

»Herr Ruppertus ist aber auch ein gut aussehender Mann«, setzte Anne mit seelenvollem Augenaufschlag hinzu. »So eine herrschaftliche Hochzeit ist schon eine andere Sache, als wenn unsereins ins Brautbett kommt.«

Während sie Holz nachlegte, betrachtete sie die Tochter ihres Herrn mit einem Anflug von Neid. Marie Schärerin war nicht nur eine reiche Erbin, sondern zog auch mit ihrem engelsgleichen Gesicht, den großen, kornblumenblauen Augen und ihren langen blonden Haaren die Blicke der Männer auf sich. Ihre Nase war gerade lang genug, um nicht unbedeutend zu wirken, und ihr Mund sanft geschwungen und rot wie Mohn. Dazu besaß sie eine Figur, wie sie ebenmäßiger nicht sein konnte. Über ihren sanft gerundeten Hüften spannte sich eine schmale Taille, gekrönt von

Brüsten, die gerade die Größe zweier saftiger Herbstäpfel hatten. Ihr einfaches graues Kleid mit dem geschnürten Mieder brachte ihre Reize besser zum Vorschein, als es bei anderen Mädchen Samt und Seide vermochten.

Anne war überzeugt, dass Magister Ruppertus sich in den höchsten Kreisen nach einer Frau hätte umsehen können, und nahm daher nicht an, dass er Marie nur wegen der großen Mitgift freite, die Meister Matthis ihr mitgeben würde. Wahrscheinlich hatte er sie auf dem Markt oder in der Kirche gesehen und sich von ihrer Schönheit einfangen lassen.

Marie bemerkte Annes neiderfüllten Blick und zog unbehaglich die Schultern hoch. Sie musste nicht in den Spiegel sehen, um zu wissen, dass sie ungewöhnlich hübsch war. Das hatte sie in den letzten zwei Jahren beinahe von jedem Mann aus der Nachbarschaft zu hören bekommen. Die Komplimente waren ihr jedoch nicht zu Kopf gestiegen, denn der Pfarrer hatte ihr erklärt, dass nur die innere Schönheit zählte. Doch seit der Magister aufgetaucht war, fragte Marie sich, was sie ohne den Glanz der Goldstücke ihres Vaters wert war. Ruppert hatte um sie geworben, bevor er sie kannte, und deswegen nahm sie an, dass er sie nicht ihres Aussehens oder ihrer Tugenden wegen zur Frau nehmen wollte. Oder hatte er sie vorher schon einmal erblickt und sich in sie verliebt? So etwas gab es. Aber in dem Fall hätte er sich ihr gegenüber gewiss anders betragen.

Anne betrachtete unterdessen ihr Spiegelbild auf der glänzenden Oberfläche des kupfernen Suppenkessels. Zu ihrem Leidwesen war sie ein ebenso farbloses, unscheinbares Geschöpf wie ihre rundliche Schwester. Sie beide besaßen kaum mehr als die Kleider, die sie auf dem Leib trugen, und mussten auf Freier hoffen, die eine zugreifende Hand körperlicher Schönheit vorzogen. Manchmal wurden Mägde von Gesellen zur Frau genommen, denen ihre Meister die Erlaubnis zum Heiraten gaben. Aber die meisten jungen Männer achteten darauf, dass ihre Bräute nicht nur sich selbst, sondern auch eine ansehnliche Mitgift in die Ehe brachten.

Marie war mit den beiden Mägden aufgewachsen und wusste daher, dass Anne sich ähnliche Gedanken machte wie sie, nur von einem anderen Standpunkt aus. Wenn sie ihr Schicksal mit dem der Schwestern verglich, war sie froh und auch ein wenig stolz darauf, als gute Partie zu gelten. Gleichzeitig fühlte sie sich verunsichert, denn wie konnte sie glücklich werden, wenn ein so welterfahrener Mann wie Ruppertus Splendidus, der bei Ratsherren und Kirchenfürsten ein und aus ging, sie wegen ihrer Mitgift heiratete?

Sie versuchte sich vorzustellen, wie es war, Tag für Tag mit einem Mann zusammenzuleben, der ihr nur wenig Liebe entgegenbrachte und für den sie selbst auch nicht viel empfinden konnte. Wina und der Pfarrer hatten ihr versichert, dass die Liebe mit der Ehe käme. Also musste sie sich bemühen, dem Magister eine gute Frau zu werden. Das sollte ihr eigentlich nicht schwer fallen, denn in ihrem Leben gab es keinen Mann, dem sie nachtrauerte. Der einzige Junge, für den sie eine gewisse Sympathie empfand, war Michel, ein Spielkamerad aus ihren Kindertagen. Er kam jedoch als Bräutigam nicht in Frage, denn als fünfter Sohn eines Schankwirts war er so arm wie eine Kirchenmaus. Es gab allerdings noch genügend andere junge Männer in Konstanz, die sie vom sonntäglichen Kirchgang und den Marktbesuchen her kannte. Sie fragte sich, warum ihr Vater sie nicht mit einem von ihnen verheiratet hatte, mit dem Sohn eines Nachbarn oder Geschäftspartners, wie es in den wohlhabenden Konstanzer Familien üblich war. Stattdessen gab er sie einem Wildfremden, der noch kein freundliches Wort mit ihr gewechselt hatte.

Marie ärgerte sich über ihren Kleinmut. Die meisten Mädchen wurden mit Männern verheiratet, die sie vorher kaum gekannt hatten, und wurden doch glückliche Bräute und Ehefrauen. Ihr Vater wollte nur das Beste für sie und konnte sicher auch beurteilen, ob der Magister ein geeigneter Gatte für sie war. Doch er hätte sie zumindest fragen können. Mit einem leisen Zischen stieß sie den Löffel in die Schüssel und bearbeitete den Teig, als wäre er ihr Feind.

Elsa hatte sie beobachtet und lachte plötzlich auf. »Du sehnst dich wohl schon danach, das Brautbett mit dem hohen Herrn zu teilen. Aber sei nicht zu enttäuscht. Beim ersten Mal ist es nicht schön. Es tut nur weh, und man blutet fürchterlich.«

Marie sah sie verwirrt an. »Woher willst du das wissen?«

Elsa kicherte jedoch nur und wandte sich ab. Marie konnte nicht ahnen, dass sie aus eigener Erfahrung sprach. Kurz nach ihrem fünfzehnten Geburtstag war sie einem Nachbarsjungen ins Gebüsch gefolgt und bereute es immer noch. Ihre Schwester war klüger gewesen, denn sie hatte sich mit dem Vater des Jungen eingelassen und dafür ein hübsches Schmuckstück erhalten, welches sie in ein Tuch eingewickelt in ihrem Strohsack verbarg, um es für ihre Mitgift aufzubewahren.

Anne warf ihrer Schwester einen spöttischen Blick zu und winkte ab. »Das Ganze ist halb so schlimm, Marie. Lass dir von Elsa keine Angst einjagen. Der Schmerz ist schnell vergessen, und bald wird es dir Freude machen, wenn dein Mann zu dir unter die Bettdecke schlüpft.«

Elsa zog einen Flunsch. »Solche gelehrte Herren wie Magister Ruppertus sind sehr anspruchsvoll. Denen reicht es nicht, es in einem dunklen Raum unter der Decke zu treiben. Ich habe da Dinge gehört, sage ich dir …«

Ihre Ausführungen wurden abrupt unterbrochen, denn jemand rumpelte gegen die Haustür.

»Wer mag um die Zeit noch etwas von uns wollen?«, fragte Anne gähnend und drehte dem Geräusch unwillig den Rücken zu.

Da die Mägde sitzen blieben und Marie den Teig nicht stehen lassen durfte, öffnete niemand dem unbekannten Besucher. Der trat verärgert gegen die Tür, so dass das Holz krachte, und kurz darauf erscholl Winas zornige Stimme. »Elsa! Anne! Was macht ihr faules Gesindel? Geht endlich zur Tür und seht nach, wer da ist.«

Die beiden Schwestern sahen sich auffordernd an. Wie meistens verlor Elsa das lautlose Duell und ging mit mürrischem Gesicht hinaus. Kurz darauf kam sie mit einem jungen Burschen zurück, der unter einem großen Fass schwankte. Es war Michel Adler, dessen Vater Guntram am Ende der Gasse eine Bierschenke betrieb.

Er stellte das Fass auf den Tisch und atmete erleichtert auf. »Guten Abend. Ich bringe das Hochzeitsbier.«

Elsa fauchte wie ein kleines Kätzchen. »Hätte das nicht Zeit bis morgen früh gehabt? Jetzt müssen Anne und ich das schwere Fass in den Vorratskeller bringen.«

Ihre Schwester schenkte dem jungen Mann ein Lächeln, das, wie sie annahm, Eis zum Schmelzen gebracht hätte. »Michel ist doch kein unhöflicher Stoffel, der uns schwache Mädchen so ein schweres Ding schleppen lässt. Nicht wahr, Michel? Du bist so lieb und trägst das Fass hinunter.«

Michel verschränkte die Arme vor der Brust und schüttelte abwehrend den Kopf. »Das ist nicht meine Aufgabe. Ich sollte das Fass nur herüberbringen.«

»Was ist denn in dich gefahren? Sonst warst du doch immer hilfsbereit. Willst du deinen dummen Brüdern nacheifern?« Anne warf dem Wirtssohn einen wütenden Blick zu und forderte ihre Schwester auf, mit anzufassen. Die beiden Mägde hoben das Fass auf und trugen es unter viel Ächzen und Stöhnen die enge Treppe zum Vorratskeller hinab. Marie hörte noch, wie sie die Falltür hinter sich schlossen, dann war sie mit Michel allein.

»Liebst du ihn?«

Die Frage ihres früheren Spielgefährten kam so unerwartet, dass Marie sie im ersten Augenblick nicht begriff. Verblüfft sah sie ihn an. Trotz seiner Sonnenbräune wirkte er bleich, und er biss die

Zähne so heftig zusammen, dass sich seine Kiefermuskeln wie Knoten unter der Haut abzeichneten.

Michel war etwa drei Jahre älter als sie und der einzige Junge gewesen, der ihre hartnäckige Begleitung geduldet hatte. Er hatte ihr erlaubt, ihm beim Angeln zuzusehen, gelegentlich Verstecken mit ihr gespielt und ihr wundersame Geschichten erzählt. Dafür hatte sie ihm Blumenkränze gewunden und ihn bewundert wie einen König. Da sein Vater im Ansehen weit unter dem ihren stand, hatte man ihr, als sie zwölf wurde, den Umgang mit ihm verboten. Seitdem war sie ihm und seiner Familie meist nur noch in der Kirche begegnet.

Jetzt stand Michel zum ersten Mal seit Jahren so nah vor ihr, dass sie ihn betrachten konnte. Er war zwar größer geworden, aber immer noch so dünn wie früher. Trotzdem wirkte er kräftig und zäh. Die hohe Stirn, ein schwerer Kiefer und breite Schultern, über denen sich der Stoff seines Kittels spannte, deuteten an, dass er an Gewicht zulegen würde, sowie er mehr als die schmale Kost bekam, die der Adlerwirt für seine nachgeborenen Söhne übrig hatte. Aus Michel konnte ein gut aussehender Mann werden, dachte Marie mit einem Anflug von Traurigkeit. Aber das würde ihm nicht viel helfen, denn als fünfter Sohn zählte er nicht mehr als ein Knecht und würde nie eine Familie gründen dürfen. Aus diesem Grund war es in ihren Augen reichlich unverfroren von ihm, ihr eine solche Frage zu stellen. Aber um der alten Freundschaft willen gab sie ihm eine Antwort.

»Ich kenne den Herrn Magister ja kaum. Aber da mein Vater ihn ausgesucht hat, muss er der Richtige für mich sein.«

Sie ärgerte sich über ihre Worte, noch während sie sie aussprach. Michel hätte sie ruhig die Wahrheit sagen können. Ihm schien die Antwort nicht zu gefallen, denn seine Augen blitzten wütend auf. Marie fragte sich, ob er wohl eifersüchtig war. Das wäre dumm von ihm, fand sie, denn er musste doch wissen, dass ihr Vater ihn nie als Bewerber in Betracht ziehen würde. Matthis

Schärer hatte sogar Linhard Merk abgewiesen, der aus einer angesehenen Kaufmannsfamilie stammte und als Schreiber bei ihm angestellt war. Marie konnte sich noch gut daran erinnern, wie zornig ihr Vater geworden war, weil Linhard es gewagt hatte, um ihre Hand anzuhalten. In der ersten Wut hatte er ihn sogar entlassen, ihn aber bald wieder zurückgerufen, denn der Mann hatte sich bereits unentbehrlich gemacht.

Marie war froh, dass ihr Vater sie nicht mit Linhard verheiratet hatte, denn sie mochte ihn nicht. Der Schreiber dienerte vor ihrem Vater wie ein Leibeigener vor seinem adligen Besitzer, die Fuhrknechte und das Gesinde aber behandelte er von oben herab, als wäre er der Herr im Haus. Mit diesem Mann wäre sie gewiss nicht glücklich geworden. In diesem Moment hatte sie das Gefühl, dass sie froh sein musste, einen gebildeten Herrn wie Magister Ruppertus zum Gatten zu bekommen.

Michel ließ sich weder durch ihre knappe Erklärung noch durch ihre abweisende Miene abschrecken. »Liebt er dich?«

Marie passte sein Tonfall nicht, daher fiel ihre Antwort schroffer aus als beabsichtigt. »Ich nehme es an. Sonst hätte er nicht um mich geworben.«

Michel schnaubte verärgert. »Weißt du überhaupt, was für ein Mensch der Magister ist?«

»Er ist ein angesehener und gelehrter Mann, und es ist eine Ehre für mich, dass er mich erwählt hat.« Das waren fast die gleichen Worte, mit denen ihr Vater ihr seine Entscheidung mitgeteilt hatte.

Michel trat näher und blickte sie ernst an. »Glaubst du wirklich, dass du mit ihm glücklich wirst?«

Marie hob angriffslustig das Kinn. Am liebsten hätte sie ihm gesagt, dass ihn das nichts anginge. Gleichzeitig hoffte sie, dass Michel ihr etwas über ihren Bräutigam erzählen konnte.

Gegen ihren Willen lächelte sie wehmütig. »Wie kann ich das wissen? Liebe und Glück kommen mit der Ehe, so heißt es doch.«

»Ich wünsche es dir«, brach es aus Michel heraus. »Aber ich bezweifle es. Nach allem, was ich gehört habe, ist dieser Ruppert ein gefühlsarmer, berechnender Mensch, der um eines Vorteils willen über Leichen geht.«

Marie schüttelte unwillig den Kopf. »Woher willst du das wissen? Du kennst ihn doch nicht persönlich.«

»Ich habe so einiges mitbekommen, was Reisende in der Schankstube über ihn berichtet haben. Dein Magister ist ein bekannter Advocatus. Weißt du, was das ist?«

»Nein, nicht genau.«

»Ein Advocatus ist jemand, der Gesetze studiert und alte Pergamente durchforstet, um einem Mann vor Gericht einen Vorteil gegenüber einem anderen zu verschaffen. Ruppertus hat seinem Vater, dem Grafen Heinrich von Keilburg, schon mehrfach mit juristischen Winkelzügen geholfen, Burgen, Land und Leibeigene an sich zu raffen.«

»Was soll daran schlecht sein? Der Graf hat sicher bekommen, was ihm zustand.« Marie ärgerte sich, weil Michel nur das Gerede betrunkener Gäste wiedergab. Offensichtlich war er so eifersüchtig auf ihren Verlobten, dass er nur deshalb zu ihr kam, um ihn zu verleumden. Enttäuscht drehte sie ihm den Rücken zu und widmete sich dem arg vernachlässigten Teig.

Michel wäre am liebsten davongestürmt, doch er ging nur bis zur Küchentür, drehte sich nach einem kurzen Zögern um und trat wieder an den Tisch. Marie aber machte eine abwehrende Bewegung und beugte ihren Kopf noch tiefer über die Schüssel. Wütend ballte er die Fäuste und suchte nach den richtigen Worten. Wie konnte er diesem weltfremden Geschöpf begreiflich machen, dass es in sein Unglück rannte, wenn es das Werben des berüchtigten Rechtsverdrehers annahm? Der Mann hatte schon viele Menschen ins Elend gestürzt und die Macht und den Besitz seines grausamen Vaters beinahe verdoppelt.

Michel nahm an, dass Marie sich von seinen Titeln und der Tatsache, dass der Magister noch andere einflussreiche Gönner besaß, hatte blenden lassen. Nun lief sie wie ein Schaf zur Schlachtbank. Er setzte mehrfach zum Sprechen an, doch der verbissene Ausdruck auf ihrem Gesicht zeigte ihm, dass er keine Chance hatte, sie zu überzeugen. Schließlich schalt er sich einen Narren, hierher gekommen zu sein. Das Bierfass hätte auch einer seiner Brüder herüberschleppen können.

»Ich gehe jetzt wieder«, sagte er in der Hoffnung, sie würde ihn auffordern, weiterzusprechen.

Marie schüttelte unwillig die Zöpfe und begann mit energischen Bewegungen die Klumpen zu zerdrücken, die sich im Teig gebildet hatten.

Im selben Augenblick kehrte Wina zurück und sah Michel mit hochgezogenen Augenbrauen an.

»Ich habe das Bier gebracht«, entschuldigte er seine Anwesenheit.

»So, und wo ist es?«

»Elsa und Anne haben es in den Vorratskeller getragen«, antwortete Marie an seiner Stelle.

»Im Vorratskeller sind die beiden? Da muss ich sofort nachsehen, ob sich die diebischen Elstern nicht an den geräucherten Würsten vergreifen.« Wina stieg schwer atmend die Treppe hinab und öffnete die Falltür.

Marie fand es ungerecht, die beiden Mägde als Diebinnen zu bezeichnen, nur weil sie sich ab und zu ein Stück Wurst oder Fleisch in den Mund stopften, das vom Essen übrig geblieben war. Doch für die Wirtschafterin war das eine Todsünde, von der nicht einmal der Papst sie freisprechen konnte.

Marie lächelte in sich hinein. Für Wina war der Papst so eine Art Heiligenfigur, die man anbeten konnte, aber sie meinte mit ihren Aussprüchen keinen bestimmten. Das wäre ihr ja auch schwer gefallen, denn es gab derzeit drei Kirchenfürsten, die alle den Anspruch erhoben, das Haupt der Christenheit zu sein. Marie kannte sich mit diesen Dingen nicht aus, aber ihr Vater und seine Freunde redeten häufig über die heilige Kirche und äußerten, wenn sie beim Wein zusammensaßen, meist lautstark die Hoffnung, der Kaiser würde mit einem Donnerwetter dreinschlagen und den Pfaffen wieder Gehorsam beibringen.

Ein Räuspern holte Marie in die Gegenwart zurück. Michel stand immer noch da und starrte sie flehend an, aber sie wollte nichts mehr von ihm hören. Am nächsten Tag würde sie die Frau des Magisters werden und ein neues Leben beginnen, in dem es keinen Platz für einen anmaßenden Wirtssohn gab. Mit solchen Leuten würden nur noch ihre Bediensteten zu tun haben, denn sie selbst musste sich um das Haus kümmern und ihr Leben ihrem Gatten widmen, dem sie, wie sie sich fest vornahm, eine tüchtige, liebende Ehefrau werden wollte. Als sie diesen Vorsatz fasste, fiel ihr auf, dass sie nicht wusste, wo sie nach der Hochzeit wohnen würde. Magister Ruppertus besaß kein Haus in Konstanz, sondern lebte, wie ihr Vater erwähnt hatte, auf der Keilburg, dem Hauptwohnsitz seines gräflichen Vaters. Ob er sie wohl dorthin bringen würde?

Wina tauchte aus dem Keller auf und schob die säuerlich dreinblickenden Mägde vor sich her. Ihrem triumphierenden Blick war zu entnehmen, dass sie die beiden bei den Würsten erwischt und erfolgreich daran gehindert hatte, sich an ihnen zu vergreifen.

»Du bist ja immer noch da«, fuhr sie Michel an. Sie machte eine Geste, als wolle sie ihm die Tür weisen, griff aber dann in den Lederbeutel, den sie an einer Schnur um ihre mollige Taille gebunden hatte, und zog eine Münze heraus.

»Ach, du hast sicher auf dein Trinkgeld gewartet. Hier, nimm!«

Besser hätte Wina den Unterschied zwischen einem Herrn wie Ruppertus Splendidus und ihm nicht ausdrücken können, fuhr es Michel durch den Kopf, und er hätte ihr die Münze am liebsten vor die Füße geworfen.

Er wusste nicht mehr, was er sich eigentlich dabei gedacht hatte, hierher zu kommen und Marie zu fragen, ob sie wusste, worauf sie sich mit dieser Heirat einlassen würde. Wahrscheinlich war das Mädchen stolz darauf, die Frau eines bedeutenden Mannes zu werden, und hatte ihn längst vergessen. Er war sicher, dass sie mit diesem Mann nicht glücklich werden würde, aber es lag nicht in seiner Macht, sie vor ihrem Schicksal zu bewahren. Traurig drehte er sich um und verließ grußlos das Haus. Im Hof ließ er Winas Münze fallen, als wäre sie aus glühendem Eisen.

II.

Meister Matthis fühlte sich so rundum zufrieden, dass er am liebsten geschnurrt hätte wie ein alter Kater am Kaminfeuer. Er musterte seine Gäste und nickte stolz. Seine beiden Freunde und Geschäftspartner, der Böttcher Jörg Wölfling und der Leinweber Gero Linner, konnten ihre Blicke kaum von seinem künftigen Eidam wenden. Magister Ruppertus Splendidus war ein vornehmer Herr, der im Gegensatz zu den meisten jungen Männern Anstand und Manieren besaß und wusste, wie man sich älteren und lebenserfahrenen Leuten gegenüber zu benehmen hatte. Auch Mombert Flühi bewunderte Herrn Ruppertus und gab sich kaum Mühe, seinen Neid auf den Erfolg seines Schwagers zu verbergen.

Ruppertus Splendidus war weder hochfahrend noch übermäßig stolz, sondern gab sich trotz seines Standes recht bescheiden. Seine Kleidung war aus gutem Stoff, wies aber keine der Modetorheiten auf, mit denen die jungen Leute heutzutage zu prunken pflegten. Sein Mantel, der neben der Tür an einem Haken hing, war aus fester brauner Wolle und seine graue Jacke schlicht und bequem. Seine waldgrünen Hosen lagen zwar eng an, beleidigten jedoch im Gegensatz zu den schreiend bunten Beinkleidern, die

die jungen Männer aus besseren Familien zu tragen pflegten, nicht das Auge des Betrachters.

Auch sonst war Magister Ruppertus ein Mann nach Meister Matthis' Herzen. Obwohl er mit vierundzwanzig Jahren für einen Gelehrten noch recht jung war, gehörte er bereits zu den Ratgebern des Konstanzer Bischofs Otto von Hachberg. Meist war er jedoch im Auftrag seines Vaters unterwegs, der zu den einflussreichsten Männern im alten Herzogtum Schwaben gehörte und nur dem Kaiser untertan war. Meister Matthis hatte Heinrich von Keilburg nur einmal von ferne gesehen, konnte aber genau aufzählen, welche Ländereien der Graf neben seiner Stammburg im Schwarzwald an Rhein und Donau sein Eigen nannte.

Der Standesunterschied zwischen Rupperts Vater und ihm selbst bereitete Meister Matthis kein Kopfzerbrechen. Der Magister hatte als Sohn einer Leibeigenen kein Erbteil zu erwarten, denn der Familienbesitz würde in die Hände Konrads, des legitimen Sohnes des Grafen, übergehen, und der eigene Reichtum verlieh Meister Matthis eine angenehme Sicherheit.

Neben seinem Vaterhaus in Konstanz gehörten ihm ein nicht weniger schönes Anwesen drüben in Meersburg sowie einige der besten Weinberge am Nordufer des Sees. Welch guter Tropfen dort wuchs, davon konnte er sich bei jedem Schluck aus seinem Pokal überzeugen. Der Verkauf des eigenen Weins hatte so viel Ertrag abgeworfen, dass er just zu dieser Zeit ein weiteres Haus errichten ließ, und zwar in der Vorstadt Paradies, in der die höchsten Geschlechter ihre Sommersitze besaßen.

Meister Matthis war jedoch weniger durch den Wein als durch den Fernhandel reich geworden, und er zeigte es auch. So hatte er die Wohnräume seines Hauses mit dunklem Holz täfeln und die Decken bunt bemalen lassen, wie es in den Häusern der führenden Familien üblich war. Für sein Lieblingszimmer, in das er seine Freunde einzuladen pflegte, hatte er einen großen Tisch mit gedrechselten Beinen und einer Platte mit kunstvollen Intarsienarbeiten aus Italien importiert. Nun standen silberne Teller und kunstvoll getriebene Becher darauf, dazu gläserne Pokale in reicher Zahl, damit seine Gäste nicht darben mussten. Vor den Fenstern hingen bestickte Brokatvorhänge, die passend zu den gewölbten, gelblich gefärbten Butzenscheiben ausgewählt worden waren und auch zur Gasse hin kundtaten, dass ihr Besitzer nicht zu den armen Leuten zählte.

Der Magister betrachtete die hoch gewachsene, wuchtige Gestalt seines zukünftigen Schwiegervaters mit einem schwer zu deutenden Lächeln. Das dunkelgrüne Samtwams des Kaufherrn spannte sich über einem stattlichen Bauch, an den kurzen, dicken Fingern blinkten mehrere Goldringe mit Halbedelsteinen, die zu tragen ein Graf sich nicht hätte schämen müssen, und auch die Fettwülste unter den Augen, am Kinn und im Nacken zeugten davon, dass der Mann den Freuden der Tafel, insbesondere des Weins, mit fortschreitendem Alter mehr und mehr zugetan war.

Eben hob Matthis Schärer erneut den Pokal und trank seinen Gästen zu. Im Gegensatz zu den anderen nippte Ruppertus nur. Obwohl der Nachmittag noch nicht dem Abend gewichen war, konnte er Meister Matthis ansehen, wie viel dieser schon getrunken hatte. Das breite, etwas derbe Gesicht war rot angelaufen, und die grauen Augen, die sonst scharf und auf jeden Vorteil bedacht in die Welt blickten, lagen nun stumpf und blutunterlaufen in ihren Höhlen.

Ruppertus' Lächeln verstärkte sich, als er Meister Matthis zwei große, dicht beschriebene Pergamentblätter hinschob. »Ich habe die Verträge ganz nach deinen Wünschen aufgesetzt, Schwiegervater. Bitte überzeuge dich, dass alles in deinem Sinne festgeschrieben wird.«

Der Junge ist so beherrscht, als ginge es um den Kauf eines Ballen Stoffes und nicht um seine Hochzeit, dachte Meister Matthis bewundernd. Einem solchen Mann konnte er seine Tochter und seinen Reichtum getrost anvertrauen. Er nahm das Pergament und las es so aufmerksam durch, wie es sich für einen guten Kaufmann gehörte. Er wurde nicht enttäuscht. Ruppert hatte sich beinahe wörtlich an ihre mündlichen Vereinbarungen gehalten. Sein Blick flog über den Absatz, der ihn verpflichtete, dem Magister seine Tochter als tugendhafte und unberührte Jungfrau zu übergeben. Dies konnte er unbesorgt unterschreiben, denn seine Marie war immer ein braves Kind gewesen. Zudem hatte Wina scharf darauf geachtet, dass ihr kein Bursche zu nahe gekommen war.

Meister Matthis klopfte dem Magister anerkennend auf die Schulter. »Ausgezeichnet, Schwiegersohn. Wenn du nichts dagegen hast, können wir den Vertrag jetzt unterzeichnen.«

»Es wäre mir eine Freude.« Magister Ruppertus neigte das Haupt und breitete dann beide Ausfertigungen vor Meister Matthis aus. Dieser winkte seinen Schreiber zu sich, der die ganze Zeit stumm in einer dunklen Ecke gesessen hatte. Linhard war ein großer, hagerer Mann mit dünnen, hellblonden Haaren und einem schmalen, scharf geschnittenen Gesicht. Sein devotes Benehmen seinem Brotherrn gegenüber wirkte auf aufmerksamere Beobachter wie Hohn. Meister Matthis bemerkte es jedoch nicht, sondern hielt große Stücke auf den Mann.

»Bringe Feder und Tinte!«

Der Schreiber verbeugte sich vor Meister Matthis wie vor einem edlen Herrn und eilte ins Kontor hinüber. Kurz darauf kehrte er mit einem kleinen Tablett zurück, auf dem er ein silbernes Tintenfass, einen ebenfalls silbernen Behälter mit Schreibfedern, ein Federmesser und ein Kästchen mit Siegelwachs säuberlich angeordnet hatte.

Meister Matthis ergriff eine der Federn, spitzte sie an und tauchte sie in das Tintenfass. In diesem Augenblick war er ganz Geschäftsmann, der sich durch nichts aus der Fassung bringen ließ. Er überflog noch einmal die wichtigsten Passagen des Heiratsvertrages und setzte seinen Namenszug auf das Pergament. Dann machte er Siegelwachs an einer Kerze heiß, ließ es sauber unter seinen Namenszug tropfen und drückte seinen Siegelring hinein.

Linhard reichte das Tablett mit den Schreibutensilien nun Magister Ruppertus. Der Advokat studierte den Vertrag, den er selbst aufgesetzt hatte, mit einer Sorgfalt, als müsse er nach versteckten Fallen suchen. Schließlich unterzeichnete und siegelte auch er den Vertrag und reichte ihn an den Böttcher Jörg Wölfling weiter, der ebenso wie Meister Gero Linner und Matthis' Schwager Mombert Flühi die Gültigkeit der Abmachung mit ihren Unterschriften bezeugen sollten.

Meister Jörg studierte das Schriftstück beinahe ungläubig. Stück für Stück war hier die reiche Mitgift der Braut aufgelistet worden und im Weiteren auch der gesamte Besitz des Brautvaters, der nach dessen Ableben auf seine Tochter übergehen sollte. Der Böttcher ärgerte sich, weil er nicht früher daran gedacht hatte, Meister Matthis seinen ältesten Sohn Peter als Eidam anzubieten. Der Junge war zwar vier Jahre jünger als das Mädchen, doch bei einer von beiden Vätern gewünschten Verbindung fiel so etwas nicht ins Gewicht. Jetzt, da Matthis Schärer den Magister mit offenen Armen empfangen hatte, war es für solche Überlegungen zu spät. Wenigstens glaubte er das Rätsel gelöst zu haben, weshalb der anerkannte Nachkomme eines der mächtigsten Adelsgeschlechter um ein Mädchen warb, dessen Großvater als flüchtiger Leibeigener in die Stadt gekommen war und es erst spät durch harte Arbeit und eine günstige Heirat zu Wohlstand gebracht hatte.

Auch Gero, der Leinweber, hatte sich gefragt, wie es Meister Matthis gelungen war, so einen hohen Herrn für seine Tochter zu gewinnen. Jetzt wurde ihm schmerzhaft bewusst, dass der Überlandhandel sich lohnte, allen Klagen über Räuber, Zölle und Unwetter, die die Geschäfte schädigten, zum Trotz. So reich wie Matthis Schärer waren er und Meister Jörg nicht einmal zusammen, obwohl sie aus alteingesessenen Handwerkerfamilien stammten und turnusgemäß dem Rat der Stadt angehörten.

Meister Matthis beobachtete seine alten Freunde beim Lesen und nahm mit innerer Befriedigung wahr, dass ihre Mienen vor Überraschung starr wurden. Die beiden Handwerksmeister waren oft bei ihm zu Gast gewesen und hatten seinen Wein und die Kochkünste seiner Haushälterin in reichlichem Maße genossen. Das hatte sie jedoch nicht daran gehindert, ihn von Zeit zu Zeit spüren zu lassen, dass er ihnen nicht ebenbürtig war und sie sich zu ihm herabließen. Damit rissen sie immer wieder die Wunde auf, die er von Jugend an mit sich trug.

Die Angehörigen angesehener Familien hatten seinen Vater Richard und ihn nie als gleichberechtigt angesehen, sondern sie trotz ihres wachsenden Vermögens und des teuer erkauften Bürgerrechts wie davongelaufene Knechte behandelt, die in der Stadt nur geduldet wurden. Richard Schärer war es gelungen, sich gegen alle Widerstände ein Vermögen zu erwerben, und Matthis hatte es beinahe verzehnfacht. Unbändiger Stolz wallte in ihm hoch, und er hätte den anderen am liebsten ins Gesicht geschrien, dass er mehr wert war als diejenigen, die seine Rechte als Bürger beschnitten. Heute hatte er sie endlich alle übertroffen. Selbst die Pfefferharts und Muntprats, und wie die alten Konstanzer Patriziergeschlechter alle hießen, würden ihn um einen Schwiegersohn wie Magister Ruppertus beneiden.

Matthis Schärer erinnerte sich kurz daran, wie der edle Herr zu ihm gekommen war und um die Hand seiner Tochter gebeten hatte. Zunächst hatte er es nicht glauben wollen und für einen schlechten Scherz gehalten. Magister Ruppertus hatte ihn jedoch mit artigen Worten an seinen eigenen Reichtum erinnert und auch daran, dass es weit über Konstanz hinaus keinen Mann gab, der seiner Tochter eine ähnliche Mitgift versprechen konnte wie er.

Darauf wollen wir trinken, dachte Matthis Schärer. Er ließ sich nachschenken und hob seinen Becher. »Trinkt, Freunde! Einen so schönen Tag wie heute erleben wir vielleicht nie wieder.«

Der Leinweber lächelte säuerlich. »Der morgige Tag wird sicher genauso schön, wenn du den ehrenwerten Magister zum Brautbett deiner Tochter führst.«

Mombert Flühi hatte den Vertrag gerade als letzter Zeuge unterschrieben und sah seinen Schwager nun leicht vorwurfsvoll an. »Wo steckt denn Marie? Wir haben sie den ganzen Abend noch nicht gesehen. Dabei sollte sie doch hier sein und ihrem Liebsten vorlegen.«

Matthis schüttelte nachsichtig den Kopf über das Ansinnen seines um einen Kopf kleineren, aber ebenso wohlbeleibten Schwagers, dessen rundes, ehrliches Gesicht ebenfalls schon die Spuren reichlich genossenen Weines zeigte. »Marie arbeitet in der Küche, wie es sich für eine gute Hausfrau gehört. Schließlich feiern wir morgen Hochzeit. Da muss alles bestens vorbereitet sein, nicht wahr, Schwiegersohn?«

Ruppert neigte zustimmend das Haupt. Jörg, der Böttcher, sah ihn fragend an, traute sich aber nicht, ihn direkt anzusprechen. So ruckte er ein wenig mit seinem Stuhl hin und her und klopfte auf den Tisch, um die Aufmerksamkeit des jungen Herrn auf sich zu ziehen. Als Ruppert ihn anblickte, räusperte er sich umständlich.

»Verzeiht mir eine Frage, Magister Ruppertus. Mich würde interessieren, warum Euer Vater Euch nicht in ritterlichen Künsten ausbilden ließ, wie es in adligen Kreisen üblich ist, sondern einen Mann der Bücher aus Euch gemacht hat.« Meister Jörg kicherte bei seinen Worten, denn obwohl er lesen und schreiben konnte, hielt er das Studieren für vertane Zeit.

Rupperts schmale Lippen bogen sich zu einem angedeuteten Lächeln. »Ich war als Kind sehr schmächtig und nicht für die Ausbildung zum Krieger geeignet. Daher hat mein Vater es für besser befunden, mich zu seinem Sekretär und schließlich zum Advocatus ausbilden zu lassen.«

Nicht jeder Bastard eines hohen Herrn wurde so bevorzugt behandelt, also musste Ruppert etwas Besonderes sein, dieser Gedanke stand den biederen Städtern auf die Stirn geschrieben. Der Advokat genoss die Bewunderung der übrigen Gäste, wenn sie ihn auch beinahe schmerzhaft daran erinnerte, wie es wirklich gewesen war.

Heinrich von Keilburg hatte sich weder bei seiner Geburt noch in den Jahren danach für ihn interessiert, und so hatte er seine Kindheit mit harter Arbeit und schmaler Kost gefristet und mit anderen leibeigenen Dienern in einem abgelegenen, zugigen Winkel der Burg gehaust. Erst als der Burgkaplan dem Grafen berichtete, welch klugen Kopf sein Bastardsohn auf den Schultern trug, wendete sich sein Geschick. Heinrich rief ihn nicht einmal zu sich, sondern beschränkte sich darauf, einen einzigen Befehl zu erteilen, doch der hatte weitreichende Konsequenzen.

Der Burgkaplan brachte ihn zu den für ihre Strenge bekannten Mönchen des Klosters Waldkron und fragte einmal im Jahr nach, welche Fortschritte er gemacht habe. Das Leben im Kloster war noch härter als das auf der Burg. Man unterrichtete ihn nur am Rande in Theologie und prügelte stattdessen Grammatik, Rhetorik und die Grundlagen der Juristerei in ihn hinein.

Trotz der Hiebe, dem viel zu knapp bemessenen Essen und dem zugigen Hängeboden, auf dem er hatte schlafen müssen, wäre Ruppert gern bei den Mönchen geblieben, denn als Bastard Heinrichs von Keilburg hätte er es bis zum Prior oder Abt eines wohlhabenden Klosters mit großen Einkünften bringen können. Heinrich von Keilburg hatte sich jedoch eines Tages an ihn erinnert und ihn zurückgeholt, um sich seiner eine Weile als Schreiber zu bedienen und ihn dabei zu prüfen.

In der Vergangenheit hatte der Graf schmerzhaft erfahren müssen, dass Paragraphen und Gesetze schärfere Waffen sein konnten als Schwerter, und nun wollte er einen Advokaten besitzen, der ihm in allen Belangen zu Willen war. Deswegen schickte er seinen Bastardsohn schon bald auf die erst wenige Jahre zuvor gegründete Universität in Heidelberg, wo er Rechtswissenschaften studieren sollte. Da der Graf sein Geld nicht zum Fenster hinauswerfen wollte, gab er ihm einen bulligen Diener mit, der mit dem Stock dafür zu sorgen hatte, dass der Junge sein Studium ernst nahm. Das wäre jedoch nicht nötig gewesen, denn Ruppert war bewusst, dass das Leben ihm nur einmal eine Chance wie diese bot, und setzte von sich aus alles daran, Erfolg zu haben. So konnte er seinen Vater mit einem Summa cum laude – der bestmöglichen Note – überraschen.

In der Folgezeit diente Ruppert Graf Heinrich und gelegentlich auch dessen Freund Hugo, dem Abt des Klosters Waldkron, als Advokat und gewann schließlich einen Prozess nach dem anderen. Doch der Lohn für seinen Einsatz blieb weit hinter seinen Erwartungen zurück. Graf Heinrich gab nur selten Geld aus, außer für sich selbst. Sogar sein Sohn Konrad wurde mit einem Bettel abgespeist, der ihm kaum ein standesgemäßes Auftreten ermöglichte, doch als rechtmäßiger Nachkomme musste er wenigstens nicht hungern.

Der Magister ließ seinen Blick über die Reste des üppigen Mahls schweifen und drehte nachdenklich einen Weinpokal aus Kölner Schlangenglas in der Hand, in den Halbedelsteine eingesetzt waren. Nach diesem Tag würde er so leben können, wie es ihm behagte, und in Genüssen schwelgen, die er bis jetzt nur vom Hörensagen kannte.

Ein Klopfen an der Tür riss Ruppert aus seiner Vorfreude. Marie trat ein, blieb aber scheu an der Tür stehen und hob die Hand, um Meister Matthis' Aufmerksamkeit auf sich zu lenken. Als er sie brummend ansah, errötete sie und strich sich nervös über das einfache graue Hauskleid. »Verzeih, Vater, wenn ich Euch störe. Wir konnten Linhard nirgends finden. Die Fuhrknechte haben die Stoffballen mitten im Hof liegen lassen, und es dürfte bald regnen. Jemand muss eine Plane darüber decken.«

Holdwin, der Leibdiener des Hausherrn, stellte die Kanne ab, aus der er gerade dem Leinweber eingeschenkt hatte, und eilte zur Tür. Der Schreiber aber streckte die Beine von sich und winkte ab. »Es wird diese Nacht schon nicht regnen.«

Meister Matthis warf seiner Tochter einen dankbaren Blick zu. »Die Ware ist zu wertvoll, um etwas zu riskieren. Also geh, Linhard, und hilf dem Knecht. Marie kann derweil unsere Pokale füllen. Meiner ist schon wieder leer.«

Das Mädchen griff sichtlich nervös nach der Kanne und füllte den Pokal, den ihr Vater ihr entgegenstreckte. Auch die anderen Gäste tranken aus und ließen sich ihre Becher erneut füllen.

»Du besitzt einen ausgezeichneten Wein, Meister Matthis. Einen besseren trinkt selbst Bischof Otto nicht, meint Ihr nicht auch, Herr Magister? Da sagt man nicht Nein, wenn er einem angeboten wird.« Meister Jörg trank mit sichtlichem Genuss und ließ sich noch einmal nachschenken.

»Der Weinkeller Seiner Eminenz ist mit guten Weinen wohl gefüllt, aber diesen Tropfen dürfte auch er zu schätzen wissen.« Magister Ruppertus hielt es für an der Zeit, die Anwesenden noch einmal an seine guten Beziehungen zum Bischofshof zu erinnern.

Diese waren den anderen gut bekannt, dennoch nickten sie ehrfürchtig. Meister Matthis schwoll vor Stolz, bestätigte diese Tatsache doch, dass er keine bessere Wahl für seine Tochter hätte treffen können.

Marie füllte die Becher, ohne den Mann anzusehen, mit dem sie ihr weiteres Leben teilen würde. Sie hätte Liebe für ihn empfinden müssen oder zumindest Dankbarkeit, weil er sie über ihren Stand hinaushob. Stattdessen wurde er ihr immer unsympathischer, und sie hätte sich am liebsten ihrem Vater zu Füßen geworfen und ihn angefleht, den Magister abzuweisen, aber dafür war es jetzt zu spät. Marie sah die Verträge, die sie an den Magister banden, unterschrieben auf dem Tisch liegen. Das Wachs der Siegel glich verschmiertem Blut, sie musste den Blick abwenden. Mit gesenktem Kopf bediente sie die Männer, bis Holdwin und Linhard zurückkehrten. Dann verließ sie den Raum mit einem kleinen Knicks, der mehr den Freunden ihres Vaters als ihrem Bräutigam galt.

Meister Jörg sah ihr mit glänzenden Augen nach. »Eure Tochter ist ein selten schmuckes Ding. Da muss es dem Herrn Magister vor Vorfreude ja direkt eng in der Hose werden.«

Der Leinweber hatte dem guten Wein ebenfalls kräftig zugesprochen und gab nun eine Zote von sich, die die anderen zum Lachen brachte. Ruppert verzog jedoch keine Miene, sondern ließ die schlüpfrigen Anspielungen auf die Hochzeitsnacht gelassen über sich ergehen. Hie und da strich er sich über das Kinn, so als wären seine Gedanken mit etwas ganz anderem beschäftigt.

III.

Die Männer saßen noch zusammen und feierten, als Marie und die Mägde längst im Bett lagen. Den anderen Gästen fiel nicht auf, dass der Magister nur an seinem Becher nippte, während sie sich ein ums andere Mal nachschenken ließen. Meister Jörgs Zunge war so schwer geworden, dass seine Worte kaum noch zu verstehen waren, aber das hinderte ihn nicht, langatmige Anekdoten zu erzählen.

»Ihr müsst zugeben, Ihr hättet es schlechter treffen können als mit meiner Nichte«, sagte Meister Mombert zu Ruppertus, während er ihm den Arm um die Schulter legte und ihn an sich zog. »Wenn ich Euch einen Rat geben darf, so als erfahrener Mann zu einem jüngeren, dann …« Er kam nicht mehr dazu, seine Weisheiten an den Mann zu bringen, denn im selben Augenblick pochte jemand heftig an das Hoftor.

»Ich gehe nachsehen«, rief Linhard und verließ den Raum, ehe sein Herr reagieren konnte.

Kurze Zeit später kehrte er ganz außer Atem zurück. »Herr Magister, unten ist ein Mann, der dringend mit Euch sprechen will.«

»Warum hast du ihn nicht mit hochgebracht?«, fragte Meister Matthis ärgerlich.

Linhard zitterte am ganzen Körper, als wäre er einem Gespenst begegnet. »Der Mann will den Herrn Magister unter vier Augen sprechen.«

»Wenn dem so ist, muss ich wohl hinuntergehen.« Ruppert stand auf und nahm seinen Mantel vom Haken, um sich gegen die Kühle der Nacht zu schützen. Während sein Schritt auf der Treppe verklang, blickten sich die übrigen Gäste fragend an.

»Es wird doch nicht ein Bote seines Vaters gekommen sein, um ihm die Heirat mit Eurer Tochter zu verbieten?« Das schiefe Grinsen des Leinwebers zeigte deutlich, wie sehr ihm diese Wendung der Dinge gefallen würde.

Meister Matthis wischte diese Möglichkeit mit einer heftigen Handbewegung beiseite. »Wir haben den Ehe- und Erbvertrag unterschrieben und besiegelt, also muss Magister Ruppertus meine Marie morgen heiraten.«

Sein Schwager Mombert nickte bestätigend. »Magister Ruppertus wäre auch dumm, einen Rückzieher zu machen. Schließlich bringt ihm meine Nichte mehr Güter in die Ehe, als Graf Eberhard von Württemberg seiner Tochter Ursula als Mitgift gegeben hat. Und deren Bräutigam war immerhin der Gaugraf von Rheinburg.«

»Wird der Magister dein Geschäft übernehmen?«, fragte Meister Jörg spitz.

Meister Matthis gab sich gelassen. »Ein paar Jahre werde ich es wohl noch selbst führen können. Danach wird man sehen.«

Als Ruppert zurückkehrte, war sein Gesicht zornerfüllt. Er blieb vor dem Hausherrn stehen und sah auf ihn herab wie auf ein widerliches Insekt. »Matthis Schärer, Ihr seid ein elender Betrüger! Ihr habt mir eine tugendsame Jungfrau zur Ehe angeboten. Dabei ist Eure Tochter eine widerwärtige Metze, die es schon mit unzähligen Männern getrieben hat.«

Der Einsturz des Hauses hätte keine stärkere Wirkung auf die vier Männer ausüben können als diese Anschuldigung. Jörg Wölfling und Meister Gero sahen sich schockiert, aber auch mit einer gewissen Schadenfreude an, während Momberts Blick verwirrt zwischen seinem Schwager und dem Magister hin- und herirrte. Der Hausherr selbst hob mehrmals zum Sprechen an. Der reichlich genossene Wein lähmte jedoch seine Zunge, und er vermochte die Tragweite der Anklage nicht zu erfassen.

»Da hat man Euch einen Sack voll Lügen erzählt, Schwiegersohn. Für meine Tochter lege ich meine Hand ins Feuer ...«, brachte er schließlich heraus.

»... und würdet sie Euch verbrennen. Ich habe einen Zeugen, der beschwören kann, dass das der Wahrheit entspricht.«

Jetzt drang in Meister Matthis' umnebelte Sinne ein, dass es dem Magister mit seiner Anschuldigung ernst war, und er schlug wütend auf den Tisch. »Ruft den Schurken herauf, damit ich ihm seine Verleumdung in den Hals würgen kann!«

Auf einen Wink des Magisters verließ Linhard den Raum und kehrte wenig später mit einem kräftig gebauten Mann mittleren Alters zurück, der die derbe Kleidung eines Fuhrmanns trug. Die hellen Augen des Mannes huschten durch den Raum und blieben auf Meister Matthis hängen.

Ruppert schob ihn zum Tisch. »Das ist Utz Käffli, ein Fuhrmann, den ich als ehrlichen und braven Mann kenne.«

»Er ist uns bekannt.« Jörg Wölflings Ton war nicht zu entnehmen, ob er sich Rupperts Urteil über den Fuhrmann anschließen wollte oder nicht.

Meister Matthis kam schwankend auf die Beine und starrte den Mann mit offenem Mund an. »Natürlich ist er uns bekannt. Er hat auch schon für mich gearbeitet. Was soll das, Utz? Was erzählst du für Lügen über meine Tochter?«

Der Fuhrmann lachte mit heruntergezogenen Mundwinkeln. »Das sind keine Lügen! Gott soll mich strafen, wenn ich nicht die reine Wahrheit spreche. Ich hätte nie etwas Schlechtes über Marie gesagt, aber ich kenne Herrn Magister Ruppertus als edlen und vornehmen Mann, den ich nicht ins Unglück rennen lassen möchte.«

Der Leinweber Gero sah den Fuhrmann erwartungsvoll an. »Hast du selbst gesehen, wie Marie von einem anderen Mann beschlafen wurde?«

»Ich selbst habe sie schon etliche Male besessen.«

»Du Schuft! Du ehrloser Verleumder! Wie kannst du es wagen …« Meister Matthis stieß einen Laut unmenschlicher Wut aus und versuchte, seine Hände um den Hals des Fuhrmanns zu legen.

Ruppert stieß ihn mit einer fast beiläufigen Bewegung zurück. »Auch wenn es Euch nicht gefällt, Schärer, will ich die Wahrheit wissen. Sprich ruhig weiter, Utz. Die ehrenwerten Herren Meister, die als Zeugen unterschrieben haben, möchten ebenso gerne erfahren wie ich, was es mit Meister Matthis' Tochter auf sich hat. Hat sie sich dir tatsächlich hingegeben?«

»Nicht nur mir. Ich weiß von einigen anderen, die mit ihr geschlafen haben«, versicherte der Fuhrmann eifrig.

»Lügen, nichts als Lügen!«, schrie Meister Matthis dazwischen.

Der Fuhrmann wuchs mehrere Fingerbreit in die Höhe. »Es sind keine Lügen, Schärer. Ich kann meine Worte beweisen. Eure Tochter hat es ja nicht umsonst getan, sondern sich Geld oder schöne Dinge schenken lassen.«

»Willst du damit sagen, dass sie ihren Körper verkauft hat wie eine Hure?« In Magister Ruppertus' Stimme schwang so viel Abscheu und Ekel mit, dass er die anderen Männer ansteckte.

Utz zuckte mit den Schultern. »Nun ja, beim letzten Mal habe ich ihr einen Schmetterling aus Perlmutt geschenkt, den ich aus Italien mitgebracht habe.«

Meister Matthis lachte höhnisch auf. »Meine Tochter besitzt kein Schmuckstück dieser Art.«

»Das lässt sich feststellen.« Ruppert winkte Meister Jörg und Meister Gero zu. »Meine Herren, ich schlage vor, dass wir uns in Maries Zimmer begeben und es durchsuchen. Sollte dort ein Perlmuttschmuckstück in Form eines Schmetterlings gefunden werden, ist ihre Schuld wohl erwiesen.«

Der Leinweber nickte so eifrig wie ein Lehrjunge. »Da habt Ihr Recht, Herr Magister.«

Matthis Schärer schnaubte. »Perlmutt? Pah, so billigen Tand trägt meine Tochter nicht.«

Als seine Gäste aufstanden, um Maries Zimmer aufzusuchen, protestierte Mombert Flühi.

»Das solltest du nicht zulassen, Matthis. Es ist dein Haus, und es ist deine Tochter, die hier so schamlos verleumdet wird.«

Meister Matthis schlug so heftig auf den Tisch, dass es durch das ganze Haus hallte. »Du hast Recht, Mombert. Das brauche ich mir nicht gefallen zu lassen.«

Magister Ruppertus sah den Hausherrn hochmütig an. »Ihr solltet Euch nicht weigern, Meister Matthis, denn sonst müsste ich auf einer Klage vor Gericht bestehen.«

»Dann klagt doch!«, brüllte Meister Matthis den Mann an, den er vor kurzem noch überglücklich an seine Brust gedrückt hatte.

Matthis' Schwager Mombert kämpfte gegen den Alkohol an, der seine Gedanken vernebelte, und schüttelte den Kopf, als wolle er ihn auf diese Weise klären. Ihm gefiel die ganze Sache nicht, und so wandte er sich an seinen Zunftfreund Jörg Wölfling, der immerhin ein Mitglied des Rates der Stadt Konstanz war. »Unternimm etwas! Der Magister kann doch nicht einfach das Haus durchsuchen lassen, als wäre er der kaiserliche Vogt persönlich.«

»Das anzuordnen wäre eigentlich eine Sache des städtischen Gerichts«, stimmte Meister Jörg ihm zögernd zu.

Bevor er jedoch näher darauf eingehen konnte, stieß Utz Käffli dem Schreiber hinter dem Rücken der anderen auffordernd in die Rippen. Linhard schluckte sichtlich nervös, trat an den Tisch und hob die Hand.

»Verzeiht, meine Herren, aber mein Gewissen …« Er brach ab, atmete tief durch und presste seine nächsten Worte so schnell hervor, dass die übrigen Anwesenden einen Augenblick stutzten, bevor sie die Tragweite seiner Anklage begriffen.

»Ich habe auch mit der Tochter meines Herrn geschlafen!«

Es wurde so still im Raum, dass man eine Nadel hätte fallen hören können.

»Linhard?! Du … du infamer Verleumder!« Matthis Schärer stolperte schwankend auf den Mann zu und wollte ihn bei der Brust packen, doch Utz hielt den Hausherrn fest und drückte ihn unsanft auf seinen Stuhl.

»Glaubst du jetzt immer noch, dass ich lüge?«

Meister Matthis schnappte nach Luft, als hätte sich sein Kragen in eine Würgeschlinge verwandelt, und lief dunkelrot an. Das kann doch nicht sein, dachte er verzweifelt. Meine Marie war doch immer wie ein Engel und hat sich nie für Männer interessiert. Doch konnten der Fuhrmann und sein Schreiber diese Anklagen aus der Luft gegriffen haben? Matthis erinnerte sich, wie hartnäckig Linhard um seine Tochter geworben hatte. Hatte er es deshalb getan, weil sie ihm in irgendeinem Winkel des Hauses gefällig gewesen war? Fragen über Fragen überschwemmten seine Gedanken, und er wusste auf keine eine Antwort. Gleichzeitig breitete sich ein pochender Schmerz in seinem Schädel aus, der ihm schier das Gehirn versengte.

Meister Matthis war so mit sich selbst beschäftigt, dass er gar nicht wahrnahm, wie Magister Ruppertus auf den Vertrag deutete und Jörg Wölfling mit strenger Miene musterte.

»Als Geschädigter bestehe ich darauf, Maries Zimmer auf der Stelle zu untersuchen. Außerdem frage ich die beiden Männer, die ihre Gunst geteilt haben wollen, ob sie bereit sind, ihre Aussagen vor Gericht zu beschwören.«

Utz warf die Arme hoch. »Jederzeit und bei allen Heiligen!«

Linhard starrte einen Augenblick ins Leere, so als müsse er erst sein Gewissen befragen. Dann straffte er die Schultern und hob das Kinn. »Ich bin dazu bereit.«

Auf Utz' Aufforderung hin brachte der Schreiber eine Talglampe herbei und zündete sie an einer der vielen Kerzen an. Der Mann sah dabei so elend aus, als wäre es seine eigene Tochter, die beschuldigt wurde. »Wir sollten es hinter uns bringen«, sagte er wie zu sich selbst, sah sich aber nur hilflos um, als erwarte er eine Aufforderung.

Meister Jörg nahm ihm schließlich die Lampe ab und wies den anderen den Weg. Vor Maries Kammer blieb er stehen und pochte gegen die Tür. »Mach auf, Kind. Dein Vater will mit dir sprechen.«

Wenig später blickte Marie verschlafen heraus. »Was ist geschehen, Vater?«

»Marie, man hat schlimme Anklage gegen dich erhoben«, erklärte der Leinweber an Matthis' Stelle.

Das Mädchen sah ihn verständnislos an. »Was wollt Ihr damit sagen, Meister Gero?«

»Hier sind Männer, die behaupten, du wärst keine reine Jungfrau mehr, sondern hättest dich dem Teufel der Wollust hingegeben.«

Seine Stimme hallte durch das Haus, und sein Blick saugte sich an Maries Gestalt fest, deren Formen sich deutlich unter dem dünnen Nachthemd abzeichneten.

Marie verschränkte die Arme über der Brust, denn sie schämte sich, kaum bekleidet vor fremden Männern zu stehen. »Ich verstehe Euch nicht. Was soll ich getan haben?«

Magister Ruppertus schob den Leinweber beiseite und streifte Marie mit einem angewiderten Blick. »Hier sind Zeugen, ehrenwerte Männer, die bei Gott und allen Heiligen schwören, mit dir Hurerei getrieben zu haben.«

»Bei der Heiligen Jungfrau, das ist nicht wahr!« Marie sah ihren Vater Hilfe suchend an und streckte die Arme nach ihm aus, doch Meister Matthis beachtete sie noch nicht einmal. Keuchend lehnte er an der Wand und starrte zu Boden, als schäme er sich für seine Tochter.

»Vater, warum wendest du dich von mir ab? Glaubst du wirklich, ich hätte so etwas Schreckliches getan?« Marie wollte auf ihn zulaufen, doch der Magister vertrat ihr den Weg und stieß sie in die andere Ecke des Flurs. Dann zeigte er auf ihre Kammer. »Gleich werden wir den Beweis haben. Meister Jörg, Meister Gero, ihr seid weder Zeugen noch Beschuldigte. Deswegen bitte ich euch, den Raum zu durchsuchen.«

Marie war so geschockt, dass sie sich nicht zu rühren wagte, als die beiden Handwerksmeister den Raum betraten und ihr Bett, die Borde und ihre Truhe absuchten. Da die beiden Männer betrunken waren, warfen sie Kleidung und Aussteuer rücksichtslos zu Boden und trampelten darauf herum.

Plötzlich stieß Meister Jörg einen triumphierenden Ruf aus und hob die Hand. Ein weißer Perlmuttschmetterling glänzte zwischen seinen Fingern. »Da ist das Schmuckstück, von dem du gesprochen hast, Utz Käffli! Du hast die Wahrheit gesagt.«

Marie stolperte nach vorne und starrte den Schmetterling an. »Aber das Ding gehört mir nicht. Ich habe es noch nie gesehen.«

Ruppert riss sie zurück. »Leugnen hilft dir jetzt nichts mehr, du schmutzige Dirne. Du hast dieses Schmuckstück von Utz Käffli für die Gewährung deiner Gunst erhalten.«

»Ich soll eine Liebschaft mit dem Mann da gehabt haben? Aber das ist nicht wahr!« Marie sah dem Fuhrmann in die Augen. »Warum verleumdest du mich?«

»Warum sollte ich dich verleumden? Ich war doch nicht der Einzige, den du über dich gelassen hast.« Der Fuhrmann leckte sich dabei die Lippen, als schwelge er noch in der Erinnerung an ihr Beisammensein.

Marie wich angeekelt vor ihm zurück. »Wie kannst du so etwas Schmutziges behaupten?«

Meister Gero stieß Linhard nach vorne, der sich bislang außerhalb des Lichtkegels in eine Ecke gedrückt hatte. »Hier, der Schreiber deines Vaters hat ebenfalls gestanden, mit dir Unzucht getrieben zu haben.«

Marie schlug die Hände vors Gesicht und versuchte, ihre Tränen zurückzuhalten. »Aber das ist doch alles nicht wahr! Bei Jesus Christus und allen Heiligen, ich bin noch Jungfrau.«

»Leugnen nützt dir nichts mehr, Hure! Du hast meine Ehre beschmutzt, und ich bestehe auf einem Prozess, um die Schwere deiner Schuld zu ergründen.« Der Magister drehte Marie den Rücken zu, als könne er ihren Anblick nicht mehr ertragen, und deutete mit dem Zeigefinger auf Meister Matthis.

»Nach den Gesetzen der heiligen Kirche und des Kaisers ist es einem der Hurerei angeklagten Weib nicht gestattet, unter dem Dach eines ehrbaren Hauses zu verweilen. Daher wird Eure Tochter den Rest der Nacht im Kerker verbringen müssen. Meister Gero, seid so gut und ruft den Vogt und seine Büttel herbei, damit sie die Metze abführen.«

Die harten Worte des Magisters durchdrangen die Leere, die sich in Meister Matthis' Kopf breit gemacht hatte, und er heulte auf wie ein verwundetes Tier. »Nein! Nein! Das ist mein Haus! Ich lasse nicht zu, dass meine Tochter daraus verschleppt wird.« Ein noch funktionierender Teil seines Verstandes sagte ihm, dass es wohl das Beste war, wenn er Konstanz nach diesem Abend so schnell wie möglich verließ, um seine Tochter aus Rupperts Nähe zu bringen. Als hätte der Magister seine Gedanken gelesen, stieß sein Zeigefinger wie ein Messer auf ihn zu.

»Wollt Ihr Euch gegen das Gesetz des Kaisers stellen?« Obwohl Rupperts Stimme nicht lauter wurde, zuckten die Umstehenden wie unter einem Peitschenhieb zusammen.

Mombert Flühi versuchte zu vermitteln. »Mäßigt Euren Zorn, Magister Ruppertus, und lasst uns erst einmal über die ganze Sache reden. Ich kenne Marie von Kindheit an und kann mir nicht vorstellen, dass sie unbemerkt von uns allen zur Dirne wurde. Nein, so ein Vergehen traue ich ihr nicht zu.«

Rupperts Gesicht blieb regungslos wie eine Maske. »Vergehen, sagt Ihr? Was dieses Weib getan hat, ist ein Verbrechen gegen die von Gott gewollte Ordnung und die Gesetze des Kaisers. Wenn eine vordem unbescholtene Jungfrau der Hurerei überführt wird, kann der Mann, dem sie anverlobt wird, sie töten, ohne eine Strafe befürchten zu müssen.«

Mombert fuhr entsetzt auf. »Das könnt Ihr doch nicht tun!«

»Ich bin ein Mann der Feder und nicht des Schwertes. Ich lasse das Gericht urteilen. Und nun schafft die Metze endlich weg.«

Mombert gab sich noch nicht geschlagen. »Aber wenn alles nicht stimmt, wenn Marie doch noch Jungfrau ist …«

»Das wird sich morgen früh erweisen. Ich lasse sie von einer ehrbaren Matrone untersuchen. Ist sie noch Jungfrau, werden der Fuhrmann und der Schreiber als Verleumder in den Kerker geworfen und angeklagt, während ich meine Hochzeit mit Marie prachtvoll feiern werde.«

»Dagegen kann man nichts sagen«, fand Meister Jörg. »Magister Ruppertus ist ein mit den Gesetzen vertrauter Mann und weiß, was zu tun ist.«

»Vater! Nein! Du darfst nicht zulassen, dass man mich wegbringt. Glaubst du wirklich, ich wäre so schlecht, wie diese Lügner da behaupten?« Maries Stimme klang wie die einer Ertrinkenden.

Sie begriff die Wendung nicht, die ihr Schicksal genommen hatte, und suchte verzweifelt nach einem Halt. Ihren Vater schien ihre Not nicht zu kümmern, denn er starrte immer noch zu Boden und murmelte unverständliche Worte vor sich hin. Magister Ruppertus aber stand wie ein strafender Engel vor ihr oder vielmehr wie ein böser Geist, dem es Freude zu machen schien, sie zu verdammen. Marie fragte sich verzweifelt, warum er den Aussagen der beiden Männer mehr Glauben schenkte als ihr.

Sie sah ihren beiden Verleumdern ins Gesicht, um festzustellen, ob sie sich nicht für ihre Lügen schämten. Linhard drehte sofort seinen Kopf weg, Utz aber grinste und ließ seine Zunge zwischen den schadhaften Zähnen spielen. Schnell wandte Marie sich ab, der Mann machte ihr Angst.

Meister Gero kehrte, kaum dass er weggegangen war, mit einem der Stadtbüttel zurück. »Ich habe Hunold unten in der Gasse getroffen. Es wird wohl reichen, wenn er die Sünderin in den Kerker bringt.«

Hunold überragte die Männer um ihn herum um mehr als einen Kopf. Seine Arme waren dicker als die Oberschenkel normal gewachsener Männer, und die Muskeln auf seinem Brustkorb glichen armdicken Tauen. Er grinste breit, als erheitere ihn die Situation, und verbeugte sich vor Magister Ruppertus.

»Immer zu Diensten, edler Herr.«

»Schaff die Hure da in den Kerker. Ich werde dafür sorgen, dass sie morgen abgeurteilt wird.«

Hunold streifte Marie mit einem begehrlichen Blick und schüttelte den Kopf.

»Im Stadtkerker und in der bischöflichen Pfalz sitzen üble Burschen ein. So ein leckeres Vögelchen würde ich denen nicht zum Fraß vorwerfen.«

Der Magister quittierte den Einwand mit einer ärgerlichen Geste. »Dann sperr sie irgendwo ein, wo sie sicher verwahrt ist.«

»Zu den Mönchen ins Inselkloster kann ich sie auch nicht bringen. Da bleibt nur noch der Ziegelturm übrig, dessen Keller derzeit leer steht.«

»Dann schaff sie dorthin.« Der Magister klang gereizt.

Hunold zog einen Strick aus dem Gürtel, band Maries Arme auf den Rücken und stieß sie Richtung Treppe. Als er sich an ihrem Vater vorbeidrängte, hob Meister Matthis den Kopf, als würde er aus einem bösen Traum erwachen, und hielt ihn fest.

»Behandle meine Tochter gut und sorge dafür, dass es ihr an nichts fehlt. Ich werde es dir reichlich vergelten.«

Hunold sah so aus, als schüttele er sich innerlich vor Lachen. »Habt keine Sorge, Meister Matthis. Ich weiß, dass Ihr ein großzügiger Mann seid.«

Sein Blick wich jedoch dem des Hausherrn aus und blieb herausfordernd auf dem Magister haften. Ruppertus Splendidus nickte unwillig und wies den Büttel mit einer energischen Handbewegung an, das Mädchen wegzuschaffen.

Mombert atmete tief durch, als wolle er die Alkoholdünste aus seinem Kopf verscheuchen. »Ich begleite euch bis zum Turm.«

Er verabschiedete sich mit einem unhöflich knappen Gruß von seinem Schwager und den beiden Handwerksmeistern und stieg die Treppe hinab, ohne den Magister und dessen Zeugen eines Blickes zu würdigen.

Jörg Wölfling stieß Meister Gero an. »Wir sollten auch gehen.«

Gero Linner nickte erleichtert. Er lief die Treppe hinab und verließ fast fluchtartig das Haus. Wie sein Freund brannte auch er darauf, die aufregenden Neuigkeiten seiner Frau zu berichten.

Magister Ruppertus war unten im Flur stehen geblieben und sah nun zu Matthis Schärer hoch, der sich keuchend am Geländer festhielt. »Ihr werdet verstehen, dass ich nicht weiter Euer Gast sein kann. Wir sehen uns morgen vor Gericht.«

Meister Matthis stieß einige unverständliche Laute aus, bis seine Stimme klarer wurde. »Geht! Verschwindet, so schnell Ihr könnt. Euch weine ich keine Träne nach. Vergesst aber nicht, die Kerle mitzunehmen, die mein Haus besudelt haben. Ich würde sonst die Beherrschung verlieren und sie erwürgen.«

Er ging schwankend auf Linhard zu, der immer noch kraftlos an der Wand lehnte. In dem Moment kam Leben in den Schreiber. Er sprang die Treppe hinab, als sei der Teufel hinter ihm her, riss die Haustür auf und verschwand im Dunkel der Nacht.

Ruppert folgte ihm gemächlich. An der Hoftür griff er nach der Laterne, die er dort abgestellt hatte, zündete sie aber erst draußen auf der Gasse an und blickte sich um. Hinter der nächsten Ecke tauchte Utz wie ein Gespenst aus der Finsternis auf und zerrte Linhard hinter sich her.

Um Rupperts Mund spielte ein böses Lächeln. »Ihr wisst, was ihr zu tun habt?«

Utz lachte. »Es wird alles in Eurem Sinne laufen. Vorher muss ich nur noch dieses Waschweib hier überzeugen, dass es weiterhin mitzumachen hat.«

Ruppert maß Linhard mit einem strafenden Blick. »Willst du kneifen? Vergiss nicht, dass du es warst, der den Schmetterling in die Kiste des Mädchens geschmuggelt hat. Wenn du falsch spielen willst, lasse ich dich wegen Meineid, Betrug an deinem Brotherrn und einiger anderer Vergehen auf das Rad flechten.«

Linhard knickte sichtbar zusammen und hob flehend die Hände. »Nein, Herr, ich tue alles, was Ihr mir befehlt.«

»Dann gehorche Utz. Er wird dir sagen, was du zu tun hast. Jetzt geht! Ich erwarte euch morgen vor Gericht.«

Der Magister drehte sich gruß los um und schritt davon. Utz zündete einen Kienspan an, hielt ihn mit der linken Hand hoch und stieß den Schreiber mit der Rechten Richtung Rheinufer.

IV.

Es war Marie, als sei sie nicht mehr sie selbst, sondern ein Geist, der neben ihrem Körper herschwebte und ungläubig auf ihn herabblickte. War sie das, die da barfuß und in einem dünnen Hemd durch die nächtlichen Gassen gezerrt und gestoßen wurde? War das ihr Körper, den eine grobe Hand an Stellen abfingerte, an denen sie sich selbst kaum anzufassen wagte? Das alles konnte doch nicht wahr sein. Sicher hatte sie sich zu sehr wegen der morgigen Hochzeit gegrämt und wurde von einem besonders hässlichen Albtraum gequält.

Ihr Mund war fest verschlossen, und doch hörte sie sich beten, dass sie bald erwachen und sich in ihrem Bett wiederfinden möge, aber kein Jesuskind und kein Heiliger erhörte sie. Es war, als hielte ein böser Dämon sie gefangen und spiele mit ihr wie mit einer Holzpuppe. Im ersten Moment war sie sogar erleichtert, als Hunold sie unten im Keller des Turms zu Boden stieß und ihre Arme dicht über dem Boden an einen Eisenring band, denn sie hoffte, der Albtraum hätte seinen Höhepunkt erreicht und würde nun platzen wie eine Schaumblase. Gewiss würde sie gleich aufwachen, sich in ihr warmes Federbett kuscheln und an etwas Schönes denken, um die schrecklichen Traumbilder zu vergessen.

Die Zeit verstrich jedoch, ohne dass sie etwas anderes wahrnahm als feuchte Kälte, die vom Boden her in sie hineinkroch, und eine schier undurchdringliche Schwärze, in die kein Hauch von Mondlicht fiel. Langsam begriff sie, dass sie nicht in einem Traum gefangen war. Stattdessen flüchtete sie sich in die Vorstellung, sie sei einem allzu übermütigen Streich zum Opfer gefallen, wie man ihn widerspenstigen Mädchen vor der Hochzeit zu spielen pflegte. Jeden Moment musste die Tür aufgehen, und dann würden ihr Vater und ihr Bräutigam sie unter dem wilden Gelächter der Nachbarn und der Dienstboten befreien.

Als etwas Pelziges an ihren Beinen entlangstreifte und ihre unwillkürliche Abwehr mit einem wütenden Fiepen beantwortete, wurde ihr jedoch mit einem Schlag ihr ganzes Elend bewusst. Man hatte sie tatsächlich der Unzucht bezichtigt und wie eine mit ihrem Buhlen im Heu ertappte Magd oder eine gemeine Diebin abgeführt und eingekerkert. Da der Strick um ihre Handgelenke sie am Boden festhielt, zog sie ihre Beine dicht an den Körper, legte den Kopf auf die Knie und versuchte zu beten.

»Heilige Jungfrau Maria, du weißt, dass ich mich nicht der Wollust schuldig gemacht habe. Vor dieser Nacht hat mich niemand auf eine Weise berührt, für die eine Jungfrau sich schämen müsste. Ich bin keine Hure, das weißt du, und ich habe nie ein Geschenk für eine Sünde angenommen. Oh mein Gott, warum hat man mich so verleumdet?« Heftiges Schluchzen erstickte ihre Worte.

Immer wieder fragte sie sich, warum die beiden Männer falsches Zeugnis gegen sie abgelegt hatten. Sie hatte weder den Fuhrmann noch Linhard beleidigt oder ihnen etwas Schlechtes nachgesagt. Mit dem Schreiber hatte sie nur wenig zu tun gehabt, da er sich um die Handelsgeschäfte gekümmert hatte und oft auf Reisen gewesen war. Auch Utz Käffli hatte sie nur hie und da einmal gesehen, wenn er im Auftrag ihres Vaters Waren brachte oder abholte. Sie hatte versucht, sich von ihm fern zu halten, denn er führte schlechte Reden im Mund und schien sich über jeden Menschen lustig zu machen.

Hatte der Fuhrmann ihr ihre Scheu so übel genommen, dass er sich das Ganze hier ausgedacht hatte, um sie zu demütigen? Oder gönnte Linhard ihr den hochgestellten Bräutigam nicht und hatte den Fuhrmann zu dieser Tat angestiftet? Aber die beiden Männer wussten doch, dass sie die Wahrheit ihrer Behauptungen angesichts des Kreuzes vor einem Richter beschwören mussten.

Bei dem Gedanken an das Gericht, vor dem sie morgen stehen

würde, holte Marie tief Luft. Eigentlich konnte ihr gar nichts passieren, denn am Morgen würde eine Matrone sie untersuchen und feststellen, dass sie noch Jungfrau war. Linhard und Utz würden als Verleumder dastehen, und wenn sie falsch geschworen hatten, würde das Gericht sie zu einer grausamen Strafe verurteilen, Meineidige hatten keine Gnade zu erwarten.

Nachdem sie sich klar gemacht hatte, dass ihr keine Gefahr drohte, fragte Marie sich, wieso Magister Ruppertus den Behauptungen der beiden Männer so rasch Glauben geschenkt hatte. Hatte er schon bereut, um sie angehalten und den Ehevertrag geschlossen zu haben, und war froh gewesen, von der Heirat zurücktreten zu können? Oder war es nur seine erste Empörung gewesen? Wahrscheinlich wurde ihm jetzt bewusst, dass er durch seine vorschnelle Reaktion auf ein Vermögen verzichten müsste, und er würde ganz besonders daran interessiert sein, die Wahrheit ans Licht zu bringen. Schon aus Eigennutz würde er ihr helfen.

Marie wünschte sich einmal mehr, ihr Vater hätte einen anderen Gatten für sie gewählt, dann wäre das alles nicht passiert. Da tauchte Michels Gesicht vor ihren Augen auf, und sie erinnerte sich daran, dass er sie vor dem Magister hatte warnen wollen. Ob der Freund ihrer Kindertage ein liebevollerer Bräutigam gewesen wäre?

In dem Moment schob jemand draußen den Riegel zurück und steckte einen Schlüssel ins Schloss. Marie war erleichtert. Jetzt kamen ihr Vater und ihr Bräutigam, um sie zu holen! Also war doch alles nur ein Streich gewesen, um sie für ihre Widerspenstigkeit zu bestrafen. Der Schlüssel drehte sich ganz langsam, fast lautlos, und die Tür öffnete sich ohne Geräusch. Draußen flüsterte jemand, dann flammte Licht auf, so als wären mehrere Fackeln angezündet worden.

Jetzt konnte Marie sehen, in welch schmutziges Loch man sie geworfen hatte. Die Wände ihres Kerkers bestanden aus roh behauenen Steinquadern, die so groß waren, dass selbst ein kräftiger Mann keinen von ihnen herausbrechen konnte, und sie waren ebenso wie die Decke mit einer dicken Schicht Spinnweben überzogen. Unrat bedeckte den Boden; nur an ein oder zwei Stellen konnte man erkennen, dass er aus gestampftem Lehm bestand. Marie schüttelte sich und blickte erwartungsvoll zur Tür.

Zu ihrer Enttäuschung erschien Hunold in der Türöffnung. Er hob seine Fackel und sah sie grinsend an. Dann drehte er sich um, zerrte Linhard nach vorne und gab ihm einen Stoß, dass er quer durch den Raum stolperte. Der Schreiber schwankte wie ein Betrunkener, und sein Gesicht war verzerrt, als litte er Todesangst. Der Büttel trat zur Seite und ließ nun auch Utz eintreten. Der Fuhrmann steckte seine Fackel in einen dafür vorgesehenen Ring, sah Marie an, als wollte er sie mit den Augen verschlingen, und ließ seine Zunge über die Lippen gleiten. Marie spürte, wie ihr übel zu werden drohte, und wandte den Blick ab. Hunold schob die Tür zu und drehte den Schlüssel zweimal im Schloss. Dann befestigte er seine Fackel über Maries Kopf und rieb sich erwartungsvoll die Hände.

Marie wurde steif vor Angst. Sie richtete sich auf, soweit es ihre Fessel zuließ. »Was wollt ihr von mir?«

Hunold bückte sich und wollte nach ihr greifen, doch der Fuhrmann schob ihn beiseite und brachte sein Gesicht direkt vor Maries Augen. »Du wirst doch nicht wollen, dass Linhard und ich morgen vor Gericht einen Meineid schwören müssen, nicht wahr?«

Marie kroch bis zur Wand zurück, ohne darauf zu achten, dass allerlei Getier vor ihr flüchtete. »Ich verstehe nicht …«

»Keine Sorge, das wirst du gleich.« Utz packte ihre Beine und zog sie mit einem Ruck nach vorne, so dass Marie mit überstreckten Armen auf dem Rücken lag. Ein scharfer Schmerz fuhr ihr durch Handgelenke und Schultern, doch ihre Kehle war so zugeschnürt, dass sie keinen Ton herausbrachte.

Hunold schob Utz zur Seite. »Halt! Für das, was ich für euch getan habe, darf ich sie wohl als Erster haben.«

Der Fuhrmann warf einen Blick auf die kräftige Gestalt des Büttels und trat unwillig zurück. »Dann mach schnell. Mir kommt es sonst zu früh.«

»Du wirst wohl warten können, bis ich mit ihr fertig bin.« Hunold trat auf Marie zu und riss ihr Nachthemd bis zum Hals auf.

In dem Moment bekam Marie wieder Luft und begann zu schreien. »Nein! Nein! Um der Gottesmutter und aller Heiligen willen! Das dürft ihr nicht tun! Ihr versündigt euch gegen Gottes Gebote.«

Utz und Hunold stießen sich an und bogen sich vor Lachen. Während der Büttel sich noch den Bauch hielt, deutete der Fuhrmann zu der kaum handgroßen Öffnung unter der Decke und befahl Hunold, leiser zu sein. Dann bückte er sich, schlug Marie ins Gesicht und stopfte ihr ein schmutziges Tuch in den Mund, so dass sie nur noch wimmern konnte.

»Wir wollen doch nicht, dass uns jemand hört und auf falsche Gedanken kommt«, höhnte er.

Während Utz ihre wild schlagenden Beine festhielt, öffnete Hunold seinen Hosenlatz, holte sein rasch wachsendes Glied heraus und hielt es ihr prahlerisch vors Gesicht. Es stank schlimmer als der Abtritt hinter dem Haus ihres Vaters.

Utz starrte auf Maries Unterleib, stöhnte auf und schlug Hunold in die Kniekehle. »Mach endlich, sonst platzen mir noch die Eier.«

Hunold drehte sich immer noch lachend zu ihm um und ließ sich im gleichen Moment auf Marie fallen.

Sein Gewicht trieb ihr die Luft aus den Lungen, und sie glaubte, ihre Rippen brechen zu hören. Doch der Schmerz in ihrer Brust war noch erträglich gegen den, der sich in ihrem Unterleib ausbreitete. Hunold drang so brutal in sie ein, dass sie glaubte, er stieße ihr glühendes Eisen in die Eingeweide. Während sie verzweifelt mit dem Knebel kämpfte und nach Luft rang, presste sich der Körper des Mannes mit aller Kraft gegen ihren Leib. Dann richtete er sich auf, und Marie glaubte schon, sie hätte das Schlimmste überstanden. Doch er stieß sein Glied wieder und wieder mit brutaler Kraft in sie hinein, als wollte er ihren Leib zerreißen.

Eine Wolke der Qual hüllte sie ein, und ihre Welt zerbrach in Splitter. Sie spürte den Speichel des Mannes auf sich herabtropfen, hörte ihn keuchen und schmutzige Worte stammeln. Ihr linker Fuß, dessen Knöchel von Utz zusammengepresst wurde, schien nicht mehr zu ihr zu gehören, und ihre von den Fesseln eingeschnürten Hände stachen, als steckten tausend Nadeln in ihnen. Stumm rief sie Gott und alle Heiligen an. Warum lasst ihr das zu?, fragte sie. Was habe ich getan, dass ihr mich so bestraft?

Mit einem letzten Schrei bäumte Hunold sich auf und rollte von Marie herab. Im gleichen Moment warf sich der Fuhrmann auf sie und drang ungeachtet des Blutes, das zwischen ihren Schenkeln hervorquoll, in sie ein. Marie krümmte sich unter einer Welle von Übelkeit.

Als Utz von ihr abließ, bestand ihr gesamter Körper aus Schmerz. Die Welt um sie herum schien sich in ein schwankendes Schiff verwandelt zu haben, und sie flehte nur noch darum, dass der Boden sich unter ihr auftun und sie samt ihrer Qual verschlingen möge. Durch den Tränenschleier vor ihren Augen nahm sie wahr, wie Utz und der Büttel auf Linhard zugingen, der sich an der Tür festhielt und am ganzen Leib zitterte.

»Jetzt bist du dran«, forderte der Fuhrmann ihn auf.

Als der Schreiber nicht reagierte, packte Hunold ihn zwischen den Beinen. »Du hast doch einen Steifen. Also treib ihn ihr rein. Darauf hast du lange genug gewartet.«

»Ich weiß nicht ... Ich kann nicht ...«, stammelte Linhard.

»Willst du morgen vor Gericht falsch schwören oder gar kneifen und uns verraten? Entweder machst du mit, oder dein Kadaver schwimmt noch in dieser Nacht den Rhein hinab.«

Utz gab dem Schreiber einen Tritt, der ihn auf das Mädchen stürzen ließ.

Als Linhard Maries nackten Körper unter sich spürte, übermannte ihn das Verlangen. Hilflos zerrte er an seinem Hosenlatz, dessen Bänder sich verknotet hatten, und streifte dann die Beinkleider bis zu den Knien hinab. Als er in Marie eindringen wollte, warf er einen Blick auf ihren Unterleib und verzog angewidert das Gesicht. Mit einem heftigen Ruck riss er ein Stück ihres Nachthemds ab und wischte Blut und Sperma von ihren Schenkeln.

Linhards Reaktion demütigte Marie mehr als die körperlichen Attacken der beiden anderen Männer. Sie rang nach Luft und versuchte, ihn wegzustoßen, doch Utz stellte seinen Fuß so heftig auf ihr rechtes Bein, dass sie glaubte, der Knochen müsse brechen. Der Schreiber schien weder ihre verzweifelte Abwehr noch ihren Abscheu wahrzunehmen, denn er drang mit abgewandtem Gesicht in sie ein und bewegte sein Becken ein paarmal auf und ab, als erfülle er eine Pflicht. Mit einem Schnauben bäumte er sich nach kurzer Zeit auf und sackte über ihr zusammen. Utz und Hunold sahen verblüfft auf ihn herab, bückten sich lachend und stellten ihn auf die Beine.

Maries Gefühle wandelten sich mit einem Schlag. War sie eben noch in einem Meer von Verzweiflung versunken, waberte jetzt eine rote Lohe durch ihren Geist. Obwohl Linhard ihr kaum wehgetan hatte und auch nicht so entsetzlich stank wie die beiden anderen, empfand sie das erste Mal in ihrem Leben reinen Hass. Der Fuhrmann und der Büttel waren grobe Kerle ohne Gewissen, die sich an der eigenen Schlechtigkeit weideten, der Schreiber aber gehörte seit vielen Jahren zum Haushalt ihres Vaters und war so etwas wie ein Familienmitglied. Sein Verrat traf sie so tief, dass sie ihn am liebsten mit bloßen Händen zerrissen hätte. Gleichzeitig wünschte sie sich, sie wäre tot.

Linhard schien ihre Anklage zu spüren, denn er drehte ihr mit einem Ruck den Rücken zu und zog seine Hose hoch.

Utz wies lachend auf seinen Unterleib. »Zeigst du immer deinen mageren Arsch, wenn du die Mägde deines Herrn bespringst?«

Linhard schüttelte den Kopf. »Nein, ich habe noch nie etwas mit einer von ihnen gehabt.«

»Dann wird es aber Zeit, Mann. Ich benutze die geilen Dinger jedes Mal, wenn ich zu Meister Matthis komme. Nimm die fette Elsa, denn die mag es, wenn man sie so richtig hernimmt.«

Hunold stöhnte auf und holte sein Glied wieder aus der Hose. »Wenn du so weiterredest, bekomme ich Lust, noch einmal von vorn anzufangen.«

Utz hob abwehrend die Hände. »Wenn du die kleine Hure noch einmal bespringst, bringst du sie um. Das könnte übel für uns ausgehen, denn sie muss morgen vor Gericht erscheinen. Beim Teufel noch mal, wenn ich gewusst hätte, was für ein Tier du bist, hätte ich …«

»… hättest du sie mir trotzdem überlassen. Ohne mich könntet ihr euren schönen Plan nicht zu Ende führen. Also reize mich nicht.« Hunold trat in eine Ecke und urinierte geräuschvoll gegen die Wand.

In dem Moment entlud Maries Magen seinen Inhalt. Sie würgte, brachte das Erbrochene wegen des Knebels jedoch nicht aus dem Mund und bekam keine Luft mehr. Krämpfe schüttelten ihren Körper, und ihre Sinne begannen zu schwinden.

Linhard sah, wie sie sich krümmte, nahm den Tuchfetzen aus ihrem Mund und drehte sie auf den Bauch, so dass sie sich entleeren konnte. Marie schnappte nach Luft und wünschte sich gleichzeitig, der Mann hätte sie sterben lassen. Sie drehte den Kopf und sah ihn so vorwurfsvoll an, dass er vor ihr zurückzuckte und sich schwankend aufrichtete.

Utz zeigte keine Dankbarkeit für Linhards schnelles Eingreifen, sondern warf ihm einen verächtlichen Blick zu. »Hier sind wir fertig. Was haltet ihr davon, wenn wir bei Guntram Adler noch einen Krug Bier trinken?«

»Ja, aber auf deine Kosten. Der Schreiberling sieht so aus, als könnte er mehr als einen kräftigen Schluck gebrauchen.« Hunold öffnete die Tür, schob Linhard nach draußen und wartete, bis Utz, der die Fackeln an sich genommen hatte, an ihm vorbeigegangen war. Dann zog er die Tür von außen zu und schloss sie sorgfältig ab.

Drinnen war es wieder so still und so schwarz wie in einer Gruft. Marie empfand die Kälte, die in ihren Leib kroch, stärker noch als vorher, doch sie konnte das Brennen in ihrem Innern nicht lindern. Mühsam rutschte sie hoch, legte ihren Kopf auf die gefesselten Hände und zog die Knie an die Brust, um den Schmerz ertragen zu können. Immer noch quoll Blut zwischen ihren Beinen hervor, und sie wand sich in Krämpfen, die ihr Innerstes schier nach außen kehren wollten.

Sie war überzeugt, im Sterben zu liegen, und betete zur Jungfrau Maria und allen Märtyrern, dass der Tod sie möglichst bald von ihren Qualen erlösen möge. Doch niemand erhörte ihr Flehen. Irgendwann wurde ihr klar, dass der Tod sie verschmähte, und sie fragte sich verängstigt, wie es weitergehen sollte. Die Leute würden nicht danach fragen, ob sie durch fremde Schuld entehrt und geschändet worden war, sondern mit Fingern auf sie zeigen, sie demütigen und schlecht über sie reden. Selbst wenn ihr Vater sie mit Gold aufwöge, würde kein ehrlicher Mann mehr um sie werben, noch nicht einmal ein armer Bursche wie Michel. Ihrem Vater würde nichts anderes übrig bleiben, als sie einem versoffenen Kerl wie dem Schafscherer Anselm zur Frau zu geben, dem der

Wein, den er sich von ihrer Mitgift kaufen konnte, wichtiger war als ihre Unberührtheit und ihr guter Ruf.

Wieder kreisten Maries Gedanken um die Männer, die sie zuerst verleumdet und nun ihr Leben auf so brutale Weise zerstört hatten. Doch sie fragte nicht mehr nach dem Warum, sondern erstickte beinahe an ihrem Hass und wünschte sich, mit eigenen Augen zu sehen, wie die drei für ihre Untaten verurteilt wurden, wie sie sich unter der Peitsche des Henkers wanden und unter Hohn und Spott aus der Stadt gejagt wurden. Eine schlimmere Strafe sahen die Gesetze für die Schändung einer ehrbaren Jungfrau leider nicht vor.

Ungeduldig wartete sie auf den Morgen. Wenn sie von einer älteren Bürgerin aus Konstanz untersucht wurde, musste doch die Wahrheit ans Licht kommen. Die Matrone würde das Blut sehen, die frischen Spuren der Schändung, und wissen, dass sie vor dieser Nacht noch Jungfrau gewesen war. Wenn die drei Schurken es dann wagten, ihre Beschuldigungen vor dem Richter zu beschwören, würden sie als Meineidige entlarvt und bekamen die rechte Hand abgehackt.

Auch diese Strafe schien Marie viel zu wenig für das, was man ihr angetan hatte. Besser war es, wenn sie die Nacht nicht überlebte, denn dann würde man die drei Bestien des Mordes anklagen und sie zum Tode verurteilen. Noch während sie sich vorstellte, wie Linhard an ihrem toten Körper vorbei zur Hinrichtung geführt wurde, kamen ihr die Worte in den Sinn, die der Pfarrer ihrer Gemeinde mit Vorliebe predigte: Liebe deine Feinde und vergebe denen, die dir Schmerz zufügen. In ihr war jedoch keine Liebe mehr, sondern so viel Hass, dass sie bereit war, sich dem Teufel in die Arme zu werfen, nur um ihre drei Peiniger sterben zu sehen.

Mit einem Mal schrak Marie vor ihren eigenen Gedanken zurück und versuchte, bei der Gottesmutter und den Heiligen Schutz zu suchen, um dem Wahnsinn zu entkommen, der sich ihrer bemächtigte. Doch der Zorn erstickte jedes Gebet auf ihren Lippen.

V.

Durch das vergitterte Loch fiel der Schein des erwachenden Tages und tauchte die Decke in ein schmieriges Rot, das wie Blut auf Marie herabzutropfen schien. Sie barg das Gesicht auf den Armen, um nichts sehen zu müssen, und als sich ein Schlüssel im Schloss bewegte und die Riegel draußen zurückgeschoben wurden, erstarrte sie vor Angst und wagte nicht mehr zu atmen. Kamen die Männer zurück, um sie noch einmal zu quälen?

Als eine kräftig gebaute, ältere Frau eintrat, begann Marie vor Erleichterung zu weinen. Es war die Witwe Euphemia, die drei Häuser neben dem ihren wohnte und Marie schon seit ihrer Geburt kannte.

Die Frau steckte ihre Fackel in den Ring über Maries Kopf, stemmte die Hände in die Hüften und sah auf das verkrümmt zu ihren Füßen liegende Mädchen herab. Der Blick, mit dem sie Marie maß, hätte auch einer zu mageren Schweinehälfte gelten können. Ohne ein Wort zu sagen, bückte sie sich, packte Maries Beine und zog sie nach vorne. Unwillkürlich versteifte Marie sich, doch die Witwe zwang sie mit hartem Griff, die Schenkel zu öffnen. Marie kam es so vor, als weide die Frau sich an ihrem nackten, von Blut und Erbrochenem besudelten Körper, und wand sich innerlich vor Scham.

Die Frau ließ Maries Bein los und richtete sich mit einem schadenfrohen Lachen auf. »Da siehst du, wohin es führt, wenn ein Mädchen ohne Mutter aufwächst.«

Sie lauschte einen Augenblick, als erwarte sie noch jemand, aber als sich draußen nichts rührte, drückte sie Marie die Beine weiter auseinander und untersuchte ihren immer noch blutenden Unterleib. Rücksichtslos befingerte sie die Wunden, bis Marie sich vor Schmerzen stöhnend aufbäumte.

»Das ist heute Nacht geschehen«, stieß Marie zwischen den zusammengebissenen Zähnen hervor. »Utz, der Fuhrmann, der Büttel Hunold und Linhard, unser Schreiber, sind in den Kerker gekommen und haben mich geschändet. Euphemia, du siehst doch, wie viel Blut geflossen ist. Ich war noch Jungfrau, bis die Männer über mich herfielen. Das musst du vor Gericht bezeugen.«

Die Witwe lachte bitter auf. »Ich muss gar nichts! Dein Vater hätte so klug sein sollen, mich nach dem Tod deiner Mutter zu heiraten. Ich hätte schon dafür gesorgt, dass du als anständige Jungfer aufgewachsen wärest. Aber Matthis Schärer, dieser hochnäsige Sohn eines davongelaufenen Leibeigenen, war sich zu fein für die Witwe eines einfachen Schusters.«

Der Schock, den die boshaften Worte in ihr auslösten, gab Marie Kraft, sich ein Stück aufzurichten und der Frau ins Gesicht zu sehen. »Was redest du da? Du siehst doch, was mit mir passiert ist. Willst du, dass die drei Männer, die mich verleumdet und so übel zugerichtet haben, ihrer gerechten Strafe entgehen?«

»Wer hier bestraft gehört, bist du, du geile Dirne! Ich hole jetzt Wasser, damit ich dich waschen kann. Schließlich muss ich dich in einer Stunde dem Gericht präsentieren.«

Marie versuchte, die Säure hinabzuwürgen, die aus ihrem Magen hochstieg. Aber ihre Zunge war eingetrocknet. »So bald schon? Ja, das ist gut.«

»Über ein Hurenstück wie dich kann das Urteil nicht schnell genug gesprochen werden«, höhnte die Witwe.

In dem Moment ging die Tür erneut auf, und Hunold kam mit einem Schaff Wasser herein. Über dem Arm trug er ein Leintuch und etwas, das wie ein härener Kittel aussah.

Marie schrie bei seinem Anblick gellend auf, zog die Beine an und presste sie zusammen. Die Witwe hob die Hand, als wolle sie sie schlagen, ließ sie aber wieder sinken. »Wenn du mir Schwierigkeiten machen willst, überlasse ich dich Hunold, damit er dich zu Tode vögelt. Der Richter wird mir glauben, wenn ich ihm erkläre, dass du dich heute Nacht aus Scham selbst umgebracht hast, weil du keine Jungfrau mehr gewesen bist.«

Marie sah der Frau an, dass sie es ernst meinte. »Warum tust du mir das an?«

Euphemia zuckte nur mit den Achseln, tauchte das Tuch ins Wasser und begann Marie abzureiben. Dabei ging sie nicht gerade sanft mit ihr um. Als die Witwe das an ihrem Unterleib klebende Blut abschrubbte und die Wunden dabei noch weiter aufriss, brüllte Marie ihren Schmerz hinaus. Aber sie wehrte sich nicht, denn sie klammerte sich an die Hoffnung, der Richter würde das Gespinst aus Lügen und Gewalt durchschauen, das man um sie gewoben hatte. So sah sie regungslos zu, wie die Witwe einen Streifen ihres Nachthemds auswusch und zusammengeknüllt in ihre misshandelte Scheide schob, um das immer noch heraussickernde Blut zu stillen. Als die Witwe sie von dem Ring losband, atmete sie erleichtert auf.

Sie ließ sich auf die Beine stellen und rührte sich auch nicht, als Euphemia ihr den Armsünderkittel überzog und Hunold herbeiwinkte. »So können wir die Dirne dem hohen Gericht wohl vorführen.«

Der Büttel fesselte Maries Arme wie am Abend zuvor auf dem Rücken und stieß sie rüde zur Tür hinaus. Seinem Gesichtsausdruck nach zu schließen machte er sich keine Sorgen, dass das Verbrechen auf ihn zurückfallen würde. Im Gegenteil, seine Blicke waren immer noch voller Gier. Marie graute vor dem Mann, und sie fühlte, wie die Angst einen Ring um ihr Herz zog und es zusammenpresste. Wie konnte Hunold sich nur so sicher sein, seiner gerechten Strafe zu entgehen?

Sie war so mit ihrem Elend beschäftigt, dass sie zunächst nicht wahrnahm, wohin der Büttel sie führte. Erst als sie über eine Brücke gingen, wurde Marie bewusst, dass Hunold sie zu dem Dominikanerkloster auf der Insel brachte, dessen Mönche den Ruf unbarmherziger Strenge genossen.

VI.

Die große Halle des Inselklosters, in der der Prozess stattfinden sollte, beeindruckte jeden, der sie zum ersten Mal betrat. Die Mauern bestanden aus exakt behauenen Sandsteinquadern, deren Wucht von ungewöhnlich großen, gewebten Wandbehängen mit biblischen Szenen noch unterstrichen wurde. Schmale, deckenhohe Fenster mit Scheiben aus bemaltem Glas erzählten die Leidensgeschichten der heiligen Märtyrer, denen der Dominikanerorden besonders verbunden war. Die mit feinen Schnitzereien verzierte Decke bestand aus dunkel gebeiztem Holz und wurde von mannsstarken Balken getragen, auf die man die Wappen aller Bischöfe von Konstanz und der Äbte des Inselklosters gemalt hatte. All das gab dem Eintretenden das Gefühl, an einem der erhabensten Orte der Christenheit zu stehen.

Hinter einem aus Stein gehauenen Tisch an der Stirnseite des Saals stand ein prächtiger Stuhl, wie der Kaiser selbst kaum einen schöneren besaß. Darauf hatte der bischöfliche Richter Honorius von Rottlingen, ein Dominikanermönch im weiß-schwarzen Ordenshabit, Platz genommen. Rechts und links neben ihm saßen seine beiden Beisitzer, Mönche wie er, ebenfalls auf hochlehnigen Stühlen, während der Gerichtsschreiber sich mit einem einfachen Schemel begnügen musste. Zwei Schritte von dem Richtertisch entfernt an der Seitenwand stand ein einzelner, ebenfalls mit reichen Schnitzereien versehener Stuhl für den Ankläger bereit. An diesem Tag wurde diese Rolle Magister Ruppertus zuteil, der in dem Verfahren als Ankläger und als Geschädigter auftrat. Ihm gegenüber an der anderen Wand lag das

Richtschwert des bischöflichen Gerichts auf einem wuchtigen, aber unverzierten Holztisch, und direkt daneben hatte man die Bank für den Konstanzer Henker aufgestellt. Dahinter hielten sich mehrere Gerichtsdiener bereit, die Befehle des Richters auszuführen.

Die Stühle und Bänke für die Zuschauer waren leer und die für die Zeugen nur spärlich besetzt. Die beiden Handwerksmeister Gero Linner und Jörg Wölfling litten offensichtlich noch unter den Nachwirkungen der halb durchzechten Nacht, denn sie fassten sich immer wieder an den Kopf und sahen sich so scheu und bedrückt um, als hätten sie den viel gerühmten Bürgerstolz der Konstanzer an der Pforte abgegeben. Am anderen Ende der gleichen Bank saßen Utz Käffli und der Schreiber. Der Fuhrmann musterte seine Umgebung mit einem respektlosen Grinsen, so als würde er sich über die steife Würde des Ortes und der Ordensbrüder amüsieren, während Linhard die Augenlider zusammenpresste und sichtlich mit dem reichlich genossenen Alkohol zu kämpfen hatte.

Matthis Schärer hatte sich auf die hintere Zeugenbank gesetzt, weit weg von den Männern, die seine Tochter beschuldigt hatten. Sein Gesicht wirkte grau und eingefallen, und eine Gesichtshälfte hing leicht herunter. Er klammerte sich an seinen Schwager, der ihn bis hierher gestützt hatte, und bejammerte leise sein Unglück. Seine Stimme und sein Blick verrieten, dass sein Geist die Ereignisse der Nacht nicht verkraftet hatte.

Mombert wirkte ebenfalls angeschlagen, konnte im Gegensatz zu Matthis jedoch klar denken. Ihn erschreckten die Geschwindigkeit, mit der Magister Ruppertus den Prozess gegen Marie in Gang gebracht hatte, und die kalten, abweisenden Mienen des Richters und der Beisitzer. Er hielt es für ein schlechtes Omen, dass Maries Fall vor dem bischöflichen Gericht verhandelt wurde und nicht vor dem Geschworenengericht der Stadt Konstanz, das für jeden Einwohner zuständig war, der das verbriefte Bürgerrecht besaß. Dort wäre Meister Matthis und ihm eher geglaubt worden als einem herumzigeunernden Fuhrmann und einem Dienstboten, und sie hätten Marie wirkungsvoll verteidigen können. Hier aber besaßen sie im Gegensatz zu Magister Ruppert, der am Bischofshof als Rechtsberater fungierte und ein gern gesehener Gast war, nicht den geringsten Einfluss.

Mombert ärgerte sich über Meister Jörg, der als Mitglied des Hohen Rats von Konstanz gegen die Verhandlung vor einem bischöflichen Gericht hätte protestieren müssen. Seiner Meinung nach wurden mit diesem Prozess die verbrieften Rechte der Stadt übergangen. Jörg Wölfling hockte jedoch nur stumm auf seinem Platz und ließ sich kein Wort und keine Geste um sich herum entgehen.

Ein Räuspern forderte die Aufmerksamkeit der Anwesenden. Honorius von Rottlingen überflog den Heiratsvertrag, den Ruppert ihm auf den Tisch gelegt hatte, und las jene Zeilen vor, in denen Meister Matthis seinem Schwiegersohn beeidet hatte, ihm seine Tochter als reine und ehrbare Jungfrau zu übergeben.

»Bringt die Metze herein!«, befahl er schließlich.

Der Richter schien sein Urteil schon gefällt zu haben. Mombert schüttelte sich, denn ihm grauste vor dem fanatischen Mönch, und als der Stadtbüttel Marie im härenen Kittel und mit gefesselten Händen hereinführte, rollten Tränen über seine Wangen. Sein Schwager beugte sich nach vorne, als wäre ihm übel, und schlug die Hände vors Gesicht.

Unter Maries Augen lagen dunkle Schatten, sie zitterte heftig, und ihr Gesicht verzerrte sich, als litte sie unter starken Schmerzen. All das tat ihrer engelhaften Schönheit jedoch keinen Abbruch, und ihre Augen verrieten, dass ihr Geist noch nicht gebrochen war.

Ein Gerichtsdiener führte sie zu dem Armsünderbänkchen und zwang sie, dort niederzuknien. Einen Augenblick lang sank sie in sich zusammen, als habe sie alle Kraft verloren. Dann aber richtete sie sich auf und sah den Richter an.

»Ich erhebe Anklage«, rief sie mit bemerkenswert fester Stimme. »Diese drei Männer dort, Linhard, der Schreiber, Utz, der Fuhrmann, und der Büttel Hunold sind heute Nacht in meine Zelle eingedrungen und haben mir Gewalt angetan.«

Maries Vater sprang auf, als wolle er zu ihr eilen, sank aber mit einem Aufstöhnen in sich zusammen und griff sich an die Brust. Mombert hielt ihn fest und starrte Utz an, der in schallendes Gelächter ausbrach.

»Jetzt bist du wohl ganz durchgedreht, Mädchen. Gleich wirst du noch behaupten, der ehrwürdige Herr Richter hätte dich ebenfalls vergewaltigt.«

»Nein, Utz, dich klage ich an, dich und deine beiden Spießgesellen.« Sie neigte ihren Kopf vor dem Richter und sah ihn dann flehend an. »Ehrwürdiger Vater, ich spreche die Wahrheit. Linhard, Hunold und Utz haben mir heute Nacht mit roher Gewalt meine Unschuld genommen, um hier nicht falsch schwören zu müssen, und sie haben mich damit noch verhöhnt. Ich schwöre bei der Heiligen Jungfrau und dem Jesuskind, dass ich bis zu dieser Nacht noch unberührt gewesen bin.«

»Du wählst eine etwas eigenartige Form der Verteidigung.« Die Stimme des Richters klang zweifelnd. »Wenn du die drei Männer zu Unrecht beschuldigst, wird deine Strafe umso härter ausfallen.«

»Ich spreche die Wahrheit«, brach es aus Marie heraus. »Ich schwöre …«

Magister Ruppertus schnitt ihr das Wort ab. »Schwüre kommen den Weibern rasch von der Zunge, doch sie taugen selten etwas. Ehrwürdiger Vater, sollen wir uns noch länger anhören, wie diese Hure drei ehrenwerte Männer eines so schrecklichen Verbrechens beschuldigt, das nur die Diener des Höllenfürsten begehen könnten?«

»Dann sind diese drei eben Diener des Teufels!«, schrie Marie so laut, dass es von den Wänden widerhallte.

Magister Ruppertus winkte ab. »Ich fürchte, die Entlarvung ihres unsittlichen Lebenswandels hat dem Weib den Verstand geraubt. Oder sie ist bereits so durchtrieben, dass sie mit einer haltlosen Anklage von ihren eigenen Verbrechen ablenken will.«

Mombert sprang auf und funkelte den Magister zornig an. »Wer sagt Euch, dass ihre Anklage haltlos ist? Ich kenne Marie nur als frommes, gehorsames Kind, das kein falsches Wort im Munde führt.«

Ruppert schüttelte nachsichtig den Kopf. »Es ehrt Euch, Meister Mombert, dass Ihr Euch für Eure Verwandte verwendet. Doch sie hat ihre Verbrechen wohl kaum mit dem Mund begangen. Zumindest hoffe ich das für ihre arme Seele. Aber Ihr seid nicht der Hüter dieses irregeleiteten Geschöpfs gewesen. Ihr wart doch selbst dabei, als Utz Käffli und Linhard Merk uns gestern Abend glaubhaft versicherten, mit ihr Unzucht getrieben zu haben. Bei der Schwere ihres Vergehens ist es verständlich, dass sie versucht, die Schuld auf die beiden Männer abzuwälzen. Aber ihre Behauptung, sie habe ihre Unschuld erst in dieser Nacht und gegen ihren Willen eingebüßt, ist wirklich ein starkes Stück. Ich hoffe, der ehrwürdige Vater wird diese Unverfrorenheit in seinem Urteil berücksichtigen.«

»Mir wurde Gewalt angetan!«, schrie Marie auf. Aber selbst die, die es gut mit ihr meinten, streiften sie mit zweifelnden Blicken.

»Was ist mit dem Büttel?«, fragte Mombert. »Von ihm war gestern nicht die Rede.«

»Natürlich muss sie ihn ebenfalls beschuldigen. Wer außer ihm hätte Utz und Linhard den Schlüssel zum Kerker geben können? Ihr seht selbst, wie ruchlos und durchtrieben dieses Weib ist, ehrwürdiger Vater.« Rupperts letzter Satz galt dem Richter, der wortlos zustimmte.

»Wir werden die Wahrheit sogleich feststellen«, warf einer der

Beisitzer ein. »Ich schlage vor, dass wir die Witwe Euphemia Schusterin befragen, ob sie die Angeklagte als Jungfrau angetroffen hat oder nicht.«

»Zuerst muss das Verfahren förmlich eröffnet und die Anklage verkündet werden«, wies der Magister ihn zurecht. »Immerhin geht es nicht nur um dieses verlotterte Frauenzimmer, sondern auch um einen in betrügerischer Absicht geschlossenen und falsch beschworenen Vertrag.«

Auf ein Zeichen des Richters erhob sich Ruppert und trat in die Mitte des Saales. Mit seiner schwarzen Kutte und dem silbernen Kreuz auf seiner Brust glich er einem Mönch. Nur die Tonsur fehlt noch, dachte Mombert mit grimmiger Miene.

Ruppertus Splendidus, der Bastard des Grafen von Keilburg, beschuldigte Meister Matthis, ihn wissentlich getäuscht und zur Verlobung mit seiner Tochter genötigt zu haben.

»Er dachte wohl, er könne einem Fremden, der nur selten nach Konstanz kommt, seine Tochter unterschieben«, rief er zuletzt mit hallender Stimme. »Doch diese beiden braven Männer hier folgten dem Ruf ihres Gewissens und warnten mich vor Matthis Schärers Hinterlist und dem liederlichen Lebenswandel seiner Marie.«

»Ja, genau so war es«, stimmte Utz dem Magister zu.

Marie drehte sich zu ihrem Vater um, in der Erwartung, er würde aufstehen und gegen diese widerlichen Unterstellungen protestieren. Doch Matthis Schärer saß schwankend auf der Bank, hielt seinen rot angelaufenen Kopf mit beiden Händen fest und vermied es, in ihre Richtung zu blicken. So blieb ihr nichts anderes übrig, als sich und damit auch ihn zu verteidigen.

Sie deutete eine Verneigung an und sah dem Richter direkt in die Augen. »Das ist ein infames Lügengebilde, ehrwürdiger Vater! Als mein Vater den Vertrag unterzeichnet hat, war ich eine reine, unschuldige Jungfrau, so wahr mir Gott helfe. In dieser Nacht haben mir die drei elenden Schufte dort mit Gewalt geraubt, was ich unter dem Schutz meines Vaterhauses sorgsam gehütet habe. Die Gottesmutter ist meine Zeugin!«

»Wenn du die Wahrheit sprichst, wird die Matrone, die dich geprüft hat, deine Worte bestätigen. Wenn du aber gelogen hast, wird dich die volle Schwere des Gesetzes treffen.«

Marie begehrte auf. »Aber sie kann meine Unschuld doch gar nicht bezeugen! Sie hat mich erst in meiner Schande gesehen und mir mit eigener Hand das Blut von meinen Schenkeln gewaschen.«

Pater Honorius seufzte. »Marie Schärerin, wenn die Witwe Schusterin uns versichern kann, dass dein Jungfernblut geflossen ist, werden wir deine Unschuld als erwiesen ansehen, und die volle Härte des Gesetzes wird die wahren Schuldigen treffen.«

Die Miene des Richters verriet ebenso wie seine Stimme, dass er nicht an diese Möglichkeit glaubte. Marie spürte, wie sich jedes Haar auf ihrem Körper aufrichtete. Sie konnte nur hoffen, dass Euphemia angesichts des Kreuzes und der Heiligenbilder ringsum ihrem Gewissen gehorchte und nicht aus Rache, weil ihr Vater ihren Heiratsabsichten eine Abfuhr erteilt hatte, einen Meineid schwor. Doch als die Witwe hereingeführt wurde, sah Marie ihr an, dass diese nicht vorhatte, die Wahrheit zu sagen.

Pater Honorius forderte die Frau auf, vor ihn zu treten, und musterte sie, bis sie unruhig wurde. »Du bist Euphemia Schusterin, Witwe das Schusters Otfried, und hattest die Aufgabe, an diesem Morgen die Jungfräulichkeit der der Hurerei angeklagten Marie Schärerin zu prüfen. Berichte dem Gericht, wie du ihren Zustand beurteilst.«

Euphemia verzog das Gesicht und stieß die Luft durch die Zähne. »Ehrwürdiger Vater. Eine tugendsame Jungfrau kann ich das Mädchen wohl kaum mehr nennen.«

Pater Honorius sah sie streng an. »Euphemia Schusterin, im Namen Gottes und unseres Herrn Jesus Christus fordere ich dich auf, uns die Wahrheit zu sagen. Hat die Angeklagte geblutet?

Hast du Anzeichen dafür feststellen können, dass man ihr in der Nacht Gewalt angetan hat? Überlege gut und schildere uns genau, was du gesehen hast.«

Die Witwe zögerte keinen Augenblick. »Ich habe keinerlei Blut feststellen können und auch keine Spur davon, dass sie in der Nacht von einem Mann benutzt worden ist. Das schwöre ich bei Gott, dem Allmächtigen.«

Marie schrie wild auf. »Sie lügt! Sie hasst meinen Vater und ist deswegen mit denen im Bund, die mich vergewaltigt haben!«

Magister Ruppertus sprang auf. »Ehrwürdiger Vater, so geht das nicht weiter. Wir müssen verhindern, dass diese Metze weiterhin unbescholtene Menschen in den Schmutz zieht.«

Pater Honorius schlug mit der flachen Hand auf den Tisch, dass der Stein dröhnte. »Ihr habt Recht, Magister Ruppertus. Die Unverfrorenheit dieses verworfenen Geschöpfs ist des Teufels. Büttel, knebele die Angeklagte. Sie ist es nicht wert, ihre Stimme noch einmal erheben zu dürfen.«

Marie schrie wütend auf. »Heilige Maria, Mutter Gottes! Was ist das für ein Gericht, das die Schuldigen verschont und die Unschuldigen verurteilt?«

In dem Moment traten zwei Gerichtsdiener neben sie. Einer zwang sie mit schmerzhaftem Griff, den Mund zu öffnen. Der andere schob ihr einen Holzstab zwischen die Zähne und hielt ihn fest, bis sein Kollege die beiden Bänder, die an den Enden des Stabes befestigt waren, um ihren Nacken geschlungen und verknotet hatte. Marie versuchte trotz des Knebels, weiterhin ihre Unschuld zu beteuern, brachte jedoch nur noch ein Lallen heraus.

Der Richter nickte den Gerichtsdienern dankbar zu und wandte sich dann an Linhard und den Fuhrmann. »Ihr beiden habt behauptet, mit Marie, der Tochter des Matthis Schärer Unzucht getrieben zu haben. Seid ihr bereit, auf das Kreuz zu schwören, dass eure Aussage der Wahrheit entspricht?«

Utz stand auf, ging zum Richtertisch und legte die Hand auf das Kreuz, das der Richter ihm hinhielt. »Ich bin bereit. Ich schwöre bei allem, was mir heilig ist, dass ich Marie Schärerin bestiegen habe.«

Linhard schwitzte, als er den fragenden Blick des Richters auf sich gerichtet sah. Er trat mit eingezogenem Kopf vor den Tisch, als erwarte er, jeden Moment einen Blitz auf sich herabfahren zu sehen, und umklammerte das Kreuz mit zitternden Händen. Dann sprach er die Worte, die Marie verdammten. »Ich schwöre es bei allen Heiligen.«

Pater Honorius nickte zufrieden. »Damit ist die Angeklagte der Hurerei überführt und wird die Schwere des Gesetzes zu spüren bekommen. Jetzt müssen wir nur noch über das Strafmaß entscheiden. Magister Ruppert, da die gottlosen Handlungen der Angeklagten Eure Ehre besudelt haben, steht es Euch zu, eine angemessene Bestrafung zu fordern.«

Der Magister nickte, als hätte er nichts anderes erwartet. »Ich danke Euch, ehrwürdiger Pater. Nach den Gesetzen der heiligen Kirche und des Reiches sollte folgende Strafe verhängt werden: Wenn die Schuld einer fehlenden Jungfrau erwiesen ist und sie vor Gericht diese Schuld bekennt und bereut, so soll sie in ein Kloster gegeben werden, damit sie dort für die Vergebung ihrer Sünden beten kann.«

Er machte eine Pause und blickte erwartungsvoll in die Runde, aus der ihm wortlose Zustimmung entgegenschlug. Dann sah er Marie auffordernd an. »Bist du nun endlich bereit, deine Sünden einzugestehen? Überlege gut. Es ist der einzige Weg für dich, für deine Verfehlungen zu büßen und deine Seele vor der ewigen Verdammnis zu retten.«

Marie schwankte. Wenn ein anderer sie gefragte hätte, wäre ihre Antwort »Ja« gewesen, denn sie wünschte nur noch, sich irgendwo verkriechen zu können. In ihrem Unterleib wüteten kaum noch erträgliche Schmerzen, und vor ihren Augen tanzten rote Flecken wie die Flammen der Hölle. Hinter Klostermauern würde sie die Grausamkeit der Welt vergessen können. Doch ihr war bewusst, dass man sie nur dann begnadigen würde, wenn sie einen Meineid schwor. Damit aber würde sie wirklich eine Todsünde begehen und gleichzeitig die drei Männer, die sie vergewaltigt hatten, und die Witwe Euphemia, deren gottlose Verleumdung ihr Schicksal besiegelt hatte, von aller Schuld freisprechen. So schüttelte sie heftig den Kopf und stieß einen Laut aus, der als »Nein« verstanden werden konnte.

Für einen Augenblick wirkte Magister Ruppertus ebenso erleichtert wie erfreut, so als hätte er ihren Widerspruch erwartet. Dem Richter aber zeigte er eine grimmige Miene.

»Zeigt das Mädchen sich jedoch verstockt«, fuhr der Magister fort, »und weigert sich, ihre Schuld zu bekennen, so soll sie mit Ruten gestrichen und aus ihrer Heimat verbannt werden!«

Der Richter zeigte keinerlei Gefühlsregung. »So steht es geschrieben. Marie Schärerin, bist du bereit, deine Schuld vor Gott und den Menschen zu bekennen?«

Marie schüttelte erneut den Kopf. Ihr Vater stand schwer atmend auf und wankte zu ihr. Als er vor ihr stand, sah sie, dass ihm ein Auge nicht mehr gehorchte. Sein Atem roch immer noch nach Alkohol, und das tötete jedes Mitleid in ihr.

»Kind, du weißt nicht, was du tust. Bekenne dich schuldig, und ich werde dich zu den dienenden Schwestern des Dritten Ordens des heiligen Franziskus zu Konstanz geben.« Seine Stimme klang weinerlich. Marie drehte den Kopf und sah in eine andere Richtung.

»Wenn das Mädchen seine Schuld zugibt, wird dir dies gestattet werden«, erklärte einer der Beisitzer salbungsvoll.

Marie vernahm das leise, undeutlich gemurmelte »Bitte!« ihres Vaters und sah den flehenden Blick ihres Onkels Mombert auf sich gerichtet. Selbst der Richter nickte ihr aufmunternd zu. Es war, als hätte sich die ganze Welt gegen sie verschworen. Aber wenn sie den Schleier nahm, würde sie bis an das Ende ihrer Tage die Verachtung der adligen Nonnen zu spüren bekommen, die die Geschicke der dienenden Schwestern leiteten, und für Sünden bestraft werden, die sie nie begangen hatte. Noch schlimmer, mit ihrer Zustimmung würde sie eine Todsünde begehen, für die sie noch nicht einmal büßen durfte, denn sie würde im Angesicht des Kreuzes einen Meineid schwören und sich damit auf alle Ewigkeit selbst verdammen. Nein, dazu war sie nicht bereit.

Sie sah den Richter an und schüttelte wild den Kopf. Honorius von Rottlingen wirkte sichtlich verärgert. Seine Hand fiel schwer auf den Tisch, und er befahl seinem Schreiber, die Feder in die Hand zu nehmen. »Da diese Metze verstockt ist und ihre Schuld leugnet, soll sie die höchstmögliche Strafe treffen.«

Er beriet sich kurz mit seinen Beisitzern, erhob sich dann und blickte auf Marie herab.

»Marie Schärerin, du wirst wegen Hurerei und des Versuchs, den angesehenen Magister Ruppertus Splendidus zu betrügen und dich ihm als ehrbare Jungfrau anzuvermählen, sowie der Verleumdung achtbarer Bürger und Matronen zu dreißig Rutenstreichen und ewiger Verbannung aus der Stadt Konstanz und ihrem Umland verurteilt.« Der Richter wollte sich schon erheben und damit die Sitzung schließen, doch Magister Ruppertus bat noch einmal um das Wort.

»Verzeiht, ehrwürdiger Vater, wenn ich eine Bitte vorbringe. Ich halte es nicht für gut, wenn Ihr diese Hure durch eines der südlichen Tore aus der Stadt bringen lasst, wie es das städtische Gericht meist anordnet. Das aufständische Gesindel dort, das sich Eidgenossen nennt, würde ihr gewiss helfen, schon um unserer hochwürdigen Eminenz, Bischof Otto, einen Tort anzutun. Lasst sie über den Rhein bringen und ein paar Tage lang nach Westen treiben, damit die Umgebung der Stadt von ihr befreit wird.«

Während Pater Honorius zustimmend nickte, sprach Ruppertus weiter. »Außerdem sollte keiner Eurer Gerichtsknechte die Hure auspeitschen. Sie ist schön wie die Sünde, und meiner Erfahrung nach fallen die Hiebe der meisten Männer bei einer solchen Frau schwächer aus, als es angemessen ist. Ich schlage vor, dass der Büttel Hunold die Strafe ausführt. Er wird die Sünderin gewiss nicht schonen.«

»Nicht nachdem sie ihn eines schändlichen Verbrechens bezichtigt hat.« Der Richter hob die Hand, um noch einmal die Aufmerksamkeit der Anwesenden zu fordern. »Das Urteil wird heute noch vollstreckt. Bringt die Metze zur Marktstätte, wo der Büttel Hunold die Bestrafung übernehmen wird. Danach soll sie von zwei Dienern dieses Gerichts aus Konstanz hinausgeschafft werden.«

Marie sah, wie Hunolds Gesicht aufleuchtete, und fühlte, wie sie auch noch ihre letzten Kräfte verließen. Der Büttel kam mit einem zufriedenen Grinsen auf sie zu, packte den Strick, an dem er sie schon zweimal durch die Gassen gezerrt hatte, und riss so grob daran, dass sie zu Boden stürzte.

»So ist es recht«, höhnte er. »Aber es hilft dir auch nichts, wenn du dich vor mir niederwirfst und mich anflehst, dich zu schonen. Das hättest du dir früher überlegen müssen.«

VII.

An dem Tag, an dem Marie vor Gericht stand, wurde in Konstanz Wochenmarkt abgehalten. Die Bauern aus der Umgebung waren früh am Morgen in die Stadt gekommen und boten Gemüse, Geflügel, Lämmer und Ferkel an. Am späten Vormittag, als der Großteil ihrer Waren verkauft war, begannen sie ihre Stände abzubauen und gaben das eine oder andere Stück billiger weg, um es nicht wieder mitnehmen zu müssen. Mit einem Mal stockte die hektische Betriebsamkeit. Selbst die Städterinnen, die eben noch nervös von Stand zu Stand gelaufen waren, als zerrinne ihnen die Zeit unter den Händen, umklammerten ihre voll gepackten Einkaufskörbe und starrten mit offenen Mündern zum Kornhaus.

Dort waren drei Gerichtsdiener mit umwickelten Stäben, den Zeichen ihres Amtes, erschienen und wiesen einige Bauern an, ihre Wagen beiseite zu schaffen, da sie den Zugang zum Schandpfahl versperrten. Die Marktbesucher drängten näher und fragten einander verwundert, was dort stattfinden sollte, aber niemand wusste darauf zu antworten. Normalerweise wurde die Bestrafung eines Delinquenten Tage vorher von Ausrufern bekannt gemacht und gab den Bürgern Gelegenheit, sich frühzeitig auf der Richtstätte oder hier auf dem Marktplatz einzufinden.

Die Zuschauer brauchten sich nicht lange zu gedulden, denn wenig später erschien ein weiterer Gerichtsdiener mit einem Bündel Ruten als Zeichen seiner Autorität und ersuchte die Umstehenden mit höflicher Stimme, dem ehrwürdigen Richter Honorius von Rottlingen und seinem Gefolge Platz zu machen. Schnell bildete sich in der anschwellenden Menschenmenge eine Gasse, die von der Plattform mit dem Schandpfahl bis zu dem Weg reichte, durch den die Mönche vom Inselkloster heraufkamen.

Erwartungsvolles Raunen begrüßte den Richter, seine Beisitzer und den Gerichtsschreiber. Den vier Mönchen folgte Magister Ruppertus mit seinen Zeugen. Die meiste Aufmerksamkeit aber lenkte Hunold auf sich, der Marie wie ein Kalb am Strick hinter sich herzog. Zwei anderen Männern, die ebenfalls noch zu dem Zug gehörten, aber um etliche Schritte zurückgefallen waren, schenkte kaum noch jemand Beachtung. Es waren Mombert Flühi und Maries Vater, der sich schwer auf seinen Schwager stützte und ununterbrochen den Kopf schüttelte.

Während der Richter und seine Begleiter auf den Bänken Platz nahmen, die die Gerichtsdiener für sie aufgestellt hatten, schleppte Hunold Marie zum Schandpfahl, einem eisenbeschlagenen Baumstamm, der so tief im Boden verankert worden war, dass er selbst dem Toben kräftiger Männer widerstehen konnte. Sein Holz war im Lauf der Zeit schwarz geworden von den Leibern der Verurteilten, die sich in ihrem Schmerz daran gewunden hatten, und so glatt wie polierter Stein. Hunold ließ den Anblick einen Augenblick auf Marie wirken, dann stieß er sie gegen den Pfahl und band ihre Hände hoch über ihrem Kopf fest, so dass nur noch ihre Zehen den Boden berührten. Mit einem Ruck riss er ihr den Kittel herunter und warf ihn beiseite.

Marie wurde starr vor Scham, als sie sich nackt den Blicken der Menge ausgesetzt sah.

Hunold schien immer noch nicht zufrieden zu sein, denn er legte sein Kinn auf ihre Schulter und sprach so leise, dass nur sie seine Worte verstand. »Ich mag es, wenn die Weiber schreien, wenn ich sie auspeitsche. Deswegen nehme ich dir jetzt den Knebel ab.«

Er löste das Band in Maries Nacken und riss ihr den Stab aus dem Mund. Dann zog er das Messer aus seinem Gürtel, schnitt ihre Zöpfe ab und steckte sie unter sein Hemd.

Marie drehte den Kopf zur Seite, so gut sie es mit den überstreckten Armen vermochte. »Gott verdamme dich in die tiefste Hölle.«

Hunold lachte nur und trat zurück, um dem Gerichtsschreiber Platz zu machen. Dieser stellte sich mit gewichtiger Miene neben dem Pfahl auf und verlas auf einen Wink des Richters das Urteil.

Inzwischen hatte Mombert seinen halb bewusstlosen Schwager an einen Karren gelehnt und war bis in die erste Reihe der Zuschauer vorgedrungen. Was er dort suchte, wusste er nicht. Sah denn niemand, dass hier himmelschreiendes Unrecht geschah? Warum schritt keiner ein? Aber niemand hörte seine stummen Fragen, und das Wunder, auf das er hoffte, blieb aus.

Die Leute um ihn herum waren sich nicht einig, was sie von dem Ganzen halten sollten. Viele kannten Marie und versicherten einander, dass sie das Mädchen für eine tugendsame Jungfrau gehalten hatten. Doch die meisten äußerten lautstark die Überzeugung, dass ihre Nachbarn auf eine verworfene Heuchlerin hereingefallen sein mussten, und ihre Stimmen klangen schadenfroh und selbstzufrieden.

Besonnenere Mitbürger fragten nach dem kaiserlichen Stadtvogt, der zusammen mit dem Rat der Stadt für die Verfolgung und Bestrafung von Verbrechen in Konstanz zuständig war. Andere belehrten sie, dass der Vogt die Stadt vor zwei Tagen verlassen hatte und nicht vor Anfang der nächsten Woche zurückkehren würde.

Die teilweise heftigen Wortwechsel verstummten, als ein Gerichtsdiener Hunold drei Haselnussruten reichte. Die Stäbe hatten einige Tage im Wasser gelegen, um elastischer zu werden. Hunold zog die Stirn kraus. Er hätte gern stärkere Äste verwendet. Honorius von Rottlingen achtete jedoch streng darauf, dass Frauen mit Ruten gestrichen wurden, die nicht dicker waren als sein Daumen, und zu Hunolds Ärger besaß der Richter recht zierliche Finger.

Der Büttel schnaubte verächtlich und schwor sich, dass Marie trotzdem jeden Hieb bis auf die Knochen spüren würde. Er nahm die kräftigste Rute und schlug ein paarmal damit durch die Luft, so dass es pfiff. Dann wählte er den richtigen Abstand zu Maries Rücken und tippte ihn kurz an. Voller Vorfreude nahm er wahr, wie sich ihre Muskeln vor Angst verkrampften. Mit zufriedener Miene drehte er sich zum Richter um und blickte ihn auffordernd an. Als Pater Honorius den Daumen senkte, holte er aus und schlug zu.

Marie biss die Zähne zusammen, als die Rute ihren Rücken versengte. Wie durch dichten Nebel hörte sie den Gerichtsschreiber »eins« zählen. Erneut klatschte die Rute auf ihren Rücken. Diesmal war es so schlimm, dass sie glaubte, ihr Rückgrat breche unter der Wucht. Ihr Körper schien in Flammen zu stehen, und sie verfluchte ihre Sturheit, die sie gehindert hatte, den Weg ins

Kloster zu wählen. Bald konnte sie keinen klaren Gedanken mehr fassen, denn jeder Winkel ihres Seins wurde von Schmerzen durchflutet. Schlimmer konnten selbst die Qualen des Fegefeuers nicht sein.

Marie hatte Hunold nicht den Triumph gönnen wollen, sie jammern zu hören. Doch schon beim fünften Hieb hatte ihr Wille keine Macht mehr über ihr Fleisch. Eine rote Woge überflutete sie und drohte sie zu ersticken. Sie riss den Mund weit auf, um nach Luft zu schnappen, und hörte sich im selben Moment schreien. Zuerst stieß sie ihre Qual nach jedem einzelnen Hieb hinaus, doch irgendwann brach ein schier nicht enden wollender Ton aus ihrer Kehle, der nichts Menschliches mehr an sich hatte. Bis zum zwanzigsten Hieb hörte Marie den Schreiber mitzählen, dann nahmen ihre Sinne nichts anderes mehr wahr als Schmerz.

Hunold genoss den Anblick des zuckenden, sich windenden Frauenkörpers, dessen Rücken sich mehr und mehr rot färbte, und als er das Aufklatschen des dreißigsten Hiebs vernahm, spürte er ein erlösendes Ziehen in seiner Lendengegend, das einen Herzschlag später seine Hose nässte. Mehr Befriedigung hätte er selbst dann nicht erlangt, wenn er das Mädchen noch einmal vergewaltigt hätte. Wohlgefällig betrachtete er das blutige Muster, das sich in die bis auf die Muskeln zerfetzte Haut auf Maries Rücken eingegraben hatte und sich wie ein Schachbrett von den Schultern bis zu den Hinterbacken zog.

Seine Hand griff unwillkürlich zu dem wohlgefüllten Geldbeutel an seinem Gürtel. Die dreißig Pfennige, die er für die Auspeitschung bekommen würde, waren ein Bettel, verglichen mit der Summe, die er von dem Advokaten für seine Dienste erhalten hatte. Doch das Geld würde ihm nicht halb so viel Vergnügen bereiten können, wie die kleine Schärerin es ihm verschafft hatte. Mit sich und der Welt zufrieden drehte er sich um und meldete dem Richter den Vollzug der Strafe.

»Ist die Hure noch am Leben?« Pater Honorius' Stimme klang bei dieser Frage so unbeteiligt, als fragte er den Küster von Sankt Stephan nach der Tageszeit.

Hunold löste die Stricke, die Marie an den Pfahl gefesselt hielten, und sah zu, wie sie in sich zusammenfiel und zu Boden rutschte. Einen Moment blickte er auf sie herab, dann leerte er ein Schaff mit kaltem Wasser über ihr aus, das eigens für den Zweck bereitgestellt worden war, und stieß ihr mit dem Fuß in die Rippen.

Marie stöhnte auf und hob mühsam den Kopf. »Du bist kein Mensch mehr, Hunold, sondern ein Dämon.«

Der Büttel lachte dröhnend. »Ich hätte dich auch totschlagen können, Hure. Also danke mir lieber, dass du noch lebst.«

Er wandte sich ab und überließ Marie den beiden Gerichtsdienern, die sie aus der Stadt schaffen sollten. Die Männer stellten sie auf die Beine. Während der eine sie festhielt, löste ihr der andere die Fesseln und streifte ihr einen Schandkittel über, der ihren Körper gerade nur bis zu ihren Oberschenkeln bedeckte und eher einem Sack als einem Kleidungsstück glich. Das Hemd war von grellgelber Farbe und zeigte vorne und hinten zwei verzerrte Dämonengesichter, welche die Unzucht und die Wollust darstellten. Die Männer fesselten Marie wieder und drehten sie um ihre Achse, so dass die Zuschauer sie noch einmal betrachten konnten. Dann winkten sie dem Knecht, der ihre Pferde hielt.

»Komm, Hure, jetzt geht es zur Stadt hinaus!« Ehe Marie begriff, was der Gerichtsdiener damit meinte, schlang der Mann das Ende eines langen Seils um ihre vor dem Leib zusammengebundenen Hände und befestigte das andere Ende an einem Steigbügel. Ohne ihr noch einen weiteren Blick zu gönnen, schwangen er und sein Kamerad sich in die Sättel und trieben die Pferde an.

Da Marie die Beine nicht gehorchen wollten, wurde sie zu Boden gerissen und ein Stück über das Kopfsteinpflaster geschleift. Eine mitleidige Seele hob sie auf und gab ihr einen kleinen Schubs, der sie hinter den Reitern hertaumeln ließ. Ein dichtes Spalier von Menschen säumte den Weg, der sie am großen Spital und dem welschen Kaufhaus vorbei die Ufergasse hinabführte, die am Rheintor endete. Von dort aus würde es über die Brücke nach Petershausen weitergehen und dann ins freie Land hinaus.

Marie fühlte sich wieder wie in einem Albtraum gefangen. Ihr Körper vibrierte mit jeder Faser, doch im Augenblick schien ein gütiger Engel ihr den Schmerz genommen zu haben. Vor ihren Augen tanzten vielfarbene Flecken, die die Gesichter der Menschen um sie herum gnädig vor ihr verbargen. Dafür tauchte manch anderes mit erbarmungsloser Klarheit vor ihr auf, wie der vergoldete Hahn, der über dem Chorfirst des Münsters thronte und ihr über die Dächer hinweg einen höhnischen Abschiedsgruß zuzurufen schien.

VIII.

Matthis Schärer und Mombert Flühi hatten sich der Menge angeschlossen, die den Gerichtsdienern folgte. Maries Vater war in den Stunden seit Maries Verhaftung um Jahrzehnte gealtert, doch er schien mit einem Mal neue Kraft geschöpft zu haben, denn er drängte sich so rücksichtslos durch die Menge, dass sein Schwager ihm kaum folgen konnte. Sein Geist aber schien immer noch umnachtet zu sein, denn er brabbelte unverständliche Worte vor sich hin und streckte seine zitternden Hände immer wieder nach seiner Tochter aus, ohne sie jedoch anzufassen oder ihr zu helfen, wenn sie stolperte und zu Boden fiel. Auch Mombert konnte seine Augen kaum von seiner Nichte wenden, deren Blut den gelben Kittel rot färbte.

Er dachte an Hedwig, seine eigene Tochter, die vor kurzem ihr zwölftes Lebensjahr vollendet hatte, und stellte sich vor, sie wäre an Maries Stelle. Er hätte das Ganze nicht so widerstandslos hingenommen wie sein Schwager, und er war weniger denn je von Maries Schuld überzeugt.

Gerade, als die Gerichtsdiener ihre Pferde durch das Tor lenkten, durch das man die Petershausener Vorstadt nach Westen verließ, nahm Marie Michel wahr, der sich durch die Menge drängte, um in ihre Nähe zu kommen. Einen Herzschlag lang sahen sie einander in die Augen. Sein Gesicht war von Entsetzen und Hilflosigkeit gezeichnet, doch sie las auch Mitleid darin und den Willen, ihr beizustehen. Als sie über einen vorstehenden Pflasterstein stolperte und hinschlug, wollte er ihr zur Hilfe eilen, doch im gleichen Moment tauchte Guntram Adler hinter ihm auf, packte ihn im Genick und zog ihn schimpfend in die Stadt zurück.

Unter den spöttischen Kommentaren einiger Umstehender kam Marie ohne fremde Hilfe wieder auf die Füße und wankte weiter. Sie wusste jetzt, dass es einen Menschen gab, der an ihre Unschuld glaubte, und das gab ihr neue Kraft. Am Vorabend hatte sie seine Worte für das missgünstige Geschwätz eines eifersüchtigen Jungen gehalten, aber jetzt wurde ihr klar, dass sie ihm unrecht getan hatte. Michel liebte sie und hatte sie vor diesem Schicksal bewahren wollen. Dafür würde sie ihm wohl niemals danken können.

Marie schüttelte das Gefühl der Trauer ab, denn es war besser für sie beide, wenn sie einander nicht mehr begegneten. Nach ihrer Verurteilung als Hure würde ein Mann wie der Adlerwirt sie nicht einmal als Schankmagd einstellen, geschweige denn in der Nähe seines Sohnes dulden.

Sie war nun schutzlos, heimatlos und ohne Rechte, der Willkür eines jeden Menschen preisgegeben, dem sie begegnete. Die Einzigen, die ihr helfen konnten, waren ihr Vater und ihr Onkel Mombert. Sie hoffte, dass die beiden ihr folgen und sie an einen Ort bringen würden, wo sie sich vor der Welt verbergen und die Wunden ihres Körpers und ihrer Seele heilen lassen konnte. An diesen Gedanken klammerte sie sich, während ihre Füße wie von selbst den Pferden der Gerichtsdiener folgten.

Hinter Petershausen verloren auch die hartnäckigsten Gaffer das Interesse. Als die letzten zurückkehrten, blieben auch ihr Vater und ihr Onkel stehen. Marie sah, wie Mombert leise auf seinen Schwager einredete, als wolle er ihn trösten. Ihr Vater winkte jedoch heftig ab, drehte sich unvermittelt um und lief mit wankenden Schritten Richtung Stadt, ohne Marie noch einen letzten Blick zu schenken. Mombert breitete hilflos die Arme aus, sah abwechselnd hinter Marie und seinem Schwager her, als könne er sich nicht entscheiden, wen er im Auge behalten solle. Als er Matthis stolpern sah, eilte er ihm nach und stützte ihn.

Marie starrte ihnen fassungslos nach. Ihr Vater ließ sie im Stich! Das war das Letzte, das sie erwartet hatte. Ohne die Hilfe ihrer Verwandten, ohne eine Münze in der Tasche und einen Ort, an dem sie Zuflucht suchen konnte, würde sie die nächsten Tage wohl kaum überleben. Sie starrte die Rücken der beiden Reiter an und fragte sich, ob man sie wirklich irgendwo am Straßenrand aussetzen würde. Die beiden Männer drehten sich kein einziges Mal nach ihr um, sondern unterhielten sich gut gelaunt, als befänden sie sich auf einem gemütlichen Ausritt. Marie sagte sich, dass sie ihnen für die Missachtung dankbar sein musste, denn wenn Hunold den Auftrag bekommen hätte, sie wegzuschaffen, würde er sie auf jede nur mögliche Weise gequält haben, bis sie im Straßenschmutz zugrunde gegangen wäre.

Doch das war kein Trost für sie. Der Schock, dass ihre Verwandten sie allein gelassen hatten, öffnete die Schleusen des Schmerzes und des körperlichen Elends, die eine gnädige Hand eine Weile verschlossen gehalten hatte. Die Sonne stach unbarmherzig herab, und ihre Zunge klebte genauso am Gaumen wie der Kittel auf ihrer zerschundenen Haut. Scharfkantige Steine zerschnitten ihr die Füße, ihr Herz verkrampfte sich bei jedem Schlag, und die Welt um sie wurde grau, so dass sie kaum noch sehen konnte, wohin sie trat. Waren das die Vorboten des Todes?, fragte sie sich. Würde er sie endlich erlösen?

Eine Weile flehte sie stumm zu allen Heiligen, die ihr einfielen, sie mögen ein Wunder tun und ihr Hilfe schicken. Aber ebenso wie in der Nacht verhallten ihre Bitten ohne ein Echo, und die Schmerzen fraßen sich mit jedem Schritt tiefer in ihre Seele und trieben die Hoffnung und den Glauben aus ihr heraus. Sie fühlte, wie ihr Geist aus den Fugen ging, und hoffte, ihr Herz würde bald für immer verstummen.

Marie konnte nicht wissen, dass die Gerichtsdiener ein Interesse daran hatten, sie zu schonen, und deswegen ihre Tiere sehr langsam gehen ließen. Wenn die Frau hinter ihnen in ihrer Obhut starb, durften sie sie nicht einfach liegen lassen. Es gehörte zu ihren Pflichten, die Leiche eines Delinquenten zum nächsten Armenfriedhof zu bringen und sie mit eigener Hand dort zu begraben oder sie irgendwo tief im Wald zu verscharren und das Grab mit Steinen zu bedecken, damit es nicht von wilden Tieren ausgegraben werden konnte. Dieser Mühe unterzogen sie sich nur ungern, und es trieb sie ja auch niemand an. So freuten sie sich auf den Wein, der in Wollmatingen ausgeschenkt wurde, und waren froh, als sie die dortige Tafernwirtschaft erreichten.

Sie banden Marie bei den Pferden an und flößten ihr Wasser aus dem gleichen Eimer ein, mit dem sie vorher ihre Tiere getränkt hatten. Dann machten sie es sich in der Gaststube bei Wein und einem ausgiebigen Mahl bequem, bis die Sonne langsam nach Westen sank. Als sie aufbrachen, war es später Nachmittag, und es wurde langsam kühler.

Marie war jung und kräftig, und so hatte die lange Rast ihrem Körper Erholung verschafft. Ihr Herz klopfte ruhiger, und die grauen Schleier vor ihren Augen waren verweht, so dass sie ihre Umgebung wieder wahrnahm. Sie wusste nicht, ob sie froh sein sollte oder enttäuscht, weil Gevatter Tod sie schon wieder verschmäht hatte. Wie ein Schaf, das zum Markt geführt wird, trot tete sie mit hängendem Kopf hinter ihren Bewachern her, während ihre Seele in einem Meer aus Hoffnungslosigkeit trieb.

Die Nacht verbrachten die Gerichtsdiener auf den bequemen Strohsäcken einer Herberge in Allensbach, während Marie mit der kalten Erde eines Schuppens vorlieb nehmen musste. Sie erhielt auch diesmal nur Wasser aus dem Pferdetrog und bekam nichts zu essen. Erst am nächsten Morgen ließ einer der Gerichtsdiener sich vom Wirt einen Becher billigsten Wein und ein Stück Brot geben und drückte Marie beides in die gefesselten Hände.

»Iss und trink«, forderte er sie auf. »Du hast noch ein hartes Stück Weg vor dir. Aber heute Nachmittag bist du uns los und kannst gehen, wohin du willst, sofern du nicht Richtung Konstanz läufst.«

Marie umklammerte den Becher mit beiden Händen und trank so hastig, dass sie einen Teil verschüttete. Die Flüssigkeit rann wie Säure durch ihre Kehle und brannte in ihrem Magen. Trotzdem trank sie alles aus. Sie wollte den Mann um einen zweiten Becher bitten. Doch er wandte sich mit einem Gesicht von ihr ab, als bedaure er sein Mitleid.

»Mach, dass du auf die Beine kommst, Hure. Wir wollen nicht den ganzen Tag hier vertrödeln.« Er band sie wieder an seinen Steigbügel und ritt los, ohne darauf zu achten, ob sie dazu bereit war. Der Ruck riss Marie den letzten Rest Brot aus der Hand. Mit leisem Bedauern kämpfte sie sich auf die Füße und taumelte hinter ihren Bewachern her.

Als die Gerichtsdiener das nächste Mal anhielten, war in der Ferne bereits das Radolfzeller Münster zu erkennen. Einer der Männer sprang ab, band Maries Hände los und stieß sie ein Stück die Straße entlang.

»Dorthin musst du gehen. Lass es dir ja nicht einfallen, dich noch einmal blicken zu lassen, denn dann wird der ehrwürdige Herr Richter nicht mehr so gnädig mit dir verfahren.«

»Gnädig?« Marie verschluckte sich an ihrem Hass und rang nach Luft. Man hatte sie verleumdet, vergewaltigt, ausgepeitscht und aus ihrem Heim vertrieben, und diese Männer nannten das auch noch gnädig? Sie wollte ihnen die Wahrheit ins Gesicht schreien. Doch bevor ihr die Stimme wieder gehorchte, hatten die Gerichtsdiener ihre Pferde gewendet und ritten im schnellen Trab davon. Für Marie blieben nur die staubige Straße und die Sonne, die an diesem herrlichen Julitag sengend heiß vom Himmel brannte.

Nach wenigen Schritten erreichte sie eine uralte, vom Sturm zerzauste Eiche, die die Kreuzung beschattete, von der die Straßen nach Singen und Radolfzell abzweigten. Eine Weile stand Marie unschlüssig da und überlegte, wohin sie sich wenden sollte. Schließlich entschied sie sich für den Weg nach Singen, der im Schatten alter Bäume verlief.

IX.

Nachdem Michel unter dem Vorwand des Bierlieferns bei Marie gewesen war, hatte er die ganze Nacht nicht schlafen können, weil er von bösen Vorahnungen gequält wurde. Um wieder zu sich selbst zu finden, verließ er noch vor Sonnenaufgang das Haus und besuchte die für die Dienstboten bestimmte Frühmesse. Dort traf er Elsa, die ihm mit verstörtem Gesicht zuflüsterte, dass Marie in der Nacht der Hurerei beschuldigt und verhaftet worden sei. Zuerst fühlte er sich wie vor den Kopf geschlagen und fragte sich, ob er Marie falsch eingeschätzt hatte. Nach kurzem Überlegen aber kam er zu dem Schluss, dass man sie verleumdet haben musste.

Also hatten sich seine unausgegorenen Befürchtungen, die ihn seit der Nachricht von Maries bevorstehender Heirat mit Magister Ruppertus Splendidus gequält hatten, sehr schnell bestätigt.

Ihm war klar gewesen, dass diese Verlobung Marie ins Unglück stürzen würde, aber mit so einem schrecklichen Ende hatte er nicht gerechnet. Vielleicht wäre es besser gewesen, wenn er ihr erzählt hätte, auf welche Weise ihr Bräutigam einen Prozess gegen eine angesehene Adelssippe geführt hatte, um seinem Vater deren Ländereien zu verschaffen, und mit welch üblen Mitteln er die Verlierer ins Elend gestoßen hatte. Wenn auch nur die Hälfte von dem, was er kürzlich erlauscht hatte, der Wahrheit entsprach, handelte es sich bei diesem Ruppert um einen Mann ohne Ehre, Anstand und Gefühle, der das Wort Barmherzigkeit nicht kannte.

Michel hielt den Bericht nicht für trunkenes Geschwätz, denn einer der beiden Männer, die sich in einer dunklen Ecke über den Fall unterhalten hatten, war ein Dienstmann jener Sippe gewesen und bei deren Vertreibung herrenlos geworden, so dass er sich schlecht beleumundeten Söldnern hatte anschließen müssen. Der Mann hatte kein Blatt vor den Mund genommen und von Betrug, Meineid und Urkundenfälschung gesprochen, Vergehen, auf die harte Strafen standen. Seine Anklagen waren so scharf gewesen, dass sein Gegenüber ihm geraten hatte, den Mund zu halten, wenn er weiterleben wollte. Da Michel auch schon andere Bemerkungen ähnlicher Art über Ruppertus Splendidus aufgeschnappt hatte, war er in höchster Sorge um Marie gewesen und machte sich nun Vorwürfe, sie nicht eindringlicher gewarnt zu haben.

Bis zum späten Vormittag war er jedoch der Ansicht, Maries Unschuld würde sich bald erweisen. Doch als er die Tische und Bänke vor dem Haus abwusch, rief ihm jemand zu, dass man Marie Schärerin der Hurerei überführt habe und gerade dabei war, sie an den Schandpfahl zu binden und auszupeitschen. Michel ließ seinen Lappen fallen und rannte hinter den Männern her. Da viele der Marktbesucher ihre Freunde und Nachbarn zusammengerufen hatten, drängten sich die Menschen schon dicht an dicht, um sich das Schauspiel nicht entgehen zu lassen. So musste sich Michel mit einem Platz am Rand der Marktstätte zufrieden geben. Von dort aus konnte er den Schandpfahl nicht sehen, aber er vernahm das Klatschen der Rutenhiebe und krümmte sich innerlich unter Maries schmerzerfüllten Schreien, so als träfen die Hiebe ihn selbst.

Erst als die Gerichtsdiener Marie im Schandkleid hinter sich herschleppten, konnte er einen Blick auf sie werfen. Blutig geschlagen, mit kurz geschnittenem Haar, das ihr wie ein Heiligenschein um den Kopf stand, und mit einem von Qualen gezeichneten Gesicht erschien sie ihm wie die lebendig gewordene Statue einer heiligen Märtyrerin. Dieses Mädchen war so rein und unschuldig wie ein Engel, davon war er mehr denn je überzeugt. Als er einen Blick auf die Reiter warf, die Marie wegbrachten, stellten sich ihm die Haare auf den Armen auf. Die Männer würden seine Marie irgendwo hilflos auf der Landstraße aussetzen.

Obwohl er wusste, dass Bären und Wölfe schon längst aus dem Umkreis der Städte und Dörfer am Nordrand des Bodensees vertrieben worden waren, war er fest überzeugt, dass Marie nachts von herumstreifenden Bestien aufgespürt und zerrissen werden würde. Das durfte er nicht zulassen. In diesem Moment fasste er den Entschluss, Marie gegen alle Gefahren der Welt beizustehen. Ohne darüber nachzudenken, dass er nichts besaß als die Kleidung auf seinem Leib und die blanken Hände, um seinen Lebensunterhalt zu verdienen, ließ er sich bis Petershausen in der gaffenden Menge treiben, um unauffällig aus der Stadt zu kommen.

Gerade als er durch das Tor laufen wollte, um Marie aufzuheben, die gestürzt war und ein paar Schritte mitgeschleift wurde, entdeckte sein Vater ihn und packte ihn wie einen jungen Hund im Genick. Guntram Adler schob ihn vor sich her in die Stadt und ließ ihn erst los, als sie die Gasse erreichten, in der ihre Schenke stand. Dort stieß er ihn gegen eine Hauswand und baute sich vor ihm auf.

»Mein Herr Sohn lässt seine Arbeit im Stich und läuft einer halb nackten Hure nach, während seine Brüder die ganze Arbeit tun müssen. Mach, dass du ins Haus kommst, du elender Faulpelz, sonst vergesse ich mich! An einem Tag wie heute haben die Leute Durst. Hast du die Tische sauber gemacht und das Bierfass auf den Bock gestellt, wie ich es dir befohlen habe?«

Da Michel nicht schnell genug antwortete, holte sein Vater aus und gab ihm eine Ohrfeige, dass sein Kopf gegen die Mauer flog.

»Du pflichtvergessener Lümmel! Du taugst nichts und frisst mir nur die Haare vom Kopf. Los, an die Arbeit, sage ich dir, sonst bekommt die Maulschelle rasch Brüder.«

Michel wagte es nicht, sich ernsthaft gegen seinen Vater zu wehren. Das hätte ihm nur eine Tracht Prügel und ein paar Nächte in einem Kellerloch bei Wasser und hart gewordenen Brotkrusten eingebracht. Wenn er Marie beschützen wollte, durfte er jetzt keinen Widerstand leisten, sondern musste warten, bis sein Vater und seine Brüder durch die Gäste vollständig abgelenkt waren.

Michel hatte der Verlesung des Urteils nicht selbst beigewohnt, sondern nur das Geschwätz der Umstehenden gehört. Daher wusste er nicht, wie weit die Gerichtsdiener Marie wegbringen sollten. Da die Männer beritten waren, würden sie sie gewiss über die Grenze des Konstanzer Gerichtsbanns treiben, und das war mehr als eine Tagesreise weit. Wenn er die Spur nicht verlieren wollte, musste er Marie noch vor Anbruch der Dunkelheit folgen. So wartete er ungeduldig auf eine Gelegenheit, das Haus ungesehen zu verlassen.

Guntram Adler hielt nicht viel von Müßiggang, am wenigsten bei seinen Söhnen. An diesem Tag musste jeder von ihnen für zwei schuften, denn die Gäste drängten sich dicht an dicht in der Schankstube, und die Tische vor dem Haus waren ebenfalls voll besetzt, so dass viele ihr Bier im Stehen trinken mussten. Bruno, der Älteste, stand hinter der Theke und befahl Michel, kaum dass sein Vater ihn in den Schankraum gestoßen hatte, weitere Bierfässer aus dem Keller hochzuschaffen.

Als Michel den Auftrag erfüllt hatte, musste er die Küchenmagd ablösen, die den Bratspieß gedreht hatte und nun am Herd gebraucht wurde. Kaum durfte er die Feuerstelle verlassen, wurde ihm gleichzeitig befohlen, Gäste zu bedienen und weitere Fässer in die Schankstube zu holen. Jedes Mal, wenn er verschnaufen wollte, hatten Bruno oder sein Vater einen neuen Auftrag für ihn. Zu seinem Ärger brachte ihn keiner davon aus der Reichweite seiner Familienmitglieder, so dass er sich hätte davonschleichen können. Spät am Nachmittag ließ Bruno ihn einen Augenblick verschnaufen. Er schien zufrieden mit ihm zu sein, denn er schenkte einen Krug Bier ein und reichte ihn Michel verstohlen.

»Hier. Das erfrischt und gibt neue Kraft.«

»Danke.« Michel sah sich kurz um, ob sein Vater hersah, und trank den Krug in einem Zug leer. Guntram Adler war nämlich der Ansicht, dass Wein und Bier für ihn und seine Gäste da waren. Für seine Söhne reichte Brunnenwasser. Nur Bruno durfte sich von Zeit zu Zeit mit seiner Erlaubnis einen kleinen Krug füllen, da er der Älteste war.

Jetzt, da er zur Ruhe gekommen war, stand sofort wieder Maries von Schmerzen gezeichnetes Gesicht vor Michels Augen. Er ballte die Fäuste und machte sich Vorwürfe, weil er vor lauter Arbeit nicht dazu gekommen war, Pläne zu machen. Er verachtete sich für seine Feigheit und sagte sich, dass es besser gewesen wäre, einfach davonzulaufen, anstatt vor seinem Vater zu kuschen.

Während er sich ein Stück Brot abbrach und ein wenig Fleisch von dem Spanferkel abschnitt, das über dem Feuer briet, kreisten seine Gedanken um das Mädchen, das er mit jeder Faser seines Seins liebte. Er musste ihr helfen, auch wenn es ihn noch das wenige kostete, das er besaß, nämlich die Heimat. Vorsichtig sah er sich um und überlegte, wie er unbemerkt das Haus verlassen konnte. Wenn sein Vater ihn vermisste, würde er Bruno oder seine beiden jüngeren Brüder hinter ihm herschicken. Also brauchte er einen genügend großen Vorsprung.

Als er seine jüngeren Brüder mit verschwitzten Schöpfen aus dem Keller auftauchen sah, fragte Michel sich jedoch, ob sich tatsächlich jemand um sein Verschwinden kümmern und ihm folgen würde. Schließlich hatte er sieben Brüder und zwei Schwestern, die versorgt werden mussten. Küni, den Zweitältesten, hatte der Vater als Knecht beim Sternwirt in Meersburg untergebracht, nicht zuletzt in der Hoffnung, er könne die einzige Tochter und Erbin seines Meisters für sich gewinnen. Rasso, der Drittgeborene, arbeitete als Knecht bei den frommen Brüdern auf der Reichenau und würde wahrscheinlich das Mönchsgelübde ablegen. Michels jüngster Bruder Wolfhard war schon vor Jahren einem Vetter in Kreuzlingen, der keine eigenen Kinder besaß, zur Erziehung übergeben worden. Er würde einmal die stattliche Herberge zum Schwan erben. So waren außer Michel noch drei Brüder im Haus. Da jedoch nur einer die Wirtschaft bekommen konnte, mussten die Jüngeren, für die sich nichts anderes gefunden hatte, als Knechte bei dem Ältesten bleiben, ohne Aussicht, je eine eigene Familie gründen zu dürfen. Michel mochte seinen ältesten Bruder recht gern, obwohl jetzt schon abzusehen war, dass Bruno ihn später, wenn er Wirt geworden war, nicht anders behandeln würde als der Vater.

Eine dröhnende Stimme riss Michel aus seinen Gedanken. Guntram Adler stand über ihm und holte mit der Hand aus. »Hältst du schon wieder Maulaffen feil? Mach, dass du an die Arbeit kommst. Vor dem Haus sitzen Gäste, die bedient werden wollen.«

Michel verkrampfte sich in Erwartung des Schlages, doch sein Vater wandte sich ab, um die Frage eines Nachbarn zu beantworten. So nahm er das halbe Dutzend Krüge entgegen, das Bruno ihm reichte, und eilte hinaus. Auf der kleinen Wiese vor der Wirtschaft hatten sich viele jüngere Leute versammelt, die in der Schankstube keinen Platz mehr gefunden hatten. Die meisten von ihnen waren Gesellen, die in den Gassen rings um die Schenke arbeiteten, aber es hatten sich auch etliche Söhne von Handwerkern und Zunftmeistern eingefunden, die wie gewöhnlich das große Wort führten. Ihr Hauptthema hieß natürlich Marie. Die jungen Burschen ließen sich lang und breit über ihre körperlichen Vorzüge aus, die auf dem Marktplatz zur Schau gestellt worden waren.

»Ich war so nahe am Schandpfahl, dass ich sehen konnte, wie ihre Brustwarzen bei jedem Schlag zitterten«, behauptete Benedikt Munk, der Sohn des Goldschmieds, mit glitzernden Augen.

Ein junger Geselle sah ihn neidisch an. »Wenn ich gewusst hätte, was für ein hübscher Bissen die Schärerstochter ist, wäre ich ihr auch unter die Röcke gekrochen. Schlechter als Linhard hätte ich es ihr gewiss nicht besorgen können.«

Der Goldschmiedssohn lachte ihn aus. »Pah, die Marie hätte so einen Hungerleider wie dich nicht einmal an ihren Schenkeln schnuppern lassen. Du hast doch gehört, dass sie es nur für Geld und schöne Dinge getan hat.«

»Glaubst du, du wärst bei ihr zum Zug gekommen?«

Benedikt winkte gelangweilt ab. »Glauben? Pah! Ich habe es ihr ein paarmal besorgt, und zwar so richtig, sage ich dir.«

Michel packte eine sengende Wut auf den Kerl. Er stellte die Krüge mit einem harten Ruck auf den Tisch, ohne darauf zu achten, dass sie überschwappten, und packte den jungen Goldschmied am Kragen.

»Lügenmaul! Marie hätte so etwas Jämmerliches wie dich nicht einmal angesehen.«

Benedikt starrte ihn verdattert an. »He, was soll das? Lass mich sofort los. Außerdem, was geht es dich an, ob ich Marie gestoßen habe?«

»Ein paar Maulschellen kannst du für deine Lügen haben, aber so, dass dir die Ohren noch tagelang gellen.« Michel setzte diesen Vorsatz sofort in die Tat um und fegte Benedikt mit zwei derben Ohrfeigen von der Bank. Der junge Mann sprang wütend auf und ging auf Michel los. Er war zwei Jahre älter und kräftiger gebaut und hatte bisher alle Ringkämpfe mit Michel gewonnen. Doch diesmal halfen ihm weder seine Kraft noch seine Finten. Michel war gerade dabei, ihm die schlimmste Tracht Prügel seines Lebens zu verabreichen, als sein Vater dazwischenfuhr und die Streithähne trennte.

»Aufhören! In meiner Schenke wird sich nicht geprügelt.«

Benedikt schob sein zerrissenes Hemd in die Hose und warf den Kopf hoch. »Dein Michel ist ohne Grund über mich hergefallen.«

Guntram Adler gab seinem Sohn nicht einmal die Gelegenheit zur Rechtfertigung, sondern schlug ihm mit aller Kraft ins Gesicht. »Dir werde ich es austreiben, einen Gast zu verprügeln! Und noch dazu den Sohn des ehrenwerten Goldschmieds Munk.«

Er holte noch einmal aus, doch diesmal war Michel darauf gefasst und wich ihm aus. Der Wirt warf seinem Sohn einen bitterbösen Blick zu, legte Benedikt den Arm um die Schulter und lächelte ihn wohlwollend an.

»Setz dich in die Stube, mein Junge. Bruno wird dir einen Hocker besorgen und einen großen Krug Bier abfüllen. Und du, Michel, kommst mir heute nicht mehr unter die Augen, hast du verstanden?«

Ohne Michel eines weiteren Blickes zu würdigen, führte er den Sohn des Goldschmieds ins Haus. Die anderen Burschen folgten ihnen in der Hoffnung, doch noch einen Platz in der Schankstube zu ergattern und ihr Gespräch fortsetzen zu können.

Michel sah ihnen nach und schüttelte sich wie ein ins Wasser gefallener Hund. Seine Wut auf den lügnerischen Goldschmiedsgesellen wich dem Zorn auf seinen Vater. Ich soll ihm nicht mehr unter die Augen treten?, dachte er. Nun gut, den Gefallen werde ich ihm tun. Kurz entschlossen ging er ums Haus zur Hintertür und stieg die schmale Treppe zu dem Dachstübchen hoch, das er mit den beiden jüngeren Brüdern teilte. In dem Raum befanden sich drei Strohsäcke, auf denen dünne Decken lagen, sowie mehrere hölzerne Haken für ihre wenigen Kleidungsstücke. Früher hatte noch eine Truhe an der Wand gestanden, doch die hatte der Vater seinem Zweitältesten nach Meersburg mitgegeben.

Michel wickelte seine Ersatzkleidung in eine Decke und verknotete sie zu einem Bündel. Danach band er seinen Strohsack auf und suchte mit der Hand nach einem kleinen, in einen Leinenfetzen gewickelten Päckchen, das er hier versteckt hielt. Es barg sein ganzes Vermögen, nämlich die Münzen, die ihm zufriedene Gäste als Trinkgeld zugesteckt hatten, ohne dass sein Vater oder seine Brüdern es gemerkt hatten. Eigentlich hätte er das Geld bei seinem Vater abliefern müssen, denn nur Bruno hatte die Erlaubnis, sein Trinkgeld zu behalten. Er schob das Päckchen unter sein Hemd, warf das Bündel über die Schulter und verließ leise die Kammer.

Auf der Treppe blieb er mehrmals stehen, um zu lauschen. Er vernahm die dröhnende Stimme seines Vaters, die die Schankstube zu sprengen schien. Den Gästen gegenüber klang sie stets jovial bis devot, während er seine Söhne zumeist nur anbrüllte. Ein fremder Meister hätte nicht strenger sein können als der eigene Vater. Michel war in seinem Elternhaus nur ein unbezahlter Knecht gewesen, und ihm war klar, dass er auch woanders kein besseres Leben zu erwarten hatte. Aber wie die Dinge standen, zog er es vor, sich für ein paar Groschen bei einem Bauern zu verdingen. Zuerst musste er jedoch Marie finden.

Das Schicksal schien es gut mit ihm zu meinen, denn als Michel durch den Seiteneingang hinausschlich und durch den schmalen Durchgang zwischen der Schenke und dem Nachbarhaus nach hinten lief, begegnete er bis zur übernächsten Gasse keinem Menschen. Doch er wagte erst aufzuatmen, als er die gelangweilten Torwachen am Rheintor hinter sich gelassen und die Brücke nach Petershausen passiert hatte. In einer guten Stunde würde es Nacht werden, aber da der wolkenlose Himmel helles Mondlicht versprach, beschloss er, Marie so lange wie möglich zu folgen. Sein Vater oder seine Brüder würden frühestens am Morgen nach ihm suchen, und da wollte er so weit weg sein, dass sie seine Verfolgung aufgaben.

Michel schüttelte die Gedanken an seine Familie und sein Elternhaus ab und überlegte, was er tun musste, wenn er Marie gefunden hatte. Sie war verletzt und hatte sicher großen Hunger und Durst. Jetzt ärgerte er sich, dass er es nicht gewagt hatte, einen Laib Brot und etwas Wurst oder Schinken aus der Küche zu holen. Er würde in Wollmatingen oder Hegne etwas zu essen besorgen und dafür seine ersten Münzen opfern müssen. Ein Blick auf den über den Bäumen aufgehenden Mond erinnerte ihn daran, wie schnell die Zeit verstrich, und er beschleunigte seinen Schritt. Er marschierte so lange, bis seine Beine schwer wie Blei wurden und sein Magen unüberhörbar zu knurren begann.

Bei Tagesanbruch war er schließlich so erschöpft, dass er ein Stück vom Weg entfernt ins Unterholz kroch, um ein wenig zu schlafen. Aber kaum hatte er die Augen geschlossen, da überfielen ihn Albträume, in denen er Marie tot vor sich liegen sah, erschlagen von seinem eigenen Vater, während ein Büttel ihn an den Pfahl band und auf ihn einschlug, bis er sich im Fegefeuer wiederfand. Schreiend fuhr er hoch und beschloss, trotz seiner Müdigkeit den Weg fortzusetzen. In einer Schenke erstand er für ein paar Pfennige einen Becher Wein und ein Stück kalten Braten. Er hielt sich nur so lange auf, wie er benötigte, um das Essen hinabzuschlingen, denn die Angst um Marie ließ ihn nicht los, er wollte sie so rasch wie möglich einholen.

Während des Tages begegneten ihm immer wieder Fuhrleute und Reisende, die nach Konstanz unterwegs waren. Michel wagte es kaum, jemanden zu grüßen, geschweige denn, nach Marie zu fragen. Wenn auch nur einer der Männer in die Schenke seines Vaters kam und von dieser Begegnung erzählte, würden seine Verwandten wissen, in welcher Richtung sie ihn suchen mussten.

Die Nacht sank bereits herab, als er zwei Reiter auf sich zukommen sah. Er erkannte die beiden Gerichtsdiener, die Marie aus der Stadt gebracht hatten, und trat auf sie zu. Da sie nicht anhalten wollten, griff er nach dem Zügel eines der Pferde.

Die beiden Männer hatten schon manchen Krug Bier bei seinem Vater geleert und grüßten ihn verwundert. »Hallo, Michel, wohin so spät des Weges?«

»Grüß dich, Burkhard, grüß dich, Hannes. Habt ihr Marie gut fortgebracht?«

»Freilich, Michel, die wird man in Konstanz so schnell nicht wieder sehen.« Der Mann, den Michel Burkhard genannt hatte, lachte darüber wie über einen guten Witz, wurde dann aber rasch ernst und sah Michel scharf an. »Warum fragst du? Du bist doch nicht etwa hinter der kleinen Hure her?«

Michel wurde bei dieser Frage so verlegen, dass die beiden Gerichtsdiener zu lachen begannen.

»Hat dir das Weibsstück das Blut erhitzt, Michel? Ich sage dir, vergiss sie. Die ist nicht wert, dass ein braver Bursche wie du in Schwierigkeiten kommt.«

Michel schüttelte störrisch den Kopf. »Ihr könnt mir trotzdem sagen, in welche Richtung sie gegangen ist.«

Burkhard zögerte, doch sein Begleiter ließ sich kein zweites Mal bitten. »Wir haben sie an den Radolfzeller Kreuzweg gebracht. Dort hat sie sich nach Süden gewandt. Sie will wohl zum Rhein hinunter. Bei den Schiffern und Fuhrleuten ist eine neue Hure stets willkommen. Aber jetzt Gott befohlen, Michel. Wir wollen noch vor der Dunkelheit in Allensbach einkehren.« Damit trieb er sein Pferd an und ritt weiter. Burkhard folgte ihm kopfschüttelnd.

»Warum hast du den Burschen belogen? Du hast doch auch gesehen, dass die kleine Metze Richtung Singen gegangen ist.«

Sein Gefährte zuckte mit den Schultern. »Willst du, dass Michel sich wegen einer Hure zum Narren macht? Ich nicht. Lass ihn doch nach Radolfzell und weiter bis zum Rhein laufen. Bis dahin wird ihm die Lust vergangen sein. Außerdem kennen die Schiffer ihn und werden ihn nach Konstanz mitnehmen. In spätestens drei Tagen ist der Bursche wieder zu Hause. Sein Vater wird uns dankbar sein und den einen oder anderen Krug umsonst füllen.«

»Gegen einen Schluck in Guntram Adlers Schenke hätte ich nichts einzuwenden. Er braut das beste Bier von Konstanz.« Burkhard beschloss, Michels Vater gleich morgen nach ihrer Ankunft aufzusuchen.

Unterdessen schritt Michel von neuer Hoffnung erfüllt weiter. Kurz vor Sonnenuntergang erreichte er die Radolfzeller Kreuzung und bog nach Süden ab. Er verfehlte Marie dabei um weniger als eine halbe Stunde. Als er am nächsten Abend nach einem anstrengenden Marsch über den Schiener Berg den Ort Stein am Rhein erreichte und nach ihr fragte, erhielt er nur Kopfschütteln als Antwort.

In einem täuschten Burkhard und Hannes sich. Michel kehrte nicht mehr nach Hause zurück, und es suchte auch keiner nach ihm. Sein Vater schimpfte zwar noch eine Weile über den undankbaren Balg, zuckte aber schließlich mit den Schultern und versuchte, ihn zu vergessen. Er besaß noch genug andere Söhne und brauchte dem einen nicht nachzuweinen. Seine Gäste aber fragten noch etliche Male nach dem Jungen und erinnerten ihn damit noch lange an den Tag, an dem Marie Schärerin verbannt worden und Michel Adler ihr nachgelaufen war.

X.

Zu der Zeit, in der Michel in der väterlichen Wirtschaft den Bratspieß drehte, fasste Matthis Schärer einen Entschluss. Sein Kopf, der von dem Augenblick an, in dem das Unglück über ihn hereingebrochen war, keinen klaren Gedanken mehr hatte fassen können, arbeitete jetzt wieder einwandfrei. Man mochte Marie verurteilt, ausgepeitscht und aus der Stadt vertrieben haben, dennoch blieb sie seine Tochter. Er würde nicht zulassen, dass ihr noch mehr Leid geschah. Es hatte jedoch keinen Sinn, ihr nachzulaufen und dann wie ein Bettler auf der Straße zu stehen und auf das Erbarmen einer mitleidigen Seele zu hoffen. Nein, er musste nach Haus zurückkehren, den Wagen anspannen lassen und ihr mit genügend Gepäck und einer Börse voller Gold zu Hilfe kommen.

Er würde sie an einen Ort bringen, wo sie in Frieden leben und das schreckliche Geschehen vergessen konnte. Leider würde er sie nicht in dem schönen Anwesen einquartieren können, das er in Meersburg erworben hatte, denn dort herrschte Bischof Otto von Hachberg noch wesentlich uneingeschränkter als in Konstanz, das sich als freie Reichsstadt eine gewisse Unabhängigkeit zu bewahren wusste. Er besaß jedoch Geschäftsfreunde in Laufenburg, die ihm gewiss beistehen und beim Erwerb eines Hauses unterstützen würden.

Von diesen Gedanken beseelt, schüttelte Meister Matthis die Hände seines Schwagers ab und eilte beinahe so flink wie ein junger Mann zu seinem Haus zurück.

»Packe ein paar Kleidungsstücke für Marie zusammen und sag Holdwin, er soll den Schecken vor den Wagen spannen und das Handpferd satteln«, rief er Wina zu, die ihn mit schreckensbleichem Gesicht an der Tür empfing. Er war schon die halbe Treppe hochgestiegen, als er sah, dass die Wirtschafterin noch immer starr und steif im Flur stand.

»Was ist denn mit dir los?«

»Der Magister. Er ist oben.« Winas Stimme klang so leise, als fürchte sie, Ruppert könne sie hören.

Matthis Schärers Gesicht färbte sich purpurrot. Der Hass auf den Mann, der zu den Verleumdern seiner Tochter gehalten und das Leben seines Kindes zerstört hatte, ließ ihm das Blut in den Kopf steigen, so dass die Welt um ihn schwankte und er nach Luft schnappen musste. Er senkte den Kopf, stapfte die Treppe hoch und riss die Tür zu seinem Kontor auf. Dort war jedoch niemand. Als er sich umdrehte, sah er, wie Linhard aus dem Wohnzimmer trat, kurz in den Flur spähte und sich schnell wieder zurückzog. Matthis rannte hinüber und stürmte in den Raum, in dem er keine vierundzwanzig Stunden zuvor mit Ruppert und seinen Gästen den Heiratsvertrag gefeiert hatte. Hier fand er den Magister mit dem Fuhrmann Utz Käffli an seinem Tisch sitzen und seinen Wein aus seinen Silberbechern trinken. Linhard, der wie das leibhaftige schlechte Gewissen wirkte, zog sich hinter den Rücken des Fuhrmanns zurück, als wolle er dort Schutz suchen.

Ruppert flegelte sich mit lässig ausgestreckten Beinen auf Matthis' Lieblingsstuhl und sah Maries Vater mit spöttischem Lächeln entgegen.

Matthis Schärer schüttelte die Fäuste. »Was habt Ihr in meinem Haus zu suchen? So einen Ehrabschneider wie Euch dulde ich in meinen Wänden nicht! Los, verschwindet! Macht, dass Ihr wegkommt, und nehmt dieses Gesindel da gleich mit.«

Der Magister nahm ein Stück Pergament vom Tisch und reichte es ihm so gelassen, als wäre nichts geschehen. »In Eurem Haus? Angesichts der Tatsache, dass ich durch eine Ehe mit Eurer Tochter eine reiche Mitgift und später ihr Erbe zu erwarten hatte, sprach mir das bischöfliche Gericht zu Konstanz Euren gesamten Besitz als Entschädigung für die Beleidigung zu, die ich durch Euch und Eure Tochter erlitten habe, und natürlich auch für den Verlust des künftigen Erbes. Mäßigt also Eure Stimme, denn jetzt seid Ihr bei mir zu Gast.«

Während Ruppert sich so gelassen gab, als rede er über das Wetter, giftete Utz den Hausherrn an.

»Jetzt bist du dort gelandet, wo deine Tochter bereits ist, Matthis Schärer, nämlich in der Gosse.«

In diesem Moment begriff Meister Matthis das ganze Ausmaß der Verschwörung, der er und Marie zum Opfer gefallen waren. Jetzt, wo es zu spät war, wurde ihm klar, dass seine Marie niemals ein unziemliches Verhältnis zu Linhard, Utz oder irgendeinem anderen Mann unterhalten hatte.

Das Elend schlug wie eine feurige Woge über ihm zusammen und schien seinen Atem abzuschnüren und seinen Kopf zu verbrennen. Man hatte seine Tochter unschuldig in den Kerker geworfen und brutal geschändet, um sie dem Gericht als Hure präsentieren zu können. Matthis erinnerte sich an ihre Schmerzensschreie bei der Auspeitschung und erstickte fast an seinem Hass auf den Mann, der ihm das angetan hatte und ihm nun mit einem überheblichen Lächeln einen Wisch unter die Nase hielt, welcher ihn um seinen gesamten Besitz brachte. Wie es aussah, hatte Magister Ruppertus Splendidus das Ganze in einer so teuflischen Perfektion geplant, dass er, Matthis Schärer, nicht einmal mehr in der Lage war, seinem einzigen Kind ein Stück Brot zuzustecken, geschweige denn, ihm eine Zukunft zu bieten.

»Jetzt verstehe ich. Du wolltest mich von Anfang an ins Unglück stürzen. Deinetwegen ist meine Tochter nun ausgestoßen und heimatlos, vielleicht sogar schon tot.«

Ruppert lachte. »Gib dir selbst die Schuld. Du bist auf meinen Antrag geflogen wie eine Biene auf den Honig und hast dich in der ganzen Stadt stolz gebrüstet, was für einen großartigen Eidam du gewonnen hättest. Hast du wirklich geglaubt, ich würde mich zu der Tochter eines lächerlichen Emporkömmlings herablassen?«

Er konnte nicht weitersprechen, denn Matthis stürzte sich auf ihn, umklammerte seinen Hals und drückte mit aller Kraft zu. Gegen die entfesselte Wut des schwer gebauten Mannes hatte der Magister keine Chance. Rupperts Gesicht lief bereits dunkel an, als Utz ihm zu Hilfe eilte. Der Fuhrmann schlug beide Fäuste in Matthis' Gesicht, ohne den Kaufmann jedoch bremsen zu können. Schließlich packte er dessen rechte Hand und riss sie mit einem heftigen Ruck von Rupperts Hals.

Matthis Schärer wollte den Fuhrmann beiseite schieben, doch da legte sich ein glühender Ring um seinen Kopf.

Utz nützte den Vorteil und schlug mehrfach hart zu. Meister Matthis starrte ihn mit blutunterlaufenen Augen an und versuchte, etwas zu sagen, doch seine Stimme gehorchte ihm nicht mehr. Plötzlich kippte er um wie ein Sack Korn und blieb leblos liegen.

Utz trat ihm mehrmals in den Leib. »Gott sei Dank! Den hat's erwischt.«

Während Linhard seinen Meister mit offenem Mund und schreckgeweiteten Augen anstarrte, massierte Ruppert sich den Hals und giftete Utz an. »Beinahe hätte er mich umgebracht. Konntest du nicht ein wenig schneller eingreifen, du Tölpel?«

»Schneller ging's nicht«, antwortete der Fuhrmann achselzuckend. Dann stieß er Matthis mit der Stiefelspitze an. »Was machen wir mit dem?«

Magister Ruppertus sah angewidert auf den röchelnden Mann herab und deutete zur Tür. »Wirf den Kerl auf die Straße.«

Während der Fuhrmann sich bückte, um Schärer zu packen, wiegte Linhard zweifelnd den Kopf. »Ich weiß nicht, ob das klug ist, Herr Magister. Wenn die Nachbarn ihn so finden und erfahren, dass das Haus nun Euch gehört, so wird sich die ganze Stadt das Maul zerreißen, und das wäre nicht gut für Euren Ruf. Denkt daran, er hat noch Verwandte hier, die Euch anklagen würden. Ihr erinnert Euch doch an Mombert Flühi?«

Der Magister nickte. »Du hast Recht, Linhard. Schafft ihn in einen Schuppen. Eine Magd kann später schauen, ob der Kerl noch lebt.« Er berichtigte sich jedoch sofort. »Nein, keine Magd! Utz, du kümmerst dich um ihn. Versorge ihn, solange es nötig ist, aber pass auf, dass er uns nicht davonläuft. Niemand darf erfahren, was mit Matthis Schärer passiert ist. Wenn jemand nach ihm fragt, so sagt, er habe die Stadt verlassen, um seiner Tochter zu folgen.«

Matthis Schärer lebte noch drei Tage. Dann wurde er, der vor kurzem noch einer der reichsten Bürger der Stadt Konstanz gewesen war, heimlich in einem Armengrab verscharrt.

Zweiter Teil

◆

Ausgestoßen

I.

Marie war zum Sterben elend.

Die Schmerzen auf ihrem Rücken und in ihrem Unterleib breiteten sich bis in die Spitze jedes einzelnen Härchens auf ihrer Haut aus und ließen jede Bewegung zur Qual werden. Ihr Körper glühte von innen heraus, und sie hätte sich am liebsten im kühlen Schatten eines dichten Gebüschs verkrochen und auf ihr Ende gewartet. Doch die Angst trieb sie weiter. Rechts und links der Straße zogen sich Felder und Wiesen hin, die nur hie und da von etwas dürrem Gestrüpp unterbrochen wurden, das keinen Schutz vor fremden Blicken bot. Sie wollte sich nicht einfach fallen lassen, denn in ihrem Kopf zuckten immer wieder die Bilder der Männer auf, die sie vergewaltigt und verhöhnt hatten, und sie fürchtete, wieder so misshandelt zu werden, wenn sie in Sichtweite der Straße liegen blieb.

Als sie ein kleines Wäldchen erreicht hatte und sich auf einem kühlen Moospolster ausstrecken wollte, um auf Gevatter Tod zu warten, trieb das Plätschern eines nahen Baches sie wieder auf die Beine. Für lange Augenblicke konnte sie an nichts anderes denken, als ihren quälenden Durst zu stillen und die Wunden zu kühlen. Sie rutschte ins Wasser und genoss die erfrischende Kälte. Dann richtete sie sich auf und trank, bis sie glaubte, keinen Tropfen mehr über die Lippen bringen zu können. Unendlich müde kroch sie ans Ufer und rollte sich unter den bis in den Bach hinabreichenden Zweigen einer Trauerweide zusammen. Für einen Augenblick lauschte sie dem Wind im Geäst und dem Gezwitscher der Vögel. Hier schien sie den richtigen Platz gefunden zu haben, um sanft in die Stille des Todes hinüberzugleiten. Doch was sie umfing, war nur die Dunkelheit eines tiefen Schlafs.

In der Morgendämmerung wachte sie zitternd vor Kälte auf und kroch zum Wasser, um ihren nicht enden wollenden Durst zu löschen. Als sie sich wieder verkriechen wollte, machte der Hunger sich mit einer Macht bemerkbar, die keinen Widerstand zuließ. Frierend und schwitzend zugleich kämpfte Marie sich auf die Beine. Warum geht diese Qual nur immer weiter? Warum lässt Gott mich nicht sterben?, dachte sie verzweifelt. Sie taumelte vor Schwäche und kam nur langsam voran. Nach kurzer Zeit näherte sie sich einem kleinen Dorf, und ihre Hoffnung auf Hilfe überwog die Scham, im Schandkleid gesehen zu werden. Sie ging auf das erste Haus zu, um dort etwas zu essen zu erbetteln. Es war nicht mehr als eine Kate, vor der eine an einen Pfahl gebundene Ziege weidete. Ein kleiner Junge in einem schmierigen Kittel hockte neben dem Tier und kaute auf einem Kanten Brot herum.

Vor zwei Tagen noch hätte Marie so ein schmutziges, hart aussehendes Stück Kruste ins Schweinefutter geworfen. In diesem Augenblick aber erschien es ihr wie ein köstlicher Leckerbissen. Sie blieb vor dem Kind stehen und streckte bittend die Hand aus. »Gib mir ein bisschen von deinem Brot. Ich komme um vor Hunger.«

Der Junge sah zuerst sie an, dann sein Brot, und überlegte. Im selben Augenblick stürzte eine Frau aus der Kate und ging schimpfend auf Marie los. »Hat man denn gar keine Ruhe vor Bettlern und Gesindel? Mach, dass du verschwindest!«

»Bitte, gib mir nur ein Stück Brot«, flüsterte Marie. »Gott wird es dir vergelten.«

Die Frau musterte Maries gelben Kittel und spie angewidert aus. »Für eine wie dich habe ich nichts übrig. Hinweg, du Hurenstück, sonst mache ich dir Beine.«

Als Marie nicht sofort reagierte, bückte sich die Frau, hob einen Stein auf und schrie um Hilfe.

Marie sah mehrere Frauen und Männer auftauchen, deren Mienen nichts Gutes versprachen, und wandte sich zur Flucht. Steine und Erdklumpen flogen ihr hinterher, und ein Mann, der gerade aufs Feld gehen wollte, hob seine Hacke, als wolle er sie damit erschlagen. In dem Moment entwickelte Maries Körper noch einmal ungeahnte Kräfte. Sie floh vor der schreienden Menge, ohne ein einziges Mal zu stolpern oder etwas anderes zu empfinden als Todesangst. In ihrer Panik bemerkte sie nicht, dass die Leute ihr nur ein paar Dutzend Schritte folgten und dann wieder an ihre Arbeit zurückkehrten.

Marie blieb erst stehen, als von dem Dorf nichts mehr zu sehen war, und sank keuchend zu Boden. Doch die Furcht trieb sie rasch wieder auf die Beine. Nach wenigen Schritten entdeckte sie einen Busch, der eine Hand voll reifer Beeren trug. Marie pflückte sie und aß sie hastig. Die Früchte fachten ihren Hunger jedoch noch stärker an, und sie fragte sich verzweifelt, wo es Hilfe für sie geben mochte.

Aufgrund ihrer ersten Erfahrung wagte sie es nicht, noch einmal ein Dorf zu betreten, und sie versteckte sich auch sofort, wenn sich Reisende näherten. Schließlich atmete sie auf, als sie einen großen Gutshof entdeckte, der ein Stück abseits des Weges lag. Wenn arme Bauern ihr nichts geben wollten, musste sie versuchen, an das Mitleid der Gutsleute zu appellieren.

Auch hier hatte sie keinen Erfolg, denn als sie die Hecke erreichte, die die Gärten vor dem Hof umgaben, stürzten mehrere zottelige Hunde laut bellend auf sie zu. Marie drehte sich um und rannte zur Straße zurück. Die Hunde waren jedoch hartnäckiger als die Dörfler. Sie hetzten sie und trieben sie in die Enge wie ein Stück Wild, dann sprang der erste sie an und schnappte nach ihrer Kehle. Aber sie stürzte so schnell zu Boden, dass der Biss sie verfehlte.

Marie drehte sich auf den Bauch und versuchte wegzukriechen, um den Hundeschnauzen zu entgehen, aber die Tiere waren schon über ihr, und sie spürte ihre Zähne im Fleisch. In dem Moment ertönte ein lautes, durchdringendes Pfeifen. Die Hunde hielten knurrend inne, bereit, sich erneut auf ihre Beute zu stürzen. Ein weiterer scharfer Pfiff brachte sie dann aber dazu, sich winselnd zu trollen.

Irgendwie gelang es Marie, wieder auf die Beine zu kommen. Als sie weiterging, weinte sie still vor sich hin. Ihr Kopf schien mit einem Mal weit über ihrem Körper zu schweben, weit weg von dem Blut, das ihr die Beine herunterrann, und allen Schmerzen. Sie vermochte sich kaum mehr zu erinnern, wer sie war und weshalb sie mit bloßen Füßen die Straße entlangstolperte. Es ist nicht nötig, wegzulaufen, sagte etwas in ihr. Der Tod kommt überallhin, und er kommt als Freund und Erlöser. In einem letzten Aufbäumen des Willens wankte sie weiter, bis sie den Schatten einer Buche erreichte. Sie lehnte sich an ihren Stamm, rutschte daran hinunter und bettete ihren Kopf auf ein weiches Moospolster.

II.

Eine Gruppe fahrenden Volkes zog langsam die Straße nach Singen entlang. Männer, Frauen und Kinder waren in auffallend bunte, oftmals geflickte Gewänder gehüllt, die zumeist nur noch aus Lumpen bestanden. Die Spitze des Zuges bildete ein klappriger, von zwei Mähren gezogener Planwagen. Ein hagerer Mann mittleren Alters mit kurzem schwarzem Bart saß auf dem Bock und lenkte die Pferde, die kein Bauer mehr vor den Pflug gespannt hätte, während zwei junge Burschen, deren Ähnlichkeit mit dem Wagenlenker unübersehbar war, neben ihm herschritten. Sie hielten feste Knüppel in den Händen und sahen sich immer wieder um, so als müssten sie eine kostbare Fracht bewachen. Der Rest der Gruppe folgte dem Wagen zu Fuß. Die Frauen stapften unter schweren Bündeln gebeugt dahin, während die

Männer nur leichtes Gepäck trugen und den Saum der Straße wachsam beäugten. Es war Jossis Gauklertruppe, die zum Jahrmarkt nach Merzlingen zog, einem kleinen Städtchen zwischen Singen und Tuttlingen, sowie mehrere Reisende niederen Standes, die sich ihnen angeschlossen hatten.

Am Schluss des Zuges ging eine hoch gewachsene Frau von etwa fünfundzwanzig Jahren mit blonden, von der Sonne gebleichten Haaren, die auf den Namen Hiltrud hörte. Sie war weder hässlich noch besonders hübsch, besaß aber ein angenehmes Gesicht und etwas belustigt funkelnde hellgraue Augen. Ihre Kleidung bestand aus einem weiten braunen Rock, an dem gelbe Bänder flatterten, sowie einer Bluse aus gelbem Leinenstoff, die sich eng um ihre vollen, wohlgeformten Brüste schmiegte. Die Frau schien es gewohnt zu sein, barfuß zu gehen, denn sie schritt leichtfüßig auf der mit scharfkantigen Gesteinsbrocken bedeckten Straße dahin, ohne ein einziges Mal das Gesicht zu verziehen. Mit einer dünnen Gerte lenkte sie zwei kräftige Ziegen, die vor einen kleinen, voll bepackten Leiterwagen gespannt waren.

Immer wieder sah sich einer der Männer verstohlen zu ihr um und wurde prompt von einigen Frauen beschimpft oder verspottet. Die Frau am Ende des Zuges kümmerte sich weder um die bösen Blicke noch um die hässlichen Bemerkungen, die jedes Mal auch ihr galten. Sie gehörte nicht zu den Gauklern, sondern hatte sich ihnen bis zum nächsten Jahrmarkt angeschlossen, da das Reisen in einer größeren Gruppe ihr eine gewisse Sicherheit bot. Frauen, die allein unterwegs waren, fielen schnell den Männern zum Opfer, denen sie auf der Straße begegneten, das wusste sie aus eigener, leidvoller Erfahrung. Daher machte es ihr nichts aus, dass die anderen Frauen über sie herzogen. Einige der Gauklerinnen, deren Moral locker genug war, um sich für ein paar Pfennige jedem Lümmel hinzugeben, sahen in ihr eine unliebsame Konkurrenz, und die anderen fürchteten, ihre Männer und Söhne könnten der Versuchung erliegen und das wenige Geld, das sie besaßen, zu ihr hintragen. Dabei würde kaum einer der Gaukler ihre Dienste bezahlen, sondern von ihr erwarten, dass sie ihnen die Schenkel zum Dank dafür öffnete, dass man sie mitgenommen hatte.

Hiltrud sah die fette Frau des Prinzipals inmitten ihrer Kinderschar dahinwatscheln und fragte sich spöttisch, was diese wohl sagen würde, wenn sie wüsste, dass ihr Mann schon am letzten Abend den Preis für seinen Schutz eingefordert hatte. Hiltrud hatte es nicht einmal ungern getan, denn Jossi war ein rücksichtsvoller Liebhaber, anders als die meisten Kerle, die in ihr Zelt kamen.

Plötzlich blieb der älteste Sohn des Patrons stehen und zeigte auf einen Baum. »Da liegt eine tote Frau neben der Straße.«

Ein alter Mann winkte ab. »Geh weiter und kümmer dich nicht darum. Oder willst du riskieren, dass man dir den Tod des Weibsstücks anhängt oder dich zwingt, es zu begraben?«

Trotz seiner warnenden Worte blieb der Alte dann selbst neben dem Baum stehen und starrte den leblosen Körper an. Schnell scharte sich die ganze Gruppe um die Buche. Sogar Hiltrud überließ ihre Ziegen sich selbst und trat neugierig näher. Bei der Toten handelte sich um ein junges Mädchen, das einen Schandkittel trug und übel zugerichtet worden war.

»Die wird bald anfangen zu stinken«, spottete einer der Gaukler.

In dem Augenblick sah Hiltrud, wie sich die Lippen des Mädchens leicht bewegten, und schüttelte den Kopf. »Sie ist noch nicht tot.«

Während die Gaukler sie zweifelnd ansahen, beugte Hiltrud sich über die reglose Gestalt. Das Mädchen war außergewöhnlich hübsch, das war trotz der Schmutzschicht auf dem verzerrten Gesicht zu erkennen. Der gelbe Kittel deutete darauf hin, dass sie aus einer der nahe gelegenen Städte vertrieben worden war. Da der Stoff auf ihrem Rücken von Blut rot gefärbt war und, wie Hiltrud durch kurzes Zupfen feststellte, fest auf der

Haut klebte, musste die Kleine ungewöhnlich hart ausgepeitscht worden sein. Die Dämonenfratzen auf dem Kittel verrieten, dass sie wegen Hurerei verurteilt worden war. Aber sie musste noch mehr angestellt haben, denn Unzucht allein wurde nicht so hart bestraft.

Im Allgemeinen achtete man in den Städten kaum auf den Lebenswandel von Mägden und Frauen niederen Standes. Wenn sie es zu wild trieben, wurden sie kurzerhand in den Schandkittel gesteckt und fortgejagt. Aber man schlug sie nicht halb tot. Hiltrud sah sich die Hände des Mädchens an und kratzte sich dann am Kopf. So glatte, zarte Finger gehörten nicht zu einer Magd oder Tagelöhnerin. Die Kleine musste die Tochter eines wohlhabenden Bürgers oder gar eines Adligen sein. Das machte die Sache noch rätselhafter, denn die reichen Familien verheirateten ihre Töchter, wenn sie gefehlt hatten, gewöhnlich rasch mit einem willigen Gefolgsmann oder steckten sie in ein Kloster.

Das Geheimnis reizte Hiltrud. Sie fragte sich, ob sich der Sohn eines mächtigen Feudalherrn in ein unstandesgemäßes Mädchen verliebt hatte und sein Vater die harte Strafe befohlen hatte, um eine Heirat zu verhindern. Sie verwünschte diesen Gedanken sofort wieder, denn sie spürte, dass sie Mitleid mit der Kleinen bekam.

»Wenn sie noch nicht tot ist, wird sie bald sterben. Wir können nichts für sie tun.« Der Prinzipal wandte sich achselzuckend ab und stieg wieder auf den Bock seines Wagens. Auch die anderen Gaukler wollten weiterziehen. Hiltrud blieb unschlüssig stehen. Eigentlich ging das Mädchen sie ja nichts an. Es widerstrebte ihr jedoch, einen Menschen hilflos am Straßenrand zurückzulassen. Ihr war klar, dass sie froh sein musste, selbst genug zu beißen zu haben, und sich nicht noch um jemand anderes kümmern konnte. Aber als der Prinzipal seine Pferde mit einem Zungenschnalzen antrieb, trat Hiltrud ihm in den Weg.

»Bitte warte noch einen Augenblick, Jossi. Ich will das Mädchen mitnehmen.«

Der Bärtige schüttelte den Kopf. »Wenn wir trödeln, bekommen wir auf dem Jahrmarkt keinen guten Platz mehr zugewiesen.«

»Nur ein paar Minuten«, bat Hiltrud.

»Du kannst ja zurückbleiben, wenn du dich unbedingt um die schmutzige Hure kümmern willst.« Die Frau des Prinzipals betonte das Wort Hure besonders, um Hiltrud zu kränken.

Hiltrud hatte sich schon so viele Schmähreden anhören müssen, dass sie an ihr abprallten. Verärgert sah sie, dass der Prinzipal die Peitsche hob und seine Zugtiere antrieb, ohne darauf zu achten, ob sie den Weg freigab. Nach einem kurzen Blick auf das bewusstlose Mädchen trat sie beiseite und wandte sich an einen der jüngeren Männer.

»Hilf mir bitte, sie auf meinen Wagen zu laden. Ich werde sie nach unserer Ankunft in Merzlingen versorgen.«

»Wenn sie dann tot ist, musst du das Loch für sie allein schaufeln«, antwortete der Junge patzig, bückte sich dann aber, um die Bewusstlose aufzuheben.

Gemeinsam mit dem Burschen hob Hiltrud das Mädchen auf ihren Wagen. Noch während sie sich bei dem Jungen bedankte, drehte sich die Prinzipalin um und rief ihren Sohn mit scharfen Worten zu sich. Hiltrud sah ihn zusammenzucken und eilig nach vorne laufen, so als wäre er bei etwas Verbotenem erwischt worden.

Hiltrud lächelte noch, als sie ihre Ziegen mit leichten Stupsern antrieb. Das Lachen verging ihr jedoch schnell, denn die Tiere konnten den Wagen unter dem zusätzlichen Gewicht nicht von der Stelle bringen. So musste Hiltrud einen Strick an die Deichsel binden und sich mit vor den Wagen spannen.

»Das hast du von deinem weichen Herzen«, schalt sie sich selbst. »Jetzt darfst du dein eigenes Zugtier spielen, und das für ein Weibsstück, das wahrscheinlich noch in dieser Nacht sterben wird. Wenn du Pech hast, darfst du sie eigenhändig beerdigen und dem Pfaffen ein paar Münzen in die Hand drücken, damit er einen Segen über ihrem Grab spricht.«

Mit jedem Schritt, den sie zurücklegte, wurde ihre Laune schlechter. Es war eine schweißtreibende Angelegenheit, bei dieser Hitze den Wagen zu ziehen. Um auf andere Gedanken zu kommen, überlegte Hiltrud sich, was sie mit dem jungen Ding anstellen konnte, wenn es am Leben bleiben sollte.

»Ich könnte schon eine Magd gebrauchen, die mir beim Aufbau des Zeltes hilft und für mich kocht. Außerdem ist sie ein hübscher Bissen, der die Freier anlocken wird. Wenn sie dann selbst wieder arbeiten kann, werde ich den Kerlen ordentlich Geld aus dem Beutel ziehen.«

Das Überleben des Mädchens war nun Hiltruds größte Sorge. Als sie an einem Bach vorbeikam, hielt sie kurz an und tränkte ein Stück Stoff im Wasser, um die aufgesprungenen Lippen der Bewusstlosen zu benetzen.

Auf der letzten Wegstrecke vor Merzlingen schritten die Gaukler schneller aus und ließen Hiltrud weit hinter sich zurück. Da die Dächer der Stadt schon in Sicht kamen, störte Hiltrud das nicht, denn hier lief sie nicht mehr Gefahr, am hellen Tag vergewaltigt, ausgeraubt oder gar ermordet zu werden. Da sie nicht besonders schnell vorankam, wurde sie jetzt öfters von Reisenden überholt, die ebenfalls zum Merzlinger Jahrmarkt unterwegs waren. Einige der Leute kannte sie von früher und wechselte einen kurzen Gruß mit ihnen. Die meisten streiften ihren Fund auf dem Wagen mit einem kurzen Blick, stellten aber keine Fragen. Nur Bodo, ein schmieriger Tonwarenhändler, hielt sein Zugtier an und betrachtete das Mädchen von allen Seiten.

»Ein hübsches Kind, das du da aufgelesen hast, Hiltrud. Ist sie zu verkaufen?«

Hiltrud zuckte mit den Schultern. »Erst muss ich die Kleine wieder aufpäppeln.«

Der Mann leckte sich die Lippen. »Ja, tu das.«

»Mach dir aber keine zu großen Hoffnungen. Wahrscheinlich werde ich die Kleine auf dem Schindanger von Merzlingen verscharren müssen. Ich glaube nicht, dass sie die kommende Nacht übersteht.«

»Aber wenn sie wieder auf die Beine kommt, denkst du an mich, nicht wahr?« Der Tonwarenhändler kehrte zu seinem zweirädrigen Karren zurück und klatschte der Mähre, die davor gespannt war, die Zügel auf den mageren Rücken.

»Ja, ja, mach ich!«, rief Hiltrud ihm nach. Das spöttische Lächeln um ihren Mund hätte ihm verraten können, dass sie es anders meinte, als er dachte.

Sie wusste, warum er so scharf auf das Mädchen war. Einer hübschen Magd wie ihr würden die Leute die Teller und Töpfe weitaus lieber abkaufen als ihm. Darüber hinaus würde sie für ihn waschen und kochen und für seine übrigen Bedürfnisse sorgen müssen. Hiltrud hielt sehr viel von Sauberkeit und wusch sich, wenn es möglich war, jeden Tag. Den stinkenden Tonwarenhändler hätte sie selbst für den doppelten Lohn nicht mit in ihr Zelt genommen, und sie würde ihm erst recht kein Mädchen ausliefern, das sichtbar aus besseren Kreisen stammte. Sie war sich sicher, dass sie nicht auf diesen armseligen Händler angewiesen sein würde, sondern ein besseres Geschäft mit der Kleinen machen konnte.

Während sie noch überlegte, wie sie ihren Fund in klingende Münze umsetzen konnte, hatte sie die Festwiese erreicht. Dort standen schon etliche Zelte und Buden, andere wurden noch aufgebaut. Sie wollte sich gerade nach einem günstigen Platz am Rand des Marktes für ihr Zelt umsehen, als der Merzlinger Marktaufseher schon auf sie zusteuerte, um die Hurensteuer von ihr zu kassieren. Seinem Blick nach hatte er vor, später noch einen Nachschlag in Naturalien von ihr zu fordern. Sie drehte die Nase weg und hoffte, dass er sich vorher waschen würde.

Noch während er die Münzen zählte, die er ihr abgeknöpft hatte, deutete er auf Marie. »Was ist mit der?«

»Ich habe sie unterwegs gefunden und mitgenommen. Du wirst mir für sie kaum Steuern abnehmen können.« Hiltrud wollte sich abwenden, doch so leicht entkam sie dem Vertreter der städtischen Behörden nicht.

»Ihrem Kittel nach ist sie eine Hure. Also musst du zwei Pfennige für sie bezahlen.«

»Sie ist halb tot und kann ganz bestimmt nicht arbeiten.«

»Das interessiert mich nicht. Zahl für sie oder verschwinde mit ihr.«

Hiltrud seufzte. »Komm morgen wieder. Wenn sie dann noch lebt, bekommst du das Geld.«

Der Marktaufseher lachte und streckte die Hand aus. Hiltrud wusste nicht, ob sie sich mehr über die Raffgier des Mannes oder über ihre eigene Weichherzigkeit ärgern sollte. Seufzend zog sie ihren Beutel heraus und suchte so lange, bis sie zwei Haller Pfennige fand, die sie dem Mann statt guter Regensburger geben konnte. Er akzeptierte die minderwertigen Münzen mit einem mürrischen Blick und zog ab, um von einem ankommenden Händler die Steuern zu kassieren und ihm seinen Platz anzuweisen. Hiltrud atmete auf, denn nun konnte sie sich ihren Lagerplatz selbst aussuchen.

Jossis Gaukler hatten ihre Zelte unter einigen hohen Bäumen errichtet, die ihnen Schatten spendeten. Nicht weit davon entdeckte Hiltrud ein freies Plätzchen. Sie zog ihren Wagen dorthin, spannte die Ziegen aus und leinte sie an zwei Pflöcken an, die sie mit einem Stein in die Erde trieb. Diesmal musste sie die Zähne zusammenbeißen und das bewusstlose Mädchen alleine abladen, denn von Jossis Jungen und den restlichen Gauklern ließ sich wohlweislich keiner in ihrer Nähe blicken. Dabei kippte ihr Karren um und verstreute ihren gesamten Besitz auf der Erde. Hiltrud fluchte vor sich hin, baute ihr Zelt jedoch mit gewohnter

Schnelligkeit auf und räumte es ein. Zum Schluss schleifte sie das zerschundene Mädchen hinein und bettete es auf eine Decke. Als sie sich aufrichtete, begriff sie, dass sie sich mit dem Frauenzimmer eine Last an den Hals gehängt hatte, die sie nicht brauchen konnte. In der Zeit, in der sie sich um die halb tote Frau gekümmert hatte, hätte sie schon etliche Münzen verdienen können. Sie warf einen Blick auf die Männer, die sich in Scharen draußen herumtrieben und vorgaben, sich für die Stände und Warenbündel der Kaufleute und die Gaukler zu interessieren, die hie und da schon kleine Kostproben ihrer Kunst gaben. In Wahrheit beäugten die meisten von ihnen die Huren und verschwanden nach kurzen Verhandlungen mit ihnen in ihren Zelten oder im Gebüsch unten am Fluss. Als ein Kunde auf Hiltrud zukam und sie ansprach, blieb ihr nichts anderes übrig, als unwillig den Kopf zu schütteln. Er spie einen Fluch aus und wurde kurz danach mit einer Frau aus Jossis Gauklertruppe handelseinig.

Hiltrud stemmte die Hände in die Hüften und sah auf das immer noch bewusstlose Mädchen hinab. »Weißt du überhaupt, was du mir für Probleme bereitest? Deinetwegen muss ich mir die besten Geschäfte entgehen lassen. Also bleibe gefälligst am Leben, denn ich will jeden Pfennig von dir zurück!«

Sie nahm ihren Kessel und verließ das Zelt, um Wasser zu holen. Unten am Fluss schrubbte sie das Gefäß gründlich mit Sand aus, bevor sie frisches Wasser schöpfte. Dann suchte sie trockenes Moos, Gras und dürre Zweige zusammen, stellte ihren Dreifuß vor dem Zelt auf und entfachte ein Feuer darunter. Während das Wasser im Kessel zu dampfen begann, schnitt sie den zerfetzten Kittel vom Körper des Mädchens und ließ nur die Teile in Ruhe, die fest auf den Wunden klebten. Als das Wasser gekocht hatte, tauchte sie einen Lappen hinein und begann die restlichen Stofffetzen vorsichtig aufzuweichen und abzulösen.

Während Hiltrud sich auf ihr Samariterwerk konzentrierte, betrat ein schmächtiger kleiner Mann mittleren Alters den

Anger und sah sich suchend um. Er trug eine saubere graue Hose, ein braunes Wams und Lederschuhe mit Kupferschnallen. Eine Hure, die zum ersten Mal den Merzlinger Markt besuchte, ging hüftschwingend auf ihn zu, eine andere rief sie jedoch lachend zurück.

»Bei dem plusterst du dich umsonst auf, Lala. Der Apotheker hält nach einer speziellen Freundin Ausschau.« Sie legte die Hände trichterförmig an den Mund. »He, Herr Krautwurz! Hiltruds Zelt ist dort drüben unter den Bäumen, wo sich Jossis Leute breit gemacht haben.«

Der Angesprochene nickte dankbar, und als die Hure die Geste des Geldzählens machte, griff er in seinen Beutel und warf ihr eine Münze zu. Sie fing sie geschickt auf und lachte.

»Ich wünsche Euch viel Vergnügen. Aber denkt an mich, wenn Ihr einmal Abwechslung sucht.«

Peter Krautwurz achtete schon nicht mehr auf sie, sondern eilte zu Hiltruds Zelt. Er fand den Eingang hochgeschlagen und wollte eintreten, als er sah, dass Hiltrud beschäftigt war. Zunächst glaubte er, es wäre ihm ein Kunde zuvorgekommen, und wollte sich abwenden. Dann bemerkte er den zerschlagenen Frauenkörper.

»Hallo, Hiltrud. Was hast du denn da aufgelesen?«

Hiltrud drehte sich unwillig um, doch ihr Gesicht hellte sich auf, als sie ihren Besucher erkannte. Der Apotheker war ein Stammkunde, der sie jedes Mal aufsuchte, wenn sie hier zum Markt kam. Sie mochte ihn recht gern, denn er zahlte gut und war darüber hinaus ein zärtlicher Liebhaber, der sie besser behandelte als die meisten Männer. Für einen Augenblick hatte sie Angst, sie würde ihn als Kunden verlieren, wenn sie ihn jetzt abwies.

Krautwurz forderte sie weder zu etwas auf, noch wandte er sich beleidigt ab, sondern kniete neben ihr nieder und sah sich das Mädchen an. Hiltrud nahm erfreut wahr, dass sein Blick gleichgültig über den ausgesprochen wohlgeformten Hintern der Kleinen hinwegglitt. Er hatte nur Augen für das blutige Geflecht aufgeplatzter Striemen auf ihrem Rücken, und in seiner Miene spiegelte sich eine Mischung aus tiefem Mitleid, Empörung und einem gewissen beruflichen Interesse.

Hiltrud verzog ihr Gesicht in komischer Verzweiflung. »Ich habe die Kleine neben der Straße gefunden. Es schien mir nicht recht, sie hilflos liegen zu lassen. Doch jetzt weiß ich nicht weiter. Wenn sie nicht richtig behandelt wird, stirbt sie mir unter den Händen weg, und ich bekomme dann Ärger mit dem Marktaufseher.«

Sie löste seufzend den letzten Rest des blutigen Stoffes von Maries Rücken und griff dann nach einem Salbentopf. Zu ihrem Leidwesen war dieser jedoch fast leer. Bevor sie die Reste auf Maries Rücken verteilen konnte, fiel der Apotheker ihr in den Arm.

»Da muss etwas anderes aufgetragen werden. Warte, ich hole frische Salbe und Verbände von zu Hause und auch etwas gegen das hohe Fieber.«

Hiltrud atmete sichtlich auf. »Danke für deine Hilfe, Peter. Mit dieser Sache habe ich mich übernommen.«

Der Apotheker lächelte ihr aufmunternd zu. »Ich bin gleich wieder da. Kannst du inzwischen ein wenig Fleischbrühe kochen? Die werden wir mit meinen Kräutern vermischen und ihr einflößen.«

Hiltrud sah zweifelnd auf Marie hinab. »Sie ist nicht ansprechbar, und ich glaube nicht, dass wir sie dazu bringen können, etwas zu sich zu nehmen.«

»Nur keine Sorge. Ich weiß Kranke zu behandeln.« Der Apotheker lächelte ihr beruhigend zu und eilte mit langen Schritten davon. Als er zurückkehrte, trug er einen Korb bei sich, in dem sich unter anderem ein voller Salbentopf, eine Schüssel mit klein gehackten Kräutern und eine Flasche befanden, die er wie eine zerbrechliche Kostbarkeit behandelte.

»Ich habe diese Essenz aus verschiedenen Heilpflanzen destilliert. Sie reinigt die Wunden und fördert den Heilprozess«, erklärte er Hiltrud, während er die Flasche öffnete und ein sauberes Tuch mit der scharf riechenden Flüssigkeit tränkte. Dann kniete er nieder und reinigte damit die Hundebisse und die blutigen Striemen.

Hiltrud musste sich abwenden, so biss ihr das Elixier in die Nase. Selbst die Bewusstlose wurde unruhig und stöhnte mehrmals auf.

Der Apotheker hob kurz den Kopf. »Das Zeug brennt im rohen Fleisch wie Feuer, doch es verhindert, dass sich die Striemen noch weiter entzünden. Wäre die Kleine nicht ohnmächtig, würde sie jetzt vor Schmerzen schreien.«

Hiltrud schüttelte sich. »Das verätzt einem ja beim Atmen schon die Kehle. Bist du sicher, dass das Zeug ihr nicht schadet?«

Der Apotheker lächelte. »Ganz gewiss nicht. Ich werde die offenen Stellen mit Salbe bestreichen, damit sie heilen können. Bei Gott, ich habe schon viele ausgepeitschte Männer gesehen, doch kaum einem war der Rücken so zerfetzt worden wie diesem Kind. Wer das getan hat, war kein Mensch mehr, sondern ein Tier.«

Hiltrud sah ihm zu, wie er mit geschickten Händen die Wunden versorgte. Er legte dem Mädchen keinen festen Verband an, der nur wieder auf den Striemen festkleben würde, sondern bedeckte den Rücken mit einem Tuch, das er mit schmalen Bändern an Armen und Schenkeln befestigte. Danach drehte er das Mädchen um, richtete es mit Hiltruds Hilfe auf und ließ sich die Brühe reichen, in der seine Kräuter schwammen. Mit viel Geduld flößte er der Kranken einen Löffel nach dem anderen ein. Obwohl die junge Frau immer noch nicht ansprechbar war, schluckte sie die Suppe wie ein gehorsames Kind.

Krautwurz nickte Hiltrud zufrieden zu. »Ich glaube, sie wird wieder auf die Beine kommen. Aber schau dir das an. Das Kind ist wirklich menschlichen Tieren in die Hände gefallen.« Dabei zeigte er auf die stark angeschwollenen Schamlippen seiner Patientin.

Hiltrud schalt sich, weil sie nicht früher bemerkt hatte, dass das arme Ding nicht nur ausgepeitscht, sondern auch vergewaltigt worden war. Für diese Art von Verletzungen besaß sie ihre eigene Medizin. Sie hatte immer wieder mit Freiern zu tun, die keine Rücksicht darauf nahmen, ob sie ihr Schmerzen bereiteten oder sie sogar verletzten, und daher hatte sie immer einen Vorrat von einer Tinktur im Gepäck, die sie selbst zubereitete. Sie holte eine kleine Tonflasche aus ihrem Gepäck und rieb Maries Unterleib mit der grünlich schillernden Flüssigkeit ein.

»So, das dürfte fürs Erste reichen.« Der Apotheker war froh, als sie die Verletzte endlich versorgt hatte. Ihr nackter Anblick war nicht ganz ohne Wirkung auf ihn geblieben. Auffordernd sah er Hiltrud an und ließ seine Hand unter ihr Hemd wandern.

»Ich glaube, jetzt habe ich eine kleine Belohnung verdient.«

Hiltrud warf einen säuerlichen Blick auf Marie, die mehr als die Hälfte des Zeltes für sich in Anspruch nahm. »Du wirst mir aber helfen müssen, die Kleine etwas zur Seite zu schieben, damit wir genug Platz haben. Und bitte hab noch einen Moment Geduld. Ich bin arg verschwitzt und möchte mich vorher waschen.«

»Ja, tu das. Ich mag das an dir. Du bist immer so sauber, während andere Weiber …« Der Apotheker sprach nicht weiter, doch Hiltrud verstand ihn auch so. Viele Frauen ihres Gewerbes kümmerten sich nicht im Geringsten um ihre Körper und stanken, dass es peniblen Freiern schon in ihrer Nähe übel wurde. Sie achtete jedoch auf ihre Körperpflege und hatte deshalb auf jedem Markt Stammkunden aus der wohlhabenderen Schicht.

Hiltrud nahm einen gepichten Beutel, der ihr als Eimer diente, holte Wasser vom Fluss und hing das Gefäß zwischen zwei Zeltstangen auf. Dann schloss sie den Zelteingang und zog sich aus. Die Augen des Apothekers leuchteten beim Anblick ihres nackten Körpers begehrlich auf. Sie sah, dass er sie am liebsten sofort auf die Decke gezogen hätte. Dennoch nahm sie sich die Zeit, sich von Kopf bis Fuß zu waschen, bevor sie sich für ihn bereitlegte. Der Apotheker hatte bereits seine Hosen ausgezogen und nahm seinen Platz zwischen ihren Beinen ein.

III.

Maries Bewusstsein tauchte aus einem Höllenpfuhl auf, in dem ihr Dämonen immerzu Gewalt angetan und sie geschändet hatten. Für einen Augenblick war es ihr, als läge sie zu Hause in ihrem Zimmer bei offenem Fenster, durch das die Sonne warm hereindrang, und lausche dem Lärm draußen auf der Gasse. Dann aber stellten ihre umhertastenden Hände fest, dass sie bäuchlings auf einer Decke im Gras lag und nicht bekleidet war. Erschrocken wollte sie sich aufrichten. In dem Moment kehrten die Höllenqualen zurück. Schmerzen durchzuckten sie wie Dolche und ließen sie beinahe ohnmächtig werden. Ihr Rücken war aufgeschwollen wie ein harter, einschnürender Panzer und machte jeden Atemzug zur Pein, ihr Unterleib brannte, und ihr ganzer Körper war so verkrampft, dass sie keinen Muskel ohne Schmerzen bewegen konnte.

Jetzt riss sie die verklebten Augen auf und sah sich um. Sie lag auf einer alten, ausgewaschenen Decke, die durchdringend nach Lavendelkraut duftete, und war mit einer leichteren, aber ebenso schäbigen Decke zugedeckt. Über ihr spannte sich eine von Alter und ständigem Gebrauch verfärbte Zeltleinwand, auf der Sonnenstrahlen und Schatten von Zweigen und Blättern spielten.

Marie erinnerte sich verschwommen, dass sie zuletzt vor einem Rudel bissiger Hunde davongelaufen war und sich dann unter einen Baum gelegt hatte. War sie tot? Nein, wie das Paradies sah es hier nicht aus, aber auch nicht wie die Hölle. Ungeachtet der

Schmerzwellen drehte sie sich um, richtete sich auf und entdeckte eine Frau, die den Rest des Zeltes auszufüllen schien.

Die Fremde saß mit untergeschlagenen Beinen auf einer fadenscheinigen, vielfach geflickten Decke und nähte an einem gelben Kittel. Trotz ihrer Größe wirkte alles an der Frau harmonisch. Das helle Haar und die sonnengebräunte Haut zeigten, dass sie sich viel im Freien aufhielt.

Die Fremde bemerkte, dass Marie sie beobachtete, hob den Kopf und musterte sie mit grauen, abweisend und streng dreinblickenden Augen. »Endlich wach geworden? Du siehst ja schon recht munter aus. Das freut mich.«

Trotz der freundlichen Worte klang die Stimme der Frau ebenso ablehnend wie ihr Blick. Marie zog sich unsicher in sich selbst zurück und starrte die Fremde an, die ununterbrochen weiternähte. Erst nach einer Weile wagte sie, sie anzusprechen.

»Wo bin ich? Und wer bist du?« Ihre Stimme klang wie das Krächzen eines Raben.

»In meinem Zelt auf dem Jahrmarkt von Merzlingen. Ich heiße Hiltrud.«

»Ich bin Marie.«

Hiltrud legte die Hand auf Maries Stirn und nickte zufrieden. »Es sieht so aus, als wärst du über den Berg. Dein Fieber ist weg.«

»Fieber? War ich denn krank?« Noch während sie fragte, quollen die albtraumhaften Bilder der letzten Stunden in Konstanz in ihr empor, und sie griff unwillkürlich auf ihren zerschlagenen Rücken.

Hiltrud hielt ihre Hand auf und zog sie wieder nach vorne. »Fass nicht dorthin. Du musst deinen Rücken in Ruhe heilen lassen und darfst auf keinen Fall kratzen. Die Wunden sehen schlimm aus, doch Peter meint, dass nur wenig sichtbare Narben zurückbleiben werden, vorausgesetzt, die Striemen entzünden sich nicht weiter, denn sonst werden sie zu harten Wülsten.«

»Wer ist Peter?«

»Peter Krautwurz ist ein Apotheker aus Merzlingen und ein guter Freund von mir. Er hat mir geholfen, dich zu verarzten.«

»Merzlingen?« Es dauerte einige Augenblicke, bis sich Marie an diesen Ort erinnern konnte. »Das ist aber ganz schön weit weg von zu Hause.«

Hiltrud wies auf die Reste von Maries Kittel, die sie achtlos in eine Ecke geworfen hatte. »Du dürftest kein Zuhause mehr haben. Wenn du nichts dagegen hast, werde ich das Zeug verbrennen. Du kannst derweil diesen Kittel anziehen. Ich hoffe, er passt, denn ich musste ihn enger machen, ohne bei dir Maß nehmen zu können.«

Marie starrte das unförmige Kleidungsstück entsetzt an, schluckte jedoch eine abwehrende Bemerkung und fragte stattdessen: »Wie bin ich eigentlich zu dir gekommen?«

»Ich habe dich neben der Straße gefunden und mitgenommen.«

Marie senkte den Kopf. »Ich wünschte, du hättest mich dort sterben lassen.«

»Warum? Ich kann eine hübsche Magd gut gebrauchen.« Hiltrud empfand wenig Lust, Marie zu schonen. Je eher das Mädchen sich mit ihrem Schicksal abfand, umso besser war es für sie beide.

Marie sah sich zweifelnd um. Alles um sie herum war schäbig und abgenutzt, und der Stoff, aus dem die Kleidung der Frau bestand, war von so schlechter Qualität, dass Elsa und Anne ihn entrüstet zurückgewiesen hätten. »Eine Magd? Wer bist du, dass du einen Dienstboten benötigst?«

Hiltrud zog eines der gelben Bänder an ihrem Rock hoch, die für jedermann sichtbar ihren Stand kennzeichneten. »Ich bin eine Hübschlerin.«

Sofort ärgerte sie sich, weil sie den verharmlosenden Begriff gewählt hatte, anstatt offen und ehrlich zu bekennen, dass sie eine umherwandernde Hure war.

Marie verstand sie auch so. Ihr Gesicht verzerrte sich vor Ekel, und sie wich bis an die Zeltwand zurück. »Du treibst es freiwillig mit Männern?«

Ihre Stimme drückte die Abscheu eines Mädchens aus, dessen einzige Erfahrung mit Männern aus einer brutalen Vergewaltigung bestand.

Hiltrud zuckte mit den Achseln. »Von irgendetwas muss ich ja leben.«

»Aber da ist alles andere noch besser, sogar das Betteln!«

Hiltrud griff in jenen Winkel, in dem die Reste des Schandkittels lagen, und hielt Marie die Dämonenfratze der Wollust vor das Gesicht. »Jetzt höre mir einmal gut zu, mein Kind, und schlag dir die Flausen aus dem Kopf. Für die Leute in ihren properen Städten bist du nach diesem Urteil kein Mensch mehr, sondern Abschaum, genau wie ich. Für die feinen Bürger und das Gesinde, das ihnen die Füße leckt, sind wir weniger wert als der Dreck, den sie täglich von sich geben. Meist verbieten sie uns, ihre Städte zu betreten, und schimpfen sogar noch über uns, wenn wir vor ihren Toren an Hunger und Kälte verrecken. Manchmal verkaufen sie uns einfach an einen ortsansässigen Hurenwirt und halten das für gottgefälliges Mitleid.

Einmal habe ich alle Vorsicht in den Wind geschlagen, weil ich dringend Stoff und Lebensmittel kaufen musste, und bin unbemerkt an den Torwachen vorbeigeschlüpft, um einen Wochenmarkt innerhalb des Stadtfriedens aufzusuchen. Natürlich hat der Marktaufseher mich erwischt und vom Gericht zu zehn Rutenhieben verurteilen lassen. Zum Glück war der Büttel, der sie mir geben musste, daran interessiert, mit mir zu schlafen, und schlug daher so sacht zu, dass ich kaum etwas gespürt habe.«

Marie starrte Hiltrud fassungslos an. »Und? Hast du dich ihm hingegeben?«

Hiltrud begriff Maries Entsetzen nicht. »Ja, natürlich. Schließlich wäscht eine Hand die andere. Wenn ich an den Falschen geraten wäre, hätte mein Rücken vielleicht so ausgesehen wie deiner.«

Plötzlich sah Marie sich wieder nackt am Schandpfahl hängen, den Blicken der Gaffer schonungslos preisgegeben.

»Ich ... ich weiß nicht, warum man mir das angetan hat. Ich bin die Tochter eines wohlhabenden Bürgers zu Konstanz und war bis zu der Nacht vor meiner Auspeitschung noch Jungfrau. Zwei Männer haben mich verleumdet und behauptet, ich hätte mit ihnen Unzucht getrieben ...«

Sie sprudelte ihre ganze schreckliche Geschichte heraus und stöhnte vor Schmerz laut auf, als Weinkrämpfe ihren Körper erschütterten.

Hiltrud griff nach einem Lappen, tauchte ihn in den Wasserbehälter, der neben ihrem Kopf hing, und wusch Marie damit das Gesicht ab. Dann ließ sie den Lappen auf ihrer Stirn liegen.

»Bleib ganz ruhig, sonst bekommst du wieder Fieber. Es ist doch nichts mehr daran zu ändern. Du wirst dich mit deinem neuen Leben abfinden müssen.«

Marie holte vorsichtig Luft und drückte aufgeregt Hiltruds Hand. »Nein, nein, das glaube ich nicht. Mein Vater wird das nicht zulassen. Bestimmt ist er schon auf dem Weg hierher. Er kann jeden Moment hier auftauchen.«

Hiltrud sah sie skeptisch an. »Das wäre schön für dich.«

»Ich bin ganz sicher, dass er in den nächsten Stunden auftaucht. Und er wird dich ganz gewiss reich dafür belohnen, dass du mich gerettet hast. Vielleicht brauchst du dann nicht mehr ... nicht mehr so herumzulaufen.« Marie deutete auf Hiltruds gelbe Bluse.

Hiltrud hatte Maries Erzählung entnommen, dass sich deren Vater nicht sonderlich energisch für sie eingesetzt hatte. Da sie dem Mädchen jedoch nicht wehtun wollte, sagte sie nichts, was ihre Illusion hätte zerstören können. »Ich habe nichts dagegen, wenn dein Vater mir ein paar Münzen in die Hand drückt, denn ich konnte bisher noch nichts verdienen, weil ich mich um dich kümmern musste.«

Marie kam nicht dazu, ihr zu antworten, denn in dem Moment steckte der Apotheker den Kopf ins Zelt. »Grüß Gott, meine Liebe ... Oh! Unsere kleine Patientin ist ja schon wach. Ich sagte dir doch, dass sie gesundes, kräftiges Blut in den Adern hat.«

Dabei lächelte er Marie zu und forderte sie auf, ihre Kehrseite zu zeigen.

Marie schüttelte abwehrend den Kopf und schlang die Decke fester um sich.

Hiltrud lachte sie aus. »Jetzt stell dich nicht so an. Peter will nur nach deinen Wunden sehen. Er ist ein besserer Heiler als die hochgelehrten Doktores, die von Krankheitsteufeln und Höllendünsten faseln und ihren Patienten Dreck zu fressen geben. Peter kennt jedes Kraut und jede Wurzel und hat ihre Wirkung auf die Krankheiten des Körpers und der Seele studiert, wie du schon an seinem Namen Krautwurz erkennen kannst.«

Marie sank in sich zusammen und ließ geschehen, dass der Apotheker mit Hiltruds Hilfe ihren Rücken entblößte und mit den Fingern prüfend ihre Wunden betastete.

»Ausgezeichnet«, lobte er. »Es heilt wirklich gut. Ich muss nur noch ein paar der Striemen mit meiner Essenz behandeln und natürlich auch die Hundebisse. In denen können sich Gifte angesammelt haben. Klemm dir ein Stück Holz zwischen die Zähne, Kind, oder beiß in die Decke, denn es wird gleich sehr wehtun.«

Marie brummte unwillig, denn sie glaubte, nach den Qualen, die sie hatte ertragen müssen, gegen jeden Schmerz gefeit zu sein. Aber als der Apotheker ihren Rücken mit dem essenzgetränkten Lappen berührte, schossen ihr die Tränen in die Augen, und ihr Mund öffnete sich zu einem gellenden Schrei. Bevor sie ihn herausbrachte, hatte Hiltrud ihr einen Lappen in den Mund geschoben.

»Los, beiß darauf und sei still! Oder willst du mit deinem Geschrei den halben Markt hierher locken?«

Marie konnte nur noch durch die Nase schnauben und sich unter der Hand des Apothekers krümmen.

Peter Krautwurz hielt keinen Augenblick inne. »Entspann dich, Kind. Gleich ist es vorbei. Meine Essenz sorgt dafür, dass die Wunden schnell und ohne hässliche Narben heilen.«

Als er die Flasche wegsteckte, spie Marie den Lappen aus. Wenn sie schon weiterleben musste, war sie froh, wenigstens nicht auf immer gezeichnet zu sein. Für einen Augenblick sah sie den Salbentopf in Peters Hand misstrauisch an, aber als er die Paste auftrug, spürte sie, wie sie die Schmerzen linderte. Mit einem beinahe zufrieden klingenden Seufzer ließ sie den Rest seiner Behandlung über sich ergehen. Nach einem aufmunternden Klaps auf ihren Oberschenkel richtete er sich auf. »So, jetzt wollen wir mal sehen, wie es unten bei dir aussieht. Dreh dich bitte um.«

Zuerst begriff Marie nicht, was er damit meinte. Als er sie jedoch mit Hiltruds Unterstützung umdrehte und ihre Schenkel auseinander zog, färbte sich ihr Gesicht blutrot, und sie bedeckte ihre Scham mit den Händen. Hiltrud, die ihr den Rücken stützte, damit sie sich nicht auf ihre Wunden legen musste, zog ihr kurzerhand die Arme vor die Brust und hielt sie dort fest.

»Muss ich dir noch mal einen Knebel in den Mund stopfen?«, fragte sie, als Marie leise aufschrie. »Man hat dich schändlich zugerichtet, und Peter will nur sehen, ob er dir helfen kann.«

Marie biss die Zähne zusammen und ließ zu, dass der Apotheker sie gründlich untersuchte. »Auch hier heilt es gut. Es wird nur etwas länger dauern als auf dem Rücken, denn am Unterleib kann ich meine Essenz nicht anwenden, sonst würdest du uns vor Schmerzen durch die Zeltdecke gehen. Aber Hiltrud besitzt eine eigene, sehr wirkungsvolle Kräutermixtur, und ich habe dir zusätzlich eine Salbe mitgebracht, die eine starke Vernarbung verhindert.«

Hiltrud reichte dem Apotheker die Tonflasche mit ihrer Tinktur und sah zu, wie er die Flüssigkeit vorsichtig auf den geschwollenen, blutunterlaufenen Schamlippen auftrug und bis tief in die Scheide rinnen ließ. Marie verging fast vor Scham, denn bisher hatte sie außer den drei Schurken im Ziegelturm kein Mann unbekleidet gesehen, geschweige denn an anderen Stellen außer ihren Händen berührt. Dann dachte sie an die vielen Hände, die sie bei ihrer Vertreibung aus Konstanz befingert hatten, und holte tief Luft, um die Erinnerung abzuschütteln.

Hiltrud sah das Entsetzen in ihren Augen und streichelte ihr beruhigend über das Haar. »So, jetzt bist du versorgt. Glaubst du, dass du dich eine Weile draußen hinsetzen kannst? Lehn dich an meinen Wagen und sieh dich ein wenig um.«

»Ich will es versuchen.« Es gelang Marie mit Hiltruds Unterstützung aufzustehen. Ihre Knie zitterten, aber irgendwie schaffte sie es, sich auf den Beinen zu halten. Der Apotheker zog das Tuch zurecht, das er auf ihrem Rücken befestigt hatte, und half Hiltrud, ihr den umgeänderten Kittel überzustreifen. Das Ding hing wie ein Vorhang um sie herum und reichte ihr bis zu den Füßen.

Der Apotheker nickte zustimmend. »Für die nächsten Tage ist das das richtige Kleidungsstück. Der Stoff liegt locker auf deinen Schultern und drückt nicht auf die Striemen.«

Marie starrte schaudernd auf die gelbe Farbe, mit denen Huren jedermann kundtun mussten, welch schändlichem Gewerbe sie nachgingen, und brach in Tränen aus. Am liebsten hätte sie sich den Stoff vom Leib gerissen, doch sie besaß nichts, um ihre Blöße zu bedecken. Nun würde jeder, der sie ansah, sie für eine Sünderin halten, auf die die Schlünde der Hölle warteten und die so verworfen war, dass kein Pfarrer sie über die Schwelle seiner Kirche treten ließ. Sie wehrte sich jedoch nicht, als Peter sie nach draußen führte, sondern bedankte sich bei ihm und Hiltrud, die eine ihrer Decken zu einem Polster für sie zusammengefaltet hatte, so dass sie ohne allzu große Schmerzen im Halbschatten der sich im Wind bewegenden Zweige sitzen konnte. Als sie sah, wie Peter Hiltrud die Hand in die Bluse schob und sie lachend über seinen Hosenlatz strich, wandte sie sich jedoch schnell ab.

Das half nicht viel, denn der Wagen stand direkt neben dem Zelt, und so vernahm sie die Anzüglichkeiten, die das Paar drinnen tauschte, und hörte Geräusche, die ihr Schauer über den Leib trieben. Entsetzt hielt sie sich die Ohren zu, ließ die Hände aber schnell wieder sinken, denn durch die sich spannenden Muskeln schien flüssiges Feuer zu laufen.

Marie sagte sich, dass sie kein Recht hatte, sich für Hiltrud zu schämen oder sie für ihre Lebensweise zu tadeln. Die Frau war sicher nicht freiwillig zur Hübschlerin geworden. Trotzdem war es ihr unangenehm, nur wenige Schritt neben sich ein kopulierendes Paar zu wissen. Körperliche Liebe war etwas, über das nur Männer sprachen, und das auch nur, wenn keine Frau in ihrer Nähe war und der Wein ihnen die Zungen gelöst hatte. Frauen durften nicht einmal an fleischliche Dinge denken, wenn sie nicht als unkeusch und verworfen gelten wollten. Marie hatte in ihrem bisherigen Leben eifrig danach gestrebt, so zu werden, wie die heilige Mutter Kirche es von einer züchtigen Jungfrau erwartete, und musste sich nun sagen, dass sie den gelben Kittel zu Recht trug, denn in den Augen der Kirche und der ganzen Menschheit galt sie seit dem kirchlichen Urteil als Hure.

Um sich abzulenken, sah Marie den beiden Ziegen zu, die nicht weit von ihr entfernt im Gras lagen und genüsslich wiederkäuten. Die Tiere wirkten so gelassen und zufrieden, als gäbe es keinen Kummer und keine Sorgen auf der Welt. Eine der Geißen hob den Kopf und musterte Marie neugierig, als wolle sie schauen, ob es einen Leckerbissen für sie gab. Da Marie nicht auf ihr Betteln reagierte, schnaubte das Tier enttäuscht und rupfte an einem Grasbüschel.

Die Ziegen lenkten Marie nicht lange von ihrem Schmerz und

dem Geschehen im Zelt ab, und so ließ sie ihren Blick weiterwandern. Marie kannte den großen Konstanzer Jahrmarkt und auch die kleineren Märkte, die dort zu den Festen verschiedener Heiliger abgehalten wurden. Seit sie sich erinnern konnte, hatte sie Wina oder ihren Vater dorthin begleiten dürfen. Vor ihren Augen tauchten die von Waren überquellenden Stände auf, an denen man leckere Bratwürste und süße Kuchen kaufen konnte. Ihr lief das Wasser im Mund zusammen, als sie daran dachte, wie sie mit vollen Backen gekaut und den Erwachsenen zugehört hatte, die um Töpfe, Stoffe oder ganze Ladungen Wein feilschten. Zu ihrem heimlichen Kummer hatte man ihr nie erlaubt, den bunt gekleideten Gauklern zuzusehen, denn diese Leute waren in Winas Augen schlechtes Volk, die Hühner und kleine Kinder stahlen und von denen ein anständiges Mädchen sich fern halten musste.

Hier in Merzlingen sahen die Buden und Zelte genauso aus wie in Konstanz, und doch war alles ganz anders. In Maries Nähe badeten zerlumpte Frauen sich und ihre Kinder ungeniert im Fluss und unterhielten sich dabei mit schrillen Stimmen, während eine auffallend dicke Frau in fremdartig bunter Tracht nicht weit vom Ufer entfernt ein Feuer anzündete und dünnflüssigen Teig in eine flache Pfanne goss.

Ein bärtiger Mann schlenderte an ihr vorbei, nahm den ersten Pfannkuchen mit blanker Hand aus dem spritzenden Fett und biss mit offensichtlichem Genuss hinein. Was er zu der Frau sagte, verstand Marie nicht, aber die Dicke schien sich zu freuen, denn sie antwortete ihm lachend, während ihre Hände ohne Pause weiterarbeiteten. Ein junger Bursche, der dem Mann ähnlich sah, ließ sich den Pfannkuchen auf einem dünnen Brett servieren, von dem er ihn Stück für Stück mit den Lippen herunterriss, während er gleichzeitig mit drei Stöckchen jonglierte. Als der Bärtige fertig gegessen hatte, zog er mehrere Messer unter seinem Hemd hervor und schleuderte sie auf ein Brett, das am

Stamm einer Weide lehnte. Bei jedem Wurf traf er den farbig markierten Kreis in der Mitte der Scheibe.

Ein Stück weiter versuchte ein Tonwarenhändler einer Kundin einen Topf schmackhaft zu machen. Die Frau prüfte das Gefäß sorgfältig, stellte es dann wieder hin und ging weiter, ohne etwas zu kaufen. Der Händler schimpfte verärgert hinter ihr her, verstummte aber, als er Maries Blicke bemerkte, verließ nach kurzem Zögern seinen Stand und kam auf sie zu.

»Du bist doch die Kleine, die Hiltrud unterwegs aufgelesen hat?« Marie nickte und wurde rot, denn aus dem Zelt drangen immer noch Paarungslaute. Den Mann schien das nicht zu stören. Er trat noch näher, hob Maries Kinn an und prüfte sie wie einen zu verkaufenden Gaul. »Ich habe schon mit Hiltrud über dich gesprochen, und wir sind fast schon handelseinig. Wenn du wieder gesund bist, kommst du als Magd zu mir, hilfst mir beim Verkauf meiner Teller und Töpfe und wäschst und flickst meine Sachen. Keine Sorge, ich bin nicht knauserig. Das kannst du auch Hiltrud sagen, wenn sie mit ihrer Arbeit fertig ist. Sag ihr auch, ich käme später noch einmal vorbei, um mit ihr zu sprechen und ein anderes Geschäft mit ihr zu betreiben.«

Er grinste dabei zweideutig und machte eine Bewegung, als wolle er Maries Brüste anfassen, die sich unter dem Kittel abzeichneten. Marie versteifte sich und hob die Hand, um den Mann abzuwehren, doch da richtete er sich auf und rannte zu seinem Stand zurück, an dem eine schwer beladene Frau mit drei ausgelassen herumspringenden Kindern stehen geblieben war. Marie starrte dem Mann angewidert nach. Er hatte gestunken wie ein Ziegenbock und sie mit einem ähnlichen Blick gemustert wie Utz Käffli im Turm. Marie schauderte bei dem Gedanken, für so einen Menschen arbeiten zu müssen, und faltete die Hände zu einem Gebet, doch keines von denen, die ihr einfielen, drückte ihre Not aus oder spendete ihr Trost.

War diese Hiltrud so schlecht, dass sie sie wie ein Stück Vieh verkaufen wollte? Dabei hatte sie doch gesagt, sie wolle sie selbst als Magd behalten. Aber das hatte sie gewiss nur so dahergeredet, denn wie sollte eine arme Hure sich eine Magd leisten können? Wahrscheinlich hatte sie von Anfang an vorgehabt, sie dem Meistbietenden zuzuschlagen wie ein Fass Wein auf einer Auktion. Marie schauderte es bei dem Gedanken. Dann schalt sie sich wegen ihrer schlechten Gedanken. Hiltrud hatte ihr das Leben gerettet und ihre Blöße bedeckt, und das war nicht die Tat einer bösen Frau. Sie war zwar streng zu ihr gewesen, bezahlte aber nun mit ihrem Körper dafür, dass der Apotheker sie verarztet hatte wie ein Mädchen aus gutem Haus.

Marie stützte den Kopf in ihre Hände und wusste nicht mehr, was sie denken sollte. Sie sehnte sich nach ihrer geordneten Welt zurück, in der sie eine Frau gewesen war und keine Ware, die man nach Belieben verkaufen durfte, und in der man nicht sündigen musste, um sich das tägliche Brot zu verdienen. Schließlich klammerte sie sich an den Gedanken, dass ihr Vater ihr folgen und sie zurückholen würde. Es konnte nicht mehr lange dauern, bis er hier auftauchte, denn es gab nicht viele Straßen, die den Weg vom Petershausener Tor nach Singen kreuzten. Sie würde ihn bitten, Hiltrud ein Häuschen zu kaufen und ein Feld und eine Weide mit genügend Ziegen, so dass sie sich auf ehrliche Art ernähren und Almosen für ihr Seelenheil spenden konnte, und auch den Apotheker gut zu belohnen. Dann sollte ihr Vater sie an einen Ort bringen, an dem sie all die schlimmen Dinge, die ihr widerfahren waren, im Lauf der Zeit vergessen konnte.

Während Marie sich ausmalte, wie es weitergehen würde, wenn ihr Vater auftauchte, verließ der Apotheker mit einem zufriedenen Lächeln das Zelt. Er winkte ihr kurz zu und verschwand dann in Richtung der grauen Mauern, die sich am anderen Ende des Angers erstreckten.

Hiltrud steckte den Kopf hinaus. »Du kannst wieder hereinkommen, Marie. Was hältst du von einem Frühstück? Du magst doch Ziegenmilch, oder?«

»Ich weiß nicht … wahrscheinlich schon.« Marie merkte erst jetzt, dass der Duft des Pfannkuchens, der zu ihr herüberwehte, sie hungrig gemacht hatte. Doch als sie aufstehen wollte, drehte sich alles um sie, und sie sank mit einem Wehlaut zurück.

Hiltrud streifte sich ihr Kleid über, hob Marie auf und führte sie zu ihrem Lager. Dort half sie ihr, sich so auf der Decke auszustrecken, dass sie ohne größere Schmerzen liegen konnte. Dann nahm sie zwei Becher zur Hand und ging hinaus, um die Ziegen zu melken. Als sie zurückkehrte, hielt sie neben den vollen Bechern auch zwei in Blätter eingewickelte Pfannkuchen in der Hand, die sie Jossis Frau abgekauft hatte. Die Abneigung, die die Dicke gegen Hiltrud hegte, hinderte sie nicht daran, ein paar Münzen an ihr zu verdienen.

»Schlaf noch ein wenig. Du wirst bald wieder nach draußen gehen müssen, denn spätestens mittags kommen die ersten Kunden«, erklärte Hiltrud ihr zwischen zwei Bissen. »Wenn ich den Winter überleben will, muss ich noch viel Geld verdienen. Ich richte dir ein kuscheliges Plätzchen unter den Weiden her, damit du im Schatten liegen kannst.«

Marie hatte einen Kloß in der Kehle. Sie bedauerte es, Hiltrud so viele Umstände zu bereiten, schämte sich aber gleichzeitig, Brot zu essen, das durch Unzucht und Hurerei verdient worden war. Ihrem Magen war das jedoch egal, denn er schrie nach mehr. Marie biss die Zähne zusammen und bat Hiltrud um einen weiteren Becher Milch.

Die große Frau verließ das Zelt und kam bald darauf mit einem halb vollen Becher zurück. »Mehr Milch wollen die Ziegen nicht hergeben. Du kannst dir aber noch Wasser aus dem Kessel schöpfen. Es stammt von der Quelle drüben.«

»Ich wollte dir nicht die ganze Milch wegtrinken«, flüsterte Marie betroffen. »Ich danke auch schön.«

»Ist schon gut. Ich kann dich ja nicht darben lassen, denn sonst wirst du nicht schnell genug gesund.«

Hiltrud stand auf und befestigte den Zeltvorhang an einer Querstange. »Ich muss sehen, ob ein Mann vorbeikommt, bei dem es sich lohnt, ihn anzusprechen.«

Marie starrte sie an. »Wieso machst du das eigentlich? Eine so kräftige Frau wie du müsste doch auch eine andere Arbeit bekommen.«

Hiltrud schüttelte nachsichtig den Kopf. »Keine Hausfrau würde eine Hure als Magd einstellen, schon aus Angst um die Moral ihres Mannes und ihrer Söhne.«

»Wieso bist du überhaupt zu einer Hübschlerin geworden?« Marie verwendete diesen verharmlosenden Ausdruck, weil sie das schmutzige Wort nicht über die Lippen brachte.

»Mein Vater hat mich mit dreizehn an einen Hurenwirt verkauft«, antwortete Hiltrud ohne besondere Bitterkeit. »Ich habe beinahe zehn Jahre in seinem Bordell gearbeitet, bis ich endlich so viel gespart hatte, dass ich mich freikaufen konnte. Jetzt bin ich zwar eine Wanderhure ohne Heimat, aber wenigstens mein eigener Herr.«

Marie traten die Tränen in die Augen. »Das tut mir Leid.«

»Warum? Du kannst ja nichts dafür.« Hiltrud sah mehrere Männer in städtischer Kleidung näher kommen und räumte rasch die Becher weg. »Jetzt musst du doch wieder nach draußen. Die Kerle sehen aus, als könne man mit ihnen ins Geschäft kommen.« Ohne auf Maries Antwort zu warten, stand sie auf und schritt hüftschwingend auf die Männer zu.

Marie zog sich an einer Zeltstange hoch und taumelte hinaus. Als sie sich bückte, um die liegen gebliebene Decke aufzuheben, drehte sich alles um sie. Doch sie wollte möglichst weit weg von dem Zelt und den Geräuschen darin. Sie hielt sich an einem Baum fest und ging dann langsam auf eine der Weiden am Ufer zu, die am weitesten weg von den Zelten stand. Als sie zurückblickte, sah sie, dass Hiltrud mit einem der Männer handelseinig geworden war, und bat die Jungfrau Maria, ihren Vater bald zu ihr zu führen und sie aus diesem Albtraum zu erlösen. Aber auch heute schenkten ihr Gebete keinen Trost.

IV.

Als der Abend kam und der Wein, der auf dem Jahrmarkt ausgeschenkt wurde, die Herzen der Männer mit mehr Mut erfüllte, hatte Hiltrud viel zu tun. Sie bedauerte es, dass Marie nicht mitarbeiten konnte. Zusammen hätten sie ein gutes Geschäft machen können, denn nicht wenige ihrer Kunden fragten sie nach dem Mädchen. Die Nachricht, dass sie Marie im Schandkleid auf der Straße aufgelesen hatte, war schon bis in die Stadt gedrungen und hatte die Phantasien etlicher Männer entzündet. Um endlich Ruhe vor allzu aufdringlichen Freiern zu haben, erklärte Hiltrud lautstark, dass Marie wegen ihres zerschlagenen Rückens noch nicht arbeiten könne. Die meisten gaben sich damit zufrieden, ein Freier blieb jedoch hartnäckig und erklärte ihr, dass es ja auch noch andere Möglichkeiten gab, mit einer Frau zu schlafen, als sie auf den Rücken zu legen.

Hiltrud schüttelte energisch den Kopf. »Aber keine, die der heiligen Kirche gefällt.«

»Vielleicht bist du bereit, mir diesen Gefallen zu erfüllen. Komm, reck mir dein hübsches Hinterteil entgegen.« Der Mann blickte Hiltrud an wie ein junger Hund, der um Futter bettelte, und legte die Hände zusammen.

Sie merkte, dass sie weich wurde, und seufzte. »Es ist aber nicht billig.«

Statt einer Antwort schob der Mann ihr mehrere Münzen hin. Im Schein der tief stehenden Sonne sah Hiltrud es golden aufblitzen. So viel hatte ihr noch niemand für ein paar zweisame Minuten im Zelt angeboten. Vielleicht bringt Marie mir Glück, dachte sie, während sie sich bückte und ihren Rock hob.

Marie saß wieder draußen neben dem Wagen, wie Hiltrud es von ihr verlangt hatte, weil sie dort sicherer war als unter einem einsamen Baum. Lustlos und ohne Appetit löffelte sie Fleischbrühe, in der bittere Heilkräuter schwammen. Als das Keuchen des Mannes aus dem Zelt drang, ließ sie den Napf fallen und hielt sich die Ohren zu. Sein Stöhnen und Grunzen erinnerte sie zu sehr an die schrecklichen Augenblicke im Kerker. Um dieser quälenden Erinnerung zu entkommen, stand sie auf und reihte sich in das Gewimmel der Marktbesucher ein. Aber die Reaktion der Leute um sie herum machte ihr schnell klar, was es hieß, eine Ausgestoßene zu sein. Die ehrbaren Frauen rafften bei ihrem Anblick ihre Kleider an sich, um sie ja nicht zu berühren, und schimpften mit ihren Männern, die sie ungeniert anstarrten oder versuchten, sich ihr zu nähern.

Als Marie durch den Tränenschleier vor ihren Augen eine Gruppe angetrunkener Männer auf sich zukommen sah, die gerade ein paar Mägden schmutzige Bemerkungen zuriefen, beeilte sie sich, in eine andere Budengasse zu kommen. Es war doch etwas anderes, im Schutz eines liebevollen, großzügigen Vaters über einen Markt zu schlendern, die höflichen Grüße der Nachbarn zu erwidern und Leckereien zu naschen, die sie jetzt nur von weitem sehnsüchtig betrachten durfte.

Mit einem Mal bekam sie es mit der Angst zu tun und wollte rasch zu Hiltruds Zelt zurückkehren, fand aber den Weg nicht und sah sich verwirrt um. In ihrer Nähe unterhielt eine Gruppe Gaukler ihre Zuschauer mit akrobatischen Kunststücken und fremdartiger Musik. Als sie vor einem Feuerspucker zurückwich, kam ein junges Mädchen auf sie zu und hielt ihr einen kleinen Strohkorb vor die Nase, in dem bereits etliche Münzen klimperten.

Marie senkte beschämt den Kopf. »Ich habe kein Geld.«

Die Gauklerin fauchte giftig und hob die Hand, als wolle sie sie schlagen. »Dann brauchst du auch nicht zu gaffen. Mach, dass du weiterkommst, du Hure.«

Marie hastete auf den Rand des Marktes zu und entdeckte bald auch den Baum, unter dem Hiltruds Ziegen weideten. Auf dem Weg kam sie an einem Stand vorbei, an dem ein älterer Mann in Honig eingelegte Früchte und Trockenobst anbot. Es roch so köstlich, dass ihr das Wasser im Mund zusammenlief. Da sie kein Geld besaß, ging sie rasch vorbei. Sie kam jedoch nicht weit, denn der Besitzer des Standes lief ihr nach und packte sie am Arm.

»Hast du keinen Appetit auf eine Honigbirne, Jungfer?«

»Ich kann sie nicht bezahlen.« Marie hoffte, er würde sie nach diesen Worten gehen lassen. Stattdessen zog er sie näher an sich heran, bis sich ihre Gesichter fast berührten.

»Von einem so hübschen Kind wie dir nehme ich doch kein Geld. Komm mit mir in die Büsche, und ich schenke dir die schönste Birne, die ich habe.« Dabei schob er die Hand in ihren Ausschnitt. Der Schreck gab Marie die Kraft, sich loszureißen und davonzulaufen.

Zu ihrer Erleichterung folgte ihr der Mann nicht, sondern schrie nur hinter ihr her. »Was ist denn mit dir los? Du bist doch die kleine Hure, die mit Hiltrud gekommen ist. Wenn du eine Birne haben willst, musst du sie dir verdienen.«

Marie schüttelte sich und stolperte weiter. Als sie sich neben dem Zelt niederließ, schlug sie die Hände vors Gesicht. Galten Moral und die Gebote der Kirche außerhalb der Stadtmauern so wenig, dass sie für ein Stück in Honig eingelegtes Obst feil waren? Jetzt verstand sie, warum ihr Vater ihr an ihrem zwölften Geburtstag verboten hatte, weiterhin mit anderen Kindern draußen auf dem Anger zu spielen. Aus dem gleichen Grund hatte er sie nicht mehr ohne Begleitung aus dem Haus gehen lassen. Er hatte sie wirklich sorgsam behütet, jedenfalls bis zu dem Augenblick, als ihm das Angebot des Magisters so den Kopf verdreht hatte, dass er alle Vorsicht vergaß und bösartigen Verleumdern Tor und Tür öffnete.

Mit einem Mal stand Marie das Gesicht ihres Bräutigams vor Augen. Es war schon seltsam, wie bereitwillig er diesen Lügnern geglaubt hatte. Wenn sie es genau bedachte, hatte erst seine Bereitschaft, sie zu verdammen, dazu geführt, dass sie misshandelt werden konnte. Also war er nie an ihr selbst interessiert gewesen, sondern nur an ihrem Erbe. Aber er hätte doch wissen müssen, dass ihm durch seinen übertriebenen Stolz ein Vermögen entging. Oder hatte er inzwischen eine noch reichere Braut gefunden und sie auf diese Weise loswerden wollen? Marie versuchte noch eine Weile, sich an jedes Wort und jeden Gesichtsausdruck ihres Verlobten zu erinnern, aber auch das löste das Rätsel nicht. So konnte sie nur hoffen, ihr Vater würde ihr alles erklären können, wenn er sie morgen holen kam.

V.

In den nächsten Tagen mied Marie die Budengassen. Sie hüllte sich in eine Decke, mehr um den gelben Kittel zu verbergen, als sich gegen den Wind zu schützen, setzte sich an die Straße, die über Singen nach Konstanz führte, und hielt nach ihrem Vater Ausschau. Hiltrud ließ sie gewähren, denn dort schien ihr das Mädchen nicht in Gefahr zu sein, und sie hatte ihr Zelt wieder für sich und ihre Freier. Das war auch notwendig, denn bei dem anhaltend schönen Wetter besuchten ungewöhnlich viele Leute den Merzlinger Jahrmarkt, und die Fuhrleute brachten bis in die mondhellen Nächte hinein neue Fracht.

Während die Frauen meist nur Augen für Stoffe, Töpfe und andere nützliche Dinge hatten und viel Zeit mit Feilschen verbrachten, strichen die meisten Männer mit begehrlichen Blicken um die Zelte der Huren, um das herrschende Angebot weidlich zu nutzen. Trotz der Konkurrenz der wachsenden Hurenschar verdiente Hiltrud recht gut, denn sie war sauber und sah appetitlich aus. Auch übte ihre Körpergröße eine starke Anziehungskraft auf klein gewachsene Männer aus, die beweisen wollten, welch tolle Kerle sie waren, weil sie mit der größten Hure auf dem Markt schliefen. Hiltrud kam ihnen dabei entgegen, denn sie gab ihren Freiern das Gefühl, ihre Manneskraft sei so gewaltig, wie sie es selbst gerne glaubten. Das brachte ihr etliche Münzen über den vereinbarten Liebeslohn hinaus ein.

Als die Händler am letzten Nachmittag des Marktes begannen, ihre Stände wieder abzubauen, gesellte Hiltrud sich zu Marie, die auch an diesem Tag neben der Straße im Gras saß. »Ich werde morgen weiterziehen. Da dein Vater bis jetzt noch nicht aufgetaucht ist, solltest du dich mir anschließen.«

Marie schüttelte heftig den Kopf. »Ich will hier bleiben und auf ihn warten. Irgendwann wird er kommen.«

Hiltrud hieb mit der Rechten ärgerlich durch die Luft. »Du bist verrückt. Von was willst du denn leben?«

»Wenn nötig, bettele ich.«

»Ach ja?«, höhnte die Ältere. »Weißt du überhaupt, was das heißt? Für die Bürger drüben in der Stadt bist du dann nur noch ein Ärgernis, das verjagt werden muss, und wenn du glaubst, das Betteln schütze dich vor Willkür und Gewalt der Männer, bist du im Irrtum. Als allein stehende Frau kannst du noch so alt und hässlich sein, irgendein aussätziger Bettler wird dich ins Gebüsch schleifen und benutzen. Und ein junges und hübsches Mädchen wie du zieht jeden losen Gesellen an wie faulendes Obst die Wespen. Der Almosengeber im Kloster wird dich ebenso ins Heu zerren wie der Stallknecht der Herberge, vor der du betteln willst. Wenn du dich einer Gruppe von Bettlern anschließt, geht es dir auch nicht besser. Du wirst dem Anführer der Gruppe und seinen Freunden ebenso zu Willen sein müssen wie den Männern, an die sie dich für eine Stunde oder eine Nacht verschachern.«

Marie senkte den Kopf und kaute auf ihren Lippen. »Mein Vater wird kommen«, wiederholte sie störrisch. »Spätestens morgen ist er da.«

Hiltrud sah ihre Augen flehend auf sich gerichtet und seufzte. »Also gut, ich bleibe bis übermorgen früh. Dann fährt ein Wagenzug Richtung Trossingen ab. Ich frage den Anführer, ob wir uns ihnen anschließen dürfen. Ulrich ist ein netter Kerl, und für seinen Schutz mache ich gern die Beine breit.«

Marie kamen die Tränen bei dem Gedanken, dass Hiltrud beinahe jeden Schritt in ihrem Leben mit der Preisgabe ihres Körpers bezahlen musste. »Wenn mein Vater kommt, wirst du dich nie mehr verkaufen müssen, das verspreche ich dir.«

Hiltrud schürzte die Lippen und blickte in die Ferne, doch ihre Miene verriet, dass sie nicht an Matthis Schärers Auftauchen glaubte. Als Marie ihre Zweifel spürte, fühlte sie, wie die Hoffnung, die sie in den letzten Tagen aufrecht gehalten hatte, in ihr zerstob und eine schreckliche Leere hinterließ. Sie wusste nicht mehr, was sie tun sollte. Bei Hiltrud mochte sie nicht bleiben, denn es war ihr klar, dass sie dann früher oder später ebenfalls Männer mit ins Zelt nehmen musste.

Sie zog die Schultern hoch und wickelte sich fester in ihre Decke. »Erich, der Spezereienhändler, hat mich gefragt, ob ich für ihn arbeiten will. Er sagt, er besäße eine Kate in der Nähe von Meersburg, wo eines der Häuser meines Vaters steht. Vielleicht sollte ich mit ihm gehen und ihn dazu bringen, meinem Vater eine Nachricht zu schicken.«

Hiltrud sah sie mit schief gelegtem Kopf an und begann schallend zu lachen. »Da kannst du ja gleich den stinkenden Bodo nehmen, den Tonwarenhändler, denn der ist wenigstens unbeweibt. Du bist ein Schaf, Marie. Erich hat eine Frau und einen Stall voll Kinder, zu denen er im Winter zurückkehrt. Er wird dich ausnutzen, dich schlagen, weil es ihm Spaß macht, und dich schließlich an einen anderen verschachern, von dem du auch nicht weißt, ob er dich nicht mitten im Winter auf die Straße stößt oder dich an den nächsten Hurenwirt verkauft. Ich kenne ihn genauso gut wie die meisten anderen Händler, da wir uns immer wieder auf den Märkten begegnen. Wenn du für einen dieser Männer arbeitest, wirst du ihm in allem zu Diensten sein müssen und nicht wissen, wann er dich ohne einen Heller davonschickt. Ich muss sagen, da sind mir meine Kunden lieber. Wenn mich einer falsch anfasst oder mir zu streng riecht, kommt er mir nicht ins Zelt.«

Marie starrte sie schockiert an. »Du meinst, der freundliche Erich will auch, dass ich …«, stotterte Marie.

»Darauf kannst du Gift nehmen. Einen so leckeren Bissen wie dich lässt der sich doch nicht entgehen. Die meisten Männer hier auf dem Markt hätten dich gerne zwischen den Schenkeln besucht. Was meinst du, was ich für Angebote für dich erhalten habe? Bei Gott, Mädchen, die Kerle haben dich nur deswegen in Ruhe gelassen, weil du zu mir gehörst. Es hat sich nämlich weit herumgesprochen, dass ich eklig werden kann, wenn man mir schief kommt.«

»Das verstehe ich nicht. Wieso sollen sie Angst vor dir haben?«

Ein böses Lächeln huschte über Hiltruds Gesicht. »Vor ein paar Jahren hat ein Fuhrknecht eine junge Hure, die mit mir und ein paar anderen Hübschlerinnen gezogen ist, vergewaltigt und erwürgt, ohne von der Obrigkeit dafür zur Rechenschaft gezogen zu werden. Ein paar Wochen später geriet er mit einem Schweizer Söldner in Streit. Es kam zu einem Kampf, den er nicht überlebte. Den Schweizer hatten meine Begleiterinnen und ich Tage vor der Tat reihum in unsere Zelte eingeladen und ihn stundenlang verwöhnt.«

Marie schluckte bei der Vorstellung, fühlte aber gleichzeitig eine seltsame Erleichterung. Wanderhuren waren völlig rechtlos und auf die Gnade und Barmherzigkeit von Bütteln, Marktaufsehern und ähnlichen Leuten angewiesen. Doch wenn sie zusammenhielten und gelegentlich Freundschaften mit ihren Freiern schlossen, konnten auch sie sich ihrer Haut wehren. Aber ganz allein auf sich gestellt war eine Frau so hilflos und verloren wie ein Küken ohne Henne.

Stumm und in sich gekehrt folgte sie Hiltrud ins Zelt. Zu viel war auf sie eingestürmt, und es war ihr, als sei sie eine Maus, über die schon der Schatten der Katze fiel.

In dieser Nacht träumte sie von ihrem Vater. Zunächst schien es, als käme er, sie zu retten, doch kaum hatte sie Hoffnung geschöpft, da verwandelte er sich vor ihren Augen in Ruppert, der sie hohnlachend in die Gosse stieß und sie eine schmutzige Hure nannte. Sie erwachte von ihrem eigenen Schrei und sah Hiltrud als dunklen Schatten über sich gebeugt.

»Was ist los, Marie?«

»Es ist nichts. Ich habe nur schlecht geträumt.«

Hiltrud tastete über Maries Gesicht, bis ihre warme Handfläche auf der Stirn des Mädchens lag. »Fieber hast du Gott sei Dank keines. Versuche, wieder zu schlafen, Marie. Vielleicht hast du Glück, und dein Vater taucht morgen hier auf.«

»Ich hoffe es.« Marie fasste nach Hiltruds Hand und streichelte sie. »Schlaf du auch schön.«

Während Hiltrud bald wieder einschlief, lag Marie noch lange wach. Seit ihrem Prozess in Konstanz hatte sie immer wieder an ihren Verlobten denken müssen, und es war ihr von Tag zu Tag mehr bewusst geworden, dass auch er Schuld an ihrem Unglück trug. Sein Anteil war wohl kaum geringer als der der drei Männer, die sie vergewaltigt hatten. Allmählich brachte sie es fertig, mit einer gewissen Distanz an die Ereignisse jener Tage zu denken, und in dieser Nacht schienen sich die Bruchstücke ihrer Erinnerung wie von selbst zu einem Bild zusammenzusetzen.

Linhard, Utz und Hunold konnten unmöglich auf eigene Faust gehandelt haben. Auch Euphemia hatte sicher nicht von sich aus falsch geschworen und damit ihren Untergang besiegelt. Vor Maries Augen erschien das schmale, stets beherrschte Gesicht des Magisters so deutlich, als stünde er leibhaftig vor ihr. Bei seiner Werbung hatte er keinen freundlichen Blick für sie übrig gehabt, ja, er hatte es sogar vermieden, sie anzusehen, so als wolle er nichts mit ihr zu tun haben. Das deutete darauf hin, dass er der Anstifter der anderen vier gewesen war. Marie konnte sich zwar nicht erklären, warum der Mann sie zugrunde gerichtet hatte, aber sie war nun fest davon überzeugt, dass er sie vorsätzlich ins Unglück gestürzt hatte.

Am nächsten Morgen leerte der Anger sich zusehends. Die Händler packten ihre Habe zusammen, spannten sich selbst oder ihre dürren Mähren vor ihre Wagen und zogen weiter. Auch die Gaukler machten sich auf den Weg. Jossi ging mit auffällig gleichgültiger Miene an Hiltrud vorüber und warf ihr dabei einen fragenden Blick zu. Da sie jedoch keine Anstalten machte, ihr Zelt abzubrechen, zuckte er bedauernd mit den Schultern und gab seinen Leuten das Signal zum Aufbruch.

Gegen Mittag stand Hiltruds Zelt ganz allein auf dem Anger. Marie empfand die Stille um sich herum plötzlich als bedrückend. Überall war das Gras niedergetrampelt und hatte sich dort, wo Zelte und Buden gestanden waren, gelblich verfärbt. Kurz nach dem Zweiuhrläuten erschien ein Büttel aus der Stadt und fragte unfreundlich, was sie hier noch zu suchen hätten. Zu Maries Erleichterung gab er sich mit Hiltruds Erklärung zufrieden, sie würden am nächsten Tag mit Ulrichs Wagenzug nach Trossingen aufbrechen.

Am späten Nachmittag kam Peter Krautwurz vorbei, um sich ein letztes Mal Maries Rücken anzusehen. Als er die langsam verblassenden Male betastete, nickte er zufrieden. »Sehr gut, mein Kind. Die Striemen haben sich geschlossen und werden wohl abheilen, ohne schlimme Narben zurückzulassen. Du solltest allerdings noch einige Zeit nichts auf dem Rücken tragen.«

Marie senkte den Kopf. »Ich habe nichts zu tragen, denn ich besitze nichts mehr. Mir gehört ja nicht einmal der Kittel, den ich anhabe.«

Der Apotheker zeigte lächelnd auf ein Bündel, das er mitgebracht hatte. »Ich habe ein paar Kleidungsstücke für dich eingepackt, die auf dem Speicher lagen. Sie gehörten meiner Frau, die in den letzten Jahren so in die Breite gegangen ist, dass sie sich die Sachen wohl nie mehr ansehen wird. So einem schlanken Ding wie dir müssten sie jedoch passen.«

»Danke, Peter. Du bist ein wunderbarer Mensch.« Hiltrud küsste dem Apotheker die Wange und griff nach dem Bündel. »Ich werde gleich Hurenbänder annähen, damit niemand Anstoß nimmt, wenn Marie die Kleider einer Bürgerin trägt.«

»Muss das sein?« Marie gefiel der Gedanke nicht, offen als Hure abgestempelt zu werden.

Hiltrud schnaubte verärgert. »Wenn wir es nicht tun, werden uns die Fuhrleute nicht mitnehmen, und wenn wir allein reisen, werden wir die Beute jedes Männerhaufens, dem wir begegnen. Das habe ich dir doch schon erklärt.«

Peter Krautwurz nickte. »Hör auf Hiltrud. Sie hat Recht. Nun komm, lass mich dich noch einmal von vorne sehen.«

Marie hob zögernd das Hemd und biss die Zähne zusammen, als seine Finger sie zwischen den Beinen betasteten.

»Auch hier sieht es so aus, als käme alles in Ordnung. Du solltest aber noch eine Woche oder zwei warten, bevor du dich mit Männern einlässt. Geh nicht zu sparsam mit Hiltruds Tinktur und mit der Salbe um, die ich für dich zubereitet habe, denn gerade die Verletzungen im Unterleib müssen gut ausheilen. Schau, ich habe dir noch einen neuen Tiegel mitgebracht.«

Marie hörte nur heraus, dass sie gesund werden musste, um zu huren, und hätte ihm am liebsten die Salbe vor die Füße geworfen. Sie würde sich in ihrem ganzen Leben nicht mehr mit einem Mann einlassen, davon war sie fest überzeugt. Hiltrud bemerkte das Flackern in ihren Augen und fasste sie am Arm.

»Wärst du so lieb, uns allein zu lassen, Marie? Ich möchte mich von Peter verabschieden. Lass dir ruhig Zeit, es könnte etwas länger dauern.«

Marie verließ stumm das Zelt und wanderte über den leeren Anger zur Straße. Dort setzte sie sich an ihren gewohnten Platz und sah den Reisenden zu, die immer noch zahlreich an ihr vorbeikamen. Meist waren es Leute, die Merzlingen verließen, um in ihre Heimatorte zurückzukehren, oder an diesem Tag noch ein Stück des Weges zum nächsten Markt zurücklegen wollten. Nur wenige kamen von Singen herauf auf Merzlingen zu. Marie musterte jeden sorgfältig, doch es war weder ihr Vater noch ihr Onkel Mombert noch sonst ein Bekannter dabei.

Sie saß noch an der Straße, als die Dunkelheit längst angebrochen war und die kühle Nachtluft in ihre Haut biss. In ihr gab es nichts als Leere und Enttäuschung. Sie konnte nicht begreifen, warum ihr Vater sie im Stich gelassen hatte. Dann dachte sie daran, dass er ja nicht wissen konnte, wohin Hiltrud sie gebracht hatte. Vielleicht suchte er am Rhein nach ihr oder hatte den Weg nach Meßkirch oder Tengen eingeschlagen. Irgendwann aber würde er auch hierher kommen.

Doch was war, wenn sie mit Hiltrud nach Trossingen ging? Die Stadt lag jenseits der Donau, dort würde ihr Vater sie gewiss nicht vermuten. Aber nach allem, was Hiltrud und der Apotheker ihr erklärt hatten, war ihr klar, dass sie nicht allein zurückbleiben durfte. Obwohl es ihr jedes Mal grauste, wenn Hiltrud einen Freier mit ins Zelt nahm, war die Hure die einzige Person, von der sie Hilfe erwarten konnte. Peter Krautwurz konnte nichts mehr für sie tun, denn seine Frau führte ein strenges Regiment. So blieb ihr nur eine einzige Wahl – sie musste mit Hiltrud ziehen.

Auf einmal lächelte sie. So schlimm stand es doch noch nicht um sie, denn der Apotheker hatte ihr gesagt, sie müsse noch zwei Wochen warten, bis sie mit Männern schlafen durfte. Bis dahin würde ihr Vater sie gewiss gefunden haben. Vielleicht traf sie vorher schon auf einen ihr bekannten Kaufherrn, der ihrem Vater eine Nachricht von ihr bringen konnte. Dann würde er endlich wissen, wo er sie suchen musste.

Der Gedanke richtete Marie etwas auf, bis ihr einfiel, dass sie auf einen Mann treffen könnte, der ihrer Auspeitschung zugesehen hatte. Sie wurde unsicher, ob sie den Mut haben würde, jemanden aus Konstanz anzusprechen. Sie schwankte zwischen Hoffnung auf Rettung und der Aussichtslosigkeit ihrer Lage, bis sie nicht mehr wusste, was sie denken sollte. In diesem Zustand kehrte Marie zum Zelt zurück und legte sich wortlos hin.

Hiltrud beugte sich zu ihr hinüber, um ihr gute Nacht zu wünschen, und sah, dass Marie zitterte. Sie hätte dem Mädchen so gerne etwas Tröstendes gesagt, doch sie wusste, dass kein Wort der Welt Maries innere Schmerzen lindern konnte. So zog sie sie nur an sich, um sie zu wärmen.

Am nächsten Morgen half Marie Hiltrud, das Zelt abzubauen und locker auf dem Wagen zu verstauen, damit es über Tag in der Sonne trocknen konnte. Nach einem kargen Frühstück, das aus einem Becher Ziegenmilch und einem trockenen Stück Brot bestand, spannten sie die Ziegen an und wanderten stumm nebeneinander zur Straße.

Sie mussten nicht lange warten, denn nach kurzer Zeit kamen ihnen eine Reihe Planwagen mit beinahe mannshohen Rädern entgegen, die von je sechs starken Ochsen gezogen wurden. Grinsend deuteten die Treiber auf ihre neuen Begleiterinnen und warfen ihnen anzügliche Bemerkungen zu, die Hiltrud geschickt beantwortete. Die grimmig aussehenden, bewaffneten Wächter hingegen, die den Wagenzug vor Räubern schützen sollten, schenkten den beiden Frauen keinen interessierten Blick, sondern wandten sich schnaubend ab.

Hiltrud stieß Marie warnend in die Seite. »Von den Kerlen musst du dich fern halten. Am Tag verachten sie dich, und in der

Nacht schleppen sie dich schneller ins Gebüsch, als du nach Luft schnappen kannst.«

Dann trat sie auf den Anführer zu, um ihn zu begrüßen. Es war ein breit gebauter Mann mittleren Alters in der schlichten, aber strapazierfähigen Tracht eines reisenden Kaufmanns.

»Da sind wir, Ulrich. Und hab noch einmal Dank dafür, dass wir mit euch mitkommen dürfen.«

Ulrich Knöpfli warf dem Ziegengespann einen spöttischen Blick zu. »Ihr werdet euch sputen müssen, wenn ihr mithalten wollt. Wir werden unterwegs nicht anhalten und auf euch warten.«

»Sei unbesorgt. Wir werden euch nicht aufhalten.« Hiltrud legte lachend das Zugseil um die Schulter, damit sie ihren Ziegen helfen konnte, und reihte sich hinter dem letzten Wagen des Zuges ein.

VI.

Die Dämmerung war noch nicht ganz der Nacht gewichen, und doch sprühten die Funken über dem Lagerfeuer schon wie winzige, schnell vergehende Sternschnuppen. Marie hatte den Kopf auf die Knie gestützt und musste daran denken, dass ihr altes Leben ebenso schnell verglüht war. Ihr Blick streifte die vier Frauen, die mit ihr um das Feuer saßen und zuckende Schatten über das Gras warfen. Hiltrud wirkte so gelassen und ruhig wie immer. Sie hielt einen Stecken in das Feuer, um dessen Spitze sie Teig gewickelt hatte. Von Zeit zu Zeit zog sie ihn zurück und prüfte das Brot. Doch sie war erst zufrieden, als die Kruste schwarz verbrannt aussah.

Sie brach ein Stück ab und hielt es Marie hin. »Das ist dein Anteil.«

»Danke.« Marie griff danach und zog die Luft durch die Zähne, denn der Brocken war noch glühend heiß. Sie jonglierte ihn in den Händen, während Hiltrud wartete, bis der Rest am Stock abgekühlt war. Das Brot bestand nur aus Mehl und Wasser ohne einen Krümel Salz, doch Marie schlang es hungrig in sich hinein und hätte noch eine Portion benötigt, um ihren knurrenden Magen zu versöhnen. Abgesehen von einem Becher Ziegenmilch war das die erste Mahlzeit an diesem Tag, denn der Handelszug hatte nur Pausen eingelegt, wenn die Tiere getränkt werden mussten, weil Ulrich Knöpfli noch vor Einbruch der Dunkelheit die Herberge hatte erreichen wollen. Jetzt saß er mit anderen Kaufleuten und den Reisenden höheren Standes in der Gaststube, deren vom Licht der Kienspäne erleuchtete Fenster sich deutlich gegen die grauen Mauern abhoben. Die Fuhrknechte und die übrigen Bediensteten hatten im Hof Platz gefunden und tranken dort ihren Wein, während Hiltrud und Marie hochnäsig abgewiesen worden waren und vor dem Tor nächtigen mussten. Zu ihrer Erleichterung hatten sich ihnen drei weitere Huren angeschlossen, denen der Wirt ebenfalls verwehrt hatte, in einer Ecke des Hofes zu lagern.

An diesem Abend hatte Marie die nächste Lektion im Überlebenskampf auf der Straße gelernt. Der Wirt hatte den Huren nicht nur die Tür gewiesen, sondern ihnen auch mehr Geld für eine dünne Suppe und einen Kanten Brot abverlangt, als er besseren Gästen für ihren Braten abnahm. Hiltrud hatte dem Mann wortlos den Rücken gekehrt und ihr Lager im Schutz einer Weißdornhecke aufgeschlagen, während die anderen Huren sich noch mit den Wirtsknechten stritten. Schließlich hatten die drei Frauen sich ebenfalls zu Hiltrud und Marie gesellt und dankbar Hiltruds Vorschlag angenommen, das Mehl, das sie noch besaßen, zu einem einfachen Teig zu kneten. Das am Stecken gebackene Brot sättigte mindestens ebenso gut wie das Essen des Wirts.

Während Marie die letzten Krümel von ihren Fingern leckte, musterte sie die drei fremden Huren, die wie Hiltrud schon seit

Jahren über die Landstraßen zogen. In den letzten Tagen hatte sie eine Ahnung davon bekommen, was es hieß, heimatlos und ausgestoßen zu sein, und fragte sich, wie die Frauen ein solches Leben ertragen konnten. Wandernde Hübschlerinnen wurden schlechter behandelt als die Bettler auf den Treppenstufen der Kirchen. Sie waren der Willkür der Stadtbüttel ausgesetzt, die sie wie lästiges Ungeziefer behandelten, und auf den guten Willen Einzelner angewiesen. Auf dieser kurzen Reise waren ihnen die Tore der Städte und Herbergen verschlossen geblieben, so dass sie unter freiem Himmel oder in Hiltruds Zelt irgendwo zwischen Büschen und unter Bäumen hatten schlafen müssen, nur durch belaubte Zweige vor fremden Augen geschützt.

In Tuttlingen hatte sie noch eine ganz andere Gefahr kennen gelernt. Dort war ein fetter, glatzköpfiger Mann auf sie zugekommen und hatte sie mit freundlichen Worten in seine Herberge eingeladen. Hiltrud hatte nur gelacht und ihm erklärt, sie habe keine Lust, sich in die Fänge eines Hurenwirts zu begeben, der ihr das sauer verdiente Geld abnehmen und sie schlagen würde, wenn sie ihm nicht gehorchte. Der Mann war schimpfend abgezogen und hatte ihnen aus Rache die Stadtbüttel auf den Hals geschickt, die sie mit wüsten Drohungen von ihrem Lagerplatz vertrieben hatten. In dieser Nacht waren sie gezwungen gewesen, das vom Nieselregen feuchte Zelt im Dunkeln abzubrechen und es ein Stück von der Stadt entfernt in den Uferauen der Donau wieder aufzubauen, ohne ein glimmendes Lagerfeuer vor dem Eingang, das die Mücken fern hielt.

Inzwischen war Marie klar geworden, dass man ihr in Konstanz mit dem Schandrock ein Kainsmal auf die Stirn gedrückt hatte, das sie unbarmherzig im Bodensatz der menschlichen Gesellschaft festhielt. Nur die Aussätzigen galten noch weniger, aber nur, weil die Gesunden sie aus Angst vor Ansteckung mieden. Eine Hure war begehrt, wenn sie zur gewünschten Zeit am richtigen Ort weilte. Bei Jahrmärkten und großen Kirchenfesten war die Obrigkeit froh um die Hübschlerinnen oder gefälligen Mägde, wie man sie dann nannte, während sie in der übrigen Zeit als Schwestern des Teufels bezeichnet und oft weggejagt wurden.

Marie begriff nun auch, dass ihr Vater ihr den Weg zurück in die bürgerliche Gesellschaft mit all seinem Geld nicht mehr erkaufen konnte. Selbst wenn er sie in ihre alten Kleider hüllte, so dass sie unter seinem Schutz wieder ohne die sie stigmatisierenden gelben Bänder reisen konnte, würde sie nirgends mehr als geachtete Bürgerin gelten. Die einzige Chance, den Mantel des Vergessens über ihr Unglück zu breiten, stellte eine Heirat mit einem geachteten Bürger dar, der um der reichen Mitgift willen bereit war, über ihre Schande hinwegzusehen und wegzuhören, wenn Gerüchte sie einholten. Dabei konnte sie noch von Glück sagen, dass es ihr nicht so ergangen war wie Fita, der Jüngsten der drei anderen.

Fita war eine hübsche, in sich gekehrte Frau knapp über zwanzig mit braunem Haar und einer Menge Sommersprossen auf Nase und Wangen. Sie war früher Dienstmagd im Haus eines wohlhabenden Handwerksmeisters gewesen und hatte diesem zu Willen sein müssen. Als sie schwanger geworden war, hatte ihre Herrin sie beim Pfarrer als Hure angezeigt und auf strenger Bestrafung bestanden. Der fromme Kirchenmann hatte dafür gesorgt, dass Fita ausgepeitscht und auf beiden Schultern gebrandmarkt worden war. Marie hatte die Narben gesehen, als sie und Fita sich am Bach gewaschen hatten. Auch wenn die Male im Lauf der Jahre verblasst waren, sahen sie immer noch schrecklich aus.

Fitas mollige Kollegin Berta, eine kleine Frau mit einem runden roten Gesicht und kurzen schwarzen Haaren, schien kein so schweres Schicksal gehabt zu haben und mit ihrem Leben recht zufrieden zu sein. Sie riss das Gespräch immer wieder an sich, sprach nur von sich und von Männern und verwendete dabei Ausdrücke, die Marie die Schamröte ins Gesicht trieben. Ihr Körper war ihr Geschäftskapital, das Pfund, mit dem sie wucherte. Dabei war sie ihren eigenen Worten nach nicht sonderlich wählerisch, was die Freier betraf, und ihr Geruch verriet, dass sie nicht viel von Sauberkeit hielt. Sie war nur wenig älter als Hiltrud, wirkte aber schon verbraucht.

Die dritte Frau hieß Gerlind und war die Älteste in der Runde. Sie hatte die breiten Hüften einer Matrone, doch ihr Gesicht war immer noch so glatt wie das einer jungen Frau. Nur die grauen, sehr fülligen Haare, die ihr bis zu den Hüften reichten, verrieten ihr Alter. Sie hielt sich und ihre Kleider sauber und war sichtlich stolz auf ihr immer noch gutes Aussehen. Hiltrud behandelte sie mit einer ehrfürchtigen Scheu, da sie die Geheimnisse vieler Kräuter kannte und nützliche Tränke und Tinkturen brauen konnte, worin sie, das flüsterte Hiltrud Marie zu, sogar mehr Erfahrung hatte als Peter Krautwurz.

Berta, die gerade eine neue Geschichte zum Besten gab, hörte Hiltruds Bemerkung und stieß Gerlind an. »Damals hätte ich deinen Sud gegen das Kinderkriegen brauchen können, dann wären mir vier Schwangerschaften erspart geblieben. Haben eh nicht lange gelebt, die Würmchen.«

»Dafür kann ich nichts«, gab Gerlind zurück.

»Ich beschwere mich ja nicht, denn ich bin ja froh, das Zeug von dir zu bekommen. Wenn ich da an die armen Dinger in den städtischen Hurenhäusern denke, die für jeden, vom Dorfbüttel angefangen bis zum Dompropst, die Beine breit machen müssen, und dabei fast jedes Jahr ein Junges werfen, schüttelt es mich. Ich verzichte gern auf ein festes Dach über den Kopf, wenn ich dafür frei und unabhängig bin.«

Fita wandte sich ab und hob abwehrend die Hände. »Ich gäbe viel darum, wenn ich wieder einer Herrschaft dienen dürfte, die mir zweimal am Tag zu essen gibt und mich unter einem festen Dach schlafen lässt. Ich hasse dieses Leben.«

Berta sah sie verständnislos an. »Was ist so schlimm daran, eine Wanderhure zu sein? Wir sind unsere eigenen Herrinnen und können tun und lassen, was uns gefällt. Steht uns der Sinn danach, ins Böhmische zu ziehen oder an den Rhein, dann tun wir es eben. Im Vergleich zu den ach so ehrbaren Ehefrauen haben wir es doch gut. Die sind ihren Männern, denen es mehr Spaß macht, sie zu schlagen als zu stoßen, wehrlos ausgeliefert, und wenn sie sich beim Pfaffen beschweren, faselt dieser ihnen etwas vor, dass es Gottes Wille sei. Ich könnte mir zwar auch was Schöneres vorstellen, als vor dieser elenden Herberge hier zu sitzen. Aber ich sage mir immer, heut ist heut und morgen morgen. Überflüssige Gedanken stören da nur.«

Fita hob mit einer verzweifelten Geste den Kopf. »Du weißt nicht, wie Recht du hast. Ich wünsche mir oft, ich könnte meine Gedanken anhalten wie ein Kutscher die Pferde. Doch das schaffe ich nicht. Ich denke immer wieder an früher, und es quält mich, dass ich täglich sündigen muss, um weiterleben zu können.«

Berta lachte auf. »Wenn du nicht erträgst, dass die Männer dich stoßen, musst du ins Wasser gehen.«

Fita faltete die Hände wie zu einem Gebet. »Selbstmördern bleibt das Tor ins Himmelreich verschlossen, und ich will mich nicht der Hoffnung berauben, dort oben aufgenommen zu werden. Gott weiß, wie ich leide, und er wird mir gnädig sein. Hat Jesus sich nicht auch Maria Magdalenas angenommen, obwohl sie eine Hure war?«

Während die Huren sich angeregt unterhielten, öffnete einer der Fuhrknechte das Herbergstor und blickte zu ihnen herüber. Berta stand auf und ging mit wiegenden Hüften auf ihn zu. Die anderen sahen, wie sie ein paar Worte mit dem Mann wechselte und daraufhin mit ihm in den Büschen verschwand.

Gerlind schüttelte missbilligend den Kopf. »Berta macht es sich zu leicht und verletzt dabei unbedenklich alle Regeln. Das wird ihr noch einmal viel Ärger einbringen.«

Marie, die bisher stumm zugehört hatte, sah sie fragend an. »Welche Regeln?«

Gerlind hob die Augenbrauen, als wundere sie sich über Maries Unwissen. »Die ungeschriebenen, die uns das Überleben erleichtern. Auf einem Markt sind wir alle Konkurrentinnen. Dort kann Berta auf jeden Mann zugehen und ihn ansprechen. Wenn wir jedoch zusammen reisen, warten wir, bis ein Mann auf uns zukommt, und sorgen dafür, dass er diejenige nimmt, die in der letzten Zeit am schlechtesten verdient hat. Fita wäre nun an der Reihe gewesen.«

»Es geht darum, dass jede von uns genug Geld für die Reise besitzt«, setzte Hiltrud hinzu. »Andernfalls gäbe es Streit, wenn eine oder zwei Huren hungern müssten, während der Rest genug zu essen hat. Wir schließen uns gern zu größeren Gruppen zusammen, um gemeinsam von Markt zu Markt zu ziehen. Dann müssen wir nicht ständig bei irgendwelchen Handelsherren oder Anführern anderer Reisegruppen betteln. Zu fünft könnten wir schon recht sicher durch das Land ziehen.« Es klang wie eine Aufforderung an die anderen drei.

Gerlind musterte Marie skeptisch. »Bei dir hätte ich keine Bedenken, Hiltrud. Doch was ist mit deiner Begleiterin? Sie ist keine von uns.«

»Marie ist ein armes Kind, dem man ähnlich übel mitgespielt hat wie Fita. Vielleicht noch schlimmer, denn sie wurde brutal vergewaltigt und dabei so verletzt, dass es noch ein, zwei Wochen dauern wird, bis sie arbeiten kann. Sobald sie gesund ist, wird sie genauso anschaffen wie wir.«

Marie zuckte bei Hiltruds Worten zusammen. Das würde sie niemals tun, dachte sie. Gleichzeitig krampfte ihr Herz sich vor Angst zusammen. Wenn ihr Vater sie nicht rechtzeitig fand, würde ihr keine andere Wahl bleiben, es sei denn, sie folgte dem Rat, den Berta Fita gegeben hatte, und beendete ihr Leben im nächsten Fluss. Dessen Wellen würden gewiss gnädiger mit ihr verfahren als die Menschen.

Während Marie mit ihrem Schicksal haderte, beratschlagten die übrigen Frauen, wie es weitergehen sollte. Fita setzte sich sofort für Marie ein, da sie in ihr eine Leidensgefährtin sah. Gerlind ließ sich aber erst nach einigem Zögern zu einem halben Versprechen nötigen.

»Warten wir ab, was Berta dazu sagt. Wenn sie keine guten Gründe nennen kann, die dagegensprechen, werden wir erst einmal bis zum nächsten Markt zusammenbleiben.«

Marie dachte an die Nächte, in denen Hiltrud und sie allein in ihrem Zelt geschlafen hatten, während die Leute des Handelsherrn die Sicherheit der Mauern einer Stadt oder einer Herberge genossen. Sie hatte sich jedes Mal angsterfüllt in ihre Decke verkrochen und bei jedem Laut befürchtet, überfallen zu werden. »Ist es denn nicht gefährlich, wenn wir Frauen ohne den Schutz einer Gruppe reisen?«

»Zu fünft können wir es wagen. Wir sind schließlich keine harmlosen Häschen.«

Wie zur Bekräftigung hob Gerlind den Stock an, auf den sie sich beim Gehen stützte, und zeigte Marie die eiserne Spitze. »Das Ding kann ich wie einen Spieß einsetzen. Berta hat ein Haumesser in ihrem Gepäck, und Fita trägt einen Dolch unter dem Rock. Damit können wir uns aufdringliche Bettler oder ein paar Räuber durchaus vom Hals halten. Gegen eine größere Bande haben wir natürlich keine Chance, aber da geht es kleineren Wagenzügen auch nicht besser.«

Hiltrud nickte lächelnd. »Ich sagte dir ja, Kind, dass Hübschlerinnen nicht wehrlos sind.«

»Hast du denn auch eine Waffe?«, wollte Marie wissen.

Sie hatte das letzte Wort noch nicht ausgesprochen, da hielt Hiltrud bereits ihr Beil in der Hand.

»Reicht dir das? Schließlich hast du schon Holz damit gehackt.«

»Das Beil habe ich nicht als Waffe angesehen.«

Marie nahm es ihr ab und strich mit der Daumenkuppe über die Schneide. Sie spürte die Scharten, die sie hineingebracht hatte, weil sie manchmal statt des Holzes einen Stein getroffen hatte, und nahm sich vor, sie so bald wie möglich zu schärfen.

Gerlind warf einen besorgten Blick auf den Busch, hinter dem Berta mit dem Fuhrknecht verschwunden war. »Die beiden könnten langsam fertig werden. Nicht, dass der Kerl ihr etwas angetan hat. Ich sehe besser mal nach.«

Sie kam jedoch nicht dazu, denn das Tor der Herberge schwang erneut auf. Im Schein einer Laterne waren zwei Männer zu erkennen, die zögernd auf die Frauen zukamen. Seiner Kleidung nach musste der Ältere ein wohlhabender Kaufmann sein, denn er trug einen pelzbesetzten Mantel und eine Mütze aus Biberfell. Sein Begleiter war ein schmales Bürschchen, das eine gewisse Ähnlichkeit mit dem Älteren aufwies und sich wie ein verängstigtes Kind an ihn klammerte.

Der Kaufmann hob die Laterne und leuchtete den Frauen ins Gesicht. »Ein ganzes Nest voll Hübschlerinnen. Genau das, was ich brauche.«

Gerlind nickte gleichmütig und wollte etwas sagen, aber der Mann verzog sofort das Gesicht.

»Du nicht, Alte. Ich will eine junge Vollblutstute, die meinem Sohn das beibringt, was er in seiner Hochzeitsnacht können muss.«

Auf einen Wink Gerlinds stand Fita auf. »Ich wäre dazu bereit. Wenn Ihr ein paar Augenblicke warten wollt, schlage ich mein Zelt auf …«

»In so einer lauen Nacht wie heute wird der Bengel sich schon nicht den Hintern verkühlen«, spottete der Mann und stieß seinen Sohn auf Fita zu. »Gib dir Mühe, Hure. Er soll merken, wie gut es tut, verheiratet zu sein. Sonst macht er sich auch noch vor seiner Zukünftigen zum Narren.«

Es war nicht zu erkennen, wer unglücklicher aussah, Fita oder der Junge, der kaum siebzehn Jahre zählen konnte. Fita nahm ihn bei der Hand und redete leise auf ihn ein, während sie ihn zwischen tief hängenden Tannenzweigen hindurchschob. Einen Augenblick sah es so aus, als wollte der Vater ihnen folgen, doch dann blieb sein Auge auf Marie haften.

»Meinen Lenden könnte ich auch ein wenig Entspannung gönnen. Komm mit, Hure!«

Marie wich zurück und machte sich ganz klein. Der Mann schnaubte zornig und trat einen Schritt auf sie zu, als wolle er sie auf die Beine zerren.

Hiltrud hielt ihn auf. »Meine Freundin kann zurzeit nicht arbeiten. Sie ist krank.«

Der Mann wich zurück und blickte besorgt zu den Bäumen hinüber, hinter denen Fita mit seinem Sohn verschwunden war.

Hiltrud beruhigte den Kaufherrn. »Keine Sorge, es ist nichts Ansteckendes. Meine Freundin hat sich nur verletzt. Vielleicht nimmt der Herr mit meinen Diensten vorlieb.« Sie beugte sich dabei vor und ließ ihn einen tiefen Blick in ihre Bluse tun.

Der Mann besann sich einen Augenblick, zog dann seinen Mantel aus, faltete ihn pedantisch zusammen und hängte ihn über einen starken Ast. »Komm, Hure. Meine Hose ist zum Bersten gefüllt.«

Hiltrud antwortete etwas, das ihn zum Lachen reizte. Dann verschwand auch das dritte Paar in den Büschen.

Gerlind sah ihnen nach und spuckte ins Feuer. »Was für ein unangenehmer Mensch. Als wohlhabender Bürger glaubt er, mit uns umgehen zu dürfen, wie es ihm beliebt.«

Marie nickte bedrückt. »Er benimmt sich, als wären wir sein Eigentum.«

»Wäre es so, würde er uns achtsam behandeln. Aber er nimmt unsere Gegenwart nur wahr, wenn sein Hosenlatz ihm zu eng wird. Ansonsten rümpft er angewidert die Nase und gibt vor, so etwas wie uns nicht zu kennen.« Gerlind ahmte den Tonfall des Mannes so treffend nach, dass Marie trotz der bitteren Aussage ihrer Worte lachen musste.

»Ich hoffe, er zahlt wenigstens gut.« Noch während sie es sagte, schämte Marie sich vor sich selbst. Sie redete ja schon so vulgär wie Berta. Wenn sie noch lange bei diesen Frauen blieb, würde sie bald ebenso geldgierig und verdorben sein wie die dickliche Hure.

Kurz darauf kam Berta zum Feuer zurück. Sie wirkte atemlos und sah zerzaust aus. Als sie in den Schein des Lagerfeuers trat und in ihre Hand blicke, fuhr sie wütend auf. »So ein Lumpenhund! Rammelt wie ein verrückt gewordenes Kaninchen auf mir herum und betrügt mich um den vereinbarten Preis.«

Gerlind sagte trocken: »Du hättest dir das Geld vorher geben lassen sollen.«

»Er hat mir die Münzen ja gezeigt. Aber in der Dunkelheit konnte ich nicht sehen, dass er mir statt der ausgehandelten Regensburger Pfennige minderwertige Haller untergejubelt hat.« Berta schnaubte beleidigt und hielt Gerlind die Münzen hin.

Gerlind zuckte mit den Schultern. »Das Erste, was eine Hure lernen muss, ist, die Münzen mit den Fingerkuppen zu unterscheiden. Du warst einfach zu gierig, und ich finde, es geschieht dir recht. Fita wäre nämlich an der Reihe gewesen.«

»Sie war dran? Das hatte ich ganz vergessen. Wo ist sie denn?«
Berta sah sich suchend um. Doch da kam Fita auch schon zwischen den Büschen hervor. Der Sohn des Handelsmanns folgte ihr ein paar Schritte und blieb dann stehen, um im Schein des Feuers seine Hose zuzuknöpfen. Sein tumbes Grinsen zeigte deutlich, wie sehr ihm die letzten Minuten zugesagt hatten.

Sein Vater brauchte etwas länger, bis er wieder erschien. »Na, weißt du jetzt, was es heißt, ein Mann zu sein?«

Der Junge nickte verwirrt. »Ich glaube schon. Es war zwar etwas seltsam, doch es hat mir gefallen.«

»Das will ich auch hoffen. Schließlich kostet so ein Weibsstück Geld, und ich habe keines zu verschenken.« Der Kaufmann nahm nun den Mantel vom Ast. Erst als er ihn übergestreift hatte, schien er sich wieder der Huren zu entsinnen. Mit einem kurzen Schnauben, das sein Bedauern ausdrückte, Geld ausgeben zu müssen, öffnete er seine Börse, zählte ein paar Münzen ab und warf sie neben dem Lagerfeuer ins Gras.

»Komm, Junge!«, befahl er seinem Sohn und wandte sich zum Gehen, ohne den Frauen noch einen Blick zu gönnen.

»So ein ungehobelter Patron.« Hiltrud nahm einen brennenden Ast aus dem Feuer und leuchtete die Stelle ab, an der das Geld lag, und suchte die Münzen zusammen. »Besonders großzügig war der Mann ja nicht«, sagte sie zu Fita, als sie ihr die Hälfte der Münzen reichte.

Berta zog die Nase kraus. »Ihr habt trotzdem um einiges mehr verdient als ich.«

Gerlind lächelte schadenfroh. »Hättest du dich vorhin nicht vorgedrängt, würde Fitas Anteil jetzt dir gehören.«

Berta schien Gerlinds Tadel gewohnt zu sein, denn sie ging nicht darauf ein. »Was waren das für zwei Kerle?«

»Ein Vater, der seinen Sohn entjungfern lassen wollte und dabei selbst Appetit bekam«, klärte Hiltrud sie auf.

Marie begann gegen ihren Willen zu kichern. »Entjungfert werden doch nur Frauen.«

Gerlind ließ sich von ihrer Heiterkeit anstecken. »Wie willst du es sonst nennen? Entjünglingen hört sich grausam an.«

»Entmannen kannst du auch nicht sagen. Das ist nämlich ganz etwas anderes«, setzte Berta hinzu. Ihr Bauch und ihr Busen wogten unter ihrem Lachen, so dass es für einen Augenblick so aussah, als würden ihre Speckrollen das fadenscheinige Kleid sprengen.

Marie zog sich wieder in sich selbst zurück und kämpfte mit den Tränen. Gerlind und Fita waren sehr nett, aber ihr grauste davor, mit Berta reisen zu müssen. Die Frau entsprach genau dem Bild, das sich die anständigen Bürger von einer Wanderhure machten. Sie war schmutzig, ordinär und nur auf ihren eigenen Vorteil bedacht. Und ausgerechnet an ihr würde es liegen, ob sie und Hiltrud sich den drei anderen anschließen durften. Der Wagenzug, mit dem sie bisher gereist waren, war nicht zu einem Markt unterwegs. Deswegen hatte Hiltrud schon seit zwei Tagen überlegt, sich hier von ihm zu trennen, ohne jedoch zu wissen, wie sie von hier aus sicher weiterreisen konnten. Jetzt, wo sie zwei Mäuler zu stopfen hatte, durfte sie keinen Tag zu viel unterwegs sein.

Gerlind lächelte Hiltrud über das Feuer hinweg zu und stocherte in der Glut, bis die Flammen hoch genug aufloderten, um sie alle zu beleuchten. »Hiltrud hat eben vorgeschlagen, dass wir fünf zusammen weiterziehen sollten. Die Donau abwärts bis Ulm gibt es in nächster Zeit eine Reihe von Jahrmärkten, auf denen wir gut verdienen könnten.«

Marie bewunderte Gerlinds Geschick. Sie hatte den Vorschlag, gemeinsam weiterzureisen, vorgebracht, ohne Hiltrud als Bittstellerin erscheinen zu lassen.

Berta wiegte den Kopf und legte ein paar Zweige nach, bevor sie Antwort gab. »Ich dachte, wir wollten Richtung Rhein wandern. Hiltrud und Marie können ja bis dorthin mitkommen.«

Gerlinds Aufatmen verriet Marie, dass sie froh war, die Angelegenheit ohne große Diskussion geregelt zu haben. Sie sah Hiltrud so harmlos an, als wäre ihr jeder Hintergedanken fremd. »Was hältst du von Bertas Vorschlag?«

»Viel! In den Häfen am Rhein kann man immer Geld machen.« Da Hiltrud ohnehin nicht vorgehabt hatte, die Donau entlangzureisen, fiel ihr dieses Zugeständnis leicht.

»Also gut, bleiben wir zusammen.« Berta nickte so zufrieden, als habe sie sich eben gegen die ganze Gruppe durchgesetzt, streckte dann die Arme aus und gähnte ausführlich. »Ich bin hundemüde. Wir sollten uns hinlegen.«

Fita sah sich ängstlich um. »Wäre es nicht besser, wenn eine von uns Wache hält? Die Männer drüben lärmen, als seien sie betrunken, ehrlich gesagt habe ich Angst vor ihnen.«

Hiltrud nickte zustimmend. »Ich bin auch für eine Wache. Ich traue den Kerlen durchaus zu, uns einen derben Scherz zu spielen.«

»Marie fängt an«, bestimmte Gerlind, die trotz Bertas großspurigem Auftreten die Führung der Gruppe übernommen hatte. »Sie weckt Fita, diese Berta und die mich. Hiltrud kann dann die Morgenwache übernehmen.«

Keine der Frauen widersprach. Marie nahm den Stock, den Gerlind ihr anbot, um sich im Notfall verteidigen zu können. Da das Wetter schön war, hatte keine von ihnen ihr Zelt aufgebaut. So wickelten sich die anderen vier in ihre Decken und legten sich dicht an das Lagerfeuer. Marie setzte sich zwischen sie, so dass sie das Tor der Herberge im Auge behalten konnte.

Von Zeit zu Zeit legte sie ein paar Zweige oder ein Stück von dem halb verfaulten Holzstrunk nach, den Fita und sie kurz vor der Dämmerung im nahen Wald gefunden hatten, und versuchte, einmal nicht an die schrecklichen Stunden in Konstanz zu denken. Die Erinnerung lauerte beständig an den Rändern ihres Bewusstseins und wartete nur darauf, sie zu quälen. Um sich abzulenken, betrachtete sie die schlafenden Frauen und versuchte, sich ihre Meinung über sie zu bilden.

Was sie von Berta halten sollte, wusste sie bereits. Ihr traute sie nicht über den Weg. Die Frau war nur auf ihren eigenen Vorteil bedacht und schien an dem Leben als Wanderhure sogar Gefallen zu finden. Das mochte daran liegen, dass sie nie etwas anderes gekannt hatte. Fita hingegen sah das, was mit ihr geschah, als eine Art Fegefeuer auf Erden an und schien zu hoffen, dass das Leiden ihr die ewige Seligkeit einbringen würde. Bertas spöttischen Bemerkungen zufolge steckte die junge Hure den größten Teil ihres Verdiensts in die Opferstöcke der wenigen Kirchen, die ihr an den Markttagen offen standen. Da sie als Hure nicht sehr geschickt war und weniger Freier anzog als die anderen, musste sie deswegen oft hungern oder Kunden bedienen, die ihr ein Säckchen Mehl oder altbackenes Brot schenkten. Marie fragte sich, ob Fita hoffte, durch diese Entbehrungen einen frühen Tod zu finden.

Gerlind war schwer einzuschätzen. Sie besaß Witz und eine Art düsteren Humor, gab sich jedoch meist kühl und abweisend. Sie musste schon ein ganzes Stück über vierzig sein, wirkte aber nur wenig verbraucht. Das mochte daran liegen, dass sie ihren Unterhalt weniger durch Hurerei bestritt als durch Säfte und Salben, die sie aus allerlei gesammelten Pflanzen braute. Für ihre Medizin gegen unliebsame Schwangerschaften zahlten ihr andere Huren ein kleines Vermögen. Dicke Bäuche stießen die Freier ab, schwächten die Frauen und überhäuften sie mit noch mehr Sorgen, wenn die Kinder am Leben blieben.

Fita wurde plötzlich unruhig. Sie hob den Kopf, blickte zu den Sternen empor und schälte sich aus ihrer Decke. »Leg dich hin, Marie. Ich übernehme die Wache, denn ich kann sowieso nicht schlafen.«

Marie stieß einen Stock ins Feuer, um Fita in den aufstiebenden Funken besser sehen zu können. »Es ist sicher noch keine halbe Stunde vergangen.«

»Eher eine ganze.« Fita deckte die Glut mit einer Hand voll trockenem Laub ab und sah zu, wie die Flammen hindurchzüngelten. Ihr Lächeln wirkte in dem unruhigen roten Schein so traurig und schicksalsergeben, als würde sie sogar das Fegefeuer als Erlösung begrüßen.

Marie zog die Decke fester um die Schultern, denn es war ein kühler Wind aufgekommen. »Ich kann auch noch nicht schlafen. Wir können uns ja ein wenig unterhalten, dann vergeht die Zeit schneller.«

Fita hob abwehrend die Hände, ließ sie dann aber wieder sinken und nickte. Marie rutschte neben sie und starrte in die Flammen. Fita schien zunächst nicht nach Reden zumute zu sein, doch nach einer Weile fasste sie Maries Hand und streichelte sie.

»Dich hat man auch im Schandhemd zur Stadt hinausgejagt, nicht wahr?«

Marie nickte. »Ja. Ich weiß aber immer noch nicht, wie es dazu gekommen ist. Am Abend zuvor bin ich mit der Gewissheit zu Bett gegangen, am nächsten Tag als Braut vor den Altar zu treten. In der Nacht wurde ich jedoch in einen Kerker geschleppt und meiner Jungfräulichkeit beraubt. Am nächsten Tag hat man mich dann als Hure verurteilt, ausgepeitscht und aus meiner Heimatstadt gejagt. Es war ... nein, es ist immer noch wie ein Albtraum, der nicht enden will.«

»Ein Albtraum ... Ja, so kommt es mir auch vor, wenn ich mir auch sagen muss, dass es bei mir nicht so unerwartet kam.«

Fitas Stimme klang weich, anders als Marie schien sie aber keinen Hass zu empfinden. »Aber ich konnte nichts dagegen tun. Der Meister war so viel stärker als ich und benutzte mich, als wäre es sein gutes Recht. Vielleicht war es das sogar, denn als ich mich zu Hause beklagte, wurde ich gescholten. Meine Eltern meinten nur, ich solle nicht so zimperlich sein. Die Frau des Meisters war zwar streng zu mir, doch sie ließ ihren Mann gewähren. Ich bekam ihre Wut und ihre Eifersucht erst zu spüren, als ich schwanger wurde.«

Fita seufzte tief und berichtete von dem Gerichtsprozess, den ihre Herrin gegen sie angestrengt hatte. »Sie muss mich gehasst haben, weil ihr Mann mir ein Kind gemacht hatte, während sie jeden Tag in die Kirche lief und die Mutter Gottes um Nachwuchs bat, der sich aber nicht einstellen wollte. Nur, was konnte ich dafür? Das Gericht sprach mich der Hurerei schuldig und befahl dem Büttel, streng mit mir zu verfahren.«

Fita starrte Marie durchdringend an. »Weißt du, was das heißt?«

»Nein.«

»Sie haben mich zuerst gebrandmarkt und dann geschlagen, ohne Rücksicht darauf, dass ich schwanger war, und dabei habe ich mein Kind verloren. Ich konnte noch sehen, dass es ein kleiner

Junge war. Der Priester, der bei meiner Auspeitschung zugegen war, hat behauptet, das Kind käme sowieso in die Hölle, und so wurde mein Würmchen ungetauft verscharrt. Aber ich bin sicher, dass Gott mein Kleines in den Himmel aufgenommen hat, denn es konnte doch am wenigsten dafür, dass mein Meister mich gezwungen hat, ihm zu Willen zu sein. Ich glaube …«

Fita redete und redete. Sie sprach von ihrem Kind, als würde sie es unsichtbar in ihren Armen wiegen und ihm zusehen, wie es über die Himmelswiese tollte. Marie hielt sie zuerst für verrückt, begriff aber bald, dass eine mit den Lehren der Kirche nicht zu vereinbarende Frömmigkeit aus ihr sprach. Sie schien nur noch am Leben zu sein, um für ihr ungetauftes Kind zu sühnen und sich selbst auf das Himmelreich vorzubereiten.

Während Marie Fitas Lebensgeschichte zuhörte, beneidete sie sie ein wenig. Diese Frau glaubte noch an Gottes Gerechtigkeit und fand Trost im Gebet. Aber was würde ihr bleiben, wenn ihr Vater sie nicht bald fand? Sie besaß keinen Glauben mehr, auch wenn sie immer wieder die Mutter Gottes anrief und sie bat, einen Engel zu schicken, der ihren Vater zu ihr führte und sie aus ihrer Schande erlöste. Aber ihre Gebete waren leere Worte, die ihr keine Hoffnung schenkten.

Nein, Wunder geschahen in dieser Welt nicht mehr. Sie hatte viele Menschen sagen hören, dass all das Unglück, das über die Welt hereinbrach, von jenen drei Männern verursacht wurde, die sich zu Päpsten ausgerufen hatten und sich darum stritten, wer von ihnen der wahre Stellvertreter Christi auf Erden wäre. Es sei die Zeit des Teufels und seiner Dämonen, die die Menschen zu Tieren machten und sie gegen alle Gebote Gottes verstoßen ließen. Bis vor kurzem hatte Marie sich nicht für dieses Gerede interessiert, aber jetzt war sie überzeugt, dass die Leute Recht hatten. Die drei Päpste zerstörten mit ihrem Streit die Erlösung, die Jesus den Menschen gebracht hatte, und gaben die Seelen Satan preis.

Marie scheute plötzlich vor ihren eigenen Gedanken zurück. Wenn sie sich in diese Überzeugung hineinsteigerte, würde sie jeden Halt verlieren und sich selbst aufgeben. Sie wollte aber weder so enden wie Fita noch freiwillig den Tod suchen, sondern weiterhin fest daran glauben, dass sie rechtzeitig gerettet wurde. Sicher war es für ihren Vater nicht leicht, ihrer Spur zu folgen, denn sie war schon weit gelaufen, und er konnte ja nicht wissen, dass sie unter die wandernden Hübschlerinnen geraten war. Wenn er sähe, in welchem Elend sie lebte, das Herz würde ihm brechen.

VII.

Am nächsten Tag stieg die Sonne strahlend hell über einem wolkenlosen Horizont empor und trocknete den Tau, ehe er sich in Dunst verwandeln konnte. Innerhalb kürzester Zeit wurde es so warm, dass Berta zu stöhnen begann.

»Heute wird es wohl noch heißer werden als gestern. Ich schwitze jetzt schon entsetzlich.«

Gerlind blickte besorgt nach oben. »Ich fürchte mich eher vor einem Gewitter. An einem Tag wie heute kann es einen Hagelschlag mitbringen, der uns die Köpfe einschlägt.«

Auch Hiltrud machte sich Sorgen. »Wenn es hagelt, habe ich eher Angst um meine Ziegen als um mich. Bei Regen kann ich sie notfalls zu mir ins Zelt nehmen, auch wenn es zurzeit etwas eng darin zugeht.«

»Malt den Teufel doch nicht an die Wand, sonst kommt er wirklich«, spottete Berta.

Fita, die gerade ihr Bündel schnürte, sah kurz auf. »Ich habe keine Lust, nass zu werden.«

»Das wollen wir alle nicht.« Hiltrud spannte mit Maries Hilfe die Ziegen vor den Wagen und steckte ihr Beil so unter eine Decke, dass sie es leicht herausziehen konnte. Fita prüfte, wie gut sie an ihren Dolch kam, den sie unter ihrem Kleid trug, und Berta band ihr Haumesser mit einem Strick an die Hüfte. Da Gerlind ihren Stock besaß, war Marie als Einzige unbewaffnet. Sie sah sich suchend um und hob einen Ast auf, den sie ebenso gut als Knüppel wie als Wanderstab benutzen konnte.

Die drei neuen Gefährtinnen trugen ihr gesamtes Eigentum in großen Packen auf dem Rücken, während Hiltrud und Marie wegen der beiden Ziegen unbelastet gehen konnten. Da sie diesmal nicht mit rasch fahrenden Ochsenkarren Schritt halten mussten, brauchte Hiltrud sich nicht selbst vor den Wagen zu spannen. Von Zeit zu Zeit musste sie ihre Tiere sogar ein wenig zügeln, damit die neuen Reisegefährtinnen ihnen folgen konnten.

Der Weg führte zunächst durch einen unberührt wirkenden Wald aus uralten Eichen und Buchen, die versteinerten Riesen glichen. Die dicht stehenden Bäume waren ein Segen, denn ihr Schatten schützte die Frauen vor den sengenden Strahlen der Sonne. Trotzdem rann Gerlind, Berta und Fita der Schweiß in Strömen über die Gesichter.

Marie erinnerte sich an die letzten Tage, an denen sie sich die Füße wund gelaufen hatte, um mit Hiltrud und ihren Ziegen mitzuhalten. Heute kam es ihr vor, als machten sie einen gemütlichen Spaziergang, bei dem nur ihr knurrender Magen störte. Als die Sonne höher stieg und ungehindert auf die Straße herabbrannte, spürte auch sie die Hitze. Es war, wie Berta behauptete, ein Wetter, bei dem kein Räuber aus seiner dunklen Höhle herauskommen, geschweige denn versuchen würde, fünf einsam wandernden Frauen Gewalt anzutun. Die anderen lachten über diesen Witz, doch Marie sah sich unwillkürlich um, ob ihnen nicht doch jemand auflauerte. Um sie herum gab es jedoch nur das Rauschen des Waldes und das Meckern der Ziegen, die lautstark nach Wasser riefen.

Gegen Mittag wurde der Himmel im Westen so grau wie Blei.

Gerlind blickte immer wieder besorgt nach oben, und als sie eine gute Stunde später eine windschiefe Hütte entdeckten, wie die Schweinehirten sie zum Übernachten im Wald benutzten, schlug sie vor, dort Unterschlupf zu suchen, bis das Gewitter vorübergezogen war.

Berta deutete auf die Umzäunung hinter der Kate, in der es bis zur Straße nach Schweinekot stank. »Nein, danke, wir sollten weitergehen. Es ist nicht mehr sehr weit bis zur nächsten Herberge.«

Marie wunderte sich, warum ausgerechnet Berta so zimperlich reagierte, Gerlind aber schnaubte verärgert und stieß den Schaft ihres Stocks in die Erde. »Da bekommen wir bestimmt kein Dach über dem Kopf. Du kennst den Wirt doch. Der nimmt den Gästen noch Geld für die offenen Unterstände ab, in denen sie auf faulem, flohverseuchtem Stroh schlafen müssen. Uns wird er nicht einmal im Windschatten der Frachtwägen dulden. Nein, Berta, ich weiß, was du im Sinn hast. Du willst nur deshalb so früh dort ankommen, um möglichst viele Fuhrknechte bedienen zu können.«

Marie kicherte wider Willen. Bertas wütendem Blick nach ging es ihr wirklich nur darum, so viele Freier wie möglich zu bekommen. Fita hingegen schien froh zu sein, noch eine Weile ihre Ruhe zu haben.

Trotz ihres Alters hatte die Hütte noch ein festes Dach aus gespaltenem Stangenholz, das mit einer dicken Lage Binsen gedeckt war. Drinnen lag ein Haufen halb verfaulten Laubes und einiger anderer Dreck, den der Wind durch die schief in rissigen Lederangeln hängende Tür geweht hatte, und in einer Ecke stank es nach Tierkot. Fita schnitt einen Ast zu einer primitiven Forke zurecht und fegte den Schmutz hinaus. Hiltrud und Marie trugen Gras und Birkenzweige für ein Lager herein, so dass sie es sich gemütlich machen und das Unwetter abwarten konnten. Zuletzt führten sie noch die beiden Ziegen hinein und deckten den

Wagen mit einer Schicht Reisig ab, um ihn vor dem Unwetter zu schützen.

Kaum hatten sie sich eingerichtet, öffneten sich die Schleusen des Himmels. Schon in den letzten Minuten war das letzte Sonnenlicht einer blaugrauen Dämmerung gewichen. Gerlind zeigte auf ein winziges, fahlweißes Wölkchen, das im Westen wie verloren unter einem pechschwarzen Himmel schwebte, und bekreuzigte sich.

»Bei Gott, wir bekommen tatsächlich Hagel. Wenn wir auf Berta gehört und weitergezogen wären, hätte er uns lange vor der Herberge erwischt.«

Alle starrten durch die Tür auf die kleine Wolke, die plötzlich in rasender Geschwindigkeit wuchs, dabei quittengelb wurde und schließlich den ganzen westlichen Horizont überspannte. Innerhalb kürzester Zeit erreichte sie auch die Hütte. Im selben Augenblick hörten die fünf Frauen ein eigenartiges Rascheln in den Zweigen der Bäume, das nur wenige Herzschläge später durch ein heftiges Krachen und Knacken übertönt wurde.

Durch den Türspalt beobachtete Marie ängstlich, wie eigroße Hagelkörner um die Hütte tanzen. Es war nicht das erste Unwetter, welches sie erlebte, doch bisher hatte sie sich unter dem Dach ihres Vaterhauses sicher und geborgen fühlen können. Sie fürchtete, das Hüttendach könnte unter der Wucht der Gewalten einbrechen und sie dem Hagelschlag preisgeben. Vor lauter Angst drückte sie die eine Ziege an sich, die sich unruhig drehte und ausschlug. Hiltrud klammerte sich an die zweite, die in ihren Armen zitterte, und zog ihre Decke hoch, um sich und das brave Tier vor den Urgewalten des Wetters zu schützen.

Der Hagelsturm hörte ebenso abrupt auf, wie er begonnen hatte. Einen Augenblick vorher hatte es sich noch so angehört, als würde das Dach der Hütte unter der Last der Eiskörner nachgeben. Dann war alles vorbei wie ein böser Spuk. Der Himmel riss auf, und ein erster, noch zaghafter Sonnenstrahl fingerte in die Hütte hinein.

Gerlind raffte sich als Erste auf und winkte Marie, sich mit ihr gegen die Tür zu stemmen, denn die Hagelkörner hatten sich wie ein Wall um die Hütte gelegt. Als sie hinausgingen, versanken sie mit den Füßen in der knirschenden Masse. Die Eisbrocken waren so kalt, dass Marie fast das Herz stehen blieb. Sie schrie auf und wich erschrocken zurück.

»Du bist wohl eine ganz Zimperliche«, spottete Berta, die bis zu den Waden in den Hagelkörnern steckte. »Nimm dir ein Beispiel an uns. Wir sind abgehärteter als die Stadtweiber und fallen nicht bei jedem rauen Lüftchen in Ohnmacht.«

Marie war tatsächlich einer Ohnmacht nahe, trotzdem biss sie die Zähne zusammen und stapfte in die eisige Masse hinaus.

Hiltrud wies auf die Straße, auf der sich das Weiß der Hagelkörner mit dem Grün abgeschlagener Zweige vermischte. »Das sieht übel aus.«

Fita schüttelte sich. »Ich fürchte, wir werden hier übernachten müssen. Da kommen wir bestimmt nicht durch.«

Gerlind sah zum Himmel hoch, der mit jedem Augenblick heller wurde, und spürte die Kraft der Sonne auf ihrer Haut. »Oh doch! In spätestens einer halben Stunde ist von den Hagelkörnern nicht mehr viel zu sehen.«

»Aber was ist, wenn Bäume umgestürzt sind und die Straße versperren?«, fragte Fita besorgt und zeigte auf Hiltruds Wagen.

»Dann klettern wir eben hinüber, du Angsthäsin!« Berta schulterte ihr Bündel auf und verließ ebenfalls die Hütte. »Es ist halt ein wenig kühl an den Füßen, aber wenn wir wacker ausschreiten, wird uns schon warm werden.« Mit diesen Worten ging sie los, ohne auf die anderen zu warten.

Hiltrud räumte ihren Wagen frei und stellte aufatmend fest, dass ihm nichts passiert war. Marie führte die Ziegen heraus und half, sie anzuspannen. Zwar machte eine dicke Schicht aus abgerissenen Ästen und Zweigen, die sich mit den Hagelkörnern zu einem mehr als knöcheltiefen Teppich vermischt hatten, das Gehen zur Qual, aber Gerlind und Fita stapften eifrig hinter Berta her, sahen sich von Zeit zu Zeit jedoch ungeduldig nach ihren zurückgebliebenen Gefährtinnen um. Hiltrud blieb nichts anderes übrig, als sich ein Seil über die Schultern zu werfen und zusammen mit ihren Ziegen den Wagen zu ziehen. Da Marie von hinten schob, kamen sie Schritt für Schritt vorwärts. Jetzt hatten die anderen drei mit ihrem geschulterten Gepäck das leichtere Los. Gerlind und Fita hatten bald ein Einsehen und halfen Marie, die sperrigsten Äste aus dem Weg zu räumen. Zu ihrer Erleichterung mussten sie den Wagen nur einmal über einen quer über der Straße liegenden Baum heben und kamen trotz aller Hindernisse gut genug voran, um die rasch ausschreitende Berta nicht aus den Augen zu verlieren.

Kurz vor Einbruch der Dunkelheit erreichten sie die Herberge. Das Unwetter hatte auch hier gewütet, aber keine größeren Schäden angerichtet. Zwei Knechte kletterten auf den Schindeldächern herum, um schadhafte Stellen auszubessern, ein anderer war noch dabei, die Reste des herabgerissenen Laubs auf einen großen Haufen zu schaufeln. Der große, nur mit einem einfachen Zaun umfriedete Vorhof stand voller Frachtwagen, deren festgezurrte Planen dem Wetter ebenso widerstanden hatten wie die unter einem Vordach angebundenen Zugochsen. Die Fuhrleute hatten ihre Fracht bereits kontrolliert und saßen nun zufrieden im Kreis zusammen.

Da der vordere Teil der Herberge nicht von einer Mauer umgeben war, gab es auch kein festes Tor und keinen Knecht, der unerwünschte Eindringlinge fern hielt. So hatte Berta sich ungehindert zu den Männern gesellen können. Als ihre Gefährtinnen sich näherten, schüttelte sie schon das Stroh ab, in dem sie mit ihrem ersten Kunden verschwunden war, und eilte ihnen fröhlich winkend entgegen.

»Hier können wir einiges verdienen. Es sind zwei große Wagenzüge da, einer aus Konstanz und einer aus Stuttgart. Die Leute sind froh, dass sie das Unwetter so glimpflich überstanden haben, und werden nicht kleinlich sein.«

»Aus Konstanz, sagst du?«, fragte Marie mit zitternder Stimme. Ohne Bertas Antwort abzuwarten, lief sie auf einen Wagen zu, der das Zeichen eines ihr bekannten Handelshauses trug. Ihr Blick flog über die Männer, die es sich an Tischen zwischen den Wagen bequem gemacht hatten und ihren Wein aus einfachen Holzbechern tranken, in der Hoffnung, ein bekanntes Gesicht zu entdecken. Vielleicht erhielt sie hier Kunde von ihrem Vater – oder fand ihn sogar selbst. Bald fiel ihr Blick auf einen Mann, der ihr bekannt vorkam, obwohl er mit dem Rücken zu ihr saß. Für einen Moment verharrte sie unsicher, aber als er seinen Kopf wandte, um die Frage eines anderen zu beantworten, drückte sie sich erschrocken in den Schatten eines Frachtwagens und sah noch einmal genauer hin. Nein, sie hatte sich nicht geirrt. Dort saß Utz Käffli.

Marie schlug die Arme um den Körper und krümmte sich unter den Schmerzen, die plötzlich durch ihren Bauch schossen, als sei sie eben erst vergewaltigt worden. Der Anblick des ungewaschenen Mannes in schäbiger Fuhrmannstracht jagte ihr höllische Angst ein, und sie wäre am liebsten davongelaufen, aber die Hoffnung, etwas über ihren Vater zu erfahren, hielt sie zurück.

Da Berta, Gerlind und Fita die Aufmerksamkeit der Fuhrknechte auf sich zogen, kümmerte sich niemand um sie, selbst Hiltrud nicht, die ihre Ziegen kurzerhand am Zaun angebunden hatte und sich ebenfalls zu den Männern gesellte. Um nicht entdeckt zu werden, zog Marie sich hinter einen der Unterstände zurück, die nach drei Seiten offen waren und in denen nicht nur die Zugochsen, sondern auch die Knechte die Nacht verbrachten. Die rasch hereinbrechende Dämmerung verbarg Marie vor den

Blicken der anderen, während sie selbst im Schein der Feuer erkennen konnte, was vorging.

Sie beobachtete, wie Hiltrud mit einem gut gekleideten Mann mittleren Alters handelseinig wurde und ihm unter die Plane eines Frachtwagens folgte. Fita wurde von einem grobschlächtigen Kerl ins Dunkel gezerrt, und ein weiterer Fuhrknecht wollte nach Berta greifen. Utz kam ihm jedoch zuvor und zog die dickliche Hure mit triumphierendem Grinsen mit sich. Bald hatte auch Gerlind einen Freier gefunden und verschwand mit ihm hinter einem der großen Räder. Die übrigen Fuhrknechte blickten ihnen neidisch nach.

Einer stand ungeduldig auf und sah sich um. »War da nicht noch eine fünfte Hure?«

Ein anderer lachte. »Hast du es so nötig, dass du nicht warten kannst? Also, ich habe keine gesehen.«

»Ich auch nicht«, warf ein Dritter ein. »Sei doch froh, dass die vier hier zur rechten Zeit aufgetaucht sind. Mich freut das Handgeld, das uns der Patron dafür gegeben hat, dass wir die Herberge vor dem Unwetter erreicht haben, nun gleich doppelt.«

In dem Augenblick kehrte Fita zurück und zog die Aufmerksamkeit auf sich. Sie kam kaum dazu, ihr Geld wegzustecken, denn sie wurde von einem ruppigen Burschen gepackt und in den Schatten gestoßen. Man konnte Fita ansehen, wie unglücklich sie war. Trotzdem wagte sie es nicht, sich einen anderen Freier auszusuchen. Ihre Hilflosigkeit schien vor allem jene Männer anzusprechen, die die körperliche Liebe als Akt der Unterwerfung genossen. Marie tat die junge Frau Leid, und sie verwünschte die Menschen, die ein halbes Kind zu diesem erbärmlichen Dasein verurteilt hatten.

Als Utz sichtlich zufrieden zurückkehrte und sich an seinen Platz setzte, kroch Marie wieder auf den Frachtwagen zu und versteckte sich hinter einem Rad, um zu lauschen. Sie musste unbedingt wissen, was nach ihrem Verschwinden in Konstanz geschehen war, aber sie wollte auf keinen Fall von diesem Teufel gesehen werden. Wenn er sie entdeckte, würde er sämtliche Fuhrknechte auf sie hetzen, dessen war sie sich sicher. Aus diesem Grund verwarf sie auch ihre erste Idee, sich einem der Konstanzer Fuhrknechte als Hure anzudienen und ihn dabei auszufragen.

Zum einen war sie nicht bereit, sich zu verkaufen, besonders jetzt nicht, wo ihre Rettung vielleicht schon ganz nahe war, und zum anderen hätte sie in den Schein der Feuer treten müssen, um jemanden auf sich aufmerksam zu machen. Die Anwesenheit des Mannes, der sie verleumdet und geschändet hatte, hinderte sie nun daran, sich jemandem anzuvertrauen, denn alles, was sie vorbringen mochte, würde er ins Gegenteil verdrehen und sich an ihrem Unglück weiden. Also musste sie sich mit dem zufrieden geben, was sie erlauschen konnte.

Zu ihrem Leidwesen unterhielten sich die Fuhrleute jedoch nur über ihre alltäglichen Sorgen und über Neuigkeiten, die sie unterwegs aufgeschnappt hatten. So kam die Sprache bald auf die hohe Politik, und ein Mann berichtete lang und breit von einem Konzil, das der in Rom residierende Papst Gregor einberufen wollte, ohne die Zustimmung des Kaisers dazu erhalten zu haben. Die anderen diskutierten nun lebhaft die Tatsache, dass die drei Päpste einander mit Kirchenbann belegten und sogar ihre Anhänger mit Söldnerarmeen gegen die Gefolgsleute der anderen schickten, um deren Position zu schwächen, ohne Rücksicht darauf, dass sie die Gläubigen damit in heillose Verwirrung stürzten. Marie interessierte das Thema herzlich wenig, und sie befürchtete, dass sie hier nichts über ihren Vater erfahren würde.

Sie wollte schon ihren Platz verlassen, um sich einen halbwegs sicheren Schlafplatz für die Nacht zu suchen, da kehrte der wohlhabende Mann zurück, der mit Hiltrud gegangen war, setzte sich zu den Konstanzer Fuhrleuten und trank mit ihnen auf den Erfolg ihrer Handelsfahrt. Marie hielt ihn wegen seiner Kleidung für einen Kaufmann, dem ein Teil des aus Stuttgart kommenden Handelszugs gehörte, und hoffte, er würde dem Gespräch eine andere Wendung geben. Der Mann beteiligte sich zunächst an der Diskussion über die drei Päpste und welche beiden man davonjagen sollte. Irgendwann aber schien er das Interesse an dem Thema zu verlieren und wandte sich an Utz, der der Anführer des anderen Wagenzugs war.

»Ihr kommt doch direkt aus Konstanz. Dann kennst du sicher den Kaufherrn Matthis Schärer, nicht wahr?«

Utz brummte etwas in seinen ungepflegten Bart und nickte widerwillig.

Dem Kaufherrn schien Utz' ablehnende Haltung nicht aufzufallen, denn er lächelte erleichtert. »Matthis Schärer hat mehrere Wagenladungen flandrischen Tuchs bei mir bestellt und wollte mir einen Teil des Geldes schicken, sobald die Ware bei mir eingetroffen ist. Jetzt habe ich ihm schon zweimal Nachricht geschickt, aber keine Antwort darauf erhalten. Kannst du mir sagen …«

»Auf den Mann braucht Ihr nicht mehr zu zählen, Herr«, warf einer der anderen Knechte lachend ein. »Mit Meister Matthis' Geschäften ist es aus, seit seine einzige Tochter wegen Hurerei und anderer Untaten aus der Stadt gejagt worden ist. Schärer hat sich das so zu Herzen genommen, dass er seinen ganzen Besitz verkauft hat und fortgezogen ist. Wie es heißt, soll er über den Bodensee gefahren sein, um sich einem Pilgerzug nach Rom oder gar ins Heilige Land anzuschließen.«

Ein anderer Fuhrknecht winkte verächtlich ab. »Was du da erzählst! Das ist doch bloß ein Märchen, das wohlmeinende Leute in Umlauf gebracht haben. Soviel ich weiß, hat Schärer sich noch am gleichen Tag, an dem seine Tochter verurteilt wurde, in den See gestürzt und ist darin ersoffen.«

Ein älterer Fuhrknecht wiegte zweifelnd den Kopf. »Ich weiß nicht, was ich von all diesem Gerede halten soll. Einige sagen auch, Schärer hätte seinen Besitz an seinen Beinaheschwiegersohn verkauft und sich auf die Suche nach seiner Tochter gemacht.«

Marie wollte schon erleichtert aufatmen, als sie das hörte, doch ein Reisender, der den Konstanzer Zug begleitete und seiner Kleidung nach ein Gelehrter aus Luzern war, schüttelte unwillig den Kopf. »Das kann nicht sein. Ich hatte mit Magister Ruppertus Splendidus und seinem Erzeuger, dem Grafen Heinrich, während eines Rechtsstreits zu tun. Ruppert ist so arm wie eine Kirchenmaus und kann sich noch nicht einmal ein anständiges Advokatengewand leisten, wie soll er das Anwesen eines reichen Konstanzer Bürgers gekauft haben?« Seine Stimme klang gehässig.

Der ältere Fuhrknecht widersprach ihm vehement. »Da habt Ihr gewiss etwas Falsches gehört. Der Magister lebt jetzt in Meister Matthis' Haus und ist immer sehr fein gekleidet. He, Utz, sag doch etwas. Du warst doch dabei, als das mit der Schärerin passierte und Meister Matthis verschwunden ist.«

Aller Augen wandten sich Utz zu. Marie hörte ihr Herz so stark klopfen, dass sie glaubte, die Leute müssten es hören. Sie presste die Hand auf die Brust und hielt den Atem an, damit ihr auch keine Silbe der Antwort entging.

Utz zog die Schultern hoch, machte eine abwehrende Geste und spie ins Feuer. »Was soll die dumme Fragerei? Ich weiß doch auch nicht mehr als ihr. Meister Matthis' Tochter wurde der Unzucht überführt und aus der Stadt gejagt. Was danach mit ihr oder Schärer passiert ist, davon habe ich keine Ahnung.«

»Aber du bist noch in seinem Haus ein und aus gegangen, als Magister Ruppertus schon darin gewohnt hat. Da hast du doch sicher einiges gehört«, rief einer der Fuhrknechte, dem die Neugier ins Gesicht geschrieben stand.

Marie schob sich näher, damit ihr keine Regung in Utz' Gesicht entging. Als er abwinkte und in aggressivem Tonfall behauptete, er wisse überhaupt nichts von der Sache, fühlte sie, wie eine eisige Hand über ihr Rückgrat strich. Der Mann log, das fiel sogar einigen Leuten am Tisch auf, und er wehrte alle weiteren Fragen mit bissigen Worten ab. Als das Drängen der anderen ihm zu viel wurde, stand er auf und ging zu einem der Schlafplätze, ohne seinen Wein ausgetrunken und, wie einer der Bewaffneten verärgert von sich gab, wie gewohnt die Wachen eingeteilt zu haben. Sein Benehmen war den Zurückbleibenden ein Rätsel und gab ihnen Anlass zu wilden Spekulationen. Da aber keiner von ihnen die Neugier der anderen stillen konnte, wandten sich die Gespräche bald anderen Themen zu.

Eine Weile vermochte Marie vor lauter Aufregung kein Glied zu rühren. Sie fragte sich, warum Utz, mit dessen Verleumdung ihr Unglück begonnen hatte, seinen Anteil an der Sache so herunterspielte. Da musste es etwas geben, was er vor Gott und der Welt verheimlichen wollte, und das konnte nicht nur mit ihr zu tun haben. Utz war nicht der Mann, der die Schusterswitwe Euphemia zu ihrer falschen Aussage hätte bewegen können. Das konnte nur Ruppert fertig gebracht haben, während der Fuhrmann sein Handlanger gewesen war. Ob die beiden ihren Vater umgebracht hatten, um sich seinen Besitz anzueignen? Allerdings konnte sie sich nicht vorstellen, wie das zugegangen sein sollte, denn die Obrigkeit legte sofort die Hand auf Besitztümer ohne Erben. Dann fiel ihr ein, dass ihr Bräutigam gute Verbindungen zum Bischof und anderen hohen Herren hatte, und konnte sich durchaus vorstellen, dass er sich mit deren Hilfe in den Besitz ihres Elternhauses gesetzt hatte. Denn wäre ihr Vater noch am Leben, hätte er den Magister niemals über die Schwelle gelassen.

Am liebsten wäre Marie aufgesprungen, um Utz vor allen Anwesenden als Frauenschänder und Mörder anzuklagen, aber sie machte sich schnell klar, dass sie sich damit nur selbst schaden würde und damit auch den Frauen, mit denen sie gezogen war. Niemand würde ihr glauben – bis auf Utz, und der würde nicht davor zurückschrecken, sie ebenfalls umzubringen und ihre Gefährtinnen dazu. Die Wälder ringsum konnten viele dunkle Geheimnisse aufnehmen, und niemand würde auffallen, wenn ein paar Huren darin verschwanden.

Marie wusste selbst nicht, woher sie die Kraft nahm, den Hof ungesehen zu verlassen. Draußen kauerte sie sich an die Umzäunung und streichelte gedankenverloren die beiden Ziegen. Eines war sicher: Ihr Vater würde nicht kommen, um sie zu retten, und es gab auch sonst niemanden, der sich für ihr Schicksal interessierte. Ruppert musste hinter dem Gerücht stecken, ihr Vater habe sich auf die Suche nach ihr gemacht, um Onkel Mombert und andere Leute in die Irre zu führen.

Sie lauschte dem Rauschen des nahen Flusses, der Elta, wie Gerlind das Gewässer genannt hatte. Ob es tief und seine Strömung schnell genug war, um ihr ein gnädiges Ende zu schenken? Sie fürchtete sich nicht davor, als Selbstmörderin zu gelten, denn wenn Gott so hartherzig war, ihre Not zu verurteilen, mochte der Teufel sich als Freund erweisen. Schlimmer als die Menschen konnte auch er sie nicht behandeln. Weiterleben hieß für sie, so zu werden wie Gerlind und die anderen. Sie würde als Hübschlerin über die Straßen ziehen, als eine verachtete Wanderhure, die sich unter jeden schmutzigen Kerl legen musste, um an einen Kanten hartes Brot zu kommen. Das würde sie nie fertig bringen. Sie stand mit müden Bewegungen auf, um zum Flussufer hinunterzugehen.

Doch schon bei den ersten Schritten fiel ihr ein, dass es außer ihr niemanden gab, der Ruppert seinen Raub streitig machen konnte. Er hatte ihr den Vater und das Bürgerrecht gestohlen und dafür gesorgt, dass sie zu jenen gehörte, deren Leben weniger galt als das eines Schafes oder Schweins. Wenn sie sich jetzt umbrachte, hatte er auf der ganzen Linie gesiegt.

Marie ließ sich diesen Gedanken mehrmals durch den Kopf gehen. Was konnte sie tun? Als ehrlose Streunerin hatte sie keinerlei Möglichkeit, gegen einen Mann wie Magister Ruppertus Splendidus vorzugehen, einen geachteten Standesherrn, der noch dazu ein Sohn des Reichsgrafen Heinrich von Keilburg war. Gib auf, sagte sie zu sich selbst, oder willst du, dass der Rest deines Lebens eine einzige Qual werden wird, so wie bei Fita?

Doch etwas in ihr bäumte sich auf. Hatte Hiltrud nicht gesagt, dass auch Huren nicht wehrlos seien? Sie war jung und schön, und wenn sie das nicht länger verbarg, würde sie vielleicht einem Mann so den Kopf verdrehen können, dass er Ruppert, Utz, Linhard und Hunold umbrachte, nur um sie zu besitzen. Noch besser war es, wenn sie so viel Geld zusammenbrachte, dass sie einen Meuchelmörder für die vier dingen konnte. Der Gedanke an Rache war nicht gerade christlich, aber die Kirche hatte sie verdammt und würde ihr so oder so den Weg in die Hölle weisen, ganz gleich, ob sie selbst zur Mörderin wurde oder den Rest ihres Lebens für eine Schuld büßte, die sie nie auf sich geladen hatte. Also war es besser, für die Rache zu leben, als jetzt schon die glühenden Pforten der Unterwelt zu durchschreiten.

Marie schreckte erst aus ihren Gedanken hoch, als die vier Huren wieder auftauchten. Hiltrud schalt sie eine Traumsuse, weil sie weder die Ziegen getränkt noch das Zelt aufgebaut oder sich um ein Feuer gekümmert hatte. Aber sie meinte es nicht ernst, denn sie wirkte sehr zufrieden. Berta schien ebenso gut verdient zu haben, denn sie summte ein lustiges Lied und klimperte mit den Münzen, die sie eingeheimst hatte. Auch Gerlind kicherte vergnügt vor sich hin. Fita aber stöhnte und krümmte sich und presste die Hand auf den Bauch.

»Warum müssen Männer immer so grob sein?«, fragte sie weinerlich.

Gerlind schüttelte aufseufzend den Kopf. »Du lässt zu viel mit dir machen. Such dir die richtigen Kerle aus, dann hast du auch nicht so viele Schwierigkeiten. Los, lass dir von Hiltruds Tinktur geben oder besser noch von der Salbe, die sie von dem Merzlinger Apotheker bekommt. Die brennt nicht so höllisch.«

Hiltrud ging zu ihrem Wagen und suchte den Topf heraus. »Gerlind hat Recht. Du musst lernen, diese Grobiane handzahm zu machen, sonst hältst du es nicht mehr lange aus«, sagte sie zu Fita und streckte ihr den Tiegel hin. »Hier, nimm. Das Zeug hilft ausgezeichnet. Bei Marie hat es auch genützt. Sie war ja wirklich übel zugerichtet, und jetzt ist nichts mehr zu sehen.«

Berta hob den Kopf und schnaubte. »So? Marie ist wieder gesund? Dann wundert es mich, dass du sie nicht zur Arbeit antreibst. Da sie deine Magd ist, steht dir der größte Teil ihrer Einnahmen zu. Heute gab es genug Kerle mit Geld in der Tasche. Da hätten wir ruhig zu fünft arbeiten können. Fita hätten ein oder zwei Freier weniger bestimmt nicht geschadet. Wenn sie so verletzt ist, wie sie tut, wird es Tage dauern, bis sie wieder verdienen kann.«

»Ich überlasse Marie die Entscheidung, wann sie anfangen will, zu arbeiten.« Hiltrud hätte Berta am liebsten zurechtgewiesen und ihr gesagt, dass sie das gar nichts anginge, denn solche Vorwürfe machten es ihr nicht gerade leichter, Marie von den Vorteilen des Hurenlebens zu überzeugen. Noch bestand die Gefahr, dass das Mädchen sich eher ertränken als Vernunft annehmen würde, wenn es erst begriff, dass keiner seiner Verwandten es von der Straße wegholen wollte. Doch sie biss die Zähne zusammen, um keine weitere Diskussion aufkommen zu lassen.

Berta gab nicht nach. »Dann bist du aber schön blöd. Ich hätte das feine Fräulein längst unter einen kräftigen Hengst gelegt, notfalls auch mit Gewalt. Wenn sie weiter mit uns ziehen will, muss sie sich anpassen. Eine nutzlose Fresserin dulde ich nicht in der Gruppe.« Die letzten Worte klangen gehässig.

Gerlind schlug mit der flachen Hand aufs Gras. Berta hatte mit diesen Worten ihre Autorität angegriffen, und das passte ihr nicht. »Erstens musst du Marie nicht durchfüttern, und zum

Zweiten solltest du dich freuen, dass du heute mehr verdienen konntest, als wenn sie uns mit ihrem hübschen Gesicht die besten Freier weggeschnappt hätte.«

Fita erhob sich. »Ich gehe runter zum Wasser und wasche mich.«

Sie hasste Streit und lief vor jeder Auseinandersetzung davon. Diesmal tadelte sie niemand dafür. Gerlind und Hiltrud nickten nur und begleiteten sie zum Fluss. Marie schloss sich ihnen an, um wie gewohnt auf die Kleider der anderen aufzupassen. Nach einem Augenblick des Schmollens folgte Berta ihnen ebenfalls, doch sie dachte nicht daran, sich das Kleid über den Kopf zu streifen und in die kühlen Fluten zu steigen. Sie hatte Gerlinds Zurechtweisung noch nicht verdaut und reagierte immer noch bissig.

»Passt auf, dass ihr euch unten herum nicht verkühlt. Sonst muss ich in der nächsten Zeit allein arbeiten.«

Gerlind lachte auf. »Das wäre doch genau das, was du dir immer wünschst, nämlich die einzige Hure weit und breit zu sein.«

Über diese Bemerkung musste sogar Berta lachen. Die Spannung zwischen den Frauen verflog so rasch, wie sie entstanden war. Während Berta und Marie am Ufer zurückblieben, tauchten Gerlind, Hiltrud und Fita ganz in das Wasser ein. Im Licht des Mondes wirkten sie wie Nixen in einem geheimnisvoll schimmernden Reich. Schließlich zog auch Marie ihr Kleid aus und stieg in den Fluss. Die Kälte des Wassers raubte ihr fast den Atem, und sie musste sich überwinden, um bis zu den Schultern einzutauchen.

»Gut so, Marie. Das ist die erste Regel, die eine Hure beherzigen sollte, sich sauber zu halten.« Gerlinds Blick zeigte, dass ihre Worte eher auf Berta gemünzt waren. Sie kamen auch dort an.

»Einige der Kerle haben doch ein wenig arg gestunken.« Berta hob schnaubend ihren Rock höher und begann sich zwischen den Schenkeln zu waschen.

»Dann solltest du aber nicht nur dein Goldstück säubern.

Schließlich haben die Kerle dich ja auch woanders angefasst«, forderte Gerlind sie auf. Doch dafür war Berta das Wasser dann doch zu kalt.

Marie stapfte gegen die Strömung auf Hiltrud zu und berührte sie am Arm. »Ich muss mit dir reden.«

Hiltrud sah überrascht auf. Sie spürte den inneren Kampf, den Marie ausfocht, und begriff, dass etwas passiert sein musste. Marie wirkte nicht mehr so verzweifelt, in den wenigen Worten lagen eine Kraft und Entschlossenheit, die Hiltrud überraschte. Sie erinnerte sich daran, dass einer der beiden Wagenzüge aus Konstanz stammte, und hoffte, dass die Neuigkeiten, die Marie erfahren hatte, ihr die Flausen austrieben.

Hiltrud strich ihr sanft über das Haar und wanderte Arm in Arm mit ihr Richtung Ufer. »Du kannst jederzeit mit mir reden, Kind.«

Marie schloss die Augen und spürte die Strömung des Flüsschens, die sanft an ihr leckte. Nein, hier würde sie kein schnelles, gnädiges Ende finden, und sie wollte es auch gar nicht mehr. Sie wünschte Ruppert und Utz und besonders Linhard, diesen heimtückischen Verräter, von ganzem Herzen zur Hölle und hoffte, die drei würden lange vor ihr dort ankommen. Dafür wollte sie ein Schicksal auf sich nehmen, das ihr vor Stunden noch schlimmer erschienen war als der Tod. Sie sah ihre Begleiterin an und atmete tief durch.

»Ich bin bereit, zu arbeiten, Hiltrud. Doch du wirst mir noch sehr viel beibringen müssen.«

DRITTER TEIL

•◆•

Burg Arnstein

I.

So früh am Morgen waren die Gassen zwischen den Buden noch leer und die Stände abgedeckt. Die Händler und das fahrende Volk schliefen zumeist noch in ihren Zelten oder unter ihren Wagen. Ein paar Frühaufsteher beiderlei Geschlechts wuschen sich ungeniert im Fluss, wobei einige Männer derbe Zoten zum Besten gaben, worauf die meisten Frauen schamrot abzogen, um an anderer Stelle zu baden.

Marie hatte sich mit Hiltrud zusammen lange vor den anderen gewaschen und saß jetzt auf einer Decke vor ihrem Zelt. Während sie die wärmenden Sonnenstrahlen genoss, nähte sie einen Riss in ihrem Kleid. Der Geruch eines aufglimmenden Holzkohlenfeuers lenkte sie jedoch bald ab. Hulda, die eine Garküche betrieb, legte die ersten Bratwürste auf den Rost, und kurz darauf zog ein verführerischer Duft über den Markt. Marie schnupperte genießerisch. Als sie aufstehen und zu ihr hinübergehen wollte, trat Hiltrud aus dem Zelt.

»Du kannst es wohl nicht erwarten, bis Hulda die ersten Würste fertig hat.«

»Was ist gegen eine Bratwurst am Morgen einzuwenden, zumal sie in dieser Gegend mit am besten schmecken?«

Hiltrud betrachtete ihre Freundin mit sanftem Spott. »Dir schmecken sie überall gleich gut. Aber ich will ja nicht so sein und bringe dir ein Paar mit.«

Marie sah ihr nach und dachte sich, dass Bratwürste eine der seltenen Freuden waren, die sie sich leisten konnte. Seit sie mit Hiltrud zusammen über die Straßen zog, hatte sie gelernt, mit sehr wenig zufrieden zu sein, und die Erinnerung an ihr früheres Leben erschien ihr mehr und mehr wie ein Kindertraum. Mehr als drei Jahre waren inzwischen vergangen, seit Hiltrud sie halb tot vom Straßenrand aufgelesen und mitgenommen hatte, drei Jahre, in denen sie die Verachtung der ehrbaren Welt und die Freundschaft der Verachteten kennen gelernt hatte. Doch weder die Zeit noch all das, was sie seither erlebt hatte, hatten die Bitterkeit aus ihrem Herzen tilgen können, die sich nach dem Schandurteil in ihr eingenistet hatte.

Manchmal musste Marie sich zwingen, nicht auf der Stelle nach Konstanz zu laufen und den ehrwürdigen Herrschaften dort ihre Ungerechtigkeit ins Gesicht zu schreien. Wenn sie unter einem besonders rücksichtslosen Freier lag und die Hände in ohnmächtiger Wut ballte, rechnete sie nach, wie viel Geld sie noch benötigte, um einen Meuchelmörder zu bezahlen, der ihren ehemaligen Bräutigam und die Schurken, die sie damals vergewaltigt hatten, für sie umbrachte. Wenn sie mit Hiltrud darüber sprach, verspottete diese sie wegen ihres Wunschtraums oder schimpfte sogar mit ihr. Marie hielt dieses Leben jedoch nur aus, weil sie sich an die Hoffnung klammerte, sich eines Tages rächen zu können. Irgendwann würde sie es den Männern heimzahlen, die ihr das angetan hatten, und dabei auch die verleumderische Witwe Euphemia Schusterin nicht vergessen.

»Drehst du im Geist diesem Ruppert mal wieder den Kragen um?« Hiltruds Stimme riss Marie aus ihren Gedanken. Die beiden Bratwürste, die die Freundin ihr hinhielt, entbanden sie einer Antwort. Sie nahm die Würste vom Brett und jonglierte sie in den Händen, weil sie noch so heiß waren.

»Gierhals.« Hiltrud sah sie kopfschüttelnd an und setzte sich zu ihren Ziegen ins Gras. Während die beiden Frauen aßen, hingen sie ihren Gedanken nach. Hiltrud machte sich Sorgen um Marie, die sich mit Hirngespinsten herumschlug, an denen sie eines Tages noch zugrunde gehen würde. Sie hatte schon zu viele Hübschlerinnen gesehen, die irgendwann verrückt geworden waren oder sich umgebracht hatten, weil sie mit der Erinnerung an ihr früheres Leben und das echte oder vermeintliche Unrecht, das ihnen zugefügt worden war, nicht fertig geworden waren. Um ihre Freundin nicht in Versuchung zu führen, sich auf eigene Faust zu rächen, und in der Hoffnung, Marie würde allmählich Vernunft annehmen, hatte sie die Gegend um Konstanz bislang weiträumig gemieden. Doch weder Schelten noch gute Worte hatten die Freundin bisher dazu gebracht, einzusehen, dass die Welt nun einmal ungerecht war, und einen Schlussstrich unter ihre Vergangenheit zu ziehen.

Marie sah Hiltrud an, dass sie sich Sorgen um sie machte. Es tat ihr Leid, denn sie wollte ihr keinen Kummer bereiten. Hiltrud war ihr von Anfang an eine gute und fürsorgliche Gefährtin gewesen und hatte sie nie als Magd behandelt oder zu etwas Unerträglichem gezwungen. Marie erinnerte sich noch an ihren ersten Kunden, den die erfahrene Hure mit großer Sorgfalt für sie ausgewählt hatte. Es war ein angenehmer und zärtlicher Mann gewesen, der sehr vorsichtig mit ihr umgegangen war.

Trotzdem hatte sie den Geschlechtsakt mit geballten Fäusten, zusammengebissenen Zähnen und geschlossenen Augen über sich ergehen lassen. Ohne Gerlinds Trank, der sie in eine Wolke der Gleichgültigkeit getaucht hatte, wäre sie schreiend aus seiner Nähe geflohen. In der folgenden Zeit hatte sie das betäubende Mittel tagtäglich benutzt, bis Hiltrud es ihr weggenommen hatte. Dabei war es beinahe zum ersten großen Streit zwischen ihnen gekommen. Hiltrud hatte auch da viel Geduld mit ihr bewiesen und ihr mehrfach erklärt, dass das Mittel süchtig mache und bei regelmäßiger Einnahme Geist und Körper zerstöre.

Marie war es damals schwer gefallen, auf das Mittel zu verzichten, und manchmal, wenn sie an einen unangenehmen Freier geriet, sehnte sie sich heute noch danach, es zu nehmen. Dabei war sie in der glücklichen Lage, sich ihre Kunden aussuchen zu können. Doch leider hielt nicht jeder Freier das, was sein Auftreten versprach. Manch höflicher und galanter Mann entpuppte sich im Zelt als wüster Kunde, für den die Frau unter ihm nur ein Gegenstand war, den zu benutzen er sich mit ein paar Münzen erkauft hatte.

Marie musste an Berta denken, die oft von blauen Flecken gezeichnet war und sie manchmal, wenn der Liebeslohn höher als gewöhnlich gewesen war, stolz präsentierte. Unwillkürlich sah sie zu dem Zelt hinüber, in dem ihre frühere Gefährtin hauste. Zwei Sommer lang waren sie und Hiltrud mit Berta, Fita und Gerlind durch das Land gezogen. Beim Herbstmarkt in Rheinau hatte Berta jedoch einen Streit vom Zaun gebrochen, aus Eifersucht, weil Hiltrud und Marie bessere Freier als sie anlocken konnten, und die Gruppe verlassen. Fita, die wie ein Hund an Berta hing, war mit ihr gezogen, während Gerlind mit Hiltrud und Marie gegangen war.

Im folgenden Winter hatte Gerlind sich entschlossen, ihr Wanderleben aufzugeben, und war in der Hütte geblieben, die sie im Herbst zu dritt für ein paar Pfennige angemietet und wohnlich eingerichtet hatten. Gerlind wollte dort als Kräuterfrau arbeiten und, wie sie beim Abschied kichernd gesagt hatte, sich ein junges Mädchen besorgen, das ihr als Magd und Verdienstquelle dienen konnte. Marie fragte sich, ob sie die alte Hure wohl noch einmal wiedersehen würde. Sie hatte auch nicht erwartet, wieder auf Berta und Fita zu treffen, denn die hatten die Donau abwärts bis ins Böhmische ziehen wollen. Irgendwann mussten sie es sich anders überlegt haben, denn sie arbeiteten jetzt hier auf dem Markt. Berta hatte ihren freundlichen Gruß jedoch nur mit einem Schnauben beantwortet, deswegen hatte Fita sich nicht getraut, ein freundliches Wort mit ihnen zu wechseln.

Marie fand, dass Bertas Zelt sehr schäbig war und die Frau noch schlampiger aussah als vor anderthalb Jahren. War sie früher mollig gewesen, wirkte sie nun ausgesprochen fett. Fita dagegen war hager geworden und vorzeitig gealtert. Trotzdem machten die beiden recht gute Geschäfte, wenn man nach der Zahl der Männer ging, die am Vortag ihre Zelte besucht hatten. Es waren jedoch nur Handwerksgesellen und Knechte gewesen, die sich ein paar Pfennige zusammengespart hatten, um wenigstens einmal im Jahr zu erfahren, wie sich der warme Leib einer Frau anfühlte.

Vielleicht würde sie in einigen Jahren um solche Kundschaft froh sein müssen, dachte Marie aufseufzend. Doch zurzeit hatten Hiltrud und sie es nicht nötig, jemanden zu nehmen, der ihnen drei Haller Pfennige bot. Hiltrud lockte mit ihrer stattlichen Größe viele wohlhabende Männer an, die sich beweisen wollten, und sie selbst konnte sich ihre Freier unter vielen aussuchen und Preise fordern, die für einfache Handwerker unerschwinglich waren.

Einer ihrer großzügigsten und anhänglichsten Kunden hatte ihr mehrfach angeboten, sie als Mätresse in einem schönen Haus unterzubringen. Der Mann war ein Wollkaufmann aus Flandern und hatte sie in seine Heimat mitnehmen wollen. Doch wäre sie ihm gefolgt, hätte sie Hiltrud verlassen müssen, und das würde sie nur tun, wenn sie die Chance sah, zu ihrer Rache zu kommen.

Marie hatte schon mehrmals versucht, Informationen aus ihrer Heimatstadt zu erhalten. Aber die Leute, die ihr Antwort hätten geben können, waren Fuhrleute und Händler, die Utz kannten und viel mit ihm zu tun hatten, und die traute sie sich nicht anzusprechen. Schließlich hatte sie einen wandernden Sänger, der nach Konstanz reisen wollte, Geld gegeben und ihn gebeten, sich dort nach dem Schicksal ihres Vaters zu erkundigen. Sie hatten sich zwei Monate später auf dem Baseler Jahrmarkt treffen wollen, doch zu ihrer großen Enttäuschung war er nicht erschienen. Sie war dem Mann auch sonst nirgends mehr begegnet oder hatte jemanden getroffen, der etwas über ihn wusste, und schon befürchtet, ihm sei bei seinen Erkundigungen etwas zugestoßen.

Hiltrud war jedoch der Ansicht, der Sänger hätte ihr das Geld mit falschen Versprechungen abgeknöpft und sei längst nach Italien oder Hinterösterreich gezogen. Marie hatte sich von ihr überzeugen lassen und dem Kerl die Schwindsucht an den Hals gewünscht.

So blieb ihr nichts anderes übrig, als auf eine andere Gelegenheit zu warten, aber die hatte sich bisher noch nicht ergeben. Sie wäre längst nach Konstanz gereist, wenn sie es hätte wagen dürfen, sich der Stadt zu nähern. Auf die unerlaubte Rückkehr eines Verbannten standen die doppelte Anzahl von Hieben und die Brandmarkung. Selbst wenn sie es schaffte, mit ihren Hurenbändern am Rock in die Stadt hineinzukommen, würde sie keine zwei Fragen stellen können, ohne sofort im Turm zu landen. Was Hunold ihr dann antun würde, wagte sie sich nicht einmal auszumalen.

»So nachdenklich?« Hiltrud war mit ihren Bratwürsten fertig und wischte sich die fettigen Hände an einem Büschel Gras ab. »Beschäftigst du dich schon wieder mit den alten Geschichten? Bitte, Marie, vergiss doch endlich, was damals geschehen ist, besonders deinen ehemaligen Bräutigam. Der Mann ist viel zu mächtig und einflussreich, als dass du ihm etwas anhaben könntest.«

Marie starrte Hiltrud mit wutfunkelnden Augen an. »Wenn ich mir nicht vorstellen darf, wie meine Rache diesen Schuft und seine Handlanger trifft, dann lohnt sich dieses elende Dasein für mich nicht mehr.«

Hiltrud schüttelte nachsichtig den Kopf.

»So schlecht leben wir beide nicht. Ja, für wandernde Hübschlerinnen verdienen wir sogar ungewöhnlich gut. Ich gebe zu, dass ich mindestens die Hälfte meines Verdiensts deinem Engelsgesicht und der Tatsache verdanke, dass du wohlhabende Freier anziehst wie der Honig die Bienen und die Freunde deiner Kunden ja auch ihren Spaß haben wollen. Aber wenn du weiter so böse vor dich hin starrst, wirst du die Männer vertreiben und vor der Zeit alt und hässlich werden.«

Hiltruds zufriedenes Lächeln beeinträchtigte die Wirkung ihrer Ermahnungen. Aber sie konnte nicht anders, denn die Begegnung mit Marie hatte ihr Glück gebracht. Ohne ihre auffallend schöne Freundin hätte sie nicht so wählerisch sein dürfen wie jetzt.

Da Marie immer noch die Stacheln aufstellte, versuchte Hiltrud, ihre Gedanken auf etwas anderes zu lenken. »Ich habe Fita bei der Garküche getroffen. Sie sieht schlecht aus, und eine Kräuterfrau, die sie wegen ihrer Brustschmerzen aufgesucht hat, gibt ihr nicht mehr lange. Ich habe ihr geraten, nicht mit Berta weiterzuziehen, denn die behandelt sie wirklich wie eine Sklavin.«

Marie blickte sinnend über den Fluss hinweg auf die Weinberge, die sich über die Hänge zogen. Vor ihrem inneren Auge aber sah sie sich selbst mit zerschlagenem Rücken in Hiltruds Zelt liegen, während die Freundin und ihr Apotheker sie verarzteten. Hiltrud hatte sich ihrer angenommen, obwohl sie nicht damit rechnen konnte, dass sie sie durchbrachte. Auch wenn ihre Freundin nach außen hin kühl, spöttisch und berechnend wirkte, besaß sie doch ein mitfühlendes Herz.

»Ich hätte nichts dagegen, wenn Fita mit uns käme. Bestimmt könnten wir sie aufpäppeln. Aber sie hängt zu sehr an Berta, obwohl die Frau ihre Zuneigung schamlos ausnutzt.«

Hiltrud zuckte hilflos mit den Schultern. »Ich werde Fita trotzdem noch einmal vorschlagen, sich uns anzuschließen. Vielleicht …« Sie wollte noch etwas anderes sagen, doch in dem Moment stach ein gepflegt aussehender Mann mittleren Alters in schnellem Schritt auf die Zelte der Huren zu.

»Den scheint es ja arg in der Hose zu jucken. Meinst du, dass der etwas für uns wäre, Marie?«

Marie warf einen Blick auf die kriegerische Tracht des Mannes und schüttelte den Kopf. »Ich mag keine Soldaten. Sie sind mir zu rau. Soll er doch Berta nehmen. Die ist gut gepolstert und spürt die harten Hände nicht.«

Hiltrud lachte und deutete mit dem Kopf auf die Zelte der Pfennighuren. »Genau das tut er auch. Schau, jetzt redet er mit ihr. Na ja, Kriegsleute haben oft einen seltsamen Geschmack. Ich kannte mal einen Offizier, der sich die hübschesten Huren hätte leisten können. Er ging jedoch immer zu einer fetten alten Vettel und war danach so zufrieden, als hätte ihn die schönste Jungfrau erhört.«

Da sonst noch kein Freier zu sehen war, beobachteten Hiltrud und Marie, wie der Mann, den sie beide für den Dienstmann eines adligen Herrn hielten, mit Berta verhandelte. Statt mit ihr im Zelt zu verschwinden, winkte er schließlich auch Fita und mehrere andere Huren zu sich.

Hiltrud schüttelte verwundert den Kopf. »Vielleicht will er Trosshuren anwerben.«

»Dafür ist es jetzt schon zu spät, es sei denn, sein Herr hat einen Winterfeldzug im Sinn.«

»Gleich werden wir es wissen, denn ich glaube, er kommt jetzt auf uns zu.«

Hiltrud stand auf, wie sie es immer tat, wenn ein möglicher Freier auf ihr Zelt zukam. Marie blieb sitzen und drehte dem Mann nach einem Blick auf das bärbeißige Gesicht die Schulter zu. Man konnte es einem Kunden in der Regel ansehen, ob er sich auf einige angenehme Augenblicke in den Armen einer Hure freute. Der Mann war mit Sicherheit kein Freier. Er blieb mehrere Schritte vor ihnen stehen und betrachtete sie mit grimmiger Miene.

»Ihr seid Hübschlerinnen?« Es war mehr eine Feststellung als eine Frage.

»Sag schon Hure, wenn dir das Wort auf der Zunge liegt«, schnappte Marie.

Der Mann brummte wie ein missgelaunter Bär. »Ist doch mir

egal, wie ihr Weiber euch nennt. Ich suche eine angenehme und vor allem saubere Bettgefährtin für meinen Herrn.«

»Wenn er eine von uns haben will, soll er gefälligst selbst kommen.« Marie hasste es, abgeschätzt zu werden wie eine trächtige Ziege.

»Das ist nicht möglich, denn Ritter Dietmar weilt auf Burg Arnstein bei Tettnang«, erklärte der Mann. »Ich bin Giso, sein Burgvogt, und habe den Auftrag, eine brauchbare Hure zu finden, die ihm in den nächsten Monaten das Bett wärmt, denn er muss das Lager seiner schwangeren Gemahlin für eine Zeit lang meiden.«

Marie lachte ungläubig auf. »Dann muss dein Herr aber eine großzügige Gattin sein Eigen nennen, oder hat die Dame daheim nichts zu melden?«

»Das geht dich gar nichts an«, blaffte der Vogt sie an. »Ich habe den Auftrag, eine brauchbare Hure zu finden. Dein Mundwerk scheint mir jedoch ein wenig zu scharf zu sein.«

»Normalerweise schätzt man bei einer Hure einen anderen Körperteil als den Mund. Es sei denn, dein Herr hält es mit den Geboten der heiligen Kirche nicht so genau.« Marie hatte wenig Lust, monatelang auf einer zugigen Burg eingeschlossen zu sein, um zuerst dem Burgherrn zu dienen und dann an dessen Gefolgsleute abgeschoben zu werden.

Hiltrud war neugierig geworden. »Was springt denn dabei heraus?«

»Die Hure, die wir auswählen, wird uns mit einem vollen Beutel verlassen«, antwortete der Mann großspurig.

Marie zuckte mit den Schultern. »Voller Haller Pfennige? Das würde uns nicht reichen.«

Giso verzog sein Gesicht, als hätte er in einen faulen Apfel gebissen. »Es wurde mir keine bestimmte Summe genannt. Die Hure, die unseren Ansprüchen genügt, wird es auf alle Fälle nicht bedauern.«

»Schön für sie. Dann wünsche ich dir viel Glück bei der Auswahl. Da drüben sind ja genug zu finden.« Marie deutete auf Berta und einige andere Frauen, die eifrig miteinander diskutierten und dabei immer wieder zu ihnen herüberblickten. Trotz der Entfernung war zu erkennen, dass Bertas Gesicht sich vor Neid und Missgunst verzerrte.

Giso kümmerte sich weder um die Blicke in seinem Rücken noch um Maries Sticheleien. »Ich wünsche euch alle in einer Stunde im Zelt meiner He…, in meinem Zelt zu sehen. Es steht etwas abseits von den anderen. Ihr könnt es nicht verfehlen, denn das Wappen meines Herrn, ein auffliegender Falke, weht darüber.«

»Ich verzichte schon im Voraus, da mein Mundwerk, wie du es nanntest, zu scharf für deinen Herrn ist.« Marie wollte sich abwenden, doch der Mann ließ nicht locker.

»Ich habe den Befehl, alle Huren auf dem Markt zur Musterung zusammenzurufen und untersuchen lassen.«

Marie bleckte die Zähne. »Wenn wir in dein Zelt kommen, verlieren wir Zeit, in der wir Geld verdienen könnten.«

Giso ballte eine Faust, stützte die Hand dann aber locker in die Hüfte, so als wolle er sich nicht provozieren lassen. »Alle Huren werden für ihren Aufwand entschädigt.« Damit wandte er sich grußlos ab und stiefelte davon.

Marie tippte sich an den Kopf. »Was für ein komischer Kerl! Der tut ja gerade so, als wären wir Hühner, unter denen er das fetteste zum Schlachten auswählen soll.«

Hiltrud lachte über den Vergleich, deutete dann aber auf die immer noch leeren Gassen zwischen den Marktständen. »Wenn wir Geld dafür bekommen, dass wir uns dort zur Schau stellen, sollten wir hingehen. Selbst in einer Stunde werden noch keine brauchbaren Freier auf den Anger kommen. Die Einzigen, die etwas versäumen, werden Berta und ihre Freundinnen sein. Du siehst ja, dass schon die ersten Knechte um ihre Zelte herumstreichen.«

»Du denkst wohl, einem geschenkten Gaul schaut man nicht ins Maul«, spottete Marie. »Mehr als ein paar Pfennige werden für uns nicht herausspringen, sage ich dir. Aber vielleicht reicht es ja für eine Extrabratwurst.«

Hiltrud legte den Kopf schief. »Wenn du weiterhin so viele Bratwürste vertilgst, wirst du bald so fett werden wie Berta.«

»Ich?« Dabei strich Marie mit beiden Händen ihr Kleid glatt, damit Hiltrud ihren flachen Bauch sehen konnte. »Wo siehst du da Fett?«

Hiltrud sah sie feixend an. »Ich sagte ja nicht, dass du jetzt schon Fett ansetzt, aber wenn du das Zeug weiterhin so in dich hineinschlingst, wird es nicht mehr lange dauern. Noch einmal zu diesem Giso: So schlecht wäre es wirklich nicht, den Winter über vorsorgt zu sein. Du weißt, welche Probleme wir im vorletzten Jahr hatten, als man uns nach dem ersten Schnee aus der Hütte gejagt hat. Hätten wir nicht Glück gehabt und die verlassene Kate gefunden, wäre es uns schlecht ergangen.«

»Es wird aber nur eine von uns auf dieser Burg, wie hieß sie gleich wieder ... ?«

»Arnstein«, half Hiltrud aus.

»... auf Burg Arnstein überwintern können. Die andere müsste sich den Winter über den Gauklern anschließen, mit denen wir heuer gezogen sind, und der Preis wäre mir zu hoch. Wenn wir zu zweit sind, bieten die jungen Männer uns noch das eine oder andere Geldstück für unsere Dienste. Mich allein würden sie ohne Gegenleistung benutzen.«

»Ohne dich würde ich niemals auf diese Burg gehen«, erklärte Hiltrud mit Nachdruck. »Außerdem glaube ich eher, dass dieser Giso sich für dich entscheiden wird. Ich dürfte etwas zu groß für seinen feinen Herrn sein.«

»Pah, ich gehe nicht dorthin.« Marie hob die Nase hoch, schob das Kinn vor und führte noch ein halbes Dutzend Gründe an, weshalb eine Burg sich nicht als Platz zum Überwintern eignete.

Wie sie gehört hatte, waren diese Gemäuer bis auf die Räume der Burgdame kalt und zugig und wurden überdies von armen Verwandten, Gesinde und Kriegsleuten bevölkert, die des Nachts in allen Hallen und Gängen auf schnell ausgebreiteten Strohschütten schliefen. Eine Hure würde dort keinen Augenblick Ruhe finden.

Hiltrud hörte sich Maries Bedenken eine Weile an und winkte dann ab. »Also, das glaube ich nicht. Kein Soldat würde es wagen, die Bettgespielin seines Herrn auch nur schief anzusehen. Eine Tracht Prügel wäre das Mindeste, was der Bursche zu erwarten hätte.«

Marie widersprach, und so entspann sich eine angeregte Diskussion, bei der jede von ihnen ihren Standpunkt bis zum Äußersten verteidigte. Dabei verging die Zeit so rasch, dass die beiden Frauen überrascht aufsahen, als ein Soldat mit dem auffliegenden Falken des Arnsteiners auf der Brust vor ihnen stehen blieb und ihnen befahl, mit ihm zu kommen.

Berta und die anderen Huren drängten sich bereits um das von Giso benannte Zelt. Marie sah Hiltrud fragend an und stand auf ihr Nicken mit einer unwilligen Miene auf.

»Wenn wir schon so freundlich eingeladen werden, kommen wir halt mit«, sagte sie zu dem Soldaten. Der reagierte nicht auf ihre Worte, sondern sah so angewidert drein, als müsse er zwei Verbrecherinnen zum Verhör abführen.

Das Zelt des Arnsteiners war relativ groß, besaß aber keine jener modischen Verzierungen, mit denen die Zelte anderer Herren von Stand reichlich geschmückt waren. Es trug weder wappenbestickte Windabweiser oder Sonnendächer, noch waren die Seitenwände bunt bemalt. Im Grunde war es nur ein großer, quadratischer Würfel aus festem Leinenstoff mit einem sanft geneigten Dach, das bei Regen das Wasser ablaufen ließ. Auch der Eingangsbereich war völlig schmucklos. Die Plane vor dem Eingang war mit Lederbändern aufgebunden und gab den Blick in das Innere des Zeltes frei, dessen letztes Drittel noch einmal durch einen Vorhang abgetrennt worden war.

Giso stand neben dem Zelteingang und musterte die Schar Huren, die von seinen Männern zusammengetrieben worden waren, mit sichtlichem Abscheu. Eine ältere Frau in der strengen Tracht einer Beschließerin trat gerade heraus, warf einen finsteren Blick auf die schwatzenden Frauen und winkte den Männern, sie hineinzulassen.

Marie ließ den anderen den Vortritt, stellte sich dann neben den Eingang und beobachtete den Vorhang im Hintergrund. Neugierig fragte sie sich, wer sich dort aufhalten mochte. Der Stoff bewegte sich mehrmals, und hie und da öffnete sich ein Spalt, als ob jemand hinausspähte.

Als die Beschließerin den Kopf neigte und in Richtung des Vorhangs lauschte, fand Marie ihre erste Vermutung bestätigt. Die passende Hure für Dietmar von Arnstein würde weder von Giso noch von der Beschließerin ausgewählt werden, sondern von der Person, die sich im hinteren Teil des Zeltes verbarg. Sie teilte ihre Vermutung Hiltrud mit, die nun ebenfalls verstohlen auf den Vorhang blickte.

»Ich glaube, du hast Recht. Wer mag das sein? Der Arnsteiner selbst? Vielleicht ist er missgestaltet und will sich der Auserwählten erst nach seiner Entscheidung zeigen.«

»Das denke ich auch. Sonst würde er nicht so viel Aufwand treiben, um eine Beischläferin zu bekommen. Auf seiner Burg müsste doch mehr als eine Magd bereit sein, ihm das Bett zu wärmen.«

Trotz seiner Größe wurde es im vorderen Teil des Zeltes recht eng für die zehn herumquirlenden Hübschlerinnen und ihre Bewacher. Als alle eingetreten waren, knüpften zwei Soldaten die Lederbänder auf und verschlossen den Eingang.

»Die haben wohl Angst, wir könnten davonlaufen«, flüsterte Marie Hiltrud spöttisch zu. Ihre Freundin kam nicht dazu, ihr zu antworten, denn Giso hob die Hand und befahl allen, ruhig zu sein.

»Ich habe euch rufen lassen, weil mein Herr ein Weib braucht, das ihm während der nächsten Monate bereitwillig die Schenkel öffnet. Es soll eine Hure sein, die danach wieder ihrer Wege zieht, denn die Moral der Burgmägde darf durch die Leibesnöte des Herrn nicht in Gefahr kommen.«

Aus seinem Tonfall schloss Marie, dass das nur die halbe Wahrheit war. Es hörte sich eher so an, als dulde die Gemahlin des Burgherrn nicht, dass eine ihrer Mägde für die nächsten Monate ihren Platz einnahm und daraus Ansprüche herleitete, die ihr nicht gefallen konnten. Wahrscheinlich wollte sie nicht, dass die Frau auf der Burg blieb und auch später noch eine Verlockung für ihren Gemahl darstellte. Eine Hure nahm ihren Liebeslohn entgegen und zog ihrer Wege. Vielleicht wollte die Herrin aber auch nur verhindern, dass ein Bastard mehr in der Burg aufgezogen werden musste.

Auf diesen Punkt kam Giso gerade zu sprechen. »Sollte die Hure, die ich auswähle, während ihrer Zeit auf der Burg durch meinen Herrn schwanger werden, so kann sie so lange bleiben, bis ihr Kind zur Welt gekommen ist, und bekommt ihren Verdienstausfall während dieser Zeit ersetzt. Der Herr verspricht, es mit den Kindern seiner Dienstleute aufzuziehen und später gut zu versorgen.«

Marie schob die Unterlippe nach vorne. Sie besaß inzwischen das Rezept von Gerlinds Verhütungsmittel, das ihr bis jetzt gute Dienste geleistet hatte. Ein Kind passte nicht in ihre Pläne, ganz gleich, wer der Vater sein würde. Hiltrud dachte genau wie sie. Einige andere Huren machten sich offensichtlich Hoffnung auf ein größeres Geldgeschenk, wenn sie dem Ritter von Arnstein zu einem männlichen Bastard verhalfen. Zu ihnen gehörte auch Berta, die ganz vorne bei Giso stand und versuchte, die anderen Huren mit ihrer wuchtigen Gestalt in den Hintergrund zu drängen.

Giso schob sie verärgert zurück und befahl den Frauen, sich im Halbkreis vor ihm aufzustellen. »Das Weib soll gesund, sauber und von angenehmer Gemütsart sein.«

»Das trifft wohl kaum auf Berta zu«, kicherte Hiltrud Marie ins Ohr.

»Aber auch nicht auf Fita«, gab Marie zurück. Als wäre es ein Stichwort gewesen, begann Fita zu husten und rang keuchend nach Luft.

Die Beschließerin rümpfte die Nase. »Die Frau da ist krank. Sie kann wieder gehen.«

»Hast du gehört? Du sollst verschwinden«, rief Berta ihrer treuen Begleiterin zu und schob sie, da sie nicht sofort reagierte, resolut auf den Zelteingang zu, den ein Soldat für sie öffnete und hinter ihr wieder verschloss.

Als Berta sich zurückdrängte, zischte Marie sie leise an. »Du bist ein Miststück! Immerhin ist Fita deine Freundin.«

Sie erntete einen bösen Blick und keuchte im nächsten Augenblick auf, weil Bertas Ellbogen ihre Rippen traf.

Die Beschließerin winkte den Huren auffordernd zu. »Ihr könnt euch jetzt ausziehen.«

Berta gehorchte so schnell, dass sie eine der anderen Frauen dabei gegen die Zeltwand stieß und zu Fall brachte. Während die Hure sich schimpfend auf die Beine kämpfte, präsentierte Berta dem Vogt bereits ihre Reize. Trotz ihres Leibesumfangs sah sie noch immer recht gut aus. Sie hatte ein ausladendes, aber wohlgestaltetes Hinterteil und zwei große, feste Brüste, deren Warzen sich Giso herausfordernd entgegenreckten.

Auch die anderen Huren hatten sich ausgezogen und richteten ihre Blicke auf Giso. Nur Marie und Hiltrud behielten ihre Kleidung an und drückten sich in den Hintergrund.

Die Beschließerin betrachtete Berta wie ein Stück Fleisch, bei dem sie sich fragte, ob es eigentlich noch essbar war, und schnüffelte misstrauisch. »Du kannst ebenfalls verschwinden.

So etwas Schmutziges wie dich darf ich meinem Herrn nicht zumuten.«

»Ich kann mich ja waschen.« Berta machte keine Anstalten, zu gehen.

Die Beschließerin stieß Bertas Kleid mit der Fußspitze an. »Bei dir ist es mit Waschen allein wohl nicht getan. Ich muss den Mägden nachher auftragen, die Zeltleinwand auszuräuchern, sonst nisten sich hier noch Läuse und Flöhe ein.«

Einige Huren kicherten, während Berta mit hochrotem Kopf ihr Kleid überstreifte. »So einfach werdet ihr mich nicht los. Der Kerl da«, sie zeigte mit dem Kinn auf den Burgvogt, »hat uns Geld dafür versprochen, dass wir überhaupt in euer Wanzenzelt gekommen sind. Ich will es jetzt haben – und zwar auch für meine Freundin, die schon gegangen ist.«

Marie fuhr verärgert auf. »Jetzt ist Fita auf einmal wieder deine Freundin. Dabei konntest du sie vorhin nicht schnell genug loswerden.«

»Das geht dich einen feuchten Furz an.« Berta hielt Giso auffordernd die Hand hin. Der Burghauptmann nestelte seinen Geldbeutel vom Gürtel, öffnete ihn und warf ihr mehrere Münzen zu.

»Das wird wohl reichen. Und jetzt mach, dass du rauskommst.« Berta raffte die Münzen an sich und schlüpfte durch den Spalt im Zelteingang, den ein Soldat schon geöffnet hatte.

»Vergiss aber nicht, Fita ihren Anteil zu geben. Ich werde sie später fragen«, rief Marie ihr nach.

»Warum zieht ihr zwei euch nicht aus?«, fragte die Beschließerin sie und Hiltrud spitz.

»Komm, Marie. Wenn die guten Leute schon dafür zahlen, sollen sie auch etwas zu sehen bekommen.« Hiltrud zog ihr Kleid über den Kopf, faltete es sorgfältig zusammen und legte es sich über den Arm.

Marie zögerte einen Moment, dann machte sie es ihrer Freundin nach. Sie hielt sich jedoch weiterhin im Hintergrund, während die Beschließerin eine Hure nach der anderen zu sich rief, sich die Zähne zeigen ließ und ihnen zwischen die Schenkel griff, um zu sehen, wie die Frauen dort beschaffen waren. Bei den meisten Huren schüttelte sie den Kopf und wies Giso an, sie auszuzahlen. Auf diese Weise lichtete sich die Runde im Zelt schon nach kurzer Zeit. Nur zwei jüngere Frauen, eine blond und eher zierlich gebaut, die andere brünett und mit ausladenderen Formen, durften bleiben. Nun trat die Beschließerin zu Marie und wollte ihr mit der Rechten ans Gesicht greifen, um ihre Zähne zu untersuchen. Marie fing ihre Hand ab.

»Ich lasse mir nicht mit den Fingern ins Gesicht fahren, mit denen du vorher die anderen Frauen unten angefasst hast. Wenn du meine Zähne sehen willst, hier sind sie.« Marie bleckte die Zähne und klopfte mit dem Fingerknöchel dagegen. »Wie du siehst, sind sie weiß, gesund und sitzen fest im Mund. Wenn du dich selbst davon überzeugen willst, dann wasch dir gefälligst vorher die Hände.«

»Das Weibsstück war vorhin schon recht aufsässig.« Giso sah so aus, als würde er Marie am liebsten aus dem Zelt werfen. Auch die Beschließerin wirkte abweisend. Hinter dem Vorhang erklang ein leiser Ruf, der die beiden zurückhielt. Die Beschließerin ging einmal um Marie herum, ohne sie jedoch zu berühren, und wandte sich Hiltrud zu.

»Ihr zwei könnt fürs Erste ebenfalls bleiben. Doch ich glaube, wir werden eine der beiden anderen Huren wählen.«

Marie hatte nichts dagegen, zu bleiben, denn sie war neugierig, wie das hier enden würde. Die Stimme hinter dem Vorhang war eindeutig die einer Frau gewesen. Marie achtete wieder mehr auf die leichten Bewegungen des Stoffes und spitzte die Ohren. Sie glaubte ein »Nein, die auch nicht« zu verstehen und wunderte sich nicht, als der Vogt der brünetten Hure ein paar Münzen reichte.

Die Frau schimpfte enttäuscht. »Euer Herr hält sich wohl für etwas ganz Besonderes. Ich habe schon unter Grafen und anderen großen Herren gelegen, und die waren alle mit mir zufrieden.«

»Verschwinde.« Das war Gisos einziger Kommentar. Die Frau fuhr auf und wollte ihm mit den Fingernägeln ins Gesicht fahren. Doch da wurde der Zelteingang geöffnet, ein baumlanger Soldat packte die Frau und warf sie trotz ihrer Fülle wie ein Bündel Lumpen hinaus. Giso hob ihr Kleid auf und schleuderte es hinter ihr her.

»So ein Miststück«, stöhnte er mit verzweifelter Miene. Marie sah ihm an, dass er sich weit weg wünschte.

Die Beschließerin winkte nun die kleine Blonde nach vorne und fragte sie aus. Die Frau schien nicht genau zu wissen, was sie antworten sollte, und reagierte auf einige der Fragen so schnippisch, dass Hiltrud Marie grinsend anstieß.

»Sieht so aus, als würde es doch auf eine von uns hinauslaufen.« Das schien auch die geheimnisvolle Person hinter dem Vorhang zu denken. Sie bekundete ihre Ablehnung mit einem kurzen Ruf, und Giso zahlte die Hure aus. Die Frau sah auf das Geld, das sicher das Mehrfache ihres normalen Liebeslohns betrug, und zuckte spöttisch mit den Achseln.

»Die wollen doch gar keine von uns mit auf ihre Burg nehmen«, sagte sie zu Marie und Hiltrud. »Gewiss sitzen hinter dem Vorhang ein paar geile Mannsbilder, die sich an unserem Anblick ergötzen wollen. Vielleicht kann der Ritter auch gar nicht mehr. Aber für das Geld kann er von mir noch eine Extravorstellung bekommen.« Sie quetschte einen Furz zwischen den Hinterbacken hervor und bückte sich dann nach ihrem Kleid. Da sah sie, dass Giso zornig die Hand hob, quietschte erschrocken auf und rannte davon.

»So, und nun zu euch beiden.« Giso war anzusehen, wie wenig es ihm gefiel, dass nur noch Marie und Hiltrud zur Auswahl standen. Doch bevor er weitersprechen konnte, hob Marie die Hand.

»Zuerst möchte ich etwas klarstellen. Meine Freundin und ich ziehen seit Jahren gemeinsam durch das Land, und wir werden uns auch jetzt nicht trennen. Entweder gehen wir gemeinsam mit euch, oder ihr bekommt keine von uns.«

Giso schlug mit der geballten Faust in die Hand. »Du bist das unverschämteste Ding, das mir je untergekommen ist.«

Eine energische Frauenstimme hinter dem Vorhang bremste ihn. »Sei still, Giso. Es ist ihr Recht, sich nicht trennen zu wollen.«

»Wir brauchen aber nur eine Hure für den Herrn«, eilte die Beschließerin Giso zu Hilfe. »Ein zweites Weibsstück dieser Art macht uns nur die Männer auf der Burg verrückt.«

Die Dame lachte. »So dumm sehen die beiden nicht aus. Ich glaube, die können wir im Zaum halten.«

Der Vorhang öffnete sich, und eine Frau trat heraus. Sie war so groß wie Marie, aber gewiss schon Mitte zwanzig und trug ein weites, besticktes Kleid, das ihren von der Schwangerschaft gerundeten Leib nicht mehr verbergen konnte. Ihr Gesicht war weder hübsch noch hässlich, wirkte aber angenehm und freundlich, und ihre langen, blonden Flechten verliehen ihr ein hoheitsvolles Aussehen.

»Ich bin Mechthild von Arnstein«, stellte sie sich vor. »Wie ihr seht, bin ich guter Hoffnung und muss das Bett meines Gemahls bis nach der Niederkunft meiden. Ich will meinen Gemahl den Winter über jedoch nicht ohne Beischläferin lassen.«

Hiltrud sah sie verständnislos an. »Da sucht Ihr eine Hure für Euren Gemahl? Eine Bauernmagd wäre viel billiger.«

»Mein Gemahl mag kein zappelndes Ding im Bett, das vor Angst fast vergeht, sondern eine gesunde, kräftige Frau, die ihm Freude spenden kann.«

»Wenn Ihr eine kräftige Frau sucht, dann nehmt meine Freundin Hiltrud. Sie ist sehr stark.« Dafür erntete Marie einen bitterbösen Blick ihrer Freundin.

Um die Mundwinkel der Edeldame zuckte es belustigt. »Deine

Gefährtin ist eine ansehnliche Erscheinung. Nur besitzt mein Gemahl … hm, sagen wir einmal: keine Reckengestalt. Er würde es wohl kaum gutheißen, wenn ich ihm eine Gespielin zuführe, die größer ist als er. Aber du gefällst mir. Darum habe ich dich ausgewählt.«

Marie hob abwehrend die Hände. »Mich?«

»Was ist daran so verwunderlich?«, fragte die Dame lächelnd. »Du bist außergewöhnlich hübsch und nicht auf den Mund gefallen.«

»Das ist sie wahrlich nicht«, setzte Giso säuerlich hinzu.

Marie wand sich innerlich. Irgendetwas schien hier nicht zu stimmen. »Warum sucht eine Dame wie Ihr eine Hure für Euren Gemahl? Das ist doch keine Aufgabe für eine christliche Ehefrau.«

»Das geht dich nichts an, Mädchen«, fuhr die Beschließerin auf. Ihre Herrin winkte ihr, zu schweigen. »Ich wünsche Harmonie in meinem Haushalt. Dazu gehört auch, dass mein Gemahl nicht knurrig herumläuft, nur weil er sich nicht als Mann beweisen kann. Ich dulde es aber auch nicht, dass er sich an meine Mägde heranmacht, wie mein Vater es tat. Jedes Mal, wenn meine Mutter schwanger war – und das war sie oft –, holte er sich eine ihrer Mägde ins Bett. Die frechen Dinger bildeten sich wunder was darauf ein, drückten sich vor der Arbeit und gaben meiner Mutter nur noch patzige Antworten.«

Mechthild von Arnstein sah nicht so aus, als würde sie ein solches Verhalten bei ihrem Gesinde dulden. Dafür wirkte sie zu resolut. Noch während Marie über das Angebot nachdachte, sprach die Dame weiter.

»Mein Gemahl lacht mich zwar wegen meiner übertriebenen Vorsicht aus und meint, er könne die vier oder fünf Monate, die er mein Lager meiden muss, durchaus auf eine Frau verzichten. Aber ich kenne die Männer. Wenn der Winter sie in den Gemächern einschließt und sie keinen Trost im Bett finden, kommen sie früher oder später auf abwegige Gedanken oder werden gemütskrank.«

Marie nickte und zählte dann kurz nach. »Fünf Monate sagt Ihr? Das wäre Mitte Februar. Das ist zu früh, um weiterziehen zu können. Wir brauchen eine Unterkunft bis Mitte März oder, bei schlechtem Wetter, Anfang April. Ich möchte ungern mitten im Schnee auf die Straße getrieben werden.«

»Das wird nicht geschehen«, versprach Mechthild von Arnstein. »Ihr werdet bis zum Frühjahr unsere Gäste sein, auch wenn ich euch nicht mehr benötige.«

Marie wiegte zweifelnd den Kopf, während Hiltrud sie verstohlen anstupste. »So schlecht ist die Idee gar nicht. Wir säßen den ganzen Winter über im Trockenen und brauchten kein Geld für Unterkunft und Verpflegung auszugeben.«

Mechthild von Arnstein lächelte Marie aufmunternd zu. »Deine Gefährtin hat die Vorteile unseres Angebots begriffen.«

Marie seufzte schon halb zustimmend. »Wie ist Euer Gemahl? Ich suche mir die Männer, die ich in mein Zelt lasse, sorgfältig aus. Ein grober Kerl, der Frauen im Bett wehtut, bleibt mir vom Leib.«

Die Dame lächelte versonnen. »Da brauchst du dich nicht zu sorgen. Mein Gemahl war mir immer ein zärtlicher Bettgenosse.«

»Was soll die Ziererei, Marie?«, fragte Hiltrud gereizt. »So eine Gelegenheit kommt so schnell nicht wieder.«

Marie schloss kurz die Augen und horchte in sich hinein. Hiltrud hatte Recht. Würde sie zustimmen, wären sie über den Winter versorgt und würden nichts von ihren hart erarbeiteten Ersparnissen ausgeben müssen. Vielleicht verdiente sie sogar genug, um im nächsten Frühjahr noch einmal jemanden nach Konstanz schicken zu können. Sie musste sich nur einen zuverlässigeren Boten aussuchen als den lockeren Vogel von Sänger, auf den sie beim letzten Mal hereingefallen war.

Sie atmete tief durch und nickte. »Ich bin bereit.«

II.

Marie war es gewohnt, auf eigenen Füßen zu reisen, und sie hätte es auch jetzt gerne getan, denn der Karren, den Hiltrud und sie mit zwei Mägden und einem Dutzend Kisten, Körben und Fässern teilten, ächzte und stampfte schlimmer als ein Kahn auf dem Rhein. Jeder Knochen ihres Körpers tat ihr weh, und langsam beneidete sie den Knecht, der neben dem Wagen ging und die beiden störrischen Zugochsen antrieb. Hiltruds Ziegen hatte man hinten an den Wagenkasten gebunden. Sie liefen eifrig mit, nicht ohne den einen oder anderen Grashalm neben dem Weg abzurupfen und von Zeit zu Zeit ein Meckern auszustoßen, um Hiltrud auf sich aufmerksam zu machen. Dem kleinen Wagen hatten die Knechte die Räder abgenommen und ihn auf den größeren Gepäckwagen geschnallt, der von vier Ochsen gezogen wurde und den Schluss des Zuges bildete.

Vorneweg rollte der geschlossene Wagen Mechthilds von Arnstein, der genau wie die Gepäckkarren alle zwei, drei Schritt in ein Schlagloch absackte und schwankend wieder hochkam. Marie hatte gesehen, wie man die Dame auf ein Lager aus weichen Kissen gebettet hatte, die sie vor dem Rütteln und Stoßen ihres Gefährts schützen sollten. Trotzdem musste die Reise für die Burgherrin in ihrem gesegneten Zustand eine Qual sein. Auch ihretwegen würde Marie froh sein, wenn sie Burg Arnstein erreicht hatten, denn jetzt hing alles von dem Wohlergehen der Dame ab. Wenn sie vorzeitig mit einem toten Kind niederkam, würde der Burgherr zwei Wanderhuren als nutzlose Fresser ansehen und auf die Straße setzen.

Marie seufzte auf und klammerte sich im gleichen Moment an der Wagenwand fest, weil ein besonders harter Schlag sie das Gleichgewicht verlieren ließ. Sie sandte ein Stoßgebet zum Himmel, dass sie wirklich am Abend die Burg der Arnsteiner erreichten, auch wenn sie sich keine Illusionen darüber machte, was sie dort vorfinden würde. Sie waren an etlichen trutzigen Burgen vorbeigekommen und hatten auf ein paar von ihnen übernachtet. Dabei hatte sich Maries Vorurteil voll und ganz bestätigt. Die Burgen der Rittergeschlechter waren tatsächlich zugig, kalt und feucht und wimmelten von Menschen. Sie konnte nur hoffen, dass Mechthild sie nicht mit den Hausmägden in der Küche oder im Gang zum Brunnen schlafen ließ, sondern sie wenigstens in eine der ungeheizten Kammern einquartierte, in der die Leibmägde hausten. Nach allem, was sie bisher gesehen hatte, würden Hiltrud und sie es in diesem Winter lange nicht so bequem haben wie in der alten Kate, die sie im letzten Jahr gefunden hatten. Marie seufzte bei dem Gedanken an die dicke Schicht trockenen Laubes auf dem Boden und die Feuerstelle, die sie mit Gras und Reisig ständig in Gang gehalten hatten, um kochen zu können und es gemütlich warm zu haben.

Plötzlich schreckte sie aus ihren düsteren Betrachtungen hoch, denn Hiltrud hatte sie mit dem Fuß angestoßen.

»Was ist los?«

Hiltrud deutete auf die Soldaten, die den Zug eskortieren. Die Männer hatten die Schnallen an ihren Rüstungen festgezogen und hielten ihre Waffen bereit.

Nicht weit vor ihnen führte die Straße über eine schmale Holzbrücke. Dort hatten mehrere Dutzend Reisige Stellung bezogen und beabsichtigten ganz offensichtlich, den Arnsteinern den Weg zu versperren. Als die Wagen näher kamen, konnte Marie das Wappen auf der Brust der Männer erkennen. Es war ein roter, zinnenbewehrter Turm, über dem ein schwarzer Eberkopf schwebte. Sie kannte das Zeichen, wusste es aber nicht zuzuordnen. Das war nicht ungewöhnlich, denn sie hatte auf ihren Wanderungen schon viele unterschiedliche Wappenschilder auf der Brust von Dienstmannen und Reisigen hoher Herren gesehen. Doch beim Anblick dieses Wappens stellten sich ihr die Haare auf, und sie wusste nicht, warum.

Kurz vor der Brücke befahl Giso den Wagenlenkern anzuhalten und ließ seinen Braunen ein Stück auf die Wegelagerer zutraben. Er blieb so knapp vor dem vordersten Krieger stehen, dass der Kopf seines Pferdes den Mann beinahe berührte.

»Macht sofort den Weg frei!«, schnauzte er die Leute an.

»Warum sollten wir?«, antwortete der Anführer der Reisigen herausfordernd. »Damit du es weißt: Arnsteiner Gesindel hat auf diesem Land nichts mehr zu suchen.«

Giso schob das Kinn vor. »Das ist Ritter Otmars Land, und da haben Keilburger Lümmel nichts verloren.«

Gisos Stimme übertönte das Muhen der unruhig stampfenden Ochsen und hallte in Maries Ohren wie ein Echo. Sie schluckte und presste die Hand auf ihr zuckendes Herz, denn jetzt wurde ihr klar, wo sie das Wappen zum ersten Mal gesehen hatte. Ruppert hatte es auf seinem Ring getragen. Es war das Symbol seines Vaters Heinrich von Keilburg. In seinem Bemühen, die Großartigkeit ihres Bräutigams zu unterstreichen, hatte ihr Vater viel über den Grafen erzählt und dabei erwähnt, dass die Stammburg von Rupperts Vater früher einmal Keilersburg genannt worden war. Heinrich hatte den Namen anlässlich seiner Ernennung zum Reichsgrafen in Keilburg umgeändert. Nun war Marie auf die Antwort des Keilburger Anführers gespannt.

»In welchen Einöden hast du dich denn herumgetrieben? Jedermann weiß inzwischen, dass Graf Otmar seinen Besitz meinem Herrn, dem Grafen Konrad, vermacht, der Welt entsagt und sich in ein Kloster zurückgezogen hat.«

Giso lachte hart auf. »Das ist auch eines jener Märchen, die Euer Herr in die Welt zu setzen pflegt. Wenn Ritter Otmar tatsächlich ins Kloster gegangen ist, gehört sein Land nun meinem Herrn, denn Ritter Otmar hat einen Erbvertrag mit ihm geschlossen und darf seinen Besitz niemand anderem übereignen.«

»Anscheinend doch«, erklärte der Keilburger ungerührt. »Auf alle Fälle ist der Anspruch meines Herrn verbrieft und gesiegelt.

Friedrich von Zollern, der neue Bischof von Konstanz, und Abt Hugo von Waldkron haben den Vertrag als Zeugen unterschrieben, und der Kaiser selbst hat ihn gutgeheißen.«

Giso machte Anstalten, dem anderen an die Kehle zu gehen, doch angesichts der blankgezogenen Schwerter der Keilburger Söldner hielt er sich zurück. »Das ist eine Lüge! Los, macht sofort den Weg frei. Ich muss meine Herrin nach Hause bringen. Sie ist guter Hoffnung und wird keinen weiten Umweg über schlechte Straßen durchstehen.«

Der Anführer der Keilburger lachte höhnisch. »Dann soll sie nächstens zu Hause bleiben, wie es sich für eine anständige Frau gehört. Ihr kommt hier nicht durch, es sei denn, du steigst von deinem hohen Ross und bittest mich auf Knien, für deine Herrin eine Ausnahme zu machen.«

Gisos Kopf lief glutrot an, und er hob sein Schwert. Seine Männer schlossen zu ihm auf, und für einige Augenblicke sah es so aus, als würde es zu einem Handgemenge kommen. Da die Keilburger Gisos Leuten dreifach überlegen waren, befürchtete Marie das Schlimmste. Doch da schwang der Vorhang zurück, der den Reisewagen verschloss, und Mechthild von Arnstein steckte den Kopf heraus.

»Zurück, Giso! Ich dulde keine bewaffnete Auseinandersetzung ohne Fehdebrief, und ich werde keine guten Männer opfern, ohne zu wissen, was wirklich geschehen ist. Komm, wir drehen um und suchen uns einen anderen Weg. Du aber, Keilburger ...«, wandte sie sich an den Anführer der anderen, »... kannst deinem raffgierigen Herrn sagen, dass wir Arnsteiner unser Recht verteidigen werden.«

Giso schüttelte sich, als hätte man ihn mit eiskaltem Wasser übergossen. »Herrin, wir können doch nicht wie geprügelte Hunde abziehen. Seht Euch dieses Gesindel an. Sie werden überall herumerzählen, die Arnsteiner wären Feiglinge.«

»Das seid ihr doch auch«, stichelte der Keilburger.

Für einen Augenblick sah es so aus, als würde Giso den Befehl seiner Herrin missachten, doch dann steckte er seine Waffe in die Scheide und befahl seinen Männern, das Gleiche zu tun. Während seine Leute zu den Wagen zurückkehrten, ließ er seinen Braunen langsam rückwärts gehen und behielt die Keilburger im Auge, als befürchte er, sie würden ihm in den Rücken fallen.

»Das wird Euer Herr noch bitter bereuen!«, rief er zuletzt noch hinüber, dann lenkte er sein Pferd an die Seite des Reisewagens und sprach leise auf seine Herrin ein.

Mechthild von Arnstein schüttelte kurz, aber bestimmt den Kopf. »Wir drehen um, Giso, auch wenn es deine Ehre noch so kränkt. Der Keilburger Graf wird dafür bezahlen, das schwöre ich dir.«

Obwohl sie ganz ruhig sprach, schwang eine Willensstärke in ihrer Stimme mit, die Marie Respekt einflößte. Für Mechthild von Arnstein war es keine Schande, an dieser Stelle nachzugeben, sondern Klugheit, und sie wirkte trotz ihres Ärgers ein wenig verschmitzt, so als würde sie über einen Gegenzug nachdenken. Während Giso nur bis zur Spitze seines Schwertes sehen konnte, schien sie weit über den morgigen Tag hinauszuplanen.

Der Burgvogt akzeptierte die Entscheidung seiner Herrin mit einer schon unhöflich knappen Verbeugung und brüllte einige Befehle. Ein Teil seiner Männer begann sofort, die Ochsen auszuspannen, während die übrigen Front gegen die Keilburger machten. Es war ein hartes Stück Arbeit, den Wagenzug auf der schmalen Straße zu wenden, denn der Weg verlief hier zwischen dem Fluss und einem von Teichen durchzogenen Sumpf, in dem die Zugtiere zu versinken drohten. Deswegen mussten die schweren Karren von Hand gewendet werden.

Marie und Hiltrud folgten dem Beispiel der beiden Mägde, die sofort vom Karren herabgesprungen waren und mit anfassten. Mechthild von Arnstein wollte ebenfalls aussteigen, um ihren Männern die Arbeit zu erleichtern. Doch Giso erlaubte nur Guda, der Beschließerin, den Wagen zu verlassen.

»Herrin, Ihr wollt doch nicht wie eine Bäuerin zu Fuß gehen und den Kerlen dort drüben noch mehr Grund zu Hohn und Spott liefern.«

Guda sprang ihm bei. »Giso hat Recht. Das Keilburger Gesindel macht sich schon genug über uns lustig.«

»Was sind das eigentlich für Leute?«, fragte Marie, als Giso neben ihr anpackte, um den im Schlamm festgefahrenen Karren wieder aufs Trockene zu bringen.

»Herrenlose Söldner und Marodeure, die Graf Konrad von Keilburg in seine Dienste genommen hat.«

»Ich habe von einem Grafen Heinrich von Keilburg gehört«, bohrte Marie nach. Sie war neugierig, ob ihr ehemaliger Bräutigam mit den Leuten an der Brücke und deren Herren zu tun hatte.

Giso schien froh zu sein, jemanden zu haben, bei dem er sich den Ärger von der Seele reden durfte. »Heinrich war der Vater des jetzigen Grafen. Als ihn letztes Jahr Gott sei Dank der Teufel holte, waren wir alle sehr erleichtert und dachten, es würde nun alles besser werden. Doch der junge Keilburger ist noch raffgieriger und skrupelloser als der alte. Jetzt versucht er sich den Besitz Ritter Otmars von Mühringen unter den Nagel zu reißen. Doch an diesem Bissen wird er sich verschlucken, das schwöre ich dir.«

Er holte tief Luft und gab dem Wagen einen letzten Stoß, so dass die Männer die Ochsen wieder anspannen konnten. Da Marie ihn immer noch erwartungsvoll ansah, blieb er bei ihr stehen und erklärte ihr, auf welche Weise die Keilburger ihren eigenen Besitz auf Kosten ihrer Nachbarn zu vergrößern versuchten.

»Gottfried von Dreieichen haben sie ein Testament seines Onkels unter die Nase gehalten und ihm ein Drittel der Ganerbenburg und des dazugehörigen Besitzes abgefordert. Als er sich weigerte, besorgte Heinrich von Keilburg sich heimlich einen Fehdebrief und eroberte die Dreieichenburg, ehe Ritter Gottfried einen seiner Freunde zu Hilfe rufen konnte. Walter vom Felde brachten sie um sein Land, indem sie ihm eine gesiegelte und von Zeugen unterzeichnete Urkunde präsentierten, in der sein Vater seinen Besitz an den Keilburger verpfändet hatte. Walter schwor alle Eide, dass dies nicht möglich sein konnte, und versuchte, seine Burg mit Waffengewalt zu halten, doch er unterlag und wurde auf der Keilburg gefangen gesetzt. Sein Nachbar Bodo von Zenggen, der ihm beistand, verlor bei diesem Kampf neben seinem Besitz auch das Leben. Als seine Erben Heinrich von Keilburg zur Herausgabe der Burg Zenggen aufforderten, lachte er sie nur aus. Sie sind nicht die Einzigen, die unter dem Keilburger zu leiden haben, und wenn ihn niemand aufhält, wird der Kerl sich noch das halbe Herzogtum Schwaben unter den Nagel reißen. Gerade versucht er, meinen Herrn um das Erbe Ritter Otmars zu bringen. Doch Ritter Dietmar und vor allem die Herrin Mechthild lassen sich nicht so leicht die Butter vom Brot nehmen.«

Giso zwinkerte Marie zu, wurde dann aber sofort wieder ernst und schnaubte seine Männer an, die den Wagen der Herrin mit viel Hin- und Herschieben um die eigene Achse drehten. »Seid vorsichtig, ihr Narren, oder wollt ihr Frau Mechthild in den Fluss fahren?«

Die Gescholtenen konnten den Wagen, der sich bereits beträchtlich neigte und abzurutschen drohte, im letzten Moment auf den Weg zurückwuchten. Ein Soldat legte rasch einen großen Stein unter, um die Räder zu blockieren, und wischte sich dann mit einer heftigen Geste den Schweiß von der Stirn.

»Wenn wir den Kerlen dort diese Schmach nicht bald heimzahlen, werde ich noch an meiner Wut ersticken.«

»Nicht nur du«, antwortete Giso mit einer Geste, als wollte er die vierzig Reisigen auf der Brücke eigenhändig erwürgen. Er traute den Kerlen nicht und fürchtete, dass sie auf die Idee kommen würden, sich seiner Herrin zu bemächtigen, um sie als Geisel gegen ihren Gemahl zu benutzen. Daher atmete er hörbar auf, als der letzte Wagen wieder angespannt war und sie endlich aufbrechen konnten.

Zunächst kamen sie gut voran. Nach einer knappen Stunde bog der Reisezug jedoch auf einen unbefestigten Weg ab, der von Gras und kleinen Büschen überwachsen war. Mehr als einmal mussten Soldaten Gestrüpp und über den Weg ragende Äste abhacken, damit die Wagen weiterfahren konnten. Nach einiger Zeit wich der Lehmboden einem zähen Morast, in den der nun führende Gepäckwagen immer tiefer einsank. Nicht lange, da blieben die Zugochsen erschöpft stehen und ließen sich auch von der Peitsche nicht mehr weitertreiben.

Giso beschloss, einen Teil der Kisten und Körbe auf den kleineren Karren umzuladen, so dass die vier Frauen zu Fuß gehen mussten. Während die beiden Mägde den Soldaten halfen, befestigten Hiltrud und Marie die Räder auf die Achsen des Ziegenwagens und spannten die Ziegen wieder an. Sie mussten den Tieren beim Ziehen helfen, doch das taten sie gern, denn sie waren froh, nach dem langen Sitzen auf dem unbequemen Karren die Glieder strecken zu können.

Kurz darauf trafen sie wieder auf den Fluss, der an dieser Stelle breiter war als dort, wo die Brücke sich über ihn spannte, aber nicht so schnell dahinströmte. Der Weg mündete in eine Furt, die frühere Reisende mit Steinen aufgefüllt hatten. Hier musste auch Mechthild von Arnstein aussteigen. Ein kräftiger Soldat trug sie über das Wasser, stellte sie vorsichtig drüben ab und blieb als Wächter mit gezogenem Schwert neben ihr stehen.

Als der Reisezug die Furt überwunden hatte, berührte die Sonne schon den westlichen Horizont. Männer und Tiere waren so erschöpft, dass die Wagenlenker kaum mehr die Kraft hatten, ihre Peitschen zu heben. So gab Giso missmutig den Befehl, zu lagern. Ihm war anzusehen, dass er den Keilburgern auch die Nacht unter freiem Himmel aufs Kerbholz zu schreiben gedachte.

Mechthild von Arnstein und die Beschließerin Guda machten es sich in ihrem gut gepolsterten Reisewagen bequem, während Marie und Hiltrud, die es gewöhnt waren, im Freien zu schlafen, sich in ihre Decken hüllten und unter einem Baum niederlegten. Die Soldaten machten ebenfalls kein Aufhebens um ihr Lager, sondern wickelten sich in ihre Mäntel und schliefen ein, bevor sie sich richtig hingelegt hatten. Die beiden Mägde zitterten jedoch vor Angst und Kälte und jammerten bald zum Steinerweichen. Auf Befehl ihrer Herrin reichte Guda ihnen zwei Kissen und zwei Decken und befahl ihnen, unter den Wagen zu kriechen. Sie beruhigten sich aber erst, als sie Giso, der immer noch vor Wut schäumte und deswegen die erste Wache übernommen hatte, wie einen Hütehund das Lager umkreisen sahen.

In der Morgendämmerung des nächsten Tages ging es ohne Frühstück weiter, nur mit der Aussicht auf ein reichlich bemessenes Mahl auf Burg Arnstein. Die Sonne stand schon auf ihrem höchsten Punkt, als sich der Buchenwald lichtete und sich ein lang gestrecktes Tal mit Feldern und Wiesen vor ihnen öffnete. Ein Stück weiter kamen sie an einem kleinen Dorf vorbei, das völlig verlassen wirkte.

Mechthild von Arnstein wurde nun sichtlich nervös und drängte zur Eile. Kurz darauf bog ihr Weg wieder auf die Hauptstraße ein, und sie sahen Burg Arnstein über sich liegen. Es war keine der großen Ganerbenburgen, die sonst die Höhen des Waldes beherrschten und mit ihren Anbauten und Erweiterungen kein besonders schönes Bild abgaben, sondern ein solider Wehrbau, der zum flacheren Hang hin durch eine hohe Schildmauer und zwei wuchtige Ecktürme gesichert wurde.

Die Burg war auf einem Höhenzug errichtet worden, der wie ein Keil über das Tal ragte. Seine Flanken fielen zu beiden Seiten ebenso steil ab wie die leicht gerundete Spitze. Oberhalb der Steilhänge war die Wehrmauer nur halb so hoch wie vorne, und die darin eingelassenen Türme erreichten ebenfalls nicht die Ausmaße der beiden Ecktürme an der Vorderseite. Marie hatte von den Mägden erfahren, dass die Burg zwei Zwinger besaß und der Hauptbau so gestaltet worden war, dass man ihn noch verteidigen konnte, wenn der Feind die erste Mauer bereits überrannt hatte. Auf Marie wirkte die Anlage wie ein bizarrer grauer Felsklotz, und sie konnte sich nicht vorstellen, dass man sich dort oben wohl fühlen konnte.

Als ein Wächter den Wagenzug der Herrin erspähte, blies er so laut ins Horn, dass es bis ins Tal hinabschallte. Auf den Zinnen des linken Wehrturms, der das Eingangstor bewachte, tauchten einige Leute auf und winkten den Ankömmlingen zu. Wenige Augenblicke später verließ ein Trupp Berittener die Burg und sprengte ihnen entgegen, allen voran ein Herr von Stand in leichter Wehr. Ohne sich um Giso oder die anderen zu kümmern, stürzte er auf den Reisewagen zu, riss den Vorhang zur Seite und steckte den Kopf hinein.

»Gott sei Dank! Du bist gesund zu mir zurückgekehrt«, rief er voller Freude aus.

Das war also der Ritter von Arnstein, dachte Marie. Nun, eine Reckengestalt besaß er wahrlich nicht. Er konnte höchstens zwei oder drei Fingerbreit größer sein als sie selbst, während Hiltrud ihn um fast einen Kopf überragen musste. Er schien sich um seine Frau gesorgt zu haben, und das machte ihn Marie sympathisch. Sie schob sich etwas näher, um sich nichts entgehen zu lassen. Ohne sich um seine ein wenig dümmlich lächelnden Dienstmannen zu kümmern, belegte der Ritter seine Frau mit fast kindlich klingenden Kosenamen und machte ihr lang und breit klar, welche Angst er um sie ausgestanden habe.

»Es ist doch alles gut gegangen, Dietmar.« Sie lächelte und zog ihn an ihre Brust wie einen kleinen Jungen, wandte sich dann aber seinen Begleitern zu, die zumeist die Kleidung von Edelleuten trugen, und begrüßte die Männer huldvoll.

Marie begriff, dass es sich bei den Herren um Freunde und Nachbarn des Arnsteiners handelte, die ebenfalls Probleme mit dem Grafen von Keilburg hatten und nach Arnstein gekommen waren, um ein gemeinsames Vorgehen zu besprechen. Marie zitterte vor Aufregung. Die Begegnung mit Mechthild von Arnstein schien ein Zeichen des Himmels zu sein, denn wenn sie Glück hatte, fand sie hier auf der Burg Verbündete, die ihr zu ihrer Rache an Ruppert und dessen Handlangern verhalfen.

Die nächsten Worte der Burgherrin erinnerten sie jedoch an ihre Stellung und brachten sie auf den Boden der Tatsachen zurück.

»Das ist Marie, die Hure, die ich für dich ausgesucht habe. Gefällt sie dir?«

Dietmar von Arnstein warf Marie einen unwilligen Blick zu. »Wie kannst du in dieser Situation noch an so etwas denken? Jetzt geht es um den Tort, den der Keilburger uns angetan hat. Der und sein schleimiger Halbbruder haben dem alten Otmar wohl so lange zugesetzt, bis er nachgegeben und einen Vertrag zu Konrads Gunsten unterzeichnet hat. Das wird dem Keilburger diesmal jedoch nicht helfen.«

Einer der Edelleute schob sich nach vorne. »Ihr solltet guten Mutes sein, Frau Mechthild. Euer Gemahl hat uns berichtet, dass er eine Abschrift des Erbvertrags vom Abt des Klosters von St. Ottilien hat gegenzeichnen lassen und dass er ihm das Dokument zur Aufbewahrung anvertraut hat. Einem Spruch Abt Adalwigs wird sich auch Graf Konrad nicht widersetzen können.«

Marie fand es unklug, solche Dinge vor aller Ohren preiszugeben. Ruppert würde den Nachbarn seines Halbbruders gewiss nicht ehrlicher gegenübertreten als ihrem Vater und ihr. Die Herrin schien ähnlich zu denken, denn sie warf ihrem Gemahl einen verärgerten Blick zu und gab den Befehl weiterzufahren.

Die Burg kam nun rasch näher. Der Weg schlängelte sich auf den linken Turm zu, was Marie wunderte, da sich dort kein Tor befand. Es ging über eine klappernde Holzbrücke, die einen tief ausgehobenen Graben überspannte, dann bog die Straße scharf nach rechts und führte unterhalb einer Reihe drohend hervorspringender Pechnasen an der Mauer entlang, bis sie an ihrem anderen Ende abknickte und auf das Tor zuführte, das sich im zweiten Turm befand. Der Platz zwischen Mauer und Graben war so knapp bemessen, dass die Knechte Stangen zu Hilfe nehmen mussten, um den Gepäckwagen in das Torgewölbe hineinzuwuchten.

Als Marie durch das Tor schritt, betrachtete sie das eiserne Fallgitter über sich mit leisem Grausen. Die Pechnasen, die darüber angebracht waren, schienen nur darauf zu warten, kochende Flüssigkeit auf unvorsichtige Angreifer vergießen zu dürfen. Da keine Tür vorhanden war, die in den Turm hineinführte, vermutete Marie, dass dieser nur über den Wehrgang und einen unterirdischen Gang zu erreichen war. Hinter dem Tor öffnete sich der vordere Zwinger, der rundum von der äußeren Burgmauer und einer fast ebenso starken inneren Trennmauer begrenzt wurde, und auch von hier aus gab es keinen Zugang zu den Wehrgängen. Der einzige Weg, der tiefer in die Burg führte, war ein weiteres, ebenfalls stark befestigtes Tor. In friedlichen Zeiten diente der vordere Zwinger als Viehweide, doch jetzt lagerten hier die Menschen und Tiere aus dem verlassenen Dorf.

Der Burgherr berichtete seiner Frau, dass die Keilburger von Burg Mühringen aus, die sie Ritter Otmar abgenommen hatten, mehrfach das zu Arnstein gehörende Dorf bedroht hätten. Das und die Sperrung der Straße deuteten auf eine noch nicht erklärte Fehde hin. Eine seltsame Stimmung erfasste Marie. Sie befand sich mitten in Geschehnissen, die durch Ruppert mit ihrem eigenen Schicksal verknüpft waren, und fragte sich, wie sie die Situation zu ihren Gunsten ausnutzen konnte. Als rechtlose Hure würde sie bei den Edelleuten wohl kaum Unterstützung finden, aber niemand konnte ihr verwehren, Augen und Ohren offen zu halten. Vielleicht konnte sie das Vertrauen des Burgherrn erlangen, so dass sie ihm klar machen konnte, auf welch hinterlistige Art und Weise Magister Ruppertus die Leute betrog.

Unterdessen hatte der Wagenzug den hinteren Zwinger erreicht, der nur ein Drittel so groß war wie der vordere und den aus Bruchsteinen errichtete Häuser und Stallungen säumten. Die Gebäude stießen mit ihren Rückseiten gegen die Burgmauern, die sich am Ende des zweiten Zwingers wie eine Wespentaille verengten. Dort stand ein weiterer, aus großen Steinquadern errichteter Torturm, der ebenso wie die anderen von Graben und Zugbrücke geschützt wurde. Die drei Wagen passierten auch dieses Tor und hielten schließlich in einem kleinen Hof zwischen den Hauptgebäuden der Burg. Mechthild von Arnstein ließ sich von ihrem Mann aus dem Wagen heben und wies die Knechte an, Gepäck und Einkäufe in ihre Gemächer zu bringen. Bevor sie den Wohnturm betrat, winkte sie Marie zu sich.

»Guda wird dir und deiner Freundin einen Stall für eure Ziegen anweisen und euch dann in eure Kammer bringen. Ihr werdet neben meinen eigenen Gemächern wohnen, damit ich dich jederzeit rufen lassen kann.«

Bevor Marie etwas antworten konnte, wandte die Dame sich grußlos ab und ging. Die Beschließerin war nicht erfreut von der zusätzlichen Aufgabe und scheuchte Marie und Hiltrud mit unfreundlichen Gesten wie Hühner vor sich her.

III.

Marie hatte eine kleine Kammer erwartet, gerade groß genug, dass zwei Strohsäcke Platz fanden. Guda führte sie jedoch in ein sauberes, geräumiges Zimmer, das größer war als der Raum, in dem ihr Vater daheim seine Gäste empfangen hatte. An der Stirnseite befand sich ein breites Bett, in dem zwei Menschen bequem schlafen konnten, und daneben stand eine wuchtige Truhe, in die ihr und Hiltruds Besitz samt den beiden Zelten mehrmals hineingepasst hätten. Der Boden war mit Teppichen aus aneinander genähten Stoffstreifen bedeckt, die im Winter warme Füße versprachen. Das Ungewöhnlichste war der kunstvoll verzierte Kachelofen, um den eine Bank lief, die mit kleinen Schafswollteppichen bedeckt war. Dazu gehörten noch ein Tisch, dessen Platte aus einem einzigen Stück Buchenholz angefertigt worden war, und drei Stühle aus dem gleichen Holz. Der Wert der Einrichtung wurde von den beiden schmalen Fenstern übertroffen, deren Bleifassungen gelblich schimmerndes Glas enthielten, welches den Raum bei Tag in ein weiches Licht tauchte. Der hölzerne Rahmen ließ sich, wie Hiltrud sogleich ausprobierte, problemlos öffnen, so dass man in den Burghof und auch über die Mauern hinaus ins Land schauen konnte.

»Das ist ja feudal«, sagte sie sichtlich beeindruckt. »So nobel habe ich noch nie gewohnt. Hoffentlich dürfen wir wirklich den Winter über hier bleiben.«

»Was sollte uns daran hindern?«

»Na ja, diese dumme Fehde halt. Solange Herr Dietmar im Streit mit dem Keilburger steht, wird er wohl nicht nach deinen Umarmungen verlangen.«

Marie teilte diese Befürchtung. Wenn Ritter Dietmar zu der Ansicht kam, dass er sie nicht brauchen konnte, würde er sie kurzerhand auf die Straße setzen. Unter anderen Umständen hätte Marie sich deswegen keine Sorgen gemacht. Solange der Herbst noch einigermaßen warm war, kamen sie zurecht. Aber ein Rauswurf hätte sie der ersten Chance seit fast vier Jahren beraubt, etwas über ihren ehemaligen Verlobten und dessen Pläne zu erfahren.

In den nächsten zwei Stunden gaukelten Maries überreizte Nerven ihr vor, dass man sie umgehend wieder aus der Burg jagen würde. Der Blick aus dem Fenster war alles andere als ermutigend, denn überall liefen Herrn Dietmars Leute und die Reisigen seiner Verbündeten herum. Marie versuchte, die Soldaten zu zählen, aber sie konnte die Männer in ihren Kriegstrachten kaum voneinander unterscheiden, und als sie bemerkte, dass sie einige doppelt gezählt hatte, gab sie es auf. Sie war jedoch sicher, dass die Burg mehr als hundert Gewappnete in ihren Mauern barg.

Hiltrud wurde es schließlich zu dumm. »Setz dich endlich hin. Mit deinem Hin-und-her-Rennen machst du mich noch verrückt.«

Marie nahm auf einem der Stühle Platz und schlang die Arme um ein hochgezogenes Knie, als müsse sie sich festhalten. Das war wohl nötig, denn sie schreckte bei jedem Geräusch hoch, sah zur Tür und starrte dann wieder zum Fenster hinaus, obwohl sie von ihrem Platz aus nur den Himmel sehen konnte.

Hiltrud stellte sich schließlich vor sie und stemmte die Arme in die Hüften. »Warum bist du denn so aufgeregt? Du benimmst dich ja wie ein Huhn, dem man die Eier aus dem Nest genommen hat.«

Marie zog die Schultern hoch und legte die Arme um den Leib, als fröre sie. »Es geht um den Grafen Keilburg. Ich muss unbedingt mehr über ihn erfahren.«

»Was hast du mit dem zu schaffen?«

»Mit ihm nichts, aber umso mehr mit seinem Halbbruder.«

Hiltrud starrte sie einen Moment verständnislos an und hob dann verblüfft die Augenbrauen. »Sag bloß, dieser Ruppertus Splendidus, von dem Giso gesprochen hat, ist dein verflossener Bräutigam?«

Marie ballte die Fäuste. »Da bin ich mir ganz sicher. Verstehst du nun, warum es fatal wäre, wenn wir gleich wieder fortziehen müssten?«

»Kannst du eigentlich auch an etwas anderes denken als an deine Rache?« Hiltruds Stimme klang eher belustigt. Sie hatte Marie oft genug versucht beizubringen, dass eine verachtete Wanderhure gegen einen so hohen Herrn nichts ausrichten konnte, aber sie hatte das Gefühl, gegen eine Wand zu reden.

Marie hatte sich Hiltruds Einwände in den letzten Jahren so oft anhören müssen, dass sie sie herbeten konnte, daher hob sie abwehrend die Hände. »Ich weiß, was du mir sagen willst. Behalte es diesmal bitte für dich. Ich muss nachdenken.«

»Zerbrich dir aber nicht den Kopf. Er ist etwas arg hart zum Zusammennähen.«

Marie hörte nicht mehr hin. Ihre Gedanken kreisten um Rupperts Machenschaften und die Frage, wie sie es anstellen konnte, Frau Mechthild und ihren Gemahl als Verbündete gegen ihn zu gewinnen.

Schließlich hielt Hiltrud die angespannte Stille nicht mehr aus. Sie sprang auf und ging zur Tür. »Ich sehe mal nach, ob wir etwas zu essen bekommen können. Schließlich gab es gestern Abend nur laue Luft und Wasser und heute Morgen auch nicht mehr.«

Gerade, als sie auf den Flur treten wollte, kamen ihr zwei Mägde entgegen, von denen jede ein Tablett trug. Das eine duftete schon von weitem nach warmem Brot und anderen Köstlichkeiten, auf dem zweiten standen ein Tonkrug und zwei Becher.

»Mit den besten Empfehlungen der Herrin«, rief die Kleinere fröhlich. »Frau Mechthild bedauert, dass ihr so lange habt warten müssen, doch sie hat sich zuerst um ihren Gemahl und seine hohen Gäste kümmern müssen.«

Hiltrud lief angesichts der dicken Scheiben geräucherten Schinkens, der prallen Würste und des großen Stückes Käse, die neben einem halben Laib Brot auf dem Tablett lagen, das Wasser im Mund zusammen, und als eine der Mägde die beiden Becher voll schenkte, riss sie ungläubig die Augen auf. »Das sieht ja aus wie Wein.«

Die ältere Magd nickte stolz. »Das ist Wein von den Weinbergen, die Frau Mechthild als Mitgift in die Ehe gebracht hat.«

Marie erinnerte sich an die Weinberge ihres Vaters nahe Meersburg und spürte, wie sich ihre Kehle zuzog. Sie schluckte die Tränen und schüttelte sich gleichzeitig vor Hass. Ihre Hände formten sich zu Klauen, die sich um einen unsichtbaren Hals legten. Um wie viel hatten Ruppert und seine Handlanger sie gebracht! Nur mit Mühe gelang es ihr, den Abschiedsgruß der beiden Mägde zu beantworten, und es dauerte trotz ihres nagenden Hungers eine Weile, bis sie den ersten Bissen über die Lippen brachte.

Hiltrud schenkte ihren Nöten keine Beachtung, sondern aß mit der Freude eines Kindes, dem man seine Lieblingsspeisen aufgetischt hat, und musste sich fast mit Gewalt dazu zwingen, etwas von dem Schinken für Marie übrig zu lassen.

»So gut habe ich in meinem ganzen Leben noch nicht gegessen. Sollte das den ganzen Winter über anhalten, werde ich im Frühjahr so fett sein wie Berta.« Als sie keine Antwort erhielt, stieß sie Marie mit dem Fuß an. »Sag doch auch was. Oder schmeckt es dir etwa nicht?«

Marie atmete tief durch, und ein versonnenes Lächeln glättete ihre Züge. »Ich glaube, wir dürfen bleiben. Es sei denn, Frau Mechthild will uns mit diesen Leckerbissen den Abschied versüßen.«

»Da hätte eine Schüssel Eintopf aus der Gesindeküche auch gereicht. Nein, ich bin sicher, dass man uns hier behalten wird. Wenn du klug bist und dem Herrn und der Herrin nicht mit deiner Geschichte auf die Nerven fällst, werden wir den angenehmsten Winter unseres Lebens verbringen.«

Marie hätte Hiltrud aufzählen können, wie viele schöne Winter sie in ihrer Kindheit und Jugend erlebt hatte, aber sie wollte ihrer Gefährtin nicht die Laune verderben. Dafür war sie viel zu gespannt auf das, was als Nächstes kommen würde, und starrte jedes Mal, wenn draußen Schritte aufklangen, unruhig auf die Tür. Aber es schien sich niemand für sie zu interessieren. Nach einer Weile kamen die beiden Mägde wieder herein und räumten den Tisch ab. Da der Weinkrug fast leer war, brachten sie einen neuen herbei.

Hiltrud fragte die Mägde nach dem Abtritt und erfuhr, dass er sich gleich um die Ecke befand. Sie verließ das Zimmer, um sich zu erleichtern, und kehrte kurz darauf zufrieden zurück.

»So kann es von mir aus bis zum Frühjahr weitergehen.«

Marie zuckte mit den Schultern. »Ich muss dich daran erinnern, dass wir nicht nur zum Essen und Weintrinken hier sind.«

»Ich glaube kaum, dass Herr Dietmar dich heute noch rufen lassen wird. Er schien mir vorhin doch zu erzürnt, um an die Freuden des Lebens denken zu können.«

»Ich werde mich dennoch bereithalten.«

»Von mir aus. Ich gehe zu den Ställen, um nach den Ziegen zu sehen. Es wird Zeit, sie zu melken. Ob die Leute hier in der Burg Verwendung für Ziegenmilch haben?«

»Das weiß ich nicht. Notfalls musst du eben Käse daraus machen.«

»Der hält sich nicht bis zum Frühjahr. Ich werde die Mägde fragen, ob die Herrin Ziegenmilch mag. Sie soll für schwangere Frauen sehr gesund sein.«

Marie sah ihr nach, bis sich die Tür hinter ihr schloss, und seufzte dann auf. Obwohl sie ihre Gefährtin von Herzen mochte, störte sie ihre wortreich geäußerte Begeisterung. Sie schenkte sich noch etwas Wein ein, verdünnte ihn zu drei Vierteln mit Wasser und trank in kleinen Schlucken. Sie durfte auf keinen Fall betrunken werden, denn sie wollte den denkbar besten Eindruck auf Ritter Dietmar und Frau Mechthild machen.

Als einige Zeit später die Tür geöffnet wurde, nahm sie im ersten Moment an, Hiltrud sei zurückgekehrt. Es waren jedoch die beiden Mägde mit einem Schaff Wasser. Die jüngere, ein quirliges Mädchen, das ihr gerade bis zum Kinn reichte, lief noch einmal hinaus und kam kurz darauf mit einem Laken und einem Stück Seife zurück.

»Du musst dich waschen, hat die Herrin gesagt.«

Marie wollte warten, bis die beiden wieder gegangen waren. Aber sie blieben stehen und starrten sie auffordernd an. Marie zuckte mit den Achseln und streifte das Kleid über den Kopf. Was machte es schon, wenn die Mägde sie nackt sahen? Das war sie von zu Hause gewöhnt. Aber in den letzten Jahren hatte sie immer darauf geachtet, sich in der ersten Morgendämmerung zu waschen, wenn ihr noch niemand zusah, und vor ihren Freiern hatte sie sich nur ausgezogen, wenn sie dafür extra zahlten.

Die Mägde ließen sich keine von Maries Bewegungen entgehen, so als müssten sie kontrollieren, ob sie sich auch gründlich säuberte.

Die Jüngere lächelte verklärt. »Du bist schön wie ein Engel. Komm, ich helfe dir, deine Haare zu waschen.«

Als sie Maries Zopf löste, entdeckte sie die feinen weißen Narben auf ihrem Rücken und stieß erschrocken die Luft aus den Lungen.

»Man hat dich aber arg geschlagen.« In ihrer Stimme schwang so viel Abscheu, als hätte man eine Heilige beschmutzt.

Marie lachte hell auf, wurde aber sofort wieder ernst. »Man hat mich an den Schandpfahl gebunden und ausgepeitscht. Wenn mich nicht ein braver Apotheker mit Salben und Tinkturen behandelt hätte, würde mein Rücken heute der Borke einer Föhre gleichen.«

»Dafür bist du dem freundlichen Herrn sicher sehr dankbar.«

»O ja, das bin ich.« Marie lächelte vor sich hin. Jedes Mal, wenn sie zum Markt nach Merzlingen kam, nahm auch sie den Apotheker mit in ihr Zelt. Er genoss es, blieb Hiltrud aber dennoch herzlich zugetan. Sie schüttelte den Gedanken rasch wieder ab und konzentrierte sich auf die Gegenwart, denn gerade betrat Guda das Zimmer. Die Beschließerin rümpfte die Nase, als sie die beiden Mägde herumstehen sah.

»Bewegt euch, ihr faulen Weibsbilder. Die Herrin hat befohlen, die Hübschlerin in die Schlafkammer des Herrn zu bringen.«

Die Mägde wickelten Marie in das bereitliegende Laken und schoben sie Richtung Tür. Guda hielt sie jedoch auf und zog ein winziges Fläschchen aus der Tasche. Als sie es öffnete, duftete das ganze Zimmer nach Rosen. Sie verrieb einen Tropfen hinter Maries Ohr und verschloss das Gefäß dann sorgfältig.

»Das ist das Parfüm der Herrin. Sie will, dass du genauso riechst wie sie, wenn sie dich dem Herrn zuführt«, erklärte die Beschließerin und drängte nun ihrerseits Marie zur Tür hinaus.

Marie erinnerte sich an die Salböle und Spezereien, mit denen ihr Vater ebenfalls gehandelt hatte. Manchmal hatte er eines der Gefäße geöffnet und sie daran riechen lassen. Dann pflegte er zu sagen, er würde ihr später, wenn sie erwachsen wäre, die schönsten Düfte kaufen. Nun erlebte sie zum ersten Mal, wie sich Rosenöl auf der Haut anfühlte, aber es machte ihr keine Freude, denn es war nur ein Teil des Geschäfts. Sie hatte den Ansprüchen Ritter Dietmars zu genügen. Oder waren es eher die Ansprüche der Herrin? Der Gedanke amüsierte sie.

Das Schlafzimmer des Herrn befand sich am anderen Ende des Korridors. Als Marie hineingeführt wurde, standen Dietmar von Arnstein und seine Gemahlin mitten in einem Raum, der ähnlich eingerichtet und nur wenig größer war als der, den man ihr und Hiltrud zugewiesen hatte. Nur waren die Teppiche hier kunstvoller, und an den Wänden standen mehrere große, bemalte Truhen, die wohl die Kleidung des Paares bargen. In einer Ecke stapelten sich einige der Waren, die Frau Mechthild auf dem Markt erstanden hatte. Wie es aussah, hatte die Dame bislang noch nicht die Zeit gefunden, zu entscheiden, was mit den Sachen geschehen sollte. Marie wunderte es nicht, denn Mechthild von Arnstein schien ständig damit beschäftigt, ihren missgelaunten Gemahl zu umsorgen und zu beruhigen.

Er drehte Guda und Marie den Rücken zu und blaffte seine Frau an. »Verdammt, Mechthild. Ich brauche deine Hure nicht!«

Seine Gemahlin strich ihm über das Gesicht und lächelte sanft. »Doch, genau jetzt brauchst du sie. Du bist ein starker Mann, der nicht lange ohne ein Weib bleiben kann. Ich war jetzt zwei Wochen unterwegs und konnte dich auch vorher nicht mehr so zufrieden stellen, wie du es verdienst.«

»Ich war vollauf zufrieden mit dir«, protestierte Dietmar, »und ich will kein anderes Weib als dich.«

Frau Mechthild rieb ihre Wange an seinem rasierten Kinn. »Das weiß ich doch, mein Lieber. Keine Frau hat einen besseren Gemahl als ich. Also erlaube mir, auch einmal an dein Wohl zu denken. Es geht mir und damit auch unserem Sohn besser, wenn ich weiß, dass du zufrieden bist.«

»Wie soll man zufrieden sein bei einem Nachbarn wie dem Keilburger vor der Tür«, schnaubte der Ritter.

Seine Frau lachte nur und drehte seinen Kopf so, dass er Marie ansehen musste. »Ist sie nicht wunderschön?«

Sie sagte es mit einem solchen Stolz, dass ihr Gemahl lachen musste. »Du spielst ein gefährliches Spiel, Mechthild. Was machst du, wenn ich die schöne Hure behalte und dich zu deinem Vater zurückschicke?«

»Das wirst du gewiss nicht tun, denn ich würde ja deinen Sohn mitnehmen, den ich unter dem Herzen trage.«

Der Ritter ergriff die Hände seiner Frau und küsste sie. »Ich liebe dich, Mechthild, und will dich nicht dadurch kränken, indem ich mit einer anderen Frau verkehre.«

»Du kränkst mich, wenn du nicht mit Marie schläfst. Ich habe sie extra für dich ausgesucht.« Frau Mechthild schniefte ein wenig und spielte die Beleidigte, zwinkerte Marie aber verschwörerisch zu.

Mechthilds Gemahl fiel auf ihre kleine List herein, denn für einen Augenblick wirkte er wie ein geprügelter Hund. »Also gut, ich nehme sie. Wenn auch nur, damit du Ruhe gibst. Außerdem muss ich gleich wieder zu meinen Freunden in die Halle. Sie warten auf mich.«

»Oh, die Herren trösten sich bereits mit einem guten Tropfen aus unserem Keller. Ich glaube nicht, dass sie heute Abend noch zu einer ernsthaften Unterhaltung fähig sind.« Mechthild stellte sich auf die Zehen, küsste ihren Gemahl auf die Nasenspitze und ging zur Tür. »Ich lasse euch jetzt allein, komme später aber zurück.«

Dietmar von Arnstein nickte und wollte sich schon ausziehen, als ihm noch etwas einfiel. »Sag mal, Weib, wieso bist du dir so sicher, einen Sohn zu gebären?«

»Ich habe der Madonna von St. Ottilien eine Kerze gestiftet, damit sie uns einen Sohn schenkt. Abt Adalwig hat mir versichert, dass sie mich erhören wird.«

Der Ritter warf lachend den Kopf in den Nacken. »Ich hätte nichts gegen einen Stammhalter, aber wenn ich dich so ansehe, wünsche ich mir, dass es ein Mädchen wird. Das würde deinen Stolz ein wenig beugen, Frau. Du trägst deine Nase in letzter Zeit nämlich recht hoch.«

Der Blick, den er seiner Frau bei diesen Worten schenkte, zeigte Marie, wie innig er sie liebte.

Eine solche Verbundenheit wie zwischen diesen beiden Menschen würde sie wohl nie kennen lernen, dachte Marie ein wenig neidisch. Auf einen Wink Mechthilds legte sie das Laken ab und präsentierte sich dem Ritter so, wie Gott sie geschaffen hatte. Jetzt begannen Dietmars Augen doch zu glitzern. Aber anstatt sie sofort aufs Bett zu zerren, scherzte er mit seiner Frau und bat sie, ihm noch aus dem Hemd zu helfen. Mechthild knüpfte mit geschickter Hand die Schlaufen auf, küsste ihn und verließ rasch das Zimmer, ehe er sie noch einmal zurückhalten konnte.

Der Burgherr drehte sich zu Marie um und wies mit dem Kinn auf das Bett. Sie streckte sich darauf aus und fragte sich, was er wohl von ihr erwarte. Seine Hände glitten prüfend über ihren Körper, und sie musste wie so oft gegen das Gefühl ankämpfen, nur ein Gegenstand zu sein, den jeder Mann für ein paar Münzen benutzen konnte. Ihr war klar, dass sie dem Ritter damit unrecht tat. Er sagte zwar nichts zu ihr, doch seine Hände griffen nicht so hart und gierig zu wie die vieler anderer Kunden.

Als er sich auf sie legte, stützte er sich mit den Ellbogen ab und presste sie nicht mit seinem Gewicht in die Kissen. Der Geschlechtsakt verlief eher unspektakulär. Dietmar war nicht ganz so sanft und zärtlich wie der Apotheker Krautwurz, spielte aber auch nicht den wilden Stier, der nur an sein eigenes Vergnügen dachte. Marie empfand auch diesmal nichts, war aber zufrieden, weil er ihr nicht wehtat, und zum Dank für seine Rücksichtnahme spielte sie ihm Erregung vor.

Nach einer Weile wurde er ein paar Herzschläge lang heftiger, dann sank er mit einem erleichterten Atemzug über ihr zusammen. Fast im selben Augenblick öffnete sich die Tür, und Frau Mechthild schlüpfte herein, so als hätte sie genau gewusst, wie lange ihr Ehemann brauchte.

»Siehst du, mein Lieber. So ist es doch besser«, sagte sie lächelnd zu ihm.

Dietmar rollte von Marie herab und blieb auf dem Rücken liegen. Sein Gesicht drückte Schuldgefühl aus, was seine Frau zum Schmunzeln brachte.

»Gib mir einen Kuss«, forderte Mechthild ihn auf. Er tat es und war erleichtert, als sie seine Zärtlichkeiten leidenschaftlich erwiderte.

»In ein paar Monaten werden wir die Freuden des Ehelagers wieder gemeinsam genießen können. Bis dorthin wird Marie meinen Platz einnehmen«, erklärte sie ihm, als sie wieder zu Atem gekommen war. »Aber wir werden weiterhin in den Nächten nebeneinander schlafen und miteinander reden. Jetzt, wo du dich entspannt hast und dich der Grimm auf den Keilburger nicht mehr so fest in Klauen hält, sollten wir beraten, was wir unternehmen können. Einfach die Fehde beginnen und gegen ihn zu Felde ziehen, wie es Hartmut von Treilenburg fordert, scheint mir nicht der richtige Weg zu sein.«

Dietmar breitete hilflos die Hände aus. »Aber wir müssen etwas unternehmen. Wenn wir diesen Raubgrafen nicht aufhalten, wird er uns alle verschlucken.«

»Natürlich müssen wir etwas gegen ihn unternehmen«, stimmte ihm seine Gemahlin mit sanfter Stimme zu. Sie schlüpfte unter die Decke und drängte Marie aus dem Bett. »Du hast mir gut gedient und kannst jetzt in deine Kammer gehen«, befahl sie ihr und wandte sich dann wieder ihrem Gemahl zu.

Marie verließ eilig das Schlafgemach und merkte erst draußen, dass sie das Laken vergessen hatte. Obwohl sie sich genierte, nackt durch die Burg zu laufen, wagte sie es nicht, in das Schlafzimmer zurückzukehren. Sie bedeckte Brüste und Scham so gut es ging mit den Händen, rannte hastig den Gang entlang und schlüpfte aufatmend in ihr Zimmer, froh, von niemand gesehen worden zu sein.

Sie konnte nicht wissen, dass sie doch jemand beobachtet hatte. Ein hagerer Mann, der in einer schäbigen Mönchskutte steckte, stand hinter einer leicht geöffneten Tür und spähte auf den Korridor hinaus, als müsse er aufpassen, wer dort kam oder ging. So konnte er Marie für einen Augenblick in ihrer ganzen Schönheit sehen und ihr nachblicken, bis sie in ihrem Zimmer verschwand. Als sich die Tür hinter ihr schloss, machte er eine Bewegung, als wolle er ihr folgen. Doch seine Füße blieben wie angewurzelt stehen, und seine Hände fuhren abwehrend durch die Luft, als müsse er sich selbst zur Ordnung rufen.

Kurze Zeit lauschte er in alle Richtungen, um zu prüfen, ob die Luft rein war. Dann lief er auf Zehenspitzen durch den Gang zum Schlafgemach des Burgherrn, legte sein Ohr gegen das Holz und behielt gleichzeitig den Korridor im Auge. Sein erwartungs-

voll gespanntes Gesicht verzog sich mehr und mehr zu einer enttäuschten Grimasse, so als bekäme er nicht genug mit oder hörte
Dinge, die ihm nicht gefielen.

IV.

*D*a Marie sich nur für einen Mann bereithalten musste, hatte
sie viel Zeit, sich umzusehen, zuzuhören und nachzudenken. Oft
beschäftigte sie sich mit dem Verhältnis zwischen der Burgherrin und dem Ritter. Sie fand es erstaunlich, welche Macht Frau
Mechthild über ihren Gemahl besaß. Wie groß der Einfluss der
Dame war, wurde ihr jedoch erst bewusst, als sie sich hinter dem
Geländer der Treppe versteckte, die in den Rittersaal hinabführte, und eines der Gespräche Ritter Dietmars mit seinen Verbündeten belauschte. Dort verwendete er nämlich genau die Worte,
die Frau Mechthild ihm am Abend zuvor in den Mund gelegt
hatte.
Als Marie ihr Erstaunen bei Hiltrud äußerte, lachte die Freundin
sie aus. »Die Herrin ist, wie wir beide wissen, sehr klug und mindestens ebenso energisch. Da ist es kein Wunder, dass Ritter
Dietmar so viel auf ihren Rat gibt.«
»Ich verstehe immer noch nicht, wie sie ihm eine andere Frau ins
Bett legen und ihn dennoch wie ein Pferd am Zügel führen kann.
Die Priester sagen doch immer, das Weib müsse dem Manne untertan sein und ihm gehorchen. Das bekommt ein Bürgermädchen schon beigebracht, ehe es laufen lernt.«
Hiltrud winkte ab. »Du solltest die Dinge nehmen, wie sie sind,
und nicht in fremder Leute Lebensgewohnheiten herumschnüf-
feln. Ich glaube, du hast einfach zu viel freie Zeit. Frag Guda, ob
sie nicht eine Beschäftigung für dich hat, denn wenn du weiterhin
tatenlos hier herumsitzt, musst du ja Grillen bekommen. Ich
helfe die meiste Zeit in den Ställen aus, und das macht mir Spaß.

Weißt du, dass sie auf der Burg eine ganze Herde Ziegen besitzen? Thomas, der Knecht, der für sie verantwortlich ist, hat mir versprochen, seinen besten Bock zu meinen beiden Geißen zu lassen. Wenn wir weiterreisen, werden wir wieder kleine Zicklein haben.« Hiltruds Augen leuchteten auf.

Marie hatte für solche Dinge keinen Sinn. »Schön für dich. Aber mich interessieren die Ziegen derzeit nicht. Wenn ich Guda um Arbeit bitte, habe ich keine Zeit mehr, den Gesprächen im großen Saal zu lauschen und dabei mehr über Ruppert zu erfahren.«

Hiltrud wiegte besorgt den Kopf. »Du solltest dich von dort fern halten. Wenn man dich entdeckt, wird man dich noch für eine Spionin des Keilburgers halten, und mit solchen Leuten wird hier wenig Federlesens gemacht.«

Marie machte eine wegwerfende Handbewegung. »So leicht lasse ich mich nicht erwischen. Die Treppe wird selten benutzt, und wenn doch jemand vorbeikommt, tue ich eben so, als würde ich die Waffen und Jagdtrophäen bewundern.«

Hiltrud schlug mit der flachen Hand auf den Tisch. »Es ist nicht nur dein Hals, den du riskierst. Wenn du erwischt wirst, wird man auch mich verdächtigen, und wir können dann noch von Glück sagen, wenn wir mitten im Winter auf die Straße gesetzt werden. Wahrscheinlicher ist, dass wir unten im Burgverlies verfaulen.«

»Du siehst viel zu schwarz«, antwortete Marie, war aber froh, dass die Mägde mit dem Abendessen kamen und für einen kurzen Schwatz bei ihnen blieben. Zu ihrer Erleichterung übernahm Hiltrud es, den leicht zu erschreckenden Mädchen ein paar Schauergeschichten zu erzählen, so dass sie selbst ihren Gedanken nachhängen konnte.

Hiltrud hatte Recht. Wenn sie den hohen Herren nachspionierte, riskierte sie nicht nur ihr angenehmes Winterquartier, sondern auch ihr Leben, denn die Männer waren so gereizt, dass sie jeden ihre Wut spüren lassen würden. Trotzdem zog es sie immer wieder zu ihnen hin. Am Anfang, als die Wogen noch höher gingen, hatte es so ausgesehen, als würden die Herren Graf Konrad von Keilburg auf der Stelle die Fehde ansagen und ihn samt seinem Bastardbruder zur Hölle schicken. Doch diese Hoffnung zerstob bald, denn Ritter Dietmar führte seinen Freunden immer wieder vor Augen, dass ein Angriff auf den Grafen nur dann erfolgreich sein würde, wenn sie noch weitere Verbündete gewinnen konnten.

Der Keilburger besaß mehr als doppelt so viele Soldaten, als Ritter Dietmar und seine Verbündeten aufbringen konnten, aber der Graf schien auch nicht so ohne weiteres gegen die Ritter vorgehen zu können. Marie lernte viel über das Fehderecht, welches den Keilburger daran hinderte, Ritter Dietmar oder einen der anderen Herren ohne Vorwarnung anzugreifen, und sie erfuhr, was ihr Gastgeber alles tun oder unterlassen musste, um Graf Konrad keinen Vorwand für eine offiziell erklärte Fehde zu liefern.

Wie die hier versammelten Burgherren war Graf Keilburg gezwungen, Rücksicht auf andere Nachbarn zu nehmen, und in seinem Fall auch auf die Großen des Reiches. Marie wiederholte in Gedanken die Namen derjenigen, die Rupperts Halbbruder am meisten zu fürchten hatte. Da gab es einen Grafen Eberhard von Württemberg. Er war einer der einflussreichsten Adligen im alten Herzogtum Schwaben, das nur noch dem Namen nach bestand. Neben ihm spielten aber auch der Markgraf Bernhard von Baden und Friedrich IV. von Habsburg-Tirol eine große Rolle in dem labilen Machtgefüge, das sich der Keilburger rücksichtslos zunutze machte.

Die auf Arnstein versammelten Herren, die sich auf ihren Burgen so frei dünkten wie der Wind, fürchteten ihre mächtigen Nachbarn, auch wenn sie es nicht offen zugaben. Trotzdem sprachen sie immer wieder davon, mit einem von ihnen ein Bündnis gegen die sich rasch ausdehnende Macht des Grafen Keilburg einzugehen.

Als Marie sich am nächsten Abend wieder auf die Treppe setzte und durch das Geländer spähte, schnitt Dietmar von Arnstein dieses Thema gerade an. »Wir haben doch nur die Wahl zwischen Satan und Beelzebub. Entweder werden wir habsburgisch oder württembergisch, oder der Keilburger frisst uns einen nach dem anderen auf.«

»Ich bin für Herzog Friedrich. Der Tiroler ist der Mächtigste von allen.« Degenhard von Steinzell, der mit seinem Sohn Philipp auf Burg Arnstein weilte, machte aus seiner Vorliebe für den Habsburger auch heute keinen Hehl.

Rumold von Bürggen verzog angewidert das Gesicht. »Genau deshalb bin ich gegen dieses Bündnis. Wenn wir uns Friedrich anschließen, machen wir uns zu unbedeutenden Vasallen, die auf jeden Wink des hohen Herrn springen müssen. Wir müssten mit ihm in Kriege ziehen, die uns selbst nichts angehen, und unsere eigenen Ländereien monatelang von jedem wehrfähigen Mann entblößen. Nein, Freunde, wir haben keine andere Wahl, als uns aus eigener Kraft zu behaupten. Es sollte doch mit dem Teufel zugehen, wenn ein Bündnis aller noch unabhängigen Ritter und Burgherren den Keilburger nicht in die Schranken weisen und seinem Landhunger ein für alle Mal ein Ende setzen könnte.«

»Du sprichst mir aus der Seele«, stimmte Hartmut von Treilenburg dem Bürggener zu. »Warum sollten wir unser Haupt vor Habsburg oder Württemberg beugen? Selbst ist der Mann, sage ich. Ich denke, es dürfte uns nicht schwer fallen, einen Bund gegen Konrad von Keilburg zustande zu bringen. Schließlich hat er viele von uns erzürnt, wie zum Beispiel den Abt von St. Ottilien. Der Keilburger hat ihn eben erst um den Steinwald gebracht, den Gottfried von Dreieichen dem Kloster verschrieben hat, damit man dort für sein Seelenheil beten sollte. Als Abt Adalwig den Keilburger aufforderte, den versprochenen Forst herzugeben, wurde er mit Hohn und Spott zurückgewiesen. Andere sagen, der Keilburger hätte ihn sogar bedroht.«

Ritter Dietmar stützte den Kopf in beide Hände. »Wenn Graf Konrad den Abt von St. Ottilien einschüchtert, sieht es schlecht für mich aus. Schließlich ist Adalwig der Bürge meines Vertrags mit meinem Onkel Otmar.«

Hartmut von Treilenburg nickte ihm aufmunternd zu. »Mach dir um Adalwig keine Sorgen. Er steht felsenfest zu uns, auch wenn es zur Fehde mit dem Keilburger kommt.«

Ritter Dietmar winkte müde ab. »Das hilft uns auch nicht weiter. Wenn Abt Adalwig uns mit bewaffneten Dienstmannen zu Hilfe kommen könnte oder reich genug wäre, Söldner anzuwerben, wäre mir wohler. Doch mit seinen siebzig Klosterbrüdern wird er keine große Unterstützung sein, wenn es zum Kampf kommt.«

»Deswegen sollten wir uns an Herzog Friedrich halten«, wiederholte Degenhard von Steinzell.

Rumold von Bürggen schlug auf den Tisch. »Eher schließen wir uns Eberhard von Württemberg an. Der ist zwar bei weitem nicht so mächtig wie Herzog Friedrich, aber einige seiner Vasallen weiter oben im Norden sind Nachbarn des Keilburgers geworden. Graf Eberhard muss Acht geben, dass Graf Konrad ihn nicht überflügelt. Den Ehrgeiz dazu hat der Keilburger, wie man nicht erst seit der Sache mit Bodo von Zenggen weiß, denn er hat die Fehde mit ihm schamlos ausgenützt, um sich das Land des Zenggeners und dessen Burg anzueignen. Das hätte er sich nicht getraut, wenn Bodo sich nicht kurz vorher mit dem Württemberger überworfen hätte.«

»Meiner Meinung nach reden wir zu viel«, bellte Hartmut von Treilenburg dazwischen. »Sind wir denn Männer oder Klageweiber? Jeder unserer Reisigen zählt im Kampf für zwei oder drei der Soldknechte, die der Keilburger angeworben hat.«

Ritter Dietmar hob beschwichtigend die Hand. »Ich bin gegen einen offenen Kampf. Er kostet uns nur gute Männer, die im Frieden unsere Felder bestellen, während Graf Konrad seine gekauften Soldaten jederzeit ersetzen kann. Außerdem braucht er jenen, die im Kampf fallen, keinen Sold zu zahlen, während sie ihm jetzt die Haare vom Kopf fressen. Solange wir uns an das Gesetz halten und ihm keinen Anlass geben, von sich aus die Fehde zu erklären, schadet ihm das mehr, als wenn wir seine und unsere Leute einander abschlachten lassen.«

»Bist du gegen den Kampf, Dietmar, oder ist es eher deine Gemahlin?«, fragte Rumold von Bürggen mit unverhohlenem Spott. »Wir wissen ja, dass Frau Mechthild einen klugen Kopf auf den Schultern hat. Das Kriegführen sollte sie jedoch lieber uns Männern überlassen.«

Dietmars Gesicht lief bei diesen Worten dunkelrot an. Er sprang auf und funkelte den Bürggener böse an. »Das ist zu viel! Ich lasse mich keinen Feigling und Weibermann schimpfen.«

»Dann benimm dich nicht so«, antwortete Rumold ungerührt.

Degenhard von Steinzell machte eine abwiegelnde Handbewegung. »Was soll der dumme Streit? Wenn ihr euch entzweit, helft ihr dem Keilburger nur, uns fertig zu machen. Wir müssen zusammenhalten, merkt euch das!«

Dietmar von Arnstein ballte die Fäuste und ließ sich schwer auf seinen Stuhl zurücksinken. »Ich lasse mich keinen Feigling nennen.«

Rumold von Bürggen winkte verächtlich ab und bedachte den Burgherrn mit einem Blick, der diesen noch mehr reizte.

»Degenhard hat Recht«, beschwor Hartmut von Treilenburg die beiden. »Wenn wir uns nicht einig werden, sind wir über kurz oder lang tot oder sehen uns in den Verliesen der Keilburg wieder.«

Ob sein Appell Erfolg hatte, hörte Marie nicht mehr, denn sie hatte Schritte hinter sich vernommen, war aufgesprungen und lief nun in den Gang zurück, um sich dort in einer Türnische zu verstecken. Doch es war zu spät. Jodokus, der Mönch, der Ritter Dietmar als Schreiber und Prediger diente, vertrat ihr den Weg. Seine blassen Augen saugten sich an ihr fest, und er entblößte seine kräftigen gelben Zähne zu einem grimassenhaften Lächeln.

»Gott zum Gruß, Jungfer Marie. Ich freue mich, dich zu treffen.« Marie wich ein Stück zurück. »Jungfer? Für diese Anrede kommt Ihr ein paar Jahre zu spät.«

Der Mönch stand hoch in der Gunst ihrer Gastgeber, und Frau Mechthild hatte ihn schon einige Male vor aller Ohren gelobt. Marie hielt jedoch nichts von ihm und betrachtete ihn mit Misstrauen. Die Blicke, mit denen er sie musterte, stießen sie ebenso ab wie die schleimige Art, mit der er immer wieder versuchte, ihr ein Gespräch aufzudrängen.

Bruder Jodokus lächelte sanft, als wolle er sie beruhigen, legte die Hand auf ihre Schulter und zog sie näher zu sich heran. »Du schämst dich für das, was das Leben aus dir gemacht hat, Marie. Dabei bist du schön wie ein Engel des Herrn. Eine liebende und erprobte Hand könnte auch dich sicher ins Paradies geleiten.«

Marie war klar, dass der Mönch ein sehr irdisches Paradies meinte. Seine andere Hand wanderte nämlich über ihren Busen bis zu den Schenkeln hinab. Marie schob ihn heftig beiseite und wollte sich an ihm vorbeidrängen. Doch er packte sie so fest, dass sie seine Fingernägel durch den dicken Wollstoff ihres Kleides hindurch spürte.

»Warum versagst du dich mir, wo dich doch sonst jeder Mann für ein paar Pfennige besitzen kann?«

Marie bekam es mit der Angst zu tun. Der Mönch sah so aus, als wolle er sie am liebsten in die nächste leere Kammer schleifen und mit Gewalt nehmen. An einem anderen Ort wäre sie handgreiflich geworden und hätte ihm gezeigt, dass man eine unwillige Hure besser nicht anfasste, es sei denn, man hätte die Kräfte eines Bären. Aber hier durfte sie ihn nicht verärgern, denn es lag durchaus in seiner Macht, ihr den Rest ihres Aufenthalts hier zu vergällen oder sie und Hiltrud wegjagen zu lassen. So versuchte sie, ihn mit den richtigen Worten von sich fern zu halten.

»Derzeit bin ich aber keine wohlfeile Ware. Die Herrin hat mich allein zum Gebrauch durch ihren Gemahl ins Haus geholt und würde mir zürnen, wenn ich einem anderen Mann meine Gunst gewährte.«

Bruder Jodokus verzog das Gesicht wie ein kleines Kind, dem man sein Spielzeug wegnehmen will. »Frau Mechthild muss ja nichts davon wissen.«

Marie lachte ihm ins Gesicht und löste seine schlaff gewordenen Hände aus ihrem Kleid. »Geschieht irgendetwas in diesen Mauern, ohne dass Frau Mechthild es erfährt? Auf einem Jahrmarkt könntest du meinen Körper für ein paar Münzen kaufen, doch hier steht der Wille der Herrin dagegen.«

Der Mönch stöhnte auf, packte sie wieder und presste sie so fest an sich, dass sie beinahe keine Luft bekam. »Ich will nicht allein deinen Körper. Seit ich dich das erste Mal sah, nackt wie Gott dich schuf, weiß ich, dass ich dich besitzen muss.«

Marie schob ihn verwirrt von sich fort. Wann hat er mich nackt gesehen?, fragte sie sich erschrocken. Sie konnte sich nicht erinnern. Eines der Dinge, auf die sie großen Wert legte, war ihre Privatsphäre. Seit sie eine verachtete Hure war, sehnte sie sich nach dem Schutz eigener vier Wände und hatte gelernt, die Geborgenheit des Zeltes zu schätzen, in dem sie und ihr geringer Besitz gerade Platz fanden. Jodokus' Bemerkung ließ darauf schließen, dass es in ihrem Zimmer ein Guckloch gab, durch welches der Mönch sie beobachten konnte. Bei dieser Vorstellung schüttelte sie sich und nahm sich vor, die Wände gründlich abzusuchen.

»Ich bin zwar eine Hure, doch verkaufe ich mich nicht an jeden«, antwortete sie schärfer als beabsichtigt.

Ihre Abwehr schien die Leidenschaft des Mönches noch mehr anzustacheln. »Weise mich nicht von dir, mein schönes Kind. Gemeinsam könnten wir beide die höchste Glückseligkeit auf Erden und im Jenseits erreichen.«

»Wie denn? Als Bettler der Landstraße?«

Jodokus lächelte. »Du solltest mich nicht unterschätzen, schöne Hure. Ich werde bald ein sehr reicher Mann sein, und wenn du mit mir gehst, wirst du leben können wie eine Dame von Stand.«

Er beschrieb ihr wortreich, wie er sie mit Schmuck und Kleidern überhäufen wollte. So ein Angebot hatte ihr noch nicht einmal der Kaufherr aus Flandern gemacht. Marie hörte ihm scheinbar aufmerksam zu, wartete aber nur darauf, entwischen zu können. Selbst wenn er die Wahrheit sagte, gab es genügend Gründe für sie, sich nicht mit ihm einzulassen.

Als Mönch hatte er das Gelübde der Ehelosigkeit abgelegt und wahrscheinlich auch das der Keuschheit. Doch er schien sich ebenso wenig daran zu halten wie die meisten anderen Kirchenmänner. Seit sich die Päpste Gregor, Johannes und Benedikt um die Führerschaft der Christenheit stritten und dabei doch nur die Marionetten Spaniens, Frankreichs oder der deutschen Kaiser waren, die nur noch ihnen genehme Gefolgsleute zu Bischöfen und Äbten ernennen ließen, ging es mit der Moral der Priester und Mönche bergab.

Marie erinnerte sich an eine spöttische Bemerkung, die sie unterwegs aufgeschnappt hatte. Warum muss ein Pfaffe nicht heiraten?, hatte ein Gaukler sie einmal gefragt und ihr auch gleich die Antwort darauf gegeben: weil ihm sämtliche Weiber seiner Kirchengemeinde zur Verfügung ständen.

Marie hatte zwar darüber gelacht, doch es entsprach der Wahrheit. Trotzdem war es etwas anderes, der Priester einer Gemeinde zu sein oder ein Bischof, der sich eine Kebse hielt, als ein davongelaufener Mönch, der auf unerklärliche Weise zu Besitz gekommen war und offen im Konkubinat lebte oder gar heiratete. Das würde die Scheinheiligen gegen Jodokus aufbringen, und man würde kurzen Prozess mit ihm und der Frau an seiner Seite machen. Anschuldigungen waren schnell ausgesprochen, und kirchliche Urteile gingen so gut wie nie zu Gunsten des Beschuldigten aus, wie Marie am eigenen Leib erfahren hatte.

Marie schauderte vor der unverhohlenen Gier des Mönches. Selbst wenn er kein Mann der Kirche wäre und sie durch eine Heirat mit ihm in den Stand einer ehrbaren Ehefrau treten könnte, würde sie es nicht tun. Jodokus war ihr zutiefst unsympathisch, und es ärgerte sie, dass sie ihm das nicht offen ins Gesicht sagen konnte.

»Verzeih, wenn ich dich nicht verstehe. Ich bin doch nur eine dumme Frau«, murmelte sie in dem verzweifelten Bemühen, Zeit zu gewinnen.

Für einen Augenblick sah der Mönch so aus, als wolle er mehr sagen, doch er kniff die Lippen zusammen, als müsse er verhindern, dass ihm unbedachte Worte entschlüpften, und verschlang Marie dabei mit hungrigen Blicken. Nach ein paar heftigen Atemzügen ließ er sie endlich los. »Ich begehre dich, und ich werde dich bekommen.«

Für Marie klang es wie eine Drohung. Sie knickste rasch und war schon bereit, in die Halle zurückzukehren, selbst wenn sie dort bei den versammelten Rittern Verdacht erregt hätte, doch mit einem Mal gab er ihr den Weg frei. Sie rannte so schnell den Gang hinunter, dass er sie nicht noch einmal festhalten konnte. Selbst als sie die Zimmertür hinter sich verriegelt hatte, glaubte sie immer noch seinen Blick in ihrem Nacken zu spüren.

Jodokus sah ihr tatsächlich so weit nach, wie das Licht, das aus der Halle heraufdrang, es möglich machte. Dann lehnte er sich zitternd gegen die Wand und kühlte seine Stirn an den Steinen. Die Hure hatte Recht. Frau Mechthild würde es nicht dulden, wenn ein anderer als ihr Gemahl sie berührte. Er verging beinahe vor Eifersucht, wenn er daran dachte, dass die junge Frau dem Ritter zu Diensten sein musste, obwohl Dietmar sich nicht das Geringste aus ihr machte. Der Mönch gab seine Sache jedoch nicht verloren. Spätestens in drei Monaten würde Frau Mechthilds Kind geboren werden, und acht Wochen danach würde sie wieder ihren Platz im Schlafgemach des Herrn einnehmen. Das war die Zeit, in der seine Pläne aufgehen und ihn in die Lage versetzen würden, Marie mit Haut und Haaren zu kaufen, und dann würde er dafür sorgen, dass kein anderer Mann mehr in ihre Nähe kam. Jodokus lächelte bei diesem Gedanken so zufrieden, dass Guda, die ihm begegnete, ihn erstaunt musterte. Bis jetzt hatte sie den Mönch nie anders als mit sauertöpfischem Gesicht herumlaufen sehen.

V.

In den ersten Wochen auf Burg Arnstein wurde die Freundschaft zwischen Marie und Hiltrud einer harten Zerreißprobe unterzogen, denn zum ersten Mal seit ihrer gemeinsamen Wanderung gingen ihre Interessen in unterschiedliche Richtungen.

Hiltrud genoss das Leben in der Burg mehr, als sie es sich in ihren kühnsten Träumen hätte vorstellen können. Sie wohnten wie Fürstinnen in einem großen Raum, für dessen Kamin immer genügend Brennmaterial da war und dessen Bett so himmlisch weich war, wie es die Wolken für die Engel sein mussten. Man reichte ihnen das beste Essen und ließ sie tun, was ihnen in den Sinn kam. Dafür verlangte man von ihnen nur, dass Marie ihre Pflicht dem Burgherrn gegenüber erfüllte und Hiltrud sich nicht aufreizend den Männern anbot.

Die Mägde, die sie bedienten, behandelten sie zwar ein wenig wie exotische Tiere, wie man sie auf Jahrmärkten für einen Pfennig zu sehen bekam, waren aber freundlich und immer zu einem Scherz bereit. Auch das übrige Gesinde wagte kein abfälliges Wort zu sagen, weil es die Herrin nicht erzürnen wollte. Wie Hiltrud es prophezeit hatte, ließen die Männer Marie in Ruhe. Sie wurden auch bei ihr nicht handgreiflich, plusterten sich aber wie Auerhähne auf, wenn sie an ihnen vorbeiging. Von Zeit zu Zeit schlief sie sogar mit dem einen oder anderen. Giso, der bärbeißige Burgvogt, zahlte manch blanken Schilling im Wert zu zwölf guten Pfennigen für ihre Gunst. Sie freute sich darüber, denn sie konnte es sich nicht leisten, einen so leicht erworbenen Spargroschen zurückzuweisen.

Im Gegensatz zu den anderen musste Thomas, der leibeigene Ziegenhirt, nichts bezahlen. Er war ein Jahr älter als Hiltrud und von Geburt an verwachsen, so dass er kein Krieger hatte werden können. Er hatte ein schmales Gesicht mit tief liegenden grauen Augen, das von vollem, dunkelblondem Haar umgeben war. Hiltrud gefiel er um seiner selbst willen und nicht wegen seiner Ähnlichkeit mit Ritter Dietmar. Von anderen hatte sie erfahren, dass Thomas etwa sieben Monate nach dem jetzigen Burgherrn geboren worden war. Anscheinend hatte auch der alte Herr auf Burg Arnstein während der Schwangerschaft seiner Gemahlin nicht auf einen weichen Frauenkörper verzichten wollen. Was Hiltrud an Thomas anzog, war sein Geschick im Umgang mit Tieren und seine wunderbar sanfte und kameradschaftliche Art ihr gegenüber.

Er wusste, dass Hiltrud die Männer, mit denen sie für Geld geschlafen hatte, nicht mehr zählen konnte. Trotzdem genoss er ihre Liebe wie ein köstliches Geschenk und freute sich über ihre Zuneigung. Hiltrud versuchte, ihre Gefühle für ihn zu beherrschen, aber das gelang ihr nicht so recht. Es war nicht gut für eine Hure, einen Mann besonders gern zu haben, das hatte sie schon schmerzhaft erfahren. Ihre Liebe durfte den Winter nicht überleben, denn im Frühjahr würde sie ihr altes Leben aufnehmen und wieder über die Straßen ziehen müssen. Deswegen war sie nicht bereit, um ihrer Zuneigung willen auf das, was sie von Giso und anderen bekommen konnte, zu verzichten.

Einmal hatte sie sich sogar mit dem Mönch Jodokus eingelassen, obwohl er nicht besonders gut roch und ihr auch nur ein paar Haller Pfennige für ihre Dienste geboten hatte. Normalerweise hätte sie den Mann abgewiesen, doch das hatte sie nicht gewagt, weil sein Wort bei der Herrin viel galt und Hiltrud Angst gehabt hatte, er würde sie bei Frau Mechthild verleumden. Der Geschlechtsakt war nur kurz und nicht mehr wert gewesen als die vier Pfennige, denn der Mönch hatte keine Erfahrung mit käuflichen Frauen. Dann aber war ihr klar geworden, was der Mönch wirklich wollte, denn er hatte sie mehr als eine Stunde lang über Marie ausgefragt. Später an jenem Abend hatte sie ihre Freundin mit dieser Eroberung geneckt. Marie war jedoch nicht auf ihre Scherze eingegangen, sondern hatte bei der Erwähnung des Namens Jodokus das Gesicht verzogen und ein paar böse Verwünschungen gegen den Mönch ausgestoßen.

Marie war wirklich eigenartig geworden, dachte Hiltrud, während sie mit Thomas in dem kleinen Verschlag über dem Ziegenstall lag, der ihm als Unterkunft diente. Man hatte den kleinen Raum aus ungehobelten Brettern zusammengenagelt, von denen nicht einmal die Borke entfernt worden war, und ihn hoch oben zwischen den Dachbalken befestigt, so dass er wie ein Vogelnest dort hing. Trotzdem war es hier oben sehr gemütlich. Thomas hatte sich aus anderen Holzresten ein Bett, einen kleinen Tisch und zwei Hocker gezimmert. Zwei Borde unter der niedrigen Decke und ein paar aus Astgabeln geschnitzte Haken ergänzten die Einrichtung. Mehr passte in die winzige Kammer auch nicht hinein. Der Ziegenhirt war jedoch damit zufrieden.

Während Hiltruds Blick nachdenklich umherwanderte, richtete er sich auf und betrachtete ihre Brüste, die trotz ihrer Größe noch fest waren. »Du bist wunderschön.«

»Marie ist schön«, widersprach Hiltrud. »Ich bin gerade mal annehmbar.«

»Du stellst dein Licht unter den Scheffel«, tadelte Thomas sie sanft. »Für mich bist du die schönste Frau der Welt, und ich werde sehr traurig sein, wenn du mich verlässt.«

»Ich bin keine Frau, in die ein Mann wie du sich verlieben sollte.

Selbst jetzt nehme ich es mit der Treue nicht allzu genau, wie du weißt.«

»Du gehst nur deinem Broterwerb nach, genauso, wie ich die Ziegen hüten muss.«

Thomas' Stimme streichelte sie sanft wie ein Frühlingswind, und Hiltrud musste daran denken, wie schön sie es hier haben könnte, wenn ihre Sorgen wegen Marie nicht wären. Der Ziegenhirt schien ihre Gedanken zu spüren, denn er zog die Decke über sie und strich ihr über die Wange.

»Was bedrückt dich eigentlich so?«

»Ach, es ist nur Marie. Warum kann sie nicht mit dem Augenblick zufrieden sein, so wie wir beide? Sie denkt immer nur an den Mann, der ihr Leben zerstört hat, und wie sie sich an ihm rächen kann. Dabei könnte sie genauso gut eine Hand voll Schnee in die Sonne werfen, um sie zum Erlöschen zu bringen.«

Thomas lächelte versonnen. »Manchmal reicht eine Hand voll Schnee, um ein Feuer zu ersticken.«

Hiltrud schüttelte empört den Kopf. »Rede du ihr bei ihren Dummheiten nicht auch noch zu.«

»Ich werde nichts dergleichen tun. Aber du solltest sie warnen. Die Leute reden schon darüber, dass sie sich jedes Mal in den großen Saal schleicht, wenn die Herren dort zusammensitzen. Falls das Frau Mechthild zu Ohren kommt, wird man deine Freundin für eine Spionin halten und im Turmverlies einsperren. Versprich mir, dass du auf sie Acht gibst. Sie hat in ihrem Leben schon zu viel Leid ertragen müssen.«

Hiltrud sah ihn verblüfft an. »Woher weißt du das? Ich habe dir doch nichts über sie erzählt.«

»Ich habe durch ihre Augen geblickt und den Schmerz in ihrer Seele gesehen«, sagte Thomas schlicht.

»Ich werde auf sie aufpassen«, versprach Hiltrud und kuschelte sich enger an ihn.

Als sie einige Zeit später Thomas' Kammer verließ, war sie fest entschlossen, Marie gründlich den Kopf zu waschen. Aber dann sah sie, dass die Gäste und ihr Gefolge sich zum Aufbruch bereitmachten, und atmete erleichtert auf. Jetzt brauchte sie keine Angst mehr um ihre Freundin zu haben.

Obwohl die Herren sich lärmend und scheinbar herzlich von Ritter Dietmar verabschiedeten, wirkten ihre Gesichter verkniffen. Die Gräben zwischen den Nachbarn schienen trotz der Gefahr, in der sie alle schwebten, noch tiefer geworden zu sein. Hiltrud blickte den Reitern nach, bis sie den inneren Zwinger verlassen hatten, und schickte ihnen innerlich drei Kreuze hinterher. Das Gesinde, das dem Abzug der Gäste zugesehen hatte, schien ebenso erleichtert zu sein, denn sie flüsterten sich boshafte Abschiedsgrüße zu, die sie einigen der Herren zu gern lauthals nachgerufen hätten.

Frau Mechthild, die in einem grünen Gewand unter der Tür zum Wohnturm stand, lachte wie befreit auf. Sie hatte in diesen Tagen alle Hände voll zu tun gehabt, ihren Gatten und seine hitzköpfigen Freunde von Taten abzuhalten, die mit Sicherheit zu einem bösen Ende geführt hätten. Mit roher Gewalt, wie Hartmut von Treilenburg und Rumold von Bürggen es vorgeschlagen hatten, war eine Fehde mit dem Keilburger nicht zu gewinnen. Damit hätten sie nur die Burgherren in der Umgebung gegen sich aufgebracht, denn Kämpfe störten den Handel und verringerten die Einnahmen.

Mechthild winkte lächelnd ihrem Gatten zu, der seinen Gästen ein Stück das Geleit gegeben hatte und nun missmutig zurückkehrte.

Als er abstieg, eilte sie ihm entgegen und drückte seine Hand gegen ihre Wange. »Ich weiß ja, dass Verbündete wichtig sind, und doch bin ich froh, unsere Burg jetzt wieder für uns zu haben. Auf die Dauer waren unsere Nachbarn doch ein wenig anstrengend.« Dietmar entzog ihr die Hand und warf einem Stallknecht die Zügel zu. Dann starrte er sie mit einer Mischung aus Wut und

Verzweiflung an. »In deren Augen bin ich ein Feigling, weil ich mir mein Recht nicht mit blanker Faust holen will.«

»Ein Recht, das man sich mit der Faust holt, ist Faustrecht«, tadelte Frau Mechthild ihn sanft. »Gegen den Keilburger Grafen haben wir nur dann eine Chance, wenn wir uns vor dem Reichsgericht gegen ihn durchsetzen. So mächtig ist Konrad von Keilburg auch wieder nicht, dass er sich einem Spruch des Kaisers widersetzen kann. Tut er es dennoch, werden wir sehr viele Verbündete haben, die sich auf ganz legale Weise einen Teil von seinen zusammengeraubten Ländereien sichern wollen. Bis dahin aber müssen wir uns nach einem Freund umsehen, der mächtiger ist als der Keilburger.«

»Du bist also immer noch der Meinung, ich sollte mich mit dem Württemberger zusammentun?« Ritter Dietmar klang nicht gerade begeistert.

Der guten Laune seiner Gemahlin tat dies jedoch keinen Abbruch. Sie nickte lächelnd, umarmte ihn, was ihr wegen ihres beträchtlichen Umfangs etwas schwerer fiel als sonst, und gab ihm einen herzhaften Kuss.

Hiltrud ertappte sich dabei, dass sie genau das tat, was sie an Marie kritisierte, nämlich heimlich zu lauschen. Daher drehte sie sich um und lief rasch ins Haus. Als sie in ihr Zimmer trat, saß Marie an einem der Fenster und starrte in die Ferne, dorthin, wo man über einem dicht bewaldeten Hang eine kleine, aber gut zu verteidigende Wehranlage erkennen konnte. Es handelte sich um die Burg Felde, die als eine der letzten in den Besitz des Keilburgers geraten war. Von dort aus hatte Graf Konrad Mühringen, die Burg von Ritter Dietmars Onkel Otmar, im Handstreich besetzt.

Hiltrud stemmte die Arme in die Hüften und schüttelte tadelnd den Kopf. »Du grübelst zu viel, Marie.«

Marie zuckte zusammen und starrte Hiltrud erschrocken an, so als hätte die Freundin sie aus tiefem Schlaf herausgerissen. »Ich kann nicht anders! Seit ich hier hin, muss ich ständig an Ruppert denken. Bei Gott, wie sehne ich den Tag herbei, an dem er und die anderen Schurken ihre gerechte Strafe erhalten. Eine Zeit lang hatte ich gehofft, Ritter Dietmar würde dem Keilburger die Fehde antragen. Ohne seinen hochwohlgeborenen Halbbruder verliert Ruppert seinen wichtigsten Beschützer, und wenn ich Glück habe, wird er sogar mit ihm fallen. Dann brauche ich nur noch einen Meuchelmörder zu dingen, der sich der Lumpen annimmt, die mich geschändet und falsch beschuldigt haben.«

»Davon wirst du weiterträumen müssen. Frau Mechthild wird es niemals zulassen, dass es zum Kampf kommt. Das hat sie eben selbst gesagt.«

Marie nickte düster. »Ich weiß. Schließlich habe ich bei den Gesprächen gut zugehört.«

»Ja, und warst dabei sehr leichtsinnig. Das Gesinde redet schon darüber, und Thomas bat mich, dich zu warnen.«

Marie zuckte mit den Schultern und schob die Unterlippe nach vorne. »Was weiß so ein Ziegenhirte denn schon.«

»Er ist sehr klug und weiß besser als andere, was in der Burg vorgeht. Du solltest dich zusammennehmen und die Grillen aus deinem Kopf vertreiben. Genieße die Zeit, die wir hier verbringen dürfen. So leicht wie jetzt hast du dein Geld in den letzten drei Jahren wahrlich nicht verdienen können.«

»Ich wäre lieber eine Trosshure in einem Heer, das auszieht, um Konrad von Keilburg und seinen Halbbruder zu vernichten«, brach es aus Marie heraus. »Hier komme ich doch keinen Schritt weiter. Ritter Dietmar und seine Freunde werden keinen Krieg gegen den Keilburger führen, sondern sich an das kaiserliche Gericht wenden. Vielleicht erreichen sie tatsächlich einen Spruch zu ihren Gunsten. Aber davon habe ich nichts. Mir verschafft kein Gericht der Welt Genugtuung!«

Marie brach in Tränen aus. Hiltrud spürte ihre Hoffnungslosigkeit und zog sie an sich, um sie zu trösten. Marie klammerte sich wie ein kleines Kind an sie, aber die Worte, die sie dabei flüsterte, zeugten von einem Hass, der Hiltrud erschauern ließ.

VI.

Kurz nach der Abreise der Edelleute begann es heftig zu schneien, und Arnstein versank in einer Art Winterschlaf. Nur selten betrat oder verließ jemand die Burg. Zweimal sah Marie, wie sich ein Bote von einem der Verbündeten durch den Schnee heraufkämpfte und völlig erschöpft aus dem Sattel gehoben und ins Haus getragen wurde. Beide Male war es ihr nicht möglich, die Gespräche zu belauschen, daher musste sie sich mit den Gerüchten begnügen, die durch die Gesinderäume schwirrten.

Wie es hieß, war es weder Ritter Dietmar noch seinen Verbündeten gelungen, andere Burgherren auf ihre Seite zu ziehen. Der Winter schien jedoch auch den Keilburger zu lähmen, jedenfalls hörte man, er habe einen Teil der Söldner entlassen und den Rest seines Heeres in die Winterquartiere geschickt. Seine Leute kontrollierten immer noch die Hauptstraße nach Norden, ließen aber die wenigen Wagenzüge und Reisenden, die dem Wetter zu trotzen wagten, ohne Schwierigkeiten passieren. Nur die Reisigen und Dienstmannen, die zu Arnstein oder Rumold von Bürggen gehörten, wurden zu dem jetzt noch gefährlicheren Umweg durch den Sumpf gezwungen. Das waren keine überwältigenden Neuigkeiten, dachte Marie, die sich zu langweilen begann.

In Hiltrud fand sie nur selten eine Gesprächspartnerin, denn die hielt sich meist bei Thomas auf, und wenn sie zurückkam, sprach sie vor allem über ihre Ziegen. Hiltrud freute sich riesig auf die Zicklein, die sie werfen würden. Thomas hatte die beiden seinem besten Bock zugeführt. Es war ein Leben, wie es ihr gefiel, und sie kämpfte immer wieder gegen die Tränen, wenn sie daran dachte, dass die schöne Zeit ausgerechnet zu Beginn des Frühjahrs zu Ende gehen würde.

Marie ließ Hiltrud in dem Glauben, sie hätte sich damit abgefunden, dass Ritter Dietmar und seine Freunde nichts gegen den Keilburger Grafen unternahmen. In Wahrheit hoffte sie immer noch, dass es zu einer Fehde kam. Auch wenn Ruppert die kriegerischen Auseinandersetzungen überlebte, wäre er angeschlagen und damit ein leichteres Opfer für einen Meuchelmörder. So aber musste sie hoffen, einen Mann zu finden, der wagemutig genug war, sich dem Zorn eines der mächtigsten Herren im Land auszusetzen.

Um Hiltrud nicht zu beunruhigen, hing sie diesen Gedanken jedoch nur nach, wenn sie zusammen mit einigen Mägden in der Nähstube saß und an neuer Kleidung für die Herrschaft arbeitete. Es galt, eine Ausstattung für das Kind anzufertigen, das Frau Mechthild in wenigen Wochen zur Welt bringen würde, und mit schönen Stickereien zu versehen. Marie hatte einst genug Übung mit Nadel und Faden besessen, da sie ihre Aussteuer zum größten Teil selbst genäht und verziert hatte. Frau Mechthild war so zufrieden mit ihr, dass sie ihr ein Bündel Stoffreste und gutes Garn geschenkt hatte, genug, um für sich und Hiltrud zwei Kleider, zwei Überwürfe und ein paar Unterhemden zu nähen.

Die Arbeit tat Marie gut, denn sie lenkte sie von ihren düsteren Überlegungen ab. Doch an einem Morgen nach einer besonders schlechten, von Albträumen heimgesuchten Nacht fehlte ihr jegliche Lust, etwas zu tun. Sie hatte ein paar Bänder vor sich liegen, die bestickt werden und die Tücher für das Neugeborene zieren sollten. Aber sie kam nicht recht voran. Immer wieder legte sie die Hände in den Schoß und starrte durch das kleine Fenster ins Freie. Von hier aus konnte man nicht mehr erkennen als ein paar kahle Bäume mit schneebedeckten Kronen und ein Stück der Straße, die zur Burg hochführte, doch der Ausblick gab ihr das Gefühl, nicht eingesperrt zu sein.

Plötzlich zwinkerte sie verwundert. Seit mehr als einer Woche hatte niemand mehr die Burg betreten, der nicht zu ihren Bewohnern oder denen des Meierdorfs gehörte. Jetzt aber näherten sich fremde Reiter. Da sie immer wieder von den Bäumen verdeckt wurden, konnte Marie sie nicht genau zählen, schätzte sie jedoch auf ein gutes Dutzend. Noch während sie überlegte, ob sie Guda auf die Ankömmlinge aufmerksam machen sollte, erscholl das Horn des Türmers.

Die Mägde sprangen auf und eilten ans Fenster. In ihrem Eifer drückten sie einander beiseite, konnten aber nichts erkennen, weil die Reiter bereits hinter der Mauer verschwunden waren. Da Guda ihren Platz verlassen hatte, um ihre Herrin bei der Versorgung der unerwarteten Gäste zu unterstützen, liefen sie wie ein Schwarm Küken den Gang entlang, bis sie ein Fenster erreichten, durch das man den inneren Zwinger überblicken konnte. Als der vorderste Reiter durch das Tor kam und stolz seinen Wimpel hochreckte, rief eine von ihnen überrascht: »Das ist doch das Wappen des Keilburgers. Was suchen die Kerle denn hier bei uns?«

Marie fühlte ihr Herz klopfen. Sie versuchte gar nicht erst, selbst einen Blick hinauszuwerfen, sondern eilte ins Freie und suchte ein Versteck, von dem aus sie die Begrüßung der Reiter beobachten konnte. Da die Besucher das letzte Tor noch nicht erreicht hatten, lief sie über die Zugbrücke in den inneren Teil der Burg und verbarg sich im Futtergang des Stalls, in dem die Pferde der Herrschaften untergebracht waren. Sie schob eine Kiste unter das vergitterte Luftloch und stieg hinauf. Von diesem Platz aus konnte sie alles beobachten, was draußen vorging.

Kaum hatte sie ihren Lauschposten eingenommen, da ritten die Fremden in den Hof. Es waren tatsächlich Keilburger, wie die Wappen auf ihren Umhängen verrieten. Der unterschiedlichen Kleidung und ihrer Haltung nach waren die zehn Bewaffneten jedoch keine gewöhnlichen Reisigen, sondern angeworbene Söldner, die einen Herrn von Stand eskortierten. Marie warf einen Blick auf den elften Mann und glaubte, das Blut in ihren Adern gerinnen zu fühlen. Es war niemand anderes als Magister Ruppertus Splendidus, ihr einstiger Bräutigam.

Keine zehn Schritt von ihr entfernt hielt er sein Pferd an und warf einen Blick in die Runde. Er schien die Krieger zu zählen, die im Burghof und auf dem inneren Wehrgang aufmarschiert waren, und ein kurzes Zusammenbeißen seiner Lippen verriet Marie, dass er nicht so viele Soldaten erwartet hatte. Sie lächelte triumphierend. Ruppert fiel nämlich der Täuschung zum Opfer, die Frau Mechthild von langer Hand vorbereitet hatte. Kurz nachdem die Verbündeten ohne Einigung abgereist waren, hatte die Burgherrin Waffen und Waffenröcke für jeden Knecht anfertigen lassen, um eine größere Besatzung vorzuspiegeln, als die Burg tatsächlich besaß. Und kaum war das Wappen des Keilburgers erkannt worden, waren die Sachen an die Männer ausgegeben worden. Sogar Thomas, der Ziegenhirt, stand mit einem langen Speer bewaffnet oben auf dem Wehrgang, wo niemand sehen konnte, dass es sich bei ihm um einen Buckligen handelte.

Maries schadenfrohes Lächeln erlosch, als sie Ruppert näher betrachtete. Die letzten dreieinhalb Jahre waren ihm offensichtlich gut bekommen. Er wirkte fülliger, als sie ihn in Erinnerung hatte, und war besser gekleidet, als es sich ein Mann seines Standes normalerweise leisten konnte. Eine Kappe aus Biberfell bedeckte seinen Kopf, und gegen die Winterkälte schützte ihn ein mit Wolfsfell besetzter Mantel aus bestem flandrischem Wolltuch. Als er abstieg und seine Handschuhe auszog, glitzerte ein halbes Dutzend goldener Ringe an seinen Fingern.

»Ich wünsche Ritter Dietmar zu sprechen!« Seine Stimme klang nicht laut, füllte jedoch den ganzen Hof.

»Was willst du von mir?« Der Burgherr war auf den Balkon getreten, auf dem er und seine Frau bei Festlichkeiten saßen, wenn seine Bauern den Burghof bevölkerten. Jetzt konnte er von dort oben den ungebetenen Gast ins Auge fassen, ohne einen heimtückischen Anschlag fürchten zu müssen.

Ruppert musste den Kopf in den Nacken legen, um dem Ritter ins Gesicht sehen zu können. »Ich komme im Namen meines erlauchten Bruders, des Grafen Konrad von Keilburg. Er hat mir aufgetragen, mit Euch zu verhandeln.«

Dieses Angebot kam so überraschend, dass Ritter Dietmar zunächst nicht zu wissen schien, was er darauf antworten sollte. Er stützte sich auf das Geländer und musterte Ruppert, als wollte er von dessen Stirn ablesen, ob der Mann es ehrlich meinte. »Wenn Graf Konrad mir das Erbe meines Onkels übergeben will, bist du mir willkommen. Ansonsten ist jedes weitere Wort überflüssig.«

Rupperts Lächeln ließ sich nicht deuten. »Damit kann ich Euch nicht dienen. Ritter Otmar mag einst versprochen haben, Euch Mühringen zu hinterlassen. Doch er hat seine Absicht geändert und seine Burg und sein Land mit Brief und Siegel meinem Bruder vermacht. Graf Konrad wünscht jedoch keinen Hader mit Euch und hat mich deshalb mit einer Friedensbotschaft geschickt. Aber ich würde es vorziehen, das, was ich Euch mitzuteilen habe, nicht vor aller Ohren in der Kälte auszubreiten, sondern es Euch bei einem Becher des ausgezeichneten Tropfens darzulegen, den Ihr aus den Weingärten Eurer Gemahlin gewinnt.«

Ruppert schien dem Burgherrn beweisen zu wollen, dass er ihm als Gleicher gegenübertrat, und ihm gleichzeitig Hoffnung zu machen, er könne den Streit, bei dem er in offener Fehde den Kürzeren ziehen musste, auf dem Verhandlungsweg beilegen. Marie ahnte dank ihrer unglückseligen Erfahrung, dass ein Gespräch mit Ruppert für den Burgherrn gefährlicher sein würde als tausend feindliche Bewaffnete vor den Toren von Arnstein. Aber wie sie den Ritter einschätzte, würde er das Angebot des Keilburgers als Schwäche auffassen und sich auf diese Verhandlung einlassen.

Marie holte tief Luft. Das Gespräch durfte sie sich nicht entge-

hen lassen. Sie sprang von der Kiste und rannte in den Gesinde-
trakt, auf dessen anderer Seite sich die Burgküche befand. Von
hier aus ging es durch ein paar Gänge über ein paar Treppen in
den Wohnturm hinauf, durch den ein Gang zur Galerie über der
großen Halle führte. Da das weibliche Gesinde vorne an den
Fenstern zum Hof zusammengelaufen war, um den unverhofften Besuch anzustarren, gelangte sie ungesehen zu ihrem Beob-
achtungsposten auf den oberen Treppenstufen. Sie war sicher,
dass Ritter Dietmar Ruppert nur an dem Ort empfangen würde,
wo die Bilder seiner Vorfahren und die Trophäen aus vielen
Schlachten die Macht und das Alter seines Geschlechts zum
Ausdruck brachten.

So war es auch. Kaum hatte sie sich ihr Kleid um die Beine gewickelt, um sich vor der Zugluft zu schützen, führte der Burgherr
seinen Besucher herein. Er setzte sich als Erster, so dass er für einen Augenblick wie ein kleiner König auf seinem kunstvoll ge-
schnitzten Hochsitz am oberen Ende der großen Tafel thronte,
und ließ sich einen Pokal mit Wein füllen, während Ruppert wie
ein Bittsteller warten musste, bis ein Diener ihm einen Stuhl
brachte. Dem Magister war nicht anzumerken, ob ihn die Beleidigung getroffen hatte, denn das feine Lächeln wich keinen Augenblick von seinem Gesicht. Er nahm auf dem angebotenen
Stuhl Platz, wartete, bis der Diener auch seinen Becher mit Wein
gefüllt hatte, und trank dem Burgherrn mit einer Miene zu, als
wären sie die besten Freunde.

»Also, was will Euer Bruder von mir?« Ritter Dietmar gab sich
bärbeißig, aber Marie stellte verärgert fest, dass es Ruppert gelungen war, ihn zu beeindrucken, denn jetzt sprach der Ritter den
Magister wie einen Gleichrangigen an.

»Graf Konrad bedauert den Ärger zwischen ihm und Euch und
möchte die Sache aus der Welt schaffen.«

»Er braucht mir nur das zu geben, was mir zusteht«, erwiderte
Dietmar barsch.

Erneut verzogen sich Rupperts Lippen zu einem undurchsichtigen Lächeln. »Leider sieht mein Bruder die Sache anders als Ihr. Er besitzt einen hieb- und stichfesten Vertrag, der ihm Ritter Otmars Besitz zuspricht, und er sieht keinen Grund, darauf zu verzichten.«

»So? Den sieht er nicht?« Ritter Dietmar fuhr wütend auf und rief lautstark nach seinem Schreiber.

Marie wollte schon aufspringen und davonlaufen, weil sie dachte, Jodokus käme über den Korridor im Obergeschoss. Zu ihrer Erleichterung aber öffnete sich eine Tür in der Halle, als hätte jemand dahinter gewartet, und der Mönch trat ein. Er trug eine längliche Lederrolle wie eine Kostbarkeit vor sich her und reichte sie seinem Herrn.

Ritter Dietmar nahm die Rolle entgegen und zog ein Pergament heraus, welches er Ruppert mit dem Ausdruck höchsten Triumphes reichte. »Lest selbst! Hier steht beeidet und gesiegelt, dass mein Onkel mir seinen Besitz vermacht hat und dieses Testament ohne meine Einwilligung nicht ändern kann.«

Ruppert überflog den Vertrag und verzog unwillig das Gesicht, hatte sich jedoch sofort wieder in der Gewalt. »Das ist Auslegungssache. Nach dem herrschenden Recht ist es jedoch so, dass ein jüngeres Testament mehr gilt als ein älteres. Selbst wenn Ihr vor Gericht geht, erstreitet Ihr Euch mit diesem Vertrag nicht mehr als eine kleine Entschädigung, die in keinem Verhältnis zu den Kosten und dem Ärger steht, die ein Prozess Euch bringen würde.« Er legte das Dokument vor sich auf den Tisch und verschränkte die Arme vor der Brust. Den Wein würdigte er nun keines Blickes mehr, während Dietmar sich bereits das zweite Mal nachschenken ließ.

»Aber um der guten Nachbarschaft willen und damit der Streit ein Ende hat …«, Ruppert betonte besonders das Wort Nachbarschaft, »… bietet mein Bruder Euch den Steinwald an.«

Der Burgherr schlug empört auf den Tisch. »Den Steinwald hat er dem Kloster von St. Ottilien gestohlen. Will er Feindschaft zwischen mir und dem Abt säen?«

»Ihr solltet nicht so voreilig sein. Nicht mein Bruder war es, der den Steinwald dem Kloster vorenthalten hat, sondern Ritter Gottfried selbst, der wider jedes Recht mit Waffengewalt gegen die berechtigten Ansprüche meines Vaters, des Grafen Heinrich, vorging.«

Für einen Augenblick glaubte Marie wieder die unbarmherzige Stimme zu vernehmen, die sie damals in Konstanz vor Gericht verdammt hatte. Ruppert war ein heimtückischer Feind, der es verstand, seine Gegner mit der Waffe des Wortes niederzukämpfen. Jetzt legte er es offensichtlich darauf an, Ritter Dietmar in die Enge zu treiben. Der Burgherr kaute immer noch an den letzten Worten des Magisters herum, als dieser die Hand hob und weitersprach.

»Bevor Ihr jetzt Dinge sagt oder tut, die Ihr später bereuen werdet, solltet Ihr mir zuhören. Mein Bruder ist nicht Euer Feind. Er verteidigt nur sein Recht. Ihr hättet ja auch nicht geduldet, wenn Euer Onkel Euch seinen Besitz vermacht hätte und ein anderer Nachbar diesen Anspruch mit einem älteren Testament bestreiten würde.«

Ritter Dietmar neigte unwillkürlich den Kopf, als wollte er zustimmen, hob aber dann das Kinn. Ruppert hatte es trotzdem bemerkt und lächelte. »Warum akzeptiert Ihr die Situation nicht so, wie sie ist? Nehmt die Hand an, die mein Bruder Euch in Freundschaft entgegenstreckt, und verbündet Euch mit ihm. Im Gegenzug überlässt Euch Graf Konrad Burg Felde und ein Drittel des Landes, das einst Ritter Walter gehörte. Der Grund würde Euren Besitz besser abrunden als der Besitz Eures Onkels.«

Marie spürte die beinahe hypnotische Kraft, die Ruppert in seine Worte legte, und glaubte für einen Moment, Ritter Dietmar werde dem Angebot erliegen.

Das schien auch Frau Mechthild anzunehmen, die lautlos neben

Marie aufgetaucht war. »Das wird mein Gemahl niemals tun!«, rief sie hinab. Bevor Marie aufspringen konnte, spürte sie, wie sich die Hand der Burgherrin in ihre Schulter krallte.

»Du wirst mir später einiges zu erklären haben, Hure!«, raunte sie ihr zu, ohne die Lippen zu bewegen oder ihren Mann und den Magister aus den Augen zu lassen.

Da keiner der beiden Männer ihr antwortete, wandte sie sich Ruppert zu. »Sage deinem Bruder, dass Arnstein sich niemals vor ihm ducken wird. Auf dieses Angebot einzugehen wäre schändlich. Wir bestehen auf unserem Recht und werden es uns erkämpfen.«

Rupperts Gesicht wurde für einen Augenblick dunkel vor Zorn. Dann aber hob er das Weinglas, als wolle er eine spöttische Miene dahinter verstecken, und sah den Ritter über den Rand hinweg an. »Also stimmt es, was man von Euch erzählt, Ritter Dietmar. Euer Weib hat hier die Hosen an und führt Euch am Gängelband.«

Für einen Augenblick wirkte der Burgherr wie ein begossener Pudel. Dann krachte seine Faust auf den Tisch. »Das darf mir keiner ungestraft ins Gesicht sagen, am wenigsten der elende Bastard eines noch elenderen Vaters. Verschwinde, Bursche, sonst lasse ich dich durch meine Diener hinauswerfen.«

Das hatte der Magister nicht erwartet. Seine Augen irrten zwischen dem Ritter und dem Testament hin und her, und unwillkürlich streckte er seine Hand nach dem mit mehreren Siegeln versehenen Pergament aus.

Der Burgherr nahm das wertvolle Schriftstück an sich. »Das hättest du wohl gerne, du Hund! Deine Reaktion zeigt mir, dass ich vor dem Gericht des Kaisers gute Chancen habe, mein Eigentum ohne einen Schwertstreich zu erlangen.«

»Das werden wir ja sehen!«, zischte Ruppert, sprang auf und verließ grußlos den Saal.

Ritter Dietmar schenkte ihm keinen weiteren Blick, sondern sah zu seiner Gemahlin hoch und schüttelte den Kopf. »Du treibst ein gefährliches Spiel, Weib. Was ist, wenn das Friedensangebot des Keilburgers ernst gemeint war?«

»Hättest du es angenommen, wärst du unseren Nachbarn in den Rücken gefallen. So ein Übereinkommen würden dir deine Freunde mit Recht als Verrat auslegen. Dann ständen wir ohne Verbündete da, und du wärst auf Gedeih und Verderb Graf Konrads Gnade ausgeliefert.«

»Aber ich hätte Burg Felde und ein schönes Stück Land dafür bekommen ...«

»Das kann dir Konrad von Keilburg jederzeit wieder nehmen, ohne dass jemand einen Finger für dich rührt. Nein, Dietmar, wir besitzen kaum mehr als unseren ehrlichen Namen, und den dürfen wir nicht für ein Linsengericht aufs Spiel setzen.«

»Weib, ich fürchte, du hast wieder einmal Recht! Aber jetzt brauche ich erst einmal frische Luft, um das zu verdauen.« Dietmar von Arnstein schnaufte tief durch, trank den Rest seines Weines aus und verließ mit hängenden Schultern die Halle. Frau Mechthild sah ihm kopfschüttelnd nach, bis sich die Tür hinter ihm geschlossen hatte. Dann starrte sie Marie an, als überlege sie, sie auf der Stelle ins Verlies werfen zu lassen.

»So, und jetzt zu dir, Hure. Warum spionierst du hinter meinem Gemahl her? Soviel ich weiß, war das nicht das erste Mal. Was hast du mit Graf Konrad zu schaffen? Schnüffelst du für ihn hier herum?«

Marie wischte sich mit dem Handrücken die Tränen ab, die ihr vor Aufregung über das Gesicht liefen. »Nein, Herrin. Mit dem Keilburger habe ich nichts zu schaffen, aber umso mehr mit seinem sauberen Halbbruder.«

Frau Mechthild hob verwundert die Augenbrauen. »Was ist mit Magister Ruppertus?«

Marie stöhnte auf, weil sich die Hand der Burgherrin schmerzhaft in ihre Schulter bohrte. »Er war mein Bräutigam! Er hat mich um alles gebracht, was ich hatte, und mich zu dem gemacht, was Ihr vor Euch seht.«

Der Griff der Herrin lockerte sich ein wenig. Frau Mechthilds Gesicht drückte Zweifel aus, aber auch Interesse. »Du wirst mir alles berichten, was du über ihn weißt. Komm mit!«

Sie führte Marie in eine Kammer, die eigentlich nur aus einem Erker bestand, von dem aus man den Burghof und Teile des inneren Zwingers einsehen konnte. Außer der steinernen Bank, die unter den drei Fenstern entlanglief und mit Kissen und Decken gut gepolstert war, gab es noch ein zierliches Schränkchen, einen dazu passenden Nähtisch, der mit Intarsienarbeiten verziert war, und eine ebenfalls gepolsterte Fußbank. Schaffelle bedeckten den Boden und verliehen zusammen mit alten, wollenen Wandbehängen dem winzigen Raum die Atmosphäre einer Höhle. Hierhin zog sich die Burgherrin zurück, wenn sie allein sein wollte.

Frau Mechthild befahl Marie, sich auf die linke Bank zu setzen. Dann nahm sie zwei Becher aus dem Schränkchen, füllte sie mit Wein, der in einem Tonkrug bereitstand, und setzte sich so, dass ihr Gesicht im Schatten lag, während Marie von der langsam untergehenden Wintersonne beschienen wurde.

»Jetzt berichte, Hure. Aber ich warne dich! Wenn ich das Gefühl habe, dass du mich belügst, lasse ich kurzen Prozess mit dir machen.«

Marie starrte auf ihre Hände und versuchte, den Kloß herunterzuschlucken, der ihr im Halse saß. Es war weniger die Drohung der Herrin als die Erinnerung, die sie überwältigte und die sie zuerst nur stammeln ließ. Aber als Mechthild ihr ruhig zuhörte, ohne sie zu unterbrechen, fasste sie Vertrauen und sprudelte das, was sie erlebt und erfahren hatte, wie einen Wasserfall heraus. Sie verschwieg nichts, auch nicht die Mordpläne, die sie hegte.

Als sie auf Einzelheiten ihrer Wanderung eingehen wollte, hob die Burgherrin die Hand und kam noch einmal auf Ruppert zu sprechen. Sie ließ Marie alles wiederholen, was mit ihm zusammenhing. Schließlich stand sie auf und hielt sich den Rücken, als müsse sie ihn hindern, unter der Last des Kindes und der Verantwortung durchzubrechen. »Wenn es stimmt, was du gesagt hast, ist unser Feind viel gefährlicher, als wir bisher angenommen haben.«

»Ich schwöre bei allen Heiligen, dass ich die Wahrheit gesprochen habe«, sagte Marie so ruhig, wie sie es bei ihrem inneren Aufruhr vermochte.

»Das hoffe ich für dich. Ich werde einen vertrauenswürdigen Mann nach Konstanz schicken, der sich dort umhören soll. Bis er zurück ist, wirst du die Burg nicht verlassen.« Frau Mechthild stand auf und öffnete die Tür, schloss sie aber noch einmal und legte Marie die Hände auf die Schultern. »Sollte dein Bericht der Wahrheit entsprechen, hat Magister Ruppertus mehr als schändlich an dir gehandelt.«

Marie sah sich wieder mit Utz und den beiden anderen Männern im Turm und schluchzte auf. »Nicht nur er allein.«

»Jetzt nimm dich zusammen, Mädchen!« Frau Mechthild ließ Marie nicht die Zeit, sich ihrem Elend hinzugeben, sondern schickte sie in ihre Kammer und befahl ihr, sich für ihren Gemahl zurechtzumachen. Als Dietmar von seinem Spaziergang zurückkehrte, war er immer noch verärgert und verspürte wenig Lust, mit einer Frau zu schlafen, doch gegen den Willen seiner Gemahlin kam er nicht an.

VII.

Mechthild von Arnstein nahm Maries Bericht so ernst, dass sie den vertrauenswürdigsten ihrer Dienstmannen nach Konstanz schickte, nämlich den Burgvogt selbst. Das war für einige Wochen das letzte Ereignis, das ein wenig Aufregung in den normalen Tagesablauf brachte. Die starken Schneefälle hatten nachgelassen, doch nun hielten Frost und Raureif das Land fest im Griff, und eisige Winde wehten über die Höhenzüge. Trotz der Kälte lief Marie Tag für Tag auf den Wehrgängen herum und stieg auf die Türme, um Ausschau zu halten, ob Giso nicht bald zurückkäme. Sie war erleichtert, dass die Burgherrin sie nicht wie eine Gefangene hielt, sondern frei durch die Burganlage streifen ließ, denn sonst hätte sie die Anspannung in ihrem Innern kaum verkraftet.

Hiltrud versuchte, ihr etwas Ablenkung zu verschaffen, und nahm sie mit zu den Ziegenställen. Thomas stellte ihr seine Tiere mit Namen vor, als seien es seine Kinder, und bemühte sich, sie mit allerlei lustigen Geschichten aufzuheitern. Ein paar Tage ging Marie recht gerne hin, denn Thomas wusste sehr kurzweilig zu erzählen, doch bald fühlte sie sich wie ein Eindringling, der das Glück der Freundin störte. Sie begriff, dass sich zwischen den beiden so unterschiedlichen Menschen ein Band gesponnen hatte, das weit über eine normale Freundschaft hinausging. Als sie Hiltrud jedoch vorschlug, sie solle Frau Mechthild bitten, auf Burg Arnstein bleiben zu dürfen, schüttelte ihre Gefährtin heftig den Kopf.

»Nein, das würde nicht gut gehen, auch wenn wir uns sehr gern haben. Thomas ist ein Leibeigener, der keinen Schritt ohne die Erlaubnis seines Herrn tun darf, und mich würde man immer spüren lassen, dass ich eine verachtete Hure bin. Wir genießen den Augenblick und werden die Erinnerung an eine schöne Zeit wahren. Etwas anderes bleibt Menschen wie uns nicht übrig.«

»Das ist schade. Dein Thomas ist ein guter Mensch und wäre dir ein fürsorglicher Gefährte.« Als Marie die Tränen in Hiltruds Augen sah, ahnte sie, wie weh es der Freundin tat, über ihre Gefühle für diesen Mann zu sprechen, und nahm sich vor, das Thema nicht mehr zu berühren. Nach diesem Gespräch begleitete sie ihre Freundin nicht mehr so oft zu den Ziegen. Während Marie ihre Zeit auf den Burgmauern oder in der Nähstube verbrachte, machte die Schwangerschaft der Herrin immer stärker zu schaffen. Mechthild von Arnstein bekämpfte ihre Schwäche jedoch energisch und ließ sich auch von ihrem besorgten Gemahl nicht davon abhalten, überall nach dem Rechten zu sehen.

In der Vorweihnachtszeit begann es wieder heftig zu schneien, und für eine Weile sah es so aus, als würde die Burg völlig von der Außenwelt abgeschnitten. Mitten im schlimmsten Schneegestöber kehrte Giso endlich von seiner Reise zurück. Frau Mechthild eilte trotz ihres inzwischen sehr unförmigen Leibes in den Hof hinab, um ihn zu begrüßen. Marie folgte der Burgherrin mit einem Becher heißen Würzwein und war froh, dass die Dame genauso gespannt auf Gisos Bericht war wie sie selbst.

Der Burgvogt nahm Marie den Wein ab und stürzte ihn hinunter, ohne ihr mehr als einen flüchtigen Blick zu schenken. Dann klopfte er sich den Schnee vom Mantel, warf ihn in der Halle einem Bediensteten zu und rieb sich die klammen Hände. »Das ist kein Wetter zum Reisen, Herrin. Aber ich glaube, es hat sich gelohnt. Ich musste noch auf einige wichtige Nachrichten in Konstanz warten, sonst wäre ich vor den Schneefällen hier gewesen und hätte Euch nicht so lange im Ungewissen lassen müssen.«

Frau Mechthild sah ihn befremdet an. »War es so schwierig, etwas über Marie zu erfahren?«

Giso machte eine wegwerfende Handbewegung. »Aber nein. Über sie wusste ich schon nach drei Tagen alles, was es zu erfahren gab. Aber es gibt Neuigkeiten, Herrin, die Euch und Euren Gemahl mehr interessieren werden als das Schicksal dieser Frau. Kaiser Sigismund wird nach Konstanz kommen und sich mindestens drei oder vier Monate dort aufhalten. Das gibt Euch genügend Zeit, dorthin zu reisen und den Streit um Ritter Otmars Testament vor ihn zu bringen.«

»Das ist die beste Nachricht, die ich seit langem erhalten habe.« Frau Mechthild atmete auf und faltete einen Augenblick die Hände zum Gebet. Der Kaiser hielt sich zwar meist in Prag auf, reiste aber öfter zwischen seinen übrigen Besitzungen im Reich hin und her. Um ihm seinen Fall vorzulegen, hätte Ritter Dietmar ihn daher suchen und zu seinem Schutz ein größeres Gefolge mitnehmen müssen. Das aber hätte die Burg von zu vielen kampferprobten Männern entblößt und dem Keilburger die Chance gegeben, Arnstein im Handstreich zu nehmen.

Giso ahnte, welche Gedanken die Burgherrin bewegten. Daher wartete er, bis sie sich wieder gefasst hatte, und nickte ihr aufmunternd zu. »Der Kaiser will in Konstanz ein Konzil abhalten, das wie ein Sturmwind durch die Christenheit fegen und allen Schmutz hinwegfegen soll, allem voran die drei unwürdigen Päpste.«

»Ein Konzil, sagst du, zu Konstanz?« Diese Nachricht überraschte Frau Mechthild so, dass sie ganz vergaß, warum sie Giso in diese Stadt geschickt hatte. Sie fragte ihren Burgvogt noch nach den Einzelheiten, die er erfahren hatte, und wanderte dann in der Halle auf und ab, um das Gehörte zu verarbeiten. Marie, die ihre Ungeduld nicht mehr zügeln konnte, wagte es nun, Giso anzusprechen.

»Hast du etwas über meinen Vater erfahren?«

Das Gesicht des Mannes verdüsterte sich. »Dein Schicksal hat in Konstanz noch hohe Wellen geschlagen. Jeder, den ich fragte, wusste etwas zu berichten. Im Nachhinein ist etlichen Leuten sauer aufgestoßen, wie man mit dir verfahren ist. Einige Ratsleute haben beim kaiserlichen Vogt gegen deine schnelle Verurteilung vor dem Dominikanergericht protestiert, da dein Vater die vollen Bürgerrechte besaß und das Urteil daher vom Rat der Stadt hätte bestätigt werden müssen. Aber von offizieller Seite wurde nichts mehr unternommen, weil dein Vater noch am Tag deiner Vertreibung verschwunden ist. Man sagte mir, er sei dir gefolgt, um dich in ein Kloster außerhalb des Machtbereichs des Konstanzer Bischofs zu bringen. Andere haben jedoch steif und fest behauptet, er sei ins heilige Land gezogen, um dort für die Vergebung deiner

Sünden zu beten. Zu guter Letzt hat mir ein versoffener Schaf-scherer namens Anselm für zwei Becher Wein eine Geschichte erzählt, die ich für die wahrscheinlichste halte. Ein paar Tage nach deiner Vertreibung will er dem Totengräber geholfen ha-ben, einen Leichnam auf dem Armenfriedhof zu verscharren. Der Tote war nur in ein Tuch gewickelt, und als sie ihn in die Grube geworfen haben, ist es verrutscht, so dass der Schafsche-rer den Toten erkennen konnte. Anselm schwor mir bei allen Heiligen, dass es Matthis Schärer gewesen sei, dein Vater.«

Das kam nicht unerwartet. Marie senkte den Kopf und wartete auf die Tränen, die jetzt kommen mussten, doch ihre Augen blie-ben trocken. Beinahe unbeteiligt hörte sie zu, wie Giso seiner Herrin, die neugierig näher getreten war, von dem ungewöhnlich schnellen Prozess gegen Marie und der sofort daran anschließen-den Aburteilung berichtete. Ebenso nahm sie die Tatsache auf, dass Ruppert das gesamte Eigentum ihres Vaters beansprucht und zugesprochen bekommen hatte. Der Magister hatte auch ei-nige Prozesse gegen ihren Onkel Mombert gewonnen, der sich der unverschämten Aneignung des Besitzes widersetzt hatte.

»Ich halte das Ganze für ein übles Schurkenstück des Keilburger Bastards«, schloss Giso seine Ausführungen. Dabei sah er so grimmig aus, als wolle er den Magister am liebsten eigenhändig erwürgen.

Frau Mechthild strich Marie über den Kopf. »Ich bin dir zu Dank verpflichtet, Mädchen, denn jetzt weiß ich, mit was für ei-nem üblen Patron wir es zu tun haben, und überdies habe ich die Gewissheit, dass wir unsere Sache bald vor den Kaiser bringen können. Dir aber spreche ich mein Beileid zum Tod deines Va-ters aus. Dieser Teufelsadvokat dürfte ihn auf dem Gewissen ha-ben, selbst wenn er nicht persönlich Hand an ihn gelegt hat.«

Marie dankte ihr mit einigen höflichen Floskeln, doch mit den Gedanken war sie bei jenem Tag vor drei Jahren, an dem sie Utz' Worte gehört und sein Gesicht gesehen hatte. Damals war ihr klar geworden, dass sie ihren Vater nie wieder sehen würde. Jetzt aber konnte sie sich mit ihm aussöhnen und ihn stumm um Verzeihung bitten, weil sie ihm zugetraut hatte, sie im Stich zu lassen. Trotzdem wollte sich keine Trauer einstellen. Alles, was sie empfand, war ein mörderischer Hass auf alle, die ihren Vater in den Tod getrieben und sie dem Elend preisgegeben hatten.

»Ruppert wohnt nun im Haus meines Vaters und spielt den großen Herrn«, sagte sie bitter.

Giso nickte mitleidig. »Das ist so, leider Gottes. Er ist ein angesehener Bürger der Stadt Konstanz geworden und steht hoch in der Gunst des neuen Bischofs. Er soll wohl auch eine wichtige Rolle bei der Vorbereitung des Konzils spielen.«

Frau Mechthild warf den Kopf in den Nacken. »Dann sieht es vielleicht doch nicht so gut für uns aus, wie ich gehofft habe. Wenn er so gut angeschrieben ist, kann er den Kaiser möglicherweise dazu bringen, das Testament anzuerkennen, das Graf Keilburg ihm vorlegt. Ich wünschte, wir könnten mit dem Onkel meines Mannes reden. Ritter Otmar wollte eigentlich in das Kloster St. Ottilien eintreten, aber dort ist er nie aufgetaucht.«

Giso fletschte die Zähne. »Vielleicht hat Graf Konrad ihn umbringen lassen.«

Frau Mechthild bekreuzigte sich. »Das verhüte Gott. Ich fürchte, es war ein Fehler von mir, meinen Gemahl von einem Bündnis mit dem Keilburger abzuhalten.«

Giso machte eine Geste heftigen Abscheus. »Wenn Graf Konrad sich eines solchen Schurken wie Magister Ruppertus bedient, wäre es eine Sünde vor Gott, sich mit ihm verbünden zu wollen.«

»Ich kann nur hoffen, dass mein Gemahl es ebenso sieht«, antwortete Frau Mechthild mit leichtem Bangen.

Marie wagte es, die Hand der Burgherrin zu drücken, und freute sich, weil sie sie ihr nicht entzog. »Der Herr liebt Euch sehr und wird nie etwas Böses gegen Euch sagen, vor allem jetzt nicht, wo Eure Niederkunft kurz bevorsteht.«

»Jetzt hoffe ich wirklich, dass es ein Junge wird. Sonst wäre mein Gemahl doch arg enttäuscht.« Frau Mechthild seufzte und bat Marie und Giso, sie zu entschuldigen.

Als sie schwerfällig und ungewöhnlich niedergedrückt den Saal verließ, sah Marie ihr besorgt nach, bis sich die Tür hinter ihr geschlossen hatte. Dann wandte sie sich noch einmal an Giso, der gerade seinen dritten Würzwein leerte. »Hast du auch etwas über die anderen erfahren, die ich dir nannte? Zum Beispiel, was aus unserer Haushälterin Wina und den beiden Mägden Elsa und Anne geworden ist?«

»Die alte Wina arbeitet jetzt bei deinem Verwandten Mombert. Die Mägde haben sich ebenfalls einen neuen Dienst gesucht, eine in Konstanz und eine in Meersburg. In Rupperts Haus gibt es keinen Dienstboten mehr aus der Zeit deines Vaters.«

»Was ist aus Linhard Merk, dem Schreiber, geworden?« Marie spie den Namen aus, als sei ihr etwas Ekelhaftes zwischen die Zähne geraten.

»Linhard ist einige Monate nach deiner Vertreibung als Bruder Josephus in das Schottenkloster zu Konstanz eingetreten.«

Marie lachte bitter auf. »Ein Mörder und Frauenschänder trägt die Kutte eines Mönchs. So einem Menschen vertrauen sich die braven Bürger an und glauben, sie kämen mit seiner Hilfe schneller ins Himmelreich. Was ist mit seinen beiden Spießgesellen?«

Giso rieb sich mit dem Finger die Nase und dachte kurz nach. »Hunold gehört immer noch den Stadtbütteln an, und Utz zieht als Fuhrmann und Führer von Handelszügen durch die Welt und genießt das Vertrauen der Konstanzer Kaufleute.«

»Den beiden hat ihre Schandtat also nichts eingebracht. Ich hätte erwartet, dass Ruppert zumindest Utz reich belohnt. Was ist mit der Witwe Euphemia?«

»Für die hat sich der Verrat an dir noch weniger ausgezahlt, denn man hat sie drei Monate nach deinem Prozess tot in ihrem Bett gefunden. Das Eigenartige dabei ist, dass sie gesund war und kurz vorher noch damit geprahlt hatte, bald sehr reich zu sein.«

»Vielleicht wollte sie Ruppert erpressen und wurde von ihm oder seinen Handlangern umgebracht.« Marie empfand nur wenig Genugtuung. Sie konnte nur vermuten, dass Euphemia ihre gerechte Strafe erhalten hatte, und hoffen, dass die Frau tatsächlich jene Höllenqualen würde erdulden müssen, die die Kirche Meineidigen androhte.

Sie fragte Giso noch nach ihren Verwandten, doch er konnte ihr nur berichten, dass Meister Mombert und seine Familie in Trauer gingen, weil der ersehnte Sohn zwar geboren worden sei, aber die Welt gleich wieder verlassen habe. Marie versuchte, sich an Momberts Tochter Hedwig zu erinnern, doch es gelang ihr nicht. Während Giso noch das eine oder andere von seiner Reise erzählte und seinerseits nach Hiltrud fragte, kam Marie der Wirtssohn Michel in den Sinn. Sie wollte schon nach ihm fragen, doch da sie Giso nicht gebeten hatte, auch nach ihm zu forschen, ließ sie es sein. Sie bedankte sich bei Giso und versprach ihm, Hiltrud seine Ankunft mitzuteilen.

VIII.

Es war, als wäre Gisos Rückkehr der Auftakt zu einer Reihe weiterer Ereignisse, die die Bewohner der Burg in Atem hielten. Die Sonne stand noch im Zenit, da meldete der Türmer einen Reiter, der trotz der verschneiten Wege sein Pferd immer wieder zum gestreckten Galopp antrieb. Auf dem vereisten Hangweg glitt das Tier mehrmals aus. Der Reiter dachte jedoch nicht daran, abzusteigen und es zu führen, sondern brachte es mit Peitsche und Sporen wieder auf die Beine.

Giso ließ das Tor öffnen und ging dem Mann entgegen, um ihm wegen seiner Pferdeschinderei ein paar deutliche Worte zu sagen.

Er kam jedoch nicht dazu, denn der Reiter fiel aus dem Sattel, so dass er ihn gerade noch auffangen konnte. Eiskristalle hingen an seinen Augenbrauen, und er zitterte so, dass er kaum sprechen konnte.

»Ich muss zu Ritter Dietmar. Es ist wichtig.«

»Das ist doch Philipp von Steinzell!«, rief einer der Torwächter überrascht.

Jetzt erst erkannte Giso den Junker und fragte sich, welch neues Unglück er verkünden würde. Er packte den unverhofften Gast unter den Achseln und schleppte ihn auf den Wohnturm zu. Unterwegs fiel ihm das Pferd ein. Er drehte sich um und sah das völlig erschöpfte Tier mit zerkratzten Beinen und blutenden Flanken zitternd unter dem Torbogen stehen.

»Bringt den Gaul in den Stall und ruft den Ziegenhirten. Er soll dem Tier Kräuterumschläge machen und es gesund pflegen.«

Giso trug den jungen Steinzeller trotz seines jetzt schon beträchtlichen Gewichts in die Halle und flößte ihm von dem Würzwein ein, der vor wenigen Stunden auch seine Lebensgeister geweckt hatte. Als Ritter Dietmar eintrat, hatte er die schlechte Nachricht schon vernommen.

»Rumold von Bürggen hat uns hintergangen!«, rief er dem Burgherrn zu. »Er hat sich mit dem Keilburger verbündet und dafür den Steinwald und die Burg Felde mit einem Teil des dazugehörenden Landes erhalten.«

Dietmar blieb stehen, als wäre ein Blitz zu seinen Füßen eingeschlagen, und lief rot an. »Was sagst du da? Das wäre Verrat! Nein, das glaube ich nicht.«

Philipp von Steinzell nickte düster. »Leider ist es die Wahrheit. Mein Vater hat mich sofort losgeschickt und lässt Euch ausrichten, es gäbe jetzt wirklich nur noch den Ausweg für uns, den er immer schon vorgeschlagen hatte. Wir müssen uns sofort Herzog Friedrich als Vasallen anbieten und ihm huldigen. Da der Herzog ein Abkommen mit dem Keilburger getroffen hat, kann Graf Konrad dann nichts mehr gegen uns unternehmen.«

Während Ritter Dietmar immer noch nach Luft schnappte und offensichtlich Zeit brauchte, um das Gehörte zu verarbeiten, fragte Frau Mechthild den jungen Steinzeller aus. Sein Bericht ließ keinen Zweifel zu. Der Bund der vier Burgherren war zerfallen, ehe er seine Wirksamkeit hatte entfalten können. Von nun an musste auch Rumold von Bürggen zu den Feinden Arnsteins gezählt werden. Philipp bestätigte mehrfach, dass sein Vater sich Herzog Friedrich von Tirol anschließen würde, und beschwor Ritter Dietmar, es ebenfalls zu tun.

Marie, die diesmal nicht mehr oben auf dem Treppenabsatz lauschen musste, sondern wie ein Familienmitglied in der Halle weilen durfte, sah, wie der Arnsteiner sich innerlich vor Verzweiflung wand. Der Verrat des Bürggeners schien sein Ende zu besiegeln, denn dessen Gebiet schob sich wie ein Keil zwischen ihn und die beiden noch mit ihm verbündeten Nachbarn. Jetzt wurde sein Land von dem des räuberischen Keilburgers zu gut drei Vierteln eingeschlossen.

Als der Steinzeller Junker seinen Bericht beendet hatte, schrie Ritter Dietmar seine Wut so laut hinaus, dass seine Stimme von den Wänden widerhallte. »Wenn ich gewusst hätte, was Rumold für ein Verräter ist, hätte ich Graf Konrads Angebot selbst angenommen. Dann stünden wir heute besser da.«

Frau Mechthild schüttelte den Kopf und sagte etwas wie »nicht trauen«. Gleichzeitig verzerrte sich ihr Gesicht vor Schmerz. Sie griff sich mit beiden Händen an den Leib und stöhnte keuchend auf. »Es tut so weh«, flüsterte sie unter Tränen. Im nächsten Augenblick gellte ihr Schrei durch die Halle und ließ alles andere unwichtig werden.

Guda war sofort zur Stelle und führte ihre Herrin die Treppe hoch zur Kemenate. »Das Kind kommt. Betet zu Gott, dass alles gut geht!«, rief sie dem Burgherrn zu und erteilte dem übrigen Gesinde eine Reihe von Befehlen.

Der Saal leerte sich so schnell, dass Marie mit dem jungen Steinzeller allein zurückblieb. Sie überlegte schon, ob sie Guda ihre Hilfe anbieten sollte, da hielt ihr Junker Philipp den Krug hin.

»Schenk mir ein, Mädchen. Ich kann noch einen Schluck eures Würzweins gebrauchen.« Marie lief in die Küche, füllte eine frische Kanne aus dem Topf, der neben dem Feuer warm gehalten wurde, und kehrte ebenso schnell zurück, um dem Junker den Becher zu füllen. In Gedanken war sie jedoch bei der Gebärenden, und so entging ihr das Aufflammen im Gesicht des jungen Mannes. Er schenkte dem dampfenden Wein keine Beachtung, sondern packte Marie, zog sie an sich und zwängte sein rechtes Bein zwischen ihre Oberschenkel.

»Du bist doch die Hure, die sich der Arnsteiner von seinem Weib hat zuführen lassen. Derzeit wird er dich wohl kaum brauchen. Mir hingegen ist noch immer kalt vom Ritt. Also solltest du mich ein wenig wärmen.«

»Ich glaube aber nicht, dass ich das will.« Marie versuchte, sich loszureißen, doch gegen die Kraft des Mannes kam sie nicht an. Philipp von Steinzell lachte nur und zog sie fest an sich.

»Du bist mir schon bei meinem letzten Aufenthalt auf Arnstein aufgefallen. Doch damals kam ich nicht an dich heran, weil Frau Mechthild mich ständig von ihren Leuten bewachen ließ. Jetzt ist sie mit anderen Dingen beschäftigt und kann dich mir nicht mehr verwehren. Also zier dich nicht, sonst nehme ich dich mit Gewalt.«

Marie sah ihm an, dass er es ernst meinte, und wollte um Hilfe rufen, doch er presste seine behandschuhte Hand auf ihren Mund. Trotz ihrer Gegenwehr zerrte er sie wie ein Bündel Lumpen zu einem Gang am anderen Ende der Halle und stieß sie in die Kammer, die für das Gepäck der Gäste bestimmt war. Der Raum enthielt einige Truhen, die groß genug waren, um als provisorisches Liebeslager zu dienen, und lag so weit abseits zwischen dicken Mauern, dass niemand sie schreien hören würde. Jetzt wurde Marie klar, warum eine der jüngeren Mägde dem Sohn Ritter Degenhards bei seinem letzten Besuch beharrlich aus dem Weg gegangen war. Verzweifelt dachte sie an Hiltruds Lehren und nahm sich vor, sich schlaff zu machen, um nicht zu stark verletzt zu werden.

Da drehte sich der Schlüssel im Schloss, und der Riegel glitt zurück.

»Wer zum Teufel …«, schimpfte der Junker und richtete sich auf. Dann sah er Jodokus vor sich stehen. Den Mönch schien die Situation nicht zu interessieren, denn seine Stimme klang völlig gleichmütig. »Marie, die Herrin wünscht, dich zu sehen.«

»Verdammter Kuttenträger, siehst du nicht, dass wir beschäftigt sind? Mach, dass du verschwindest!« Philipp ließ noch einen obszönen Fluch folgen und schob sich auf Marie. Jodokus packte ihn kurzerhand und zerrte ihn von ihr weg. Für seine hagere Gestalt besaß der Mönch erstaunliche Kräfte.

»Ihr vergesst Euch, Herr Philipp. Als Gast gehört es sich nicht, sich am Eigentum des Herrn zu vergreifen.«

»Lass mich in Ruhe, Schwarzkittel! Das Weibsstück ist schon von so vielen Kerlen gestoßen worden, da kommt es auf einen mehr jetzt auch nicht an.«

Der Mönch wich keinen Schritt zurück. »Die Herrin wünscht, dass Marie dem Herrn Gesellschaft leistet. Und das kann sie wohl kaum, wenn ihr der Samen eines anderen Mannes an den Schenkeln klebt.«

Sein Ton ließ keinen Zweifel daran, dass er Philipp bei seinem Herrn anklagen würde, wenn er nicht von Marie abließ.

Philipp von Steinzell war anzusehen, dass er den aufdringlichen Mönch am liebsten niedergeschlagen hätte. Doch er war hierher gekommen, um Dietmar von Arnstein dazu zu bringen, ebenfalls ein Vasall Friedrichs von Habsburg zu werden. Wenn er nun dem lästigen Mönch das Genick brach, würde er unverrichteter Dinge wieder abziehen und sich dem Zorn seines Vaters aussetzen müssen. Daher ließ er Marie widerstrebend los.

»Wir sind noch nicht miteinander fertig. Wenn Ritter Dietmar deiner überdrüssig wird, werde ich ihn bitten, dich mir zu schenken.«

»Da wird Euch das Maul trocken bleiben. Ich bin weder Ritter Dietmars Leibeigene noch die Eure.« Marie zog ihr Kleid zurecht und rannte an dem Ritter vorbei zur Tür hinaus. Jodokus folgte ihr und hielt sie am Arm fest.

»Ich hoffe, du vergisst nicht, dass ich dich vor diesem Narren da gerettet habe«, raunte er ihr heiser ins Ohr.

Marie nickte stumm. Jodokus gehörte zu einer besonders hartnäckigen Sorte Mensch. Er würde geduldig warten, bis Frau Mechthild sie von ihren Diensten entband, und dann seinen Lohn von ihr fordern. Trotzdem musste sie Jodokus dankbar sein, denn für sie war es einfacher, sich einem Mann auf Hurenart hinzugeben, als mit Gewalt genommen zu werden. Daher schenkte sie ihm ein dankbares Lächeln. »Hat die Herrin wirklich nach mir geschickt?«

»Ja, du sollst ihren Gemahl beruhigen, damit er den Mägden nicht im Weg umgeht.« In Jodokus' Stimme schwang eine Eifersucht mit, die Marie frösteln ließ, und zum ersten Mal sehnte sie den Tag herbei, an dem sie Burg Arnstein verlassen konnte. Fürs Erste war sie jedoch schon froh, zu den Gemächern der Herrin eilen zu können. Sie sah daher nicht mehr, wie der Mönch mit hämischer Miene auf Junker Philipp wartete, der nach einer Weile aus der Kammer herauskam und sich umsah, ob nicht eine Magd in der Nähe war, an der er seine Lust stillen konnte. Aber er fand nur Bruder Jodokus vor.

»Der Himmel hat aufgeklart, und es wird eine mondhelle Nacht werden. Wenn Ihr Euch beeilt, kommt Ihr heute noch nach Hause. Hier auf Arnstein könnt Ihr nicht bleiben, denn das Gesinde hat keine Zeit, sich um Gäste zu kümmern. Eurem Vater könnt Ihr einen Gruß von mir ausrichten. Sagt ihm, ich würde in seinem Sinne auf Ritter Dietmar einwirken und ihn dazu bringen, sich Herzog Friedrich anzuschließen.«

Philipp wehrte dieses Ansinnen verärgert ab. »Ich soll hier warten, bis dein Herr in das Bündnis mit Herzog Friedrich einschlägt.«

Der Mönch lächelte sanft. »Solange sein Weib in den Wehen liegt, wird Herr Dietmar an nichts anderes denken als an sie und das Kind. Es wird auf den Ausgang der Geburt ankommen, wann er wieder bereit ist, mit Euch zu reden. Wollt Ihr Euren Vater tagelang im Ungewissen lassen?«

Das wollte Philipp allerdings nicht, und da er hier so schnell keine Magd finden würde, die seine Bedürfnisse befriedigte, stimmte er brummend zu. Der Mönch half ihm in seinen Mantel, hielt ihm diensteifrig die Handschuhe hin und rief gleichzeitig nach einem Stallknecht, der dem Junker ein frisches Pferd satteln sollte. Er begleitete Philipp sogar bis zum äußeren Tor und sah ihm nach, bis die Dämmerung ihn verschluckt hatte. Dann kehrte er in die Halle zurück.

Vor der Treppe blieb Jodokus einen Moment stehen und lauschte den Geräuschen, die aus der Kemenate der Herrin herabdrangen. Dort oben nahm Frau Mechthild nun alle Aufmerksamkeit in Anspruch. Auch der Herr würde an nichts anderes mehr denken können als an sie. Der Mönch war sich sicher, dass Ritter Dietmar im Augenblick nicht für Maries Reize empfänglich war, und stellte sich vor, wie es sein würde, die junge Hure zu besitzen. In den Nächten träumte er von Marie, und am Tag raste er beinahe vor Verlangen nach ihr. Nur ihretwegen weilte er überhaupt noch auf der Burg. Dabei hätte er längst seinen Auftrag erfüllen und heimlich verschwinden müssen.

Jodokus brannte die Zeit unter den Nägeln. Wenn er Erfolg haben wollte, musste er in den nächsten Stunden zuschlagen. Eine zweite Gelegenheit würde es kaum mehr geben. Doch wenn er in dieser Nacht verschwand, riskierte er, Marie nie wiederzusehen. Diese Vorstellung brachte ihn fast dazu, seine Pläne aufzugeben. Dann schlug er sich mit der flachen Hand gegen die Stirn. Wenn er jetzt nicht handelte, war sein Traum vom Reichtum ganz sicher ausgeträumt. Er wusste genug über die junge Hure, um sie wiederfinden zu können. Und wenn heute alles gut ging, würde der Tag kommen, an dem sie ihm ganz allein gehörte.

Lautlos stieg der Mönch die Treppe zum Obergeschoss hoch und huschte wie ein Schatten den Korridor entlang. Vor der Tür der Burgherrin blieb er einen Moment stehen und lauschte ihren Schreien und den aufgeregten Stimmen der Mägde im Vorzimmer. Das hörte sich nicht gut an. Wahrscheinlich verlor der Ritter in dieser Nacht sein Weib und sein noch ungeborenes Kind.

Im ersten Moment wollte Jodokus ein kurzes Gebet sprechen, dann aber sagte er sich, dass ihn das Schicksal der Frau nicht berühren durfte, und eilte weiter. Kurz darauf erreichte er die Tür der Kammer, in der Ritter Dietmar die Dinge aufbewahrte, die ihm lieb und teuer waren. Vier Personen besaßen den Schlüssel zu der doppelt beschlagenen Tür aus Eichenholz, der Burgherr, die Herrin, Burgvogt Giso und er selbst als Schreiber und Vertrauter des Ritterpaares.

Der Mönch zog seinen Schlüssel unter der Kutte hervor und steckte ihn ins Schlüsselloch. Im selben Augenblick stürzte eine Magd aus Frau Mechthilds Kemenate und rannte mit aufgelösten Haaren an ihm vorbei. Obwohl sie nicht auf ihn achtete, erschrak Jodokus bis ins Mark. Er presste sich gegen das Holz, wartete, bis die Magd verschwunden war, schloss mit zitternden Händen die Kammer auf und schlüpfte hinein. Um kein Aufsehen zu erregen, zog er die Tür nur hinter sich zu, lehnte sich einen Moment gegen das Holz und holte tief Luft. Dann trat er an eine silberbeschlagene Truhe mit drei Schlössern, die etwas abseits in einer Wandnische stand. Ursprünglich hatte Jodokus nur einen der drei Schlüssel besessen, doch es war ihm nicht schwer gefallen, die beiden anderen für kurze Zeit an sich zu bringen und Wachsabdrücke von ihnen anzufertigen. Bei einer Reise ins Kloster St. Ottilien hatte er einen Gewährsmann getroffen und von ihm auf dem Rückweg perfekte Kopien der anderen Schlüssel erhalten.

Er öffnete die Schlösser und hob den Deckel vorsichtig an, denn die ungeölten Scharniere der Truhe quietschten bei weiterer Öffnung so laut, dass man es bis in die Halle hören konnte. Seine kundige Hand ertastete die Lederhülle mit Ritter Otmars Testament und zog sie heraus. Er entfernte die silberne Kapsel und breitete das Leder vor sich aus. Dann nahm er ein kleines Glasfläschchen aus einem Beutel, der an seinem Gürtel hing, und zog den Stöpsel. Vorsichtig goss er den Inhalt des Fläschchens über den Vertrag, faltete die Hülle wieder zusammen, sicherte sie, damit sie nicht auseinander fiel, und legte sie in die Truhe zurück.

Seine Hände bebten so, dass er es kaum fertig brachte, die drei Schlösser wieder zu verschließen. Wenn man jetzt entdeckte, was er getan hatte, war es um ihn geschehen. Er lauschte kurz an der Tür und trat, als er niemand über den Flur gehen hörte, aus der Kammer, die er schnell, aber sorgfältig hinter sich abschloss. Kurze Zeit später verließ er Burg Arnstein durch eine Nebenpforte und schritt hurtig aus, um so bald wie möglich Burg Felde zu erreichen.

IX.

Als Marie Frau Mechthilds Kemenate erreichte, lag die Herrin mit zusammengepressten Augen und verkrampften Händen auf ihrem Bett und schrie vor Schmerzen. Trotzdem schien sie wahrzunehmen, was um sie herum vorging, denn als Marie sich über sie beugte, krallte sie die Hand in ihre Schulter und sah sie mit angstgeweiteten Augen an.

»Du musst meinen Gemahl beruhigen. Ich will nicht, dass er sich zu große Sorgen um mich macht. In der letzten Zeit ist mehr über ihn hereingebrochen, als auch der Tapferste ohne Gottes Hilfe ertragen kann.«

Marie breitete hilflos die Hände aus. »Aber ich kann ihn doch nicht ins Bett locken, während es hier um Euer Leben geht!«

Guda trat neben sie und packte Maries andere Schulter. »Geh, Mädchen, und tu, was die Herrin dir befohlen hat. Wenn der Herr nicht mit dir schlafen will, füllst du ihn mit Wein ab. Nur halte ihn in Gottes Namen von hier fern.«

»Also gut, ich versuche es.« Als Marie zur Bestätigung noch einmal nickte, ließ die Herrin sie los.

»Sag ihm, dass ich ihn sehr geliebt habe, wenn ich nicht ...« Frau Mechthild bäumte sich auf, so dass der Rest des Satzes ungesagt blieb, doch Marie verstand sie auch so. Rasch verließ sie den Raum, in dem die Mägde wie ein nervöses Hühnervolk hin und her eilten, obwohl es kaum noch etwas für sie zu tun gab, und schlüpfte durch die Seitentür im Vorraum, die in Ritter Dietmars Gemach führte. Der Burgherr stand neben der Tür an der Wand und starrte ihr entgegen, als hätte er den Gottseibeiuns zu sehen erwartet.

Marie hob bittend die Hände. »Die Herrin schickt mich zu Euch. Ich soll mich um Euch kümmern.«

»Ich werde den Teufel tun und mich mit einer Hure im Bett herumwälzen!«, fuhr er sie an.

Marie glitt an ihm vorbei, hob den Pokal auf, der über den Boden gerollt war, und wischte ihn mit einem Tuch ab. Dann schenkte sie ihm mit zitternden Händen frischen Wein ein. »Trinkt, Herr. Es wird Euch gut tun. Natürlich ist jetzt nicht der richtige Zeitpunkt für eine Balgerei im Bett. Wir sollten niederknien und die

Heiligen anflehen, Frau Mechthild in ihrer schweren Stunde beizustehen.«

Ritter Dietmar trank den Pokal in einem Zug aus, als wäre er mit Wasser und nicht mit schwerem Wein gefüllt. Das Wort Gebet drang jedoch in sein umnebeltes Gehirn, und er nickte zustimmend. »Ja, beten wir, Hure, damit Gott meinem Weib gnädig ist. Jesus hat ja auch Maria Magdalena gesegnet. Vielleicht hört er nun auf dich.« Mit diesen Worten kniete er mitten im Zimmer nieder und faltete die Hände. Marie tat es ihm nach und stimmte ein Gebet an.

Mühsam kroch die Zeit dahin, während Marie ihre Erinnerungen nach den passenden Gebeten für eine Gebärende durchforstete und sie dem Ritter vorsprach. Dabei horchte sie auf die Laute, die aus den Nebenräumen drangen, in der Hoffnung, jeden Moment die Jubelrufe und Lobpreisungen zu vernehmen, die eine glückliche Geburt begleiteten. Doch sie hörte immer nur leise Rufe, das Trappeln vieler Füße und die alles übertönenden Schreie der Gebärenden, die schauerlich durch die dicken Mauern hallten. Ritter Dietmar zuckte jedes Mal zusammen, wenn er die Stimme seiner Frau vernahm, und presste die Fäuste auf seinen Bauch, als empfinde er selbst den Schmerz, den sie ertragen musste. Schließlich hielt er es nicht mehr aus. Er sprang auf und eilte zur Tür. Marie versuchte, ihn zurückzuhalten, doch er stieß sie beiseite. An der Tür lief er Giso in die Arme, der selbst mit seiner Hünengestalt Mühe hatte, ihn festzuhalten und ins Zimmer zurückzudrängen.

Dietmar schrie seinen Gefolgsmann wütend an und schlug sogar auf ihn ein. »Lass mich los, du Hund! Ich muss zu meinem Weib.«

Marie versuchte, Giso zu helfen, und redete beschwörend auf den Burgherrn ein. »Ihr könnt ihr nicht helfen. Die Wehmutter ist doch bei ihr. Wenn Ihr sie stört, macht Ihr alles noch schlimmer. Also seid vernünftig und bleibt hier!«

Dietmar schenkte ihr keine Beachtung, sondern rang mit Giso, der ihn festhielt und begütigend auf ihn einsprach. Schließlich ließ Dietmar sich beruhigen und von Giso zu seinem Bett führen. Marie reichte ihm den Pokal, den sie schnell wieder nachgefüllt hatte, und sah zu, wie er seinen Inhalt hinabstürzte. Schließlich klammerte der Burgherr sich an Marie, die er sonst außerhalb des Bettes kaum beachtet hatte, und stammelte schluchzend eines der Gebete, die sie ihm vorgesprochen hatte. Doch die Bitte an die Gottesmutter schien ihm keinen Trost zu spenden.

»Gott wird doch nicht so grausam sein, mir mein Weib zu nehmen?«, fragte er Marie mit angstvoll aufgerissenen Augen.

»Das wird er gewiss nicht«, beschwor Marie ihn und hoffte, dass wirklich alles gut werden würde. Sie dachte schaudernd daran, was der Burgherr in seinem Zorn anrichten würde, wenn Frau Mechthild die Geburt nicht überstehen sollte.

»Ich liebe sie doch so sehr. Ohne sie bin ich nur ein halber Mann. Sie ist meine Kraft, meine Stärke, mein …« Ritter Dietmar brach in Tränen aus, die jedoch weder Marie noch Giso als Zeichen der Schwäche ansahen. Der Dienstmann verehrte die Burgherrin und hätte sein Leben für das ihre gegeben. In dieser schweren Stunde konnte ihr jedoch niemand helfen außer Gott.

Als ein weiterer, schier unmenschlicher Schrei durch die Burg hallte, wurde der Ritter mit einem Mal ganz ruhig. Er ballte die Fäuste und sah seinen Burghauptmann an. »Wenn Mechthild mich verlässt, weiß ich, wer die Schuld daran trägt. Giso, geh und sorge dafür, dass deine Leute sofort aufbrechen können, wenn meine Frau stirbt. Es war Rumolds Verrat, der ihr diesen Schlag versetzt hat. Ich werde dafür sorgen, dass er Mechthilds Tod nicht lange überlebt.«

»Ihr wollt den Bürggener angreifen, jetzt, mitten im Winter – und das, ohne ihm die Fehde anzusagen?« Giso starrte seinen Herrn ungläubig an. Die versteinerte Miene des Ritters zeigte ihm jedoch, wie ernst Dietmar es mit seinem Befehl war. So stand der Burgvogt mit müden Bewegungen auf und seufzte. »Also gut, ich rufe die Männer zusammen. Vielleicht haben wir sogar eine Chance, da man so eine Verrücktheit gewiss nicht von uns erwartet.«

Erst als Giso sich kurz darauf vor dem Wohnturm schier die Kehle aus dem Hals brüllte, um seine Leute anzutreiben, wurde Marie bewusst, wie still es nebenan geworden war. Sie traute sich nicht, den Burgherrn allein zu lassen, und so blieb ihr nichts anderes übrig, als auf die Tür zu starren und zu warten, ob jemand kam, um ihn zu informieren. Keine zwei Herzschläge später bewegte sich die Klinke. Marie hielt den Atem an und umklammerte den völlig verkrampften Arm des Ritters. Die Tür schwang auf, und Guda trat ein. Sie hielt ein Bündel im Arm, das in eines der von Marie bestickten Tücher gewickelt war und sich leicht bewegte. Strahlend hielt sie es dem Ritter entgegen.

»Ihr habt einen Sohn, Herr Dietmar, so gesund und munter, wie man es sich nur wünschen kann.« Wie zur Bestätigung ihrer Worte begann der Säugling zu greinen.

Der Ritter achtete jedoch nicht auf das Kind, sondern sah die Beschließerin ängstlich an. »Was ist mit meinem Weib?«

»Sie ist sehr erschöpft, hat die Geburt aber gut überstanden.«

Dietmar stieß einen Jubelruf aus, der das Kind erschreckte und erneut zum Weinen brachte. Er warf jedoch nur einen kurzen Blick auf das rote, runzlige Gesichtchen, schob Guda zur Seite und rannte ins Nebenzimmer. Marie und die Beschließerin folgten ihm erleichtert. Frau Mechthild lag müde und abgekämpft, aber zufrieden in ihrem Bett und rang sich ein Lächeln ab, als sich ihr Gemahl neben ihr niederkniete.

»Ich sagte dir ja, es wird ein Sohn«, flüsterte sie.

»Am wichtigsten ist, dass du es gut überstanden hast«, antwortete Dietmar. Er küsste sie und nickte Marie zu, die am Fußende stehen geblieben war und Frau Mechthild zu der glücklichen Geburt gratulierte.

»Um der Jungfrau Maria zu danken, die mir mein Weib und meinen Sohn erhalten hat, gelobe ich, eine Wallfahrt nach Einsiedeln zu machen und am Tage der Engelweihe eine Kerze an ihrem Altar zu entzünden«, sagte der Burgherr feierlich. »Doch vorher werden wir meinen Sohn aus der Taufe heben.«

»Wie soll er denn heißen?«, fragte Marie neugierig.

»Grimald«, antwortete der Ritter lachend. »Und ich weiß auch schon, wer sein Gevatter werden soll.« Er sah seine Frau verschmitzt an und lachte fröhlich auf, als wären seine Sorgen auf einmal wie weggeblasen.

X.

Am nächsten Vormittag brach Giso mit nur wenigen Begleitern auf, um Ritter Dietmars Freunden die Nachricht von der glücklichen Geburt des Kindes zu überbringen. Auffällig war, dass er Packpferde mitnahm, als ginge es auf eine längere Reise. Marie erfuhr, dass er den Mann aufsuchen sollte, den der Burgherr als Paten für seinen Sohn zu gewinnen trachtete. Wer das war, wusste jedoch niemand zu sagen, denn Dietmar hatte es noch nicht einmal seiner Frau mitgeteilt, die vor Neugier beinahe verging.

Marie interessierte sich weniger für den Taufpaten als für den Verbleib von Bruder Jodokus. Sie wollte dem Mann, den sie jetzt, wo sie ihm dankbar sein musste, noch mehr verabscheute, nicht in einer dunklen Ecke in die Arme laufen. Als sie auf leisen Sohlen an der Burgkapelle vorbeischlich, in der er für das Wohl der Herrin und ihres Sohnes eine Messe hätte abhalten müssen, wunderte sie sich, wie still es dort drinnen war. So warf sie einen Blick hinein. Zum Dank für die glückliche Geburt des Stammhalters hätten drei Kerzen zu Ehren der Dreifaltigkeit auf dem Altar und eine vor dem Marienstandbild brennen sollen, doch nur die fast waagerecht einfallenden Sonnenstrahlen erhellten das bemalte Gewölbe. Das machte Marie stutzig.

Eine der Leibmägde erzählte ihr, dass Jodokus nicht bei der Herrin erschienen war, um ihr zu gratulieren, und er ließ sich auch nicht in der Halle blicken, in der Ritter Dietmar seine Gefolgsleute zusammenrief, um mit ihnen die Geburt seines Erben zu feiern. Seltsamerweise war auch Philipp von Steinzell wie vom Erdboden verschluckt. Marie erfuhr, dass der Junker die Burg schon am späten Nachmittag des Vortags wieder verlassen hatte, um zu seinem Vater zurückzukehren. Mit einem Mal kam ihr der Gedanke, Philipp könne den Mönch aus Wut darüber, dass er ihr geholfen hatte, erschlagen haben, und empfand Gewissensbisse. Als Jodokus auch nicht zum Abendessen erschien, machte sie Guda auf sein Fehlen aufmerksam.

Die Beschließerin schien sich wenig für den Mönch zu interessieren. »Bruder Jodokus ist ein alter Stubenhocker. Der rutscht lieber in seiner Kammer auf den Knien und kasteit sich, als eine Messe zu lesen. Ehrlich gesagt, mir ist es recht, wenn er uns nicht über den Weg läuft. Ich mag nicht, wie er sich an einen heranschleicht. Und dir gebe ich den Rat, dich von ihm fern zu halten, denn ich traue dem Mann nicht über den Weg.«

Guda betonte das Wort Mann so stark, als wüsste sie von der Leidenschaft des Mönchs für die Hure. Marie gab sich mit dieser Auskunft zufrieden. Als sie später Hiltrud nach Jodokus fragte, zog diese sie auf. »Vermisst du deinen Verehrer? Ich dachte, du hättest für zweibeinige Ziegenböcke nichts übrig?«

Aber nachdem Marie ihr den Zwischenfall mit Philipp von Steinzell und dem Mönch berichtet hatte, war ihrer Freundin der Spott vergangen. »Halt lieber den Mund, wenn du keinen Ärger haben willst. Die Gunst der Mächtigen ist ein wankelmütiges Ding, und wer weiß, wie die Burgherrin das Ganze auffasst.«

Am Abend des folgenden Tages war Jodokus immer noch nicht aufgetaucht, und Ritter Dietmar begann sich um ihn zu sorgen.

Er ordnete eine Suchaktion innerhalb der Mauern an, die jedoch erfolglos blieb. Schließlich schickte er Knechte mit Fackeln aus, die die Umgebung absuchen sollten, denn er nahm an, dass der Mönch bei einem Spaziergang verunglückt war. Allerdings bestand bei der Kälte kaum Hoffnung, Jodokus lebend aufzufinden. Doch auch jetzt fand man keine Spur von ihm. Das Verschwinden des Mönchs blieb ein Geheimnis, das niemand auf Burg Arnstein lösen konnte.

Schon in den nächsten Tagen erschienen Hartmut von Treilenburg und Abt Adalwig von St. Ottilien persönlich, um den Ritter und seine Gemahlin zu beglückwünschen, und sie versprachen, sich pünktlich zur Taufe wieder einzustellen. Als Giso nach einer guten Woche zurückkehrte und seinem Herrn ein mehrfach gesiegeltes Schreiben überreichte, fiel die Sorge von dem Gesicht des Burgherrn ab, und es glänzte voller Stolz. Dietmar befahl seinen Leuten, ein großes Fest vorzubereiten, und eilte danach in die Kammer seiner Frau, die mit jedem Tag kräftiger wurde, um ihr die gute Nachricht zu verkünden.

Marie war ihrer Aufgabe, wegen der man sie auf die Burg geholt hatte, schneller ledig, als sie erwartet hatte. Nach der Geburt seines Sohnes weigerte sich der Ritter energisch, sich der schönen Hure zu bedienen, und wartete lieber sehnsüchtig auf den Tag, an dem Frau Mechthild wieder sein Bett mit ihm teilen konnte. Marie war ihm deswegen nicht böse, zumal es für sie und Hiltrud genug zu tun gab. Guda benötigte jede Hand, um das Tauffest vorzubreiten. Man wollte gleichzeitig auch das Weihnachtsfest nachfeiern, das durch den Verrat des Bürggeners und die Geburt des Kindes beinahe unbemerkt verstrichen war.

Auch wenn es bis zur Taufe noch einige Wochen hin war, sah es zunächst nicht so aus, als würde man mit den Vorbereitungen rechtzeitig fertig. Aber als Frau Mechthild sich so weit erholt hatte, dass sie das Bett verlassen konnte, und das Heft wieder in die Hand nahm, ging ein Ruck durch das Gesinde. Die Knechte und Mägde lachten und scherzten trotz der harten Arbeit, und sogar die Soldaten langten beherzt zu, obwohl sie sich sonst zu gut für Knechtsarbeit dünkten. Frau Mechthild entgalt es ihnen mit viel Lob und ein paar Krügen Wein.

Der Januar verging, und der Festtag des heiligen Blasius mit der Lichtmessfeier kam heran. Da Bruder Jodokus verschollen blieb, hielt der Abt von St. Ottilien die Messe ab. Wie versprochen war Adalwig früh genug erschienen, um die Vorbereitungen zur Taufe in der Kapelle zu überwachen. Der Abt war ein guter Freund Ritter Dietmars und ein entschiedener Gegner des Keilburgers. Zwar bedrohte Graf Konrad das Kloster nicht direkt, doch er hatte bereits zweimal Grundstücke an sich gebracht, die von ihren früheren Besitzern der Abtei zugedacht gewesen waren. Die übrigen Gäste und das Gesinde nahmen schon an, Ritter Dietmar hätte ihn als Paten für seinen Sohn ausersehen. Doch Lichtmess ging vorüber, ohne dass der Abt den Taufsegen sprach. Zu aller Verwunderung ließ Ritter Dietmar das Fest verschieben und entschuldigte sich bei seinen Gästen mit dem Ausbleiben eines weiteren, wichtigen Gastes. Aber er sagte nicht, wen er erwartete.

Zwei Tage später meldete der Türmer einen größeren Reitertrupp, der sich der Burg näherte. Hartmut von Treilenburg und einige andere Herren fürchteten eine Hinterlist des Keilburgers und riefen ihre Männer zu den Waffen. Doch Ritter Dietmar beruhigte sie und gebot, die Burgtore weit zu öffnen. Im Festgewand, nur durch einen wollenen Mantel mit Fuchsbesatz gegen die beißende Kälte geschützt, trat er in den Burghof hinaus, um die neuen Gäste zu begrüßen. Frau Mechthild schloss sich ihm an und brachte eine Magd mit, die eine Kanne warmen Würzwein und etliche Becher für die Neuankömmlinge bereithielt.

»Täusche ich mich, oder ist das das Wappen des Grafen von Württemberg?«, rief ein Gast verwundert aus, der nicht weit von Marie entfernt stand.

Der Mann hatte richtig gesehen. Das Banner zeigte den springenden Hirsch von Württemberg. Als die Reiter näher kamen, sah man, dass sie Schaffellüberzieher über den Mänteln trugen, um sich gegen die Kälte zu schützen. Die Pferde hatte man in Decken gehüllt und ihnen teilweise sogar die Beine bandagiert. Den Männern hing Eis an den Bärten, und aus den Nüstern der Pferde stoben weiße Wolken.

»Ritter Dietmar muss hoch in der Gunst des Grafen Eberhard stehen, wenn dieser mitten im Winter die lange Reise von Stuttgart hierher unternimmt«, raunte ein Gast Hartmut von Treilenburg zu. Dieser nickte mit offenem Mund, aber seine Miene drückte auch Zweifel aus, als wisse er noch nicht, was er von dem Ganzen halten sollte.

Graf Eberhard ritt durch das Tor und hielt sein Pferd vor dem Burgherrn und dessen Gemahlin an. Sofort eilten zwei Knechte zu ihm, um ihm aus dem Sattel zu helfen. Das war auch nötig, denn der Württemberger war trotz der Felle und seines pelzbesetzten Mantels steif gefroren. Dankbar nahm er den dampfenden Becher mit Würzwein entgegen, den Frau Mechthild ihm reichte, und trank ihn bis auf den Grund leer.

»Das tut gut«, sagte er dann, während die Magd seine Begleiter mit dem wärmenden Trunk versorgte. Graf Eberhard klopfte sich die Schneereste von seiner Kleidung, zog die Handschuhe aus und reichte Ritter Dietmar die Hand.

»Meinen Glückwunsch zu Eurem Sohn, Herr von Arnstein. In der heutigen Zeit kann man nicht genug wackere Burschen haben.«

»Ich danke Euch für Euer Kommen, Herr von Württemberg.« Ritter Dietmar klang erleichtert, weil ihn der Graf als Gleichrangigen behandelte. Der bittere Kelch der Vasallenschaft, den Degenhard von Steinzell bei dem Habsburger Friedrich bis zur Neige würde austrinken müssen, schien an ihm vorüberzugehen. Auch Hartmut von Treilenburg empfand das so, denn sein finsteres Gesicht hellte sich von einem Augenblick zum anderen auf. Er ging dem Württemberger entgegen und ergriff dessen ausgestreckte Hand. »Es freut mich sehr, Euch zu sehen, Graf Eberhard.«

»Ich fühle mich geehrt, als Gast geladen worden zu sein«, erklärte der Württemberger mit einem raschen Blick über den inneren Aufbau der wehrhaften Burg. Was er sah, schien ihm zu gefallen, denn er klopfte dem Arnsteiner anerkennend auf die Schulter und ließ sich von ihm in den Wohnturm führen. Hier halfen die Knechte ihm und seinen Gefolgsleuten aus den Überwürfen und den schweren Wintermänteln.

Jetzt konnte Marie sehen, dass der Württemberger groß und breit gewachsen war und im Gegensatz zu vielen anderen in seinem Alter – Marie schätzte ihn auf Mitte vierzig – schlank geblieben war. Sein Gesicht wurde von einem dunkelblonden Bart umrahmt, der sich bereits grau färbte, und seine Augen blickten mit einer scheinbar durch nichts zu erschütternden Fröhlichkeit in die Welt. Sein Wams war in Schwarz und Gold gehalten, den Farben Württembergs, wobei das Gold etwas verwaschen wirkte und Marie zu ihrem Vergnügen an das Gelb ihrer Hurenbänder erinnerte. Die Hosen des Grafen waren von dunkelblauer Farbe und die Schamkapsel in einer Weise ausgepolstert, als hinge sein Rang als einer der hohen Herren im Herzogtum Schwaben davon ab.

Im großen Saal war alles für die Gäste vorbereitet. Die Mägde schleppten bereits das Essen herbei, da der Graf und seine Begleiter nach diesem langen Weg durch die Kälte hungrig waren. Auch Marie musste beim Auftischen helfen, bis Frau Mechthild sie zu sich winkte.

»Lass die Mägde arbeiten und setze dich neben mich. Ich sehe dir doch an, dass du vor Neugier fast vergehst. Außerdem habe ich eine Aufgabe für dich.« Die Burgherrin klang so fröhlich wie schon lange nicht mehr.

Marie ließ sich das nicht zweimal sagen. Sie stellte die Schüssel mit dem Schweinebraten, die sie gerade in Händen hielt, vor dem Württemberger auf den Tisch, band ihre Schürze ab, reichte sie einer Magd und nahm auf dem ihr zugewiesenen Hocker Platz. Hiltrud, die ebenfalls an der Tafel bediente, sah verwundert zu ihr herüber.

Auch der Württemberger musterte sie interessiert, beugte sich vor und zupfte sie am Ärmel. »Du bist ein verdammt hübsches Frauenzimmer. Wie darf ich dich nennen?«

»Das ist Marie. Sie ist eine Hübschlerin und wird sich um Eure Bedürfnisse kümmern, wenn Ihr dies wünscht«, antwortete Frau Mechthild an Maries Stelle.

Graf Eberhards Augen leuchteten begehrlich auf, und Marie wurde klar, dass sie noch vor dem Abend in seinem Bett liegen würde. Einen Augenblick ärgerte sie sich, denn sie hatte nicht erwartet, von Frau Mechthild wie ein Geldstück behandelt zu werden, das man an den Nächsten weiterreichte, wenn man etwas dafür kaufen konnte. Dann lachte sie innerlich über ihre Naivität. Man hatte sie als Hure hierher gerufen, warum sollte man sie auf einmal anders behandeln?

So schlimm traf es sie ja nicht, denn der Graf von Württemberg war ein angenehmerer Gast als Philipp von Steinzell, und er stank nicht so wie Jodokus. Außerdem war er ein Feind Konrads von Keilburg. Sie hatte inzwischen gelernt, dass sie sich keinen Illusionen hingeben durfte. Die hohen Herren taten nur dann etwas für andere, wenn es auch ihrem eigenen Nutzen diente. Einen Vorteil hatte das Arrangement für sie – sie durfte in Graf Eberhards Nähe bleiben und bekam alles mit, was er mit Ritter Dietmar und Frau Mechthild sprach.

Während sie die Ohren spitzte, rief sie sich ins Gedächtnis, was sie über Graf Eberhard von Württemberg wusste. Mit dem Habsburger Friedrich, der neben seinem Stammland Tirol auch über Vorderösterreich gebot und im Elsass große Besitzungen sein Eigen nannte, dem Markgrafen Bernhard von Baden und Konrad von Keilburg gehörte Graf Eberhard zu den mächtigsten und einflussreichsten Herren im alten Herzogtum Schwaben, dessen Titel seit dem Tod des letzten Staufers vakant geblieben war. Keinem der hohen Herren im Schwabenland war es bis jetzt gelungen, den Titel und die Würde eines Herzogs für sich zu erringen und damit Macht über die anderen Adelshäuser zu gewinnen. Marie fragte sich, ob der Württemberger die Absicht hatte, nach dieser Würde zu greifen. Doch nichts von dem, was sie zu hören bekam, deutete darauf hin.

Zunächst unterhielten sich der Graf und Ritter Dietmar über allgemeine Dinge wie den ungewöhnlich kalten Winter und das Konzil, das im nächsten Herbst beginnen sollte. Graf Eberhard würde ebenfalls daran teilnehmen und lud den Burgherrn und dessen Gemahlin ein, ihn nach Konstanz zu begleiten. Erst später, als die Mägde die Reste des Mahls abgetragen hatten, kamen die Männer auf ihre Probleme mit dem Keilburger zu sprechen.

»Wie ich hörte, hat Graf Konrad sich einer Burg bemächtigt, die Euch zusteht?«, begann der Württemberger.

»So ist es«, erklärte Ritter Dietmar rasch und berichtete dem Grafen von dem seltsamen zweiten Testament seines Oheims, das die Herrschaft Mühringen angeblich dem Keilburger zusprach. »Er hat sich der Burg im Handstreich bemächtigt und ist nicht bereit, meine Ansprüche anzuerkennen«, schloss er mit grimmiger Miene.

Eberhard von Württemberg blies die Wangen auf. »Kann man denn nicht Ritter Otmar befragen, weshalb er sich zu diesem zweiten Testament überreden ließ?«

»Das hätte ich schon getan, wenn es möglich gewesen wäre. Graf Konrad behauptet, mein Onkel hätte sich in ein Kloster zurückgezogen, aber er wisse selbst nicht, in welches, sonst hätte er ihn längst gerufen.« Ritter Dietmars Miene zeigte deutlich, dass er das für eine wohlfeile Ausrede hielt.

Graf Eberhard schien der gleichen Meinung zu sein. Er stützte sein bärtiges Kinn auf die Rechte und spielte mit der Linken an einem der silbernen Zierknöpfe auf seinem Wams. »Ich kann nicht behaupten, dass mir die Situation gefällt. Auf alle Fälle werde ich Eure Sache dem Kaiser vortragen. Ihr sagt, Ihr besitzt ein gesiegeltes und von Zeugen unterzeichnetes Testament Eures Onkels?«

»Das will ich meinen – und zwar doppelt«, rief der Arnsteiner mit einem zufriedenen Lächeln. Er nestelte einen Schlüssel von seinem Gürtel, streckte seiner Frau die Rechte hin und nahm einen ähnlichen Schlüssel in Empfang. Giso, der einen dritten Schlüssel von seinem Gürtel löste, nahm die anderen beiden entgegen und verließ den Saal, um den Vertrag zu holen. Kurz danach kam er mit einer Lederhülle zurück, die er weit von sich hielt.

»Hier ist der Vertrag, Herr. Ich will aber nicht behaupten, dass er besonders gut riecht.«

Der Burgherr sah irritiert auf und schnupperte an dem Leder. Der Geruch, der der Rolle entströmte, brachte ihn zum Husten. »Da stimmt etwas nicht«, sagte er, als er wieder Atem bekam. Vorsichtig faltete er die Hülle auseinander und starrte fassungslos auf die zur Unkenntlichkeit verfärbten Pergamentfetzen, die einen penetranten Gestank verbreiteten.

Der Württemberger ließ sich von einem Diener ein Tuch reichen, um seine Hand zu schützen, und hob eines der Stücke auf. Es wirkte wie verbrannt, und von der Schrift darauf war nichts mehr zu sehen. Der Graf reichte es kopfschüttelnd dem Burgherrn. »Es sieht aus, als hätte der Keilburger Euch einen üblen Streich gespielt. Jemand hat Säure auf das Pergament gegossen und es damit zerstört. Ich fürchte, Ihr habt einen Spion in der Burg.«

Zu ihrem Entsetzen sah Marie einige Augenpaare auf sich gerichtet. Ritter Dietmar starrte auf das Leder, als könne er nicht fassen, was er dort erblickte. Dann warf er das stinkende Ding mit einem Fluch zu Boden und schlug mit der Faust auf den Tisch.

»Das wird dem Keilburger auch nichts helfen. Immerhin liegt die zweite Ausfertigung sicher verwahrt im Kloster St. Ottilien. An die kommen Graf Konrads Leute gewiss nicht heran.«

Abt Adalwig, der auf der anderen Seite des Burgherrn saß, stieß einen Ruf der Verwunderung aus. »Aber nein! Ihr habt das Testament doch vor ein paar Wochen durch Euren Schreiber Jodokus holen lassen, Ritter Dietmar.«

Der Burgherr starrte den Abt aus weit aufgerissenen Augen an. »Das ist unmöglich. Ich habe nie …« Er brach ab und knirschte mit den Zähnen. »Darum ist Jodokus also verschwunden. Er hat zuerst mein Exemplar des Testaments mit Säure zerstört und danach die Abschrift aus dem Kloster geholt. Oh, ich Narr! Warum bin ich nicht gleich misstrauisch geworden, als der verdammte Mönch nicht mehr aufzufinden war?«

In der Halle war es nach dem kurzen Wutausbruch des Burgherrn still geworden. Die Leute sahen sich an, und in ihren Gesichtern spiegelte sich die Angst vor einem Feind, dessen Macht stark genug war, Verträge zu vernichten, die hinter dicken Mauern in mehrfach verschlossenen Truhen ruhten. Einige bekreuzigten sich.

Der Graf von Württemberg spürte, dass etwas geschehen musste, um die Angst der Anwesenden vor der scheinbar grenzenlosen Macht Konrads von Keilburg zu vertreiben. Er trank einen Schluck Wein und legte seinem Gastgeber die Hand auf die Schulter.

»Habt Ihr uns nicht zu einer Taufe geladen, Ritter Dietmar?«

Der Angesprochene nickte verwundert. »Ja, aber …«

»Kein Aber!«, rief der Württemberger mit dröhnender Stimme. »Wir wollen uns dieses Fest doch nicht von Graf Konrad verleiden lassen. Frau Mechthild, lasst mein Patenkind holen, und bringt auch gleich geweihtes Wasser mit. Ach nein – kein Weihwasser! Das hat der verräterische Mönch besudelt. Sprecht Ihr den Segen über Wasser und Kind, Abt Adalwig. Das wird Gott gewiss gefallen.«

»Jetzt? Hier in der Halle?«, fragte der Abt entgeistert.

»Warum nicht?«, antwortete der Graf. »Die meisten Kinder werden nicht in einer Kirche getauft, sondern zu Hause. Außerdem ist es hier gemütlich warm, während das Kind in der Burgkapelle erbärmlich frieren würde.«

Der Abt wechselte einen hilflosen Blick mit dem Burgherrn und dessen Gemahlin. Frau Mechthild nickte zustimmend und schickte Guda los, um den Jungen zu holen. Sie hatte verstanden, dass der Württemberger mit dem heiligen Sakrament der Taufe den bedrohlichen Schatten des Keilburgers vertreiben wollte, und war ihm so dankbar, dass sie sich vornahm, in St. Ottilien drei Messen für seine Gesundheit und sein Seelenheil lesen zu lassen.

Als Guda den Knaben brachte, hatte man bereits alles für die Taufe vorbereitet. Giso und ein paar seiner Leute hatten nicht nur das goldverzierte Kruzifix aus der Kapelle geholt, sondern auch das Taufbecken, das so schwer war, dass sechs kräftige Männer es hatten tragen müssen.

Eberhard von Württemberg kam der Beschließerin entgegen und ließ sich das Kind reichen. »Ein prachtvoller Bursche«, meinte er lächelnd und sah zufrieden, wie Frau Mechthilds Wangen vor Freude aufglühten. »Sprecht Eure Gebete, ehrwürdiger Abt«, forderte er Adalwig auf, der noch immer nicht ganz begriff, welcher Wind hier durchfegte. Schließlich stand der alte Herr jedoch auf und stellte sich neben das Taufbecken. Er musste zwar ein paarmal innehalten, um sich an die Gebete zu erinnern, doch sprach er den Taufsegen ohne jeden Fehler und schlug schließlich mit einem erleichterten »Amen« das Kreuz über dem Kind.

»Amen«, scholl es aus den Mündern der Anwesenden zurück.

Die meisten Gäste glaubten, es würde jetzt weitergetafelt werden, doch der Württemberger hob die Hand, um die Aufmerksamkeit noch einmal auf sich zu ziehen.

»Nachdem mir die Ehre gewährt wurde, Pate dieses Kindes zu sein, will ich ihm auch mein Patengeschenk überreichen«, rief er mit raumfüllender Stimme. »Und zwar belehne ich meinen Patensohn Grimald mit der Herrschaft Thalfingen am Neckar, um das Band zwischen seiner Sippe und der meinen zu stärken.« Er drehte sich mit dem Kind auf dem Arm einmal um seine Achse, um den Eindruck zu erkunden, den sein Geschenk machte, und lächelte dann zufrieden in sich hinein.

Ritter Dietmar starrte ihn mit offenem Mund und glänzenden Augen an. Ihm war es egal, dass sein Sohn mit diesem Besitz ein Lehnsmann des Württembergers geworden war, denn diese Verbindung würde Arnstein gegen jeden weiteren Zugriff des Keilburgers schützen. Graf Konrad würde es sich zweimal überlegen, einen Verbündeten und Vasallen des Grafen von Württemberg zu bedrängen. Auch Frau Mechthild wirkte wie ein Kind, dem man eben die schönste Puppe der Welt geschenkt hatte. Abt Adalwig erkannte mit Freuden, dass der hohe Gast von jetzt an seine schützende Hand über seinen Freund Dietmar hielt, und schickte ein Dankgebet gen Himmel. Hartmut von Treilenburg stieß die zu lange angehaltene Luft aus und hob seinen Becher, um auf das Wohl des Grafen und seines Patenkinds zu trinken. Auch ihm würde die Verbindung zu Württemberg den Schutz bieten, den er so dringend brauchte.

Marie fühlte, dass mit dem Besuch Eberhards von Württemberg ein neuer Geist in die Burg Arnstein eingezogen war. Der Graf sah nicht so aus, als würde er einer Fehde mit dem Keilburger aus dem Weg gehen. So schöpfte auch sie wieder Hoffnung, dass Magister Ruppertus doch noch seiner gerechten Strafe zugeführt werden würde. Für einen Augenblick überlegte sie, ob sie sich dem Württemberger offenbaren und ihn um Schutz und Hilfe bitten sollte. Da ihr jedoch nicht in seinem Machtbereich Unrecht geschehen war, ließ sie den Gedanken sofort wieder fahren. In Konstanz besaß der Graf von Württemberg keinen Einfluss und konnte daher nichts für sie tun. Es war auch nicht sehr wahrscheinlich, dass der hohe Herr sich für die Belange einer Hure interessieren und ihr Glauben schenken würde.

Der Graf von Württemberg hielt sich zwei Wochen auf Burg Arnstein auf, und nicht wenige behaupteten, er wäre nur deswegen so lange geblieben, weil ihm eine ausnehmend hübsche Frau die Nächte versüßt hatte. Als er die Burg verließ, steckte er Marie zum Abschied mehrere goldene Münzen mit dem springenden Hirsch von Württemberg in den Ausschnitt und küsste sie vor aller Augen. Dann ritt er in den Winter hinaus, der seinen Griff immer noch nicht gelockert hatte, und ließ erleichterte und zufriedene Gastgeber zurück.

VIERTER TEIL

❖

Gefährliche Wanderschaft

I.

»Willst du es dir nicht doch noch überlegen, Marie?« Frau Mechthilds Stimme klang jetzt verärgert.

Marie biss sich auf die Lippen und schüttelte den Kopf.

»Ich will dir doch nur helfen, du störrisches Ding«, fuhr Frau Mechthild fort. »Eine Heirat mit einem unserer Bauern würde dich zu einer ehrlichen Frau machen. Und mehr noch: Da du frei geboren wurdest, bin ich bereit, dir Brief und Siegel zu geben, dass deine Kinder ebenfalls keine Leibeigenen sein werden. Ich habe mit meinem Gemahl darüber gesprochen. Er ist bereit, dir und deinen Nachkommen einen Hof in der Herrschaft Thalfingen als Eigentum zu überlassen.«

Marie klopfte das Herz bis zum Hals, und etwas in ihr beschwor sie, das großzügige Geschenk anzunehmen. Die Aussicht, Freibäuerin auf einem eigenen Hof zu werden, war genau das, wovon Anne und Elsa, die beiden Mägde ihres Vaters, damals in Konstanz geträumt hatten. Es war kein leichtes Leben, denn die Frau eines Bauern musste ebenso hart zugreifen wie ihr Mann, und Marie war sich bewusst, dass sie das meiste von dem, was einem Mädchen auf dem Land schon von Kindesbeinen an beigebracht wurde, erst würde lernen müssen. Aber mit der Hilfe eines liebevollen Mannes würde sie es schaffen.

Doch wenn sie zusagte, wäre sie für den Rest ihres Lebens an einen Fleck Land gebunden, den sie höchstens dann einmal für kurze Zeit verlassen durfte, wenn sie den Markt im nächsten größeren Ort besuchte oder auf eine Wallfahrt ging. Sie würde irgendwo am Neckar leben, weit weg von Konstanz und von Ruppert, ohne jede Chance, sich an dem Magister und seinen Handlangern zu rächen. Dort wäre sie für den verräterischen Advokaten genauso aus der Welt, wie wenn sie damals an der Auspeitschung gestorben oder vor Scham ins Wasser gegangen wäre. Nein, sie durfte jetzt nicht schwach werden und das Geschenk annehmen, sonst würde sie für den Rest ihres Lebens keinen Seelenfrieden mehr finden.

Sie holte tief Luft und formulierte ihre Antwort sehr vorsichtig, um Frau Mechthild nicht noch mehr zu verärgern. »Euer Angebot ist mehr als großzügig. Ich bin jedoch keine Bäuerin und könnte den Hof niemals richtig bewirtschaften, denn ich bin als Tochter eines Handelsherrn aufgewachsen und nie auf dem Land gewesen.«

Frau Mechthild lachte auf. »Du weißt nicht, was du sagst. Glaubst du, es würde sich dir noch einmal die Chance bieten, dem Schmutz der Straße zu entkommen? Einen Ort zu finden, wo du durch ein braves, gottgefälliges Leben und fleißiges Gebet dein Seelenheil retten kannst? Nein, Mädchen, wenn du von hier weggehst, wirst du in der Gosse bleiben, in die dich der Halbbruder unseres Feindes gestoßen hat, und bis zu deinem bitteren Ende heimatlos über die Straßen ziehen.«

Marie sah durch das Fenster der Kemenate auf den Hof, wo Hiltrud mit Thomas' Hilfe ihre widerspenstig gewordenen Ziegen vor den kleinen Wagen spannte. Die drei Zicklein, die vor zwei Monaten geboren worden waren, wollten sich überhaupt nicht anbinden lassen. Marie dachte, dass Hiltrud als Landkind glücklich wäre, wenn sie auf einem Bauernhof leben dürfte. Für einen Augenblick erwog sie, die Herrin zu bitten, Hiltrud und Thomas die Heirat zu erlauben und ihnen den Hof zu geben. Aber wenn die Burgherrin darauf einging, würde sie allein weiterziehen müssen, und davor hatte sie Angst. Daher schluckte sie die Frage hinunter und verachtete sich gleichzeitig wegen ihrer Eigensucht, die keine Rücksicht auf die Freundin nahm, die ihr das Leben gerettet hatte. Sie kämpfte gegen die Tränen an, die in ihr aufstiegen, und warf den Kopf in den Nacken.

»Ich bin mir bewusst, was ich hier ausschlage, Herrin. Aber es gibt keinen Ort auf dieser Welt, an dem ich meinen Seelenfrieden finden könnte ...« ... solange Ruppertus Splendidus noch lebt, hatte sie sagen wollen, doch sie biss sich rechtzeitig auf die Lippen. Ihr Wunsch nach Rache ging Frau Mechthild nichts an. Daher räusperte sie sich und knickste vor der Burgherrin, ohne ihr in die Augen zu sehen.

»Es wird Zeit, mich zu verabschieden, Herrin.«

»Wie du willst«, antwortete die Burgherrin verdrossen. »Deinen Lohn hast du bereits erhalten. Nimm meinen Dank für die Hilfe, die du mir geleistet hast, und meine besten Wünsche dazu. Ich werde auf der Wallfahrt nach Einsiedeln auch für deine Seele beten.«

Marie knickste noch einmal, drehte sich dann abrupt um und wanderte langsam durch den Wohnturm, hinab in die große Halle und durch das innere Tor hinaus in den inneren Zwinger, in dem Hiltrud auf sie wartete. Dabei verabschiedete sie sich von dem Ort, der sie für ein paar erlebnisreiche Monate beherbergt hatte. Sie hatte viel erfahren, von dem sie hoffte, dass es ihr in Zukunft noch einmal nützlich sein konnte, und in ihrem Beutel am Gürtel trug sie die Belohnung, die Frau Mechthild ihr für ihre Dienste gegeben hatte.

Die Herrin war nicht so großzügig gewesen, wie sie es sich vorgestellt hatte. Das mochte an dem Angebot liegen, das sie ihr eben gemacht hatte, oder auch daran, dass der Graf von Württemberg, dessen Bettgefährtin sie zwei Wochen lang gewesen war, sie vor aller Augen reich belohnt hatte. Seine Goldmünzen trug sie in einem weiteren Beutel tief unter ihrer Kleidung versteckt. Die Summe, die sie nun besaß, reichte noch nicht, um einen Meuchelmörder für einen so hohen Herrn wie Ruppertus Splendidus anwerben zu können. Für die Schurken, die sie vergewaltigt hatten, war es jedoch schon genug. Aber wenn sie die Kerle zuerst umbringen ließ, wäre Ruppert gewarnt. Das wollte sie nicht riskieren.

Sie sah Hiltrud in ihrem neuen Kleid neben ihrem Wagen stehen und eifrig auf Thomas einreden. Anders als nach den vorherigen Überwinterungen glänzten ihre Wangen, und sie wirkte wohlgenährt. Vom Standpunkt einer Wanderhure aus hatte sich dieser Winter gelohnt. Sie besaßen neue Kleider, Mäntel und einige andere Wäschestücke, und sie hatten weder die Miete für eine Hütte noch Geld für Lebensmittel ausgeben müssen. Stattdessen hatten sie einige höchst angenehme Monate verbracht und dabei noch gut verdient. Mehr konnten Frauen ihres Standes wirklich nicht verlangen.

»Können wir aufbrechen?« Hiltruds Frage riss Marie aus ihren Gedanken.

»Ich bin bereit. Wie steht es mit dir?«

»Ich habe mich von Thomas verabschiedet.« Hiltrud täuschte eine Gelassenheit vor, die von ihren verräterisch feuchten Augen Lügen gestraft wurde. Da sie jedoch keine andere Wahl hatten, als auf die staubigen Straßen zurückzukehren, ging Marie nicht darauf ein. Hiltrud musste mit ihrem Kummer genauso fertig werden wie sie mit ihrer inneren Zerrissenheit.

Als sie das Tor in der äußeren Mauer erreichten, sah Marie Hiltrud fragend an. »Hast du eine Ahnung, wohin wir uns wenden können? Allzu lange sollten wir nicht alleine weiterziehen.«

»Wir gehen als Erstes nach St. Marien am Stein. Das ist nicht weit von hier, und dort findet, wie mir Thomas erzählt hat, am Palmsonntag eine Wallfahrt statt. Bei diesem Anlass finden wir gleich genügend Freier, um uns wieder an den Alltag zu gewöhnen.«

»Einverstanden. Dort werden wir bestimmt auch auf andere Frauen treffen, mit denen wir ohne Sorge weiterziehen können. Kennst du den Weg? Ich möchte möglichst nicht durch den Machtbereich des Keilburgers oder über Steinzeller Land ziehen.«

»Dann bleiben zwar nicht viele Straßen übrig«, spottete Hiltrud.

»Aber deine Angst ist nicht ganz unbegründet, denn Thomas hat Philipp von Steinzell ein paarmal in der Nähe von Arnstein herumlungern sehen. Der Bursche träumt wohl immer noch davon, dich zwischen den Schenkeln auszufüllen. Den Spaß werden wir ihm verderben.«

Hiltrud lachte übertrieben laut und trieb ihre Ziegen mit einem Zungenschnalzen an, die sich stärker ins Geschirr legten und fröhlich meckerten, während ihre drei Zicklein an den dünnen Leinen zerrten und wild herumsprangen, so als freuten sie sich auf den Frühling außerhalb der hohen Mauern.

Als sie am Torwächter vorbeikamen, winkte er und rief ihnen ein paar scherzhafte Worte zu. Hiltrud ging darauf ein und brachte ihn zum Lachen, ihre Stimme klang jedoch nicht so heiter wie ihre Worte, und ihr Gesicht verzog sich, als wollte sie jeden Moment in Tränen ausbrechen. Jetzt, wo sie die Burg endgültig verließen, schien der Trennungsschmerz heftiger in ihr zu wühlen. Doch im Gegensatz zu Marie sah sie, während sie dem Serpentinenweg ins Tal folgten, kein einziges Mal zurück. Marie überlegte, ob sie Hiltrud auf Thomas aufmerksam machen sollte, der zwischen den Zinnen auf einem der Türme stand und ihnen nachwinkte. Doch die Freundin starrte mit so verbissenem Gesicht nach vorne, als fürchte sie, sie würde bei einem Blick über ihre Schulter zur Salzsäule erstarren wie einst Lots Weib.

So verließ sie das Tal, ohne Arnstein einen letzten Blick zu schenken. Thomas aber stieg erst von seinem Aussichtsposten herab, als die beiden Frauen längst zwischen den Bäumen des jenseitigen Talrands untergetaucht waren. Mit hängenden Schultern kehrte er in seinen Ziegenstall zurück, um den Tieren sein Leid zu klagen.

II.

Der kleine See umschlang die Halbinsel, auf der das Wallfahrtskirchlein St. Marien am Stein erbaut worden war, wie mit zwei schützenden Armen. Die meiste Zeit des Jahres war dieser Ort nur vom Gezwitscher der Vögel und dem Wellenschlag des Sees erfüllt, was höchstens einmal in der Woche von der kleinen Glocke im Turm übertönt wurde, wenn die Mönche des nahen Klosters zu dem alten, aus fast weißen Steinen erbauten Gotteshaus kamen, um es zu pflegen und einige Gebete zu sprechen. An Wallfahrtstagen wie an diesem Palmsonntag vermochte die Landzunge die Gläubigen jedoch kaum zu fassen. Männer, Frauen und Kinder strebten in ihren besten Gewändern dem offenen Tor der Kirche zu, um einen Blick auf das wundertätige Bildnis der Heiligen Jungfrau zu werfen, das ein längst vergessener Künstler aus Gold und Kupfer geschaffen hatte, und die Gottesmutter dabei um Gnade und die Vergebung der Sünden anzuflehen.

Hiltrud und Marie kamen im langsam versiegenden Strom der letzten Pilger an, in den sie sich unterwegs eingereiht hatten. Anfangs hatte es sie noch gestört, dass die Frauen sie misstrauisch beäugten und ihnen auswichen, als hätten sie den Aussatz, während die Männer sie abschätzten und ihnen anzügliche Worte zuriefen. Bald aber hatten sie sich wieder daran gewöhnt und fanden Gefallen an dem Gedanken, dass sie hier gut verdienen würden. Es gab nicht viel Konkurrenz, wie sie mit einem schnellen Blick feststellten, nur vier fadenscheinige Zelte, an denen ausgebleichte gelbe Bänder flatterten.

Die Huren, denen sie gehörten, waren bereits voll im Geschäft, denn die Eingänge waren zugezogen, und einige Männer strichen ungeduldig um die windschiefen, schlecht verzurrten Behausungen herum, als könnten sie es nicht erwarten, ihrerseits eingelassen zu werden. Marie und Hiltrud sahen einige erwartungsvolle Blicke auf sich gerichtet und beeilten sich, ihre eigenen Zelte aufzuschlagen. Da weder ein Büttel noch ein Mönch auftauchte, um ihnen einen Platz anzuweisen, wählten sie ein leicht erhöht liegendes, trockenes Stück Wiese am Ufer, das im Schatten einiger Trauerweiden lag, denn deren tief ins Wasser hängende Zweige versprachen ihnen am frühen Morgen einen halbwegs ungestörten Badeplatz. Während sie noch damit beschäftigt waren, die Leinwände an die Stangen zu binden, trat eine der anderen Huren aus ihrem Zelt und starrte zu ihnen herüber.

»Ist es denn die Möglichkeit. Die Welt ist wirklich klein.«

»Gerlind, was machst du denn hier?«, rief Hiltrud überrascht hinüber. »Ich dachte, du hättest dich zur Ruhe gesetzt.«

Die alte Hure kam mit einem bitteren Lachen auf sie zu und musterte sie mit zusammengekniffenen Augen. »Zumindest habe ich es versucht. Aber ich war den Hurenwirten in der Gegend zu erfolgreich. Deswegen hetzten sie mir den Pfaffen und die Büttel auf den Hals. So viele Gesetze, gegen die ich verstoßen haben soll, kann es gar nicht geben, das kannst du mir glauben. Sie nahmen mir meine beiden Täubchen weg, die ich mühsam abgerichtet hatte, steckten sie zu einem einheimischen Hurenwirt und vergaßen auch nicht, mein mühsam erspartes Geld einzukassieren. Dann haben sie mich mit Rutenschlägen davongetrieben. Jetzt ziehe ich wieder umher und bilde nebenbei ein neues Vögelchen aus. Märthe ist zwar nicht die Hellste, aber sie kann es den Männern richtig besorgen.«

Hiltrud umarmte Gerlind voller Freude. Dabei schien sie nicht zu bemerken, wie schmutzig die zahnlose, eingefallene Frau war. »Schön, dich zu treffen. Jetzt können wir wieder zusammen reisen.«

»Sicher! Sicher! Dann wäre unsere alte Gruppe ja wieder beisammen. Märthe und ich haben auf dem Weg hierher Berta und Fita getroffen, die ebenfalls Anschluss suchten. Zu sechst brauchen wir bei keiner Reisegruppe mehr zu betteln, um in ihrem Schutz reisen zu dürfen.«

Während Hiltrud eifrig zustimmte, verzog Marie das Gesicht. Berta war nicht gerade die Gesellschaft, die sie sich gewünscht hätte. Allerdings war es immer noch besser als der Anschluss an eine Gauklertruppe oder einen von bewaffneten Knechten begleiteten Handelszug, bei dem sie Abend für Abend dem Anführer ihren Körper zur Verfügung stellen mussten. Sie tröstete sich damit, dass sie von Gerlind noch einiges über Kräuter und ihre Wirkung würde lernen können, und sie war auch neugierig auf das Mädchen, welches die alte Hure als Magd gewonnen hatte.

Die Ankunft zweier neuer Huren, zumal einer so hübschen wie Marie, zog die Männer an wie Kerzenlicht die Motten. Einige der Mönche, die herbeigelaufen waren und sie anstarrten, trugen sogar noch das Chorkleid. Körperliche Lust war ihnen wohl wichtiger als die Ehre Gottes und die Seelen der Wallfahrer, denn sie hatten ganz offensichtlich die frommen Sänger im Stich gelassen, deren lateinische Lieder vom Kirchlein herüberschallten. Einer von ihnen sprach Marie an, während sie noch damit beschäftigt war, ihrem Zelt mit kräftigen Leinen mehr Halt zu geben.

»Willkommen in St. Marien am Stein, meine Tochter. Du erwirbst dir großes Seelenheil und die Vergebung der Sünden, wenn du mir demütig und zu meiner Zufriedenheit dienst.«

Marie hielt kurz inne und musterte den Mönch mit spöttischer Miene. »Demütig heißt wohl umsonst, doch das ist nur der Tod, und selbst der kostet das Leben.«

Der Mönch gab nicht so schnell auf, sondern verstärkte den salbungsvollen Tonfall seiner Stimme. »Sei nicht so hoffärtig, meine Tochter. Wenn du einst zum Himmelstor kommst, wird der himmlische Wächter dich an deine Sünden erinnern und dir den Weg ins Fegefeuer weisen. Doch wenn du uns frommen Brüdern dienst, werden den Knechten des Satans die Hände gebunden sein, so dass sie nur ein kleines Feuer entzünden können, welches deine Haut höchstens wie ein warmes Bad umspielt.«

Marie schnupperte kurz und lachte. »Du hast selbst ein warmes

Bad nötig, Bruder. Gott hat mich mit einer zu empfindsamen Nase geschaffen, als dass ich dir dienen könnte.«

Der Mönch starrte sie vergrätzt an. »Du wirst noch an mich denken, wenn du an der Pforte der Hölle stehst und die Dämonen des Höllenfürsten dich mit widerhakenbesetzten Gliedern aus Eisen empfangen, mit denen sie tagtäglich deinen Unterleib zerreißen werden.«

Als Marie sich schulterzuckend abwandte, spuckte er vor ihr aus und sprach Hiltrud an. Zu Maries Verwunderung nickte ihre Freundin und ließ ihn in ihr Zelt, obwohl dessen Pflöcke erst zu einem Teil eingeschlagen waren. Warum ausgerechnet Hiltrud, die ihr beigebracht hatte, auf die Sauberkeit ihrer Freier zu achten, diesen stinkenden Mönch an sich heranließ, war ihr ein Rätsel. Sie konnte jedoch nicht lange darüber nachdenken, denn die Schar der Männer vor ihrem Zelt wuchs immer mehr an.

Marie schätzte die Freier ab und spürte einen Klumpen im Magen. Nach der Geburt seines Sohnes hatte Ritter Dietmar sich geweigert, sie auch nur anzusehen, so dass sie seit dem Abschied des Württemberger Grafen sich keinem Mann mehr hatte hingeben müssen. Jetzt erst begriff sie, wie schön es gewesen war, wieder Herrin ihrer selbst zu sein. Am liebsten hätte sie sich in ihr Zelt verkrochen und es von innen zugebunden, doch sie konnte es sich auf die Dauer nicht leisten, Freier abzuweisen, und je länger sie wartete, desto schwerer würde es ihr fallen, ihr Gewerbe wieder aufzunehmen.

Ein Mann in der Kleidung eines wohlhabenden Bauern schob sich nach vorne und taxierte sie. »Nenn mir deinen Preis, Mädchen!«

»Fünf Schillinge«, antwortete Marie, der seine aufgeblasene Miene nicht gefiel. Der Bauer stutzte kurz und winkte verächtlich ab.

»Zu zwölf guten Pfennigen das Stück? Du bist wohl unten herum aus Gold gemacht, dass du so viel forderst.«

Marie wies auf Bertas Zelt, das sie an seinen Flecken erkannt hatte. »Wenn du eine Pfennighure suchst, findest du sie dort hinten. Ich gewähre meine Gunst nur Männern, die es sich leisten können.«

Sie hatte damit die Lacher auf ihrer Seite. Der Bauer schnaubte wütend und zog mit einer bösen Bemerkung ab. Er ging jedoch nicht zu Bertas Zelt, sondern wandte sich Hiltrud zu. Diese hatte den Mönch bereits verabschiedet und kam dem Bauern hüftschwingend entgegen. Sie wurden bereits nach wenigen Worten handelseinig und verschwanden zusammen im Zelt.

»Fünf Schillinge verlangst du? Ich glaube, das kann ich mir leisten«, sagte jemand Marie ins Ohr.

Sie drehte sich um und sah einen alten Mann in einem weiten, staubigen Pilgermantel dicht vor sich stehen. Die Muschel, die die hochgebundene Krempe seines Filzhutes zierte, wies darauf hin, dass er bis in die Stadt des heiligen Jakobus im fernen Spanien gepilgert war. Obwohl sein Mantel abgetragen und von der Sonne ausgebleicht und die Schuhe oftmals geflickt waren, wirkte der Pilger nicht wie ein armer Mann. Seine breiten, muskulösen Schultern und ein Rest von Schwertschwielen auf seinen Händen verrieten, dass er dem Ritterstand angehörte. Marie vermutete, dass er wie viele andere seinen Besitz an einen Sohn übergeben und sich auf eine Wallfahrt begeben hatte. Da er sich sauberer hielt als die meisten anderen Männer, schob Marie auffordernd die Zeltplane beiseite. »Wenn Ihr mir folgen wollt …« Der Mann legte seinen Stab vor dem Zelt ab und schob sich an ihr vorbei. Als er sein Obergewand abstreifte, stellte sie fest, dass sie es mit einem Greis zu tun hatte, denn die Haare auf seiner zerknitterten Haut waren weiß. Sein Gesicht zeigte jedoch nichts von der Abgeklärtheit des Alters oder der seligen Entrücktheit eines Pilgers, sondern unverhüllte Gier. Bevor Marie sich zurechtlegen konnte, ließ er sich auf sie fallen und drang mit einem so heftigen Ruck in sie ein, als wollte er sie mit seinem Glied spalten.

In seinen jüngeren Jahren hätte er ihr mit Sicherheit Schmerzen zugefügt, sie wahrscheinlich sogar verletzt. Doch jetzt fehlte ihm die dazu nötige Härte. Trotzdem war dieser Geschlechtsakt für Marie mehr als unangenehm. Der Mann keuchte heftig und blies ihr seinen Speichel ins Gesicht, während er ihr seine Finger in die Schultern krallte und obszöne Worte lallte.

Marie ekelte sich vor dem Mann, vor sich selbst und vor dem, was aus ihr geworden war. Eine halbe Ewigkeit schien zu vergehen, bis der Alte mit einem misstönenden Röhren über ihr zusammenbrach. Da er sich nicht gleich rührte, fürchtete sie schon, er hätte den Versuch, seine Männlichkeit zu beweisen, mit dem Leben bezahlt. Doch dann hörte sie sein Keuchen und atmete auf. Ein Toter in ihrem Zelt wäre fatal gewesen. Selbst wenn man sie nicht dafür verantwortlich gemacht hätte, wäre ein schlechter Ruf wie Pech an ihr haften geblieben. Die meisten Männer – vor allem diejenigen, die gut zahlten – hätten sie gemieden wie eine ansteckende Krankheit. Erleichtert wand sie sich unter dem alten Mann hervor und zog ihr Kleid herunter. Dann streckte sie ihm die Hand hin. »Fünf Schillinge, wie ausgemacht.«

Der Pilger lachte sie jedoch nur aus. »Nimm den Segen des heiligen Jakob, den ich in mir trage, als Lohn. Ich zahle doch kein Geld für eine Hure.«

Marie schalt sich eine Närrin, weil sie eine der wichtigsten Lehren des Hurenlebens vergessen hatte, nämlich sich vorher bezahlen zu lassen. Gleichzeitig wallte eine unbändige Wut in ihr hoch. Sie war nicht bereit, den Alten so ohne weiteres ziehen zu lassen. »So haben wir nicht gewettet. Entweder du bezahlst, oder ...«

»Oder was?«, höhnte er und verließ das Zelt. Marie war schneller als er. Sie hob seinen Pilgerstab auf und brachte den Alten unter dem Gelächter der Umstehenden zu Fall. Bevor der Mann sich aufrappeln konnte, griff sie nach seinem Geldbeutel und riss ihn mit einem heftigen Ruck vom Gürtel.

»Deinen Jakobssegen kannst du behalten. Wir hatten fünf Schillinge ausgehandelt. Die wirst du auch bezahlen.« Sie öffnete den Beutel, nahm Münzen im entsprechenden Gegenwert heraus und zählte sie so ab, dass jeder der Umstehenden es sah. Der Alte beschimpfte sie als Diebin und forderte die Leute auf, ihm gegen die unverschämte Hure beizustehen.

Marie warf die sichtlich magerer gewordene Börse vor ihm auf den Boden und blitzte die anderen Männer herausfordernd an. »Der alte Bock hat wohl gedacht, er könnte bei mir umsonst grasen, doch das habe ich ihm ausgetrieben.«

Innerlich atmete sie erst auf, als der Alte keine Anstalten machte, handgreiflich zu werden, sondern schimpfend aufstand und davonhumpelte. Mit einem Mann in der Blüte seiner Kraft wäre sie nicht fertig geworden. Der hätte sie verprügelt oder sogar erschlagen, ohne dass ihm einer der Zuschauer in den Arm gefallen wäre. Einige jüngere Männer, die Maries Preis nicht zahlen konnten und dem Alten den Besuch bei einer so hübschen Hure nicht vergönnten, beschimpften ihn und knufften ihn rüde, und als er sich dann lauthals bei einigen Mönchen beschwerte, erntete er auch bei ihnen nur Spott und Gelächter.

Ein anderer Mann kam auf Marie zu und zählte ihr fünf Schillinge in die Hand. Seinem Aussehen nach war er ein reicher Kaufmann, der weniger eines Gelübdes wegen hierher gekommen war, sondern um Geschäfte zu machen. Marie warf dem alten Mann, der sie betrügen hatte wollen, einen letzten triumphierenden Blick zu und verschwand mit dem Kaufmann im Zelt.

Als sie sich kurz danach nach einem neuen Kunden umsah, zeigte sich, dass das kleine Zwischenspiel mit dem alten Pilger sich schnell herumgesprochen hatte, und das nicht zu ihrem Nachteil. Alle Männer hier auf dem Fest schienen ihren Preis zu kennen, und daher hatte die Zahl derer, die sich ihrem Zelt näherten, stark abgenommen. Doch es kamen immer noch genug. Natürlich versuchte der eine oder andere, mit ihr zu feilschen, doch zuletzt zahlten alle brav ihre fünf Schillinge. Zufrieden stellte sie fest, dass sie gut verdient hatte, obwohl sie weniger Freier als sonst hatte akzeptieren müssen.

Hiltrud hingegen schien nicht genug Freier bekommen zu können und verstieß dabei gegen all jene Regeln, die sie Marie beigebracht hatte. Sie nahm jeden Mann in ihr Zelt, der sie ansprach, und achtete dabei weder auf sein Aussehen noch auf seinen Körpergeruch. Es schien sie noch nicht einmal zu interessieren, ob er zahlen konnte oder nicht, denn Marie sah etliche Mönche ihr Zelt betreten, die mit Sicherheit keine einzige Münze ihr Eigen nannten.

Später, als es etwas ruhiger geworden war, zog Marie ihre Freundin ans Seeufer und machte ihr Vorhaltungen, ohne jedoch eine Antwort zu erhalten. Hiltruds Blick war starr in die Ferne gerichtet, und ihre Miene drückte Lebensüberdruss aus. Als Marie weiter auf sie eindrang, schüttelte sie wild den Kopf. »Lass mich in Ruhe. Ich weiß, was ich tue.«

So schnell ließ Marie sich nicht abschrecken. »Wenn du so weitermachst, wirst du bald ebenso herunterkommen wie Berta, die jeden von der Krätze befallenen Kerl zwischen ihre Schenkel lässt und das auch tun muss, weil sich anspruchsvollere Freier von ihr abwenden. Du solltest dich auf alle Fälle jetzt gründlich waschen und nach Läusen und Flöhen absuchen. Einige deiner Freier sahen mir ganz danach aus, als wären sie gut Freund mit diesem Getier.«

Hiltrud lächelte wehmütig. »Mach dir keine Sorgen um mich. Ich werde mich schon wieder zusammenreißen. Aber heute musste ich es tun, um meinen Stand in der Welt zu erkennen. Die Zeit auf Burg Arnstein ist mir nicht gut bekommen.«

»Du quälst dich, weil du nicht bei Thomas bleiben konntest.«

Sie legte den Arm um die Freundin und zog sie an sich. »Ich verstehe doch, dass du ihm nachtrauerst. Trotzdem darfst du nicht gegen dich selbst wüten, denn sonst kommst du in den Ruf einer

Pfennighure, und die wohlhabenden Freier lassen dich links liegen. Die mögen es nämlich gar nicht, wenn vor ihnen ein Läusezüchter am Werk war.«

Darüber musste sogar Hiltrud lachen. Als Marie ihr dann noch vorhielt, dass gerade die Männer, die kaum einmal bei einer Hure zum Zuge kamen, sie in ihrer Gier verletzen könnten, schüttelte sie missbilligend den Kopf.

»Sag mal, hast du alles vergessen, was ich dir einst beigebracht habe? Ich halte doch nicht allen diesen Kerlen mein Goldstück hin. Die meisten merken doch gar nicht, wenn ihr Stängel nicht dort eindringt, wo sie glauben, sondern durch Schenkeldruck oder eine geschickte Frauenhand Entspannung findet.«

An diese Schliche hatte Marie tatsächlich nicht mehr gedacht. Auf Burg Arnstein hatte sie sie nicht anwenden können und auch früher meist darauf verzichtet, da sie sich im Gegensatz zu den Billighuren ihre Kunden schon immer aussuchen konnte. Einen Freier auf diese Weise zu betrügen, war nicht ganz ungefährlich, denn es funktionierte nur, wenn der Mann zu betrunken oder zu erregt war.

»An deiner Stelle wäre ich vorsichtig. Es hilft dir keiner, wenn ein Freier dich beschuldigt, ihn nicht richtig bedient zu haben. Erinnere dich an die junge Hure, die letztes Jahr in Trossingen versuchte, ihr Goldstück zu schonen. Der Kerl, der sich betrogen fühlte, hat seine Freunde geholt und sie vor aller Augen vergewaltigen lassen, bis sie kaum mehr schreien konnte.«

Hiltrud wurde nun doch ein wenig nachdenklich. »Es waren nicht nur die Freunde des Mannes. Etliche andere Burschen haben ebenfalls die Gelegenheit wahrgenommen, sich kostenlos einen abzustoßen.«

Marie war mit ihren Vorhaltungen noch nicht am Ende. »Damals hat nicht viel gefehlt, und die Kerle wären über alle Huren auf dem Markt hergefallen, erinnerst du dich? Wir haben Todesängste ausgestanden. Wer weiß, was geschehen wäre, wenn die Stadtwache nicht rechtzeitig eingegriffen hätte.«

Hiltrud hob abwehrend die Hände. »Du hast ja Recht! Ich war eine Närrin. Hiermit verspreche ich dir feierlich, mich nie wieder so gehen zu lassen. Bist du nun zufrieden?«

Als Marie nickte, stand sie auf. »Komm, ziehen wir uns aus und gehen baden. Zuerst aber werde ich das Kleid und meine Decke übers Feuer hängen, denn ich fürchte, man hat mir tatsächlich ein paar Flöhe vererbt.«

Hiltrud ging in ihr Zelt, um sich umzuziehen und die Seife zu holen, die sie selbst aus Fett und Asche bereitete. Da ihr zu viele Wallfahrer in der Nähe lagerten, winkte sie Marie, ihr zu folgen, ging ein Stück am Seeufer entlang, bis sie eine Felsnase aus scharfkantigem Gestein erreichte, die weit ins Wasser hinausragte, und zog sich dort aus. Marie ging mit ihrem Kleid ins Wasser und seifte Stoff und Haut ein. Dabei sah sie Hiltrud zu, die mit einer Energie zu Werke ging, als wollte sie sich die Haut herunterschaben.

»Das wird nicht reichen. Läuse und Flöhe sind ein hartnäckiges Viehzeug und bleiben gewiss lieber bei so einem appetitlichen Bissen wie dir als den stinkenden Böcken, die du eingelassen hast.«

»Aber nur in mein Zelt und nicht in meine Pforte«, versicherte Hiltrud ihr. »Doch du kannst mir die Haare nachher mit Lauswurzbrei behandeln. Sicher ist sicher.«

Marie sah im Mondlicht, dass sie ihr wehmütig zulächelte. Auch wenn der Trennungsschmerz noch ungemindert in ihr wühlte, war Hiltrud der Freundin dankbar, dass diese ihr die Leviten gelesen hatte. Es war schlimm, wenn eine Frau sich gehen ließ, und bei einer Hure war es der Anfang vom Ende. Um ihren Ruf zu retten, würde sie etliche Tage noch wählerischer sein müssen als früher, auch wenn sie dadurch weniger Geld verdiente.

Als Marie und Hiltrud zu ihren Zelten zurückkehrten, hockten die anderen Huren an ihrem Feuer und löffelten eine undefinierbare Suppe. Zwischen Gerlind und Berta saß ein mondgesichtiges Mädchen mit hellblonden Haaren. Das musste Märthe sein. Sie war um den Busen und die Hüften bereits gut gepolstert, doch ihrem Gesicht nach konnte sie nicht älter als sechzehn sein. Gerlind winkte ihnen zu. »Da seid ihr ja endlich. Wenn ihr etwas von der Suppe wollt, bedient euch ruhig.«

Hiltrud reichte Berta, Fita und dem neuen Mädchen die Hand. »Schön, euch wiederzusehen. Da werden wir unterwegs einiges zu erzählen haben.« Berta und Fita versicherten Hiltrud, dass es wohl ein kurzweiliges Reisen würde. Märthe aber sah nur kurz auf, bedachte Hiltrud mit einem unfreundlichen Blick und löffelte ihre Suppe weiter, als gingen die beiden Neuankömmlinge sie nichts an.

Marie, die sich umgezogen und ihr nasses Kleid zum Trocknen aufgehängt hatte, folgte Hiltrud etwas später und konnte daher die Frauen am Feuer ein paar Augenblicke lang unbemerkt beobachten. Was sie sah, stieß sie ab. Märthes unfreundliche Reaktion gab ihr Rätsel auf, störte sie aber wenig. Das Mädchen passte zu den anderen dreien, denn alle vier wirkten ungepflegt und heruntergekommen.

Früher hatte Gerlind sich peinlich sauber gehalten und darauf geachtet, dass auch Berta und Fita nicht zu schlampig herumliefen. Doch jetzt verströmte die alte Hure den gleichen säuerlichen Geruch wie die anderen, und ihre Kleider waren schmutzig und voller Flecken. Hände und Gesicht sahen ebenfalls so aus, als hätte sie sich seit Wochen nicht mehr gewaschen. Marie empfand plötzlich einen Ekel davor, etwas zu essen, das Gerlind gekocht hatte, und sie stellte fest, dass es Hiltrud nicht anders erging.

Die Freundin starrte den Topf an und trat unwillkürlich einen Schritt zurück. »Wir werden heute Abend nicht mit euch essen, Gerlind, denn wir haben noch Vorräte, die verbraucht werden müssen.«

»Dabei helfen wir gerne«, rief Berta ihr nach.

Marie und Hiltrud kehrten zu ihren Zelten zurück und hockten sich an das kleine, stark rauchende Feuer, um zu überlegen, was sie tun sollten. Wenn sie nicht gleich Ärger mit den anderen bekommen wollten, mussten sie einen Teil des Schinkens opfern, den ihnen Guda auf Burg Arnstein eingepackt hatte. Aber das war nicht das Schlimmste.

Hiltrud warf noch einen Blick hinüber und schüttelte sich. »Ich hoffe, wir kriegen Gerlind so weit, dass sie sich wenigstens die Hände wäscht, oder wir werden auf getrennter Küche bestehen müssen.«

Marie verzog schmollend das Gesicht. »Ich würde am liebsten auf die Gesellschaft der vier verzichten.«

»Ich auch, das kannst du mir glauben. Aber es ist zu riskant, mit den Wallfahrern zu ziehen. Es sind genug Kerle dabei, die uns neben der Straße auf den Rücken legen würden, ohne zu bezahlen. Warten wir aber, bis alle weg sind, haben wir die Mönche am Hals, die bei zwei einsamen Frauen schnell ihre Gottesfurcht vergessen.«

Marie brach ein Stück Brot ab, das ebenfalls noch aus Arnstein stammte, und schob es sich in den Mund. »Warum mussten wir ausgerechnet auf diese Dreckfinken stoßen? Hätten es nicht ein paar nettere Huren sein können?«

»Man spricht nicht mit vollem Mund, es sei denn, du willst dir an Berta ein Beispiel nehmen«, wies Hiltrud sie zurecht.

III.

Am nächsten Morgen brachen die ersten Wallfahrer auf. Trotzdem gab es noch Arbeit für die sechs Huren. Da Marie als wählerisch galt, kamen nur zwei Männer zu ihr. Der erste war ein junger Ritter, den sein Vater geschickt hatte, um dem Kloster eine

Spende zu überbringen. Der Bursche fand wohl, dass die Mönche auf die paar Schillinge verzichten konnten, die er für die schöne Hure ausgab. Der zweite war der Prior des Klosters, in dessen Händen die gestifteten Gelder zusammenliefen. Er erwies sich als der angenehmere der beiden. Während der Ritter recht ungestüm zu Werke ging, zog der fromme Mann eine Stellung vor, die vielleicht der Demut seines geistlichen Amtes entsprach, aber gewiss nicht den Lehren der heiligen Kirche. Er legte sich auf den Rücken und ließ Marie das tun, was im Allgemeinen Männerwerk genannt wurde.

Hiltrud hielt ihr Versprechen und ließ nur die Freier in ihr Zelt, deren Aussehen und Geruch den Regeln entsprachen, die sie Marie vor fast vier Jahren vorgebetet hatte. Einige der Abgewiesenen bedachten sie mit bösen Schimpfworten und stellten sich dann vor den Zelten der vier übrigen Huren an, die jeden nahmen, der drei Haller Pfennige bezahlen konnte.

Im Laufe des Tages sprachen immer mehr Wallfahrer ihr letztes Gebet in der Kapelle und brachen dann auf. Als der Andrang vor den Zelten der anderen Huren nachließ und sich auch die Kirche sichtbar leerte, empfand Marie plötzlich das Bedürfnis, dort ein Gebet zu sprechen. Sie wunderte sich über sich selbst, denn seit jenem schrecklichen Tag in Konstanz hatte sie kein Gotteshaus mehr betreten und auch sonst keinen Trost im Glauben mehr gefunden. Sie legte ein Tuch um, das einen Teil der gelben Bänder verdeckte, und schlenderte zu der Wallfahrtskirche hinüber.

Als sie durch das Tor treten wollte, vertrat ein älterer Mönch ihr den Weg. »Das ist das Haus der Heiligen Jungfrau. Hier haben Huren nichts verloren.«

Für einen Augenblick überlegte Marie, ob sie ihn mit ein paar Münzen bestechen sollte, doch dann kochte die ganze Wut über die Behandlung vor dem bischöflichen Gericht in Konstanz wieder in ihr hoch. Sie zog das Tuch enger um die Schultern und wandte sich mit einem Ruck ab, um der plötzlich zugreifenden Hand des Mönches zu entgehen. Trotzdem nahm sie die Enttäuschung auf seinem Gesicht wahr und die dahinter aufflackernde Gier. Sie wusste, was er beabsichtigte. Sie sollte sich den Eintritt in die Kirche mit ihrem Körper erkaufen. Aber den Gefallen würde sie ihm nicht tun. Welchen Wert hätte ihr Gebet noch, wenn sie unter dem Dach des Gotteshauses Unzucht getrieben hatte? Nach den Regeln der Kirche war das ein Verbrechen, für das die Frau zumindest etliche Rutenhiebe zu erwarten hatte.

Der Mönch gab nicht so schnell auf, sondern folgte ihr ein Stück über die Wiese. Einige Wallfahrer enthoben Marie der bösen Worte, die ihr auf der Zunge lagen, denn sie hielten ihn auf und baten ihn, einen Segen über die Devotionalien zu sprechen, die sie von den Händlern erworben hatten.

Marie atmete auf und richtete ein lautloses Gebet an die Schutzheilige der Hübschlerinnen, wie Maria Magdalena von den Huren genannt wurde. Dann setzte sie sich neben Hiltruds Ziegen ins Gras und kraulte die Zicklein.

Hiltrud gesellte sich zu ihr. »Du hattest Recht, Marie. Zwar habe ich heute weniger verdient als an ähnlichen Tagen, doch ich fühle mich weitaus besser.«

Marie lehnte ihren Kopf an Hiltruds Schulter. »Das freut mich für dich. Auch wenn wir nur Huren sind, die sogar von denen verachtet werden, die in den Städten als unehrliche Menschen gelten, so haben wir doch noch unsere Würde. Wenn wir uns die nicht bewahren, enden wir wirklich als Dreck.«

Hiltrud blickte nachdenklich auf die sanft gekräuselten Wellen des Sees hinaus. »Wir hätten nicht nach Arnstein gehen sollen. Dort habe ich gesehen, auf wie viel ich verzichten muss, weil meinem Vater die Münzen eines Hurentreibers lieber waren als sein eigenes Kind. Selbst die niedersten Leibeigenen dort haben es besser als wir.«

»Du solltest nicht über das nachdenken, was einmal war, und auch nicht darüber, was einmal sein wird«, antwortete jemand an Maries Stelle.

Hiltrud und Marie blickten auf und sahen Gerlind hinter sich stehen. Sie grinste sie mit ihrem zahnlosen Mund an, der einer schwarzen Höhle glich, aber ihre Stimme klang bitter.

Marie verstand, was Gerlind meinte. Die alte Hure hatte von einem friedlichen Ort geträumt, an dem sie die letzten Jahre ihres Lebens in Ruhe und einer bescheidenen Gemütlichkeit verbringen konnte, doch als sie ihr Ziel erreicht hatte, war sie mit Gewalt auf die Straße zurückgestoßen worden. Marie wollte ihr schon etwas Tröstendes sagen, als Gerlind ihren Stock hob. »Etwas will ich von vorneherein klarstellen. Die Anführerin unserer Gruppe bin ich.« Gerlind sah dabei weniger Hiltrud an als Marie, und ihre Stimme klang keifend. »Ich habe von Berta gehört, dass du diesen Winter als Bettwärmerin eines hohen Herrn verbracht hast. Versuche ja nicht, irgendwelche Ansprüche daraus abzuleiten. Du bist deswegen nicht mehr wert als jede andere Hure und wirst dich uns anpassen müssen.«

Marie begriff, dass die alte Hure ihr ihren Erfolg neidete. Das war nicht mehr die Gerlind, die sie vor knapp vier Jahren kennen gelernt hatte, sondern eine von Missgunst zerfressene alte Vettel. Am liebsten hätte Marie ihr ein paar harte Worte gesagt, doch sie wusste, dass sie vorerst alles tun musste, um Streit zu vermeiden.

»Weder Hiltrud noch ich machen dir dein Recht als Anführerin streitig. Da wir in den nächsten Tagen Wandergefährtinnen sind, sollten wir uns vertragen.«

Gerlind lächelte so selbstzufrieden, dass sich ihr Gesicht in tausend Falten legte. »Gut, dass du das einsiehst. Aber bevor wir euch erlauben, uns zu begleiten, muss ich euch noch etwas mitteilen. Wir vier, Berta, Fita, Märthe und ich, haben beschlossen, ein Viertel dessen, was wir verdienen, in eine gemeinsame Reisekasse zu geben, die ich verwalte. Wenn ihr mitkommen wollt, müsst ihr das ebenfalls tun.«

Das war Erpressung. Gerlind wusste, dass zwei Huren, die allein wanderten, nicht ungeschoren bis zum nächsten Markt kommen würden, und nützte das aus. Hiltrud wollte wütend auffahren, biss sich jedoch auf die Lippen und starrte ins Wasser. Marie lag ebenfalls eine bissige Bemerkung auf der Zunge. Da Hiltrud und sie um einiges mehr verdienten als die anderen zusammen, ging diese Abmachung allein auf ihre Kosten.

Gerlind schwenkte ihren Stock. »Ich bin noch nicht fertig. Wir haben uns ebenfalls darauf geeinigt, bis zum Herbst zusammenzubleiben. Denkt also nicht, dass ihr euch bei nächster Gelegenheit verabschieden könnt. Wir würden allen anderen Huren erzählen, was für heimtückische und betrügerische Weiber ihr seid, so dass euch keine mehr als Reisegenossinnen akzeptieren wird.«

Marie sah Hiltrud fragend an. Gerlinds Absicht war offensichtlich. Die alte Hure wusste, dass sie und ihre Begleiterinnen nur mit Mühe genug verdienen konnten, um über den nächsten Winter zu kommen. Deswegen wollte sie sich zwei Milchkühe sichern, die sie nach Belieben melken konnte.

»Es sieht so aus, als müssten wir auf deine Bedingungen eingehen, Gerlind. Denke jedoch nicht, dass wir uns darüber freuen.« Hiltrud maß die alte Hure mit einem verächtlichen Blick, wandte ihr dann den Rücken zu und streichelte ihre Ziegen.

Gerlind beachtete die einstige Freundin nicht, sondern schob sich näher an Marie heran und griff nach ihr, als wollte sie sie ausschütteln. »Wie war das denn auf dieser Burg? Hast du viel verdient?«

Marie schob die krallenartig gebogenen Hände beiseite und schüttelte den Kopf. »Freies Essen und Trinken und ein paar Schillinge zum Abschied, das war alles.« Es stimmte nicht ganz, denn Frau Mechthilds Belohnung würde immerhin die Miete einer einfachen Kate und die Lebensmittel für den nächsten Winter abdecken, und neben ihren Ersparnissen aus dem letzten Jahr besaß sie noch die Hirschgulden des Württembergers. Sie sah jedoch keinen Grund, Gerlind das auf die Nase zu binden.

Mittlerweile hatte sich auch Märthe zu der kleinen Gruppe gesellt. »Ich war eben in der Kirche«, erzählte sie mit entrücktem Blick. »Sie ist wirklich wunderschön. Der Altar ist festlich geschmückt, und das Bildnis der Heiligen Madonna hat mir das Gefühl gegeben, als müsse sie jeden Augenblick von ihrem Podest herabsteigen und einen umarmen.«

Marie sah verwundert auf. »Wie bist du in die Kirche hineingekommen? Mich hat ein Mönch am Portal abgewiesen.«

»Nun ja, der ehrwürdige Bruder, der dort stand, sagte mir auch, dass es nicht schicklich sei, wenn eine Hure die Pforte eines heiligen Hauses durchschreitet. Er war aber so freundlich, mich durch die Sakristei einzulassen.«

»Was hast du ihm dafür bezahlt?«

Märthe lächelte Marie selig an. »Wir sind ein paar Augenblicke in der Sakristei geblieben, seine Lendenpein zu lindern. Auch das ist ein gottgefälliges Werk.«

Marie fragte sich, ob Märthe wirklich so dumm war, das zu glauben, oder auf ihre Weise ähnlich fromm wie Fita. Die hätte den Mönchen eines ganzen Klosters gedient, nur um vor dem Bildnis der Mutter Gottes beten zu dürfen.

Märthe stieß Marie mit dem Fuß an. »Übrigens hat der fromme Bruder einen Gruß an dich ausrichten lassen. Er sagte, du könntest jederzeit zu ihm kommen, wenn keine Wallfahrer seine Aufmerksamkeit beanspruchen. Er wird auch dich zum Lohn für deine Willfährigkeit in die Kirche lassen.«

Marie schüttelte abwehrend den Kopf. »Was soll ich dort? Da du den Mönch bereits von seiner Lendenpein befreit hast, sind meine Dienste nicht mehr vonnöten.«

»Er wird einen anderen frommen Bruder holen, der seine Heiligkeit in dich ergießen kann.«

Marie ballte eine Hand zur Faust. Diese Märthe war nicht nur dumm, sondern auch aufdringlich wie eine Schmeißfliege. Sie schluckte einiges herunter, das ihr auf der Zunge lag, und erklärte dem Mädchen noch einmal, dass sie nicht vorhatte, zur Kirche zu gehen.

Märthe stampfte mit dem Fuß auf. »Da werden die frommen Brüder aber sehr enttäuscht sein.«

Das kann ich mir denken, dachte Marie spöttisch. Wahrscheinlich litten die Mönche an diesem abgelegenen Ort unter einem Mangel an willigen Frauen. Eine gefällige Hure, die ihren Sprüchen glaubte, kam ihnen da gerade recht.

IV.

Am nächsten Morgen kam auch für die Huren der Abschied von St. Marien am Stein. Fita und Märthe eilten noch einmal zu dem wuchtigen Bauwerk, um seine Mauern zu küssen. Da sie längere Zeit ausblieben, waren sie, wie Marie vermutete, wohl auf ein paar an Lendenpein leidende Mönche gestoßen. Marie amüsierte sich über diesen Begriff. Ihrer Ansicht nach litten die meisten Männer unter dieser Krankheit, sonst gäbe es keine Huren.

Da die anderen ihre Zelte bereits abgebaut hatten, mussten Märthe und Fita sich beeilen. Ihr geringer Besitz war jedoch rasch verstaut, und die Gruppe konnte kurz danach aufbrechen. Auf der ersten Anhöhe drehte Marie sich noch einmal um und blickte auf den See und die Kirche hinunter.

Von oben wirkte die Wallfahrtsstätte so, wie sie sich als Kind den Himmel vorgestellt hatte, ruhig, friedlich und unberührt von Menschenhand wie eine Wohnstätte der Engel. Die Weidenbäume am Seeufer leuchteten weiß in der Pracht ihrer Kätzchen, und von der Kirchturmspitze wehte noch immer die Wallfahrtsfahne. Etwas seitlich der Halbinsel, die das Kirchlein trug, lag das

Kloster. Mit seinen festen Mauern und den kleinen, schießschartenähnlichen Fenstern glich es eher einer Burg. So nannten es die Mönche auch, eine Burg des Glaubens. Marie fragte sich, welchem der drei regierenden Päpste diese Ordensmänner gehorchen mochten, dem in Rom, dem in Avignon oder dem dritten, der seinen Wohnsitz in Pisa aufgeschlagen hatte. Ganz gleich, wem sie anhingen, sie nahmen ihren Gehorsam der Kirche gegenüber nicht so ernst wie ihre eigenen Bedürfnisse, so als gäbe es die Hölle, die sie im Munde führten, nur für andere.

Marie dachte daran, dass für den Herbst ein großes Konzil nach Konstanz einberufen worden war. Vielleicht würde dort wirklich ein Sturmwind entfacht werden, der die verderbten Mönche und Pfaffen hinwegfegte, welche sich Diener Gottes nannten, aber nur ihr eigenes Wohl im Sinn hatten, und die für jene, denen vom Schicksal ein hartes Los beschieden worden war, statt Trost nur Häme und böse Worte übrig hatten.

»Denkst du schon wieder an deinen Bräutigam?« Seltsamerweise klang Hiltruds Stimme diesmal nicht spöttisch. Ihr Gesicht wirkte angespannt, und sie wartete Maries Antwort nicht ab, sondern sprach sofort weiter. »Ich hatte mich wirklich gefreut, Gerlind zu treffen. Aber so, wie sie sich aufführt, würde ich jede andere Gruppe ihrer Gesellschaft vorziehen, sogar Jossis Gaukler.«

Marie schob die Unterlippe vor. »Jossi? Ich mag es nicht, wenn ich Abend für Abend mit meinem Körper für den Schutz einer Gruppe zahlen und mich dafür noch von Frauen beschimpfen lassen muss, die auch nicht besser sind als wir.«

Hiltrud winkte ab. »Das stört mich weniger. Was mir mehr Sorgen macht, ist die Veränderung, die in Gerlind vorgegangen ist. Wenn ich fürchten muss, dass ich so werden könnte wie sie, nehme ich einen Strick und hänge mich auf, egal was die Pfaffen dazu sagen. Das Fegefeuer kann nicht schlimmer sein, als so zu leben, wie sie es jetzt tut.«

Marie sah nach vorne, wo ihre Begleiterinnen sich unter eine kleine Gruppe von Wallfahrern gemischt hatten, die auch erst an diesem Morgen aufgebrochen waren. »Wir sollten uns so bald wie möglich nach anderen Gefährtinnen umsehen, denn wenn wir zu lange mit diesen Flohträgerinnen herumziehen, sieht uns kein gut betuchter Freier mehr an. Davor habe ich mehr Angst als vor Bertas Hetzereien, denn mit denen wird sie höchstens bei anderen Pfennighuren Erfolg haben, und auf deren Begleitung lege ich ehrlich gesagt keinen Wert. Da schließe ich mich dann doch lieber einem Handelszug an und verdiene mir die Reise in Rückenlage.«

Hiltrud lachte auf und schüttelte den Kopf. »Das würde uns nichts helfen, denn wie willst du die drei daran hindern, einfach mit uns zu ziehen? Kein Kaufherr, der Huren mitnimmt, würde für uns Partei ergreifen und sie abweisen. Ich fürchte, die drei werden wie Pech an uns kleben und alle Huren verscheuchen, die mit uns wandern würden. Die werden wir nur los, wenn der Teufel sie holt.«

Marie sah, dass nur noch Fita vor ihnen auf der Straße zu sehen war, und stieß Hiltrud an. »Wie es aussieht, haben die anderen schon ihre Opfer in den Wald geschleppt.«

»Fragt sich, wer da wem zum Opfer fällt. Schau, da kommen ein paar Kerle auf uns zu. Die sehen nicht aus, als hätten sie noch einen Schilling im Geldbeutel.«

Da Marie und Hiltrud die Freier nicht sauber genug waren, stellten sie so unverschämte Forderungen, dass die Männer murrend abzogen, um auf Gerlind und ihre Begleiterinnen zu warten.

Am Abend erreichten sie eine Herberge, deren ummauerten Hof sie nicht betreten durften. Ein Knecht wies sie an, ihre Zelte am anderen Ende einer Wiese aufzuschlagen, so dass der Nachtwächter ein Auge auf sie haben konnte. Der Wirt, so erfuhren sie, wollte auch außerhalb seiner Mauern keinen Ärger haben. Marie und Hiltrud war es nur recht, aber Gerlind, die kurz nach Einbruch der Dunkelheit an ihr Feuer kam, schien sich darüber zu ärgern.

Sie machte ein paar böse Bemerkungen über Herbergsknechte, die einem das Geschäft verdarben, und als Hiltrud bestritt, dass die Anordnung des Wirts interessierte Kunden davon abhalten würde, zu ihnen zu kommen, begann sie zu keifen. »Ihr faules Pack haltet ja nur zu dem Kerl, weil ihr nichts tun wollt. Glaubt ihr zwei, wir sind zu unserem Vergnügen hier?«

Hiltrud sah mit einem betont harmlosen Blick zu ihr auf. »Ich verstehe nicht, was du meinst.«

Gerlinds Gesicht wurde dunkel vor Wut. »Du verstehst mich sehr wohl. Es wird Zeit, dass ihr beide Geld heranschafft. Oder wollt ihr auf unsere Kosten leben?«

Marie wäre am liebsten aufgestanden und hätte die Alte für diese Unverschämtheit geohrfeigt. Aber sie waren weiterhin auf die Begleitung der vier angewiesen, denn der Führer des einzigen Handelszugs, der in der Herberge übernachtete, war ein unfreundlicher Mann, der kein fahrendes Volk und erst recht keine Huren unter seinen Schutz nahm. So blieb ihr nichts anderes übrig, als die Faust unter ihrem Rocksaum zu ballen und so kühl wie möglich zu antworten.

»Erstens leben wir von unseren eigenen Vorräten und essen euch nichts weg, und zum Zweiten bist du nicht unsere Hurenwirtin. Wann wir uns mit Freiern einlassen, musst du schon uns überlassen. Ich lege mich nicht für ein paar Pfennige unter den nächstbesten Lümmel und finde hinterher ein Dutzend Dornen im Hintern, wie es Berta vorhin ergangen ist.«

Hiltrud begann zu lachen. Es war wirklich zu komisch gewesen, wie Fita der fluchenden Berta die Dornen aus ihrem Sitzfleisch hatte ziehen müssen, während ein Dutzend grölender Wallfahrer um sie herumstanden.

Gerlind zischte wütend. »Wenn ihr nicht bald was verdient, werdet ihr einiges von euren Ersparnissen herausrücken, um euren Anteil an der Reisekasse aufzubringen.«

Marie legte die Hand auf die Axt, mit der sie die dürren Zweige für das Feuer in kleine Scheite gehauen hatte, und sah Gerlind mit vorgestrecktem Kinn an. »Versuch doch, dir das Geld zu holen.«

Die alte Hure starrte auf die Axt, spie aus und zog mit einem grimmigen Schnauben ab. Kurz darauf beobachteten Hiltrud und Marie, wie sie und Berta die Köpfe zusammensteckten und dabei immer wieder zu ihnen herüberblickten.

Hiltrud stocherte mit einem Zweig im Feuer, so dass die Funken stoben. »Wir sollten auf der Hut sein, denn ich fürchte, Gerlind und Berta spielen uns sonst einen üblen Streich.«

Marie nickte verbissen und nahm die Pfanne vom Feuer. Sie hatte etwas Speck ausgelassen, den Hiltrud und sie nun auf die Reste ihres Brotes träufelten. »Die nächsten Tage werden nicht leicht werden«, sagte sie kauend. »Bis auf etwas Mehl sind unsere Vorräte aufgebraucht, und ich habe nicht vor, Gerlinds Eintopf anzurühren.«

»Ich habe einen der Wallfahrer sagen hören, dass in dem Städtchen, das wir morgen erreichen, ein kleiner Markt abgehalten wird. Vielleicht können wir dort etwas kaufen.«

Marie lachte böse auf. »Wenn wir die Torwachen mit zwei Hellern überzeugen können, dass wir dort Geld ausgeben wollen, lassen sie uns gewiss in die Stadt. Das nennt man dann Moral.«

»Ja, wenn wir einkaufen kommen, übersehen die ehrbaren Frauen gern die gelben Bänder. Aber das hindert sie nicht daran, überhöhte Preise für schlechte Ware zu verlangen. Aber das ist jetzt das kleinere Übel. Das größere sitzt da drüben. Wenn Gerlind und die anderen merken, dass wir uns Lebensmittel besorgen, kann es sein, dass sie mitkommen und uns für ihre Vorräte bezahlen lassen.«

»Das würde denen so passen.« Marie schnaubte verächtlich.

»Auf alle Fälle dürfen die anderen nicht mitbekommen, wie viel Geld wir besitzen und wo wir es versteckt haben.«

Marie nickte stumm, denn sie kannte Bertas Fingerfertigkeit, die schon so manchen Freier das eine oder andere Geldstück gekostet hatte.

Hiltrud hatte der fetten Hure schon mehrfach prophezeit, dass sie irgendwann einmal erwischt und als Diebin gekennzeichnet würde, in dem man ihr die Nase abschnitt. Aber wenn Berta sich an den Börsen anderer Huren vergriff, würde sie die Lacher auf ihrer Seite haben.

»Wir sollten abwechselnd Wache halten, wobei wir leider unsere Weggenossinnen mehr zu fürchten haben als die Kerle in der Herberge. Denn wenn uns von denen einer belästigt, bekommt er es mit den Leuten des Wirts zu tun. Der ist dafür bekannt, auf Zucht und Ordnung zu halten.«

»Das ist traurig, aber wahr«, seufzte Marie. »Leg dich jetzt hin. Ich habe noch keine Lust zum Schlafen.«

Hiltrud schob einen weiteren Zweig ins Feuer und sah auf das zusammengeschmolzene Häufchen Brennholz. Das würde nicht die ganze Nacht reichen, denn sie hatten das, was sie gesammelt hatten, mit Gerlind und den anderen teilen müssen. So schärfte sie Marie noch ein, das Feuer sparsam in Gang zu halten, ohne es jedoch ausgehen zu lassen.

V.

Am nächsten Morgen weckte Hiltrud Marie, als die Geräusche in der nahen Herberge verrieten, dass der Wagenzug zum Aufbruch vorbereitet wurde. Sie hörte die Fuhrknechte über die störrischen Ochsen fluchen und wünschte den Männern die Seuche an den Hals, denn sie ärgerte sich immer noch über die Abfuhr, die ihnen der Anführer erteilt hatte, und den Spott, mit dem seine Leute sie bedacht hatten. Hiltrud tröstete sie schließlich damit, dass Gerlind und die anderen ihnen mit Sicherheit gefolgt wären.

Da Marie ganz in der Nähe ihres Lagerplatzes noch etwas trockenes Gras und Gestrüpp fand, konnten sie das Feuer neu entfachen und mit den Resten an Fett, Mehl und Honig ein paar Pfannkuchen backen. Berta, die eine gute Nase hatte, hob den Kopf und schnupperte. Ihre Hartnäckigkeit wurde belohnt, denn Hiltrud reichte ihr schließlich einen der Pfannkuchen hin, obwohl es nicht einmal genug für sie und Marie waren. Bertas Dankbarkeit beschränkte sich darauf, den anderen zu berichten, dass Marie und Hiltrud ihnen nichts abgegeben hätten.

Als die Huren kurz darauf ihr Lager abbrachen und weiterzogen, ernteten die beiden etliche vorwurfsvolle Blicke. Märthe stellte sich Hiltrud in den Weg und stemmte die Arme in die Hüfte. »Normalerweise teilen Reisegefährtinnen alles miteinander. Aber bei euch heißt es wohl auch, selbst essen macht dick.«

»Du kennst doch das Sprichwort vom Wald und wie es daraus zurückschallt. Ihr wollt die Tatsache ausnützen, dass ihr zu viert seid, um Marie und mich um ein Viertel unserer Einnahmen zu bringen. Dafür kannst du keine Dankbarkeit erwarten.«

»Dann solltet ihr langsam damit anfangen, etwas zu verdienen«, keifte Märthe zurück.

Berta baute sich neben Märthe auf und versuchte, größer auszusehen, als sie war. »Außerdem könntet ihr ein Viertel dessen herausrücken, was ihr in St. Marien am Stein verdient habt.«

Hiltrud ließ sich nicht einschüchtern. »Unsere Gemeinschaft begann in dem Augenblick, in dem wir St. Marien verließen. Ich sehe keinen Grund, euch schon jetzt Geld zu geben.«

Gerlind verzog das Gesicht und stieß ihren Stock auf die Erde. »Wie du meinst.« Es klang beinahe wie eine Drohung.

Hiltrud zuckte mit den Schultern und ging wortlos um Berta und Märthe herum. Die Ziegen folgten ihr meckernd, so dass die junge Hure beiseite springen musste, weil ihr der Wagen sonst über die Füße gerollt wäre.

Kurz nach Mittag erreichten sie das Städtchen Wallfingen. Gerlind und ihre Gefährtinnen schlugen die Zelte auf, um auf Freier zu warten. Marie und Hiltrud errichteten ebenfalls ihre Zelte, aber mehr um ihrer Privatsphäre willen, als um Kunden zu bedienen, denn der Markt in Wallfingen war zu klein, um Fremde in größerer Zahl anzulocken, und den Einheimischen standen die Mägde des hiesigen Hurenhauses zur Verfügung. Die beiden Freundinnen waren trotzdem guter Dinge und ärgerten sich auch nicht über den Marktaufseher, der wie ein Falke auf die Huren zuschoss, um ihnen die Marktsteuer abzunehmen, obwohl die Händler ihre Stände nicht hier draußen auf der Wiese, sondern in der Stadt auf dem Platz zwischen Rathaus und Kirche aufgebaut hatten. Vor der Stadt gab es nur einige Pferche, in denen vereinzelt Ziegen und Schweine zum Verkauf feilgehalten wurden, und eine Weinschenke, deren Fässer durch eine Zeltplane, die auch schon bessere Tage gesehen hatte, vor der Sonne geschützt wurden.

Marie und Hiltrud lächelten sich an, als Berta lauthals zu schimpfen begann und sogar das Gebrüll der Tiere übertönte. Sie fühlte sich beleidigt, weil der Marktaufseher nicht daran dachte, die Steuer in der von ihr angebotenen Ware anzunehmen.

»Geld ist mir lieber«, hörten sie den Mann lachend antworten. »Und was die Ware betrifft, so würde ich sie lieber von der Jungfer dort drüben nehmen.« Er deutete auf Marie und sah dabei ganz so aus, als würde er lieber mit ihr im Zelt verschwinden, als ihre Pfennige zu nehmen.

Marie ließ sich aber nicht darauf ein. Sie reichte dem Marktaufseher das Geld und überließ es Hiltrud, die beiden Zelte fertig aufzubauen. Mit einem gewissen Herzklopfen nahm sie ihren Korb vom Wagen und ging auf das Stadttor zu. Die Wachen am Tor musterten sie kurz und machten ein paar anzügliche Bemerkungen, ließen sie aber passieren, ohne die Torsteuer von ihr zu verlangen. Marie fragte sich, ob die Männer sie später von ihr in anderer Form einfordern würden, zuckte aber dann mit den Schultern und wanderte die belebte Straße herunter zum Marktplatz.

Während die meisten Leute ihre Hurenbänder anstarrten und einen Bogen um sie machten, waren die Marktfrauen und Händler an den Ständen einem Schwätzchen nicht abgeneigt. Marie ließ sich daher Zeit und genoss den Einkauf. Als sie mit einem überquellenden Korb und einem kleinen Sack Mehl über der Schulter zu ihrem Zelt kam, zeigte Hiltruds Gesicht, dass etwas Unangenehmes passiert sein musste. Doch bevor sie die Freundin fragen konnte, stach Gerlind auf sie zu. Sie zerrte einen Mann mittleren Alters hinter sich her, der die Tracht eines Handwerkers trug und sich eine Bibermütze und einen fellbesetzten langen Mantel leisten konnte.

»Da bist du ja endlich. Los, Marie, an die Arbeit. Der Herr hier wünscht sich eine hübsche Bettgefährtin. Ich habe ihm geraten, auf dich zu warten. Aber jetzt hurtig in dein Zelt, damit er es dir besorgen kann.«

Marie starrte sie ungläubig an. »Was hast du gesagt?«

»Du sollst es dem Mann besorgen. Er hat bereits bezahlt. Deinen Anteil bekommst du hinterher.«

Gerlind wollte sie auf ihr Zelt zuschieben, doch damit kam sie bei Marie übel an. Sie stieß die Alte zurück und hob die Hand, als wolle sie sie schlagen.

»Sag mal, bist du verrückt geworden? Meine Freier suche ich mir immer noch selbst aus. Und sie bezahlen mich und keine andere, verstanden? Wenn der Mann eine Hure stoßen will, soll er doch dich oder Märthe nehmen. Mir kommt er jedenfalls nicht ins Zelt.«

Der Mann verfolgte das Streitgespräch mit sichtlichem Unmut. »Was soll das? Ich will weder die Alte noch den Trampel.

Man hat mir eine hübsche Hure versprochen, und ich habe dafür gezahlt. Also komm jetzt, Mädchen. Ich habe nicht ewig Zeit.«

Er packte Marie am Arm und wollte sie ins Zelt zerren. Marie versuchte, sich loszureißen, doch gegen den schmerzhaften Griff kam sie nicht an. Rasend vor Wut griff sie mit der freien Hand durch den kleinen Seitenschlitz unter ihren Rock, zog das scharf geschliffene Messer heraus, das sie in einer Scheide am Oberschenkel trug, und setzte die Spitze an den Unterleib des Mannes.

»Nimm deine Pfoten von mir, wenn du noch einmal eine Frau stoßen willst!«, fuhr sie ihn an.

Der Mann sah das Messer, das sich bereits durch den Stoff seines Hosenlatzes bohrte und seine empfindlichsten Teile bedrohte, und ließ Marie so schnell los, als hätte er eine glühende Eisenstange angefasst. Er trat einen Schritt zurück, riss den Mund auf, als wolle er seinem Ärger lauthals Luft machen, und starrte Marie dann mit weit aufgerissenen Augen an. Sein Mund schloss sich wieder, und er schlug das Kreuzzeichen.

»Bei der Heiligen Jungfrau und St. Pelagius. Das kann doch nicht wahr sein. Bist du es wirklich?«

Marie blickte den Mann, der sichtlich blass geworden war, verständnislos an. Dann aber dämmerte es ihr. »Du … du bist Jörg Wölfling, der Böttcher aus Konstanz.«

»Und du bist Matthis Schärers Tochter Marie, die man aus Konstanz vertrieben hat.«

»Nachdem man mich vorher vergewaltigt, verleumdet und ausgepeitscht hat«, ergänzte Marie bitter.

Das war der Augenblick, den sie am meisten gefürchtet hatte. Am liebsten wäre sie im Boden versunken, so schämte sie sich, von dem einstigen Freund ihres Vaters als Hure angetroffen zu werden. Doch sie schüttelte ihre Beklemmung schnell ab. Schließlich war sie nicht durch eigene Schuld auf diesen Weg gekommen, sondern durch Rupperts Intrigen, und Meister Jörg hatte damals keinen Finger gerührt, um ihr beizustehen.

Der Böttcher deutete auf das Messer, das Marie immer noch drohend vor sich hielt. »Steck das Ding weg und lass uns wie vernünftige Leute miteinander reden.«

Marie nickte und ließ die kleine Waffe wieder in ihre Scheide gleiten.

Er hob abwehrend die Hand. »Starr mich doch nicht so böse an. Ich fresse dich doch nicht. Erzähle mir lieber, wie es dir ergangen ist. Wir haben in den letzten vier Jahren oft an dich gedacht.«

Wölfling schniefte wie ein kleines Kind und fuhr sich mit dem Handrücken über die Nase. Marie wusste nicht, was sie sagen sollte. Am liebsten wäre sie davongelaufen. Gleichzeitig lagen ihr tausend Fragen auf der Zunge, die ihr Ritter Dietmars Dienst-mann Giso nicht hatte beantworten können.

Jörg Wölfling trocknete die Tränen, die ihm über die Wange lie-fen, mit dem Ärmel. »Mein Gott, Marie, dass du lebst! Wie wird sich Mombert freuen, wenn er das erfährt.«

Marie versteifte sich und schüttelte heftig den Kopf. »Ich will nicht, dass irgendjemand von mir erfährt. Niemand braucht zu wissen, das ich noch existiere, verstehst du?«

Meister Jörg nahm eines der Hurenbänder an ihrem Rock in die Hand und nickte betroffen. »Ich verstehe dich schon, aber dein Oheim würde sich trotzdem freuen, von dir zu hören.«

»Es ist besser, du behältst unsere Begegnung für dich. Wenn du mir jedoch erzählen könntest, wie es meinen Verwandten geht, wäre ich dir dankbar.«

»Das tue ich gerne.« Meister Jörg dachte einen Augenblick nach und fasste Marie vorsichtig am Ärmel. »Komm, wir setzen uns dort bei der Weinschenke in den Schatten. Bei einem Krug Roten erzählt es sich leichter.«

»Ich glaube nicht, dass der Schenk eine Hure auf seinen Bänken sehen möchte.«

Meister Jörg winkte im Bewusstsein seiner Wichtigkeit verächtlich ab und führte Marie auf die Schenke zu, die unweit der Schafskoppeln errichtet worden war. Man hatte verschieden große Fässer dort aufgebockt und ein großes Schaff Wasser daneben gestellt, in dem die Krüge gespült wurden.

Als Meister Jörg mit Marie bei ihm erschien, runzelte der Schenk die Stirn und murmelte, dass er sich mit seiner Hure woandershin scheren solle.

Jörg Wölfling öffnete seinen Geldbeutel und zählte mehrere Münzen heraus. »Einen großen Krug von deinem Besten und zwei Becher.«

Dem Anblick der guten Silberstücke vermochte der Schenk nicht zu widerstehen.

»Setzt euch dort drüben hin.« Er wies auf eine Bank, die etwas abseits von den anderen stand.

Marie und Meister Jörg war es ganz recht, da sie sich ungestört unterhalten wollten, und so nahmen sie den randvoll mit bestem Rheinwein gefüllten Krug und zwei Becher entgegen und schritten gedankenverloren zu dem ihnen zugewiesenen Platz.

Jörg Wölfling prostete Marie mit traurigem Lächeln zu. »Es ist wirklich Zufall, dass wir uns getroffen haben. Ich wäre nie hierher gekommen, wenn der Kaiser nicht jenes Konzil nach Konstanz einberufen hätte. Dadurch müssen wir mehr Fässer liefern, als wir herstellen können, und so hat die Konstanzer Böttchergilde mich gebeten, diese Reise zu unternehmen und mit den hiesigen Böttchern zu verhandeln, damit sie uns zuliefern.«

Marie nickte freundlich, auch wenn sie sich nicht für die Probleme der Konstanzer Böttcherzunft interessierte. »Sicher ist es Zufall. Eine Frau meines Standes ist nirgends zu Hause und weiß meist nicht, wo sie sich am Abend zur Ruhe betten kann. Aber erzähl doch, Meister Jörg, wie geht es meinem Onkel?«

Jörg Wölfling hob in einer unbestimmten Geste die Hände. »Er ist gesund, und geschäftlich geht es ihm wieder besser, seit bekannt geworden ist, dass der Kaiser die drei Päpste nach Konstanz befohlen hat und die Belange der Christenheit in unserer Stadt regeln will.«

»Es ist ihm früher doch auch nicht schlecht gegangen.«

Meister Jörg seufzte tief. »Das war vor deinem Unglück. Dann aber sah es eine Weile schlimm für ihn aus, denn die Prozesse gegen den Magister Ruppertus Splendidus haben ihn beinahe ruiniert. Du kannst ja nicht wissen, dass dein ehemaliger Bräutigam sich mit Hilfe eines bischöflichen Gerichts den gesamten Besitz deines Vaters angeeignet hat. Mombert hat dreimal gegen ihn prozessiert und jedes Mal verloren. Zuletzt hat er noch versucht, die Mitgift deiner Mutter zurückzuholen, doch Ruppert hat immer wieder neue Dokumente vorgelegt, mit denen er Momberts Ansprüche zurückweisen konnte.«

Marie hätte ihm sagen können, dass sie das kaum verwunderte, denn sie hatte genug über die Art und Weise erfahren, mit der Ruppert gegen seine Gegner vorging. Aber sie hatte nicht vor, den Böttcher darüber aufzuklären, sondern fragte einfach weiter. »Was weißt du über meinen Vater? Damals hatte ich gehofft, er würde mir folgen und mich aus dem Straßengraben auflesen.«

Gespannt sah sie ihn an, denn sie hoffte immer noch ein wenig, dass der Schafscherer Giso belogen hatte, um genügend Wein aus ihm herauszulocken.

Meister Jörg breitete hilflos die Hände aus. »Es tut mir furchtbar Leid für dich, mein Kleines! Niemand hat deinen Vater seit jenem schrecklichen Tag gesehen. Magister Ruppertus hat behauptet, Matthis Schärer hätte ihm seinen gesamten Besitz überlassen und sei ins Heilige Land gezogen, um für deine Sünden zu büßen. Andere haben erzählt, er sei auf Pilgerfahrt nach Rom oder nach St. Jakobus in Spanien gegangen, und es gab noch welche, die berichtet haben, sie hätten ihn irgendwo in Flandern getroffen, immer noch auf der Suche nach dir.

Im letzten Herbst ist ein Mann nach Konstanz gekommen, der

steif und fest behauptet hat, deinen Vater in Jerusalem getroffen und von ihm den Auftrag bekommen zu haben, Grüße an seine Verwandten zu überbringen. Meister Mombert nahm ihn bei sich auf, um mehr zu erfahren. Doch als der Kerl begann, lange Finger zu machen und Momberts Tochter nachzustellen, jagte dein Oheim ihn fort. Ich persönlich glaube auch nicht, dass der Mann von deinem Vater geschickt worden ist. Dafür klang seine Geschichte zu unglaubwürdig. Ich halte mich mehr an das, was der Schafscherer Anselm erzählte, bevor er im Rhein ertrank.«

Marie fühlte, wie sich ihr Magen schmerzhaft zusammenzog. »Anselm ist tot?«

»Ja, aber das musste ja so kommen. Ein paar Fuhrleute haben sich einen Spaß gemacht, ihn mit Wein abzufüllen. Auf dem Weg nach Gottlieben ist er dann in den Rhein gestürzt. Wenn seine Leiche nicht wieder angetrieben worden wäre, hätte man nicht gewusst, was aus ihm geworden ist. Es heißt, er soll kurz vorher noch einem Fremden erzählt haben, er hätte geholfen, deinen Vater in einem Armengrab zu beerdigen. Marie, Mädchen, es tut mir so Leid für dich, aber ich fürchte, der alte Trunkenbold kann die Wahrheit gesagt haben.«

Marie holte tief Luft. Der Fremde war Giso gewesen, dessen war sie sich sicher. Auch Anselms Tod war kein Zufall. Am liebsten hätte sie Jörg Wölfling gefragt, ob Utz bei jenen Fuhrleuten gewesen sei, die Anselm betrunken gemacht hatten, doch das hätte unnötige Fragen nach sich gezogen. Utz war bestimmt nicht direkt in Erscheinung getreten, sondern hatte ein paar Freunde dazu angestachelt, den alten Mann abzufüllen.

Nach der Witwe Euphemia war jetzt auch der Schafscherer eines gewaltsamen Todes gestorben. Dabei hatte Anselm nur erzählt, er habe ihren toten Vater gesehen. Obwohl sich die meisten Leute in Konstanz nicht für das Geschwätz eines Säufers interessierten, hatten Ruppert und seine Handlanger ihn zum Schweigen gebracht.

Marie schüttelte sich und trocknete ein paar gegen ihren Willen hervorquellende Tränen. »Mein Vater hätte Ruppert seinen Besitz nicht freiwillig überlassen. Daher nehme ich an, dass er tot ist.«

Jörg Wölfling legte ihr die Hand auf die Schulter. »Meister Matthis hat dich sehr geliebt, Marie, und er hätte dich niemals im Stich gelassen. Zu meiner Schande muss ich gestehen, dass ich damals neidisch auf deinen Vater und den Reichtum war, den er als Enkel eines unfreien Knechts angesammelt hatte, während meine Familie um ihre Existenz ringen musste, obwohl sie eine führende Rolle im letzten Bürgerkampf gegen die hohen Geschlechter gespielt hatte. Deswegen habe ich damals keine Hand für euch gerührt, als das Unglück über euch hereinbrach, bin dafür aber hart bestraft worden.

Der Ruhm meiner Vorfahren hatte mir einen Sitz im Rat der Stadt eingebracht, und den habe ich deinetwegen für alle Zeit verloren. Die anderen Ratsherren haben es mir zum Vorwurf gemacht, dass Magister Ruppertus dich ungehindert vor das Gericht der Dominikaner hatte schleppen können. Als Tochter eines angesehenen Bürgers hätte nämlich zuerst das städtische Gericht über dich befinden müssen. Nur wenn deine Schuld dort festgestellt worden wäre, hätte man dich den kirchlichen Richtern zur Festlegung der Strafe überlassen dürfen. Doch es ging alles so schnell. Ehe ich einen klaren Gedanken fassen konnte, warst du bereits aus der Stadt vertrieben, dein Vater verschwunden und Ruppert im Besitz eures Hauses.«

Marie entnahm dem bitteren Klang seiner Worte, dass Jörg Wölfling weniger ihr Unglück nahe ging als der Verlust des Ratssitzes, der mit allerlei Privilegien verbunden war. Sie war rachsüchtig genug, um ihm diesen Sturz aus den Reihen der Bevorrechtigten zu gönnen, denn sie hatte nicht vergessen, wie er und Meister Gero ihr Zimmer durchsucht und beim Auffinden des belastenden Schmuckstücks aufgejubelt hatten.

Sie ließ sich jedoch nichts anmerken, sondern fragte Meister Jörg weiter aus. So erfuhr sie einiges, was sich seit ihrer Vertreibung aus Konstanz ereignet hatte. Von der Geburt und dem baldigen Tod ihres Vetters hatte ihr Giso bereits erzählt. Meister Jörg berichtete ihr, dass man Momberts kleinen Sohn noch rechtzeitig getauft hatte, um ihn in geweihter Erde bestatten zu können.

»Mittlerweile haben Mombert und sein Weib ihren Kummer überwunden. Es ist zwar unwahrscheinlich, dass ihnen noch einmal ein Sohn geboren wird, doch trösten sie sich mit ihrer Hedwig, die im Übrigen ein sehr hübsches Mädchen geworden ist. Sie ähnelt dir, Marie, wie eine jüngere Schwester. Obwohl ich sagen muss, dass du in den letzten vier Jahren noch schöner geworden bist. Hätte ich genügend Geld, würde ich dir ein Häuschen weiter rheinabwärts kaufen und dich als meine Geliebte halten.«

Meister Jörg dachte an sein schwerfällig gewordenes Weib, das ihn im Bett kaum mehr reizte, und an Elsa, die Magd, die früher einmal bei Matthis Schärer im Dienst gewesen war und nun bei ihm ihr Auskommen gefunden hatte. Sie wärmte ihm gelegentlich sein Bett und hielt sich dafür an den Vorräten schadlos. Inzwischen war sie so dick geworden, dass sie kaum noch durch die Türen passte. Er schüttelte seufzend den Kopf und überlegte, was er Marie noch erzählen konnte.

»Übrigens, kannst du dich an Michel, den Sohn von Guntram Adler, erinnern, der eine Schenke in der Katzgasse besessen hat? Der Junge muss sehr in dich verliebt gewesen sein, denn er hat damals noch am gleichen Tag die Stadt verlassen, um dir zu folgen. Burkhard und Hannes, die beiden Büttel, haben sich einen Spaß daraus gemacht, ihm den falschen Weg zu weisen. Als sein Vater nach ihm suchen ließ, verlor sich seine Spur bei Diessenhofen, und wie es heißt, soll er auf einem Rheinschiff angeheuert haben, das nach Holland fuhr.«

»Dann hat zumindest ein Mensch an mich geglaubt!«, rief Marie aus.

Vergeblich versuchte sie, sich an Michels Gesicht zu erinnern. Sie hatte vergessen, wie er aussah, aber sie erinnerte sich noch deutlich an seine Stimme an jenem Abend, an dem er sie vor Ruppert gewarnt hatte. Der Junge musste ihren Bräutigam besser gekannt haben als ihr Vater, den die Ehre, den Sohn eines leibhaftigen Grafen als Eidam zu erhalten, blind für die Realität gemacht hatte. Marie wünschte sich im Stillen, dass Michel auf seinem weiteren Weg nicht ebenfalls abgerutscht war und heimatlos über die Straßen ziehen musste, und fürchtete gleichzeitig, dass er seine Treue zu ihr mit dem Leben bezahlt hatte, denn die Schiffer waren ein raues Volk, und der Rhein zog viele in seine Tiefe. Wahrscheinlich hatte Ruppert mit Michel noch einen Menschen mehr auf dem Gewissen. Marie vergoss eine Träne um ihren früheren Spielkameraden und nickte Meister Jörg zu.

»Ich danke dir für die Neuigkeiten und bitte dich, mich jetzt allein zu lassen. Ich muss erst mit all dem fertig werden, was ich heute erfahren habe.«

»Das verstehe ich. Es tut mir Leid, dass ich dir keine bessere Kunde bringen konnte. Soll ich deinem Onkel nicht doch von unserer Begegnung berichten?«

Marie schüttelte den Kopf. Jörg Wölfling überlegte, ob er es Mombert nicht trotzdem sagen sollte. Dann dachte er, dass es besser war, den Mund zu halten, denn wenn er von seiner Begegnung mit Marie berichtete, würde es möglicherweise auch Magister Ruppertus zu Ohren kommen, und mit diesem Menschen wollte er nichts zu tun haben.

Er goss den letzten Wein in seinen Becher und stürzte ihn hinab. Da Marie nur wenig getrunken hatte, war das meiste in seinem stattlichen Bauch verschwunden, und der Alkohol machte ihn sentimental. Er erinnerte sich an all die Gastmähler, zu denen Maries Vater ihn eingeladen hatte, und bekam ein schlechtes Gewissen dem Mädchen gegenüber. Mit einem Mal schien sie ihm so schön und rein wie eine Heilige. Was hätte sie für eine tugendsame und vorbildliche Bürgerin werden können! Für einen Augenblick verachtete er sich selbst für seine damalige Schwäche. Seine Hand strich über seine Börse. Seine Vermittlertätigkeit hier in Wallfingen hatte ihm eine hübsche Summe Geld eingebracht, und in einem Impuls löste er die Schnallen, mit denen er die prall gefüllte Geldkatze an seinem Gürtel befestigt hatte, öffnete sie und sah hinein. Dann steckte er sie mit allem, was darin war, Marie zu.

»Hier, nimm, du kannst es sicher brauchen.« Er stand schnell auf, als hätte er Angst, seine Großzügigkeit zu bereuen. »Ich glaube, ich gehe jetzt besser. Mögen die Heiligen dich beschützen, Marie.«

»Sagen wir, sie könnten langsam damit anfangen.« Marie erhob sich ebenfalls und reichte ihm zum Abschied die Hand.

Meister Jörg drückte sie kurz und ließ sie dann so abrupt los, als hätte er sich daran verbrannt. Marie blickte ihm nach, bis er hinter dem Stadttor verschwunden war, und kehrte dann zu ihrem Zelt zurück. Als sie Gerlind begegnete, erinnerte sie sich daran, dass diese noch immer das Geld besaß, das Meister Jörg ihr gegeben hatte. Es juckte Marie in den Fingern, der alten Vettel die Summe abzuverlangen. Doch dann zuckte sie mit den Achseln und ging an ihr vorbei. Im Augenblick stand ihr nicht der Sinn nach einer Auseinandersetzung. Außerdem besaß sie nun Meister Jörgs Börse, und darin war weitaus mehr Geld als die paar Schillinge, die Gerlind sich unter den Nagel gerissen hatte.

VI.

Die Begegnung mit Jörg Wölfling beschäftigte Marie so sehr, dass ihr der Streit zwischen Hiltrud und Gerlind zunächst entging. Die alte Hure wollte ins Badische hinüberwechseln und von dort an den Rhein ziehen, wo sie sich mehr Verdienst versprach. Deshalb wollte sie die Enz aufwärts und dann über die Höhe weiter nach Kämpfelbach und Durlach gehen. Hiltrud war der Meinung, es sei besser, zunächst zum Neckar zu wandern und diesem bis zum Rhein zu folgen. Denn sie hatte auf Burg Arnstein gehört, dass es zu einer Fehde zwischen dem Geschlecht derer von Büchenbruch und den Herren der Riedburg kommen würde. Mechthild von Arnstein war mit den Herren von Büchenbruch verwandt, und deswegen hatte der Streit zwischen den beiden Rittergeschlechtern sogar die Arnsteiner Leibeigenen interessiert. Hiltrud fürchtete, dass sie auf dem von Gerlind vorgeschlagenen Weg Gefahr liefen, zwischen die streitenden Parteien zu geraten.

Gerlind winkte jedoch verächtlich ab. »Das ist doch nur dummes Gerede. Gäbe es dort wirklich eine Fehde, hätten wir spätestens hier in Wallfingen davon erfahren. Ich sage, wir ziehen auf geradem Weg zum Rhein. Dann kommen wir früh genug an, um die Schwarzwaldflößer abzupassen, die ihre Stämme vorbeitreideln. Denen sitzt das Silber, das sie von ihren Dienstherren bei Antritt der Reise als Vorschuss erhalten haben, noch locker im Beutel, und sie werden froh sein, sich bei uns von ihrer harten Arbeit erholen zu können. Wenn wir den Weg am Neckar entlang nehmen, sind die Flößer längst oben in Köln und geben ihr Geld bei den dortigen Huren aus.«

Berta plusterte sich auf und versuchte, auf Hiltrud herabzusehen, was wegen des Größenunterschieds eher lächerlich wirkte. »Ich stimme Gerlind zu. Fita und Märthe tun es auch. Damit sind wir zu viert gegen dich.«

»Gegen mich und Marie, die ebenfalls von der Fehde gehört hat und meiner Meinung sein dürfte«, antwortete Hiltrud mit verkniffener Miene und sah sich nach ihrer Freundin um. Doch die war nirgends zu sehen. So gab sie schließlich nach. »Also gut, ziehen wir die Enz hoch. Ich hoffe, es geht alles gut.«

»Warum sollte es nicht?«, fragte Berta spöttisch. »Wenn uns ein Kerl zu nahe kommt, ziehe ich ihm mit meinem Haumesser einen Scheitel, dass er das Aufstehen bis zum Jüngsten Tag vergisst.« Sie holte ihre Waffe hervor und fuchtelte damit unter dem Gelächter der anderen vor Hiltruds Gesicht herum.

Hiltrud wich unwillkürlich zurück, was Gerlind noch mehr zum Lachen reizte. »Siehst du«, sagte sie, während ihr Bauch und ihr Busen vor Vergnügen hüpften. »Sechs zu allem entschlossene Weiber wie wir brauchen sich nicht einmal vor dem Herrgott zu fürchten.«

Fita wurde schlagartig ernst und schlug das Kreuz. Dann faltete sie die Hände und bat Gott wegen dieser Lästerung um Verzeihung. Berta trat neben sie und knuffte sie so heftig, dass sie vornüber ins Gras stürzte. »Jetzt tue nicht so, als verstünde Gott keinen Spaß. Der ist gewiss nicht so streng mit uns armen Huren, wie die Pfaffen es uns weismachen wollen. Hast du immer noch nicht begriffen, dass die uns nur deswegen so viel über die Hölle erzählen, damit sie uns kostenlos unter den Röcken besuchen können?«

Fita öffnete den Mund, um zu einer ihrer religiösen Tiraden anzusetzen, doch Gerlind schnauzte sie an: »Siehst du nicht, dass da ein paar Kerle herumlungern, denen die Schwänze jucken? Mach, dass du einen von ihnen abschleppst, sonst wirst du in den nächsten Wochen keinen Groschen mehr in einen Opferstock werfen oder eine Kerze für die Jungfrau Maria stiften. Du hast in der letzten Zeit zu wenig verdient, und ich habe nicht vor, dich durchzufüttern.«

Die arme Fita kam schwankend wieder auf die Beine, wischte sich mit dem Rocksaum die Tränen aus dem Gesicht und lief zu den drei Männern hinüber. Zwei von ihnen schenkten ihr nur einen verächtlichen Blick und starrten begehrlich auf Marie, die den anderen Huren den Rücken gekehrt hatte und die Ziegen fütterte. Der dritte verglich Angebot und Preis miteinander und ließ sich von Fita zu ihrem Zelt führen. Kurz darauf scholl ein lautes Stöhnen und Ächzen heraus.

»Wenn der Kerl so rammelt, wie er brüllt, besorgt er es Fita ja richtig«, spottete Berta und ging dann hüftschwingend auf die beiden Begleiter des Mannes zu. Auf einen Wink Gerlinds bot Märthe sich dem dritten an.

Hiltrud widerte die Art der vier Huren an. So, wie sie sich benahmen, minderten sie ihren Wert und waren selbst schuld, dass die besseren Kunden sie mieden, als hätten sie die Seuche. Sie selbst war an diesem Tag so heikel gewesen, dass sie noch nicht einmal das Notwendigste verdient hatte. Trotzdem sah sie sich nicht nach einem neuen Freier um, sondern setzte sich zu Marie ins Gras und streichelte ihre Ziegen.

»Bis zum Rhein werden wir noch bei Gerlinds Gruppe bleiben müssen, aber dann gehen wir unserer eigenen Wege, das schwöre ich, und wenn wir dafür mit sämtlichen Knechten eines Wagenzugs schlafen müssen«, erklärte Hiltrud ihrer Freundin und berichtete ihr, welchen Weg Gerlind einzuschlagen gedachte.

Marie hörte jedoch nur mit halbem Ohr zu. »Mir ist gleich, wohin wir gehen. Hauptsache, wir kommen in eine Gegend, in der wir die vier loswerden können.«

VII.

Am nächsten Morgen brachen die sechs Huren mit dem Morgengrauen auf. Gerlind und ihre Gefährtinnen trugen diesmal leichter an ihrem Gepäck, da Hiltrud ihnen nach einer weiteren heftigen Diskussion erlaubt hatte, einen Teil ihrer Habe auf ihren Wagen zu laden. Die Ziegen mussten sich stärker ins Zeug legen, selbst die Zicklein, die nun ebenfalls ein Geschirr trugen, zogen eifrig mit. Wenn der Weg jedoch bergauf führte, schafften die Tiere die schwere Last nicht mehr, und Hiltrud musste sich mit vor den Wagen spannen, während Marie ihn von hinten schob. Bei der dritten Steigung machte Marie den Vorschlag, Berta oder Märthe einzuspannen.

Hiltrud lehnte mit einer verächtlichen Handbewegung ab. »Die würden höchstens die arme Fita zwingen, uns zu helfen, und die bricht uns nach drei Schritten zusammen wie ein klappriger Gaul.«

Marie stieß die Luft aus, so dass es wie ein Fauchen klang. »Vor vier Jahren hätte ich mir nicht vorstellen können, dass ich den Tag herbeisehnen würde, an dem wir uns von Gerlind trennen können.«

Sie dachte daran, wie freundlich Gerlind sie damals aufgenommen und ihr beinahe liebevoll über die erste schwere Zeit geholfen hatte. Lange Zeit war sie ihr dafür dankbar gewesen, aber die böse alte Frau, die in einem schmierigen Kleid vor ihnen herhinkte, war nicht mehr die Gerlind, die Marie damals kennen und schätzen gelernt hatte. Trotzdem hatte sie ein schlechtes Gewissen, weil sie der alten Hure gegenüber keine Dankbarkeit mehr empfinden konnte. Sie kämpfte gegen dieses Gefühl an und versuchte es schließlich mit einer heftigen Bewegung abzuschütteln.

»Was hast du?«, fragte Hiltrud besorgt.

»Ich habe nur über mich und Gerlind nachgedacht. Sag mal, wer hat sich mehr verändert, sie oder ich?«

Hiltrud lachte auf. »Das liegt doch auf der Hand. Ihr habt euch beide verändert, du zum Besseren und sie zum Schlechteren. Ich muss sagen, ich hoffe, sie bald zum letzten Mal gesehen zu haben. Allein ihr Anblick ist mir mittlerweile zuwider.«

Marie nickte stumm und stemmte sich wieder gegen den Wagen. Die nächsten Tage verliefen beinahe ereignislos, waren aber dennoch nicht dazu angetan, Maries und Hiltruds Zorn zu besänftigen. Der galt weniger Gerlind als Berta, die alles tat, um ihnen das Leben schwer zu machen. Am ersten Abend bestand sie darauf, dass Marie und Hiltrud nicht an ihrem Lagerfeuer sitzen durften, sondern ihre Zelte abseits von ihnen aufschlagen mussten. Dennoch verlangte sie von ihnen, die Hälfte der Nacht Wache zu halten, und bediente sich überdies noch an dem Holz, das die beiden für sich gesammelt hatten. Hiltrud erhob keinen Einspruch gegen die Wacheinteilung, denn sie traute den anderen nicht und hatte Angst, ihre Ziegen an einen Bären oder streunenden Wolf zu verlieren.

Marie betete nur, dass das Raubzeug sie verschonen möge, denn sie besaßen keine geeignete Waffe. Auch Gerlinds eisenbeschlagener Stock war nicht mehr das, was er einmal gewesen war. Die einst so scharfe Spitze war abgenutzt und hatte sich verbogen. Marie war daher froh, dass sie das Lager in der Nähe eines Gutshofs aufgeschlagen hatten, auch wenn das Gebell der Hunde so laut herüberschallte, dass es ihnen den Schlaf zu rauben drohte. Doch der Lärm würde Raubzeug von ihnen fern halten.

Am zweiten Tag fing Berta vier fette Hennen, die sich auf die Straße verirrt hatten, und drehte ihnen den Hals um. Marie lief bei dem Anblick das Wasser im Mund zusammen, denn sie hatte Hühnchen immer gerne gemocht, vor allem in der Art, in der die alte Wina sie zu Hause zubereitet hatte, mit einer leckeren Teigfüllung und knusprig braun gebraten. Die vier dachten jedoch nicht daran, ihre beiden Begleiterinnen zum Essen einzuladen.

Hiltrud drehte ihnen den Rücken zu und bereitete einen Teig aus Mehl, den sie auf einem Stein im Feuer buk und mit Zwiebeln und wildem Fenchel belegte. Marie beobachtete das Treiben am anderen Feuer und schüttelte sich, als sie sah, dass die anderen die Hühner erst halb im Feuer verbrennen ließen und dann das Innere halbroh verschlangen. Da zog sie Hiltruds knusprige Fladen vor.

Am dritten Tag konnten sie von einer Anhöhe aus den bewaldeten Gipfel des Fürstkopfs im Süden erkennen, und als sie den

Hang herab ins nächste Tal stiegen, mündete ihr Pfad in einer breiteren Straße, auf der vor kurzer Zeit Leute mit schweren Wagen vorbeigekommen sein mussten, wie die Hufabdrücke großer Pferde, tief eingeschnittene Rillen von Rädern und das niedergetrampelte Gras am Wegesrand ihnen verrieten. Gerlind und Berta gerieten in eine fieberhafte Erregung. Die Spuren verhießen ihnen einen großen Kaufmannszug, und bei einem solchen gab es genug Männer, die ihre Prämien und ihren Lohn gerne für Frauen ausgaben. Daher ließ Gerlind nicht wie sonst am späten Nachmittag einen Lagerplatz suchen, damit die Gruppe noch bei Tageslicht die Zelte aufschlagen und Feuerholz sammeln konnte, sondern beschleunigte ihren Schritt und feuerte ihre Begleiterinnen an.

»Der Wagenzug ist uns höchstens eine Stunde voraus. Wenn wir uns beeilen, sitzen wir bald am warmen Feuer, einen Becher Wein in der Hand …«

»Und einen strammen Männerknüppel zwischen den Beinen«, fiel Berta ihr kichernd ins Wort.

Die von Gerlind geschätzte Stunde war längst vergangen, und die Dunkelheit breitete sich über das Land aus, als ihnen ein hoch aufloderndes Feuer den Weg wies. Gerlind zeigte triumphierend in die Senke hinab, die sie im schwindenden Licht mehr erahnen als sehen konnte. »Dort sind sie. Gleich werden ihre Silberfüchse in unseren Taschen klimpern.«

Zu Maries Überraschung rannte sie jedoch nicht schnurstracks hin, sondern blieb an dem Bach stehen, der neben der Straße floss, beugte sich nieder und wusch sich Gesicht und Hände. Dann tauchte sie einen Lappen ins Wasser, hob den Rock und rieb sich zwischen den Schenkeln ab. Mit einem Lachen, das wie das Meckern der Ziegen klang, wies sie Berta und Märthe an, es ihr gleichzutun. »Man muss sein Handwerkszeug in Ordnung halten, wenn man gut verdienen will.«

»Daran sollten sie sich öfter halten«, wisperte Hiltrud Marie ins

Ohr, trat ebenfalls ans Wasser und zog das Kleid aus, um sich zu waschen. Marie tat es ihr gleich, denn sie wollte nicht staubig und nach Schweiß riechend am Feuer ankommen.

Als sie weiter unten von der Straße abbogen, hallten ihnen laute Geräusche und Stimmen entgegen, so als würde vor ihnen ein Gelage stattfinden. Marie blieb misstrauisch stehen und horchte. Sie war in den letzten Jahren vielen Wagenzügen begegnet und hatte in deren Nähe übernachtet. Diese Geräusche waren ungewohnt. Auch war es seltsam, dass die Leute nicht bei einer Herberge, sondern mitten im Wald lagerten. Händler und Fuhrleute zogen möglichst von Herberge zu Herberge, denn unter freiem Himmel wurden sie leicht zur Beute einer entschlossenen Räuberbande und liefen überdies noch Gefahr, von den Rittern der umliegenden Burgen überfallen und ausgeraubt zu werden. In der Nacht, wenn keine Zeugen den Überfall bekunden konnten, nützte der für teures Geld erstandene Geleitbrief den Kaufleuten nichts.

Marie versuchte noch, die anderen Frauen zurückzuhalten. Doch es war zu spät, die Begegnung zu vermeiden, denn Gerlind und Berta wurden bereits von einer rauen Männerstimme angerufen.

»He, was macht ihr Weiber nach Anbruch der Nacht noch auf der Straße?« Zwei Männer kamen mit Fackeln in den Händen auf die beiden Frauen zu und entdeckten jetzt auch den Rest der Gruppe.

»Das sind ja Huren!«, rief der zweite jubelnd aus, drehte sich um und winkte mit der Fackel zum Lager hinüber. »Männer, der Abend ist gerettet. Holt eure Schwänze heraus! Hier sind Huren im Anmarsch.«

Ein vielstimmiger Jubel antwortete ihm, und mehr als drei Dutzend Männer quollen den Frauen entgegen. Einige leuchteten mit Fackeln, während die anderen sie ungeniert packten, abtasteten und sie in Hintern und Brüste kniffen.

»Lass das!« Marie schlug einem der Kerle, der es zu toll trieb, wütend auf die Hand. Er fasste sie mit einem schmerzhaften Griff am Kinn und zwang sie, ins Licht zu blicken.

»Das ist ja ein verdammt hübsches Vögelchen. Ich glaube, das werde ich mir gleich zu Gemüte führen.« Er wollte Marie zu Boden werfen, doch da legte ihm ein vierschrötiger Kerl die Hand auf die Schulter.

»Bei dem Täubchen wird dir deine Pfeife trocken bleiben. So etwas Feines ist für die Herren. Oder glaubst du, die würden auf ihren Spaß verzichten wollen?«

Als der Mann sie mit einem enttäuschten Schnauben losließ, wanderte Maries Hand unter ihren Rock und legte sich um den Griff ihres Messers. Sie versuchte, unauffällig zurückzuweichen und im Gebüsch unterzutauchen, in der Hoffnung, sich im Schutz der Dunkelheit davonschleichen zu können. Gerlind hatte sie direkt in ein Söldnerlager geführt, und Marie wusste aus Erzählungen anderer Huren, was sie zu erwarten hatten.

Was sich hier herumtrieb, waren Kriegsknechte der übelsten Sorte, Schweizer Reisläufer, schwäbische Lanzenträger und Leute vom Strom, die lieber anderen die Kehle durchschnitten, als ehrlicher Arbeit nachzugehen. Selbst im flackernden Licht der Fackeln war zu erkennen, dass ihre Ausrüstung alles andere als einheitlich war. Auch trugen sie kein Wappen auf ihren Waffenröcken, gehörten also nicht zum Heereszug eines höheren Herrn. Bei einigen war ein Fleck auf der Brust weniger ausgebleicht als der Rest des Stoffes, so als hätten sie sich des Dienstes bei einem früheren Herrn ebenso entledigt wie dessen Abzeichen.

Marie konzentrierte alle Sinne auf ihre Flucht, aber in dem Moment, in dem sie dem Schein der Fackeln entkommen war und sich umdrehen wollte, um in dem tintig schwarzen Gebüsch unterzutauchen, griff ein Bär von einem Mann nach ihr und presste sie lachend an seine Brust. »Hier ist das Täubchen für unseren

Ritter, Lothar! Jetzt bist du mir etwas schuldig«, rief er dem Vierschrötigen zu.

Gerlind, die ihren folgenschweren Irrtum erkannt hatte, versuchte noch, zu verhandeln. »Geht doch nicht so grob mit uns um, Männer. Wir haben ja nichts dagegen, für euch die Beine breit zu machen. Das Vergnügen kostet nur ein paar Pfennige, und wir werden dafür sorgen, dass jeder von euch zufrieden gestellt wird.« Obwohl sie sich bemühte, munter zu klingen, schwang eine gehörige Portion Angst in ihrer Stimme.

Einer der Männer begann schallend zu lachen. »Wenn du noch einen Heller in unseren Beuteln findest, Alte, hast du Glück. Unser Handgeld ist längst versoffen und verhurt. Aber wir werden es euch trotzdem so besorgen, dass ihr euch nicht zu beklagen braucht, meint ihr nicht auch, Leute?« Er blickte die Umstehenden grinsend an und erntete eifriges Nicken.

Die Männer schleiften die protestierenden Huren in ihr Lager, das von einem großen Feuer in der Mitte des Platzes nur unzureichend ausgeleuchtet wurde. Marie, die wie ein Gepäckstück mitgeschleppt wurde, konnte sehen, dass zwei mit Fässern und Kriegsgerät hoch beladene Wagen und ein weiterer, auf dem zwei zerlegte Geschütze lagen, zu einer Art Windschutz aufgestellt worden waren. Direkt vor dem Geschützwagen stand ein Zelt, das vermutlich für die Anführer gedacht war, denn die Söldner hatten sich ihre Betten unter freiem Himmel aus Decken und Mänteln hergerichtet.

Huren wurden unterwegs immer wieder vergewaltigt, das hatte Marie oft genug gehört. Sie selbst hatte bisher Glück gehabt, doch wie es aussah, war es damit vorbei. Jetzt galt es, sich an die Lehren zu erinnern, die Gerlind ihr in besseren Zeiten beigebracht hatte. Wenn es keinen Ausweg mehr gab, war Widerstand sinnlos. Die Männer wurden höchstens zornig und schnitten einem, wenn man Pech hatte, zuletzt noch die Kehle durch.

Als die Eingangsplane des Zeltes hochgeschlagen wurde und

ein junger Mann in der Kleidung eines Edelmanns den Kopf herausstreckte, begann sie zu hoffen, dass es weniger schlimm würde als befürchtet.

»Was soll der Aufruhr?«, fragte er scharf.

»Wir haben Besuch bekommen«, antwortete ihm ein Söldner grinsend. »Uns sind ein paar Huren in die Hände gelaufen, bei denen kein Hahn danach kräht, ob wir sie für das, was wir heute Nacht mit ihnen anstellen, bezahlen werden oder nicht.«

»Wir wollen kein Geld, nur seid nicht so grob zu uns!«, rief Märthe und kreischte auf, weil ihr einer der Kerle mit der Hand zwischen die Beine gefahren war.

Der Söldner grinste noch breiter. »Wir haben ein Täubchen für Euch reserviert, Junker Siegward. Etwas ganz besonders Hübsches, das Euch gewiss munden wird.«

Marie erschrak, als sie den Namen hörte, denn sie wusste nun, wem sie in die Hände gefallen waren. Die Ritter der Riedburg waren dafür bekannt, dass sie alle einen Namen trugen, der mit der Silbe Sieg begann. Der alte Siegbald von Riedburg war der erklärte Feind von Frau Mechthilds Verwandten auf Burg Büchenbruch und als übler Strauchritter bekannt, und seine Söhne hatten einen mindestens ebenso schlechten Ruf. Wenn der Mann da erfuhr, dass sie den Winter über auf Burg Arnstein verbracht hatte, würde er seine Wut auf Frau Mechthild, die ihren Verwandten schon mehrmals Hilfe gegen die Riedburger geschickt hatte, an ihr auslassen. Dann konnte sie froh sein, wenn er sie schnell tötete und nicht etwa bis zur Unkenntlichkeit verstümmelt im Wald zurückließ, den Wölfen und Bären zum Fraß.

Siegward von Riedburg leckte sich die Lippen und musterte sie wie ein Schlachtkalb. Er war groß und breitschultrig und besaß jene Reckengestalt, um die Ritter Dietmar ihn gewiss beneiden würde. Die stumpfen, blassblauen Augen verrieten jedoch, dass er über wenig Verstand verfügte, während der volle, feuchte Mund

und sein ausgeprägtes Kinn auf einen sinnlichen und herrschsüchtigen Charakter schließen ließen.

Der Junker kniff Marie in die Brust und nickte seinen Leuten zu.

»Gut gemacht, Männer. Ein hübsches Stück Weiberfleisch ist genau das, was mir heute Abend noch gefehlt hat. Vergnügt euch derweil mit den anderen Huren.«

»Das machen wir, Herr«, antwortete der Unteroffizier, der ihm Marie zugeschoben hatte, eifrig nickend. »Aber dafür sollten wir etwas mehr im Bauch haben als den Getreidebrei, den es zum Abendessen gab. He, Leute, was haltet ihr davon, wenn wir die Ziegen hier braten?« Er zeigte dabei auf Hiltruds kleine Herde, die am Rand des Weges Gras rupfte.

»Hände weg von meinen Ziegen!«, schrie Hiltrud gellend, die Kerle aber grölten vor Lachen. Einer von ihnen zog sein Schwert und hieb einer Ziege den Kopf ab. Als Hiltrud das sah, riss sie sich los und fuhr dem Übeltäter mit ihren Fingernägeln ins Gesicht. Sie wurde jedoch sofort von mehreren Söldnern gepackt und zu Boden geworfen.

Junker Siegward hatte Marie an sich gepresst, blieb aber stehen, um zuzusehen, wie einige der Kerle Hiltruds Kleid und Unterkleid auf dem Leib zerfetzten und sich der vierschrötige Mann unter ihren Anfeuerungsrufen über sie warf. Hiltrud strampelte wütend mit den Füßen und schlug um sich. Erst als sechs Leute sie festhielten, kam er zum Zug. Marie hörte sein brünstiges Röhren und hätte sich am liebsten die Ohren zugehalten, doch der Ritter hielt ihre Arme auf dem Rücken fest und rieb seinen Unterleib an ihr. Zu Maries Erleichterung wurde Hiltruds Körper plötzlich schlaff. Trotz ihres Zorns auf den Mörder ihrer Ziege hatte sie nicht vergessen, wie sie sich bei einer Vergewaltigung verhalten musste.

Unterdessen lagen auch Gerlind und die anderen Huren unter keuchenden Männerleibern, während einige Söldner, die wussten, dass sie erst später an die Reihe kommen würden, die restlichen Ziegen erschlugen und ausweideten. Jetzt schien Siegward von Riedburg die Zeit gekommen zu sein, seiner Erregung Luft zu verschaffen, denn er hob Marie an den Oberarmen hoch und trug sie in sein Zelt, das von einer einfachen, aber lichtstarken Öllampe erhellt wurde. Dort saßen zwei Männer über einem Kartenspiel und blickten ihm erwartungsvoll entgegen.

Die Ähnlichkeit des Jüngeren mit Siegward von Riedburg ließ Marie vermuten, dass er einer seiner Brüder sein musste. Der andere Mann war untersetzt und breitschultrig. Er hatte lange Arme und krumme, kurze Beine und glich damit jenem Affen, den sie bei einer Gauklertruppe gesehen hatte. Sein schwarzer Bart und das strähnige Haar verstärkten diese Ähnlichkeit noch. Er trug eine eng anliegende Lederhose und ein Wams ohne Wappen und Abzeichen wie ein Knecht, schien aber bei den Riedburgern in hohem Ansehen zu stehen, denn Marie zählte drei Feldbetten, was darauf hinwies, dass dieser Mann hier schlief.

Die Betten waren so schmutzig, als hätten sich die Besitzer vor dem Schlafen im Mist gesuhlt, und auf ihnen und um sie herum lagen Kleidungsstücke und Waffen wild durcheinander. Auf dem Klapptisch in der Mitte standen drei Becher zwischen einem Haufen Spielkarten und aufgetürmten Münzen, und unter dem Tisch lag eine leere Weinkanne. Die Männer mussten ganz schön gezecht haben, denn als Siegward Marie einen Kuss aufzwang, schlug ihr säuerlicher Weindunst entgegen.

»Zieh dich aus«, befahl er ihr.

Als sie nicht rasch genug gehorchte, riss er ihr Kleid auf und holte ihre Brüste heraus. »So mag ich es«, rief er lachend seinem jüngeren Bruder zu, der nervös um ihn herumtanzte und ängstlich fragte, ob er auch zugreifen dürfe.

»Du weißt, Vater erlaubt es nicht, dass ich die Mägde anfasse. Er lässt es nur bei dir durchgehen.« Es klang wie eine Entschuldigung.

»Das darfst du ihm nicht übel nehmen, Siegerich. Schließlich sind bei uns zu Hause die Weiber erst einmal für unseren alten Bock da. Ich darf mir auch nicht jede nehmen. Aber hier brauchst du dir keinen Zwang anzutun. Die Hure ist für uns alle.«

Siegerich von Riedburg kicherte dümmlich und stieß Marie rücklings auf eines der Betten. Als sie aufsah, stand Siegward über ihr und präsentierte ihr sein entblößtes Glied.

»So ein Kaliber hast du wohl noch nie in dir gespürt, was, Hure?«

Marie hätte ihm sagen können, dass er eher mäßig bestückt war, und musste sich zwingen, das Erstaunen zu heucheln, das er erwartete. »Oh Herr, Ihr werdet mich verletzen, wenn Ihr das tut, wonach Euch der Sinn steht.«

Siegward wirkte sichtlich geschmeichelt, winkte aber verächtlich ab. »Pah, ein Weibsstück hält viel aus – und eine Hure wie du noch mehr.«

Seine Miene versprach nichts Gutes. Er ließ sich auf Marie fallen und drang ungeschickt in sie ein. Marie schloss die Augen und ließ ihren Körper so schlaff werden wie einen nassen Sack. Sie spürte den Mann in und auf sich, und auch den Schmerz, den ihr seine Rücksichtslosigkeit bereitete, doch vor ihrem inneren Auge spielte sich eine andere Szene ab, die sie in den letzten Jahren so gut wie möglich verdrängt hatte. Mit einem Mal war es nicht mehr Siegward, der über ihr keuchte und stöhnte, sondern Utz, der Fuhrmann. Unwillkürlich versteifte sie sich und riss die Augen auf. Aber da waren nur der Junker, dessen Gesicht rot angelaufen war, während sich sein Körper über ihr aufbäumte, und sein jüngerer Bruder, der sein Glied über ihrem Kopf schlenkerte, als könne er es nicht erwarten, an die Reihe zu kommen.

»Nach dir bin ich aber dran«, bettelte Siegerich seinen Bruder an wie ein kleiner Junge, der einen Apfel haben wollte.

Siegward von Riedburg antwortete, ohne in seinen heftigen Bewegungen innezuhalten. »Aber nur, wenn der Büchsenmeister nichts dagegen hat, Kleiner. Du weißt, wir müssen Gilbert bei

Laune halten. Schließlich soll er die Büchenbrucher Stammburg mit seinen Geschützen zusammenschießen.«

»Ich hole mir mein Vergnügen erst mal an anderer Stelle und lasse Euch gerne den Vortritt.« Der Büchsenmeister hob die Plane, die den Eingang verschloss, und trat ins Freie.

Endlich wurde Siegward mit einem röhrenden Gebrüll fertig und machte seinem Bruder Platz. Siegerich von Riedburg versuchte, seine mangelnde Erfahrung durch übertriebene Heftigkeit zu ersetzen, und fiel schon zwei Atemzüge später über ihr zusammen.

Da kehrte auch schon der Büchsenmeister mit zufriedener Miene zurück. »Die Kerle haben ein Fass Wein aufgeschlagen und saufen. Wenn du nichts dagegen unternimmst, kriegst du sie morgen nicht von der Stelle.«

Siegward winkte lachend ab. »Auf einen Tag mehr oder weniger kommt es wohl auch nicht an. Also lass ihnen den Spaß.« Sein Blick fiel auf die leere Weinkanne, und er schob sie mit der Fußspitze seinem Bruder zu. »Hol uns auch etwas zu trinken. Ein leckeres Hühnchen sollte man nicht mit trockener Kehle genießen.«

Siegerich packte den Krug und rannte hinaus.

Marie wusste zuletzt nicht mehr, wie oft die Kerle sie benutzt hatten, bis endlich auch Gilbert vom Wein und der Erschöpfung überwältigt auf ihr niedersank und zu schnarchen begann. Sie hatte das Gefühl, keinen heilen Knochen mehr im Leib zu haben, so hatten die drei sie geschunden, und kämpfte mit dem Gewicht des Mannes auf ihr. Es schien eine Ewigkeit zu vergehen, bis sie unter ihm hervorkriechen konnte.

Als sie aufstand, gaben ihre Knie vor Erschöpfung nach. Dennoch wäre sie am liebsten ihrem ersten Impuls gefolgt und davongelaufen. Das Gelächter aber und das fast tierhafte Gebrüll, das von allen Seiten in das Zelt drang, machten ihr klar, dass die Söldner draußen immer noch am Werk waren. Da sie diesem Gesindel nicht auch noch zum Opfer fallen wollte, ließ sie sich auf einen Hocker sinken und überlegte, wie es weitergehen konnte. Sie fühlte sich ekelhaft schmutzig, aber sie fand keinen Wasserschlauch. So tränkte sie ein Stück von ihrem Unterkleid mit dem Wein, der in den Bechern und der Kanne übrig geblieben war, und wusch sich damit, auch wenn der Alkohol auf ihrem wunden Unterleib wie Feuer brannte. Das machte ihr weniger aus als die schrillen Schreie ihrer Gefährtinnen, die den anderen Lärm immer wieder übertönten. Manchmal glaubte sie, Hiltruds Stimme zu erkennen, aber meist war es Fita, die sich die Seele aus dem Leib zu schreien schien.

Während Marie die drei Betrunkenen zu ihren Füßen im Auge behielt, die sich bei besonders lauten Geräuschen herumwälzten und zu murmeln begannen, rechnete sie aus, wie viele Söldner auf jede ihrer Begleiterinnen kamen. Von dem Ergebnis wurde ihr erst recht übel. Viele von denen würden sich gewiss nicht mit einem Mal zufrieden geben, sondern die Frauen so lange benutzen, bis sie vom Wein überwältigt in einer Ecke lagen. Marie hoffte im Interesse Hiltruds und der anderen, dass das nicht mehr allzu lange dauern würde.

Während sie ihr Kleid mit Streifen zusammenband, die sie von dem Hemd des Ritters abriss, und es mit anderen Lappen so gut es ging säuberte, steigerte sie sich in einen kaum noch zu ertragenden Hass hinein. Sie war nahe daran, den drei Männern um sie herum die Kehle durchzuschneiden, und suchte das Messer, dessen Scheide Siegward von ihrem Bein abgerissen hatte. Sie wog es in der Hand und fuhr mit der Fingerspitze über die scharfe Schneide. Als sie sich Gilbert näherte, fiel ihr der prall gefüllte Geldbeutel auf, der auf seinem offenen Hosenschlitz lag.

Inzwischen hatte sich ihre Wut etwas abgekühlt, und sie scheute sich, Hand an die Kerle zu legen. So begnügte sie sich damit, dem Büchsenmeister die Geldbörse abzuschneiden. Auch Siegerichs um einiges schwächer gefüllter Beutel ging in ihren Besitz über. Etwas länger dauerte es, die Börse Siegward von Riedburgs von seinem Gürtel zu lösen, denn sie war mit breiten, harten Lederstreifen befestigt. Als Marie den Riemen aufnestelte, der die Ledertasche verschloss, vergaß sie beinahe ihr Elend. Hatten die beiden anderen Männer durchaus ansehnliche Summen in guten Silbermünzen und kleineren Goldstücken bei sich gehabt, so glänzten ihr hier goldene Dukaten und Gulden von beträchtlichem Wert entgegen. Es war genug Geld, um sogar einem Edelmann einen Meuchelmörder auf den Hals zu hetzen, geschweige denn einem Bastard wie Ruppert.

Marie ballte triumphierend die Fäuste. Wenn ihr dieses Geld zur Rache verhalf, so hatten sich die Schmach, die Angst und der Schmerz, den sie an diesem Abend hatte ertragen müssen, auf unerwartete Weise gelohnt. Sie hob ihr Kleid und machte sich einen Gürtel mit lang herabhängenden Bändern, an die sie Siegwards Geldkatze, ihr eigenes Säckchen mit den württembergischen Hirschgulden und Meister Jörgs Geldbeutel befestigte. Sie band alle drei Börsen zusätzlich mit Stoffstreifen an ihre Oberschenkel, so dass sie nicht schlenkerten und sich durch ihr Klirren verrieten. Später würde sie Taschen in ihren Rock nähen, so dass sie Kunden bedienen konnte, ohne die Börsen vorher abnehmen und verstecken zu müssen. Die Beutel Gilberts und Siegerichs hing sie zu ihrer eigenen, nur mit Pfennigen gefüllten Geldbörse an den Gürtel. Deren Inhalt würde sie mit den anderen teilen, denn diese hatten ihrer Ansicht nach ebenfalls eine Entschädigung für diese Nacht verdient.

VIII.

Es vergingen noch Stunden, bis der letzte Söldner dem Wein und den Ausschweifungen Tribut zollen musste. Marie durchlebte jeden Augenblick davon voller Angst, ihre eigenen Peiniger könnten inzwischen aufwachen und entdecken, dass sie sie beraubt hatte. Was dann geschehen würde, wollte sie sich gar nicht erst ausmalen. Das Glück blieb ihr jedoch hold. Siegward von Riedburg, sein Bruder und der von ihnen angeheuerte Büchsenmeister schnarchten schier um die Wette. Als es draußen still wurde und nur noch das unterdrückte Schluchzen einer Frau hereindrang, löschte Marie den Docht der Öllampe und verließ vorsichtig das Zelt.

Das Lagerfeuer war bis auf wenige rot glühende Reste niedergebrannt, und der Mond stand nur als schmale Sichel am sternklaren Himmel, so dass Marie Mühe hatte, einen Schritt vor den anderen zu setzen. Überall lagen Schläfer, so wirr, als hätte die Hand eines höheren Wesens sie gefällt. Langsam gewöhnten sich Maries Augen an das spärliche Licht, und sie entdeckte eine Frau, die nackt umherirrte.

»Hiltrud? Bist du es?«, rief Marie sie mit unterdrückter Stimme an.

»Marie?« Es klang ebenso verwundert wie erleichtert. Hiltrud kam auf Marie zu und schlang ihr die Arme um den Hals. »Das waren keine Menschen mehr, sondern Tiere. Ich bin so wund, dass ich kaum mehr gehen kann. Wie steht es mit dir?«

»Ich fühle mich, als wäre eine Meute tollwütiger Hunde über mich hergefallen. Wo sind die anderen? Wir müssen schnellstens von hier verschwinden.«

»Nicht bevor ich den Mördern meiner Ziegen die Kehle durchgeschnitten habe.« Hiltrud zitterte am ganzen Körper. Marie umklammerte den Arm ihrer Freundin so fest, bis Hiltrud aufstöhnte.

»Damit machst du sie auch nicht mehr lebendig. Nimm Vernunft an und komm mit mir. Wir müssen bis zum Morgen eine große Wegstrecke zwischen uns und diese Kerle legen, denn ich habe den Anführern die Börsen abgeschnitten. Das Geld reicht als Entschädigung für deine Ziegen und alles, was sie uns angetan haben.«

Hiltrud ballte die Fäuste, spreizte die Finger aber sofort wieder. »Gut gemacht. Jetzt müssen wir wirklich schleunigst weg, denn wenn das entdeckt wird, schneiden die Kerle uns in kleine Stücke.«

Mit einer müden Bewegung streifte sie die Reste ihres Kleides über, das sie hinter sich hergeschleift hatte. »Los, Marie, such die anderen. Ich sortiere inzwischen ein paar Sachen von unserem Wagen aus, die wir auf dem Rücken mitschleppen können, denn leider werden wir den größten Teil unserer Habe zurücklassen müssen.«

»In Ordnung.« Marie ging auf das Schluchzen zu, das sie die ganze Zeit über gehört hatte. Sie fand Märthe hinter einem der großen Wagenräder. Da sie nicht auf ihr Kommen reagierte, sondern nur noch lauter schluchzte, schüttelte Marie sie und herrschte sie an, sich zusammenzunehmen. Doch erst als Gerlind wie ein bleiches, hageres Gespenst auf sie zuwankte, beruhigte sich Märthe so weit, dass sie aufstehen und die Fetzen zusammensuchen konnte, die einmal ihr Kleid gewesen waren.

Gerlind sagte nichts, doch die wütenden Fußtritte, mit denen sie einige der betrunkenen Schläfer bedachte, zeigte, dass ihre Wut größer war als ihre Vorsicht. Ihr Kleid war so zerrissen, dass es sich nicht einmal mehr für eine Vogelscheuche eignete. Da sie jedoch kein anderes besaß, knotete sie die Reste zusammen und fluchte. Gerlinds Gekeife lockte Berta an, die völlig nackt war und mit einem brennenden Span die herumliegenden Söldner ableuchtete. Bald hatte sie einen Kerl gefunden, der so breit war wie sie selbst, zog ihm das Hemd aus und streifte es über.

»So schlimm bin ich nicht einmal hergenommen worden, als ich noch Trosshure war«, keifte sie und baute sich vor Gerlind auf. »Das war ja eine grandiose Idee von dir, uns in ein Söldnerlager zu führen. Du bist mir eine schöne Anführerin! Ab jetzt gebe ich den Ton an, verstanden?«

Gerlinds Gesicht verzerrte sich zu einer wütenden Grimasse. Sie wehrte sich jedoch nicht gegen die Anklagen, mit denen Berta sie überschüttete, sondern schlug ihr beinahe demütig vor, die schlafenden Söldner nach Wertgegenständen abzufingern. Marie drehte den drei zeternden Frauen den Rücken zu und gesellte sich zu Hiltrud, die ihr Gepäck ausgebreitet hatte und im Schein eines brennenden Astes die Sachen auswählte, die sie mitnehmen konnte. Marie nahm ebenfalls den notwendigsten Teil ihrer Habe an sich. Den Rest versenkten sie zusammen mit dem Wagen in einem Sumpfloch hinter dem Lager. Dabei stießen sie auf Fita, die wohl versucht hatte, zum Wasser zu kriechen, und hilflos im Schilf liegen geblieben war.

Fita wimmerte nur und reagierte nicht auf Hiltruds Aufforderung, sich zusammenzureißen und aufzustehen. Als Marie sich zu ihr niederbeugte und sie berührte, hob sie leicht den Kopf. »Lass mich sterben.«

»Du wirst doch jetzt nicht schlappmachen wollen, Fita«, antwortete Marie mit gespielter Munterkeit und bot ihr die Hand zum Aufstehen. Doch die Frau rollte sich nur kraftlos zusammen.

Hiltrud sah sich nach Fitas Kleid um. Da sie es nicht fand, hob sie einen Stock auf, über den sie gestolpert war, stieß ihn in die nur noch schwach glimmende Glut des Lagerfeuers und blies, bis die Spitze Feuer gefangen hatte. Damit kehrte sie zu Fita zurück. Im Schein der Flammen konnten sie und Marie sehen, wie schlimm Fita zugerichtet worden war. Ihr ganzer Unterleib klebte von Blut, und als sie sie aufrichteten, rann ein dünner roter Faden an ihrem Schenkel herab.

Hiltrud schüttelte eine Faust gegen das Lager. »Ich sagte ja, das waren keine Menschen mehr, sondern Bestien. Hoffentlich holt sie bald der Teufel!« Gemeinsam mit Marie trug sie Fita zum Bach, der in den versumpften Weiher mündete, und wusch sie.

»Schade, dass wir unseren Wagen schon versenkt haben«, sagte Hiltrud. »Jetzt hätten wir den Kittel, den wir ausgesondert haben, gut brauchen können.«

»Ich kann ihr meinen Ersatzkittel geben«, bot Marie an.

»So wie die aussieht, braucht sie kein Kleid mehr. Die kratzt eh bald ab«, ertönte Bertas Stimme hinter ihnen. Sie war mit Gerlind und Märthe ebenfalls ans Wasser gekommen und wusch sich, wie Marie und Hiltrud es noch nie gesehen hatten. Sie benutzte sogar einen abgerundeten Stein, um den an ihr klebenden Dreck und die Spuren der Söldner zu entfernen. Zuletzt spülte sie sich gründlich den Mund aus.

»Ich habe ja nichts dagegen, einem Kerl einen zu blasen, wenn er gut dafür zahlt. Aber das war die Hölle.«

Ein bösartiger Blick traf Marie, die eben die Fackel hochhielt, um Hiltrud besser leuchten zu können. »Du hattest es ja mal wieder besser als wir – nur mit drei Männern im Zelt, von denen zwei noch Edelleute waren. Bei uns war der eine noch nicht richtig fertig, da schlug der nächste schon seinen Zapfen ein.«

»Auch Edelleute können sich wie Vieh aufführen. Ich habe jedoch dafür gesorgt, dass wir eine kleine Entschädigung erhalten, denn ich habe den Kerlen die Börsen abgeschnitten. Aber wenn wir nicht bald von hier verschwinden, werden sie uns deswegen die Haut abziehen. Zum Glück scheinen sie keine Wachen aufgestellt zu haben, sonst hätten wir jetzt schon eine Menge Ärger.«

»Glaubst du, die Wachposten hätten sich den Spaß entgehen lassen? Die haben genauso gehurt und gesoffen wie der Rest und liegen jetzt irgendwo herum.« Berta lachte auf und trat erwartungsvoll auf Marie zu. »Du wirst deine Beute gerecht zwischen uns aufteilen!«

Es klang wie ein Befehl, aber Marie nickte eifrig und klopfte auf die beiden Börsen an ihrem Gürtel. »Das tue ich, aber nicht hier. Wir müssen weit weg sein, ehe die Kerle aufwachen.«

Sie streifte Fita mit Hiltruds Hilfe ihren Kittel über. Dann befestigten sie sich gegenseitig ihre Bündel auf dem Rücken und nahmen Fita zwischen sich. Berta schimpfte über die vertane Zeit und sagte Marie ins Gesicht, dass es dummes Zeug sei, eine Halbtote mitzunehmen.

Schließlich wurde es Hiltrud zu bunt. »Halte endlich dein ungewaschenes Maul. Was meinst du, was die Riedburger mit Fita machen, wenn sie entdecken, dass wir samt den Börsen ihrer Anführer verschwunden sind?«

Berta zuckte mit den Schultern. »Mir doch egal. Wir können ja nachhelfen, damit sie nichts mehr spürt. Das war ja ihr Wunsch.«

Marie warf den Kopf in den Nacken. »Noch so eine Bemerkung, und ich werde dir nichts von meiner Beute abgeben.«

Maries Drohung wirkte sofort. Berta klappte den Mund zu und schwieg verbissen. Auf dem weiteren Weg hielt sie sich von Marie, Hiltrud und Fita fern. Auch Gerlind sprach kein Wort mehr mit ihnen und kümmerte sich nicht um die verletzte Kameradin, leuchtete Hiltrud und Marie jedoch mit dem immer noch brennenden Ast den Weg aus. Märthe hinkte hinter ihnen her und jammerte dabei ununterbrochen vor sich hin, obwohl ihr am wenigsten zu fehlen schien.

Müde und wund wankten die Frauen mit zusammengebissenen Zähnen durch die Nacht, die sich schon der Dämmerung zuneigte. Aus Angst vor Verfolgern mieden sie Straßen und Wege, sondern kletterten über Stock und Stein immer tiefer in den Wald hinein. Erst als das Gestrüpp um sie herum schier undurchdringlich wurde, hielten sie an und sanken erschöpft zu Boden.

»Hier werden uns die Söldner wohl kaum finden.« Berta tastete stöhnend nach ihren Füßen. Sie war es gewohnt, barfuß zu gehen, aber nun hatten ihr Stacheln und Dornen so zugesetzt, dass sie behauptete, drei Tage nicht mehr auftreten zu können.

Da keine der anderen Frauen besser dran war, achtete niemand auf ihr Gejammer. Gerlind hob noch einmal den Kopf und fuhr sie an, endlich still zu sein und zu schlafen. Berta murrte ein wenig, streckte sich aber aus und bettete den Kopf auf die Arme.

Schon bald darauf weckte sie Fitas Stöhnen. Berta richtete sich wieder auf und stieß Hiltrud an. »Du hättest besser etwas zu essen mitgenommen als die Halbtote da.«

Marie fuhr auf. »Berta, du bist das herzloseste Wesen, das mir je begegnet ist. Denk daran: Ich verteile die Beute!«

Hiltrud seufzte. »Lass uns nicht streiten. Ich habe ja etwas zu essen eingepackt.«

Offensichtlich hatte sie auch diesmal ihren kühlen Kopf behalten, denn sie nahm einen Packen aus ihrem Bündel und breitete seinen Inhalt auf ihrem Schoß aus. Berta, Gerlind und Märthe rissen ihr die Sachen unter den Händen weg, und Hiltrud musste sie abwehren, um genug für sich, Marie und Fita übrig zu behalten.

Nachdem Hiltrud selbst gegessen hatte, versuchte sie vergeblich, Fita zu bewegen, ein paar Bissen zu sich zu nehmen. Marie füllte an einem nahen Bach ihren Lederschlauch. Fita trank ihn beinahe leer und lehnte sich dann mit einem kaum verständlichen Dank zurück. Den Rest träufelte Hiltrud auf ein Stück Tuch, das sie der Verletzten als Kompresse auf den Unterkörper band, da Fita immer noch blutete.

Unterdessen war der Himmel heller geworden und färbte sich im Osten schon rötlich gelb. Es versprach ein schöner Tag zu werden. Gerlind und Berta sahen sich ängstlich um, denn sie hatten festgestellt, dass das Gestrüpp, das sie in der Nacht aufgehalten hatte, noch kahl und daher kein Hindernis für suchende Blicke war. Dahinter erstreckte sich ein lichter Eichen- und Buchenwald, den Reiter ohne Probleme durchqueren konnten, und Berta glaubte sogar, einen Weg zu erkennen, der durch ihn hindurch führte. Als kurz darauf ein Klingeln und Klappern ertönte, waren sie und Gerlind nicht mehr zu halten.

»Das hört sich nach einem Schweinehirten an, der seine Herde in unsere Richtung treibt. Wenn der uns sieht und uns an die Riedburger verrät, geht es uns schlecht.« Gerlind hob ihren Packen auf und wollte loslaufen, doch Hiltrud hielt sie zurück.

»Marie und ich haben Fita die halbe Nacht lang gestützt. Jetzt seid ihr an der Reihe.«

»Wir sollten sie ein Stück weiter im Gebüsch verstecken. Dort findet sie bestimmt niemand, und wir sind sie los. Ich schleppe mich nicht mit ihr ab.« Berta schob den Unterkiefer vor und stemmte die Arme herausfordernd in die Seite.

Gerlind bedachte sie mit einem verächtlichen Blick und forderte Märthe auf, ihr zu helfen. Hiltrud fasste ebenfalls mit an, während Marie vorausging und ihnen mit einem Stock den Weg bahnte. Berta hingegen stapfte mit mürrischem Gesicht hinter ihnen her und war erst auf Gerlinds scharfen Zuruf hin bereit, allzu auffällige Spuren mit Birkenreisig zu verwischen. So wanderten sie stundenlang weiter und wussten zuletzt nicht mehr, aus welcher Richtung sie eigentlich gekommen waren.

Als der Tag sich neigte, fand Marie einen Platz, der allen sicher genug erschien. Es war ein Windbruch, in dem ein Sturm vor vielen Jahren hohe Bäume wie Gras niedergemäht hatte. Mittlerweile war junger Wald nachgewachsen, doch zu seinen Füßen war das Gestrüpp so dicht, dass kein vernünftiger Mensch versuchen würde, dort einzudringen. Hiltrud und Gerlind untersuchten die Ränder auf Bärenspuren, trafen zu ihrer Erleichterung aber nur auf einen Wildwechsel, der in das Jungholz hineinführte. Die sechs folgten dem kaum sichtbaren Pfad und fanden einen trockenen Platz unter zwei riesigen, übereinander liegenden Baumstämmen, der sich als Lager eignete.

Marie und Gerlind errichteten aus Moos und Zweigen ein Lager für Fita und kümmerten sich um die Verletzte. Ihr Unterleib sah immer noch schlimm aus, wenn die Blutung auch mittlerweile aufgehört hatte, und ihr Bauch fühlte sich heiß an und war stein-hart.

Mit einer hilflosen Geste winkte Marie Hiltrud zu sich. »Meinst du, wir können ihr helfen?«

»Das sieht nicht gut aus. Aber ich habe meine Salben und Tink-turen dabei. Vielleicht bewirken sie noch etwas.« Hiltrud holte ihre Medikamente hervor und begann Fita zu verarzten.

Unterdessen redete Berta leise, aber eifrig auf Gerlind und Märthe ein und kam schließlich mit ausgestreckter Hand auf Marie zu.

»So, jetzt werden wir unsere Beute teilen. Gib die Börsen her!«

Marie legte die Hand auf die beiden Lederbeutel und wollte Berta schon sagen, sie solle sich zum Teufel scheren. In diesem Augenblick bedauerte sie, das Geld nicht auch noch versteckt zu haben. Nun blieb ihr nichts anderes übrig, als gute Miene zum bösen Spiel zu machen, denn Berta und Gerlind würden ihr keine Ruhe lassen, bis sie sie ausgeplündert hatten.

»Wir können das Geld aufteilen, aber nur unter einer Bedingung: Wir bleiben ein paar Tage in diesem Versteck, jedenfalls so lange, bis wir sicher sein können, dass die Söldner weitergezogen sind.«

Gerlind winkte ärgerlich ab und setzte sich dicht vor Marie. »Ja, ja, das tun wir schon. Gib jetzt endlich her.«

Marie schüttelte den Kopf, dass ihre Haare flogen. »Ich muss erst einmal zählen, wie viel ich erbeutet habe, und dann rechne ich aus, welcher Anteil jeder von uns zusteht.«

Berta zischte wie eine Schlange, rückte ebenfalls an Marie heran und griff nach einer der Börsen. »Jede von uns bekommt natür-lich das Gleiche.«

Marie stieß sie weg. »Hiltrud hat ihre Ziegen und ihren Wagen verloren. Ihr steht also mehr zu als uns anderen.«

»Und du bekommst einen zusätzlichen Anteil, weil du das Geld besorgt hast.« Hiltrud war sonst eher freigebig, doch die Gier der früheren Freundinnen stieß sie ab.

Berta zog sich schmollend ein Stück zurück, ließ aber Maries Gürtel nicht aus den Augen. »Na, von mir aus. Dafür braucht ihr ja Fita nicht zu berücksichtigen, denn die macht es eh nicht mehr lange. Nachher bringt sie es noch fertig, ihren Anteil in den Opferstock der nächsten Kirche zu werfen, bevor sie endgültig abkratzt.«

»Fita bekommt ihren Anteil, und was sie damit macht, ist ihre Sache.« Marie musste sich zurückhalten, um Berta nicht noch mehr an den Kopf zu werfen, denn sie hatte gesehen, wie die Kranke bei den bösen Worten ihrer langjährigen Weggefährtin zusammengezuckt war. Stattdessen leerte sie den Inhalt der beiden Börsen auf ihren Schoß und begann zu zählen. Es war mehr, als sie erwartet hatte, da sich keine Münze minderer Prägung darunter fand. Unter den wachsamen Augen von Gerlind und Berta zählte sie das Geld und bildete schließlich aus der einen Hälfte vier Stapel, die sie für Gerlind, Berta, Märthe und Fita bestimmte. Die andere Hälfte teilte sie gleichmäßig zwischen sich und Hiltrud auf. Gerlind war sichtlich unzufrieden, obwohl die Summe, die Marie ihr in die Hand drückte, mindestens das Fünffache dessen betrug, was sie in guten Jahren verdienen konnte.

Berta wickelte ihre Münzen in einen Stoffstreifen, den sie von ihrem Hemd abriss, und steckte das Päckchen wortlos weg. Dann griff sie nach Fitas Anteil und wollte ihn ebenfalls einstecken. »Schließlich waren wir immer Kameradinnen.«

Marie schlug ihre Hand weg. »Fitas Geld werde ich in Verwahrung nehmen, bis sie wieder auf den Beinen ist. Dann bin ich sicher, dass sie es auch bekommt.«

»Du bist ein widerliches Miststück, damit du es weißt! Von dir lasse ich mich nicht betrügen.« Berta sprang auf und ging auf Marie los. Hiltrud packte sie von hinten, um sie zurückzuziehen, doch ehe es zu einer Prügelei kommen konnte, schob Gerlind sich dazwischen.

»Wir wollen uns doch nicht wegen der paar Pfennige streiten.« Hiltrud, die sonst nur wenig aus der Ruhe bringen konnte, glühte vor Zorn. »Ihr habt genug bekommen, und ich lasse es nicht zu, dass ihr eine kranke Kameradin betrügt. Berta sollte sich schämen. Sie hat bestimmt noch nie so viel Geld auf einmal besessen und will Fita, die sie immer ausgenutzt hat, jetzt auch noch bestehlen.«

Gerlind legte Hiltrud die linke Hand um die Schulter und tätschelte ihr mit der Rechten die Wange. »Du hast ja Recht, meine Liebe. Berta hat keinen Grund zum Jammern und ich auch nicht.«

Dabei starrte sie jedoch das Geld an, das Marie vor sich aufgetürmt hatte, als wollte sie die Münzen mit den Augen verschlingen. Mit einem misstönenden Lachen wandte sie sich schließlich ab. »Wisst ihr was? Ich koche uns jetzt einen starken Tee, damit wir wieder zu Kräften kommen. Auch ich habe ein paar von meinen Sachen retten können.«

Dabei zwinkerte sie Berta zu. Die fette Hure zog eine Schnute, kramte aber auf Gerlinds Anweisung die Zinnbecher heraus, die die beiden im Lager hatten mitgehen lassen. Auf einen Wink folgte sie Gerlind und Märthe, um Holz für ein kleines Feuer zu sammeln, und kurze Zeit später köchelte der Tee in Gerlinds verschrammtem Kessel. Die alte Frau roch mehrmals an dem Gebräu, streute noch etwas von dem Inhalt eines kleinen Beutels in die Flüssigkeit und ließ sie eine kurze Zeit ziehen. Schließlich füllte sie sechs Becher und reichte Marie und Hiltrud zwei davon.

»Hier, trinkt. Das wird euch gut tun. Das Zeug ist stark genug, um auch Fita wieder auf die Beine zu bringen.«

»Das wäre schön. Danke, Gerlind.« Hiltrud lächelte erleichtert und sah einen Augenblick zu, wie sich Märthe, die sich bisher stumm im Hintergrund gehalten hatte, zu Fita herabbeugte, um ihr den Tee einzuflößen. Dann nickte sie Gerlind zu. »Ich bin froh, dass wir uns wieder vertragen. Wir sollten jetzt einen Stein suchen, auf dem wir Aschekuchen backen können. Ich habe nämlich noch einen Rest Mehl dabei, der eine Mahlzeit für uns alle ergibt.«

Sie wollte aufstehen, doch Gerlind legte ihr die Hand auf die Schulter und drückte sie wieder herunter. »Noch nicht. Lass den Stärkungstrunk erst ein wenig wirken, sonst hilft er nicht. Wir sollten uns alle hinlegen und schlafen. Die Fladen laufen uns nicht weg.«

Hiltrud nickte zustimmend und entspannte sich wieder, denn sie kannte Gerlinds Wissen um Kräuter und vertraute ihren Anweisungen. Langsam schlürfte sie das starke, bittere Gebräu, das einen unangenehmen Nachgeschmack auf der Zunge hinterließ. Marie trank ebenfalls in kleinen Schlucken, obwohl sie das Zeug im ersten Impuls am liebsten weggeschüttet hätte. Doch sie wollte keinen weiteren Streit provozieren. So lehnte sie ihren Kopf an das morsche, bröckelnde Holz in ihrem Rücken, blickte auf die Münzen, die noch vor ihr lagen, und starrte einen Augenblick nachdenklich zu Berta hinüber, die sich schmollend in eine Ecke verzogen hatte. Gerlind gesellte sich zu ihr und redete auf sie ein.

Schließlich legte Marie die Münzen, die für Fita bestimmt waren, beiseite, verteilte ihren und Hiltruds Anteil auf die erbeuteten Ledertäschchen und reichte Hiltrud eines davon. Dann streckte sie sich und gähnte ausgiebig. »So etwas Warmes im Magen tut gut. Ich fühle mich schon viel besser. Du musst mir das Rezept für das Gebräu verraten, Gerlind. Es beruhigt nämlich auch die Schmerzen in meinem Bauch.«

»Es wird dich noch viel mehr beruhigen«, spöttelte Berta.

Hiltrud bekam noch mit, dass Gerlind ihr einen Stoß versetzte, und wollte etwas sagen, doch ihre Zunge wurde auf einmal so schwer wie ihre Augenlider. Sie sah noch, dass Marie neben ihr vornübersank, dann glitt sie in einen dichten Nebel, der schnell schwärzer wurde. Das Letzte, was sie vernahm, war Bertas Lachen. »Das war ein guter Trunk. Die beiden schlafen schon wie Murmeltiere.«

Gerlind starrte auf die beiden zusammengesunkenen Frauen und spie aus, als ekle sie sich vor sich selbst. »Wir müssen schleunigst von hier verschwinden, denn ich weiß nicht, wie lange das Zeug wirkt. Los, Berta, nimm ihnen das Geld ab.«

Berta ließ sich das nicht zweimal sagen, sondern sammelte hastig Fitas Anteil auf. Dann schnitt sie Marie und Hiltrud die Ledertäschchen und die schmaleren Beutel mit dem eigenen Geld ab und reichte Gerlind einen Teil davon.

Die alte Hure kämpfte sichtlich mit ihrem Gewissen. »Wir sollten ihnen nicht alles abnehmen.«

Berta winkte lachend ab und steckte die Börsen ein. »Pah, jeder ist sich selbst der Nächste!«

Dann deutete sie auf Hiltruds und Maries Bündel. »Was ist mit dem Zeug? Nehmen wir das auch mit?«

Gerlind schüttelte den Kopf. »Wir haben schon genug zu schleppen. Kommt, lasst uns aufbrechen.«

Berta verzog ihr Gesicht zu einem gehässigen Lächeln. »Mit dem größten Vergnügen. Es wird mich bis ans Ende meines Lebens freuen, dass ich den beiden hochnäsigen Miststücken diesen Streich spielen konnte. Jetzt, wo sie kein Geld mehr haben, müssen sie die Beine für jeden stinkenden Bock breit machen.«

Sie drehte sich um, ohne ihrer alten Gefährtin Fita noch einen einzigen Blick zu gönnen, und stapfte mit zufriedener Miene davon. Märthe folgte ihr auf dem Fuß, während Gerlind zauderte. Erst als die beiden anderen nach ihr riefen, gab sie sich einen Ruck und ließ die betäubten Frauen schutzlos zurück.

IX.

Als Marie zu sich kam, war es kurz vor Mittag. Das verwirrte sie im ersten Moment, denn in ihrer Erinnerung war eben erst später

Nachmittag gewesen. Dann begriff sie, dass sie fast einen ganzen Tag geschlafen hatte, und dachte sofort an Gerlinds unangenehm schmeckenden Tee, der ihren Mund immer noch wie Galle zusammenzog. Mühsam richtete sie sich auf und sah sich um. Keine Armspanne neben ihr lag Hiltrud in tiefem Schlaf. Marie musste sie mehrmals schütteln, bis sie aufwachte.

»Was ist los?«, stöhnte Hiltrud und fasste sich an ihren Kopf.

»Gerlind hat uns mit ihrem Tee betäubt.«

Hiltrud sah sich schlaftrunken um. Außer Fita, die starr auf ihrem Moosbett lag, war niemand zu sehen. Gerlind, Berta und Märthe waren verschwunden, und mit ihnen auch die Börsen, die an ihren Gürteln gehangen hatten.

Hiltrud presste einen Fluch hervor, der selbst dem abgebrühtesten Priester die Haare aufgestellt hätte. »Diese ungewaschenen Teufelshuren haben all unser Geld gestohlen.«

Marie sah ungläubig an sich herab und entdeckte die Reste der Lederriemen, mit denen sie ihre eigene und die erbeutete Börse befestigt hatte. Ihr lief es heiß und kalt den Rücken hinunter, und sie griff rasch unter ihren Rock, um zu sehen, ob auch Siegward von Riedburgs Gold und der Rest ihrer Ersparnisse gestohlen worden waren. Als sie die Beutel und Täschchen mit den harten Münzen ertastete, jubelte sie auf.

Hiltrud starrte sie an, als hätte sie ihren Verstand verloren. »Was ist denn in dich gefahren? Gerlind und ihre Kumpaninnen bestehlen uns, und du freust dich noch darüber?«

»Es ist nicht so schlimm, wie ich dachte.« Marie hob ihren Rock hoch und zeigte ihrer Freundin die verborgenen Schätze. »Das Geld hier ist mindestens zehnmal so viel wert wie das, was sie uns abgenommen haben. Was bin ich froh, dass sie nicht auf die Idee gekommen sind, uns zu durchsuchen.«

Hiltrud atmete auf, doch ihre Wut auf die Diebinnen war größer als ihre Freude über Maries kleines Vermögen. »Die diebischen Weiber werden uns jede Münze wiedergeben – und zwar doppelt! Komm, Marie, wir suchen ihre Spuren und folgen ihnen. Ich haue Berta ungespitzt in den Boden.«

»Zuerst müssen wir uns um Fita kümmern.« Marie wartete Hiltruds Antwort gar nicht erst ab, sondern kämpfte sich auf die Beine und ging zu der Kranken hinüber. Als sie ihr Gesicht sah, wurde ihr klar, dass sie nichts mehr für sie tun konnte.

Sie wandte sich ab und wischte sich die Tränen aus den Augen. »Fita ist tot. Das Einzige, was mich daran tröstet, ist, dass sie wegen Gerlinds Schlaftrunk nicht leiden musste.«

Hiltrud stemmte die Arme in die Hüften und sah mit grimmigem Gesicht auf die Tote herab. »Ha! Gerlinds Gebräu wird sie umgebracht haben.«

»Der Tee hat ihr Ende höchstens beschleunigt. Ich glaube nicht, dass Fita die nächsten Tage überstanden hätte, denn sie war zu schwer verletzt und hatte keinen Lebenswillen mehr.«

Marie kniete nieder und streichelte das abgemagerte Gesicht der Toten. »Lebe wohl, Fita. Wenn es einen gerechten Gott gibt, so wird er dich mit deinem Kind vereinen, das du empfangen hast, ohne es zu wollen, und das du ohne dein Zutun wieder verloren hast.«

»Gott gebe ihr die ewige Ruhe. Was machen wir mit ihr? Wir können sie so nicht liegen lassen.« Hiltrud trat unruhig von einem Fuß auf den anderen.

»Wir müssen Fita begraben.«

Marie ließ Hiltrud keine Zeit zur Widerrede, sondern nahm Fitas Dolch und fing an zu graben. Hiltrud murrte und schimpfte, weil sie Berta nicht entkommen lassen wollte, half aber tatkräftig mit. Der Nachmittag schwand, während sie mit ihren unzulänglichen Mitteln ein Loch in die Erde gruben, und als sie die letzten Steine auf Fitas Grab wuchteten, sank bereits die Sonne.

Hiltrud reckte ihre steifen Muskeln und seufzte. »Wir müssen noch ein Gebet für sie sprechen. Aber ich weiß nicht die richtigen Worte.«

Marie versuchte sich an die Gebete zu erinnern, die sie im Konstanzer Münster und der Stephanskirche gehört hatte. Früher hatte sie beinahe täglich die heilige Messe besucht und den Liedern der Sängerknaben gelauscht. Da Hiltrud sichtlich nervös war und noch im letzten Licht des Tages einen neuen Lagerplatz suchen wollte, beschloss sie, es kurz zu machen.

»Nimm Fita in Gnaden auf, oh Herr. Sie war in ihrem Herzen zu gut für diese Welt, Amen«, sagte sie und warf eine Hand voll Erde auf das Grab. Hiltrud riss ein paar Blüten ab und streute sie darüber. Bevor sie aufbrachen, kehrten sie noch einmal kurz zurück, fertigten aus zwei Ästen und einem Streifen Tuch ein Kreuz und steckten es in die Erde. Dann verließen sie den Ort so schnell, als wären sie auf der Flucht.

Zu ihrer Erleichterung hatten Gerlind und die anderen ihnen ihre Bündel gelassen, so dass sie mit dem Allernotwendigsten versorgt waren. Hiltrud besaß noch ein Kleid und Marie einen Kittel zum Wechseln, dazu zwei Decken, das Kochgeschirr, zwei Becher aus Holz und ein paar lebensnotwendige Kleinigkeiten, wie Zunder und Feuerstein und die Salben, die sie nach jener schlimmen Nacht dringend brauchten.

Als Hiltrud eine gute Stunde später im Schutz tief herabreichender Tannen ihr Bündel abnahm, um sich ein notdürftiges Lager zu bereiten, fiel ihr ein kleiner Lederbeutel in die Hände. Zuerst wollte sie es nicht glauben, doch als sie hineinschaute, begann sie zu lachen.

»Die diebischen Elstern haben auch meine Reserve übersehen. Es ist zwar nicht viel, aber wenigstens müssen wir unser Brot nicht gleich mit einem deiner Goldstücke bezahlen. So etwas zieht nämlich die Büttel an, die meist auch nur bessere Diebe sind. Die würden sofort behaupten, wir hätten das Gold gestohlen, und es uns abnehmen.«

Marie streckte sich erschöpft auf ihrer Decke aus und stützte den Kopf mit dem Arm ab, um ihre Freundin anzusehen. »Das Gold dürfen wir nur bei einem Juden wechseln. Alles andere wäre zu auffällig und könnte Siegward von Riedburg auf unsere Spur bringen.«

Hiltrud war nicht in der Laune, sich derlei Belehrungen anzuhören, und reagierte leicht vergrätzt. »Von was sollen wir denn leben, wenn wir keine kleinen Münzen besitzen?«

Marie richtete sich auf und legte ihr beruhigend die Hand auf den Arm. »Zum einen sind nicht nur Goldmünzen in den Beuteln, sondern auch ein paar Schillinge und Regensburger Pfennige. Zum anderen könnten wir es so machen wie Gerlind, die sich auch früher schon für Brot, für einen Krug Wein oder etwas Fett und Honig für Pfannkuchen hingelegt hat.«

»Danke, ich ziehe Silber vor.« Hiltrud wünschte ihr mit mürrischer Miene Gute Nacht, legte sich nieder und drehte ihr den Rücken zu.

Marie war klar, dass Hiltrud nichts anderes im Kopf hatte, als eine Spur der Diebinnen zu finden und sie möglichst bald einzuholen. Sie selbst hatte es nicht ganz so eilig damit, denn sie traute Berta zu, ihnen die Riedburger auf den Hals zu hetzen. Aus diesem Grund hatte sie nichts dagegen gehabt, den letzten Lagerplatz zu verlassen, und sie war mit Hiltrud einer Meinung, dass sie vorerst kein Feuer machen durften, auch wenn es das Raubzeug abgeschreckt hätte.

Wie Marie es erwartet hatte, weckte ihre Freundin sie beim ersten Schein der Morgenröte und ließ ihr kaum Zeit für ihre morgendliche Verrichtung. Als sie sich am nächsten Bach wusch und ihre Scham mit Salbe behandelte, lief Hiltrud schon ungeduldig voraus, so dass Marie Angst bekam, sie aus den Augen zu verlieren. Doch da vernahm sie ihre Stimme.

»Marie, beeil dich! Komm hierher.«

Marie schulterte notdürftig ihr Bündel und folgte Hiltrud.

Die Freundin stand auf einem Pfad, bei dem nicht zu erkennen war, ob er von Tieren oder Menschen stammte, und zeigte ganz aufgeregt auf eine lehmige, fast ausgetrocknete Pfütze. Zwischen den Spuren von Hirschen und Wildschweinen war der Abdruck eines nackten menschlichen Fußes zu sehen. Hiltrud stellte ihren eigenen Fuß daneben und drückte ihn in den Schlamm. Als sie ihn wieder zurückzog, war ihr Fußabdruck ein wenig länger als der andere und um einiges schmäler.

»Wenn diese Spur nicht von Bertas Quadratlatschen stammt, will ich es in Zukunft jedem Pfaffen umsonst besorgen«, erklärte Hiltrud triumphierend.

Marie nickte, hob dann aber abwehrend die Hände. »Die Abdrücke stammen ganz sicher von Berta. Aber ich weiß nicht, ob es gut ist, wenn wir den anderen durch so offenes Gelände folgen. Mir sind die Riedburger noch zu nahe.«

Hiltrud schüttelte zornig den Kopf. »Ich lasse dieses Diebesgesindel nicht so einfach davonkommen. Von Berta habe ich immer nur das Schlechteste angenommen, aber Gerlind hat mich bitter enttäuscht. Ich bin lange Jahre mit ihr gezogen und hätte mir nie vorstellen können, dass sie mich einmal ohne Skrupel betäubt, um mich berauben zu können. Diesen Verrat zahle ich ihr heim!«

»Dann sollten wir vorsichtig sein. Siegward von Riedburg wird den Verlust seines Geldes nicht hinnehmen.«

»Wenn du so viel Angst vor ihm hast, hättest du ihn nicht bestehlen dürfen. Was kann er tun, außer vor Wut schäumen?«

Als Hiltrud einfach weiterging, wurde Marie klar, dass ihre Freundin zu verärgert war, um vernünftige Einwände gelten zu lassen. So blieb ihr nichts anderes übrig, als mit ihr zu gehen und Augen und Ohren offen zu halten. Wie gut sie daran tat, erwies sich schon bald. Sie waren einem schier nicht enden wollenden Pfad gefolgt, der sich zwischen dicht stehenden Bäumen hindurchwand und feucht genug war, um die Spuren der drei Frauen festzuhalten, die ihn am Tag zuvor gegangen waren. Als der Pfad auf einen breiteren Weg mündete, vernahm Marie das ferne Klirren von Metall.

Sie hielt Hiltrud fest. »Los, zurück zu dem Gebüsch, an dem wir gerade vorbeigekommen sind!« Als die Freundin zögerte, zog Marie sie hinter sich her.

Hiltrud ließ es verdutzt geschehen. »Was ist denn los?«

Im selben Augenblick hörte sie selbst das dumpfe Schlagen von Hufen auf lehmigem Untergrund und laute Stimmen und folgte Marie widerspruchslos in das Gestrüpp. Dort warfen sie sich zu Boden, rollten sich zusammen und wagten vor Angst kaum noch zu atmen. Als die Männer nicht weit von ihnen auf den Pfad abbogen, den sie gekommen waren, hoben sie vorsichtig die Köpfe.

Wie Marie vermutet hatte, handelte es sich bei dem vordersten Reiter um Siegward von Riedburg, der von vier Berittenen begleitet wurde. Ihnen folgte ein Dutzend Söldner im Laufschritt. Die Männer schienen ein bestimmtes Ziel zu haben, denn sie hasteten an Marie und Hiltrud vorbei, ohne auch nur vom Weg aufzusehen. Bald waren die Männer ebenso schnell wieder im Wald verschwunden, wie sie aufgetaucht waren. Erst jetzt wagten die beiden Frauen, wieder zu atmen, und sahen sich verschreckt an.

»Das war knapp. Wenn du nicht so gute Ohren hättest ...« Hiltrud ließ den Rest des Satzes ungesagt. Sie hatten beide das wutentbrannte Gesicht des Riedburgers gesehen.

Hiltrud presste die Hand auf ihr flatterndes Herz. »Sollen wir tiefer in den Wald laufen oder dem Weg folgen, den die Kerle gekommen sind? Zwischen den Bäumen kommen wir nicht so rasch voran, wie es mir lieb wäre. Ich würde gerne einen guten Tagesmarsch zwischen uns und den Riedburger bringen.«

Marie schlug die Arme um sich, als fröre sie. »Und was machen wir, wenn Nachzügler kommen?«

»Die werden wir ebenfalls früh genug hören.« Hiltrud gab sich mutiger, als sie sich fühlte. Ihr erschien es sicherer, Junker Siegward weit hinter sich zu wissen als irgendwo im Umkreis, wo er sie jederzeit überraschen konnte. Marie konnte sich diesem Argument nicht entziehen. So krochen sie aus dem Gebüsch und setzten ihren Weg schweigend fort, zuckten aber bei jedem Geräusch ängstlich zusammen.

Sie hatten jedoch Glück. Im Osten zog bereits die Dämmerung auf, ohne dass ihnen ein Wanderer oder gar ein Riedburger Söldner begegnete. Schließlich erreichten sie eine Wegkreuzung und blieben stehen, um zu beraten, wohin sie sich jetzt wenden sollten. Mit einem Mal schrie Marie auf. Hiltrud legte ihr sofort die Hand auf den Mund.

»Sei still«, herrschte sie ihre Freundin an.

Marie keuchte erstickt und nickte. Als Hiltrud die Hand von ihrem Mund nahm, zeigte sie auf das blutige, entstellte Bündel, das einmal Gerlind gewesen war, und bog sich unter einer Welle von Übelkeit. Sie stolperte und krümmte sich zusammen, als sich ihr Magen entleerte, bis ihr Inneres nur noch aus Galle zu bestehen schien.

Hiltrud konnte sich nicht um Marie kümmern, denn das Entsetzen hatte sie zur Salzsäule erstarren lassen, und sie vermochte ihren Blick nicht von dem von Fliegen umschwärmten Leichnam zu lösen, der sie aus leeren Augenhöhlen vorwurfsvoll anzublicken schien.

»Gerlind war eine Diebin und hat uns verraten. Aber ein solches Ende hat sie nicht verdient«, sagte sie, als Marie sich erhob und neben sie trat.

»Das hat kein menschliches Wesen.« Marie stöhnte vor Schmerzen, die der längst entleerte Magen ihr bereitete, und wankte gekrümmt davon.

Hiltrud eilte ihr nach und entdeckte keine zehn Schritte von Gerlind entfernt die Überreste von Berta. Die fette Hure war so übel zugerichtet, dass man sie nur noch an ihren Haaren und den Resten des Hemdes erkennen konnte, das sie zuletzt getragen hatte. Wie es aussah, hatten Siegward und seine Leute all ihre Wut über den Diebstahl an den Körpern der Frauen ausgetobt, bis nur noch zerfetztes Fleisch und blanke Knochen übrig geblieben waren.

Während Maries Magen sich ein wenig beruhigte, liefen ihr die Tränen in Strömen über die Wangen. »Wie konnte das geschehen?«

»Sie müssen den Söldnern direkt in die Arme gelaufen sein und hatten keine Chance.« Hiltrud wandte sich schaudernd ab und hoffte, dass wenigstens Märthe den Schlächtern entkommen war. Die Hoffnung zerstob, denn die junge Hure lag ebenso nackt und ausgeweidet wie die beiden anderen am Wegesrand.

Marie schüttelte verzweifelt den Kopf. »Wie können Menschen so grausam sein?«

Hiltrud, die sich bis jetzt noch aufrecht gehalten hatte, begann beim Anblick der Reste des jungen Mädchens zu heulen. »Der Riedburger hat wahrscheinlich geglaubt, Gerlind und die anderen hätten sein Gold verschluckt«, erklärte sie mit vielen Schluchzern zwischen den Worten.

»Gott im Himmel, das ist alles meine Schuld«, flüsterte Marie. »Wenn ich das Geld nicht gestohlen hätte, würden unsere Freundinnen noch leben und wären bei uns.«

Bei diesen Worten richtete Hiltrud sich auf, trocknete ihr Gesicht am Ärmel und legte die Hände auf Maries Schultern. »Hör mir jetzt gut zu! Hätten die drei uns nicht betäubt und ausgeraubt, würden sie jetzt noch leben, und wir wären alle in Sicherheit. Was glaubst du, wohin Siegward von Riedburg und seine Totschläger unterwegs waren? Die reiten jetzt zu dem Platz, an dem die Diebinnen uns zurückgelassen haben. Eine von ihnen muss den Schlächtern den Weg erklärt haben. Hätten die Kerle sich nicht so lange mit dem Gemetzel aufgehalten oder hätte Gerlinds Schlaftrunk uns länger betäubt, lägen wir beide jetzt ebenfalls ausgedärmt am Boden. Unser Ende hätte sich wahrscheinlich noch länger hingezogen, weil der Riedburger seine Börse bei uns gefunden hätte.«

Marie schüttelte es bei dieser Vorstellung, aber sie mochte ihre ehemaligen Gefährtinnen nicht ganz verdammen. Sie konnte sich vorstellen, dass eine von ihnen ihr Versteck aus Todesangst an die Riedburger verraten hatte, und versuchte das auch Hiltrud begreiflich zu machen.

»Das mag ja sein«, unterbrach Hiltrud Marie rüde. »Mich interessiert jetzt nur noch, meine Haut zu retten. Lass uns von hier verschwinden und so lange laufen, wie unsere Füße uns tragen. Und versuche ja nicht, mich zu überreden, die drei Diebinnen zu begraben.«

»Nein, dazu ist keine Zeit. Wenn der Riedburger unsere Spuren findet, wird er spätestens dann zurückkommen, wenn er unseren Lagerplatz im Windbruch erreicht und uns nicht vorgefunden hat.«

Marie straffte ihren Rücken, presste die Hand auf ihren schmerzenden Magen und folgte Hiltrud in die aufsteigende Nacht hinein. Sie schämte sich wegen ihrer Schwäche und kämpfte gleichzeitig mit Selbstvorwürfen. Wie sie es auch drehte und wendete – sie fühlte sich schuldig an dem Tod ihrer drei Gefährtinnen. Zuletzt klammerte sie sich an Hiltruds Worte, dass Gerlind und die anderen ihr Schicksal durch ihre eigene Gier besiegelt hatten. Aber sie ahnte schon, dass die schrecklichen Bilder an der Wegkreuzung sie noch lange Zeit bis in ihre Träume verfolgen würden.

X.

Später konnte Marie nicht einmal schätzen, wie weit sie in dieser Nacht gelaufen waren, und sie vermochte auch erst am nächsten Tag festzustellen, welche Richtung sie genommen hatten. Als die Morgendämmerung heraufzog und sie weiter als ein halbes Dutzend Schritte sehen konnten, bogen sie von der Straße ab und suchten im Unterholz Schutz. Das Land um sie herum wirkte rauer und wilder als die Gegend, aus der sie gekommen waren. Dunkle Wälder, deren Bäume Moosbärte trugen, erstreckten sich weit nach Süden, und als sie eine lichte Anhöhe erreichten, sahen sie um sich herum nur Wald. Es schien weder gerodetes Land noch Siedlungen zu geben.

Hiltrud drehte sich nach allen Seiten um und runzelte die Stirn. »Wir müssen den Schwarzwald erreicht haben. Das ist gut und schlecht zugleich.«

Marie nickte bedrückt. Sie hatte in Konstanz schon viel von diesem Landstrich gehört, von dem es hieß, man könne viele Tage lang hindurchwandern, ohne auf einen anderen Menschen zu treffen. Unter seinen uralten Eichen, Buchen und Tannen sollten mehr Bären und Wölfe hausen als Konstanz Einwohner besaß.

Hiltrud sah die Sache optimistischer. »Hier wird der Riedburger uns niemals finden. Los, lass uns einen Ort suchen, an dem wir vor wilden Tieren sicher sind. Ich bin so müde, dass ich bald im Stehen einschlafe.«

Marie schlüpfte aus ihren Schuhen, die aus einer Holzsohle und einem breiten Lederriemen bestanden, und betrachtete ihre wunden Füße. »Im Stehen würde ich es nicht gerade versuchen. Aber ich habe nichts gegen ein trockenes Versteck und einen Bach, an dem ich trinken und meine Füße kühlen kann.«

Hiltrud brummte etwas, das wie »verwöhntes Ding« klang, und begann, den Hang vor ihnen hinabzuklettern. Er endete an einem tief in den Felsen eingeschnittenen Bach, an dem sie ihren Durst stillen und ihren ledernen Wasserschlauch auffüllen konnten. Als sie auf der anderen Seite aus dem Bachbett kletterten, fanden sie ein Gebüsch, das sich als Lager eignete. Während sie sich noch umsahen, knurrten ihrer beider Mägen vernehmlich. Doch sie waren zu müde, um Brennholz zu suchen, und hatten auch Angst, dass ein Feuer sie verraten würde. So teilten sie das letzte Stück Brot miteinander und spülten es mit Wasser hinab.

Obwohl ihnen die Augen zufielen, brachten sie die Kraft auf, die Zweige um sich herum zu einem Schirm zu verflechten, so dass weder Mensch noch Tier ohne Geräusch zu ihnen vordringen konnte. Dann hüllten sie sich in ihre Decken und streckten sich auf dem felsigen Untergrund aus.

Marie und Hiltrud schliefen in ihrer Erschöpfung bis zum späten Nachmittag. Steif gefroren von dem langen Liegen auf einem kalten, harten Boden kletterten sie zum Bach hinab, um noch einmal zu trinken. Zu ihrem Leidwesen gab es so früh im Jahr noch keine reifen Beeren und auch keine Pilze. Hiltrud fand schließlich wilden Sellerie und grub dessen Wurzeln aus. Obwohl das Gemüse scharf roch, verschlangen die beiden Frauen es heißhungrig. Es füllte den Magen, sättigte aber nicht. Auf diese Weise würden sie nicht lange überleben. Auch waren sie für ihr Gefühl immer noch zu nahe an dem Ort, an dem Siegward von Riedburg und seine Söldner ihre drei Gefährtinnen umgebracht hatten. So warteten sie, bis der Mond aufging und die Kiesel auf dem Pfad, den sie erspäht hatten, hell schimmerten, und wanderten weiter durch eine Schlucht aus silbrigem Halbdunkel, die von schier undurchdringlich schwarzen Mauern umgeben zu sein schien. Die Geräusche, die aus der Dunkelheit zu ihnen drangen, waren nicht dazu angetan, ihre Furcht zu mindern.

Die nächsten Tage ernährten sie sich von rohen Wurzeln und Baumschwämmen und kauten Baumharz, wenn sie nichts anderes fanden, denn sie trauten sich immer noch nicht, Feuer zu machen und ihr letztes Mehl zu verbacken. Zuletzt waren sie jedoch beide so erschöpft, dass ihre Beine sie nicht mehr tragen wollten. So wählten sie eine dicht bewaldete Schlucht als Zufluchtsort.

Im Schutz einer überhängenden Wand flochten sie eine Hütte aus Zweigen und belegten das Dach mit großen Moosplatten und Grasbüscheln, um sich gegen den Regen zu schützten, denn das sonnige Wetter der letzten Tage hatte tief hängenden Wolken Platz gemacht. Zuerst war ihre Laune genauso trübsinnig

wie der Himmel, doch als in ihrem Unterschlupf ein kleines
Feuer brannte und sie an den ersten, viel zu heißen Mehlfladen
knabberten, hellte sich ihre Stimmung auf, und sie genossen eine
Suppe aus Wildgräsern und klein gehackten Baumschwämmen,
die ihr erstes warmes Essen seit mehr als einer Woche abrun-
dete. Ihnen kam es vor wie ein Festmahl.

Hiltrud war zufrieden mit ihrem Versteck, denn soweit sie es von
dem kahlen Höhenzug über der Schlucht hatten erkennen können, lag die nächste menschliche Siedlung mehrere Wegstunden
entfernt jenseits der Berge auf den Rhein zu. Hiltrud glaubte, die
Ansiedlung, deren Rauchfahnen sie gesehen hatten, vom Hörensagen zu kennen. Dort sollten jene Männer leben, die die hohen
Bäume des Schwarzwalds fällten und als Bauholz bis nach Köln
flößten. Der Fluss, dem das kleine Bächlein aus ihrem Tal zueilte,
musste die Alb sein, die bei Mühlheim in den Rhein mündete.

Der Strom war auch ihr Ziel, wie Hiltrud Marie erklärte. Sie
wollte den Wald jedoch nicht eher verlassen, als bis Gras über die
Sache mit dem Riedburger gewachsen war, und erst noch eine
Weile nach Süden wandern, um nicht an einer Stelle auf den
Rhein treffen, die von der Riedburg aus in weniger als zwei Ta-
gesritten zu erreichen war. Marie stimmte allem zu, was Hiltrud
vorschlug, denn sie war immer noch mit sich selbst beschäftigt.
Die Begegnung mit den Söldnern und ihre grauenhaften Folgen
lasteten schwer auf ihrer Seele.

Als die beiden Freundinnen nach einigen Tagen das Horn eines
Schweinehirten vernahmen, gaben sie ihre Unterkunft auf und
zogen noch tiefer in einen Wald, der immer düsterer und unweg-
samer wurde. Hie und da trafen sie auf den Unterstand eines
Schweinehirten oder Harzsammlers, wagten aber nicht, die Hütten zu benutzen, aus Angst, man könne ihre Spuren verfolgen. So
bauten sie sich abends notdürftige Windschirme aus Gestrüpp
und Birkenreisig. Hiltrud war es im Lauf ihrer Wanderung gelungen, ihren Speisezettel mit Hilfe einer Schlinge, die sie auf

Wildwechseln auslegte, zu bereichern. Es gab Hasenbraten und einmal sogar ein junges Reh, aus dessen Knochen sie zuletzt noch eine nahrhafte Suppe kochten. Obwohl Marie und Hiltrud immer besser mit dem zurechtkamen, was der Wald ihnen bot, und genug Wurzeln, Knollen und Baumschwämme fanden, um jeden Tag satt zu werden, sehnten sie sich schon bald nach einem Stück Brot. Das Verlangen steigerte sich von Tag zu Tag, bis Hiltrud von frischen Brotlaiben träumte und morgens behauptete, sie würde sich für eine Scheibe davon jedem Mann hingeben. Marie lachte sie aus, doch sie musste zugeben, dass es ihr kaum anders erging.

Obwohl sie aus lauter Angst vor dem Riedburger und seinen Söldnern allen Menschen auswichen, bestand Hiltrud immer darauf, dass sie beide die Hurenbänder trugen. Die Gefahr, ohne ihr Standeszeichen erwischt zu werden, war ihr einfach zu groß. Die Stadtbüttel pflegten allein reisende Frauen ohne Hurenbänder oft der Unzucht zu bezichtigen und nach der raschen Aburteilung durch einen willfährigen Stadtrichter zum Vergnügen der Gaffer öffentlich auszupeitschen.

Im Gegensatz zu Hiltrud hielt Marie wenig von dieser in ihren Augen übertriebenen Vorsicht, denn die gelben Bänder machten es ihrer Ansicht nach unmöglich, sich unauffällig einer der verstreut im Wald liegenden Siedlungen zu nähern und dort Vorräte einzukaufen. Sie war zu der Überzeugung gelangt, dass sie nichts mehr zu befürchten hatten, denn weder Siegward von Riedburg noch einer seiner Männer würde sie auf den ersten Blick erkennen. Ihre hellen Haare hatten sie mit dem Absud von Pflanzen und Baumschwämmen dunkel gefärbt. Auch wirkten ihre Gesichter durch das stetige Einreiben mit Pflanzensäften so braun wie die von Südländerinnen.

Als sie das im nördlichen Schwarzwald gelegene Schönmünztal hochstiegen und von der Höhe der Hornisgrinde hinab bis zum Rhein blickten, beschloss Marie, wieder unter Menschen zu gehen. Sie waren schon seit einigen Tagen einem gebahnten Pfad gefolgt, der frischen Fußspuren nach zu urteilen häufiger benutzt wurde, und Marie hoffte, er würde sie zu einem Städtchen oder vielleicht sogar zu einem Wallfahrtsort bringen. Sie war bereit, ein Risiko einzugehen und die Torwachen mit einem Schilling zu bestechen, nur um einkaufen gehen zu können.

Als die Dächer eines größeren Ortes vor ihnen auftauchten, gab Hiltrud nach, doch da sie fürchtete, sie würden zu zweit zu sehr auffallen, wollte sie im Wald nahe der Stadt auf Marie warten. So deckte Marie zu Hiltruds Missfallen die Hurenbänder an ihrer Kleidung mit dem fadenscheinigen Tuch ab, in das sie sonst ihre Besitztümer schlug, und steckte nur eine Hand voll Münzen ein, um Brot und Vorräte zu kaufen.

Hiltrud umkreiste ihre Freundin dabei wie eine Glucke. »Mir ist nicht wohl dabei. Was ist, wenn du belästigt wirst oder Leuten des Riedburgers direkt in die Arme läufst?«

Marie winkte lachend ab. »Er wird wohl kaum nach einer schmutzigen Vettel mit braunen Haaren suchen. Hiltrud, sieh doch ein, dass wir etwas anderes essen müssen als wildes Gemüse und Baumschwämme. Und wenn wir uns nicht bald neue Kleider nähen, werden wir nackt herumlaufen müssen, denn die Fetzen, die wir jetzt tragen, fallen uns ja schon vom Leib. Wenn wir in solchen Lumpen an den Rhein kommen, schaut uns kein Mann mit voller Börse auch nur von ferne an.«

»Da hast du schon Recht, aber …«

»Kein Aber, Hiltrud«, unterbrach Marie ihre Freundin. »Mach du es dir hier bequem. Ich gehe allein weiter.«

Hiltrud ließ die Schultern hängen. »Also gut, wenn du nicht auf meinen Rat hören willst, dann geh in Gottes Namen«

Der Ort, dem sie sich näherte, war größer, als sie erwartet hatte. Auf der sanft abfallenden Westflanke eines Berges erbaut, überragten dunkle Holzhäuser mit bis zum Boden reichenden Rieddächern die auf halber Höhe errichtete Stadtmauer. Das größte

Anwesen im Ort war eine Herberge, die mit einem weithin sichtbaren Schild die Reisenden grüßte. Das wuchtige Gebäude unterstrich die Bedeutung der Handelsstraße, bei der es sich um jene handeln musste, die vom Rhein über die letzten Höhen des Schwarzwalds und weiter über Nagold bis nach Stuttgart führte. Vor der Herberge waren Stoffdächer von Ständen zu erkennen, mit denen Händler ihre Waren vor Sonne und Regen schützen. Marie atmete auf. Wie es aussah, wurde an diesem Tag Markt abgehalten.

Als sie sich dem Tor näherte, klopfte Maries Herz zum Zerspringen. Die Wachen wiesen sie jedoch nicht sofort ab. Einer von ihnen bückte sich und zupfte Marie an einem vorwitzigen gelben Band, das aus dem Tuch gerutscht war, und verlangte gleich vier Pfennige Torsteuer. Als Marie ihn empört ansah, deutete er auf die Wachstube und machte eine eindeutige Bewegung.

Marie wusste, welche Probleme sie bekam, wenn sie sich den Eintritt in die Stadt erhuren würde, und setzte eine verbissene Miene auf. »Ich will zum Markt, um Brot zu kaufen.«

Die Miene des Torwächters verriet, dass er sein Angebot nicht ernst gemeint hatte, es aber trotzdem bedauerte, dass sie es nicht angenommen hatte. Zu Maries Erleichterung wies er sie nicht ab, sondern gab sich mit drei guten Pfennigen zufrieden und wünschte ihr sogar noch einen schönen Tag und Gottes Segen.

Marie schob das Band unter ihr Tuch und schritt, so schnell es die dicht bevölkerte Straße zuließ, auf den Marktplatz zu. Sie beruhigte sich erst, als sie in die Gassen zwischen den Ständen und Karren eintauchte und all die schönen Dinge sah, die sie schon so lange vermisst hatte. Zumeist wurde hier das verkauft, was der Wald den Menschen lieferte, von Spanschachteln angefangen über geschnitzte Löffel und Becher bis hin zu den geräucherten Schinken der Schweine, die in den tieferen Lagen des Schwarzwalds geweidet wurden. An einem Stand wurden jedoch auch

Messer, Beile, Kochkessel aus Eisen und Kupfer und an einigen anderen verschiedene Tuche angeboten.

Nach der langen, einsamen Zeit im Wald fiel es Marie schwer, sich unter Menschen zu bewegen. Sie zuckte jedes Mal zusammen, wenn in ihrer Nähe eine laute Stimme erklang, da sie glaubte, es würde ihr gelten. Erst nach einer Weile begriff sie, dass sich kein Mensch für sie interessierte. Nun wagte sie es, auf einen Marktstand zuzutreten und einen Blick auf die ausgestellte Ware zu werfen. Der Verkäufer starrte abschätzend auf den Beutel an ihrem Gürtel und wieselte mit eifriger Miene auf sie zu.

»Ein Tuch aus Flandern gefällig, Jungfer? Wie gewirkt, um einen schmucken Bräutigam zu bekleiden.« Dabei hielt er ihr ein Stück Stoff unter die Nase.

Maries Vater hatte unter anderem auch mit wertvollen Stoffen gehandelt, und daher erkannte sie auf den ersten Blick, dass das Tuch aus viel zu dünnen Fäden bestand und schlecht gewebt war. Der Preis, den der Mann dafür verlangte, war unverschämt. Sie schüttelte den Kopf und eilte weiter. Der Händler sah ihr ärgerlich nach, begrüßte dann aber die nächste Frau, die seinem Stand zu nahe kam.

Marie wusste nicht genau, wie lange Hiltrud und sie im Wald gelebt hatten. Dem Obst und Gemüse zufolge, das auf einem anderen Teil des Marktes angeboten wurden, mussten es Wochen gewesen sein. Es gab Kirschen, Birnen und bereits die ersten Frühpflaumen, die man in der Rheinebene gezogen und hierher gebracht hatte. Marie lief das Wasser im Mund zusammen. Noch widerstand sie der Versuchung, doch als sie einige Schritte weiter einen Stand mit Bratwürsten entdeckte, war es um ihre Selbstbeherrschung geschehen. Sie kaufte sich gleich vier Stück und suchte sich dann eine stille Ecke, um sie dort zu essen. Dabei kam sie sich fast wie eine Verräterin an Hiltrud vor. Nachdem sie die Würste gegessen und sich das Fett von den Fingern geleckt hatte, raffte sie sich auf und besorgte erst einmal die Dinge, die sie am nötigsten brauchten. Innerhalb kurzer Zeit erstand sie zwei Laibe Brot, ein Stück Schinken, Nähnadeln und Zwirn, dazu zwei Stücke Stoff, aus denen Hiltrud und sie sich neue Kleider nähen konnten, und schließlich ein großes Schultertuch, in dem sie die Einkäufe verstauen konnte.

Zunächst blieb Marie recht wortkarg und beschränkte sich darauf, nur die nötigsten Dinge zu sagen. Als sie jedoch auf einen freundlich lächelnden Weinverkäufer zutrat, der sie wortreich, aber ohne Anzüglichkeiten begrüßte, ließ sie sich die eben erstandene Kanne mit Rheinwein füllen und sprach ihn an. »Guter Mann, könnt Ihr mir sagen, was es Neues gibt?«

»Sehr viel«, antwortete er lachend. »Was willst du denn wissen, Frau?«

»Was ist mit diesem Konzilium in Konstanz? Sind die edlen Herren schon zusammengekommen?«

Der Mann schüttelte den Kopf. »Wo denkst du hin? Ehe Fürsten und Bischöfe sich treffen, gibt es doch allerlei zu bedenken. Die machen sich nicht wie unsereins sofort auf den Weg, sondern tauschen Botschaften aus und treffen allerlei Abkommen, denn sie trauen einander nur selten. Dann schicken sie Leute voraus, die die Herbergen unterwegs inspizieren, Anweisungen für die Aufnahme ihrer Herren geben und passende Unterkünfte vor Ort suchen müssen. Das ist eine sehr schwierige Sache, Frau, denn der Kaiser darf nicht schlechter wohnen als der Papst oder umgekehrt und ein Bischof nicht schlechter als ein Fürst oder Graf. Bis das alles geregelt ist, gehen viele Monate ins Land.«

Der Mann schien sich gerne reden zu hören, denn er erklärte Marie lang und breit, wer von den hohen Herren alles nach Konstanz kommen würde. Marie schwirrte bald der Kopf von all den Namen. Neben den Herren und Würdenträgern aus dem Reich sollten auch viele fremde Edelleute und Kirchenmänner kommen, aus dem fernen Schottland ebenso wie aus Spanien und Italien. Er berichtete Marie auch von den Vorbereitungen, die in

Konstanz für dieses große Ereignis getroffen wurden. Besonders gut schien er ihre Heimatstadt allerdings nicht zu kennen, denn sie konnte sich weder an goldene Dächer noch an Straßen mit silbernen Pflastersteinen erinnern. Auch lag Konstanz auf keiner Insel im Bodensee, der den Worten des Händlers zufolge so groß sein sollte wie ein Ozean.

»Der Heilige Vater wird mit dem Schiff direkt von Rom aus dorthin fahren«, erklärte der Mann mit verklärten Augen und schwärmte Marie von der Pracht der Prunkbarke des Papstes vor. Da unterbrach Marie den Weinhändler und erkundigte sich nach den letzten Fehden zwischen adligen Häusern.

Der Weinhändler überlegte kurz. »Wohl, wohl, da gab es im Frühjahr eine große Fehde zwischen den Herren der Riedburg und der Sippe auf Büchenbruch. Das war eine üble Sache, sage ich dir. Der alte Siegbald hatte seinen ältesten Sohn Siegward heimlich an den Rhein geschickt, um Söldner und jene Teufelsdinger zu besorgen, die man Kanonen nennt. Das sind schreckliche Ungeheuer aus Metall, deren Gebrüll Mauern einstürzen und die Herzen mutiger Männer erstarren lässt. Der Riedburger muss ein Vermögen dafür ausgegeben haben, doch es hat ihm nichts genutzt. Noch während sein Sohn in der Ferne weilte, griff Lothar von Büchenbruch im kühnen Handstreich die Riedburg an und eroberte sie. Als Junker Siegward mit seinen Söldnern und Metallungeheuern die Stammburg seiner Väter erreichte, stellte der Büchenbrucher ihm eine Falle. Der junge Riedburger wollte sich jedoch nicht ergeben und griff den Feind aus aussichtsloser Lage an. Er selbst, sein Bruder Siegerich und die meisten seiner Söldner haben den Kampf nicht überlebt.«

Marie verfolgte den Bericht des Mannes mit offenem Mund. Wenn das stimmte, dann hatten Hiltrud und sie sich umsonst in den Wäldern verkrochen. Da sie den Weinhändler jedoch für einen argen Aufschneider hielt, nahm sie sein Geschwätz nicht für bare Münze. Sie dankte ihm für seinen Bericht und zog mit dem vollen Weinkrug in der Linken und dem Bündel mit dem Rest des Einkaufs auf dem Rücken weiter. Bei einem aufdringlichen Posamentenhändler kaufte sie ein Stück in ihren Augen völlig nutzloser Borte und fragte ihn nach der Riedburger Fehde. Der Mann berichtete ihr bereitwillig und ohne es groß auszuschmücken, was er darüber wusste. Wie es aussah, hatte der Weinhändler in diesem Punkt nicht übertrieben. Die Riedburg war tatsächlich von Frau Mechthilds Verwandten erobert worden, und die beiden ältesten Söhne des Herrn von Riedburg waren nicht lange nach der Ermordung von Gerlind, Berta und Märthe im Kampf gefallen. Der Händler wusste sogar, dass der berühmte Büchsenmeister Gilbert Löfflein diesen Feldzug ebenfalls nicht überlebt hatte.

XI.

Es war schon spät am Nachmittag, als Marie mit schwirrendem Kopf zu Hiltrud zurückkehrte. Sie fand ihre Freundin äußerst besorgt und verärgert vor.

»Musstest du mich so lange warten lassen? Ich habe schon befürchtet, du seiest den Riedburger Söldnern in die Hände gefallen, und bin vor Angst um dich tausend Tode gestorben.«

Marie warf lachend die Haare in den Nacken. »Ich habe keinen Söldner gesehen. Und wenn einer da gewesen wäre, hätte er sich kaum um mich gekümmert – selbst wenn er mich erkannt hätte. Hiltrud, weißt du, dass wir umsonst wochenlang im Wald gehaust haben? Siegward von Riedburg, sein Bruder Siegerich, der Büchsenmeister Gilbert und mehr als die Hälfte der Kerle, die uns missbraucht und unsere Gefährtinnen umgebracht haben, sind tot. Sie sind in eine Falle der Büchenbrucher geraten und im Kampf gestorben.«

Hiltrud starrte Marie an, als könne sie ihre Worte nicht begreifen. »Wiederhol das noch einmal.«

Marie berichtete ihr, was sie auf dem Markt gehört hatte, und beteuerte, mit zwei verschiedenen Leuten darüber gesprochen zu haben. Hiltrud schüttelte mehrmals verwundert den Kopf und fing zuletzt schallend an zu lachen.

»Ich sagte dir doch, dass Gott uns Huren lieber hat, als die Pfaffen es uns weismachen wollen. Selten wurden die Schuldigen schneller und gründlicher bestraft als in diesem Fall.«

»Mich ärgert nur, dass wir uns wochenlang versteckt gehalten haben, hungern mussten und aus Angst vor wilden Tieren des Nachts kaum zu schlafen wagten.«

Hiltrud umarmte sie lachend. »Dummchen! Das ist ein geringer Preis für die Freiheit und das Leben. Außerdem können wir es uns jetzt von dem Geld des Riedburgers wohl ergehen lassen. Zeig mal, was du gekauft hast. Meine Zunge und mein Magen sehnen sich nach anderen Dingen als gekochten Selleriewurzeln und Baumschwämmen.«

Marie fiel in das Gelächter ein und packte ihre Einkäufe aus. Hiltrud fielen beim Anblick der Brote und des Schinkens beinahe die Augen aus dem Kopf. Noch mehr freute sie sich über den goldenen Rheinwein. Während Marie ihr freiwillig den größten Teil des erfrischenden Getränks überließ, beeilte sie sich, um etwas von dem Schinken abzubekommen. Hiltrud verschlang ihn nämlich ohne Brot und hörte nicht eher auf, bis das letzte Stück gegessen war. Dann wischte sie sich den fettigen Mund ab und lächelte zufrieden.

»Es ist also wahr? Wir brauchen uns vor Siegward von Riedburg wirklich nicht mehr zu fürchten?«

»Höchstens als Gespenst.« Maries Scherz kam bei ihrer Freundin schlecht an.

»Über so etwas spottet man nicht. Mir reicht schon, dass mir Gerlind jede Nacht im Traum erscheint und sagt, wie Leid es ihr täte, uns verraten zu haben.«

»Im Nachhinein kann es einem leicht Leid tun, aber da ist es meistens zu spät. Gerlind hat ihren Weg selbst gewählt und uns beinahe mit ins Verderben gerissen.«

Marie schenkte sich Wein ein und starrte nachdenklich in die honiggelbe Flüssigkeit. Obwohl ihr der Mord an den drei Frauen zunächst weitaus näher gegangen war als Hiltrud, kam sie nun besser darüber hinweg. Hiltrud träumte in den Nächten immer wieder von ihren ehemaligen Gefährtinnen und erlebte deren Schicksal hautnah mit. Die einzigen Gesichter aus ihren Albträumen, an die Marie sich am Morgen erinnern konnte, waren die von Ruppertus und den Männern, die sie in Konstanz vergewaltigt hatten.

Hiltrud kannte Marie so gut, dass sie bestimmte Gedanken von ihrem Gesicht ablesen konnte. »Du denkst schon wieder an deinen ehemaligen Bräutigam! Lass es doch endlich sein. Ich glaube, für dich wäre es besser gewesen, wenn du nichts über den Tod Siegwards von Riedburg erfahren hättest. Dann würdest du nämlich aus lauter Angst vor ihm die alte Geschichte vergessen.«

Das klang nicht sehr freundlich, doch Marie war ihrer Freundin deswegen nicht böse. Sie versuchte schon seit langem, ihre Pläne für sich zu behalten, denn Hiltrud war der Meinung, dass Rache das Spielzeug der hohen Herren war und nichts für ihresgleichen. Marie konnte ihre Auffassung nicht teilen. Wenn es einen gerechten Gott im Himmel gab, würde er ihr eine Waffe gegen Ruppert in die Hand geben. Diese Hoffnung war ihr Lebensinhalt. In diesem Licht erschien ihr das erbeutete Gold wie ein Geschenk des Himmels. Denn jetzt hatte sie endlich genug Geld, um einen Meuchelmörder dingen zu können. Es tat ihr nur Leid, dass sie mit Hiltrud nicht darüber reden konnte.

Der Weinkrug war inzwischen leer, und da Hiltrud so ein starkes Getränk nur selten zu kosten bekommen hatte, sank ihr der Kopf in den Schoß. Marie erging es nicht viel besser. Schwerfällig standen sie auf, suchten sich ein Versteck in dichtem Gebüsch und verschliefen den Rest des Nachmittags und die ganze Nacht bis in den hellen Morgen.

Als sie schließlich erwachten, klagte Hiltrud über starke Kopfschmerzen. So suchten sie als Erstes wilde Minze, Kamillenkraut und Mohnblüten und brauten sich daraus einen Trank, der die Folgen des Weines vertreiben sollte. Als es ihnen besser ging, beratschlagten sie, was sie jetzt tun sollten. Da die Riedburger keine Gefahr mehr darstellten, konnten sie endlich zum Rhein hinunterwandern und ihr Gewerbe wieder aufnehmen. Doch dazu mussten sie ihre äußere Erscheinung in Ordnung bringen.

Hiltrud lobte Marie, weil sie an Stoff und Nähzeug gedacht hatte, kritisierte sie aber noch im gleichen Atemzug, weil sie nicht versucht hatte, an gelben Stoff zu kommen oder weiße Bänder zu kaufen, die sie selbst hätten einfärben können. Die alten, verschlissenen Hurenbänder würden sich an den neuen Kleidern etwas seltsam ausnehmen. Hiltrud trennte sie von den alten Röcken ab, frischte sie mit einem Absud aus Gelbwurz und Löwenzahn auf und hing sie zum Trocknen an ein paar Zweige. Dann schnitten sie in Ermangelung einer Schere die gekauften Stoffe mit Maries Messer zurecht und nähten eifrig. Für Maries Kleid nahmen sie das blaue Leinen, während Hiltrud sich für den ockerfarbenen Wollstoff entschieden hatte. Obwohl sie mit primitiven Hilfsmitteln auf ihren Decken arbeiten mussten, stellte das Ergebnis ihrer Nähkünste sie mehr als zufrieden. Jetzt konnten sie sich wieder sehen lassen, ohne für Pfennighuren vom Schlage Bertas gehalten zu werden. Hiltrud hatte sogar für das Stück Borte Verwendung gefunden und damit Maries Ausschnitt verziert. Dort sollte sie ihren Worten zufolge die Männerblicke magnetisch auf die beiden Alabasterhügel lenken, die sie umrahmte.

Während des Nähens hielt Marie inne und betrachtete Hiltruds Frisur. Deren vor einiger Zeit dunkel gefärbten Haare waren bereits nachgewachsen und leuchteten an den Ansätzen gewohnt hellblond. Nachdenklich zog sie eine ihrer schmutzig braun aussehenden Haarsträhnen vor das Gesicht. »Was sollen wir damit tun, noch mal färben oder versuchen, den Dreck wieder herauszuwaschen?«

»Ich bin fürs Auswaschen«, antwortete Hiltrud, die auf ihr helles Haar stolz war und es nur aus Angst vor den Riedburgern dunkel gefärbt hatte.

»Dann sollten wir gleich damit anfangen. Ich will als die Marie an den Rhein kommen, die man dort kennt.« Marie nahm den Topf und eilte zum Bach, um Wasser zu holen.

Da ihnen das Wetter hold blieb und sie sich keine Zuflucht bauen mussten, dauerten ihre Vorbereitungen nur drei Tage, in denen sie ihre Haare zumeist in Bleichwurzsud getauchte Tücher gewickelt hatten. Zuletzt nähte Hiltrud die gelben Bänder an die Röcke beider Kleider, während Marie mit traurigem Blick zusah.

»Ohne Bänder sah das Kleid viel schöner aus«, seufzte sie.

Hiltrud gab ihr einen sanften Nasenstüber. »Los, keine Müdigkeit vorschützen! Pack deine Sachen. Ich möchte heute noch aufbrechen.«

Marie schien auf diese Aufforderung gewartet zu haben, denn sie hatte ihr Bündel ausnahmsweise schneller geschnürt als ihre Freundin und sah ihr dann ungeduldig zu. Hiltrud beeilte sich und trällerte sogar ein kleines Liedchen, während sie der untergehenden Sonne nach Westen folgten. Das Wetter blieb schön, und da die einbrechende Nacht von einem hellen Vollmond erleuchtet wurde, kamen sie gut vorwärts. Hiltrud hoffte, innerhalb von zwei Tagen den Rhein in der Höhe von Diersheim zu erreichen. Von dort war es nur noch ein Katzensprung bis Straßburg, in dessen Hafen saubere und umtriebige Huren für eine Weile ein gutes Auskommen finden konnten. Dort hofften sie, Material für zwei Zelte kaufen zu können, damit sie, wenn sie weiterwanderten, ein Dach über dem Kopf hatten.

Marie hörte Hiltrud geduldig zu, die lang und breit die großen Märkte aufzählte, die in diesem Jahr noch stattfanden, und über ihre Aussichten spekulierte, genug Geld für den Winter zu verdienen. Gleichzeitig überlegte sie, wie sie es anfangen sollte, in Straßburg einen Mann zu finden, der bereit war, für eine gewisse Summe gemünzten Goldes Rupperts Leben zu beenden. Sie war sich nicht sicher, wie sie vorgehen sollte, denn sie wollte ihr Geld nicht wieder an jemanden verlieren, der ihr das Blaue vom Himmel versprach und sich mit der Anzahlung aus dem Staub machte.

Die letzte Wegstrecke von Diersheim nach Straßburg brauchten Marie und Hiltrud nicht zu Fuß zurückzulegen, denn sie trafen auf Rheinschiffer, die Hiltrud als ehrliche Burschen kannte und die sie einluden, auf ihrem Kahn mitzufahren. Es war angenehm, auf zwei Warenballen sitzend zusehen zu können, wie die Pferde das Schiff an einer langen Leine vom Treidelpfad am Ufer aus stromaufwärts zogen. Geschickt zurechtgestutzte Weiden am Weg spendeten den Tieren Schutz vor den sengenden Strahlen der Sommersonne. Es war so heiß, dass einem die Zunge am Gaumen klebte, und Marie lobte Hiltrud für ihre Idee, ihre Weinkanne in Diersheim mit säuerlichem, halb mit Wasser verdünntem Wein füllen zu lassen.

Bald sahen sie den mächtigen Turm des Straßburger Münsters über der flachen Flussaue aufragen. Bei Robertsau löste das Schiff die Treidelleinen, querte den Rhein und bog in die Ill ein, auf der es unter dem Staken der Schiffer in weniger als einer halben Stunde nach Straßburg fuhr. Der Hafen lag außerhalb der Stadtmauer, war aber durch kleine Kanäle mit den großen Stapelhäusern und Handelskontoren verbunden. Die Schiffer hatten Waren für einen der großen Handelsherren geladen und fuhren weiter, nachdem sie dessen Kommis im Hafen an Bord genommen hatten. Marie und Hiltrud verabschiedeten sich von ihnen und sprangen während der Fahrt über die Bordwand ans

Ufer. Ein paar johlende Matrosen fingen sie drüben auf. Einer wollte Marie sofort mit in ein nahes Gebüsch mitnehmen. Seine Lust war jedoch größer als sein Geldbeutel, und so wand sie sich lachend von ihm los.

Die beiden Frauen schlenderten nun durch den Hafen und betrachteten die vielen Kähne, die hochbordigen Aaken und die zahllosen Flöße, die am Kai festgemacht hatten oder auf das lehmige Ufer gezogen worden waren. Hier wurden Waren aus aller Herren Länder umgeschlagen. Marie sah Holländer in weiten Hosen und gestreiften Hemden, die widerspenstigen Haare unter dunklen Filzkappen gebändigt, Händler aus dem Rheinland mit eng anliegenden Strumpfhosen, die ihre Männlichkeit schamlos betonten, Männer aus dem Schwarzwald in dunklen Kitteln und mit breitkrempigen Hüten auf dem Kopf sowie Leute in den Trachten des Hochrheingebiets und des Bodensees. Es waren nur wenige ehrbare Frauen zu sehen, meist Reisende höheren Standes, und eine Anzahl von Huren, die die neu eingetroffene Konkurrenz mit unfreundlichen Blicken empfingen.

Hiltrud störte sich nicht an der ablehnenden Haltung ihrer Konkurrentinnen. Sie war daran gewöhnt und wusste, dass man sie nach wenigen Tagen im Kreis der hiesigen Hafenhuren akzeptiert haben würde. Dann würden sie ihrerseits fremde Hübschlerinnen mit scheelen Blicken begrüßen. Von einem früheren Aufenthalt kannte sie eine Herberge, die von anständigen Bürgern gemieden wurde, aber jedem eine Unterkunft bot, der im Voraus bezahlen konnte.

Sie lag etwas abseits vom Hafen an einem versumpften, mit Abfällen gefüllten Kanal, der bestialisch stank. Als sie daran entlanggingen, hielt Marie sich ein Tuch vor den Mund, während Hiltrud sie verspottete und eine Zimperliese nannte. Als sie schließlich das windschiefe Gebäude erreichten, bedauerte Marie es, so empfindliche Sinne zu haben, und wünschte sich, Bertas Gleichmut zu besitzen. Der hätte es gewiss nichts ausgemacht, in einem

Haus unterzukommen, gegen das ein Schweinestall noch sauber genannt werden konnte. Doch das abstoßende Haus war die einzige Herberge weit und breit, die auch Wanderhuren Unterschlupf bot.

Hiltrud öffnete die schwere Eichenholztür, die von innen mit mehreren Querbalken gesichert werden konnte. Wer gegen den Willen des Wirtes hier einzudringen versuchte, würde einen Rammbock benötigen. Von innen wirkten die Mauern massiv, und die wenigen Fenster waren so klein, dass gerade mal ein Kind den Kopf hindurchstecken konnte. Das machte den Flur so düster, dass man kaum die Hand vor Augen sehen konnte. Nur die Kälte unter ihren Fußsohlen verriet Marie, dass der Boden mit Steinplatten belegt war.

Kaum waren sie eingetreten, wurde eine Tür aufgerissen. Ein Mann steckte zuerst eine Lampe und dann den Kopf heraus. Einen Augenblick starrte er sie an, als wolle er sie ausziehen. Dann grinste er und schien im Geiste schon die Geldstücke zu zählen, die er ihnen abnehmen konnte.

»Wir brauchen eine Unterkunft für mehrere Tage, aber eine Kammer für uns zwei allein«, erklärte Marie dem Mann, der Hemd und Schürze mindestens seit dem letzten Herbst nicht mehr gewechselt hatte.

»Aber natürlich«, spottete der Wirt. »Mit was willst du zahlen? Fang gar nicht an, deinen Rock zu heben. Meine Zimmer sind teurer als zwei Hurenlöcher. Von eurer Sorte könnte ich so viele haben, dass ich schon einen Knüppel aus Eichenholz bräuchte, um sie alle benutzen zu können.«

Hiltrud warf lachend den Kopf in den Nacken. »Lieber Martin, du glaubst doch nicht, dass ich so etwas wie dich an mich heranlasse? Da würde ich lieber draußen am Kanal schlafen. Aber unser letzter Freier war sehr großzügig.« Sie ließ dabei einen rheinischen Guldengroschen in der Hand aufblitzen.

Die Augen des Wirts nahmen beim Anblick der großen Silbermünze einen raffgierigen Ausdruck an. »Ihr müsst wirklich reich belohnt worden sein, um so ein prachtvolles Stück für eine Unterkunft für ein paar Nächte ausgeben zu können.«

»Für ein paar Wochen, Martin, für ein paar Wochen«, korrigierte Hiltrud ihn lächelnd.

»Eine Woche, mehr nicht.«

Hiltrud schob ihre Unterlippe vor. »Einigen wir uns auf vierzehn Tage, Martin. Damit hast du deinen Gewinn und wir keinen Verlust.«

Der Mann nickte zögernd. »Also gut, ein Zimmer für euch für zwei Wochen, aber ohne Verpflegung.«

Ehe Hiltrud etwas sagen konnte, stimmte Marie dem Handel zu, denn in diesem Haus würde sie keinen Bissen über die Lippen bringen können. Ihr graute schon davor, zwei Wochen lang hier hausen zu müssen. Sie war daher froh, als Hiltrud ihr nach einer kurzen Besichtigung der Giebelkammer, in die der Wirt sie einquartierte, vorschlug, zum Hafen zurückzukehren.

»Ihr bringt mir aber keine Kerle mit ins Haus, sonst wird noch einmal ein Silbergulden fällig«, rief der Wirt hinter ihnen her.

Hiltrud winkte verächtlich ab und raunte Marie zu, dass sie ihre Freier ohnehin nicht in diese Wanzenburg bringen könnten. »Wir suchen zuerst etwas Reisig, um die Kammer zu fegen. Die Strohsäcke schmeißen wir hinaus und kaufen Binsen, auf die wir unsere Decken legen. Das muss zum Schlafen erst einmal reichen. Dann gehen wir in die Stadt, suchen den Tuchmarkt auf und besorgen uns Leinen für zwei neue Zelte und alles, was wir sonst noch dazu benötigen. Wenn wir dem Torwächter ein paar Pfennige in die Hand drücken, lässt er uns bestimmt ein.«

Marie nickte zu allem, ohne ein Wort zu sagen, denn sie hielt sich ein Tuch mit jener scharf riechenden Tinktur vor die Nase, die sie sonst an einer anderen Körperstelle zum Einreiben benutzte. Als sie einem Mann ausweichen wollte, der vor der Herberge auf und ab ging, drehte dieser sich um und hielt sie am Arm fest.

»Marie! Was bin ich froh, dich gefunden zu haben. Als ich dich vorhin am Hafen sah, hätte ich dich beinahe nicht erkannt. Ja, ich wollte meinen Augen kaum trauen, denn ich hätte nie zu hoffen gewagt, dich so schnell wiederzufinden, und das ausgerechnet heute, an einem für mich so wichtigen Tag.«

Marie starrte den Mann fragend an. Für einen Augenblick hatte sie Angst gehabt, er wäre einer der Riedburger Söldner, der von ihrem gestohlenen Geld wusste und es ihr abnehmen wollte. Die wasserhellen Augen drückten jedoch eine andere Gier aus als die nach Gold. Das magere Gesicht mit der scharf geschnittenen Nase und dem dünnlippigen Mund kam ihr bekannt vor, doch ihr wollte nicht einfallen, woher sie diesen Mann kannte. Eine Bewegung seines Kinns und der Laut, den er dabei ausstieß, brachten sie schließlich auf die richtige Spur.

»Jodokus!«

Es war tatsächlich der Schreiber aus Arnstein, der davongelaufene Mönch, der das Testament zerstört haben musste. Er sah jedoch ganz anders aus, als sie ihn in Erinnerung hatte. Eng anliegende dunkelgrüne Strumpfhosen bekleideten seine Beine, wobei sein Gemächt wie das eines Bullen vorsprang. Jodokus musste die bestickte Schamkapsel kräftig ausgestopft haben, denn nach dem, was Marie von Hiltrud gehört hatte, war er von der Natur nicht gerade üppig bedacht worden. Auch sonst machte er nicht den Eindruck eines armen Mannes, denn er trug einen noch recht neu wirkenden, kurzen Mantel aus hellbraunem Wollstoff, der knapp unter dem Gesäß endete und dessen geschlitzte Ärmel bunt unterfüttert waren. Seinen Kopf bedeckte ein runder Hut mit einer roten Feder, unter dem dunkelblonde, angegraute Strähnen hervorlugten. Der Unterschied zwischen dem Bürger, der vor ihr stand, und dem hageren Mönch, den sie in Arnstein kennen gelernt hatte, war so groß, dass Ritter Dietmars Leute wohl achtlos an dem Mann vorbeigegangen wären.

Jodokus zog sie eng an sich, so dass sein übel riechender Atem ihr ins Gesicht blies, und presste seinen Unterleib gegen den ihren. »Du hast mich also nicht vergessen, meine Schöne, ebenso wenig wie ich dich. Wie oft schmerzten meine Lenden, wenn ich an dich dachte. Endlich wird meine Sehnsucht nach dir gestillt werden.«

Der denkt doch nicht etwa, ich würde mit ihm ins Bett gehen?, fragte Marie sich entsetzt. Sie erinnerte sich nur allzu gut daran, wie dieser Kerl Ritter Dietmar und Frau Mechthild betrogen hatte, und wollte ihm schon ihre Verachtung ins Gesicht schleudern. Doch da kam ihr ein Gedanke, der ihr im ersten Augenblick so abwegig erschien, dass sie am liebsten laut herausgelacht hätte.

Jodokus musste ebenfalls zu Rupperts Handlangern gehören, denn wer außer dem Magister und seinem feinen Halbbruder hätte Interesse daran gehabt, das auf Burg Arnstein verwahrte Testament Ritter Otmars vernichten und die Kopie aus dem Kloster St. Ottilien stehlen zu lassen? Wenn sie sich nun bei dem ehemaligen Mönch einschmeichelte und ihn gewähren ließ, kam sie vielleicht auf diesem Weg an ihren Todfeind heran. Sie wehrte Jodokus' Vertraulichkeiten daher nicht ab, sondern ließ kichernd zu, dass seine Finger ihre Brüste berührten.

»Du weißt gar nicht, wie sehr ich Ritter Dietmar beneidet habe, weil er sich an deiner Schönheit und deinem Körper erfreuen konnte, während ich in meiner Kammer vor Verlangen nach dir fast verging.« Der Mann stöhnte lüstern auf, doch auf seinen Lippen spielte ein hämisches Lächeln, so als denke er an den Tort, den er seinem ehemaligen Herrn angetan hatte.

Das bestärkte Marie in ihrem Vorhaben, Jodokus zu umgarnen und sich ihm hinzugeben, bis sie alles erfahren hatte, was er über Rupperts Umtriebe und seine Helfershelfer wusste, auch wenn es sie allein bei dem Gedanken schüttelte, einen solch unsauberen Kunden an sich heranzulassen, und sie schwor sich, ihn für jede

Berührung zahlen zu lassen, wenn auch weniger mit Geld als mit Informationen.

»Ihr seht so ganz anders aus, als ich Euch in Erinnerung habe, Bruder Jodokus«, antwortete sie mit einem schmelzenden Lächeln, dem man nicht ansah, wie viel Überwindung es sie kostete.

Jodokus hob warnend die Hand und strich ihr über die Wange. »Ich bin kein Mönch mehr und habe diesen Namen mit meiner Kutte abgelegt. Jetzt nenne ich mich Ewald von Marburg und bin, wie ich betonen möchte, ein wohlhabender Mann. Bald werde ich sogar reich sein und kann dir all deine Wünsche erfüllen, seien es schöne Kleider, Schmuck oder gar ein eigenes Haus.«

Bei jedem anderen Freier hätte Marie solche Worte für Aufschneiderei gehalten. Jodokus aber meinte es ernst, das verrieten seine Haltung und der übermäßige Stolz, der sich auf seinem Gesicht abzeichnete. Der Verrat an Ritter Dietmar und andere Dienste, die er Ruppert geleistet haben musste, hatten aus einem armen Mönch, der keinen Haller Pfennig sein Eigen nannte, einen gut betuchten Bürger gemacht. Marie fragte sich, ob der verräterische Mönch eine neue Schandtat im Dienst Rupperts ausführen sollte. Wenn es so war, wollte sie es erfahren. Vielleicht machte Ruppert einen Fehler oder übernahm sich, und ein paar Worte an der richtigen Stelle reichten aus, um ihn zu Fall zu bringen.

Während Marie sich neuen Hoffnungen hingab und sich derweil von Jodokus betätscheln ließ, wunderte sich Hiltrud, die nicht weit von ihr auf sie wartete, über das Verhalten ihrer Freundin. Marie hatte ihr oft genug erklärt, wie sehr sie den verräterischen Mönch verabscheute, und jetzt benahm sie sich so schamlos, als hätte sie einen teuren alten Freund wiedergefunden und wollte möglichst schnell mit ihm hinter dem nächsten Busch verschwinden. Sie räusperte sich mehrmals, bis Marie auf sie aufmerksam wurde. Aber die Freundin winkte ihr, zu verschwinden. Verärgert drehte Hiltrud sich um und ging, nahm sich aber vor, sie später am Abend zur Rede zu stellen.

Jodokus legte seinen Arm Besitz ergreifend um Marie und deutete auf die Stadt. »Ich habe noch ein paar Stunden Zeit. Die sollten wir besser nutzen, als uns an diesem stinkenden Kanal zu unterhalten. Meine Herbergswirtin hat bestimmt nichts dagegen, wenn ich dich mit auf meine Kammer nehme.«

»Ich gehe nicht mit jedem mit, und vor allem nicht ohne Lohn.« Marie bemühte sich um einen neckischen Tonfall, der halb versprechend und halb fordernd war. Jodokus ging sofort darauf ein.

»Du wirst mehr von mir erhalten als die paar Schillinge, die du sonst verdienst, meine goldene Schönheit. Viel mehr! Wenn du bei mir bleibst, wirst du keinem anderen Mann mehr deine Schenkel öffnen müssen und den schönsten Schmuck tragen …«

»Im Bett?«, fragte Marie spöttisch.

Der Gedanke schien ihm zu gefallen. »Ja, auch dort. Aber du wirst dich noch ein wenig gedulden müssen, bevor die goldenen Dukaten in deinen Schoß rollen. Ich werde heute Abend ein wichtiges Gespräch führen, das mir sehr viel Geld einbringen wird.«

Jodokus plant tatsächlich eine neue Gemeinheit, fuhr es Marie durch den Kopf. Sie ließ sich von ihm an die Hand nehmen und durch das Hafentor führen. Der Wächter am Tor warf ihr keinen zweiten Blick zu und verlangte auch keine Torsteuer, und die Frau, die sie in dem kleinen Haus empfing, das wie ein Nest innen an der Stadtmauer direkt neben dem Torturm klebte, sah sie zwar scheel an, protestierte aber nicht. Jodokus' Domizil war keine offizielle Herberge, sondern gehörte der Witwe, die, wie er Marie unterwegs erklärt hatte, ihre Zimmer und manchmal auch sich selbst an zahlende Gäste vermietete.

Auf der schmalen Treppe, die im Innern des Gebäudes direkt an den rohen Steinen der Stadtbefestigung entlanglief, drehte Jodokus sich noch einmal um. »Frau Grete, bitte bringt mir doch einen Krug Wein und zwei Becher in meine Kammer.«

»Und eine Schüssel mit Wasser«, setzte Marie rasch hinzu, da der Mönch trotz seiner neuen Kleider nicht weniger stank als früher.

Die Wirtin nickte mürrisch und verschwand in ihrer Küche. Jodokus stieg die Treppe hoch und öffnete umständlich eine Tür, die gleich mit zwei Schlössern versehen war. Das eine war ein gewöhnliches Türschloss, das Marie in einem ärmlichen Haus wie diesem jedoch nicht erwartet hätte. Das andere war ein Vorhängeschloss, dessen Kette durch die Ösen des Riegels geschlungen war und das sich nur mit einem kompliziert aussehenden Schlüssel öffnen ließ. Marie sah Jodokus neugierig zu und schüttelte den Kopf.

Er lächelte und strich ihr wie einem Kind über den Kopf. »Du wunderst dich? Das ist ganz einfach zu erklären. In Witwe Gretes Haus steigen oft Kuriere und Diener reicher Kaufleute ab, die größere Summen oder wichtige Schriftstücke mit sich führen. Die wollen sie natürlich während ihres Aufenthalts hinter wohl verschlossenen Türen in Sicherheit wissen.«

Marie nickte mit großen Augen, so dass Jodokus ihre scheinbare Naivität belächelte. In ihrem Innern aber zitterte sie vor Erregung, denn sie war nun fest überzeugt, dass der Mann wertvolle Unterlagen bei sich hatte.

Die Kammer war nur halb so groß wie die, die sie sich mit Hiltrud in der Absteige am Kanal teilte, und wurde fast zur Gänze von einem bequemen Bett ausgefüllt. Ein Schemel neben dem Kopfteil und einige kräftige Pflöcke an der Wand, an denen man Kleidung und Gepäck aufhängen konnte, vervollständigten die spärliche Einrichtung. Auf dem Schemel lag ein weiterer grauer Umhang, der etwas zu verdecken schien. Marie juckte es in den Fingern, den Stoff zu lüften, um zu sehen, was sich darunter befand, aber Jodokus drängte sie sofort auf das Bett und griff ihr zwischen die Beine, obwohl die Wirtin gerade eintrat.

Frau Grete schniefte gekränkt. »Wenn ich gewusst hätte, wie nötig Ihr es habt, wäre ich letzte Nacht zu Euch gekommen.«

Jodokus befahl ihr schroff, Wein und Wasser neben den Hocker zu stellen und zu verschwinden. Während die Wirtin beleidigt abzog, zog Jodokus sich so hastig aus, dass er beinahe sein Gewand zerrissen hätte, und präsentierte Marie sein kämpferisch aufgerichtetes Glied. Als er sich auf sie werfen wollte, hielt Marie ihn zurück und zeigte auf den Weinkrug. »Gemach, mein Freund. Trinken wir zuerst einen Schluck. Dann solltest du dich meiner Führung anvertrauen und tun, was ich dir sage.«

»Ich muss dich haben«, stöhnte Jodokus verzweifelt. »Die Lust sprengt mir fast die Hoden.«

»Wenn du zu hitzig bist, bringst du dich selbst um dein Vergnügen.« Marie setzte sich im Schneidersitz auf das Bett und zog ihn neben sich. Während er sie bettelnd anstarrte, füllte sie die Becher und trank ihm zu. Dann goss sie einen Teil des Weins ins Wasser, tauchte ein Stück Tuch hinein, das an einem der Haken gehangen hatte, und begann, den Mönch von oben bis unten abzuwaschen. Als sie an seine empfindlicheren Teile kam, musste sie ganz vorsichtig zu Werke gehen, um einen vorzeitigen Samenerguss zu verhindern, denn er war wirklich bis zum Bersten gespannt. Es würde ihren Plänen abträglich sein, wenn er annahm, sie hätte ihn absichtlich außerhalb ihres Körpers abgefertigt.

Als Jodokus sich vor Gier krümmte, legte Marie sich für ihn bereit. Der Mann war alles andere als ein geschickter Liebhaber und fuhrwerkte ungeschickt in ihr herum. Marie verbarg ihre Empfindungen jedoch hinter einem Lächeln. Als er nach kurzer Zeit mit einem lauten Stöhnen über ihr zusammensank, streichelte sie ihn und reckte sich, als sei sie höchst zufrieden mit ihm.

»Du … Ihr seid so ganz anders als früher, Jo…, nein, Herr Ewald. Jetzt gleicht Ihr wirklich einem Herrn von Stand. Wie habt Ihr das nur gemacht?« Sie richtete sich ein wenig auf und kraulte seinen Rücken, der von einem schütteren Pelz bedeckt war. Dabei bewegte sie herausfordernd ihr Becken.

Auf Jodokus' Gesicht erschien ein zufriedenes Lächeln. »Mit meinem Kopf, meine Schöne. Die hohen Herren glauben, so überaus klug zu sein, und wollen alles nach ihrem Willen regeln. Dabei sehen sie unsereinen nur als Werkzeug an, das sie nach Belieben benutzen und dann wegwerfen können wie einen kaputten Schuh. Doch ich bin schlauer als sie alle und werde den Keilburger Grafen und seinen Handlanger Ruppertus Splendidus ausnehmen wie eine Weihnachtsgans. Die werden noch bereuen, mich mit einem Bettel abgespeist zu haben. Wenn ich bekommen habe, was mir zusteht, werde ich zusammen mit dir auf Nimmerwiedersehen verschwinden. Was hältst du von Flandern? Es soll dort sehr schön sein. Vielleicht verlassen wir aber auch das Reich und gehen nach Frankreich oder gar nach England. Dort könntest du diese dummen gelben Bänder von deinem Kleid entfernen, so dass wir als ein vor Gott und der Welt verbundenes Paar zusammenleben können.«

Marie blickte ihn bewundernd an und tat sehr erstaunt, dass er es mit so hohen Herren wie dem Grafen von Keilburg aufnehmen wollte. Doch die Hoffnung, mehr über Jodokus' Verbindungen zu ihrem ehemaligen Bräutigam zu erfahren, erfüllte sich nicht. Der ehemalige Mönch ließ nur ein paar geheimnisvolle Andeutungen fallen und vertröstete sie auf später. Er erzählte ihr nur, dass er sich an diesem Abend noch mit einem Boten des Keilburger Grafen treffen wollte, um eine bedeutende Summe in Empfang zu nehmen.

Dabei begann er hämisch zu kichern. »Ich besitze etwas, das für Graf Konrad und seinen Bastardbruder höchst wertvoll ist und für sie gefährlich werden könnte, geriete es in die falschen Hände.«

Marie umarmte ihn spontan, um ihr Gesicht hinter seiner Schulter zu verbergen und einen Aufschrei unterdrücken zu können.

Stattdessen stammelte sie ein paar Worte der Bewunderung. Was Jodokus auch immer besaß, sie wollte es an sich bringen, und wenn sie ihn mit einem Schlaftrunk betäuben musste. Während er mit den Haaren auf ihrer Scham spielte und traurig auf sein immer noch schlaffes Glied blickte, überlegte Marie aufgewühlt, wie sie den Mann überlisten konnte. Das Säckchen mit den Kräutern lag in Martins Herberge. Vielleicht würde er mit ihr kommen, wenn sie ihm erklärte, sie besäße etwas, das seine Männlichkeit schnell wieder aufrichten konnte. Doch er schien im Augenblick das Interesse an ihrem Körper verloren zu haben. Er sprang auf, fuhr mit einem meckernden Lachen in seine Beinkleider und schlüpfte beinahe ebenso schnell in sein Hemd, wie er es vorher ausgezogen hatte. Dann warf er triumphierend die Arme zur Decke.

»Jetzt weiß ich, wie ich es anstellen muss. Die Kerle, mit denen ich es zu tun habe, sind nämlich mit allen Wassern gewaschen. Aber jetzt kann ich ihnen einen Strich durch die Rechnung machen. Marie, ich gebe dir ein Päckchen mit, auf das du sehr gut Acht geben musst. Du darfst es auch nicht öffnen, hörst du? Die Wirtin hier ist jederzeit für Geld zu kaufen, und ich fürchte, dass einer von Rupperts Leuten mein Zimmer aufbricht und mich bestiehlt, während ich mit seinem Boten verhandele. Es wäre fatal für uns beide, wenn er die Sachen an sich bringen könnte, ohne meinen Preis dafür zu zahlen. Aber weder der Magister noch das Gesindel, das in seinen Diensten steht, werden darauf kommen, dass ich meine kostbaren Unterlagen einer Hübschlerin anvertraue.«

Marie teilte Jodokus' Überzeugung nicht, denn sie glaubte Ruppert gut genug zu kennen. Die Handlanger des verräterischen Magisters würden jeden Stein in Straßburg und Umgebung umdrehen, um die Sachen in ihre Hände zu bekommen. Da sie jedoch die Absicht hatte, den davongelaufenen Mönch zu bestehlen, störte diese Aussicht sie nicht. Wanderhuren kamen und gingen wie der Wind und hinterließen selten eine Spur.

Jodokus zog ein Paket unter seinem Umhang hervor, das in eine geölte Haut eingeschlagen und mit Siegellack verschlossen war. »Kannst du das unter deinem Rock verbergen, wenn du gehst?« Sie riss Augen und Mund auf, um eifrig und hilfsbereit zu wirken. »Aber ja, natürlich. Ich binde es an meinem Unterkleid fest. Es soll doch niemand bemerken, dass du mir etwas mitgegeben hast.«

Jodokus beugte sich über sie, rieb die Nase an ihrer Brust und zog sein Beinkleid wieder herunter. »Du bist ein kluges Mädchen, Marie. Doch jetzt öffne mir die Pforten deiner Kathedrale, denn mich überkommt der Wunsch, dort noch einmal zu beten.«

XII.

Zwei Stunden später saß Marie in ihrer feuchten Kammer auf einem frischen Binsenbett und starrte ungläubig auf die Blätter, die sie vor sich ausgebreitet hatte. Entweder hatte Jodokus schon länger in Rupperts Diensten gestanden und war an etlichen seiner Schurkenstücke beteiligt gewesen, oder er hatte dieses Bündel Unterlagen zusammengestohlen. Für Letzteres hätte er gewiefter sein müssen, als sie ihn einschätzte.

Neben dem aus dem Kloster St. Ottilien entwendeten Testament des Ritters Otmar von Mühringen gab es fünf weitere Urkunden, die testamentarische Verfügungen und Übereignungen von Grundbesitz enthielten, und dazu noch einige Blätter, auf denen Jodokus fein säuberlich jeden Streich und jeden Betrug aufgeschrieben hatte, den Magister Ruppertus begangen hatte, sei es im Auftrag seines Vaters, seines Bruders, einiger hoher Kirchenmänner oder in seinem eigenen Interesse.

Das erste Mal in ihrem Leben war Marie froh, dass ihr Vater sie gezwungen hatte, Lesen und Schreiben zu lernen wie eine Tochter aus einer Konstanzer Patrizierfamilie. Er hatte einen greisen Mönch als Lehrer angeworben, der seine Schülerin zunächst nicht ernst nahm und sie für viel Geld ein paar Worte und Sätze auswendig lernen ließ. Doch das gute Essen und der Wein in Meister Matthis' Haus und die Gründlichkeit, mit der Maries Vater den Unterricht überwachte, hatten ihn schließlich davon überzeugt, dass er sorgfältiger zu Werke gehen musste. So hatte er ihr beigebracht, Briefe und Verträge auf Deutsch zu verfassen und ein Haushaltsbuch zu führen. Danach war der Mönch, der sein luxuriöses Dasein nicht so schnell aufgeben wollte, dazu übergegangen, ihr anhand seines Gebetbuchs die Grundlagen des Lateinischen beizubringen, so dass sie die Gebete, die in der Kirche gesprochen wurden, und die Inschriften an den Wänden der Kathedrale übersetzen konnte. Mittlerweile hatte sie vieles wieder vergessen, aber jetzt ermöglichte ihr der damalige Unterricht, Jodokus' in lateinischer Sprache geschriebene Notizen wenigstens teilweise zu entziffern.

Jodokus musste Rupperts Vertrauter oder wahrscheinlich sogar einer seiner Lehrer gewesen sein, denn er schien jeden Schritt des Magisters zu kennen. Marie fand Punkt für Punkt aufgezeichnet, wie ihr ehemaliger Bräutigam vorgegangen war, um Ritter Dietmars Nachbarn Gottfried von Dreieichen und Walter vom Felde durch gefälschte Papiere um ihren Besitz zu bringen. Als sie die anderen Eintragungen überflog, stieß sie auf den Namen ihres Vaters und ihren eigenen. Es war unheimlich, einen Bericht über das eigene Schicksal zu lesen. Die Marie auf dem Pergament schien eine Fremde zu sein, ein Mädchen, das nach Jodokus' Überzeugung die Folgen seiner Misshandlung und der Vertreibung nicht lange überlebt haben konnte. Zu ihrem Glück hatte er trotz der zutreffenden Beschreibung in seinen Notizen die Wanderhure Marie bisher nicht mit Matthis Schärers Tochter in Verbindung gebracht.

Jodokus schilderte ausführlich, wie Ruppertus vorgegangen war, um das Vermögen des reichen, aber einflusslosen Konstanzer

Bürgers Matthis Schärer an sich zu bringen. Hiernach war das Verbrechen schon geplant gewesen, bevor die Opfer dafür feststanden. Der Fuhrmann Utz war für Ruppertus Splendidus auf die Suche nach einem geeigneten Kandidaten gegangen und hatte ihm empfohlen, sich ihrem Vater als Eidam anzubieten. Utz hatte gewusst, dass Linhard ein Auge auf sie geworfen hatte und von ihrem Vater harsch abgewiesen worden war. So hatte er ihn dazu bringen können, gegen sie auszusagen und an der Vergewaltigung teilzunehmen. Utz war es auch gewesen, der die Witwe Euphemia zu seinem willfährigen Werkzeug gemacht hatte, um sie später, als sie Ruppert zu erpressen versuchte, umzubringen. Marie schauderte vor der menschlichen Verworfenheit, die hier in schlechter Tinte auf dünn geschabtem Pergament aufgezeichnet worden war, so als wäre es ein Dokument aus grauer, dämonenbeherrschter Vorzeit. Die Dämmerung hinderte sie daran, weitere Schandtaten ihres ehemaligen Bräutigams zu entziffern. Sie hatte sich sowieso schon länger mit den Unterlagen aufgehalten, als gut für sie war, denn sie musste verschwunden sein, bevor Jodokus seinen Besitz von ihr zurückfordern konnte. Für einen Augenblick überlegte sie, auf der Stelle davonzulaufen, ohne auf Hiltrud zu warten. Die Freundin hatte inzwischen die Kammer sauber gemacht und danach die Herberge verlassen, war aber bis jetzt nicht zurückgekehrt. Marie fiel jedoch noch rechtzeitig ein, dass Jodokus oder Rupperts Leute ihren Ärger an Hiltrud auslassen und sie wahrscheinlich umbringen würden. Also musste sie auf sie warten, auch wenn der Boden zu ihren Füßen zu brennen schien.

Vom Münsterturm schlug es acht Uhr. In einer halben Stunde würde es dunkel sein und Jodokus sich mit Rupperts Abgesandten treffen. Marie reizte der Gedanke, heimlich Zeugin dieses Gesprächs zu werden. Sie kämpfte einige atemlose Augenblicke gegen die Neugier an, die wie eine unwiderstehliche Woge über sie rollte und alle Vernunft hinwegzuspülen drohte. Dann gab sie dem Gefühl nach, raffte die Schriftstücke zusammen und wickelte sie wieder in die Ölhaut. Da sie das Päckchen nicht in der Herberge zurücklassen wollte, legte sie es in ihr Schultertuch und knotete die Enden so über ihrer Brust zusammen, dass sie es wie ein Kind auf dem Rücken trug, und verließ ungesehen das Haus.

Jodokus war zuletzt doch noch redselig geworden und hatte ihr erzählt, dass er sich bei einer besonders großen Weide an der Ill, gut hundert Schritt vom Hafentor entfernt, einfinden sollte. Marie hatte den Baum bald entdeckt und hielt Ausschau nach den Umrissen eines Menschen. Dabei näherte sie sich so verstohlen, dass sie kaum entdeckt werden konnte. Doch so viel Vorsicht wäre nicht nötig gewesen, denn es hielt sich niemand in der Nähe des Baumes auf. Kurz entschlossen lief sie zum Ufer hinunter und verkroch sich in einen Busch. Es schienen Stunden zu vergehen, bis ein Mann vom Hafentor herabkam. Am Gang erkannte sie Jodokus, der sich in seinen Übermantel gehüllt hatte und wie ein grauer Schatten durch die Dämmerung glitt. Er schien höchst nervös zu sein, denn er sah sich immer wieder um, als hätte er Angst vor seinem eigenen Schatten. Marie fürchtete schon, er würde auch ihr Versteck in Augenschein nehmen, doch da steuerte von der anderen Seite jemand mit kräftigen Schritten die große Weide an. Der Mann verbarg seine Gestalt ebenfalls unter einem weiten Umhang und hatte einen Schlapphut tief ins Gesicht gedrückt. Marie machte sich ganz klein, als er an ihr vorüberging, und dankte Gott dafür, dass just in diesem Augenblick eine Nebelschwade über das Land zog und sie allzu neugierigen Blicken entzog.

»Hallo, Jodokus, so sieht man sich wieder.« In der Stimme schwang eine Drohung mit, die Marie die Haare aufstellte. Sie presste die Hände auf ihren Mund, um nicht vor Schreck und Wut aufzuschreien, denn sie hatte den Mann erkannt. Es war Utz, der Fuhrmann.

Jodokus schien sich in seiner Gegenwart ebenso unbehaglich zu fühlen wie sie, denn er wich zurück und hob abwehrend die Hände. »Hast du das Geld?«

»Ja, ich habe es bei mir. Doch vorher will ich die Ware sehen.«

Jodokus lachte nervös auf. »Glaubst du, ich sei so dumm und hätte die Schriftstücke mit hierher geschleppt? Sobald du mir das Geld gegeben hast, gehen wir zusammen zu dem Ort, an dem ich sie aufbewahrt habe, und ich händige sie dir unter Zeugen aus.«

»Nein, mein lieber dem Kloster entsprungener Mönch, das werde ich nicht tun. Du hast uns einmal hereingelegt. Ein zweites Mal werde ich dir nicht erlauben, uns an der Nase herumzuführen. Glaubst du, ich wüsste nicht, wo du die Urkunden, die du für uns gestohlen hast, versteckt hältst? Ab jetzt bist du überflüssig!«

»Was???« Jodokus schrie voller Panik auf, drehte sich um und wollte weglaufen. Doch Utz packte ihn am Hals, so dass er nicht schreien konnte, und schleppte ihn in die Deckung der großen Weide. Keine drei Schritt von Marie entfernt warf er ihn zu Boden und kniete sich auf ihn. Mittlerweile war es so neblig geworden, dass Marie nur noch zwei Schemen erkennen konnte, und so nahmen nur ihre Ohren wahr, was geschah. Jodokus röchelte, und seine Füße schlugen wie im Veitstanz auf den Boden, während der Fuhrmann ihn verhöhnte.

»Du bist ein Narr, Magister Ruppertus zu erpressen. Jetzt wirst du der gierigen Schusterin in die Hölle folgen!«

Bei dem Wort Hölle vernahm Marie das Knacken berstender Knochen. Einen Moment gab es nur noch den schweren Atem des Mörders, dann schleifte etwas über den Boden, und ein großer Gegenstand platschte ins Wasser. Zwei Herzschläge später sah sie etwas Dunkles an sich vorbeitreiben, das Jodokus gewesen sein musste.

Am Ufer rief Utz, der sich völlig sicher zu fühlen schien, dem toten Mönch einen letzten spöttischen Gruß nach. »Da hast du deinen Lohn, du Dummkopf! So, jetzt werde ich mir holen, was uns gehört, ohne einen Pfennig dafür zu zahlen.«

Marie erschrak fürchterlich und atmete auch nicht auf, als der Fuhrmann leise vor sich hin lachte. »Als Erstes werde ich mir ein angenehmes Stündchen mit Frau Grete gönnen. Die ist dafür immer zu haben. Dann hole ich mir die Unterlagen aus Jodokus' Kammer und bringe sie Ruppert. Diesmal muss er ein paar Gulden mehr springen lassen als sonst.«

Marie hörte ein metallisches Klirren. Das mussten die beiden Schlüssel sein, mit denen Jodokus seine Unterkunft verschlossen hatte. Utz hatte offensichtlich damit gerechnet, dass Jodokus sie bei sich trug, und sie dem Toten abgenommen, ehe er ihn ins Wasser warf. Bei seinen halblaut vor sich hin gemurmelten Überlegungen war er ihrem Versteck so nahe gekommen, dass sie den Atem anhielt, um sich nicht durch ein Rascheln der Blätter zu verraten.

Wenn Utz jetzt in die Stadt ging, um das Paket aus Jodokus' Kammer zu holen, würde er nicht nur feststellen, das die gesuchten Schriftstücke verschwunden waren, sondern auch erfahren, dass Jodokus Besuch von einer Frau gehabt hatte. Marie versuchte abzuschätzen, wie lange Utz benötigen würde, sie zu finden. Eine Stunde, vielleicht zwei. Mehr würden es nicht sein. Also musste sie die Stadt so rasch wie möglich verlassen. Alles in ihr schrie danach, nicht mehr in die Herberge zurückzukehren. Dann aber biss sie sich in die Finger, um die Angst zu überwinden. Sie durfte Hiltrud nicht im Stich lassen.

Marie spähte hinter dem Busch hervor und lauschte dem sich entfernenden Pfeifen. Der Mord an Jodokus schien Utz' Gewissen nicht im Geringsten zu belasten. Für einen Augenblick dachte Marie daran, in die Stadt zu laufen und ihn als Mörder anzuzeigen. Aber das Wort einer Frau, zumal einer Hure, wog vor einem irdischen Gericht weniger als eine Daunenfeder. Utz würde ihr ins Gesicht lachen und sich freuen, weil sie ihm damit die Arbeit abgenommen hatte, nach ihr zu suchen. Sie wartete daher, bis sie sicher sein konnte, dass er die Stadt erreicht hatte, und lief so schnell, wie es der durch den aufgehenden Mond geisterhaft erhellte Nebel zuließ, zu ihrer Herberge zurück.

Das Glück war ihr hold, denn sie fand die Herberge auf Anhieb. Das Tor des Hauses war noch unverschlossen, und aus dem Schankraum hörte sie laute Stimmen herausdringen. Als die Männer drinnen für einen Moment schwiegen, klapperten Beinwürfel in einem Lederbecher, gefolgt von einem Jubelruf und einem obszönen Fluch. Marie drückte sich unbemerkt an der Tür der Schankstube vorbei und schlüpfte in ihre Kammer. Hiltrud hockte auf ihrem Lager und starrte sie im fahlen Licht eines kleinen Kerzenstummels besorgt und gleichzeitig erleichtert an.

»Da bist du ja endlich. Ich hatte schon befürchtet, du wärst mit dem Mönch durchgebrannt.«

»Eher er mit mir«, antwortete Marie. »Aber Scherz beiseite. Wir müssen sofort aufbrechen. Es geht um unser Leben.«

Hiltrud sah sie entgeistert an. »Was ist geschehen?«

»Jodokus wollte Ruppert erpressen, und Utz hat ihn dafür umgebracht.«

»Der gleiche Utz, der dich vergewaltigt hat?« Hiltrud las nackte Angst auf Maries Gesicht.

Marie versuchte, beruhigend zu lächeln, aber es gelang ihr nicht. »Ja, ebender. Es kann nicht lange dauern, bis er herausgefunden hat, dass ich genau das besitze, was er Jodokus abnehmen wollte, und dann sind wir an der Reihe.«

Hiltrud zog die Schultern hoch, als friere sie. »Dann lass uns aufbrechen. Mir tut es nur Leid, dass wir die Kammer für zwei Wochen im Voraus bezahlt haben und nicht einmal eine einzige Nacht darin schlafen konnten. Dabei habe ich mir solche Mühe gegeben, den Raum erträglich zu machen. Hier hätten wir in aller Ruhe unsere Zelte zusammennähen können.«

Marie winkte ab. »Mir tut es nicht Leid. Ich ziehe eine Nacht unter freiem Himmel diesem Stinkloch vor.«

»Ich sagte dir doch, dass du zu zimperlich bist«, spöttelte Hiltrud, packte jedoch flink ihre Sachen und verteilte ihre letzten Einkäufe auf ihr und Maries Tragetuch. Dann schnürte sie ihre Habe zu einer Traglast zusammen und schulterte sie. Bevor sie die Tür öffnete, blies sie die Kerze aus und steckte den Stummel ein.

»Schließlich haben wir dafür bezahlt«, sagte sie zu Marie, die lautlos wie ein Gespenst an ihr vorbeiglitt und die Treppe hinunterhuschte. Zu ihrer Erleichterung kamen sie ungesehen aus dem Haus und flohen zum zweiten Mal in diesem Jahr ins Ungewisse.

Fünfter Teil

Das Konzil

I.

$\mathcal{M}$arie saß auf einem Holzklotz und zog mit ihren nackten Zehen Linien in den weichen Sand. Sie langweilte sich, und den anderen erging es ebenso. Hiltrud hockte vor ihrem Zelt und nähte verbissen, und die beiden Huren, mit denen sie sich im letzten Jahr nach ihrer Flucht aus Straßburg zusammengetan hatten, hockten mit mürrischen Gesichtern herum und starrten den Marktplatz an, als gäben sie ihm die Schuld, dass kein Freier auftauchte.

Helma, die Sächsin, war eine hübsche junge Frau mit rundem Gesicht, blitzenden braunen Augen und brünetten Haaren. Nina, mit den dunklen Locken und schwarzen Augen einer Südländerin, war die Kleinste der Gruppe und reichte Marie gerade bis zum Kinn. Ihr fremdartiges Aussehen und ihre zierliche Figur, die Rundungen an den richtigen Stellen aufwies, lockten sonst ebenso viele Männer an wie Maries engelsgleiche Schönheit. Doch hier in Frundeck am Neckar war es, als gäbe es keine wohlhabenden Kunden mit prall gefüllten Börsen mehr. Verirrte sich einmal ein Mann zu ihnen, schüttelte er, wenn er ihre Preise erfuhr, meist bedauernd den Kopf und wanderte hinüber zu den Pfennighuren.

»Keine Herren von Stand, keine Kaufherren, ja, noch nicht einmal wohlhabende Handwerker mit Pelzstreifen an den Mänteln sind hier auf dem Markt«, zählte Helma die vermissten Freier in ihrem seltsam klingenden Dialekt auf. »All die gut betuchten Männer können doch nicht von der Erde verschluckt worden sein.«

Hiltrud nickte verdrossen. »In Kiebingen und Bempflingen letzten Herbst war das noch ganz anders. Damals drängten so viele Männer in unsere Zelte, dass wir die meisten abweisen mussten. Doch ausgerechnet im Frühjahr, wo wir sonst die besten Geschäfte machen, taucht keiner auf, der sich uns leisten könnte. Hätten wir das gewusst, wären wir wohl noch zwei oder drei Wochen länger in unserem gemütlichen Quartier geblieben.« Sie übersah dabei großzügig, wie sie über die zugige Kate mit dem defekten Kamin und dem undichten Dach geschimpft hatte.

»Vielleicht gehen wir und bieten uns für die Hälfte an«, schlug Nina mit ihrem charmanten Akzent vor. »Sonst verhungern wir.« Das war zwar übertrieben, denn die Börse der Italienerin war vom letzten Jahr noch gut gefüllt. Trotzdem fand nicht nur sie die Entwicklung bedenklich.

Marie war ebenfalls besorgt. Zwar besaß sie noch einige Ersparnisse aus dem Vorjahr und zudem die vor Goldgulden strotzende Börse Siegwards von Riedburg. Da sie dieses Geld jedoch für einen ganz speziellen Zweck verwenden wollte, war sie nicht bereit, auch nur eine Münze davon für das tägliche Leben zu opfern.

Hiltrud wusste von dem Vermögen, das Marie mit sich herumschleppte, hatte es aber aufgegeben, ihr Ratschläge zu erteilen, denn Marie war in diesem Punkt keinem Argument zugänglich. Als Marie den anderen beipflichtete und die Befürchtung äußerte, sie würden, ginge es so weiter, sich im nächsten Winter nicht einmal die Hütte eines Schweinehirten mieten können, warf Hiltrud ihr einen spöttischen Blick zu. Dann starrte sie zu dem Wiesenstück hinüber, auf dem sich die Pfennighuren niedergelassen hatten. Dort warteten mehr als ein Dutzend Männer darauf, an die Reihe zu kommen.

»Die Schmuddelweiber, die sonst keine Konkurrenz für uns sind, verdienen jetzt mehr als wir«, stellte sie in einem Tonfall fest, als sei das eine persönliche Beleidigung.

Helma löste ihren dicken Zopf und begann, ihn neu zu flechten.

»Das stimmt. Ich glaube, ich biete mich dem Nächsten für einen Schilling an, um das Geschäft zu beleben.«

Marie hob warnend die Hand. »Das würde ich nicht tun. Wenn wir uns hier billiger verkaufen, müssen wir es auf dem nächsten Markt ebenfalls tun. Irgendwann werden wir so viele Kerle mit ins Zelt nehmen müssen wie die da drüben.«

Helma stöhnte auf. »Aber was sollen wir tun? Gestern hatte ich nur einen Freier für vier Schilling und heute noch keinen einzigen.«

»Der Mann dort sieht aus, als könnte er zahlen.« Nina wies auf einen untersetzten Mann mittleren Alters in übertrieben modischer Kleidung mit einer hautengen roten Hose, deren blaurot gestreifte Schamkapsel sein Gemächt besonders hervortreten ließ, einem weiß und grün abgesetzten Wams, das kaum über den Gürtel reichte, und einem grünen Filzhut, den eine rote Feder schmückte. Das Gesicht des Mannes wirkte derb, wie das eines Knechtes, der zu Reichtum gekommen war. Er wanderte eben an den Zelten der Pfennighuren vorbei und musterte einige von ihnen mit gerunzelter Stirn. Immer wieder schüttelte er den Kopf und kam dann, von den unflätigen Beleidigungen der Verschmähten begleitet, auf Maries Gruppe zu.

Als er vor ihnen stand und sie betrachtete, hellte sein Gesicht sich auf. »Na, ihr vier könntet mir gefallen. Was haltet ihr davon, gut zu verdienen, gut zu essen und die schönsten Kleider zu tragen?«

Hiltrud lachte kurz auf. »Davon halten wir sehr viel. Aber wir würden gerne den Pferdefuß kennen lernen, der dahinter steckt.«

Der Mann hob in gespieltem Entsetzen die Hände. »Kein Pferdefuß, um Gottes willen. Mein Angebot ist ehrlich gemeint. Wenn ihr es geschickt anfangt, verdient ihr innerhalb eines Jahres genug für euer restliches Leben.«

»Danke, aber wir haben keinen Bedarf, uns in die Hände eines Hurenwirts zu begeben, der uns unser Geld wegnimmt und uns jeden räudigen Bock, den kein ehrliches Frauenzimmer auch nur

mit Eisenhandschuhen anfassen würde, in die Kammer schickt.«
Hiltrud winkte ab und drehte dem Mann den Rücken zu.

Er ging um sie herum und fasste sie am Kinn. »Das kann ich so
nicht gelten lassen, meine Schöne. Sehe ich etwa aus wie ein Hurenwirt? Wenn ihr mit mir kommt, könnt ihr auf eigene Rechnung arbeiten und erhaltet zudem einen echten Goldgulden als
Handgeld vom ehrenwerten Rat der Stadt Konstanz.«

Marie zuckte bei dem Namen ihrer Heimatstadt zusammen.
Gleichzeitig erinnerte sie sich daran, dass das geplante Konzil
schon begonnen haben musste. Am liebsten wäre sie schnurstracks dorthin gelaufen, um zu sehen, ob sie in der Stadt etwas gegen ihren ehemaligen Verlobten unternehmen konnte.
Ihre Angst, erkannt und erneut ausgepeitscht zu werden, war jedoch größer als ihr Wunsch, mit eigenen Augen zu sehen, wie
Ruppert zugrunde ging.

Der Mann ließ Hiltrud los und warf sich in die Brust. »Ich bin
Jobst, der Hurenwerber, und kein Hurenwirt. Meine Aufgabe ist
es, die schönsten Hübschlerinnen von nah und fern nach Konstanz zu holen, damit sie sich um das Wohlergehen der hochrangigen Gäste kümmern. Ihr vier entsprecht den hohen Erwartungen, und es wäre schade, wenn ihr euch nicht ein Stück vom
Kuchen abschneiden würdet, der dort verteilt wird.«

Helma und Nina warfen sich geschmeichelt in Pose, und die
kleine Italienerin fragte Jobst gurrend, ob er denn nicht Lust
hätte, mit in ihr Zelt zu kommen.

»Wenn du mir hinterher nach Konstanz folgst, gerne.« Jobst
nahm eine Locke ihres glänzenden schwarzen Haares in die
Hand und rieb sie zwischen den Fingern, als wolle er sich überzeugen, ob die Farbe auch echt sei. »Du bist wirklich ein hübscher Bissen und könntest in Konstanz viel Geld verdienen. Ihr
anderen übrigens auch.« Sein Blick schweifte über Hiltrud und
Helma und blieb schließlich auf Marie haften.

»Hier ist doch nichts los«, sagte er mit einer weitschweifenden

Handbewegung. »Jeder Mann mit ein paar Gulden im Säckel, der etwas auf sich hält, ist nach Konstanz gereist. Dort versammelt sich derzeit die ganze Welt. Da findet ihr Ritter, Grafen und Könige, aber auch hohe Herren des geistlichen Standes, Gelehrte, Kaufleute und die Vertreter der Städte und Zünfte. Ich sage euch, eine Hübschlerin kann dort ihr Glück machen.«

»Ein Batzen Geld wäre mir lieber. Das Glück ist mir nämlich zu flatterhaft«, spottete Helma.

»Du meinst einen Haufen Geld, ein Batzen wäre für so ein hübsches Ding wie dich doch viel zu wenig.« Jobst holte einen Baseler Batzen aus seiner Börse und schnipste ihn Helma zu. Die junge Hure fing ihn im Flug auf und musterte den grob geschlagenen Bären, der die Münze zierte.

»So wie das Geschäft hier läuft, würde ich sogar dafür mit dir ins Zelt gehen.« Es klang verführerisch, doch Jobst hob die Hände.

»Später vielleicht. Das Geschäft geht vor. Na, ihr vier Hübschen? Wollt ihr euch einen echten Goldgulden als Handgeld verdienen und mit mir kommen? Ich garantiere euch reichen Verdienst.«

»Eher dürfen wir unsere Zelte auf dem Brüel aufschlagen und die Beine für das Gesindel breit machen, das im Sog der hohen Herren nach Konstanz gespült wurde, und das für ein paar lumpige Pfennige. Nein, Jobst, auf deine flotten Sprüche falle ich nicht herein.« Maries Stimme klang scharf und erschreckte die beiden Huren, die sie nicht so gut kannten wie Hiltrud.

Jobst schüttelte ärgerlich den Kopf. »Bei Gott, Frau, du bist schön wie ein Engel und wirst in Konstanz die höchsten Herren empfangen können.«

»Ich glaube kaum, dass ein Graf oder Prälat in das Zelt einer Wanderhure kommt.« Marie schürzte die Lippen und wollte aufstehen und weggehen. Doch Jobst vertrat ihr den Weg.

»Ich kann dir und deinen Freundinnen eine Unterkunft verschaffen, zu einem erschwinglichen Mietzins wohlgemerkt, und das, obwohl in Konstanz die Quartiere so knapp geworden sind, dass selbst edle Herren auf Stroh in Ställen schlafen und viele Leute die Nacht über in Meersburg und Überlingen jenseits des Sees verbringen müssen.«

Doch auch damit konnte er Marie nicht überzeugen. »In einem Hurenhaus wahrscheinlich, dessen Wirt dich dafür bezahlt, dass du ihm willige Mädchen besorgst.« Sie wollte ihn schon beiseite schieben, als er mit den Füßen aufstampfte und sie wütend anschrie.

»Mein Gott, Frau, bist du so dumm oder tust du nur so? Ich werde euch ein kleines Haus besorgen, in dem ihr vier auf eigene Rechnung arbeiten könnt. Mir seid ihr nichts schuldig, denn ich erhalte für jede Hure, die ich bringe, eine Prämie vom Rat.«

Helma trat mit wiegenden Hüften näher und fasste Marie an der Schulter. »Also, ich wäre dafür, dieses Angebot anzunehmen. Selbst wenn nur die Hälfte dessen stimmt, was Jobst behauptet, ist es allemal besser als jetzt.«

»Ich will auch nach Konstanz. Dort kommen viele Leute aus meiner Heimat, und ich werde meine Sprache sprechen können.« Nina hatte sich offensichtlich schon entschieden.

Hiltrud trat auf Marie zu und zog sie an sich wie ein kleines Kind. Natürlich würde sie bei Marie bleiben, auch wenn die beiden anderen Huren sich von ihnen trennten. In Maries Kopf wirbelten die Gedanken wie Blätter im Herbstwind. Wie gerne wäre sie nach Konstanz gegangen. Doch dagegen stand der Spruch eines unbarmherzigen Richters.

»Mir gefällt dieser Gedanke nicht«, erklärte Marie mit verkniffener Miene. »Eine Freundin von mir ist in Konstanz so schlimm gestäubt worden, dass sie beinahe gestorben wäre, und ich habe ebenfalls Gründe, die Stadt zu meiden.«

Jobst begann schallend zu lachen. »Ach, so ist das. Du hast dort etwas ausgefressen. Sei unbesorgt, mein schönes Kind. Wenn du mit mir reist, reist du unter dem Schutz des kaiserlichen Friedens. Niemand darf es wagen, Hand an dich zu legen, und die Büttel müssen dich frei in der Stadt umherstreifen lassen.«

Der Hurenwerber zwinkerte Marie verschwörerisch zu und tätschelte ihr die Wange. »Der Kaiser musste allen Schutz und freies Geleit zusagen und einen allgemeinen Landfrieden festschreiben, der für die gesamte Zeit des Konzils und einige Wochen danach gilt, da viele der Herren, die sich in Konstanz versammeln, in Fehde miteinander stehen. Dieser Friede gilt nicht nur für die Teilnehmer des Konzils, sondern auch für alle, die zu seinem guten Gelingen beitragen. Und eine Hübschlerin, so dünkt mich, trägt mindestens genauso viel dazu bei wie ein betender Mönch oder ein Handelsmann, der die Herren mit Speis und Trank versorgt.«

Vielleicht kann der kaiserliche Schutzbrief verhindern, dass die Behörden noch einmal gegen mich vorgehen, überlegte Marie. Ruppert und seine Handlanger würden keine Rücksicht darauf nehmen, denn der Rhein gab die Toten so schnell nicht mehr her, und niemand fragte zweimal nach einer verschwundenen Hure. Wenn sie jedoch vor lauter Angst vor Ruppert seine Nähe mied, würde sie nie etwas gegen ihn und seine Spießgesellen unternehmen können. Sie dachte an Ritter Otmars Testament, das für Dietmar von Arnstein und dessen Gemahlin wertvoller war als Gold und sich mit den anderen Urkunden immer noch in ihrem Besitz befand.

Sie hatte nur einige von Jodokus' Kommentaren zu diesen Schriftstücken entziffern können, da ihre Lateinkenntnisse zu gering waren und sie die vielen Abkürzungen nicht verstand. Aber sie war sich sicher, dass seine Notizen in Verbindung mit den Dokumenten in der Hand des richtigen Mannes eine Waffe darstellten, die den Grafen von Keilburg und Magister Ruppertus Splendidus vernichten würde. Für eine verachtete Hure wie sie waren sie jedoch wertlos. Doch wer war der richtige Mann? Ritter Dietmar war schon einmal von Ruppert hereingelegt worden und würde sich wahrscheinlich auch das nächste Mal nicht gegen ihn durchsetzen können. Aber mit der Hilfe des Ritters konnte sie einen Mächtigeren finden, der gegen den Keilburger vorging. Vielleicht gelang es ihr auch selbst, einen hochrangigen Gegner des Keilburgers ausfindig zu machen, der sich ihrer Unterlagen bedienen und ihre Feinde mit der Schärfe des Gesetzes vernichten konnte. Sie musste nur Augen und Ohren aufhalten und für möglichst viele wichtige Persönlichkeiten die Beine spreizen.

Marie atmete tief durch und warf den Kopf hoch, dass ihre Locken nur so stoben. »Also gut, Jobst. Wir kommen mit nach Konstanz.«

Helma und Nina jubelten auf, und Hiltrud ließ einen tiefen Seufzer vernehmen, der nicht sonderlich erleichtert klang. Jetzt gab es kein Zurück mehr, ganz gleich, welches Schicksal Marie in Konstanz erwartete.

II.

Es war früh am Morgen. Der See lag noch in dichtem Nebel, so dass die Insel mit dem Predigerkloster sich nur als Schemen abzeichnete. Einzelne Schwaden zogen über die Seemauer und drangen seltsam verformten Ungeheuern gleich in die noch menschenleeren Gassen ein. In der Nähe von St. Lorenz trat ein junges Mädchen aus einer Tür, sah sich sorgfältig um und lief die Gasse unter den Säulen hinunter bis zum Obermarkt. Dort bog sie in die Ringgasse ab, die zum Paradiesertor führte. Das Mädchen war in ein einfaches braunes Gewand gehüllt, wie es gewöhnlich nur Mägde trugen, und hatte Kopf und Oberkörper in ein großes, fadenscheiniges Schultertuch gehüllt. Ihre Füße steckten jedoch in festen Schuhen aus Rindsleder, die eine einfache Magd sich nicht leisten konnte.

Das Mädchen blickte sich immer wieder besorgt um, so als fürchte sie sich vor einer Entdeckung, und wich jedes Mal in eine Seitengasse aus, wenn sie Schritte vernahm. Dem Wächter am Paradiesertor ging sie jedoch vertrauensvoll entgegen.

»Du bist früh unterwegs, Jungfer Hedwig«, grüßte er freundlich und deutete auf den kleinen Strauß Frühlingsblumen in ihrer Hand. »Du willst wohl wieder auf den Armenfriedhof zum Grab deiner Verwandten.«

Das Mädchen nickte eifrig. »Freilich, Burkhard. Heute ist Verkündigung Mariä, der Tag, an dem Marie geboren und getauft wurde. Da muss ich doch für sie und die Seele ihres armen Vaters beten.«

Der Torwächter wiegte den Kopf. »Das werden einige nicht gerne sehen.«

»Ich weiß. Aber davon lasse ich mich nicht abhalten.« Unwillkürlich blickte Hedwig über die Schulter zurück in Richtung des Anwesens, das früher einmal Matthis Schärer gehört hatte und in dem nun der Magister Ruppertus Splendidus lebte. Dem Herrn gefiel es freilich nicht, dass sie die beiden Toten ehrte. Aber er konnte ihr nicht verbieten, an dem Grab zu beten, in dem der Schwager ihres Vaters begraben lag. Der Magister und einige andere behaupteten, dort läge nur ein aussätziger Bettler, doch das glaubten weder sie noch ihr Vater. Die Mutter tadelte sie immer wieder wegen ihrer Starrsinnigkeit und redete ihr eindringlich zu, endlich Ruhe zu geben, denn sie wollte den hohen Herrn nicht weiter erzürnen. Deswegen hatte Hedwig es auch nicht gewagt, ihr zu sagen, dass sie an diesem Morgen zum Grab gehen wollte.

Der Torwächter öffnete Hedwig die kleine Tür im Torflügel und wünschte ihr noch einen segensreichen Tag. Da sie jemanden kommen hörte, huschte sie ohne Antwort durch die Öffnung und lief eilig weiter. Kurz nach ihr kam ein Mann mittleren Alters im Habit eines Benediktinerabts auf das Paradiesertor zu und winkte dem Torwächter grußlos, ihm die Tür zu öffnen. Burkhard verzog das Gesicht und benötigte weitaus mehr Zeit als bei dem Mädchen, um das Schloss zu öffnen und die Tür aufzumachen, denn er mochte den fetten Abt nicht, der mit überheblicher Miene an ihm vorbeischritt, als wäre ein Torwächter kein Mensch, sondern nur ein ekelhaftes Insekt, das neben dem Tor auf einem Pflasterstein krabbelte. Burkhard wollte Hedwig nachrufen, dass sie Acht geben sollte. Doch als er den Kopf zum Tor hinausstreckte, war das Mädchen schon im Nebel untergetaucht. Burkhard war jedoch sicher, dass das Ziel von Abt Hugo, der sich nach seinem Kloster »von Waldkron« nannte, ebenfalls der Brüel war, auf dem neben dem Schindanger und der Richtstätte auch der Armenfriedhof der Stadt Konstanz lag.

Hedwig Flühi, Meister Momberts Tochter, lief inzwischen über das ungepflegte Geviert, auf dem man Bettler und andere heimatlose Wanderer begrub, die in Konstanz in die Ewigkeit eingingen. Sie eilte zwischen den schmucklosen und meist von Gestrüpp überwucherten kleinen Hügeln zu einer Stelle, die sich stark von den übrigen unterschied. Als sie erfahren hatte, wer dort begraben lag, hatte Hedwig schwarze Erde aus dem Wollmatinger Moor geholt, auf dem Grab verteilt und allerlei Blumenzwiebeln dort gepflanzt. Zu ihrer Freude blühten gerade Dutzende von Schneeglöckchen wie leuchtend weiße Sterne, und die ersten Krokusse streckten schon ihre grünen Finger aus der Erde.

Hedwig beugte sich nieder und glättete die Erde an einer Stelle, an der ein Hund gescharrt hatte. Dann sah sie traurig auf den kleinen Grabstein, den ihr Vater erst vor kurzem hatte aufstellen lassen. Es war schon der vierte seit den schrecklichen Ereignissen im Jahre des Herrn 1410. Hatte der erste Gedenkstein noch aus Granit bestanden, so musste Matthis Schärer sich jetzt mit einer einfachen Tafel aus gebranntem Ton begnügen. Es kam Mombert Flühi sonst zu teuer, denn der Stein verschwand mindestens einmal im Jahr oder wurde zerschlagen. Niemand wusste, wer das tat, doch Mombert und seine Tochter waren sich sicher, dass Magister Ruppertus Splendidus dahinter steckte. Der Herr mochte nicht daran erinnert werden, wie er zu seinem Reichtum gekommen war, aber Hedwig, die ihn von ganzem Herzen hasste, schwor sich von neuem, alles zu tun, damit er es nicht vergaß.

Sie strich über die einfache Inschrift auf dem Stein, die nur besagte, dass hier Matthis Schärer begraben lag. Außerdem stand noch Maries Name darauf, obwohl Meister Matthis' Tochter nicht in diesem Grab ruhte. Hedwigs Eltern waren wie viele andere der Ansicht, Marie könnte die ungewöhnlich harte Bestrafung nicht lange überlebt haben. Hedwig wurde immer noch von grauenhaften Albträumen verfolgt, denn sie war an jenem schrecklichen Tag auf dem Markt gewesen und hatte eingekeilt in der Menge Maries Auspeitschung miterlebt. Trotzdem wehrte sie sich gegen die Vorstellung, Marie sei an den Folgen der Schläge gestorben, denn so ungerecht konnte Gott doch nicht sein. Stattdessen stellte sie sich vor, ihre Base würde als gottesfürchtige Einsiedlerin in einer Klause leben, und die wilden Tiere des Waldes kämen vertrauensvoll zu ihr wie zu einer Heiligen.

Als Hedwig eilige Schritte auf dem kiesbedeckten Weg vernahm, der vom Paradiesertor zur Armengrablege führte, zog sie sich hinter dürres Gestrüpp zurück und starrte in den Nebel, um herauszufinden, wer sich da näherte. Beim Anblick des fetten Abtes, der in seiner wehenden weißen Soutane wie ein blutdürstiges Gespenst auf sie wirkte, sah sie sich nach einem Fluchtweg um.

Hugo von Waldkron war Gast im Haus ihres Feindes Ruppertus Splendidus. Der Kirchenmann stellte ihr schon seit einigen Wochen nach, doch bislang hatte sie ihm jedes Mal rechtzeitig ausweichen können. Das hatte sie Jula, der Tochter einer Nachbarin, zu verdanken, welche bei Ruppertus Splendidus als Magd arbeitete. Die hatte sie vor dem Waldkroner gewarnt. Wenn dieser

Mann eine Frau besitzen wolle, so hatte sie berichtet, ließe er kein Nein gelten, sondern nehme sie notfalls auch mit Gewalt. Hedwig geriet in Panik, denn es hieß auch, der Abt besäße trotz seines beträchtlichen Wanstes Bärenkräfte. Wenn er sie zu fassen bekam, würde er ihr Gewalt antun, und dann erginge es ihr ebenso wie Marie. Um diese Zeit würde kaum jemand ihre Hilferufe hören, und wenn doch jemand auftauchte, wäre er kaum bereit, sich den Zorn eines so einflussreichen Mannes zuzuziehen. »Vergebt mir, Onkel Matthis, Marie, dass ich heute nicht an eurem Grab beten kann.« Hedwig sah, wie der Abt sich umdrehte, als habe er ein Geräusch gehört, schob rasch ihre Blumen auf das Grab und rannte über den hinteren Teil des Armenfriedhofs auf die Hecke zu, die den Anger umgab. Die war an dieser Seite um einiges dichter als auf die Stadt zu, doch auch hier gab es Lücken, durch die ein schlankes Geschöpf wie sie sich den Weg bahnen konnte. Dafür musste sie nur lange genug unbeobachtet bleiben. Sie zog sich vorsichtig hinter ein paar Sträucher zurück, duckte sich tief auf den Boden und beobachtete, wie der Abt nun zielstrebig auf Matthis Schärers Grab zueilte. Irgendjemand musste ihm gesagt haben, dass sie am Namenstag ihrer Base dort zu beten pflegte, und ihm den Weg genau beschrieben haben.

Hedwig beobachtete, dass der Mann sich umsah und nach einigen Augenblicken zum Eingang zurücklief. Rasch zwängte sie sich vorsichtig durch die Hecke und hastete davon. Sie nahm an, dass der Abt das Paradiesertor noch eine Weile im Auge behalten würde, und lief auf den Rhein zu, um durch das Schottentor nach Hause zurückzukehren.

In ihrer Furcht, der Abt könnte sie im letzten Moment entdeckt haben und sie verfolgen, drehte sie sich immer wieder um. Dabei entgingen ihr vier Männer in bunten Kriegstrachten, die vom Rheinufer heraufkamen. Es waren Söldner, wie sie in Konstanz und Umgebung zuhauf herumlungerten und nichts anderes zu tun hatten, als auf die Befehle ihrer Hauptleute zu warten. Die vier hatten ihre Quartiere beim Schottenkloster verlassen und waren nun auf dem Weg in die Stadt. Beim Anblick eines weiblichen Wesens johlten sie auf und schwenkten auf sie zu.

Bevor Hedwig reagieren konnte, hatte einer der Soldaten sie an sich gezogen und fuhr ihr mit der freien Hand unters Brusttuch.

»Was haben wir denn da für ein feines Täubchen?«

»Lasst mich gefälligst los!«, fauchte Hedwig ihn an. »Ich bin keine Hure.«

Obwohl sie sich mutig gab, starb sie innerlich vor Angst. In der Furcht vor dem liebestollen Abt hatte sie nicht mehr an die Kriegsknechte gedacht, die sich wie ein Heuschreckenschwarm in ihrer Heimatstadt ausgebreitet hatten und den Stadtbütteln wie auch den Konzilswachen des Pfalzgrafen Ludwig, der vom Kaiser mit der Wahrung der öffentlichen Ordnung beauftragt worden war, das Leben schwer machten. Sie hätte eine Magd mitnehmen sollen, wie es sich für eine brave Bürgerstochter gehörte, fuhr es ihr durch den Kopf. Andererseits sahen die Kerle hier so aus, als würden sie sich sogar an der alten Wina vergreifen, die faltig und grau geworden war und keinen einzigen Zahn mehr besaß.

Der Mann, der Hedwig festhielt, drehte sich mit ihr zu den anderen herum. »Na, was sagt ihr dazu, Kameraden? Die Kleine ist doch ein appetitlicherer Bissen als die Hure, die wir gestern Abend hatten.«

Einer seiner Kameraden riss ihr das Tuch vom Kopf und zog an ihren langen, hellblonden Zöpfen. »Das ist sie bestimmt. Ich kann es gar nicht erwarten. Willst du mich diesmal nicht vorlassen, Krispin?«

Der andere lachte ihn aus. »Du wirst warten können, bis du dran bist. Natürlich besorge ich es ihr zuerst.«

Hedwig hatte für einen Augenblick gehofft, dass sich die Männer nur einen Spaß mit ihr machen wollten, doch nun wurde ihr klar, was ihr bevorstand, und sie öffnete den Mund, um zu schreien. Vielleicht hörten die frommen Brüder des nahen Schottenklosters sie oder wenigstens der Türmer am Tor. Doch im gleichen Moment presste der Soldat ihr die Hand auf die Lippen. »Du wirst uns doch nicht um unseren Spaß bringen wollen!«

Er zerrte Hedwig auf eine Baumgruppe am Rand einer jetzt von Zelten bestandenen Viehweide zu. Im gleichen Augenblick sah Hedwig einen Offizier den Weg heraufkommen, der den Pfälzer Löwen auf der Brust trug, und schöpfte Hoffnung. Sie trat ihren Peiniger, und bekam lange genug den Mund frei, um einen halb erstickten Schrei ausstoßen zu können.

Der Mann sah jedoch nur kurz zu der Gruppe hinüber und verzog angewidert das Gesicht, als er vier Männer und ein Mädchen entdeckte. Er schien kein Interesse zu haben, sich einzumischen, denn er ging weiter. Hedwig stöhnte auf, denn der Söldner, der sie trug, presste ihren Kopf gegen seine Schultern, so dass sich ihr Genick schmerzhaft bog. Hilflos starrte sie in die Sonne, die gerade stechend durch die Nebelschwaden brach. Daher sah sie nicht, dass der Offizier sich noch einmal umdrehte, ihre hell aufleuchtenden Haare anstarrte und ihr Gesicht mit einem ungläubigen Blick musterte.

Was auch immer er zu sehen glaubte, ließ den Pfälzer Dienstmann anderen Sinnes werden. Mit einem wütenden Fluch riss er sein Schwert aus der Scheide und vertrat den vieren den Weg. »Lasst das Mädchen los, ihr Lümmel!«

»Was soll das?«, fuhr Krispin ihn an. »Das ist unsere Hure. Also halt du dich gefälligst da raus.«

»Ich sagte: Lass sie los!« Der Offizier trat einen Schritt nach vorne und schlug Krispin die flache Klinge über den Kopf.

Der Söldner ließ Hedwig fallen und griff nach seiner Waffe, nahm dann das Wappen seines Gegenübers wahr und hielt auf halbem Weg inne. »Seit wann macht ihr Bluthunde Aufhebens wegen einer Hure?«

»Ich bin keine Hure, sondern eine Konstanzer Bürgerstochter«, schrie Hedwig auf.

Der Fremde warf ihr einen irritierten Blick zu.

Krispin winkte verächtlich ab und wollte nach Hedwig greifen, die auf Händen und Füßen von ihrem Peiniger wegstrebte. »Und wenn schon! Die Töchter und Ehefrauen der Bürger kriechen doch ebenfalls zu jedem Kerl unter die Decke, der dafür bezahlen kann.«

Der Offizier setzte ihm die Schwertspitze auf die Brust. »Wenn sie es freiwillig tun, ist es nicht meine Sache. Aber das Mädchen hat deutlich gezeigt, dass sie nicht will.«

Krispin schenkte seinen Freunden, die sich ein paar Schritte zurückgezogen hatten, einen wütenden Blick und sah den Pfälzer dann herausfordernd an. »Was du nicht sagst, du Klugscheißer! Hat nicht der Württemberger letztens ein feines Bürgerstöchterlein inmitten der Stadt auf sein Pferd gezerrt, in sein Quartier mitgenommen und es erst wieder laufen lassen, nachdem er es ihm so richtig besorgt hatte?«

»Ich will nicht behaupten, dass ich die Handlung des Grafen billige. Aber es besteht ein gewaltiger Unterschied zwischen einem Eberhard von Württemberg und einer Gossenratte wie dir. Wie ich gehört habe, soll er der Maid ein hübsches Sümmchen für ihre verlorene Unschuld bezahlt haben, und er wird demnächst sogar ihre Hochzeit ausrichten. Außerdem behielt er sie für sich und ließ sie nicht noch durch andere Kerle schänden.«

Das Schwert des Pfälzers bohrte sich in das lederne Wams des Söldners, und er schien es auf einen Kampf ankommen lassen zu wollen.

Krispin trat auf Hedwigs Rock, um zu verhindern, dass sie weglief, und sah seine Kameraden auffordernd an. »Wollen wir vier uns von einem einzelnen Wicht ins Bockshorn jagen lassen?«

Zwei schüttelten den Kopf und zogen blank, während der Vierte die Hand hob und dazwischentrat.

»Bist du verrückt, Krispin? Wenn wir uns an einem Dienstmann des Pfalzgrafen am Rhein vergreifen, droht uns der Strang.«

Die beiden anderen Söldner schoben ihre Waffen zurück in die Scheiden. Ihr Gesichtsausdruck zeigte deutlich, wie sehr es ihnen gegen den Strich ging, gegen einen einzigen Mann zurückstecken zu müssen. Aber die Haltung des Offiziers verunsicherte sie, denn der Pfälzer schien entschlossen, es mit allen zugleich aufzunehmen.

Krispin trat zurück und gab Hedwig frei. »Verdammt, man wird sich doch noch einen kleinen Scherz erlauben dürfen!«

Der Blick, mit dem er den Fremden beim Weggehen streifte, zeigte jedoch, dass dieser ihm nicht in einer dunklen Gasse begegnen sollte. Die drei übrigen Söldner folgten murrend ihrem Anführer.

Hedwig klopfte sich den Schmutz von ihrem Rock und sah neugierig zu ihrem Retter auf. Er konnte höchstens fünfundzwanzig Jahre alt sein und hatte ein kantiges, aber sympathisches Gesicht mit einer scharf geschnittenen Nase und hellblauen Augen, die sie immer noch erstaunt und zweifelnd musterten. Hedwig merkte, dass sie ihn anstarrte, und besann sich auf ihr gutes Benehmen.

»Ich danke Euch, Herr. Ihr habt mich aus einer sehr üblen Lage befreit.«

Er streckte die Hand aus und fasste vorsichtig nach einem ihrer schweren Zöpfe. »Es war dumm von dir, Mädchen, allein hier draußen herumzulaufen.«

Hedwig senkte den Kopf und starrte hilflos auf ihre Fußspitzen. »Da habt Ihr Recht. Aber ich konnte nicht auf dem direkten Weg in die Stadt zurückkehren, weil der fette Abt wieder hinter mir her war. Diesmal ist er mir bis zum Grab meiner Base gefolgt und hätte mir bestimmt Gewalt angetan, wenn ich nicht schnell genug weggerannt wäre.«

Der Mann schnaubte verächtlich, während sein Blick unverwandt auf Hedwigs Gesicht ruhte. »Es treibt sich viel zu viel Gesindel in dieser Stadt herum. Ein Abt, sagst du?«

»Ja, Hugo von Waldkron, der Abt des Klosters Waldkron …«

Hedwig bemerkte, dass ihr Gegenüber mit den Gedanken ganz woanders war. Er hielt immer noch ihren Zopf fest, rieb sich mit seiner Rechten über die Stirn und schüttelte ein paarmal den Kopf. »Du bist einfach zu jung. Nein, du kannst nicht Marie sein. Aber du siehst ihr sehr ähnlich.«

Hedwig sah überrascht auf. »Du kennst meine Base?«

Die Augen des Fremden wurden groß. »Marie Schärerin ist deine Base? Dann wärst du ja Meister Momberts kleine Hedwig.«

»Ja, ich bin Mombert Flühis Tochter.« Hedwig staunte nicht wenig, dass ein Wildfremder sie und ihre Familienverhältnisse kannte, und schämte sich gleichzeitig. Der Offizier musste sie für ein leichtfertiges Frauenzimmer halten.

»Ich bin nicht unbedacht herumgelaufen, sondern wollte an Maries Grab auf dem Armenfriedhof beten. Heute ist doch ihr Geburts- und Tauftag.«

Das Gesicht des Mannes verdüsterte sich. »Marie ist tot? Oh mein Gott!«

Hedwig hob unsicher die Hände. »Wir wissen es nicht genau. Es handelt sich um das Grab ihres Vaters, der dort von unserem Feind heimlich beerdigt worden ist. Mein Vater hat später erfahren, dass sein Schwager dort ruht, und seitdem beten wir dort auch für das Seelenheil meiner verschollenen Base.«

Der Blick des Mannes wurde so böse, dass Hedwig sich vor ihm zu fürchten begann. »Meister Matthis ist tot? Das war sicher auch die Schuld dieses Lumpenhunds von einem … Wann ist er gestorben?«

»Das wissen wir nicht. Er ist direkt nach Maries Vertreibung verschwunden.«

»Er hat also sein Unglück und die Schande seiner Tochter nicht überlebt. Ich hoffe für seine Seele, dass er nicht Hand an sich selbst gelegt hat.« Es klang wie eine Frage.

»Nein, gewiss nicht. Mein Vater ist der Ansicht, dass jemand nachgeholfen hat. Das dürfen wir zwar nicht laut sagen, aber …« Hedwig brach ab. Sie kannte den Mann nicht, und sie wusste, dass sie bestimmte Dinge keinem Fremden anvertrauen durfte. Im schlechtesten Fall war der Offizier ein Vertrauter von Magister Ruppertus, und wenn dem zu Ohren kam, was sie hier erzählte, würde es ihrem Vater übel ergehen.

»Ich rede zu viel«, sagte sie. »Bitte lasst mich gehen, Herr. Zu Hause wird man mich schon vermissen.«

Der Mann reichte ihr den Arm. »Ich begleite dich bis vor die Tür. Sonst kommen womöglich noch andere Kerle auf den Gedanken, die Situation auszunützen.«

»Woher weiß ich, ob ich Euch vertrauen kann?«, fragte Hedwig. Der Mann lachte. »In meiner Begleitung bist du sicher. Schließlich habe ich dir schon als Kind die Nase geputzt.«

Hedwig stemmte ihre kleinen Fäuste in die Hüften und funkelte ihn zornig an. »Du sagst die ganze Zeit, dass du mich und meinen Vater kennst, verrätst aber nicht, wer du bist.«

»Ich bin Michel, der Sohn des Bierschenks Guntram Adler aus der Katzgasse.«

Hedwig schob die Unterlippe nach vorne. »Das ist falsch. Der Bierschenk in der Katzgasse heißt Bruno Adler.«

»Das ist mein älterer Bruder. Also lebt auch mein Vater nicht mehr.« Michel seufzte und horchte in sein Inneres, aber da kam keine Trauer auf.

Hedwig kniff die Augen zusammen und versuchte, eine Ähnlichkeit zwischen dem schlanken, kräftigen Kriegsmann und dem schon arg in die Breite gegangenen Wirt in der Katzgasse zu finden, konnte aber nur feststellen, dass Michel um einiges besser aussah als sein Bruder. Sie hakte sich bei ihm unter und ließ sich zum Schottentor führen.

Mittlerweile war es auf den Straßen der Stadt lebendig geworden, und manch neugieriger Blick traf die beiden. Einige Matronen rümpften die Nasen und steckten die Köpfe zusammen.

»Diese Hedwig ist auch nicht besser als ihre Base. Sie lässt sich sogar offen mit ihrem Liebhaber sehen«, sagte eine von ihnen mit lauter Stimme, die eine gehörige Portion Neid verriet.

»Auf alle Fälle hat sie einen besseren Geschmack als Marie, die ihre Röcke für einen schmutzigen Fuhrknecht gehoben hat. So ein schmucker Kriegsmann könnte mir auch gefallen«, erwiderte eine andere ungeniert.

Für kurze Zeit unterhielten die Frauen sich über jene Ereignisse vor fünf Jahren, doch als ein junger Edelmann in juwelenbesetzter Tracht und unverschämt kurzem Wams vorbeikam, waren Hedwig und ihr Begleiter vergessen.

III.

»Die Meisterin lässt fragen, ob Ihr Hedwig gesehen habt, Meister.«

Mombert Flühi schüttelte nachsichtig den Kopf, denn die Stimme seines Gesellen hatte so besorgt geklungen, als frage er nach seiner Schwester oder gar seiner Braut. »Nein, Wilmar, ich habe meine Tochter heute noch nicht gesehen. Hoffentlich hat sie sich nicht allein aus dem Haus gestohlen.«

Wilmar eilte an das kleine Fenster, dessen Butzenscheiben gerade so viel Licht hereinließen, dass man in diesem Teil der Werkstatt ohne Kienspan arbeiten konnte, und blickte suchend hinaus. »Sie kann keine Magd mitgenommen haben, denn die sind alle bei der Meisterin. Gott im Himmel, wie kann Hedwig nur so leichtsinnig sein!«

Mombert Flühi sah Wilmar an, dass der junge Mann vor Angst um seine Tochter fast verging, und hob hilflos die Hände. Am liebsten hätte er ihm gesagt, dass man ein Mädchen von siebzehn nicht Tag und Nacht in einer Kammer einsperren konnte, auch nicht in einer Zeit, in der sie noch nicht einmal im eigenen Elternhaus sicher war. Wilmar hatte ihm erzählt, dass der Abt des Klosters Waldkron ein Auge auf Hedwig geworfen hatte und ihr nachstellte wie ein verliebter Jüngling. Aber er konnte nichts gegen den hochgeborenen Herrn tun, ebenso wenig wie gegen den adligen Untermieter, den er in sein Haus hatte aufnehmen müssen. Philipp von Steinzell hatte Hedwig einige Male aufgelauert und sie zu küssen versucht. Einmal war er sogar schon drauf und dran gewesen, sie mit Gewalt in seine Kammer zu schleppen, doch zum Glück hatte Wilmar Hedwig gerettet, indem er dem Junker vorlog, jemand warte auf der Straße auf ihn.

Mombert Flühi hörte, wie Wilmar mit den Zähnen knirschte, und vermutete, dass sein Geselle an die gleiche Szene dachte. Der junge Mann zog dabei ein Gesicht, als würde er am liebsten nach oben laufen, den Ritter aus seiner Kammer zerren und ihn die Treppe hinunterwerfen. Vielleicht dachte er auch an den aufgeblasenen Abt, der alle Menschen unter seinem Stand wie Leibeigene behandelte. Mombert schwor sich, Philipp von Steinzell nach dem nächsten Vorfall vor die Tür zu setzen, auch wenn er Probleme mit dem Rat der Stadt bekommen würde, der gezwungen worden war, den Standesherren und dem hohen Klerus Quartiere zu schaffen. Aber das war er seiner Tochter und dem Frieden in seinem Haus schuldig. Gleichzeitig nahm er sich vor, sich in den nächsten Tagen noch einmal beim Quartiermeister seines Viertels zu beschweren und ihn so lange zu bearbeiten, bis er ihm die Erlaubnis gab, den selbstherrlichen Ritter aus dem Haus zu weisen.

Wilmar blickte seinen Meister vorwurfsvoll an. »Ihr hättet Hedwig nicht gehen lassen dürfen.«

Mombert fuhr auf. »Hätte ich sie festbinden sollen? Wahrscheinlich ist sie in aller Frühe zum Armenfriedhof gegangen, um für

Marie zu beten, denn heute ist ja ihr Gedenktag. Wenn ich daran gedacht hätte, wäre ich mit ihr gegangen.«

Er wischte sich über die Augen und schob das Fass, an dem er gerade arbeitete, beiseite. »Mach hier weiter, Wilmar. Ich muss mir ein wenig die Beine vertreten.«

Wilmar atmete erleichtert auf, denn er wusste, dass Mombert Flühi nach Hedwig Ausschau halten wollte, und nahm seinen Platz ein. Während er sich wieder seiner Arbeit zuwandte, erschienen kurz hintereinander die drei Lehrlinge. Da sie wieder einmal zu spät kamen, waren sie sichtlich froh, als sie das Fehlen des Meisters bemerkten.

Wilmar deutete auf den hinteren Teil der Werkstatt. »Macht, dass ihr an die Arbeit kommt! Das Holz schnitzt sich nicht von selbst.«

Die drei hatten schon am Vortag den Auftrag bekommen, Fassdauben grob zurechtzuschneiden, waren aber nicht so weit gekommen, wie der Meister es erwartet hatte. Während Isidor und Adolar, die beiden jüngeren Lehrlinge, mit sichtbar schlechtem Gewissen in den hinteren Teil der Werkstatt eilten und ihr Werkzeug zur Hand nahmen, blieb Melcher, der Wilmar im Alter nur drei Jahre nachstand, mit verächtlicher Miene an der Tür stehen.

»Ich denke nicht daran, weiter solche Hilfsarbeiten zu machen. Entweder bringt Meister Mombert mir das Fassbinderhandwerk richtig bei, oder mein Vater wird mich zu einem besseren Meister schicken. Jörg Wölfling würde mich sicher gerne nehmen.«

Wilmar zog die Augenbrauen zusammen und schob den Unterkiefer vor. »Wenn dir die Arbeit bei Meister Mombert nicht passt, ist es wirklich besser, wenn du in andere Dienste trittst. Nur bezweifle ich, dass du bei Meister Jörg etwas anderes zu tun bekommst als hier. Wegen der vielen hohen Herren und ihrer Begleitung steht so viel Arbeit an, dass jeder von uns nach Kräften schaffen muss. Zetern und Maulaffen feilhalten kannst du zu Hause.«

Wilmar wandte dem Lehrling den Rücken zu, nahm die schmalen Bretter, die Adolar und Isidor bereits gespalten hatten, spannte sie in die Werkbank und schnitzte sie mit dem scharfen Zugmesser zurecht.

Melcher blieb zunächst mit geballten Fäusten am Eingang stehen, ging dann aber vor sich hin brummend nach hinten.

»Ich werde es dem Meister sagen, dass du Hedwig nachstellst«, zischte er Wilmar im Vorbeigehen zu und duckte sich sofort.

Der Geselle war schneller als er und schlug so hart zu, dass das Klatschen im ganzen Haus zu hören war. Isidor und Adolar steckten grinsend die Köpfe zusammen. Sie gönnten Melcher die Ohrfeige, denn er führte sich als Ältester unter ihnen auf, als sei er der Meister.

IV.

Mombert Flühi wollte eben zum Paradiesertor abbiegen, als die Stimme seiner Tochter hinter ihm aufklang.

»Vater, wo willst du hin?«

Mombert wirbelte trotz seines stattlichen Bauches herum, sah Hedwig am Arm eines Offiziers die Gasse von St. Stephan heraufkommen und schnappte wütend nach Luft. Nie hätte er gedacht, dass seine Tochter allen Klatschbasen von Konstanz Gelegenheit geben würde, sich das Maul über sie zu zerreißen. Wenn Hedwig in den Ruf eines Soldatenliebchens kam, verspielte sie jede Aussicht auf eine gute Heirat.

»Wo warst du? Sag mal, schämst du dich nicht, mit einem Wildfremden herumzuflanieren – und dazu auch noch mit einem Kriegsmann?«, fuhr er sie an.

Hedwig zuckte unter diesen scharfen Worten zusammen. Ihr

Begleiter hob jedoch beruhigend die Hand. »Gott zum Gruß, Meister Mombert. Ich freue mich sehr, Euch wiederzusehen.«

Hedwigs Vater starrte den Mann an und kratzte sich an der Schläfe. »Sollte ich dich kennen?«

Michel packte ihn lachend bei den Schultern.

»Aber Meister Mombert, habt Ihr so ein schlechtes Gedächtnis? Ich bin der Michel aus der Adlerschenke in der Katzgasse.«

»Einer der Brüder des jetzigen Schankwirts?« Momberts Stimme klang um keinen Deut freundlicher. Doch dann riss er die Augen auf und nahm die Wangen seines Gegenübers in beide Hände. »Tatsächlich, du bist der kleine Michel, der vor fünf Jahren verschwunden ist. Ja, ist das eine Überraschung.«

»Ja, ich bin der Michel, der deiner Nichte gefolgt ist und vergeblich nach ihr gesucht hat.« Ein Schatten huschte über Michels Gesicht.

Mombert fasste Michels Hände und drückte sie fest. »Junge, wo hast du denn so lange gesteckt? Und was machst du bei den Soldaten? Das ist doch kein Handwerk für einen braven Burschen wie dich.«

Michel wehrte seinen Überschwang ab. »Ich glaube, das sollte ich dir besser in deinem Haus bei einem Becher Wein erzählen, und nicht hier auf der Gasse, wo einen die Leute anrempeln.«

Mombert schlug sich mit der flachen Hand gegen die Stirn. »Recht hast du. Komm mit! Ich bin begierig darauf, zu hören, was du in den letzten fünf Jahren so alles getrieben hast.«

Er fasste Michel unter und zog ihn mit sich. Nach ein paar Schritten wandte er sich an Hedwig: »Wie gut, dass du Michel erkannt und mitgebracht hast. Ich wäre an ihm vorbeigelaufen wie an einem Fremden.«

Hedwig senkte beschämt den Kopf. »Ich habe Michel nicht erkannt, Vater. Ich bin doch zum Friedhof gelaufen, um Blumen auf Onkel Matthis' Grab zu legen und für ihn und Marie zu beten, und da kam der fette Abt hinter mir her. Als ich vor ihm floh, bin ich vier Soldaten in die Hände geraten, die mir Gewalt antun wollten. Hätte Michel mich nicht vor den wüsten Kerlen gerettet, wäre ich bestimmt schon tot.«

Mombert wurde bleich und hielt sich an Michel fest. »Ist das wahr? Bei Gott, dann bist du ein tapferer Recke, wie es heutzutage keinen zweiten mehr gibt.«

Michel wurde rot wie ein Mädchen. »Zu viel des Lobs, Mombert. Die vier sind weniger vor mir ausgerissen als vor dem Wappen, das ich trage.«

»Der Pfälzer Löwe!«, sagte Mombert achtungsvoll. »Du gehörst also zum Gefolge des Pfalzgrafen am Rhein?«

Michel nickte stolz. »Ich bin einer der Hauptleute seiner Fußsoldaten und wurde mit meinen Männern hierher gerufen, um die Konzilswachen zu verstärken. Unser Schiff hat gestern in Gottlieben angelegt, wo wir Quartier bezogen haben. Da ich meine Heimatstadt wiedersehen wollte, bevor der Dienst losgeht, habe ich mich noch vor Morgengrauen auf den Weg gemacht.«

»Gott im Himmel sei Dank! Ich will gar nicht daran denken, was meiner Hedwig zugestoßen wäre, wenn du nicht eingegriffen hättest. Sie ist mein einziges Kind, musst du wissen.« Meister Mombert versprach dem heiligen Pelagius in Gedanken eine große Wachskerze, weil er den jungen Kriegsmann zum richtigen Zeitpunkt geschickt hatte.

Kurz darauf erreichten sie die Hundsgasse, in der Meister Momberts Werkstatt lag. Michel kannte das Anwesen, denn er hatte Mombert Flühi früher häufig das Bier geliefert. Damals war ihm das Haus des Böttchers fast so prächtig vorgekommen wie das von Matthis Schärer. Jetzt fielen ihm die Spuren auf, die die Zeit an den Gebäuden hinterlassen hatte. Die fertigen Fässer im Hof und das für die Weiterverarbeitung abgelagerte Holz, das sich bis zur Decke eines offenen Vorbaus stapelte, verrieten, dass hier eifrig gearbeitet wurde. Dennoch schien Meister Mombert weniger wohlhabend zu sein als früher.

Das tat jedoch seiner Gastfreundschaft keinen Abbruch. Er öffnete die Haustür, rief nach Frieda, seinem Weib, und stellte ihr den unerwarteten Gast vor. Die Hausfrau verzog zunächst angewidert das Gesicht, als sie einen jungen Mann in der kriegerischen Tracht eines Pfälzer Offiziers vor sich sah, ihre Miene änderte sich jedoch jäh, nachdem ihre Tochter ihr berichtet hatte, dass Michel sie aus großer Gefahr gerettet hätte. Ehe sie sich jedoch um den Gast kümmerte, hielt sie ihrer Tochter eine kräftige Standpauke.

»Ich hoffe, dieser Zwischenfall wird dir eine Lehre sein«, schloss sie. »Mag dein Vater noch so froh sein um die Fässer, die er binden kann. Mir wäre es lieber, wenn die hohen Herren ihr Konzilium anderswo abhielten.«

Mombert hob abwehrend die Hände. »So darfst du nicht denken, Frau. Es ist eine hohe Ehre für uns, dass Kaiser Sigismund Konstanz als Ort des Konzils erwählt hat.«

Seine Frau schnaubte verächtlich. »Es ist wirklich eine hohe Ehre, wenn die Dienstmägde demnächst alle mit dicken Bäuchen herumlaufen, weil sie ihre Tugend für einen halben Groschen an einen Soldaten oder Prälaten verkauft haben.«

»So schlimm wird es schon nicht werden«, versuchte Mombert sie zu beruhigen. »Es sind genug gefällige Mägde nach Konstanz gekommen, um jeden Gast bedienen zu können. Für die hohen Herren hat man sogar die schönsten Hübschlerinnen aus dem ganzen Reich versammelt. Also muss kein Mädchen und keine Frau aus Konstanz um ihre Tugend bangen.«

»Ach ja? Und wie war das eben mit Hedwig?«, keifte Frieda.

»Schurken gibt es überall, auch hier in Konstanz. Erinnere dich nur daran, wie es der armen Marie ergangen ist.«

»Habt ihr je wieder etwas von eurer Nichte gehört?« Michels Frage erinnerte die Eheleute an ihre Pflichten einem Gast gegenüber und beendete den sich anbahnenden Streit. Hedwigs Mutter eilte in die Küche, um Wein, Wurst und Brot zu holen. Hedwig folgte ihr, denn sie wollte ihrer Mutter nicht noch mehr Grund geben, mit ihr zu schimpfen. Mombert führte Michel in die gute Stube und wies ihn den Platz am Kopf des Tisches an, auf dem er sonst zu sitzen pflegte.

»Mein Weib bringt uns gleich einen guten Schluck Wein und einen Happen. Dann kannst du mir berichten, wie es dir ergangen ist.«

»Ich würde zuerst gerne wissen, was du über Marie erfahren konntest«, erinnerte Michel ihn.

Mombert hob bedauernd die Hände. »Leider gar nichts. Und denke nicht, ich hätte mir keine Mühe gegeben. Zunächst bin ja auch ich auf das Gerücht hereingefallen, mein Schwager sei ihr gefolgt. Das hat er mir nämlich gesagt, bevor er verschwand. Als ich eine Weile nichts von ihm gehört hatte und andere Gerüchte aufkamen, wurde ich misstrauisch und begann selbst nach ihm und Marie zu suchen, doch ohne Erfolg. Von Marie gab es keine Spur mehr, und Matthis war längst wie ein Hund verscharrt worden.«

Michel beugte sich interessiert vor. »Als du misstrauisch wurdest? Wie kam das?«

»Mein Schwager hätte mir früher oder später einen Boten geschickt, um mir mitzuteilen, wie seine Sache steht, denn er hatte ja seine Geschäfte nicht geordnet und hätte sich denken können, dass die Leute mit Fragen zu mir kommen. Wie gesagt, da war ich noch überzeugt, er hätte Konstanz verlassen. Aber dann gab es Gerüchte, die mich veranlassten, etwas gegen den Mann zu unternehmen, der jetzt in seinem Haus sitzt. Als ich hörte, dass der Schafscherer Anselm einem Fremden erzählt haben soll, er hätte geholfen, Matthis Schärer auf dem Armenfriedhof zu begraben, wusste ich, dass ich Recht gehabt hatte, auch wenn es mir nichts als Ärger eingebracht hat.«

»Hedwig sagte schon, dass Meister Matthis tot sein soll. Was kann ihm zugestoßen sein?«

»Kurz nachdem Anselm behauptet hatte, meinen Schwager unter die Erde gebracht zu haben, fiel er ins Wasser und ertrank. Ein Schelm, der Böses dabei denkt, mögen die Leute sagen, weil der arme Kerl zuletzt ständig betrunken herumgetorkelt ist. Aber es ist doch eigenartig, dass der Mann, der meinen Schwager und sein Kind ins Unglück gestürzt hat, über dessen gesamten Besitz verfügt, ohne dass Matthis selbst dagegen Einspruch hat erheben können.«

Mombert seufzte tief und war froh, dass seine Frau mit dem Wein und der Brotzeit hereinkam. Er hatte schon viel zu viel gesagt und einen weiteren Prozess konnte er sich nicht mehr leisten. Als die Becher gefüllt waren, fragte er Michel nach seinen Erlebnissen.

Michel winkte ab. »Mein Leben ist wenig aufregend verlaufen. Ich war Marie bis zum Rhein gefolgt, ohne sie zu finden. Da ich nicht mehr zu meinem Vater zurückkehren wollte, heuerte ich auf einem rheinabwärts fahrenden Schiff an. Als der Kahn die Neckarmündung erreichte, stießen hinter uns zwei Schiffe zusammen, eines, das den Rhein hochfuhr, und eines, das aus dem Neckar kam. Es ging glimpflich ab, denn keines von ihnen sank. Nur auf dem Neckarschiff stürzte ein Knabe, der an der Bordwand gestanden hatte, ins Wasser. Die Strömung trieb ihn auf unseren Kahn zu. Ich bekam ihn zu fassen und zog ihn aus dem Wasser, ohne zu ahnen, dass ich einen Goldfisch geangelt hatte.«

Michel trank einen Schluck Wein und schüttelte lachend den Kopf, als könne er heute noch nicht begreifen, was ihm widerfahren war. »Der Junge war der Neffe des Pfalzgrafen am Rhein. Herr Ludwig dankte mir überschwänglich und ließ mir so viel Gold geben, wie ich mein Lebtag noch nicht auf einem Haufen gesehen hatte. Der Hauptmann seiner Wachen lud mich im Hafen, in dem wir nach dem Zwischenfall angelegt hatten, zum Wein ein und hörte sich meine Geschichte an. Ich erzählte ihm natürlich von Marie, und er schlug mir vor, Soldat zu werden. Er meinte, als Dienstmann des Pfalzgrafen käme ich weiter in der Welt herum als ein Rheinschiffer, der nur den Strom auf und ab fährt.«

»Und du hast angenommen?«, fragte Mombert neugierig.

»Ich war so betrunken, dass ich heute noch nicht weiß, was ich ihm geantwortet habe«, gab Michel zu. »Am nächsten Morgen wachte ich auf der Barke des Grafen auf und wunderte mich. Aber die Sache hat ein gutes Ende genommen.«

»Bist du zum Ritter geschlagen geworden?«, fragte Mombert aufgeregt. In den Ritterstand erhoben zu werden war der größte Wunsch vieler Männer, die den hohen Geschlechtern von Konstanz angehörten, doch nur wenigen wurde diese Gnade zuteil.

»Nein, bis zum Ritter habe ich es noch nicht geschafft. Aber immerhin bin ich Hauptmann einer Rotte Fußknechte und werde es, wenn mir das Glück treu bleibt und mein Herr mir weiterhin gewogen bleibt, zum Burgvogt oder gar zu einem Burghauptmann bringen.«

Michel klang so selbstbewusst und stolz, dass Mombert ein wenig neidisch wurde. Der schmächtige Junge von damals hatte sein Glück am Zipfel gepackt und war vom nachgeborenen Sohn eines einfachen Schankwirts zum Offizier eines der angesehensten Männer des Reiches aufgestiegen. Der Böttcher bedauerte, dass Marie das nicht hatte erleben können. Seine Nichte hätte sich bestimmt darüber gefreut. Wieder sah Mombert Maries blutig geschlagene Gestalt vor sich und musste mit den Tränen kämpfen.

In den nächsten Minuten plätscherte das Gespräch vor sich hin. Michel erzählte aus seiner Zeit als Dienstmann des Pfalzgrafen, und Mombert berichtete ihm, was sich in Konstanz zugetragen hatte. Michels Gesicht verfinsterte sich, als er jetzt in allen Einzelheiten erfuhr, wie es Magister Ruppertus gelungen war, Matthis Schärers Besitz in seine Hände zu bringen und Mombert beinahe zu ruinieren. Da Michel seinem Gastgeber jedoch nicht helfen konnte, wechselte Mombert das Thema und kam auf das Konzil zu sprechen, das die Gemüter des Reiches erregte.

»Ich bin froh, dass du zu den Anführern der Konzilswachen gehörst. Bei so vielen Fremden ist es gut, wenn ein Einheimischer die Ordnung überwacht.«

Michel drehte seinen Weinbecher in der Hand und schien zu überlegen, was er darauf antworten sollte. »Also, direkt zu den Konzilswachen gehören meine Leute und ich nicht.«

Mombert sah ihn verwundert an. »Aber du hast doch gesagt ...«

»Dass ich herbefohlen wurde. Aber nicht, um hier in voller Wehr durch die Gassen zu patrouillieren und Frauenzimmer vor betrunkenen Soldknechten oder lüsternen Mönchen zu beschützen. Wir haben eine andere Aufgabe.«

»Welche denn?« Mombert begriff nicht, dass es seinem Gast nicht behagte, darüber zu sprechen.

Michel wurde klar, dass er sich nicht zu geheimnisvoll geben durfte, wenn er keine Gerüchte in die Welt setzen wollte. »Du kennst den Magister Jan Hus?«

Mombert nickte eifrig. »Freilich! Das ist ein braver, gottesfürchtiger Mann. Ich habe ihn einmal predigen gehört. Er drückt genau das aus, was wir einfachen Bürger denken.«

»Das solltest du nicht zu laut sagen. Magister Hus hat sich bei etlichen hohen Herren unbeliebt gemacht. Meine Leute und ich sind hier, um zu verhindern, dass er Konstanz ebenso verstohlen verlässt wie Papst Johannes.«

»Hat es sich schon so weit herumgesprochen, dass der einzige Papst, der dem Ruf des Kaisers gefolgt war, in aller Heimlichkeit abgereist ist?«

Michel lächelte sanft. »Der Pfalzgraf erfährt alles, was in dieser Stadt und dem Bistum passiert. Sonst könnte er seine Pflicht dem Kaiser gegenüber nicht erfüllen. Im Umkreis des Kaisers hat man erwartet, dass Johannes das Weite sucht, nachdem ihm der

Rücktritt ans Herz gelegt wurde. Wer einmal ganz oben ist, steigt halt nicht so gerne wieder herab.«

Mombert blickte Michel verschwörerisch an. »Gehörst du zu denen, die Papst Johannes zurückbringen sollen?«

»Dann wäre ich nicht mehr hier. Nein, ihm hat der Kaiser seine eigenen Leute nachgesandt. Ich glaube nicht, dass es lange dauern wird, den Papst einzufangen. Jetzt bewegt die hohen Herren mehr die Frage, was mit dem Tiroler Herzog geschehen wird, der Johannes zur Flucht verholfen hat. Gerüchteweise habe ich gehört, dass der Kaiser die Reichsacht über ihn verhängen wird. Dann dürfte der Mann den Spitznamen Friedel mit der leeren Tasche zu Recht tragen.«

Mombert grinste breit und schnipste mit den Fingern. »Das käme mir recht, denn dann könnte ich einen unangenehmen Untermieter loswerden. Philipp von Steinzell ist nämlich ein Lehensmann Friedrichs von Habsburg. Wenn dieser in Reichsacht getan wird, muss auch der Steinzeller Konstanz verlassen.«

Michel runzelte verwundert die Stirn, denn die Stimme seines Gastgebers hatte giftig geklungen. Er wollte schon nachfragen, was es mit diesem Philipp von Steinzell auf sich hatte, als draußen ein Gepolter ertönte, gefolgt von einem unterdrückten Fluch und dem hellen Schrei eines weiblichen Wesens.

Michel sprang auf, doch Mombert war trotz seiner Beleibtheit vor ihm an der Tür und stürmte hinaus. Auf der Treppe stand ein junger Mann in der farbenfrohen Kleidung eines Edelmanns und hielt die heftig strampelnde Hedwig in den Armen. Das Mädchen hatte ein auf einer Stufe abgestelltes Fässchen hinabgestoßen und den Junker gebissen, denn von den Fingern, die auf ihrem Mund lagen, rann Blut. Offensichtlich hatte Philipp von Steinzell Hedwig aufgelauert, um sie in seine Kammer zu zerren.

»Du Hundsfott, ich schlage dir den Schädel ein!«, brüllte Mombert so laut, dass man ihn noch auf der Straße hören musste.

Die Drohung schien den Ritter zu erheitern. »Na, komm doch,

du Mehlkloß, wenn du dich traust. Ich schwöre dir, ich verabreiche dir die derbste Tracht Prügel, die du jemals eingefangen hast.«

»Das muss ich mir in meinem eigenen Haus nicht gefallen lassen!«, schäumte Mombert auf, zuckte jedoch zurück, als der Mann seine freie Hand hob. Da er für den geübten Krieger kein gleichwertiger Gegner war, beschränkte er sich weiterhin darauf, lauthals zu schimpfen. »Lass sofort meine Tochter los, du Lump. Dann packst du deine Sachen und verschwindest. Ich will dich hier nicht mehr sehen.«

Der Ritter lachte ihn aus. Doch dann schien er einzusehen, dass der Böttcher die halbe Stadt herbeischreien würde, und ließ das Mädchen los. Hedwig konnte sich gerade noch am Geländer festhalten und den Sturz abfangen. Schnell kam sie wieder auf die Füße und huschte hinter den Rücken ihres Vaters. Philipp von Steinzell presste die Kiefer zusammen, starrte zornig auf die beiden herab und rieb sich die blutende Linke. Für einen Augenblick sah es so aus, als wolle er auf Mombert losgehen, um ihn für sein Dazwischentreten zu züchtigen.

Michel, der an der Tür stehen geblieben war, trat in den Flur hinaus, bereit, dem Böttcher beizustehen. Philipp konnte in dem spärlichen Licht, das aus dem Zimmer fiel, nur seinen Umriss sehen und den seines langen Schwertes. Sofort zuckte er zurück, wandte sich mit einem halb wütenden, halb enttäuschten Schnauben ab und stieg die Treppe hoch. Oben drehte er sich noch einmal um und blickte verächtlich auf Mombert herab.

»Wir sind noch nicht fertig miteinander, Fettkloß. Du hast mir und meinem Diener Quartier zugesagt, solange das Konzil dauert, und das werde ich auch in Anspruch nehmen.«

Sein Blick verriet, dass er seine Absichten noch nicht aufgegeben hatte.

Momberts Kopf schwoll rot an, und er machte Miene, seinem Quälgeist nach oben zu folgen und ihn wider alle Vernunft handgreiflich zur Rede zu stellen. Doch als er den Fuß auf die erste Stufe stellte, nahm er seinen ältesten Lehrling wahr, der sich weiter hinten im Flur herumdrückte und seinen Meister anstarrte. Da Mombert die Tür zur Werkstatt nicht hatte knarren hören, musste Melcher schon dort gewesen sein, als der Ritter Hedwig belästigte. Nun ergoss der Zorn des Böttchers sich über den Jungen.

»Was hast du hier zu suchen, du fauler Schwachkopf?«, schrie er ihn an und bedachte ihn mit einigen weiteren Unfreundlichkeiten.

»Wilmar hat mich geschickt, um zu fragen, wann Ihr in die Werkstatt kommt. Wir haben viel Arbeit.« Melcher lachte seinem Meister dabei respektlos ins Gesicht.

Mombert ging auf den Burschen zu und hob die Hand, um ihm eine Ohrfeige zu versetzen, blieb dann aber stehen und winkte ärgerlich ab.

»Ich bin weder dir noch Wilmar Rechenschaft schuldig. Gerade habe ich einen Gast, um den ich mich kümmern muss, sag ihm das.« Mombert drehte sich brüsk um, fasste Michel bei der Schulter und schob ihn in die gute Stube zurück.

Melcher starrte eine Weile auf die Stubentür, hinter der sein Meister mit Hedwig und Michel verschwunden war, und blickte dann nach oben, wo man Ritter Philipps Fluchen durch die geschlossene Kammertür hören konnte. Ein paar heftige Atemzüge später horchte er an der Tür zur Werkstatt, um festzustellen, ob man dort auf die Geschehnisse hier draußen aufmerksam geworden war. Als nur die normalen Arbeitsgeräusche zu hören waren, schlich er erneut zur Tür der guten Stube und legte sein Ohr an das Holz. Nach einer Weile wandte er sich enttäuscht ab und schlüpfte durch die Vordertür ins Freie.

Draußen sah er sich sorgfältig um und rannte dann die Gasse hinab. Nach wenigen Minuten erreichte er eine Weinschenke in Hafennähe, die trotz der frühen Stunde bereits gut besucht war.

Dort blieb er hinter der Eingangstür stehen und hielt Ausschau. Die Person, die er suchte, schien ihn erwartet zu haben, denn er wurde von einer kräftigen Faust gepackt und in einen leeren Nebenraum gezerrt.

»Da bist du ja endlich! Ich warte schon seit gestern auf dich. Erzähl mir, was geht in Flühis Haus vor? Gibt es etwas Neues?« Es war Utz, der Fuhrmann, der in einer Zeit, in der jeder Fuhrknecht den doppelten Lohn erhielt, weil es galt, die zahlreichen Gäste in Konstanz und Umgebung zu versorgen, in einer Schenke herumsaß.

Der Junge stellte sich auf die Zehenspitzen und brachte seinen Mund nah an Utz' Ohr. »Es hat einen weiteren Streit zwischen dem Meister und dem Ritter gegeben, und Flühi ist so laut geworden, dass ihn die Leute noch drei Häuser weiter schreien gehört haben. Er hat gedroht, Herrn Philipp den Schädel einzuschlagen, wenn er Hedwig noch einmal anfasst.«

»Zumindest kannst du es bezeugen.« Es klang wie ein Befehl. Melcher nickte eifrig. »Ich kann es beschwören!«

»Nicht bevor ich es dir sage. Ich warne dich, halte allen anderen gegenüber deinen Mund und tu nur, was ich dir sage.«

»Freilich, Utz, das ist doch klar.«

Der Fuhrmann zerzauste Melcher grinsend das Haar. »Wenn du auf mich hörst, wirst du es noch weit bringen, Melcher.«

»Du hältst doch, was du mir versprochen hast, nicht wahr? Der Gefolgsmann eines hohen Herrn zu werden ist doch etwas anderes, als Bretter und Fassdauben für Meister Mombert zuzuschneiden.«

»Das will ich meinen«, stimmte Utz ihm lachend zu. »Wenn alles vorüber ist und du mir brav gehorcht hast, bringe ich dich zu einem Herrn von Stand, der dich in seinen Dienst nehmen wird. Das ist schon abgemacht. Dann wirst du auch so schmucke Kleider tragen wie die Offiziere, die du so bewunderst. Aber geh jetzt! Ich will nicht, dass man dich vermisst.«

Melcher lief mit verklärter Miene davon. Utz sah ihm mit einem zufriedenen Grinsen nach, bis der Junge zwischen den Leuten auf der Gasse untergetaucht war, und kehrte an seinen Tisch zurück, um seinen Wein auszutrinken. Wenig später schlenderte er scheinbar ziellos durch die Gassen und blieb vor dem Münster stehen, das zum Versammlungsort des Konzils bestimmt worden war.

Sogar auf dem Vorplatz standen hohe Würdenträger und redeten mit Händen und Füßen aufeinander ein. Zwischen ihnen versuchten bewaffnete Gardisten, ihre Herren im Auge zu behalten und gleichzeitig die fliegenden Händler zu vertreiben, die sich allzu frech herandrängten, um Speisen und Leckereien zu verkaufen.

Utz wanderte wie ein müßiger Gaffer durch die Menge, wich den Soldaten geschickt aus und erreichte so den oberen Münsterhof, in dessen Mitte eine Gruppe von Chorherren heftig miteinander diskutierte. Utz hörte den Mönchen, deren Hauptanliegen die wenige Tage zurückliegende Flucht des Papstes war, eine Weile scheinbar aufmerksam zu und hielt dabei das Nordtor im Auge. Als der Mann, den er erwartet hatte, im wallenden Talar eines Gelehrten heraustrat, löste sich der Fuhrmann aus dem Schatten der Augustinermönche und kreuzte wie zufällig seinen Weg.

»Die Sache mit dem Steinzeller und Mombert Flühi kann in den nächsten Tagen über die Bühne gehen«, sagte er leise.

Magister Ruppertus Splendidus neigte das Haupt, ohne den Fuhrmann anzublicken, und drehte sich zum Abt des Klosters Waldkron um, der hinter ihm das Münster verlassen hatte.

»Wollen wir gemeinsam nach Hause gehen, Herr Hugo? Dabei könntet Ihr mir berichten, wie Eure morgendliche Jagd ausgegangen ist.«

Hugo von Waldkrons Gesicht verzog sich für einen Moment. Ruppert registrierte den wortlosen Gefühlsausbruch mit einem maliziösen Lächeln, legte dem Kirchenmann den Arm um die Schulter und zog ihn zu sich heran, als wolle er ihn stützen.

V.

Als Marie vom Lichten Berg bei Meersburg aus zum ersten Mal seit Jahren wieder die blauen Wasser des Bodensees vor sich liegen sah, begann ihr Rücken erbärmlich zu jucken.

Es war ein herrlicher Frühlingstag. Da die Luft klar war, glaubte sie, im Süden den wuchtigen Hauptturm des Konstanzer Münsters erkennen zu können, und dachte an den goldenen Wetterhahn über dem Chorfirst. Ihn hatte sie bei ihrer Vertreibung aus der Stadt als Letztes bewusst wahrgenommen. Für einen Moment stellte sie sich vor, er würde bei ihrer Rückkehr krähen wie ein richtiger Gockel. Laut würde sein Ruf über die Dächer schallen und verkünden, dass sie zurückgekehrt war, um Rache zu üben.

Schnell schüttelte sie diesen Gedanken ab. Wenn sie überleben und ihre Rache unbehelligt vorbereiten wollte, durfte sie nicht auftreten wie ein hoher Herr, der lautstark sein Recht forderte, sondern musste sich so leise und unauffällig einschleichen wie ein Mäuschen. Das konnte nur gelingen, wenn niemand sie erkannte und sie nicht ins Gerede kam. Außer Hiltrud hatte keine der anderen Huren, mit denen sie in ihre Heimat reiste, von ihrer Geschichte erfahren. Selbst Jobst, der Werber, wusste nicht, dass sie einst eine Konstanzer Bürgerstochter gewesen war.

Sie waren sechzehn Hübschlerinnen, wie Jobst sie schmeichlerisch nannte. Nur ein paar von ihnen waren bemerkenswert hübsch, aber alle hatten angenehme Gesichtszüge und eine gute Figur. Es befand sich keine Pfennighure unter ihnen. Die kamen von allein, wie Jobst gespottet hatte, da die ungewöhnlich große Ansammlung von Waffenknechten, Dienstboten und

Mönchen sie anzog wie ein Pferdeapfel die Fliegen. Der Hurenwerber brachte Nachschub für die besseren städtischen Bordelle,
in denen die Mitglieder des Konzils nach langen und schwierigen
Verhandlungen Entspannung suchten, und ein paar Frauen, die
wie Marie und Hiltrud auf eigene Rechnung arbeiten wollten.
Jobst hatte einen Wagen gemietet, der bei schlechterem Wetter
rundum geschlossen werden konnte, damit keine von ihnen zu
Fuß gehen musste oder ihm gar krank wurde. Jetzt war die Plane
hochgebunden, damit die Frauen die Landschaft betrachten und,
wie Marie im Geheimen spöttelte, selbst schon von den Reisenden begutachtet werden konnten. Jobst saß vorne auf einem
Brett, das als Bank quer über den Seitenwänden befestigt worden
war, und verkürzte den Frauen die Reise, indem er Geschichten
über die Gegenden erzählte, durch die sie kamen. Jetzt blickte er
auf die müde Schar herab und wies auf den See. »Eure schöne,
freie Zeit geht nun zu Ende. Heute Abend werden wir drüben in
Konstanz sein, und dann dürft ihr ordentlich anschaffen.«
Die Frauen sahen sich erleichtert an, denn sie fühlten sich wie
zerschlagen und sehnten nur noch den Augenblick herbei, in der
sie das holpernde Gefährt verlassen konnten. Kordula, die Älteste unter den Huren, drückte es drastisch aus. »Es wird auch
Zeit, Jobst. Mein Hintern ist schon ganz zerstoßen.«
»Aber nicht so, wie du es sonst gewohnt bist«, spöttelte Helma,
die den weichen Teil ihrer Habe zu einem Polster zusammenge-
bunden hatte, um sich gegen die Schlaglöcher zu schützen.
Die anderen hatten ihre Decken gefaltet und auf das blanke Holz
gelegt, doch das half nur wenig. Der stabile Wagen war für Fässer
und ähnlich schweres Gut gebaut worden und völlig ungeeignet
für das empfindliche Gesäß einer Frau. Das bekam der Hurenwerber nun von allen Seiten zu hören.
Jobst zog beleidigt die Augenbrauen hoch und hieß den Fuhrknecht, der neben den beiden Pferden einherging, das Gespann
anzuhalten. »Wenn euch so viel daran liegt, Bewegung zu be-

kommen, dann steigt aus. Wir legen den Weg zum Ufer zu Fuß zurück.«

Er sprang über den Rand des Wagenkastens und landete mit einer angedeuteten Verbeugung auf dem Boden. Dann reichte er Marie, die als Erste aufgestanden war, die Hand. Sie warf sich die Decke über die Schulter, hob ihr Bündel auf und ließ sich von ihm hinunterhelfen. Hiltrud folgte ihr auf dem Fuß. Sie legte Marie, kaum dass sie ihr Gleichgewicht wiedergefunden hatte, die Hand auf die Schulter und schob sie ein Stückchen weiter, um mit ihr zu reden. Die Berührung verstärkte den Juckreiz auf ihrem Rücken. Sie begann sich heftig zu kratzen.

»Was hast du? Du wirst dir doch keine Krankheit zugezogen haben?«, fragte Hiltrud besorgt.

Marie bewegte die Schultern, um die Spannung zu lindern. »Es juckt, als wären die Narben auf meinem Rücken noch ganz frisch.«

»Wir hätten nicht herkommen dürfen.« Hiltrud hatte ihre Stimme gedämpft, so dass die Frauen hinter ihnen sie nicht verstehen konnten.

Marie schüttelte abwehrend den Kopf. »Nein, es war die richtige Entscheidung, ich muss mich meiner Vergangenheit endlich stellen.«

Hiltruds Rechte fuhr heftig durch die Luft. »Vergiss, was damals gewesen ist. Versuche, in Konstanz so viel wie möglich zu verdienen, und schau, ob du mit diesem Geld und den Ersparnissen in deiner Tasche irgendwo anders ein neues Leben beginnen kannst.«

»Du meinst: Wir sollten danach ein neues Leben anfangen. Dagegen habe ich nichts. Aber keine Stadt wird zwei Frauenzimmern zweifelhafter Herkunft das Bürgerrecht verleihen, es sei denn, wir wären reich genug, uns die Söhne des Bürgermeisters als Ehemänner kaufen zu können.«

Hiltrud wusste, dass Marie Recht hatte und sie einem Traum

nachhing. Dennoch begann sie zu lachen. »Wer weiß, vielleicht verdienen wir tatsächlich so viel. Jobst zufolge sollen die Konzilherren ja sehr freizügig sein.«

»Wollen wir es hoffen«, sagte Kordula, die zu Marie und Hiltrud getreten und die letzten Worte gehört hatte. Jetzt musterte sie Hiltrud kritisch. »Für uns beide wäre es nicht schlecht, wenn wir uns nach dem Konzil vom Geschäft zurückziehen könnten. Schließlich sind wir gerade noch jung genug, ein oder zwei Bälger in die Welt zu setzen. In ein paar Jahren werden wir zahnlose alte Vetteln sein.«

Marie verzog das Gesicht, als sie das hörte. Wer sollte eine Hure schon heiraten außer vielleicht ein Abdecker, Totengräber oder Scharfrichter, Männer eben, die in ihren Städten zu den unehrlichen Leuten gehörten und die nicht einmal eine Magd nehmen wollte, geschweige denn eine Bürgerin. Und selbst diese Männer stellten noch Ansprüche, wenn auch mehr an Geld als an Aussehen. Sie schüttelte diesen Gedanken ab und stapfte den Weg hinab, den Jobst ihnen wies.

Hiltrud und Kordula folgten ihr auf dem Fuß, während Helma und Nina sich an den Hurenwerber hingen und ihn umgurrten. Jobst hatte die beiden dazu überredet, sich in einem der städtischen Bordelle einzumieten, und auch Marie und Hiltrud das Leben darin in den schönsten Farben ausgemalt. Bei ihnen war er jedoch abgeblitzt, denn sie wollten ebenso wie Kordula auf eigene Rechnung arbeiten und nicht einen großen Teil des mühsam erarbeiteten Lohnes für ein löchriges Dach über dem Kopf und schlechten Fraß an einen Wirt abgeben. Irgendwann hatte Jobst aufgegeben und ihnen ein Häuschen am Ziegelgraben versprochen, allerdings für einen Wucherzins, und er hatte ihnen gleich die ersten drei Monatsraten abgeknöpft.

Marie kannte den Teil der Stadt, in dem der Ziegelgraben lag. Vor fünf Jahren war dort unbebautes Land gewesen, Rheinwiesen, auf denen die ärmeren Städter Gras für ihre Ziegen gemäht hatten. Daraus schloss Marie, dass ihre Unterkunft kaum mehr sein würde als ein Stall. Das schreckte sie nicht, denn Hiltrud und sie hatten ihre Winterquartiere auch jedes Mal wohnlich herrichten müssen, und Kordula hatte ihnen schon angeboten, sich als Dritte an der Arbeit und den Kosten zu beteiligen. Das letzte Wort war zwar noch nicht gesprochen, doch Marie war dafür, sich mit der älteren Hure zusammenzutun. Kordula erinnerte sie an Gerlind, die sie vor fünf Jahren kennen gelernt hatte, auch wenn die breithüftige Frau jünger war als Gerlind damals.

Marie schob die Gedanken an das, was auf sie zukommen mochte, erst einmal beiseite, sondern konzentrierte sich auf den steinigen, von Baumwurzeln überwucherten Weg, der sich zwischen alten Baumriesen zum See hinabschlängelte. Obwohl es noch März war, brannte die Sonne von einem wolkenlosen Himmel. Daher waren die Frauen nun froh, im Schatten wandern zu können. Am Morgen war es noch bitterkalt gewesen, und die meisten trugen noch ihre wollenen Überwürfe oder hatten zwei Kleider übereinander gezogen, in denen sie jetzt schwitzten. Auch Marie lief der Schweiß in dünnen Bächen über den Rücken und reizte die Narben zusätzlich.

Hiltrud bemerkte, wie sie unbehaglich die Schultern bewegte, und fuhr ihr mit den Fingerspitzen über den Rücken. Marie drehte sich dankbar zu ihr um und sah dabei, wie der Fuhrmann hinter ihnen sein Gespann wendete, um zurückzufahren. Von hier unten hatte er eine gewisse Ähnlichkeit mit Utz, was an der Tracht liegen mochte. Jetzt wurde Marie bewusst, wie viel Glück sie bisher gehabt hatte, denn Jobst hätte auch auf ihren Peiniger treffen können, als er den Wagen mietete. Sie hoffte, der Mann würde wegen des Konzils so viel zu tun haben, dass die Gefahr, ihm in Konstanz zu begegnen und von ihm erkannt zu werden, nicht sonderlich groß war.

Als der Wald den Blick auf den See freigab, sahen die Frauen, dass sie nicht die einzigen Reisenden waren, die zu den Schiffen hinabstiegen. Vor ihnen schritt eine Gruppe von Männern, die die wallenden Talare und die Kappen der Gelehrten trugen, gemächlich den Hang hinab. Als die kichernden, schwatzenden Hübschlerinnen sie einholten, erstarb die gelehrte Unterhaltung, und das würdevolle Gehabe fiel von ihnen ab. Sie musterten die Frauen mit gierigen Blicken, und der eine oder andere deutete eine obszöne Geste an. Doch ihre fadenscheinige Kleidung und die durchgetretenen Schuhe deuteten darauf hin, dass keiner von ihnen genug Münzen in seinem Beutel hatte, sich eine der Huren leisten zu können. Trotzdem sprach einer Nina an, die ihm einen koketten Blick zuwarf und ihren Preis nannte.

Marie achtete nicht darauf, was der Mann erwiderte, sondern blickte nach vorne, wo unterhalb des Steilhangs ein wackelig aussehender Steg in den See ragte. An ihm lag ein großer Nachen vertäut, der schon hoch mit Säcken und Kisten beladen war, während sich die ersten Passagiere an der Bordwand drängten. Das Boot schien viel zu wenig Platz für die Gruppe der Huren und die Gelehrten zu bieten, zumal sich auch noch ein Reiter auf einem Maultier auf dem Hochuferweg von Uhldingen näherte. Seine Kleidung verriet von weitem, dass er dem geistlichen Stand angehörte, und kurz darauf konnte man an seinen Abzeichen sehen, dass er der Abt eines Benediktinerklosters sein musste. Als er sein Reittier an den Hübschlerinnen vorbeitrieb, sprachen der überhebliche Ausdruck seines feisten Gesichts und die Art, wie er seine Kutte und seinen Übermantel an sich raffte, um nicht mit den Frauen in Berührung zu kommen, jeder christlichen Demut Hohn.

Der Abt ritt auf den Steg hinaus bis zum Nachen und ließ sich von zwei Schifferknechten aus dem Sattel helfen. Einer der Knechte reichte ihm den Arm, damit er über die Bordwand steigen konnte, während der zweite das Maultier zu einigen Gebäuden führte, die etwas abseits von der Anlegestelle auf dem bewaldeten Hochufer standen.

»He, ihr da! Macht, dass ihr einsteigt. Ich will Konstanz noch vor Einbruch der Nacht erreichen«, bellte der Schiffer die Huren und die gelehrten Herren gleichermaßen an. Die Männer drängten sich nach vorne und stießen Helma und Nina dabei grob beiseite.

Kordula, die sich wieder zu Hiltrud und Marie gesellt hatte, tippte sich auf die Stirn. »Zuerst versuchen die Herren Magister, bei unsereinem Eindruck zu schinden, um umsonst zum Zug zu kommen, und dann benehmen sie sich wie Gassenrüpel.«

Hiltrud und Marie stimmten ihr lächelnd zu und folgten schnell der Anweisung eines Schiffsknechts, um zu vermeiden, dass der Mann sie unter dem Vorwand, ihnen helfen zu müssen, begrabschte. Das Boot war so überfüllt, dass sie auf die Fracht klettern mussten. Marie kam neben dem Abt zu sitzen. Der schnaubte verächtlich und drehte die Nase weg, als würde ihr Geruch ihn anwidern. Doch Marie beobachtete, wie er sie aus dem Augenwinkel taxierte. Mit einem Mal leckte er sich die Lippen und machte eine Bewegung, als wolle er ihr in den Ausschnitt greifen. Sie wich zurück, so weit sie konnte, drehte ihm den Rücken zu und zog ihr Schultertuch über den Kopf, um zu verhindern, dass er ihre Haare berührte. Kordula, die zwischen ihr und Hiltrud saß, stieß sie mit einem leicht boshaften Lächeln an.

»Ich kenne den Mann neben dir. Das ist Hugo, der Abt des Klosters Waldkron. Mich wundert, dass er dich so anstarrt. Der ist dafür berüchtigt, Jagd auf unschuldige junge Mädchen zu machen. Manchmal lässt er sich auch Hübschlerinnen kommen, die noch kindhaft wirken.«

»Während ich weder jung bin noch unschuldig aussehe«, spottete Marie.

»So habe ich es nicht gemeint. Ich frage mich nur, wieso er sich plötzlich für eine erwachsene Frau interessiert …« Kordula legte den rechten Zeigefinger an die Nase, als helfe ihr das beim Nachdenken. »Als ich ihn das letzte Mal sah, hielt er sich ein Mädchen als Geliebte, das dir ähnlich sah. Jedenfalls war sie so blond wie du und hatte auch so ein Madonnengesicht. Kann sein, dass du dir schon einen treuen Kunden angelacht hast.«

Marie zuckte mit den Schultern. »Wenn er gut zahlt, kann er mich haben.«

Kordula beugte sich vor und dämpfte ihre Stimme noch mehr. »Sei vorsichtig. Der Abt ist einer von der widerwärtigen Sorte, die es liebt, Frauen zu schlagen und zu quälen. Die Kleine, die ich eben erwähnt habe, hat sich bei mir ausgeweint und mir Sachen berichtet, die mir ...« Was Kordula weiter über den Mann erfahren hatte, blieb ungesagt, denn gerade löste einer der beiden Knechte des Schiffers die Leinen, und der Nachen begann bedenklich zu schwanken. Kordula schrie auf und klammerte sich an den Packen, auf dem sie saß.

Der Schiffer stieß den Nachen mit einer langen Stange vom Ufer ab und stakte auf den offenen See hinaus, während die beiden Knechte das Segel am Mast hochzogen. Als die Leinwand sich unter dem Druck des Windes bog, legte er die Stange weg und griff nach dem Ruder. Eine Brise aus nördlicher Richtung trieb den schwerfälligen Kahn auf den See hinaus.

Marie war diese Art zu reisen von früher gewohnt, denn ihr Vater hatte sie öfter nach Meersburg mitgenommen. Daher machte ihr das Schaukeln nichts aus. Auch Hiltrud nahm es gleichmütig hin, doch Kordula starrte noch eine Weile ängstlich auf das sich entfernende Ufer. Als sie sich beruhigt hatte und das Gespräch wieder aufnahm, war der Abt vergessen, denn sie interessierte sich nur noch für das, was sie in Konstanz erwarten mochte.

Marie war so angespannt, dass sie nur einsilbige Antworten gab. Obwohl sie jahrelang zusammengezuckt war, wenn der Name ihrer Heimatstadt fiel, brannte sie nun darauf, sie wieder zu betreten. Sie sah den Höhenrücken des Taborbergs zu ihrer Rechten allmählich zurücktreten und konnte nun schon die Petershausener Vorstadt erkennen. Das Schiff hielt jedoch nicht auf deren Ufer zu, sondern umrundete die Halbinsel und steuerte die Anlegestelle beim Stapelhaus der welschen Kaufleute an. Das Ufer vor dem hoch aufragenden Gebäude wimmelte von Menschen. Marie geriet in Panik, weil sie nichts anderes denken konnte, als dass man sie sofort erkennen und den Bütteln übergeben würde. Um ihre Angst zu bekämpfen, wiederholte sie ein über das andere Mal in Gedanken die Versicherung, die Jobst ihr gegeben hatte: Alle geladenen Besucher standen unter dem Frieden des Kaisers und durften nicht behelligt werden. Das galt auch für die Hübschlerinnen.

Als das Segel eingeholt wurde und der Nachen sich unter dem Druck der Stake dem befestigten Uferstreifen näherte, streckten sich Dutzende Arme dem Schiff entgegen. Einige fingen die Leinen auf, die die beiden Schiffsknechte ihnen zuwarfen, und schlangen sie um die dafür vorgesehenen Pfähle. Andere schoben zwei Planken hinüber, so dass die Passagiere das Boot halbwegs bequem verlassen konnten. Trotzdem stellten sich die Schifferknechte rechts und links neben den Brettern auf, um ihren Fahrgästen an Land zu helfen und Trinkgeld zu kassieren.

Als Erster zwängte sich Abt Hugo nach vorne und streckte den Knechten die Arme entgegen. Sie hoben ihn keuchend an, stemmten ihn über die Bordwand und hielten ihn fest, bis er sicher auf dem Trockenen stand. Ein Trinkgeld erwarteten sie jedoch vergebens, denn der Abt übersah ihre ausgestreckten Hände, raffte seinen Mantel an sich und schob sich mit seiner umfangreichen Gestalt rücksichtslos durch die Menge.

Marie beobachtete, wie er auf einen Mann zuging, der in einen Talar gekleidet war. Sogar auf diese Entfernung konnte sie sehen, dass das Gewand des Gelehrten im Gegensatz zu denen, die mit ihnen gereist waren, aus gutem Tuch bestand und mit Pelz besetzt war. Auch die modische Kappe wies darauf hin, dass der Träger anders als die meisten seiner Standesgenossen über einen gewissen Reichtum verfügen musste. Der Talar verbarg die Ge-

stalt des Mannes, und dennoch kam er Marie bekannt vor. Als
er sich dem Abt zuwandte, konnte sie sein Gesicht erkennen
und glaubte im ersten Moment, das Herz bliebe ihr vor Schreck
stehen. Es war Magister Ruppert, der den Abt mit sichtlicher
Freude begrüßte und ihm den Arm um die Schulter legte.
Marie zitterte vor Aufregung und schwitzte und fror zugleich,
obwohl die Luft angenehm warm war. Am liebsten hätte sie sich
unter der Ladung verkrochen und das Boot erst verlassen, wenn
kein Mensch mehr in der Nähe war. Da der Schiffer seine le-
bende Fracht jedoch wie eine Herde Schafe von Bord trieb, klammerte sie sich wie ein kleines Kind an Hiltruds Rock und achtete
darauf, in Deckung ihrer stattlichen Freundin zu bleiben.
Hiltrud sah Marie über die Schulter fragend an und bemerkte
ihren panikerfüllten Blick. Zunächst begriff sie nicht, was ihre
Freundin so erschreckt haben konnte. Doch dann dämmerte es
ihr. »Der da drüben mit dem Geierblick, ist das dein ehemaliger
Verlobter?«
Marie nickte nur stumm, denn ihr versagte die Stimme. Dann
aber machte ihre Angst einem Gefühl alles überwältigenden
Hasses Platz, der auf sie einschlug wie damals Hunolds Ruten.
In diesem Moment wäre sie am liebsten auf den Verursacher ihres Unglücks losgegangen und hätte ihm ihre ganze Erbitte-
rung ins Gesicht geschleudert. Jeder der Umstehenden sollte erfahren, was dieser Mann für ein Lump war. Schnell gewann jedoch ihre Vernunft wieder die Oberhand, denn niemand würde
einer Hure Glauben schenken.
Als Ruppert und der Abt Richtung Fischmarkt verschwanden,
ohne sich noch einmal umzusehen, atmete sie erleichtert auf und
folgte Hiltrud, die gerade über die Bordwand sprang und leichtfüßig auf dem Uferstreifen landete.
Jobst hatte den Rest seiner Schutzbefohlenen versammelt und
winkte die beiden Nachzüglerinnen zu sich. Die Gruppe wurde
von etlichen Männern umlagert, die das Aussehen der Frauen

kommentierten und ihnen anzügliche Worte zuriefen. So ein Benehmen hätte vor fünf Jahren in Konstanz Anstoß erregt und wäre unter Umständen sogar mit dem Pranger bestraft worden. Wie es aussah, hatte das Konzil die Sitten spürbar gelockert. Einer der Kerle forderte Nina sogar dazu auf, ihre Brust zu entblößen und ihren Rock zu heben, damit man sehen konnte, ob sich ein Besuch bei ihr lohne. Die anderen lachten darüber wie über einen guten Witz, schoben ihn aber weg, als er nach Ninas Brusttuch griff.

Marie versuchte, den Schrecken abzuschütteln, den ihr Rupperts Anblick eingeflößt hatte, indem sie die umstehenden Gaffer abschätzte, um herauszufinden, wer von ihnen als Kunde in Frage kam. Doch der einzige Mann, dessen Äußeres darauf schließen ließ, dass er mehr als sechs Schillinge im Beutel haben könnte, stieß sie ab. Dabei wirkte er nicht einmal unsauber.

Es handelte sich um einen kräftigen Mann mittleren Alters mit dem Gesicht eines Bauern und der Kleidung eines Höflings. Er trug modisch enge grüne Hosen, ein reich besticktes Wams mit Pelzbesätzen und eine runde Kappe mit einem Futter aus Otterfell. Sein rechtes Augenlid hing schlaff herab, so dass nur sein linkes Auge offen stand. Mit diesem musterte er jede der neu angekommenen Hübschlerinnen, als wären es Stuten auf dem Pferdemarkt. Bei Ninas Anblick leckte er sich genießerisch die Lippen, aber als er Marie betrachtete, wurde sein Gesichtsausdruck geradezu Besitz ergreifend. Marie drehte ihm die Schulter zu, um ihm zu zeigen, dass sie kein Interesse hatte, doch aus dem Augenwinkel nahm sie wahr, dass er sie taxierte, als sei sie splitternackt. Der Mann würde wohl unter ihren ersten Kunden zu finden sein, und sie konnte nur hoffen, dass er entweder vor ihrem Preis zurückschrecken oder trotz seines groben Äußeren und seines arroganten Benehmens ein angenehmer Freier sein würde.

Der Mann schien sofort mit ihr handelseinig werden zu wollen, denn er schob die beiden jungen Männer, die sich vor ihn gedrängt hatten, grob beiseite und trat auf sie zu. Im gleichen Augenblick tauchte hinter ihm eine stark geschminkte, schwarzhaarige Frau mit einem abenteuerlich aufgeputzten Hut auf und tippte ihm auf die Schulter. Er drehte sich um und machte ihr mit einer höflichen, aber auch ein wenig spöttischen Geste Platz. Auf seinem Gesicht aber spiegelte sich der Ärger über die Störung, und das reizte die Frau so zum Lachen, dass Marie schon erwartete, ihre Brüste würden den unanständig tiefen Ausschnitt ihres Kleides sprengen. Als die Frau Jobst mit einer nachlässigen Handbewegung grüßte und sich neben ihn stellte, sah Marie, dass sie ein kleines, auffallend gelbes Tuch an ihren Gürtel geknotet hatte.

»Ich bin Madeleine aus Angers, meine Lieben«, stellte sie sich vor, »und heiße euch hier in Konstanz willkommen. Meine Freundinnen und ich haben euch schon sehnsüchtig erwartet. Hier haben sich so viele kräftige Männer versammelt, dass wir es kaum noch schaffen. Doch sosehr wir uns auch freuen, Verstärkung zu erhalten, so wollen wir nicht, dass ihr unsere Preise kaputtmacht. Einige Leute sind zwar der Ansicht, wir seien zu teuer …« – ein spöttischer Blick streifte bei diesen Worten den Mann mit dem hängenden Augenlid –, »… doch bestimmt nun einmal die Nachfrage den Preis. Neben einer stattlichen Schar weltlicher Herren bevölkern auch viele Mönche und Prälaten diese gastfreundliche Stadt, und sie alle scheinen viel nachzuholen zu haben.«

Marie und ihre Begleiterinnen wunderten sich, von der Sprecherin der Huren so freundlich empfangen zu werden. Die Schatten um Madeleines Augen verrieten jedoch, dass die Frau ihr Bett in den letzten Tagen und Wochen nur selten zum Ausschlafen benützt hatte, was bei den Preisen, die sie ihnen nannte, kein Wunder war. Einige der Huren kreischten freudig auf, als sie hörten, wie viel man hier verlangen konnte, und andere rieben sich begeistert die Hände.

»Ich bin gespannt, was hier ein Laib Brot oder ein Maß Wein kostet«, hörte Marie Hiltrud neben sich murmeln und nickte nachdenklich. Bei so vielen Menschen mussten Lebensmittel von weither herbeigeschafft werden, und das trieb die Preise hoch. Doch wenn die Freier wirklich so viel bezahlten, wie Madeleine behauptete, würden sie trotzdem gutes Geld verdienen.

Am meisten wunderte es Marie, dass an Madeleines Kleidung die gelben Hurenbänder fehlten. Nur eine dünne gelbe Litze, mit der sie den Ausschnitt ihres roten Kleides verziert hatte, und der Tuchfetzen in ihrem Gürtel deuteten auf ihr Gewerbe hin. Marie wandte sich ab. Es gehörte zum Geschäft, sich vor einem gut zahlenden Freier auszuziehen. Doch mit fast vollständig entblößten Brüsten herumzulaufen würde sie niemals fertig bringen.

Jobst kümmerte sich nicht um Madeleine, sondern teilte seine Schützlinge unter den einheimischen Hurenwirten auf. Dabei tat er sein Bestes, um die wie Marktweiber keifenden Männer zu besänftigen und zu verhindern, dass sie sich wegen der Frauen in die Haare gerieten. Nina und Helma kamen in die Obhut eines Mannes, den Marie vom Sehen her kannte. Sie wusste seinen Namen nicht, denn er hatte nicht zu den Leuten gehört, die in ihrem Elternhaus aus und ein gingen, aber er hatte ihren Vater bei einigen Begegnungen auf der Straße beinahe kriecherisch gegrüßt.

Der Hurenwirt, der schon Nina und Helma erworben hatte, griff nach Maries Arm, als wolle er sie ebenfalls für sich reservieren, und schnauzte Jobst an. »Und was ist mit den letzten drei Weibern?«

Der Hurenwerber verzog säuerlich das Gesicht. »Die wollen auf eigene Rechnung arbeiten.«

Tatsächlich waren Hiltrud, Kordula und Marie als Letzte übrig geblieben. Marie schüttelte den Griff des Wirts unwillig ab und tippte den Werber auf die Schulter. Jobsts Miene verriet ihr, dass er immer noch überlegte, wie er ihnen den Einzug in ein Bordell schmackhaft machen konnte, um neben dem Kopfgeld, das ihm der Rat zahlte, auch noch eine Ablöse von den Hurenwirten zu kassieren. Marie hatte schon mehrmals von früheren Bordellhuren gehört, dass die Mädchen für diese Ablöse geradezustehen hatten und so lange bei ihrem Bordellvater bleiben mussten, bis sie ihm dieses Geld und die Kosten für das Bett und andere Dinge zurückgezahlt hatten.

»Was ist mit unserem Häuschen?«, fragte sie Jobst nun schon das zweite Mal.

»Da werdet ihr Pech haben«, rief Helmas und Ninas Hurenwirt. »Hier in Konstanz gibt es nicht einmal mehr genug Platz, um eine Katze unterzubringen, geschweige denn drei Huren.«

Kordula stemmte die Arme in die Hüften und sah Jobst drohend an. »Du wirst uns das Haus besorgen müssen. Schließlich hast du schon das Maklergeld und die Miete für drei Monate im Voraus kassiert.«

»Der Kerl hat euch betrogen, Mädchen. Lasst euch die Summe zurückzahlen und kommt mit mir. Ich …« Der Hurenwirt redete auf Kordula und Hiltrud ein wie auf kranke Kühe, aber die beiden beachteten ihn nicht, sondern sahen Marie, die den größten Teil des Geldes aufgebracht hatte, fragend an.

Marie legte Jobst die Hand auf die Schulter. »Das Häuschen, das du uns vermietet hast, liegt doch bei St. Peter am Ziegelgraben, nicht wahr?«

Jobst nickte unglücklich. »Ja, aber ich weiß nicht, ob es noch frei ist.«

»Dann wirst du die Leute, die sich dort eingenistet haben, auf die Gasse setzen«, antwortete sie mit einem Lächeln, das nichts Gutes versprach.

Hiltrud packte ihn bei der anderen Schulter. »Und tu es gleich, sonst bekommst du Probleme.«

Zu Maries Verwunderung sprang der Edelmann mit dem hängenden Augenlid ihnen bei. »Wenn du es den Frauen versprochen und Geld dafür genommen hast, musst du ihnen das Haus übergeben.«

Marie seufzte leise. Sie würde wohl doch mit diesem Mann schlafen müssen, ganz gleich, was er zahlte. Als sich auch Madeleine zu ihren Gunsten einmischte, zog Jobst den Kopf ein und gab nach.

»Also gut! Kommt in Gottes Namen mit.« Er wandte sich brummig um und lief los. Die drei Huren, Madeleine und der Edelmann folgten ihm auf dem Fuß.

Als sie an der Predigerbrücke vorbeikamen, die zum Inselkloster hinüberführte, krampfte Maries Magen sich zusammen. Dort drüben hatte sie vor fünf Jahren vor ihrem Richter gestanden und fassungslos zugehört, wie ihr Bräutigam sie anklagte. Für einen Augenblick überlegte sie, ob sie nicht doch einen Meuchelmörder für Ruppert anheuern sollte. Dann brauchte sie selbst nicht in Erscheinung zu treten und konnte die Stadt ebenso unauffällig verlassen, wie sie sie betreten hatte. Allerdings wären dann die Mühe und die Gefahr, die sie auf sich genommen hatte, um an die Urkunden und Jodokus' Aufzeichnungen zu kommen, umsonst gewesen.

Da sie sich nun dem gemieteten Häuschen näherten, verschob sie ihre Entscheidung, auf welchem Weg sie Ruppert zu Fall bringen wollte, auf später.

Das Gebäude war nicht größer als eine Bauernkate, besaß aber ein Fenster im Giebel, das auf ein bewohnbares Dachgeschoss schließen ließ. Obwohl es ebenso wie die in gleicher Art errichteten Nachbarhäuser erst in den letzten fünf Jahren erbaut worden sein konnte, wirkte es ärmlich und heruntergekommen. Seine Fenster waren so klein, dass man kaum den Kopf hinausstrecken konnte, und mit schon löchrig gewordenen Häuten aus Schweinsblasen verschlossen. Das riedgedeckte Dach wirkte noch dicht und die Tür stabil genug, um eine gewisse Sicherheit gegen unerwünschte Eindringlinge zu bieten.

Als sie sich auf der Schwelle noch einmal umdrehte, um einen Blick über die einstige Ziegenweide zu werfen, die sich auf der anderen Seite des Ziegelgrabens erstreckte und mit Zelten, primitiven Hütten und Häusern, an denen teilweise noch gebaut wurde, übersät war, sah sie weiter rheinabwärts den Ziegelturm stehen und bekam Herzklopfen. Von nun an würde sie jedes Mal, wenn sie aus der Tür trat, an den Tag erinnert werden, an dem ihr Leben zerstört worden war. Am liebsten hätte sie einen Rückzieher gemacht und Jobst um ein Zimmer in einem Bordell gebeten. Doch dann schalt sie sich eine Närrin. Der Anblick des wuchtigen Turms war auch nicht schlimmer als die gelben Bänder an ihrem Kleid, die sie täglich an die Schändung und die daran anschließenden Demütigungen und Schmerzen erinnerten. Sie sah nach St. Peter hinüber, als könnte die Kirche ihr Kraft, Vernunft und die innere Ruhe geben, die sie in der nächsten Zeit benötigen würde.

In dem von den drei Freundinnen gemieteten Haus wohnten so viele Menschen, dass sie eigentlich nur abwechselnd oder im Stehen darin schlafen konnten. Marie zählte fünfzehn Mönche, die sich die beiden unteren Stuben mit noch einigen abwesenden Mitbrüdern teilten, während ein Ritter mit seinen beiden Knechten im Dachstübchen Unterschlupf gefunden hatte. Als Jobst die Leute aufforderte, das Gebäude zu räumen, schimpften und fluchten sie und drohten handgreiflich zu werden. Aber der Ritter, der das Haus gemietet hatte, begriff schnell, dass hier Huren einziehen wollten, und versuchte, seinen eigenen Vorteil daraus zu ziehen. Er bot den Frauen an, die Mönche eigenhändig hinauszuwerfen und ihnen die unteren Stuben zu überlassen. Es stellte sich heraus, dass der Mann den Mönchen Geld abverlangt hatte, selbst jedoch den Mietzins schuldig geblieben war. Daher bestand Jobst darauf, dass er ebenfalls auszog. Bevor der Streit eskalierte, griff der Edelmann ein, der die Gruppe begleitet hatte, und befahl dem Ritter kurzerhand, sich ein neues Quartier zu suchen. Zu Maries Verblüffung gab dieser sofort nach.

Während die nachrangigen Mönche und die Dienstmänner des Ritters das Gepäck hinaustrugen, machte der Ritter sich an Marie heran, und die ranghöheren Fratres hatten offensichtlich vor, sich von Hiltrud und Kordula den Auszug versüßen zu lassen. Hiltrud steckte den Kopf in eine der beiden Kammern im Erdgeschoss und schüttelte sich, als sie den Schmutz sah, der sich hier angesammelt hatte. Die Mönche, die hier gewohnt hatten, schienen mehr Wert auf die Pflege ihrer Seele als auf die ihrer Umgebung gelegt zu haben. Ihr war jedoch klar, dass sie den frommen Bruder, der ihr gefolgt war, nicht eher loswerden würde, als bis er seine Befriedigung gefunden hatte.

Der Ritter hatte weniger Erfolg, denn der Edelmann legte Besitz ergreifend den Arm um Marie, zog sie an sich und funkelte seinen Nebenbuhler mit dem offenen Auge abweisend an. Der Ritter zuckte seufzend mit den Achseln und wandte sich Kordula zu, so dass die Mönche, die sich für sie interessierten, verärgert zurückwichen. Kordula sah Madeleine fragend an, da sie nicht wusste, wie sie sich verhalten sollte.

Die Sprecherin der Huren nickte ihr auffordernd zu. »Da die Herren so entgegenkommend waren, solltet ihr ihnen eure Dankbarkeit beweisen. Das gilt auch für dich, Marie. Schließlich hat Herr von Wolkenstein sich für dich und deine Gefährtinnen eingesetzt.«

Marie sagte der Name Oswald von Wolkenstein nichts, doch der Ritter, der ihren fragenden Blick auf sich bezog, erklärte ihr, welches Glück sie hatte, so einen ausgezeichneten Mann kennen zu lernen. Seinem Wortschwall entnahm sie, dass der Wolkensteiner ein bevorzugter Gefolgsmann des Kaisers und ein berühmter Sänger und Dichter war und sie Gott für die Bekanntschaft mit einem so berühmten Manne danken müsse.

Marie schnitt dem Ritter mit artigen Worten den Redefluss ab und dachte bei sich, dass sie Gott danken würde, wenn sich der Herr von Wolkenstein im Bett nicht als grober Klotz erwies. Während Hiltrud und Kordula mit ihren Freiern in den Zimmern im Erdgeschoss verschwanden, von denen eines auch als Küche diente, stieg Marie vor dem Wolkensteiner die Leiter zur Dachkammer hoch. Der Raum war so klein, dass nur eine Person zur gleichen Zeit aufrecht darin stehen konnte, und das schmutzige Giebelfenster ließ kaum Licht hinein. So konnte Marie die alten Strohsäcke, die den Boden bedeckten, nur fühlen und riechen.

Oswald von Wolkenstein schien das alles nicht zu stören, denn seine Hände glitten über ihren Körper, und er zog ihr mit scheinbar oft geübten Bewegungen das Kleid aus. Dann riss er mit einem Griff die Ölhaut aus dem Fenster und legte Marie so hin, dass ihr Kopf und ihre Brust von einigen fahlen Sonnenstrahlen umspielt wurden. Er warf sich nicht sofort auf sie, wie es die meisten Freier taten, sondern setzte sich neben sie und hob das hängende Lid mit der Rechten, um sie mit beiden Augen bewundern zu können.

»Du bist wunderschön, Frau. Ich glaube nicht, dass es unter all den Huren, die den Weg nach Konstanz gefunden haben, auch nur eine gibt, die dich an Anmut übertrifft. Wäre ich ein reicher Mann, würde ich dich in meinem eigenen Haus einquartieren und dich zu meiner Mätresse machen.«

Marie berührte die goldenen Stickereien an seinem Wams. »Für einen armen Mann steckt Ihr in einer prächtigen Hülle.«

»Wer am Hofe des Kaisers etwas gelten will, darf bei der Kleidung nicht geizen«, antwortete Wolkenstein lachend.

Er zog sein Wams aus, öffnete das Hemd und rückte näher, um sie zu streicheln. Mit den Fingern zog er die Formen ihres Körpers nach und begann, in kurzen, gefühlvollen Versen den Schwung ihrer Hüften, die festen Brüste mit ihren rosigen Spitzen und das kleine, blond gelockte Dreieck zwischen ihren

Schenkeln zu preisen. Es war, als berausche er sich mehr an seinen Worten als an der Vorfreude, sie besitzen zu können. Erst nach einer Weile zog er sich ganz aus und legte sich langsam und mit sichtlichem Genuss auf Marie. Dann überkam ihn die Leidenschaft, und für eine kurze Zeit benahm er sich nicht anders als andere Männer. Als er fertig war, stand er jedoch nicht sofort auf, sondern blieb eng an sie gepresst liegen und flüsterte ihr gezierte Verse über die Liebe ins Ohr.

Im Allgemeinen mochten Huren Männer nicht besonders, die nach vollbrachtem Akt wie Kletten an ihnen hängen blieben und so ihren Verdienst schmälerten. An diesem Tag war Marie jedoch nicht an weiteren Kunden interessiert, sondern genoss die in Verse gefasste Anbetung ihrer Schönheit. Sie fragte sich, ob die Männer in der Ehe ähnliche Worte fanden, um ihren Frauen für die Freuden der Nacht zu danken.

VI.

In den nächsten zwei Tagen verwandelten die rührigen Hände der drei Frauen das kleine Haus in ein gemütliches Heim. Sie trugen den Schmutz und die alten Binsen schaufelweise hinaus, verbrannten die alten Strohsäcke und behandelten die Holzfußböden mit Seife und Bimsstein, bis sie glänzten.

Da es in Konstanz alles zu kaufen gab, was zu einem Hausstand gehörte, besorgten sie sich zu horrenden Preisen auch einfache, aber stabile Bettgestelle, in die sie mit Haferstroh gefüllte Leinensäcke legten. Drei verschließbare Truhen, ein Tisch mit drei Hockern und neues Koch- und Essgeschirr ergänzten die Einrichtung. Zuletzt schmückten sie die Wände mit wollenen Tüchern und breiteten frische Binsen auf den Böden aus, die sie mit duftenden Blütenblättern und Kräutern vermischt hatten. Als sie fertig waren, sahen sich die drei zufrieden an und beglückwünschten sich zu ihrem neuen Zuhause.

Marie ließ sich auf Kordulas Bett fallen. »Hier werden sich auch die ganz hohen Herren so wohl fühlen, dass sie gerne wiederkommen.«

Kordula ließ die Schultern sinken. »Das ist auch notwendig. Wegen der Schulden, die ich bei euch habe, werde ich Madeleines Preise wohl verdoppeln müssen.«

Marie winkte lachend ab. »Wir konnten dich ja schlecht auf dem Fußboden schlafen lassen.«

Hiltrud verstand Kordula besser als Marie. »Darüber haben wir doch schon gesprochen. Bei einem Bordellwirt hättest du einen höheren Einstand zahlen müssen und könntest lange nicht so viel einnehmen wie auf eigene Rechnung. Also wirst du uns das Geld bald zurückgezahlt haben. Hörst du? Da klopft schon wieder ein Kunde.«

Zu Kordulas Enttäuschung war es Oswald von Wolkenstein, der Marie sofort in ihr Dachstübchen entführte und seufzend den verlangten Preis zahlte. Er revanchierte sich dafür mit einem Spottlied auf die in Konstanz versammelten Huren und seinen nicht weniger gierigen Herbergswirt, der für einen Krug Wein mehr Geld verlangte als anderswo ein Winzer für ein ganzes Fass, mit dem er bereits den Kaiser und andere hohe Herren erfreut hatte. Auch diesmal blieb er nach dem Akt wieder neben ihr liegen und machte weitere Verse, in denen er die höheren Kreise der Konstanzer Gesellschaft ebenso karikierte wie die Teilnehmer des Konzils. Es war, als sei er froh, eine aufmerksame Zuhörerin für seinen Spott gefunden zu haben, der wohl doch etwas zu scharf für den kaiserlichen Hof war, an dem ihm schon manch harmloserer Vers Ärger eingebracht hatte.

Marie hörte ihm zu und ließ ihn mit ihrem Körper spielen, denn sie gedachte, die Beredsamkeit des Mannes auszunützen. Da Wolkenstein über alles und jeden Bescheid zu wissen schien, horchte sie ihn schamlos aus. So kannte sie bald die Namen vieler Konzilsteilnehmer und ihre politischen Einstellungen und erfuhr ganz nebenbei, dass Ritter Dietmar von Arnstein und seine Gemahlin Mechthild erwartet wurden, aber noch nicht eingetroffen waren.

Es fehlten noch viele andere hochgestellte Leute, vor allem aus Spanien. Wolkenstein ereiferte sich, weil die Herren auf der Iberischen Halbinsel dem Konzil das Recht absprechen wollten, über den von ihnen unterstützten Papst Benedikt XIII. zu befinden. Wenn es Kaiser Sigismund nicht gelänge, die Spanier auf seine Seite zu ziehen, würde es zu einer Spaltung der Christenheit kommen, behauptete er. Marie interessierte sich nicht sonderlich für das Gelingen oder Misslingen der kaiserlichen Pläne, aber sie spielte so vortrefflich die aufmerksame Zuhörerin, dass Oswald von Wolkenstein einige Zeit lang jeden Tag bei ihr auftauchte.

Erst bei seinem letzten Besuch begriff Marie, warum er sich jedes Mal über die Spanier ausgelassen hatte, denn er teilte ihr wehmütig mit, dass er Konstanz am nächsten Morgen verlassen müsse, da der Kaiser ihm die ehrenvolle Aufgabe übertragen habe, nach Aragon, Kastilien und Portugal zu reisen und den dortigen Herrschern Botschaften zu überbringen. Er beklagte den Abschied von Marie in bitteren Versen, sie aber freute sich über seine Abreise, denn auf Dauer war er ihr als Freier zu wenig ergiebig und als Verseschmied zu anstrengend. Sie ließ sich nichts anmerken, sondern verabschiedete sich von ihm wie eine zärtlich liebende Mätresse und atmete erst auf, als er das Haus verlassen hatte.

Am nächsten Morgen beschloss Marie, das Viertel aufzusuchen, in dem ihr Elternhaus stand. Bisher hatte sie die Stadt mit Ausnahme des Marktplatzes gemieden, aus Angst, von ehemaligen Nachbarn erkannt zu werden. Auch auf dem Markt war sie schon Leuten begegnet, die sie von früher her kannte, doch bis auf die Männer, die an ihrem Körper interessiert waren, hatte ihr niemand einen zweiten Blick geschenkt. Es war, als legten die Hurenbänder eine Art Unsichtbarkeitszauber über sie. Trotzdem verbarg sie ihre Haare unter einem Tuch, bevor sie die Gasse betrat, die vom Ziegelgraben zum Münster führte.

Trotz der frühen Morgenstunde trieben sich scharenweise Söldner und andere Müßiggänger in der Stadt herum. Einige riefen Marie obszöne Worte nach, doch noch nicht einmal die Betrunkenen traten ihr zu nahe. Die gelben Bänder verliehen ihr einen Schutz, über den ehrbare Frauen und Mädchen nicht verfügten. Ein Mann, der eine Hure belästigte und dabei handgreiflich wurde, fand die Türen und Zelte aller anderen Huren verschlossen und wurde bei jeder Annäherung mit lautem Schimpf empfangen. Auch wenn die Hübschlerinnen aus verschiedenen Ländern stammten und oft erbitterte Konkurrentinnen waren, hielten sie hier in Konstanz zusammen.

Als Marie durch die Gasse ging, in der sie einst gewohnt hatte, wäre sie beinahe an ihrem Elternhaus vorbeigelaufen, denn Ruppert hatte es umbauen und mit einer protzigen Fassade versehen lassen. Dort, wo sich früher der von Schuppen und Remisen umgebene Hof befunden hatte, stand jetzt ein mehrstöckiges Gebäude, das noch etwas unfertig wirkte. Dennoch gingen Dienstboten ein und aus, und vor dem Tor standen bewaffnete Wächter. Das musste das Gebäude sein, in dem Ruppert, wie sie von dem Wolkensteiner erfahren hatte, neben seinem Bruder Konrad von Keilburg noch einige andere hohe Würdenträger samt ihrem Gefolge untergebracht hatte.

Einer dieser Herren lehnte sich gerade aus dem Fenster und schrie einem Bediensteten etwas zu. Um nicht aufzufallen, ging Marie rasch weiter. Sie kämpfte mit den Tränen, so hatte sie der Anblick des Hauses schockiert. Bisher hatte sie zumindest in ihrer Erinnerung eine Heimat besessen, einen Ort, an den sie in Tagträumen hatte zurückkehren können und an dem sie gegen jede Vernunft gehangen hatte. Jetzt war ihr auch das genommen worden. Sie straffte die Schultern und verspottete sich selbst, denn sie hätte ja nicht herkommen müssen.

Mit einem Mal tauchte das Haus von Mombert Flühi vor ihr auf. Marie begriff, dass sie unwillkürlich den Weg in die Hundsgasse eingeschlagen hatte, den sie als Kind regelmäßig gegangen war, um ihren Onkel zu besuchen und mit der kleinen Hedwig zu spielen. Sie fragte sich, wie es den beiden wohl gehen mochte, und überlegte einen Augenblick, ob sie nicht an die Tür klopfen und nach ihnen fragen sollte. Dann verlachte sie sich selbst. Wahrscheinlich würde eine Bedienstete oder die Frau ihres Onkels ihr öffnen, ihre Hurenbänder anstarren und sie schimpfend von der Schwelle weisen, ehe sie ein Wort über die Lippen gebracht hatte. Bei dieser Vorstellung kamen ihr wieder die Tränen, und sie ärgerte sich über sich selbst, weil sie in Selbstmitleid zu zerfließen begann.

Mit einem Ruck drehte sie sich um und lief in die nächste Gasse, die zum Rhein hinunterführte. Dabei achtete sie zu wenig auf die Leute, die ihr entgegenkamen, prallte gegen einen Mann und kam ins Stolpern. Sie wäre hingefallen, wenn er sie nicht aufgefangen und wieder auf die Beine gestellt hätte.

Sie sah eine Pfälzer Uniform vor sich und erschrak. Mit den Männern der Konzilswachen war nicht gut Kirschen essen. »Verzeiht, Herr, es war keine Absicht«, rief sie und zog das Tuch, das ihr verrutscht war, wieder über den Kopf.

Der Mann winkte freundlich lächelnd ab und wollte schon weitergehen. Doch dann hielt er sie am Arm fest, schob ihr Tuch zurück und musterte sie. Seine Augen weiteten sich vor Überraschung. »Marie? Bei allen Heiligen, ich habe geglaubt, du seiest tot!«

Marie sah ihn an und schluckte. Sie erkannte ihn sofort, auch wenn er sich in den letzten fünf Jahren stark verändert hatte. »Michel? Oh mein Gott!«

Am liebsten wäre sie im Erdboden versunken, so schämte sie sich, ihrem Jugendfreund im Schandkleid einer Straßenhure gegenüberzustehen. Sie versuchte, sich seinem Griff zu entziehen und davonzulaufen, doch er packte sie nun mit beiden Armen, zog sie an sich und wirbelte sie lachend herum.

»Marie, welch eine Freude, dich zu sehen. Ich habe solche Angst um dich ausgestanden. Mein Gott, was wird Mombert sich freuen. Komm, wir gehen gleich zu ihm.«

Er stellte sie wieder auf die Füße und wollte sie mit sich ziehen. Sie aber stemmte sich gegen seinen Griff und schüttelte wild den Kopf. »Nein! Mein Onkel braucht nicht zu erfahren, dass ich noch lebe. Und du solltest mich auch sofort wieder vergessen. Die Marie, die ihr gekannt habt, ist tot.«

Michel starrte sie verständnislos an. »Was soll das? Warum zierst du dich so?«

»Sieh mich doch an!«, fauchte sie und hielt ihm eines der gelben Bänder unter die Nase. »Darum, verstehst du?«

»Das dürfte deinen Oheim wenig stören. Er wird froh sein, dass du noch lebst, und wird dir gewiss helfen.«

»Nein, danke. Ich brauche keine Hilfe, und ich lege keinen Wert darauf, dass man hier auf mich aufmerksam wird. Schließlich bin ich auf Lebenszeit aus Konstanz verbannt worden und durfte die Stadt nur betreten, weil ich als Hure für die besseren Herren geladen wurde.«

Marie atmete tief durch und sah Michel herausfordernd an. »Glaubst du, es wäre angenehm für mich, wenn Leute, die mich von früher her kennen, mit Fingern auf mich zeigen und sagen, sie hätten schon immer gewusst, dass ich nichts als Abschaum bin?«

Michel schüttelte nachsichtig den Kopf und strich ihr tröstend über die Wange. »Aber du bist doch nicht von selbst auf diesen Weg geraten.«

»In den Gerichtsakten der Stadt Konstanz steht aber etwas anderes. Für die Leute hier bin ich eine Metze, die mit jedem Schuft ins Bett gekrochen ist, sogar mit einem Mörder wie Utz.« Das Letzte hatte sie nicht sagen wollen, doch nun war es herausgerutscht.

Michel kniff die Augen zusammen. »Utz, der Fuhrmann, soll ein Mörder sein?«

Es klang ungläubig und ein wenig vorwurfsvoll. Er schien anzunehmen, dass sie dem Mann, der sie damals verleumdet hatte, möglichst viel Böses nachsagen wollte. Er packte sie, und als ein Passant Marie anstarrte, schob er sie gegen eine Hauswand und tat so, als tändele er mit ihr.

»Hast du nicht ein Kämmerchen, wo wir es uns gemütlich machen können?«

»Wo du mich besteigen kannst, meinst du wohl«, gab Marie bissig zurück. »Das schlag dir gleich aus dem Kopf.«

Michel hielt sie ein Stück von sich weg und ließ seine Blicke über sie gleiten. »Das wäre keine schlechte Idee, glaube ich. Du bist wirklich das hübscheste Frauenzimmer, das mir je begegnet ist.«

»Ich lasse mich nicht mit jedem ein!« Marie versuchte, sich ihm zu entwinden, doch Michel ließ sie nicht los.

»Stell dich nicht so an. Siehst du nicht, dass die Leute bereits gaffen?« Dabei lächelte er breit. »Du wirst mich jetzt auf deine Kammer mitnehmen, oder ich gehe schnurstracks zu Mombert und erzähle ihm von unserer Begegnung.«

Marie hob die Nase und reckte das Kinn, um möglichst hochmütig auszusehen. »Pfui Teufel! Du bist ein elender Erpresser geworden. Und so etwas trägt die Offiziersuniform des Pfälzers! Also gut, du kannst mit mir kommen. Doch ich schwöre dir, ein Holzklotz wird dir mehr Leidenschaft zeigen als ich.«

Michel gab ihr einen Klaps. »Das glaube ich nicht, denn ich gelte im Allgemeinen als guter Liebhaber.«

Da er keine Anstalten machte, sie loszulassen, führte Marie ihn zu dem Haus am Ziegelgraben. Michel sah sich das Gebäude von außen an und steckte auch seine Nase in die unteren Räume, ehe er sich von Marie in die Dachkammer führen ließ. Nachdem er die Einrichtung der Kammer begutachtet hatte, nickte er zufrieden. »Hier gefällt es mir. Ich glaube, ich werde öfter vorbeikommen.«

»Was bildest du dir eigentlich ein? Ich werde dich nicht willkommen heißen.« Marie hätte ihn am liebsten hinausgeworfen, doch seine Drohung, ihren Onkel zu informieren, hielt sie zurück.

Innerlich wand sie sich wie ein getretener Wurm. Verstand der Mann nicht, dass sie ihre Vergangenheit hinter sich gelassen hatte und seine Anwesenheit nur die Wunden ihrer Seele zum Bluten brachte? Oder legte er es darauf an, ihr zu zeigen, dass er jetzt der gesellschaftlich Höherstehende war und sie nur noch eine käufliche Ware? So sehr konnte sie ihn damals doch nicht beleidigt haben.

Den Wirtsjungen Michel hatte sie recht gern gehabt, und sie erinnerte sich noch daran, wie traurig sie gewesen war, als ihr Vater ihr verboten hatte, mit ihm durch die Felder zu streifen. Wina hatte sie damals wochenlang im Haus eingesperrt und ihr erklärt, der Umgang mit einem solchen Jungen würde ihrem Ruf schaden und ihre Heiratsaussichten verringern. Daher hatte sie ihm niemals sagen können, warum sie sich nicht mehr mit ihm getroffen hatte, und jetzt war es dafür zu spät. Sie würde ihn bald abschütteln müssen, denn weder er noch ihre Verwandten durften das Ziel gefährden, für das sie die letzten fünf Jahre gelebt hatte: ihre Rache. Für einen flüchtigen Augenblick überlegte sie, ob Michel ihr einen Meuchelmörder besorgen konnte, aber nach einem Blick auf sein Gesicht verwarf sie diesen Gedanken sofort wieder. Michel war noch der gleiche ehrliche Tropf wie damals, und wenn sie ihn einweihte, würde er ihr höchstens in den Rücken fallen und alles tun, um sie vor sich selbst zu schützen.

Kurz entschlossen zog sie ihr Kleid über den Kopf und legte sich nackt auf die Bettstatt. »Mach schnell. Ich habe nicht alle Zeit der Welt.«

Michel hatte sich eigentlich nur mit Marie unterhalten und erfahren wollen, wie es ihr in den letzten fünf Jahren ergangen war. Aber als er sie vor sich liegen sah, konnte er der Versuchung nicht widerstehen. Er zog sich aus und legte sich zu ihr. Zu seiner Enttäuschung zog sie sich bei seiner zärtlichen Berührung in sich selbst zurück wie eine Schnecke in ihr Haus und ballte die Fäuste. Jetzt ärgerte er sich doch über sie. Die Frau hatte gewiss mit mehr Männern geschlafen, als das Heer des Pfälzers Köpfe zählte. Warum machte sie jetzt bei ihm so ein Theater?

Er wälzte sich auf sie, spürte, wie sie gehorsam die Beine spreizte, und strich mit den Innenflächen seiner Hände über ihre Brustwarzen. Die rosigen Knospen richteten sich auf, doch Maries Gesicht blieb eine Maske aus Stein.

»Na, dann halt nicht. Wenn du dich wie eine Hure benehmen willst, dann behandele ich dich auch so.«

Michel wartete einen Augenblick, ob die Drohung wirkte. Als junger Bursche hatte er nachts von ihr geträumt und alles dafür tun wollen, sie zu seiner Frau zu machen. Doch er hatte nicht die geringsten Aussichten gehabt, die Tochter eines angesehenen Handelsherrn freien zu dürfen. Nach ihrer Vertreibung aus Konstanz hatte er gehofft, sich seinen Traum erfüllen zu können, und überall, wo er hinkam, nach ihr Ausschau gehalten. Nach drei Jahren hatte er enttäuscht aufgegeben und nur noch selten an sie gedacht. Erst die Begegnung mit Hedwig hatte ihn wieder an sie erinnert, und jetzt lag sie unter ihm, so bereitwillig, wie er es sich nur wünschen konnte. Dennoch oder gerade deswegen empfand er keine Freude an dem Geschlechtsakt.

Da sie ihm keinerlei Beachtung schenkte, reagierte er sich bei ihr ab und glitt von ihr herunter, kaum dass er richtig fertig war. Sie schien zu erwarten, dass er aufstand, sich anzog und ging, doch den Gefallen wollte er ihr nicht tun.

Er legte sich neben sie und zog sie an sich, um ihren warmen Körper zu spüren.

»Das war nicht schön von dir, Marie. Schließlich sind wir zwei doch Freunde.«

»Ich habe stillgehalten, wie es sich für eine Hure gehört. Was willst du mehr?«

Michel sagte sich, dass er es falsch angefangen hatte. Er hätte zuerst ihr Vertrauen erwerben und an die alte Freundschaft anknüpfen müssen, bevor er mit ihr schlief. So aber hatte er wie jeder beliebige Freier gehandelt, der bis zur Erfüllung seines Triebs an ihrem Körper interessiert war. Nun musste er versuchen, den schlechten Eindruck zu verwischen. Er versuchte es mit einem Kompliment.

»Du bist noch viel schöner, als ich dich in Erinnerung habe. Deine Base Hedwig sieht dir sehr ähnlich, doch sie kann dir das Wasser nicht reichen.«

Marie zuckte mit den Schultern und verdrehte ihre Augen, als hielte sie ihn für einen schwatzhaften Langweiler. »Du kannst eine wohlfeile Hure nicht mit einer braven Bürgerstochter vergleichen. Die Reinheit und Unschuld eines sittsamen Mädchens verleihen ihr den wahren Liebreiz.«

Michel richtete sich auf, betrachtete Maries madonnenhaftes Gesicht, auf dem ihr Beruf noch keine Spuren hinterlassen hatte, und begann prustend zu lachen. »Sag mal, wann hast du zuletzt in den Spiegel geschaut? Die meisten Bürgerstöchterlein würden dich um dein Aussehen beneiden. Bei Gott, du gleichst der verkörperten Jungfräulichkeit! Und gerade du müsstest wissen, dass die meisten Männer nicht an sittsamen und – mit Verlaub gesagt – langweiligen Frauenzimmern interessiert sind.«

»Für das Ehebett schon, denn für ihr Vergnügen haben sie ja meinesgleichen.«

Michel fasste sie an der Schulter und drehte sie herum. »Komm, lass uns wie vernünftige Menschen miteinander reden. Ich würde gerne erfahren, was damals wirklich vorgefallen ist. Mombert hat angedeutet, dass dir himmelschreiendes Unrecht zugefügt worden ist, doch als ich nachfragte, ist er mir ausgewichen und meinte nur, man solle die Toten ruhen lassen. Ich glaube, er hatte Angst, ich könne etwas verlauten lassen, was ihn erneut in Schwierigkeiten brächte. Ich habe damals nur mitbekommen, dass man dich auf dem Marktplatz ausgepeitscht und aus der Stadt vertrieben hat, und bin dir am gleichen Tag gefolgt, um dich zu retten. Glaubst du nicht, ich hätte ein Anrecht darauf, die Wahrheit zu erfahren?«

Für einen Herzschlag oder zwei überlegte Marie, ob sie ihm alles erzählen sollte. Es wäre schön gewesen, sich einem alten Freund anzuvertrauen, der sie wahrscheinlich besser verstehen würde als Hiltrud, denn die betrachtete alles von dem fatalistischen Standpunkt einer Frau aus, die man schon als Kind zur Hure gemacht hatte. Dann dachte sie daran, wie er sie erpresst hatte, um ihren Körper benutzen zu können, und schüttelte den Kopf.

»Was kann ich dafür, dass du mir kopflos hinterhergerannt bist, ohne mich zu finden? Geh doch zum Teufel, Mann, und lass mich in Ruhe.«

»Du bist das gleiche störrische Ding geblieben wie damals, als du nicht mehr mit mir gesprochen hast, weil ich dir keine Kirschen von fremden Bäumen pflücken wollte. Verstehst du denn nicht, dass ich es gut mit dir meine?«

Marie bleckte die Zähne. »Wenn du es gut mit mir meinst, dann gib mir die acht Schillinge, die ich meinen anderen Kunden wert bin.«

Michel ließ sie los, stand auf und griff nach seiner Kleidung. »Ich hatte gehofft, eine alte Freundin wiedergefunden zu haben. Aber ich bin doch nur einer habgierigen Metze gefolgt.« Noch während er es sagte, bedauerte er seine voreiligen Worte.

Marie setzte sich mit gekreuzten Beinen aufs Bett und streckte fordernd die Hand aus. Michel juckte es in den Fingern, sie für ihre verächtliche Miene zu bestrafen. Doch gleichzeitig wäre er am liebsten vor ihr niedergekniet, um sie um Verzeihung zu bitten. Im

Widerstreit seiner Gefühle reagierte er wieder nicht so, wie er es eigentlich wollte. Er schnürte seinen Beutel auf, nahm Münzen im Wert von acht Schillingen heraus und warf sie aufs Bett. »Hier hast du deinen Lohn, auch wenn du so viel nicht wert warst.«

Marie packte den nächstgelegenen Gegenstand, der ihr unter die Finger kam, und schleuderte ihn gegen Michel. Es war sein Helm, eine leichte Beckenhaube mit Visier, wie sie auch jene Ritter trugen, denen der schwere Topfhelm älterer Prägung zu schwer und unbequem geworden war.

Michel fing das Geschoss auf, bevor es ihm Schaden zufügen oder selbst welchen nehmen konnte, und brachte auch den Rest seiner Ausrüstung vor der tobenden Frau in Sicherheit. Um ihren Krallen zu entgehen, flüchtete er nackt und durch seine Sachen behindert die Leiter hinab ins Erdgeschoss.

Zu seinem Glück blieb Marie oben sitzen, doch ihre Flüche begleiteten ihn, bis er sich angekleidet und das Haus verlassen hatte. Sie kannte eine Vielzahl verschiedener Beschimpfungen. Die meisten hatte sie bei Berta gehört und nie daran gedacht, sie selbst zu benützen. Doch jetzt brachen sie wie ein Wasserfall aus ihr heraus. Sie fühlte sich ebenso schmutzig und so benutzt wie in jener Nacht, in der Siegward von Riedburg und seine beiden Kumpane über sie hergefallen waren. Für den Michel, der wie ein verschreckter Hase davonlief, hatte sie nichts als Verachtung übrig, gleichzeitig aber weinte sie in ihrem Herzen Tränen um den Verlust eines Freundes, der sie einst getröstet hatte, wenn sie traurig gewesen war, und der sie bei ihren gemeinsamen Streifzügen wie ein Ritter vor allen Fährnissen beschützt hatte.

VII.

In den nächsten beiden Tagen wirkte Marie, als stünde sie meilenweit neben sich, und ihre Freundinnen mussten sie oft dreimal ansprechen, bevor sie Antwort bekamen. Zu ihren Kunden war sie jedoch freundlicher als sonst, und sie brauchte sich nicht über mangelndes Interesse der Freier zu beklagen, was wie erwartet auch ihren Freundinnen zugute kam. Eigentlich lief alles normal, aber Hiltrud fiel auf, dass Marie sich nicht einmal mit der Aussicht auf Bratwürste in die Stadt locken ließ. Sie fragte sich, was wohl geschehen sein mochte, denn Marie war immer gern über den Markt geschlendert und hatte viel Geld für leckere Dinge ausgegeben. Doch sie kannte den verbissenen Ausdruck in Maries Augen und hütete sich, die Freundin auszufragen. Sie konnte nur hoffen, dass die Laune ihrer Freundin sich von selbst besserte. Aber nicht einmal die Besuche anderer Huren schienen Marie von ihren geheimen Sorgen abzulenken.

Am häufigsten kam Madeleine vorbei, um ein Schwätzchen zu halten und den neuesten Klatsch auszutauschen. Auch Nina und Helma tauchten immer wieder auf, meist, um sich über ihren Hurenwirt zu beschweren. In dem Bordell, in dem sie untergebracht waren, verdienten sie zwar sehr viel Geld, doch den größten Teil zog ihnen der Wirt für Miete und Verpflegung wieder aus der Tasche. Jetzt bereuten sie, nicht mit Hiltrud, Marie und Kordula in das kleine Haus gezogen zu sein. Es kostete zwar eine horrend hohe Miete, doch das käme sie trotzdem viel billiger als ihr immer unverschämter auftretender Wirt, der ihnen zu allen anderen Forderungen auch noch drei Schilling abnahm, wenn sie einen Freier abwiesen.

Marie hätte vieles von dem, was die beiden ehemaligen Reisegefährtinnen ihr erzählten, für übertrieben gehalten, doch Madeleine bestätigte ihre Aussagen. Die Französin lebte als offizielle Mätresse eines hohen Herrn in einem Zimmer, das dieser in einem Konstanzer Bürgerhaus für sie gemietet hatte. Sie dachte aber nicht daran, ihrem Gönner treu zu sein, sondern besserte ihre Einnahmen stundenweise in einem Bordell auf, in dem sie sich eine Kammer mit zwei anderen Frauen teilte, die ebenfalls feste Liebhaber hatten.

Marie hielt nichts von einem solchen Doppelleben, das je nach Temperament des gehörnten Gönners schlimm ausgehen konnte, doch Madeleine lachte über ihre Bedenken. »Pah, was soll ich herumsitzen und warten, bis er sich herablässt, zu mir zu kommen? Dafür bin ich zu gut. Zudem liebt Monseigneur es auf nicht alltägliche Weise.«

Sie spitzte dabei die Lippen zum Kussmund und zwinkerte den anderen Huren verschwörerisch zu.

Madeleine bemerkte Maries Miene, nannte sie ein zimperliches Ding und berichtete lang und breit von ihren Erfahrungen mit anderen Herren von Stand, denen sie als gefälliges Fräulein gedient hatte. Ihr jetziger Freier schien sie weniger aus dem Grund auszuhalten, weil sie bereit war, ihm auf jede Art gefällig zu sein, sondern weil er sich mit ihr in ihrer gemeinsamen Sprache unterhalten konnte. Auf jeden Fall war er sehr großzügig, denn er sorgte dafür, dass Madeleine sich in Stoffe kleidete, die sich sonst nur reiche Bürgersfrauen und Adelsdamen leisten konnten, und er geizte auch nicht mit Schmuck.

Nina bewunderte Madeleine und machte keinen Hehl daraus, dass sie neidisch war. »Ich wäre auch gerne Amante von hohen Herren aus der Toskana, meiner Heimat«, bekannte sie sehnsüchtig.

Helma kratzte sich am Kopf. »Hast du nicht gesagt, du kämest aus Neapel?«

»Für Freier stamme ich aus der Toskana. Kurtisanen von dort können mehr verlangen als andere.« Nina kicherte darüber wie über einen guten Scherz.

»Männer sind doch eigentlich leicht zu täuschen, aber schwer zu halten«, warf Kordula seufzend ein. »Ich wäre schon zufrieden, wenn unter meinen Freiern ein Herr wäre, der mich für einen ganzen Abend haben will. Das wäre nicht so anstrengend, und ich könnte darauf hoffen, das eine oder andere Geschenk zu erhalten.«

Helma nickte eifrig. »Ja, das würde mir auch gefallen. Aber wir können froh sein, dass wir immer noch genug Kunden finden. Viele der hohen Herren, besonders die Kirchenmänner, lassen sich kaum noch bei uns sehen, sondern sind hinter Bürgermädchen her.«

»Ausgerechnet die Mönche und Pfaffen, die ständig die Gefahren von Unzucht und Wollust im Munde führen, stellen der Unschuld nach.« Madeleines Stimme klang böse, und auch die beiden Huren, die bisher still im Hintergrund geblieben waren, machten nun ihrem Ärger Luft.

»Es sind nicht nur Bürgermädchen, die die Männer von uns fern halten«, erklärte die ältere von ihnen. »Viele Konstanzer Mägde liegen lieber unter geilen Böcken, als ihren Pflichten nachzugehen. Dabei machen sie ihre Beine für zwei, drei Heller breit und verderben uns damit die Preise.«

»Was willst du dagegen tun? Den Männern sitzt das Geld halt nicht mehr so locker im Beutel wie in den ersten Wochen.« Hiltrud zuckte verächtlich mit den Schultern, konnte aber ihre Besorgnis nicht ganz verbergen. »Aber du hast Recht. In der letzten Zeit treiben es die so genannten ehrbaren Weiber beinahe wilder als die Pfennighuren. Wenn das so weitergeht, ist Konstanz noch vor dem Ende des Konzils ein einziges Hurenhaus, und wir, die wir auf unseren Verdienst angewiesen sind, werden verhungern, weil uns die Frauen und Mägde der Stadt die Freier wegnehmen.«

Die jüngere Hure nickte eifrig. »Ich frage mich auch, was geschieht, wenn das Konzil zu Ende ist. Wenn all die Dienstmägde, die sich jetzt hier verkaufen, aus der Stadt gejagt werden und über die Märkte ziehen müssen, gibt es dort mehr Huren als Freier.«

Kordula stand auf und spuckte ärgerlich ins Feuer. »Der Teufel soll all diese ehrbaren Weiber holen, die sich sonst immer so über uns erheben und es doch nicht erwarten können, bis ein Kerl sie unter den Röcken besucht. So, meine Lieben, es wird wieder Zeit zu arbeiten.«

Als die Frauen gegangen waren und Kordula ihren ersten Freier empfing, blieb Marie zur Freude einiger Gaffer nachdenklich auf der Türschwelle stehen. Manchmal waren die häufigen Besuche anderer Huren schon recht lästig, aber andererseits erfuhr sie von ihnen, was in der Stadt vorging.

In den Bordellen gab es keine Möglichkeit, unbelauscht miteinander zu sprechen, und auch sonst existierte kein anderer Ort, an dem sie ungestört blieben. In Maries Nest, wie sie das Häuschen nannten, konnten sie ihre Erfahrungen mit geldgierigen Hurenwirten und preistreiberischen Kaufleuten austauschen und über Gegenmaßnahmen beraten. Marie fühlte sich bei diesen Gesprächen oft an jenen Ausspruch Hiltruds erinnert, dass Huren zwar schwach, aber nicht wehrlos seien. Mancher Hurenwirt wunderte sich nun, dass seine Mädchen stillschweigend in andere Bordelle abwanderten, und der ein oder andere Kaufmann musste zusehen, wie seine ehemaligen Kundinnen mit seinem schlimmsten Konkurrenten ins Geschäft kamen.

Obwohl Marie sich nicht in den Vordergrund gedrängt hatte, machte sie die Tatsache, dass sie die Stadt und ihre Bewohner kannte, für die anderen zu einer begehrten Ratgeberin. Allmählich war sie so populär geworden, dass sie regelrecht belagert wurde und deswegen schon Freier hatte abweisen müssen. Ihr Verlust hielt sich jedoch in Grenzen, denn die Huren bedankten sich mit kleinen Geldgeschenken, so dass Hiltrud schon spottete, Marie würde bald mehr Geld von anderen Frauen als von ihren Freiern bekommen.

Marie lachte nur darüber, wurde aber bald wieder nachdenklich. Da sie sich für alles interessierte, was Magister Ruppertus und seine Verbindungen betraf, hatte sie inzwischen erfahren, dass der fette Abt, der ihr schon bei der Fahrt über den See unangenehm aufgefallen war, ein Bürgermädchen belästigte, das ihr sehr ähnlich sah. Nach und nach reimte sie sich zusammen, dass es sich um ihre Base Hedwig handeln musste. Darüber hinaus wurde diese wohl auch noch von einem zweiten, ebenso unerwünschten Freier verfolgt, nämlich dem Junker von Steinzell, der Marie ebenfalls noch in schlechter Erinnerung war.

Ein paarmal überlegte sie, ob sie nicht doch ihren Onkel aufsuchen sollte, um ihn zu bitten, ihre Base aus Konstanz wegzubringen, denn anders würde er sie auf Dauer nicht schützen können. Dann aber sagte sie sich, dass sie sich dadurch nur unnötig in Gefahr begab. Schnell würde bekannt werden, dass sie noch lebte, und Ruppert würde einer der Ersten sein, die es erfuhren, denn er schien seine Fäden durch die ganze Stadt gesponnen zu haben. In dem Fall war es so gut wie sicher, dass er oder Utz sie als die Hure erkannten, der Jodokus seine Unterlagen anvertraut hatte, und damit wäre ihr Schicksal besiegelt.

Jedes Mal, wenn sie an diesem Punkt ihrer Überlegungen angekommen war, ärgerte Marie sich über ihre eigene Feigheit und Entschlusslosigkeit, denn bis jetzt hatte sie noch keinen Schritt gegen ihren Feind unternommen. Unterwegs, weit weg von ihrer Heimatstadt, hatte sie Pläne über Pläne geschmiedet, aber hier in Konstanz schien ihr kein einziger durchführbar. So ging sie weiter ihrem Tagesgeschäft nach und hoffte, dass das Schicksal ihr einen Faden in die Hand geben würde, aus dem sie einen Strick für ihren einstigen Bräutigam drehen konnte.

Am Morgen des dritten Tages nach ihrer Begegnung mit Michel war im Haus am Ziegelgraben nicht viel los. Kordula schlief noch, während Hiltrud ihre Kammer säuberte, die ihnen gleichzeitig als Küche diente. Marie hatte eben ein Gespräch mit zwei jungen, noch unerfahrenen Huren beendet, die mit Frauenproblemen zu ihr gekommen waren, und saß nun missmutig in der offenen Tür, um die Passanten zu mustern. Es war niemand dabei, den anzusprechen sich lohnte. Plötzlich erstarrte sie, denn es bog ein Mann um die Ecke, der sich mit Harnisch und Helm herausgeputzt hatte, als ginge er zu einer Parade. Marie brauchte nicht auf den Pfälzer Löwen auf seiner Brust zu sehen, um Michel zu erkennen. Er sah sie fast im gleichen Augenblick und winkte ihr schon von ferne fröhlich zu. Als er vor ihr stehen blieb, war er ein wenig außer Atem, so als wäre er quer durch die Stadt gerannt.

»Hallo, Marie. Schön, dich zu sehen. Mich verlangt nach einer kleinen Balgerei im Bett. War dein Preis nicht acht Schillinge? Hier sind sie – und zwei dazu, damit du es mir diesmal besonders schön machst.«

Es klang so fröhlich und munter, dass Marie ihm am liebsten ins Gesicht geschlagen hätte. Sie verschränkte die Arme vor der Brust und schob ihr Kinn nach vorne. »Du bemühst dich umsonst. Ich lasse nicht jeden in mein Bett.«

Hiltrud steckte den Kopf aus ihrer Kammer. »Marie, was soll das? Der Herr ist ein Hauptmann der Wachen, und es ist sehr unklug, es sich mit diesen Leuten zu verderben.«

»Da hörst du es, Mädchen«, sagte Michel lachend. »Es wird auch dein Schaden nicht sein, denn ich zahle gutes Geld. Bei meinen Schillingen hat niemand den Rand abgezwickt.«

Es waren genug Münzen im Umlauf, denen gierige Leute die Ränder gekappt und sie damit um einen Teil ihres Wertes gebracht hatten. Als Hure musste man auf so etwas besonders achten, da viele Freier sie mit minderwertigem Geld abspeisen wollten. Auch ihr hatte man schon Schillinge untergejubelt, die ein Kaufmann zu höchstens zehn Pfennigen berechnete. Trotzdem fand sie es geschmacklos von Michel, mit seiner Ehrlichkeit zu prahlen und ihr gleichzeitig deutlich zu verstehen zu geben, dass sie nur eine käufliche Dirne war. Und dann erwartete er offenbar auch noch, dass sie dankbar war, weil er sich zu ihr herabließ. Am liebsten hätte sie ihm das Gesicht zerkratzt und ihn mit Hohn und Spott davongejagt. Doch sie musste auf Hiltrud und Kordula Rücksicht nehmen. Wenn sie Michel zu sehr verärgerte, bestand die Gefahr, dass er ihr seine Soldaten ins Haus schickte. Kein Mensch würde ihnen helfen, wenn die Kerle sich hier wie die Wilden aufführten.

»Also gut. Komm mit nach oben«, forderte sie ihn nicht gerade freundlich auf und stieg vor ihm die Leiter hinauf.

Michel folgte ihr so dicht auf, dass sie seine Brust an ihrem Gesäß spürte. Oben nahm er sich viel Zeit zum Ausziehen, und er legte seine Sachen mit einem aufreizenden Lächeln aus Maries Reichweite. Sie hatte sich nackt und mit gespreizten Beinen aufs Bett gelegt und tat so, als sei ihr völlig gleichgültig, was er tat.

Michel beugte sich über sie und wollte sie zwingen, ihn anzusehen, doch sie drehte sich mit einem so gleichgültigen Ausdruck von ihm weg, dass er sich über sich selbst ärgerte, weil er doch wieder zu ihr gekommen war. Er hätte es besser wissen müssen, denn sie hatte ihm schon beim ersten Mal deutlich gezeigt, wie sie ihn verabscheute. Damals war er mit der festen Absicht von hier weggegangen, sie nie wiederzusehen. Doch die folgenden Besuche bei Mombert Flühi hatten diesen Vorsatz zunichte gemacht.

Er hatte mehrmals bei dem Böttcher zu Mittag gegessen und dabei mit Hedwig geschäkert, in der Hoffnung, das junge Mädchen würde ihn Marie vergessen lassen. Stattdessen hatte jede Regung, jeder Gesichtsausdruck und jedes Wort von ihr ihm gezeigt, um wie viel schöner, klüger und begehrenswerter ihre Kusine war. An diesem Morgen hatte er es nicht mehr ausgehalten und sich auf den Weg zum Ziegelgraben gemacht. Er hatte sich extra in Schale geworfen, um ihr zu imponieren. Schau her, was ich geworden bin, hatte er ihr damit sagen wollen: selbst ein Ritter gilt kaum mehr als ich. Doch damit war er offensichtlich schlecht angekommen.

Michel ließ seine Augen bewundernd über ihren makellosen Körper wandern und seufzte bekümmert. Irgendwie musste er es schaffen, Marie mit sich zu versöhnen. Wenn es ihm wenigstens gelang, ihr einen Laut der Lust zu entlocken, wäre schon viel gewonnen. Er verwarf diesen Gedanken sofort wieder. Körperliche Liebe war ihr Geschäft, und da konnte sie ihm vorspielen, wonach ihr gerade zumute war. Nein, er musste einen anderen Weg finden, sie für sich zu gewinnen. Er starrte an die Decke des engen, aber liebevoll eingerichteten Giebelzimmers und hatte plötzlich eine Idee.

»Was hältst du davon, Marie, wenn ich dich zu meiner Mätresse mache und dir ein größeres Zimmer miete, in dem wir beide wohnen können? Dann hättest du endlich Ruhe vor den ungewaschenen Böcken, die dir die Haustür eindrücken.«

»Ich glaube kaum, dass du genug Geld hast, um mich aushalten zu können. Ich bin eine sehr teure Hure.« Es sollte spöttisch klingen, doch dafür schwang zu viel Wut in ihrer Stimme mit. Sie nahm an, dass er sich für ihre Abweisung rächen und sie demütigen wollte, indem er sie mit Haut und Haaren kaufte und sie dann zwang, nur noch für ihn da zu sein.

»Ich bin nicht arm«, versicherte Michel ihr mit naivem Stolz.

»Du müsstest schon das Doppelte von dem springen lassen, was ich am Tag verdiene, und überdies noch für meine Kleider und die Wäsche aufkommen. So viel kann sich noch nicht einmal ein Ritter mit hundert leibeigenen Bauern leisten.«

Michel legte sich neben sie und legte ihr die Rechte sanft auf den Bauch. »Du scheinst nicht zu wissen, wie viel Sold ein Hauptmann der Wachen erhält. Bisher habe ich sehr sparsam gelebt und besitze nun schon ein kleines Vermögen.«

»Wie man an deiner prachtvollen Rüstung und deiner Kleidung sieht«, spottete sie.

»Ich gefalle dir also.« Michel grinste erfreut, was Marie noch mehr ärgerte.

Sie versuchte, einen kühlen Kopf zu behalten. Es war schon verlockend, nur noch einem Mann zu Diensten sein zu müssen, auch wenn das neben dem Bett zumeist Dienstbotenpflichten mit einschloss. Doch abgesehen davon, dass es nicht in ihre Pläne passte, sich in die Hände eines Mannes zu begeben, würde sie diesem aufdringlichen Wirtssohn keine Chance geben, sich täglich vor ihr in die Brust zu werfen und ihr seinen gesellschaftlichen Aufstieg und ihre eigene Schande vor Augen zu führen.

Du wärst der letzte Mann auf der Welt, dem ich mich ausliefern würde, hätte sie ihm am liebsten ins Gesicht geschrien und ihm empfohlen, sich zum Teufel zu scheren. Doch sie durfte sich ihn nicht zum Feind machen. So sah sie ihn nur mit schräg gelegtem Kopf an und hob eine Augenbraue.

»Was heißt hier gefallen? Jeder Hahn sieht in seinem bunten Federkleid prächtig aus. Doch ob er zum Braten oder nur für die Suppe taugt, kann man erst feststellen, wenn man ihn gerupft hat.«

Michel lachte schallend auf. »Wo ist das schüchterne Mädchen geblieben, das ich einmal als Marie Schärerin gekannt habe? Deine Zunge ist so scharf geworden wie ein Schwert.«

»Nicht durch meine Schuld.« Die wenigen Worte verrieten Michel viel über das, was in Maries Innerem vorging, und ihm wurde klar, dass er sie mit viel Geduld überzeugen musste. Irgendwann müsste sie begreifen, dass er kein beliebiger Freier war, sondern ihr Vertrauter und ihr Freund sein wollte. Aber wie, fragte er sich, konnte er ihr beweisen, dass er in ihr kein Stück Weiberfleisch sah, das man bezahlte, benutzte und wieder vergaß, sondern eine Frau, die es wert war, auf Händen getragen zu werden?

VIII.

Mombert Flühis Geselle Wilmar haderte wieder einmal mit Gott und der Welt. Als gäbe es nicht schon genug Probleme mit Abt Hugo und Junker Philipp von Steinzell, hatte ein missgünstiges Schicksal nun auch noch diesen Pfälzer Hauptmann nach Konstanz gespült. Während Hedwig den beiden anderen aus dem Weg ging, war Michel Adler ein auch von ihr gern gesehener Gast.

Wilmar fühlte sich von dem Auftreten des Offiziers eingeschüchtert und nahm durchaus wahr, wie der Mann Hedwig imponierte. Darüber ärgerte er sich mehr als über alles andere, denn er liebte das Mädchen und hoffte, es würde diese Liebe irgendwann einmal erwidern. Dabei ging es ihm nicht mehr in erster Linie um Meister Momberts Werkstatt, die, wie es Sitte war, einmal der Mann seiner Tochter weiterführen würde und wegen der sein Vater ihn hierher geschickt hatte.

Als dritter Sohn eines Meersburger Böttchermeisters konnte Wilmar nur dann Meister werden, wenn er die Tochter eines anderen Meisters heiratete. Dazu musste er jedoch erst einmal Mombert Flühis Vertrauen und Hedwigs Zuneigung erringen. Bevor das Konzil alles andere überschattete und nichts mehr in der Stadt so war wie vorher, hatte Hedwig ein züchtiges Interesse an ihm gezeigt, während er sich heftig in sie verliebt hatte. Jetzt aber hatten der Meister und seine Tochter ganz andere Sorgen und schenkten ihm kaum mehr als die notwendigste Beachtung. Wilmar war so in sein Grübeln eingesponnen, dass er nicht auf seine Arbeit achtete und die Fassdaube verdarb, die er einpassen sollte. Auch daran gab er diesem Michel die Schuld. Er warf den Rest zu den Holzabfällen, die für den Herd der Meisterin gedacht waren, und stand auf, um sich eine neue Daube zu holen. Dabei streifte sein Blick die Lehrlinge, und er stellte fest, dass Melcher wieder einmal fehlte. Wilmar nahm sich vor, mit seinem Meister ein ernstes Wort über den aufsässigen Jungen zu sprechen, der sich ständig vor der Arbeit drückte und den beiden Jüngeren ein schlechtes Beispiel bot. Noch während er überlegte, wo der Bursche zu finden sein könnte, öffnete sich die Tür, und der Meister trat ein.

Mombert bemerkte das Fehlen des Lehrlings sofort. »Wilmar, wo ist Melcher?«

Sein Bellen ließ Wilmar den Kopf einziehen. »Ich weiß es nicht. Vielleicht ist er zum Abtritt gegangen.«

Die beiden jüngeren Lehrlinge sahen sich an und grinsten. Sie gönnten Melcher den Zorn des Meisters, denn seinen Andeutungen hatten sie entnommen, dass er so schnell nicht wiederkommen würde. Er hatte vor ihnen angegeben, dass er Freunde in der Stadt besaß, die ihm mehr Geld zusteckten, als sein Vater Lehrgeld für ihn bezahlt hatte. Seine Ausbildung zum Fassbinder nahm er schon lange nicht mehr ernst, und er verspottete die Jüngeren, weil sie gewillt waren, zu lernen.

Mombert schenkte den beiden einen bösen Blick und baute sich vor Wilmar auf.

»So, du weißt es nicht? Es ist deine Aufgabe, auf die Lehrbuben aufzupassen. Wenn sie dir weiter so auf der Nase herumtanzen, muss ich mich nach einem neuen Gesellen umsehen.«

Wilmar fuhr erschrocken auf.

»Ich werde sofort Melcher suchen und ihn zurückbringen, Meister.«

Mombert stieß ihn mit harter Hand auf seinen Platz zurück. »Damit mir gleich zwei Paar Hände in der Werkstatt fehlen, obwohl wir vor Arbeit nicht mehr aus noch ein wissen? Nein, du wirst heute Abend länger in der Werkstatt bleiben und das nachholen, was Melcher versäumt hat. Ihm aber werde ich eine Tracht Prügel verpassen, dass er acht Tage lang im Stehen arbeiten muss.« Mit diesen Worten trat Mombert an ein großes Fass, um die letzten Reifen aufzuziehen.

Unterdessen schlenderte Melcher durch die Gassen und kaute an einem Stück Kuchen. Dabei ließ er seine Augen umherwandern und grinste übermütig, als er Utz unter der Pergola einer Weinschenke entdeckte.

Der Fuhrmann stand auf und kam ihm mit dem Becher in der

Hand entgegen. »Grüß dich, Melcher. Ich hatte dich schon eher erwartet.«

»Ich kam nicht so rasch aus der Werkstatt weg, wie ich wollte«, log der Junge.

Utz warf einen spöttischen Blick auf den Kuchenrest in Melchers klebrigen Händen. »Wenn du als Diener eines hohen Herrn ebenso herumtrödelst, wird er dich bald wieder auf die Straße setzen. Vielleicht sollte ich mir besser einen anderen Helfer suchen.«

Melcher schluckte rasch das letzte Stück Kuchen hinunter und rieb die Handflächen an seinem Hosenboden sauber. Utz legte ihm die Hand um die Schulter und beugte sich zu ihm nieder.

»Ist der Steinzeller zu seinen Freunden gegangen?«

»Ja, und er hat zu seinem Diener gesagt, dass er nicht vor Einbruch der Dunkelheit zurückkommen wird. So wie ich ihn kenne, wird es sicher Mitternacht werden.«

»Gut. Dann geschieht es heute Nacht. Du weißt, was du zu tun hast?«

Melcher sah mit großen, bewundernden Augen zu dem Fuhrmann auf. »O ja. Ich werde alles genau so machen, wie du es mir aufgetragen hast.«

»Das weiß ich doch.« Utz grinste, tätschelte dem Burschen die Wange und reichte ihm den halb vollen Weinbecher. »Komm, trink, mein Junge. Den Schluck hast du dir redlich verdient.«

IX.

Während Melcher Utz' Wein bis zur Neige leerte, hielt sich auch Philipp von Steinzell an seinem Becher fest. Er saß im Quartier des Ritters Leonhard von Sterzen und hörte den Männern zu, die Frieden zwischen ihrem Lehnsherrn Friedrich von Tirol und Kaiser Sigismund stiften wollten. Sein Vater hätte sich gewiss lebhaft an der Diskussion beteiligt und sich mit jedem gestritten, der nicht seiner Meinung war. Ihn aber langweilte die Politisiererei. Das Einzige, was die Zusammenkünfte der Verbündeten für ihn erträglich machte, war die Tatsache, dass der Sterzener einen ausgezeichneten Wein ausschenken ließ, während die raffgierigen Konstanzer Händler für einen lumpigen Krug Säuerling so viel verlangten wie eine Hure für ihre Dienste. Philipp trank seinen Becher aus und winkte dem Diener, ihm nachzuschenken. Da das Geschwafel der alten Männer ihn mehr und mehr anödete, überlegte er sich, wie er Mombert Flühi überlisten konnte, um endlich an seine Tochter zu kommen. Der Böttcher ließ das Mädchen ständig von Dienstboten bewachen und war jedes Mal zur Stelle, wenn er die Kleine auch nur ansah. Daheim auf Burg Steinzell hätte er dem Kerl ein paar Maulschellen verpasst und ihn in den Turm werfen lassen. Hier in Konstanz musste er jedoch vorsichtig sein, denn diese Pfeffersäcke waren imstande, ihn, einen Junker des Heiligen Römischen Reiches, in den Kerker zu sperren und seinem Vater ein hohes Lösegeld für ihn abzupressen.

Irgendwann kriege ich Hedwig, dachte er wütend. Bis dahin musste er mit käuflichen Weibern vorlieb nehmen, obwohl ihn jeder Pfennig reute, den er für sie ausgab. Seufzend dachte er an die Mägde zu Hause in Steinzell.

Der Junker hatte sich den Aufenthalt in Konstanz kurzweiliger vorgestellt und ärgerte sich, weil er seinen Vater überredet hatte, ihn zum Konzil reisen zu lassen. Er mochte sich gar nicht vorstellen, dass er sein bestes Stück jetzt in Odas weichen, willigen Leib stoßen könnte, statt hier auf dem Trockenen zu sitzen und die missbilligenden Blicke der anderen Gefolgsleute des Tirolers ertragen zu müssen. Er griff nach dem Becher, um seine trüben Gedanken hinunterzuspülen, stellte fest, dass er schon wieder leer war, und winkte erneut dem Diener mit der Weinkanne.

Die Beratung ging bis tief in die Nacht, und Philipp von Steinzell trank noch viele Becher, um die Besprechung ertragen zu können. Als die Herren sich zum Aufbruch fertig machten, war er so betrunken, dass er sich kaum aufrecht halten konnte. Nur der Wille, den anderen nicht weiteren Grund zur Kritik zu geben, ließ ihn steifbeinig zur Tür gehen, wo ihm ein Diener eine Fackel reichte, mit der er seinen Heimweg ausleuchten konnte. Die kalte Luft legte sich wie eine Schlinge um seine Kehle, und seine Beine drohten unter ihm nachzugeben, doch die Gewohnheit vieler durchzechter Nächte hielt ihn aufrecht und ließ ihn den Weg zum Haus des Böttchers finden.

Als der Junker das Tor zum Hof nur angelehnt vorfand, wankte er zufrieden hinein, warf die Fackel in eine Ecke und urinierte gegen die Hauswand, um den reichlich genossenen Wein loszuwerden. Der Lehrjunge Melcher schien ihn erwartet zu haben, denn er öffnete vorsichtig die Haustür und leuchtete ihn mit einer Blendlaterne an. Philipp wandte sich zu ihm um, doch als er auf ihn zuwankte, dunkelte der Junge seine Laterne ab. Philipp nahm noch wahr, wie im Schein seiner verglühenden Fackel ein Schatten neben ihm auftauchte; bevor er jedoch reagieren konnte, legte sich eine Hand über seinen Mund und erstickte seine Frage. Gleichzeitig bohrte sich etwas in seine Brust. Schmerz durchbrach den Nebel, den der Alkohol um sein Bewusstsein gelegt hatte. Dann erlosch er wie eine ausgeblasene Kerze.

»Der Kerl wird dir keinen Fußtritt mehr versetzen«, flüsterte Utz Melcher zu. »Los, mach das Tor zu und blende die Laterne wieder auf, damit wir ihn ins Haus tragen können.«

In dem schmalen Lichtband, das die Lampe über den Toten warf, prüfte Utz, wie gut sein Messer getroffen hatte. »Genau ins Herz. Diesen Stoß muss mir erst einmal einer nachmachen.«

Der Fuhrmann wickelte den Junker in die Decke, die er mitgebracht hatte, packte ihn unter den Achseln und hob ihn an. Melcher klemmte sich den Bügel der Laterne zwischen die Zähne und packte die Beine des Toten. Nachdem Utz ein paar verdächtige Spuren entfernt hatte, schleppten sie den Junker ins Haus und blieben am Fuß der Treppe stehen. Es war nicht möglich, den Steinzeller in seine Kammer zu tragen, denn das Knarren des Holzes hätte die Schläfer im Haus geweckt. So legte Utz den Junker auf die unteren Stufen, wickelte ihn wieder aus und zog den Dolch aus der Wunde. Ein Schwall Blut schoss heraus und nässte den Fußboden. Utz nickte zufrieden, denn jetzt sah es so aus, als wäre der Junker an dieser Stelle erstochen worden.

Er streckte die Hand aus. »Wo ist Flühis Messer?«

Melcher zog eine schon recht dünn geschliffene Klinge mit klobigem Griff aus dem Gürtel. »Es war nicht leicht, es unbemerkt wegzunehmen«, flüsterte er in der Hoffnung auf ein Lob.

Utz klopfte ihm auf die Schulter und stieß dann Meister Momberts Messer mit einem heftigen Ruck in den Wundkanal. »Fertig. Du schließt jetzt hinter mir das Hoftor und die Haustür ab und legst dich ins Bett. Wenn die Büttel kommen und dich befragen, sagst du, du hättest die ganze Nacht geschlafen und nichts gehört, verstanden?«

Als der Lehrling nicht rasch genug antwortete, deutete Utz auf den Toten. »Schau ihn dir an, Melcher. Wenn du nicht genau das tust, was ich dir sage, wirst du bald ebenso tot sein.«

Melcher begriff, dass der Fuhrmann die Drohung todernst meinte, und bekam zum ersten Mal Angst. Er zitterte, war aber nicht bereit, sich einschüchtern zu lassen. »Du hast versprochen, dass ich in die Dienste eines hohen Herrn treten kann. Wann wird das sein?«

Utz legte ihm die Hand auf die Schulter. »Morgen ist es so weit. Wenn der Mord entdeckt worden ist und Meister Mombert im Loch sitzt, läufst du zum Hafen und steigst in Schiffer Hartbrechts Boot. Der wird dich nach Lindau mitnehmen und dort dem Hausmeister deines neuen Herrn übergeben.«

Ein Geräusch im oberen Stockwerk ließ Utz aufschauen. Schnell blies er Melchers Laterne aus, so dass beide im Dunklen standen, fasste nach dem Jungen und zog ihn auf die Haustür zu. »Sei vorsichtig und denke an das, was ich dir eingeschärft habe«, mahnte er und verschwand lautlos in der Dunkelheit.

X.

Der Tote wurde tatsächlich erst am nächsten Morgen entdeckt. Mombert Flühi stolperte im Licht der frühen Dämmerung über ihn und glaubte zunächst, Philipp von Steinzell wäre betrunken am Fuß der Treppe eingeschlafen. Als er den Diener des Junkers holen wollte, entdeckte er den dunklen Fleck auf dem Fußboden und gleich darauf den Messergriff in Philipps Brust. In seiner Aufregung bemerkte er nicht, dass es sich dabei um sein eigenes Messer handelte, sondern wich zurück und sah sich hilflos um.

»Jesus, Maria und Josef, was für ein Unglück!«

Seine Frau steckte den Kopf aus der Kammer. »Was ist los, Mombert?«

»Der Junker, der Steinzeller. Er ist tot.« Mombert trat beiseite, damit seine Frau den Leichnam sehen konnte.

Frieda Flühi schlug die Hände über dem Kopf zusammen und kreischte auf. »Mein Gott, ist er vielleicht betrunken von der Treppe gefallen und hat sich das Genick gebrochen?«

Mombert schüttelte erregt den Kopf. »Nein, es steckt ein Messer in der Brust. Ruf Wilmar. Er muss zum Vogt laufen und das Verbrechen anzeigen.«

Frieda Flühi nickte und segelte in ihrem zeltartigen Nachthemd davon. Kurz darauf hörte Mombert sie mit schriller Stimme auf den Gesellen einreden. Gleich darauf schoss Wilmar um die Ecke und starrte den Toten an, während er noch sein Hemd in die Hose stopfte.

»Ist er wirklich tot?« Es klang nicht gerade bedauernd.

Mombert befahl ihm, sich zu beeilen, und überlegte, ob er den Toten zur Seite räumen sollte, damit die Treppe frei wurde. Dann dachte er daran, dass der Vogt gewiss sehen wollte, wo der Junker zu Tode gekommen war, und ließ ihn liegen.

Die Sonne stieg schon über den Horizont, als Wilmar mit einem Stellvertreter des königlichen Vogtes zurückkehrte. Der Mann machte einen Bückling, um nicht mit dem behelmten Kopf gegen den Türbalken zu stoßen, und kam auf Meister Mombert zu.

»Was faselt der Bursche da von einem Mord?«

»Der Tote liegt hier.« Mombert trat beiseite und zeigte auf Junker Philipp.

Der Mann sah dem Toten ins Gesicht. »Potz Teufel, das ist ja tatsächlich der junge Steinzeller. Meister Mombert, das ist keine gute Sache. Weißt du, wie es passiert ist?«

Mombert schüttelte ratlos den Kopf. »Ich kann es mir nur so vorstellen, dass Junker Philipp mit jemand in Streit geriet und von diesem niedergestochen wurde. Er wollte wohl noch in seine Kammer hoch, brach aber hier an der Treppe zusammen.«

Während der Böttcher seine Vermutungen äußerte, beugte der Beamte sich nieder und untersuchte den Junker. »Mit diesem Stich wäre der Mann keine drei Schritte weit gekommen. Das Messer sitzt genau im Herzen. Er muss hier an dieser Stelle erstochen worden sein.«

»Unmöglich«, rief Meister Mombert aus. »Mein Weib und ich hätten gehört, wenn es auf dem Flur zum Kampf gekommen wäre. Außerdem hätte der Mörder die Tür nicht von innen verriegeln können.«

»Es sei denn, er blieb im Haus«, erklärte der Vogt düster.

Mombert schlug mit der Hand ärgerlich durch die Luft. »Das ist doch lächerlich. Weder meine Lehrlinge noch mein Geselle wären in der Lage dazu gewesen, mit dem bärenstarken Mann fertig zu werden. Und sein eigener Knecht hat ihn gewiss nicht umgebracht.«

»Das behaupte ich auch nicht.« Der Vogt drehte sich zu Mombert um und musterte ihn durchdringend. »Du musst zugeben, dass die Sache recht eigenartig ist. Hier liegt ein Toter, und er kann nur von jemand ermordet worden sein, der sich heute Morgen im Haus aufhielt, da die Tür verschlossen war.«

»Das hieße ja, der Mörder wäre noch hier.« Mombert drehte sich um und wollte seiner Frau und seiner Tochter zurufen, sich in Sicherheit zu bringen. Da öffnete sich die Tür des Verschlags, in dem sein ältester Lehrling schlief, und Melcher trat heraus. Er gähnte ausgiebig, entdeckte dann den Vogt und kam neugierig näher.

»Was ist hier …«, begann er und zeigte dann auf den Toten. »Aber Meister Mombert, ist das nicht Euer Messer?«

Mombert Flühi starrte die in der Wunde steckende Waffe mit aufgerissenen Augen an. Es war tatsächlich seine eigene Klinge mit dem silbergefassten Hirschhorngriff.

»Stimmt das?«, fragte der Vogt streng.

Mombert hob in einer hilflosen Geste die Hände. »Ja, das ist das Messer, das ich zum Essen benutze. Es steckt normalerweise im Bord neben der Küchentür bei den anderen Messern und Löffeln. Der Mörder muss es von dort geholt und für die Tat benutzt haben.«

Der Vogt schien den nächstliegenden Schluss gezogen zu haben, denn er richtete sich auf und blickte höhnisch auf Mombert herab. »Das ist genauso unwahrscheinlich wie dein Geschwätz, der Junker könne auf der Straße erstochen worden sein und sich bis hierher geschleppt haben, obwohl auf dem ganzen Weg kein einziger Blutstropfen zu sehen ist. Dabei hat er hier wie ein Schwein geblutet. Ach ja, ich vergaß, er soll ja, bevor er starb, auch noch fein säuberlich die Tür zugesperrt haben.«

Mombert fuhr erschrocken herum. »Ihr wollt doch nicht etwa behaupten, ich hätte Philipp von Steinzell erstochen?«

Der Vogt verschränkte die Arme vor der Brust und fragte: »Das liegt doch wohl auf der Hand, nicht wahr? Mir ist zu Ohren gekommen, dass du den Junker beschimpft und bedroht hast.«

»Ich habe ihm das eine oder andere an den Kopf geworfen, weil er meine Hedwig nicht in Ruhe lassen wollte«, gab Mombert gequält zu.

Der Vogt deutete auf das Messer in der Brust des Toten. »Gestern Abend ist es dann nicht mehr bei Drohungen geblieben.«

»Bei Gott, ich war es nicht. Ich schwöre es bei allen Heiligen.« Mombert wich entsetzt zurück und klammerte sich an seine Frau, die dem Gespräch mit wachsender Erregung gefolgt war.

»Das ist nicht wahr«, schrie sie den Vogt an. »Mein Mann lag die ganze Nacht neben mir.«

»Dabei ist er kein einziges Mal aufgestanden, um zum Abtritt zu gehen, und du hast die ganze Nacht über kein Auge zugemacht, um auf ihn aufzupassen. Geh, Weib, und erzähle deine Lügen jemand anderem. Und du, Mombert Flühi, solltest es dir nicht noch schwerer machen, sondern zugeben, dass du den Junker gestern niedergestochen hast, um deine Tochter vor ihm zu schützen. Wenn der Richter dir gnädig gesinnt ist, wirst du dafür nicht lebendig aufs Rad geflochten, sondern vorher erwürgt, damit du keine Schmerzen erleiden musst.«

Mombert Flühi geriet in Panik. »Bei Gott und allen Heiligen, ich schwöre, ich habe ihn nicht umgebracht!«

»Wenn du leugnen willst, kann ich dich nicht hindern. Unter der Folter wirst du schon alles gestehen.«

Der Vogt rief nach seinen Begleitern und streckte die Hand aus, um Meister Mombert festzuhalten. Doch der riss sich schreiend los und rannte zur Werkstatt. Dort aber standen schon zwei Männer des Vogtes, die durch die Hintertür gekommen waren, und nahmen ihn in Empfang.

»Damit hast du deine Schuld wohl unzweifelhaft zugegeben.« Man konnte dem Vogt ansehen, dass er froh war, den Mordfall so rasch aufgeklärt zu haben. Während die Büttel Mombert die

Hände auf dem Rücken zusammenbanden und ihn wie ein Kalb über den Hof auf die Straße führten, fluchte und betete der Böttcher abwechselnd und beteuerte immer wieder seine Unschuld. Der Vogt drehte sich noch einmal zu Frieda Flühi um.

»Ich lasse den Toten gleich abholen. Du kannst inzwischen ein paar Sachen für deinen Mann zusammensuchen.«

Diese Worte erinnerten Mombert daran, dass er nicht mehr als sein Nachthemd trug. Die Schande, so durch die Stadt geführt zu werden, trieb ihm die Tränen in die Augen.

XI.

Nachdem der Vogt das Haus verlassen hatte, wurde es totenstill darin. Frieda Flühi musste sich gegen die Wand lehnen, da ihre Füße sie nicht mehr tragen wollten. Hedwig kam aus ihrer Kammer, in der sie zusammen mit Wina auf Befehl ihrer Mutter hatte bleiben müssen, und fragte, was denn geschehen sei. Frieda Flühi versagte die Stimme, daher blieb Wilmar nichts anderes übrig, als ihr von der Verhaftung Meister Momberts zu berichten.

»Vater hat den Junker niemals umgebracht«, flüsterte Hedwig unter Tränen.

»Natürlich war er es nicht. Ich hätte es doch gemerkt, wenn er aufgestanden wäre.« Hedwigs Mutter war kaum zu verstehen. Sie klammerte sich an ihre Tochter und schluchzte hemmungslos. Auch die alte Wina rang die Hände und beklagte das Schicksal, das nun auch Matthis Schärers Schwager heimgesucht hatte. Erst als einige Knechte des Hilfsvogts hereinkamen, um den Toten abzuholen, verstummte das Jammern der Frauen. Wilmar erinnerte sich jetzt an den Knecht des Junkers und hoffte, ihn als Mörder entlarven zu können. Als er jedoch nach oben stieg und die Kammertür öffnete, fand er den Mann schnarchend auf seinem Strohsack liegen. Er hatte kein Blut an den Händen, und sein Atem verriet, dass er sich am Tag zuvor an den Weinvorräten seines Herrn vergriffen hatte. Wilmar kam zu der Überzeugung, dass der Mann auch nicht der Täter sein konnte, und stieß ihn an.

»Was ist, Herr? Ich …«, rief der Knecht und erkannte erst dann, dass nicht Philipp ihn weckte.

»Was suchst du hier, Bursche?«, fuhr er Wilmar an.

»Dein Herr ist heute Nacht umgebracht worden. Die Knechte des Vogtes schaffen gerade seinen Leichnam fort.« Wilmar gab sich keine Mühe, freundlich zu klingen.

Der andere starrte ihn verdattert an. »Was sagst du da? Mein Herr soll tot sein?«

Er warf seine Decke zur Seite, sprang auf und eilte aus dem Zimmer. Erst auf der Treppe merkte er, dass er nur ein dünnes Hemd trug, das kaum seinen Körper bedeckte, und machte kehrt. So rasch er konnte, schlüpfte er in seine Kleider und stürmte nach unten. Dort beschwerte er sich bitterlich, weil die Leute des Vogtes seinen Herrn wie einen Sack Hafer über den Hof schleppten.

Eine Gruppe bewaffneter Söldner tauchte auf. Der Anführer, ein bulliger Kerl in buntscheckiger Tracht, baute sich vor der Hausherrin auf und musterte sie unverschämt.

»Ich suche Frieda, Momberts Eheweib, und beider Tochter Hedwig«, erklärte er mit schnarrendem Ton.

»Ich bin Frieda Flühi, und das ist meine Hedwig.« Sie sah den Mann fragend an.

»Ihr werdet beschuldigt, gemeinsam mit eurem Mann und Vater den ehrenwerten Junker Philipp von Steinzell heimtückisch ermordet zu haben. Daher habe ich euch in Gewahrsam zu nehmen.«

Hedwig schrie auf und wollte sich hinter ihrer Mutter verstecken, doch Frieda Flühi lehnte sich kreidebleich gegen die Wand. »Das kann doch nur ein schlechter Scherz sein.«

Statt einer Antwort winkte der Anführer seinen Männern, die auf die Frauen zutraten und ihnen mit geübten Bewegungen die Hände fesselten und Stricke an ihren Hüften befestigten.

»Wohin bringt ihr uns?«, fragte Frieda Flühi.

»In den Ziegelturm, da der Kerker bereits überfüllt ist«, gab der Mann bereitwillig Auskunft.

Hedwig erbleichte und starrte ihre Mutter angstvoll an. Frieda zuckte schicksalsergeben mit den Schultern.

»Hättet ihr uns nicht Zeit lassen können, uns anzukleiden? Oder wollt ihr uns im Nachtgewand durch die Straßen schleifen?«

Der Mann sah so aus, als würde er sie am liebsten nackt mitnehmen, ließ aber zu, dass Wina den beiden Frauen Mäntel über die Schultern hängte. Dann stießen seine Knechte die Gefangenen vor sich her aus dem Haus und führten sie durch die Reihen der Gaffer, die sich vor dem Haus versammelt hatten.

Die Lehrlinge und Mägde hatten sich schon kurz nach der Verhaftung des Hausherrn aus dem Staub gemacht, und so blieben Wilmar und Wina allein zurück. Die alte Haushälterin war nicht ansprechbar. Sie jammerte und betete, als erwarte sie, dass der Himmel aufriss und das Jüngste Gericht über die Menschen kam. Der Geselle strich hilflos durch die Werkstatt, ohne fassen zu können, was geschehen war. Ausgerechnet die sanfte, liebenswürdige Hedwig sollte geholfen haben, einen Menschen zu töten? Nein, dazu war sie, dazu waren auch ihre Eltern nicht fähig.

Zuerst klammerte Wilmar sich an die Überzeugung, das Ganze würde sich als Irrtum herausstellen, und erwartete, Mombert Flühi mit den beiden Frauen jeden Augenblick zurückkehren zu sehen. Aus Gewohnheit setzte er sich auf seinen Platz und begann, ein neues Fass zu binden.

Plötzlich kam ihm ein Gedanke, der ihm den Angstschweiß ausbrechen ließ. Was war, wenn die Büttel ihn als Mittäter ansahen und ebenfalls gefangen setzen wollten? Wer einmal in die Mühlen der Justiz geriet, hatte kaum Gnade zu erwarten. Er stieß die Fassreifen von sich, rannte panikerfüllt aus dem Haus und hielt erst inne, als er das in die Stadelhofener Vorstadt führende Augustinertor vor sich sah. Dort lehnte er sich zitternd an eine Hauswand und überlegte, was er tun sollte.

Hedwigs Bild tauchte vor seinen Augen auf. Seine Phantasie malte ihm aus, wie sie angebunden im kalten, feuchten Keller des Turms saß und sich noch nicht einmal die Tränen trocknen konnte. Jetzt kam er sich wie ein Feigling und Verräter vor. Er liebte Hedwig über alles und hatte trotzdem keinen Finger gerührt, um ihr zu helfen.

Wilmar erinnerte sich nun an das, was ihm sein Meister in einer sentimentalen Stimmung über seine Nichte Marie erzählt hatte, die fünf Jahre zuvor ebenfalls in den Ziegelturm gesperrt worden war. Das Mädchen hatte am nächsten Tag bei der Jungfrau Maria geschworen, dass sie dort in der Nacht von drei Männern geschändet worden war. Außer Meister Mombert hatte jedoch niemand ihren Worten Glauben geschenkt, und so war sie ausgepeitscht und aus der Stadt vertrieben worden. Damals hatte Wilmar sich nicht vorstellen können, dass ein Stadtbüttel sich für so einen Schurkenstreich hergeben würde. Jetzt aber quälte ihn der Gedanke, die rohen Gerichtsknechte könnten in Hedwigs Zelle eindringen und ihr Gewalt antun. In seinen Augen waren die Kerle, die Hedwig und ihre Mutter abgeführt hatten, nicht vertrauenswürdiger als das Söldnergesindel, das in der Stadt herumstreifte und jedes weibliche Wesen belästigte.

Wilmar warf einen Blick auf das Augustinertor, an dem lebhaftes Kommen und Gehen herrschte, und wäre am liebsten hindurchgegangen und weitergelaufen, bis er die Tür seines Vaterhauses hinter sich hätte schließen können. Doch dann drehte er sich mit einem verächtlichen Schnauben, das seiner Kleinmütigkeit galt, um und wanderte suchend durch die Stadt, ohne zu wissen, wonach er Ausschau hielt. Wenn er Hedwig helfen wollte, musste er sich bald etwas einfallen lassen, aber sein Kopf war so leer wie ein trockener Weinschlauch.

XII.

Nachdem Ruppertus Splendidus sich überzeugt hatte, dass niemand den Flur vor der guten Stube betreten und ihn belauschen konnte, schloss er die Zimmertür hinter sich und trat an den Tisch, an dem sein Halbbruder Konrad von Keilburg beim Frühstück saß. Er streifte den großen Humpen Wein und das mächtige Stück Braten, die vor dem Grafen standen, mit einem schaudernden Blick und fragte sich, wie ein Mensch so viel in sich hineinschlingen konnte. Man sah dem Keilburger an, dass er sich den Freuden der Tafel hemmungslos hingab. Als junger Mann hatte er seine Standesgenossen durch seine Größe und Kraft beeindruckt, aber jetzt, mit fünfunddreißig, waren seine Augen beinahe hinter Fettpolstern verschwunden, und er konnte nicht mehr über seinen vorgewölbten Bauch auf die Füße schauen. Wer ihn jetzt sah, traute ihm kaum noch zu, ein Schwert zu schwingen oder ein Schild zu halten, und es gab auch kein Pferd mehr, das in der Lage war, ihn zu tragen. Ruppert hütete sich jedoch, seinen Halbbruder zu unterschätzen. Wurde Konrad wütend, reagierte er wie ein gereizter Bär, der erst von seinem Gegner abließ, wenn dieser tot zu seinen Füßen lag.

Daher grüßte Ruppert ihn mit einem freundlichen Lächeln, in dem nur ein aufmerksamer Beobachter Spott und Herablassung entdeckt hätte. »Lass es dir heute besonders gut schmecken, Bruder. Der junge Steinzeller ist tot, und der Böttcher Mombert wurde des Mordes an ihm angeklagt.«

Konrad von Keilburg stellte den Humpen hart auf den Tisch und lachte, dass seine Fettmassen das Wams zu sprengen drohten. »Das war wohl wieder eines deiner speziellen Spielchen, was? Du räumst für mich den Mann aus dem Weg und schanzt dem Waldkroner das Weibsstück zu, hinter dem er her ist. Gut! Dann hört das liebeskranke Gejaule dieses Kuttenträgers endlich auf. Das heißt, wenn du es tatsächlich schaffst, die Böttcherstochter zur Leibeigenschaft verurteilen zu lassen. Ich warte ja nur darauf, dass du es überziehst und über deine eigenen Ränke stolperst. Was glaubst du, macht der Waldkroner mit dir, wenn sein Herzchen auf dem Blutgerüst endet?«

Ruppert ballte die Fäuste, ließ sich aber nichts von dem Hass anmerken, der in ihm tobte. Anders als ihr gemeinsamer Vater Heinrich, der ihn zwar wie einen Leibeigenen benutzt hatte, ihm aber auch eine gewisse Anerkennung für seine Dienste gezollt hatte, verachtete Konrad ihn und verhöhnte ihn bei jeder Begegnung.

»Nichts wird er tun, denn was ich anfasse, gelingt mir. An dem Tag, an dem Mombert Flühi aufs Rad geflochten wird, liegt seine Tochter im Bett des Abtes.«

Konrad von Keilburg schnaubte. »Ich hoffe, du nimmst den Mund nicht zu voll. Statt um diesen dämlichen Abt solltest du dich lieber darum kümmern, dass ich Steinzell in die Hand bekomme. Wenn du dich weiterhin so zimperlich anstellst, nehme ich die Sache selbst in die Hand. Das Einfachste ist, ich spalte Degenhard von Steinzell den Schädel und besetze sein Land.«

»So viel Aufwand ist doch gar nicht nötig, lieber Bruder. Nach Junker Philipps Tod ist Degenhards Tochter Roswitha seine einzige Erbin. Verheirate sie mit einem deiner Gefolgsleute, und sein Besitz fällt dir wie eine reife Frucht in den Schoß.«

»Das ist eine gute Idee. Ich werde gleich heute den Befehl geben, Roswitha von Steinzell zu entführen. Ich muss nur überlegen, wer sie heiraten soll.« Für einen Augenblick vergaß der Keilburger die Schweinelende auf seinem Teller und dachte angestrengt nach.

Ruppert wusste, dass sein Bruder keinen Widerspruch duldete

und nicht davor zurückscheute, Gefolgsleute zum Krüppel zu schlagen, die nicht seiner Meinung waren. Daher musste er so diplomatisch wie möglich vorgehen.

»Das halte ich für keine gute Idee. Die Leute könnten Verdacht schöpfen, dass du hinter dem Tod des jungen Steinzellers steckst, und es gibt genug Männer in der Umgebung des Kaisers, die nur auf eine Gelegenheit warten, eine Schlinge um deinen Hals zu legen. Warte, bis der angebliche Mörder des Junkers verurteilt und hingerichtet wurde. Wenn du dir dann die Tochter des Steinzellers holst, wird man annehmen, dass du die gute Gelegenheit genutzt hast.«

»Und wenn dieses Aas von Degenhard sie vorher verheiratet? Dann stehe ich mit leeren Händen da.«

»Möglicherweise wird er sie verloben, aber die Heirat dürfte kaum vor Ablauf der Trauerzeit geplant werden und leicht zu verhindern sein. Ich glaube nicht, dass irgendeiner die Maid nimmt, wenn ihr bereits ein anderer einen dicken Bauch gemacht hat.«

Konrad lachte brüllend und sah seinen Halbbruder dann verschmitzt an. »Willst du das selbst übernehmen? Meinetwegen kannst du Roswitha haben. Da es dir ja gelungen ist, unserem Alten vor seinem Abkratzen die Anerkennung als legitimen Sohn abzuluchsen, bist du ihr ebenbürtig. Ritter Ruppert von Steinzell! Hört sich das nicht besser an als dieses lateinische Gebrumm, das du jetzt als Namen führst?«

Rupperts Lächeln vertiefte sich, und ein seltsamer Glanz trat in seine Augen. »Nein, nein. Gib Roswitha ruhig einem deiner Männer. Ich ziehe es vor, in der Stadt zu leben, und lege keinen Wert auf eine zugige Burg am Rande des Schwarzwalds.«

»Wie du willst.« Konrad von Keilburg hatte seinen Vorschlag nicht ganz ernst gemeint und war erleichtert, dass Ruppert ihn ablehnte. Als Advocatus und Rechtsverdreher konnte sein Bruder ihm noch lange nützlich sein, als Ritter auf einer abgelegenen Burg wäre er auch nur ein unliebsamer Konkurrent gewesen, der nichts anderes im Sinn hatte, als sein Herrschaftsgebiet zu erweitern. »Auf alle Fälle freut es mich, dass der Tiroler der Reichsacht verfallen ist. Jetzt liegen seine Ländereien im Schwarzwald und am Rhein offen für jeden, der zugreifen kann. Ich denke, ich werde der Erste sein, der sich etwas davon holt.«

»Auch hier möchte ich dich bitten, dich noch etwas in Geduld zu üben. Eine vorschnelle Tat hat schon mancher bereut.«

Konrad von Keilburg schlug auf den Tisch, dass der Teller hochsprang und Bratensaft über die kunstvolle Intarsienarbeit spritzte. »Du bist ein elender Zauderer, Ruppert. Wer etwas erreichen will, muss zugreifen können.«

Ruppert schüttelte nachsichtig den Kopf. »In erster Linie sollte er den richtigen Moment abwarten können, lieber Bruder. Heute zürnt der Kaiser Herzog Friedrich noch und lässt ihn verfolgen, morgen kann das Blatt sich schon wieder gewendet haben. Der Habsburger besitzt viele Freunde und Verbündete, die sich für ihn einsetzen werden, und Kaiser Sigismund kann es sich nicht leisten, sie alle vor den Kopf zu stoßen. Vor allem muss er auf Albrecht von Österreich, den Vetter des Tirolers, Rücksicht nehmen. Ich bin mir sicher, dass die Reichsacht in spätestens zwei Monaten von Friedrich gelöst wird. Das kostet den Herzog nicht mehr als einen Fußfall vor Sigismund und das Versprechen, keinen anderen Papst mehr zu unterstützen als den, den der Kaiser auserwählt hat. Wenn du jetzt einen Streit um die Vorlande am Rhein vom Zaun brichst, stehen dir in Kürze nicht nur der Herzog selbst, sondern auch dessen Verwandte und Verbündete gegenüber. Begnüge dich damit, dem Habsburger ein paar Lehnsleute abspenstig zu machen und dich in den Besitz ihrer Burgen zu setzen. Solange dies nach Recht und Gesetz geschieht, kann Friedrich nichts dagegen tun.«

Konrads Miene verdüsterte sich wieder. »Gib nicht so an mit deiner Klugheit. In Wahrheit bist du verschlagen wie ein Skorpion und feige wie eine Ratte. Wenn du nicht über einige gewissenlose Kreaturen verfügen würdest, die den Dolch für dich führen, hättest du so einen Streich wie den mit Junker Philipp niemals gewagt. Einem Mann von Angesicht zu Angesicht gegenüberzutreten, dafür fehlt dir der Mut. Man merkt eben, dass deine Mutter eine wertlose Leibeigene war, die man einmal benutzt und dann vergisst.«

Graf Konrad lauerte auf eine unbedachte Reaktion seines Bruders. Allzu gern hätte er sein glattes Gesicht mit einer Schramme versehen.

Der Magister las den Wunsch seines Bruders von dessen Augen ab und zog sich bis an die Tür zurück. »Ich überlasse dich deinem Schweinebraten, Bruder, denn ich habe zu tun.«

Er verabschiedete sich mit einer angedeuteten Verbeugung und trat auf den Flur hinaus. Einerseits ärgerte er sich über die Arroganz und die geistige Plumpheit seines Halbbruders, andererseits amüsierte er sich auch über ihn. Der Mann war viel zu leichtgläubig. Ihr beider Vater Heinrich hätte sich über die Urkunde gewundert, mit der er seinen Bastardsohn anerkannt haben sollte. Es hatte Ruppert nach dessen Tod nur ein Stück Pergament, eine geschickte Hand und das beizeiten kopierte Siegel des alten Grafen gekostet, um sich in den Stand eines legitimen Sohnes zu setzen. Konrad hatte sich zwar gewundert und geschimpft, die Urkunde jedoch nicht angezweifelt.

Zu Ruppperts Erleichterung hatte er nicht begriffen, dass der Bastard damit vor dem Gesetz sein Erbe geworden war, und ahnte auch nicht, welches Ziel sich Ruppert gesteckt hatte, denn sonst hätte er ihn auf der Stelle umgebracht. Es war nichts weniger als die Herrschaft Keilburg und der Titel des Grafen. Ruppert lächelte in sich hinein. So, wie sein Bruder sich benahm, würde er schon bald am Ziel sein.

Ein heftiges Klopfen unterbrach seine angenehmen Gedanken.

Er schloss die Tür auf, die er an der Treppe zur oberen Etage hatte anbringen lassen, um Lauscher und unliebsame Störungen auszuschließen, und sah sich Abt Hugo gegenüber, dessen Gesicht vor Aufregung rot angelaufen war.

»Ich muss mit dir reden.«

»Gerne«, antwortete Ruppert mit jenem offenen und herzlichen Lächeln, das er einst mit viel Mühe einstudiert hatte. Genau wie jener strenge Blick, mit dem er seine Gegner vor Gericht zermürbte, war es nichts als eine Maske.

Hugo von Waldkron folgte ihm nervös in den Raum, den Ruppert als Arbeitszimmer benutzte. »Der Böttcher hat den Steinzeller Junker ermordet, genau wie du es vorausgesehen hast. Was ist jetzt mit dem Mädchen?«

»Sobald Mombert Flühi verurteilt ist, wird Jungfer Hedwig zur Leibeigenen erklärt und dir übergeben.«

»Wenn wir Pech haben, kann das wegen der Sache mit Magister Hus Monate dauern. Du aber hast versprochen, mir Meister Momberts Tochter so rasch wie möglich zu beschaffen.«

»Ich sorge schon dafür, dass der Prozess schnell über die Bühne geht. Wenn nicht alles nach Recht und Ordnung geschieht, bekommen wir beide Ärger. Solange der Vater nicht schuldig gesprochen ist, gilt das Mädchen als Bürgerin der Stadt, und der Rat würde dir einen Prozess an den Hals hängen, wenn du dich an ihr vergreifst.«

Der Abt packte Ruppert und schüttelte ihn. »Ich muss Hedwig sofort haben. Oder glaubst du, ich hätte mir das Haus in Maurach gemietet, nur um dort von ihr zu träumen? Ich vergehe vor Leidenschaft.«

»Wenn es dich so sehr drängt, dann bespringe eine Magd oder geh zu den Huren. Aber störe meine Pläne nicht mit deiner Ungeduld. Was macht es schon aus, wenn du noch eine oder zwei Wochen warten musst? Am Ende kannst du mit ihr machen, was dir beliebt. Bitte lass mich jetzt allein. Ich habe zu tun.« Ruppert löste die Hände des Abtes von seinem Wams, öffnete die Tür und deutete nach unten.

Hugo von Waldkron stieg mit verkniffener Miene die Treppe hinunter und blieb vor der Haustür stehen. Plötzlich huschte ein böses Lächeln über sein Gesicht, und er lief mit wehendem Gewand über den Hof in das Gästehaus. In seiner Kammer angekommen verschloss er die Tür hinter sich, kramte in seiner Truhe und holte ein längliches Kästchen aus geschnitztem Holz heraus. Kurz darauf war der Tisch von fein geschabten Pergamentblättern, einem Etui mit verschiedenen Schreibfedern, einem Tintenfässchen, Siegelwachs und verschiedenen Stempeln bedeckt. Hugo von Waldkron wählte ein Blatt aus, glättete es und begann zu schreiben. Als er fertig war, schüttete er feinen Sand darüber, um die Tinte zu trocknen, und träufelte Wachs auf den unteren Rand. Dann wählte er einen der Stempel aus, musterte ihn sorgfältig und drückte ihn auf das noch halbflüssige Siegelwachs. Als er ihn zurückzog, kam das Siegel der Freien Reichsstadt Konstanz zum Vorschein.

Der Abt las das Pergament zufrieden durch und schalt Ruppert in Gedanken einen Narren. Warum sollte er auf das Mädchen warten? Es war nicht die erste Urkunde, die er fälschte. Ein großer Teil des Reichtums seiner Abtei war ihr auf diese Weise zugeflossen. Die Erben toter Herren von Stand zogen eine für das Seelenheil bestimmte Abtretung von Grundstücken und Dörfern selten in Zweifel, und wenn sie es doch taten, belehrten die Gerichte sie rasch eines Besseren. Der Abt glaubte zu wissen, dass Ruppert einen Teil seiner Erfolge auf die gleiche Art errang, denn schließlich war der Magister einst sein Schüler gewesen und hatte ihm geholfen, das Testament des alten Abtes zu seinen Gunsten zu verändern.

Mit dem Gefühl, allen anderen Menschen, auch seinem begabten Schüler Ruppert, immer eine Nasenlänge voraus zu sein, rollte er das Pergament zusammen, steckte es in eine Hülle und verließ damit die Kammer. Sein Diener saß unten in der Küche und schäkerte mit einer von Rupperts Mägden. Die Frauen waren ansehnlich und, wie der Abt festgestellt hatte, nicht abgeneigt, einem hohen Herrn zu Diensten zu sein. Doch der Gedanke an Hedwig erstickte jegliches Verlangen nach diesem zwar willigen, aber für ihn nur eingeschränkt nutzbaren Weiberfleisch. Hedwig war keine so große Schönheit wie die blonde Hure, die er auf einer seiner Fahrten von Meersburg nach Konstanz gesehen hatte und die er ebenfalls gerne in den Händen gehabt hätte. Doch Huren waren ihm zu frech und ließen sich kaum so ausgiebig benutzen, wie er es wünschte, und sie wiesen auch nicht den Schmelz der Unschuld auf, den er so liebte und der Hedwig Flühi vor allen Frauen dieser Stadt auszeichnete.

Seine wechselnden Gefühle machten ihn unduldsam, und so schrie er seinen Knecht schon an, kaum dass er seine Stimme aus der Küche hatte dringen hören. »Selmo, siehst du nicht, dass du gebraucht wirst?«

Ohne zu zögern sprang der Mann auf und eilte zu ihm. Obwohl er kein Mönch war, trug er auf Befehl des Abtes den Habit eines Benediktinerbruders. Auf diese Weise brachte man ihm mehr Respekt entgegen und stellte ihm auch nur selten Fragen, wenn er für seinen Herrn unterwegs war.

»Ich fahre gleich nach Maurach hinüber«, erklärte ihm der Abt, als sie das Haus verlassen hatten. »Du begleitest mich zum Hafen, gehst dann zu St. Peter und verharrst dort im Gebet, bis es dunkel ist. Ich will nicht, dass man dich vorher irgendwo in der Stadt sieht. Bei Anbruch der Nacht gehst du zum Ziegelturm und hältst dem Wächter dort das Pergament unter die Nase, das ich dir mitgeben werde, und lässt dir die Böttcherstochter aushändigen. Vergiss aber um Gottes willen nicht, das Pergament wieder mitzunehmen.«

Der Knecht lächelte wissend. »Ja, Herr, ich weiß. Es ist ja nicht das erste Mal, dass ich einen Auftrag für Euch erledige. Soll ich

Euch mit dem Mädchen folgen oder es in Magister Rupperts Haus schaffen?«

»Natürlich wirst du das Mädchen direkt zu mir bringen. Und lass die Finger von ihr, wenn du nicht meinen Zorn spüren willst.«

»Aber nein, Herr! Ich würde doch nie eine Frauensperson anrühren, die für Euch bestimmt ist«, antwortete Selmo nicht ganz wahrheitsgemäß. »Aber wenn Ihr genug von ihr habt, werdet Ihr sie mir doch abtreten, nicht wahr?«

»Sicher! Wenn ich ihrer müde geworden bin, kannst du sie haben. Doch ich glaube, da wirst du dich ein Weilchen gedulden müssen.«

Der Knecht trottete lachend hinter seinem Herrn her. »Schade, dass Waldkron kein Nonnenkloster ist. Da würde mir das Warten leichter fallen.«

»Wäre Waldkron ein Frauenkloster, wärest du dort wohl kaum im Dienst, es sei denn als Ackerknecht mit Mist zwischen den Zehen«, spottete der Abt und schwieg dann verbissen, bis sie den Hafen erreichten. Am Kai wies er auf einen Nachen, der etwas abseits vertäut lag.

»Der Besitzer des Bootes da drüben hat nichts dagegen, des Nachts über den See zu fahren, und er stellt auch keine aufdringlichen Fragen. Er wartet nach Anbruch der Dunkelheit auf dich.«

»Warum nehmt Ihr das Mädchen nicht gleich mit? Wenn ich mich beeile, könnt Ihr Euer Boot noch bekommen.«

Der Abt versetzte ihm einen Stoß gegen die Brust. »Stell dich nicht dümmer an, als du bist. Die Gaffer in den Spelunken würden sich die Mäuler zerreißen, wenn ich am hellen Tag mit einer Jungfer am Hafen auftauche und sie auf ein Schiff bringe. Bei Nacht sind alle Katzen grau, und wenn du deine Kapuze überziehst, wird dich keiner erkennen. Beinahe hätte ich etwas vergessen. Hier ist eine Flasche mit Mohnsaft. Flöße ihn dem Mädchen ein, damit es kein Theater macht. Und nimm sicherheitshalber einen weiteren Mönchsmantel aus der Kirche mit, unter dem du sie verstecken kannst.«

Der Knecht nahm die Flasche und die Dokumentenrolle entgegen und wanderte dann wie in Kontemplation versunken in Richtung St. Peter. Hugo von Waldkron aber trat auf einen Kahn zu, von dem er wusste, dass er bald nach Meersburg auslaufen würde. Kurze Zeit später saß er mit einigen anderen Passagieren auf einer großen Frachtkiste und lächelte dabei so sanft, wie es sich für einen Diener Christi gehörte.

XIII.

*B*ei seinem ziellosen Umherstreifen war Wilmar auf Hugo von Waldkron und dessen Begleiter gestoßen und hatte das selbstzufriedene Grinsen des fetten Mannes bemerkt, welches sich doch stark von der verkniffenen Miene der letzten Wochen unterschied. Zwar hatte er die leise geführte Unterhaltung der beiden Männer nicht verstehen können, aber die Gesten, mit denen der Abt Richtung Ziegelturm gewiesen hatte, waren nicht misszuverstehen. Seine Sorge um Hedwig wuchs, als er die verstohlene Übergabe der Pergamentrolle und eines anderen Gegenstands sah. Wilmar behielt nun Selmo im Auge, der die Abfahrt seines Herrn mit einem spöttischen Gesichtsausdruck verfolgte und dabei mehrfach über die unter seiner Kutte steckende Rolle strich.

Das Schiff, das der Abt bestiegen hatte, musste mit dem Ablegen warten, bis ein Boot, das nach Lindau fuhr, genug Fahrt aufgenommen hatte, um es nicht zu behindern. Als Wilmars Blick den Lindauer Nachen streifte, sah er Melcher am Heck stehen und auf die Stadt starren. Für einem Moment überlegte Wilmar, wie Melcher wohl an das Geld für die nicht gerade billige Überfahrt gekommen war, dann aber bemerkte er, dass Selmo sich entfernte, und folgte ihm, ohne einen weiteren Gedanken an Melcher zu verschwenden.

Als der Knecht am Ziegelturm vorbeiging und ihn dabei in Augenschein nahm, war Wilmar sich sicher, dass das Schurkenstück, dessen Opfer Hedwig geworden war, am gleichen Tag weitergehen sollte. In einer Stadt wie Konstanz blieb wenig geheim, auch nicht die Tatsache, dass sich Hugo von Waldkron ein etwas abseits gelegenes Haus in Maurach gemietet hatte, und so zog Wilmar den richtigen Schluss.

Verzweifelt überlegte er, was er tun konnte, um Hedwig vor den Klauen des berüchtigten Abtes zu schützen. Hätte er die Kräfte des sagenhaften Herkules besessen, würde er auf der Stelle die Mauern des Turms aufgerissen und sie davongetragen haben. Doch er war nur ein armer Geselle ohne Kraft, Macht oder Einfluss, der seinen Meister verloren hatte und nach dem Mord von Glück sagen konnte, wenn ihn ein anderer Böttcher aufnahm. Sein eigenes Unglück überwältigte ihn nun nicht weniger als das Elend, in das Hedwig gestürzt worden war, und er stolperte tränenblind weiter.

Als das Schottentor vor ihm auftauchte, lief er in eine Gruppe Pfälzer Fußsoldaten hinein. Einer der Männer packte ihn, stellte ihn wie ein Bündel Lumpen zur Seite und sagte etwas Unfreundliches, aber er schlug ihn nicht nieder, wie andere Söldner es wahrscheinlich getan hätten. Für einen Augenblick blieb Wilmar schwer atmend stehen. Die Begegnung hatte ihn wieder in die Gegenwart gerissen, weg von der Frage, ob er seinem elenden Dasein sofort ein Ende bereiten oder vorher noch den Abt umbringen sollte. Er starrte den Soldaten nach und musste an den schneidigen Hauptmann denken, der bei seinem Meister zu Gast gewesen war. Vielleicht konnte der Mann Hedwig helfen. Doch wenn Michel Adler Hedwig rettete, würden ihr Herz und ihre Dankbarkeit ihm gehören.

Wilmar focht einen kurzen Kampf mit sich selbst aus und senkte zuletzt beschämt den Kopf, weil er seine Eifersucht beinahe über das Wohl des Mädchens gestellt hatte, das er liebte. Wenn er weiterleben und den Kopf wieder hoch tragen wollte, musste er alles tun, um Hedwig zu helfen, selbst wenn er dann mit einem geheuchelten Lächeln auf den Lippen und einem gebrochenen Herzen zusehen musste, wie sie mit einem anderen Mann glücklich wurde. Kurz entschlossen rannte er den Pfälzern nach und hielt einen der Männer auf.

»Bitte, Herr, könnt Ihr mir sagen, wo ich Euren Hauptmann finde, den Michel?«

»Entweder bei der schönen Hure am Ziegelgraben oder beim Adlerschenk in der Katzgasse.« Der Mann langte sich an den Helm, als wolle er sich am Kopf kratzen, und dachte kurz nach. »Ich glaube, er ist Richtung Schenke gegangen.«

»Ich danke Euch, Herr.« Wilmar deutete eine Verbeugung an und rannte, so schnell er konnte, zur Katzgasse, ohne auf das Schimpfen einiger älterer Bürger zu hören, die sich über seine Rücksichtslosigkeit aufregten.

Es ging auf Mittag zu, und die Schenke war so voll, dass einige Leute ihre Suppe und ihr Brot vor der Tür im Stehen aßen und den Becher mit Wein zwischen ihren Füßen auf der Erde abgestellt hatten. Wilmar drängte sich suchend durch die Gäste, die dicht an dicht in der Wirtsstube hockten, und fand zu seiner Erleichterung den Hauptmann in einer Nische im hintersten Winkel. Michels Gesicht lud nicht gerade dazu ein, ihn anzusprechen. So trat Wilmar ein paar Augenblicke von einem Fuß auf den anderen und räusperte sich vernehmlich. Da der Mann nicht von seinem leeren Krug aufsehen wollte, holte er noch einmal tief Luft und tippte ihn auf die Schulter.

Michel hatte Wilmar bis dahin nicht bemerkt, denn in Gedanken war er bei Marie. Er hatte sie wiederholt aufgesucht, um mit ihr zu reden. Doch sie war kein einziges Mal auf ihn eingegangen, sondern stumm geblieben wie ein Fisch und im Bett so leidenschaftlich wie ein abgesägter Ast. Michel wusste nicht, über wen er sich mehr ärgerte, über das dickköpfige Frauenzimmer oder über sich selbst, weil er so närrisch war, zu ihr zu gehen und gutes Geld für ein paar enttäuschende Minuten zum Fenster hinauszuwerfen. Als ihn jemand an der Schulter berührte, fuhr er zornig auf und griff unwillkürlich an seinen Schwertgriff.

»Was willst du, Bursche?«

Das klang wie: Verschwinde, Kerl, und lass mich in Ruhe!, dachte Wilmar und wich erschrocken zurück. Doch dann straffte er die Schultern. Es war ihm in diesem Moment egal, ob der Mann ihn hier erschlug oder ihm zuhörte.

»Ich muss dringend mit Euch sprechen, Hauptmann. Unter vier Augen.« Es klang so ernst und verzweifelt, dass Michel widerwillig nickte.

»Schickt Mombert dich?«

»Nein, aber es geht um meinen Meister und seine Tochter.« Wilmar sah sich um und suchte einen Ort, an dem er sich Michel mitteilen konnte, ohne dass ein Dutzend Neugieriger ihnen zuhörte. Michel verstand ihn auch ohne Worte, nahm mit der einen Hand seinen Krug und zog Wilmar mit der anderen hinter sich her. Am Fuß der Treppe deutete er nach oben.

»Wir gehen hinauf in meine alte Kammer. Mein Bruder hat dort zwar Logisgäste einquartiert, doch die sind im Augenblick außer Haus. Ich hoffe nur für dich, dass du mir etwas Wichtiges mitzuteilen hast.«

Wilmar nickte nur und stolperte vor Eifer und Aufregung über die eigenen Füße. Oben angekommen berichtete er Michel in kurzen und nicht immer ganz verständlichen Worten von dem Mord an Philipp von Steinzell, der Verhaftung Meister Momberts und der Tatsache, dass später noch andere Büttel aufgetaucht waren und Frieda Flühi und Hedwig mitgenommen hatten.

Michel hatte noch nichts von diesen Ereignissen gehört und

fragte mehrfach nach, um sich ein Bild zu machen. Wilmar beschränkte seinen Bericht zunächst nur auf das, was in Mombert Flühis Haus geschehen war, und sah Michel dann flehend an.

Der Hauptmann fluchte. »Mombert Flühi soll den Steinzeller Junker ermordet haben? Das kann ich mir nicht vorstellen.«

»Meister Mombert hat es ganz bestimmt nicht getan. Er brüllte zwar gerne herum, aber er hat niemand wirklich wehgetan. Ich kann mir nicht vorstellen, wie er mit einem um so viel kräftigeren Mann hätte fertig werden sollen. Und wenn er es wirklich gewesen wäre, hätte er den Toten auf den Hof gebracht, wo jeder über den Zaun hätte steigen können, und gewiss auch die Blutspuren im Haus beseitigt.«

»Das ist nicht gesagt. Nicht jeder, der einen Mord begeht, handelt auch hinterher noch so kaltblütig. Trotzdem glaube ich dir. So ein Narr, den Vogt zu holen, während der Tote noch mit seinem Messer in der Brust herumliegt, ist auch Mombert nicht. Er hätte den Steinzeller höchstens dann angegriffen, wenn der Junker versucht hätte, Hedwig Gewalt anzutun. Aber das wäre nicht ohne Lärm und Geschrei abgegangen.«

»Ich habe nichts gehört, obwohl ich in einer Kammer neben der Werkstatt schlafe, von der aus man jedes laute Wort hören kann, das im Flur gesprochen wird. Doch der Mord muss im Flur passiert sein, denn die Haustür war von innen versperrt, wie auch die Tür von der Werkstatt in den Hof.«

»Darauf weiß ich keine Antwort.« Michel kniff die Augen zusammen und überlegte. Die einfachste Erklärung war immer noch die, dass Meister Mombert seinen Gast umgebracht hatte. Aber das glaubte er ebenso wenig wie Wilmar.

Wilmar versuchte sich an jede Einzelheit an diesem Morgen zu erinnern. »Ich denke, Philipp von Steinzell ist an einem anderen Ort ermordet und heimlich in Meister Momberts Haus gebracht worden.«

»Dann müsste jemand aus dem Haus dem Mörder die Tür geöffnet und später die Riegel wieder vorgelegt haben. Das ist wenig wahrscheinlich.«

Wilmar schnaufte und hob mit einem Ruck den Kopf. »Melcher könnte das getan haben! Der zeigte so ruhig auf die Leiche, als hätte er schon mehr als einen Toten gesehen, und wies den Hilfs-vogt auch gleich auf Meister Momberts Messer hin, das noch in der Wunde steckte. Vielleicht hat er den Mörder aus Rache ins Haus gelassen, denn der Meister hat ihm in letzter Zeit mehr-mals die Rute gegeben, weil er sich in der Stadt herumdrückte, anstatt zu arbeiten. Ich finde es auch verdächtig, dass er in den letzten Wochen mit Geld angab, das ihm angebliche Freunde zu-steckten. Vielleicht hat man ihn dafür bezahlt, dass er hinter dem Meister oder dem Junker herspionierte. Vorhin am Hafen habe ich gesehen, dass Melcher an Bord eines Schiffes gegangen war, das nach Bregenz …, nein, nach Lindau segelte, und ich habe mich noch gefragt, wie er an das Geld für die Überfahrt gekom-men ist.«

»Darin wird kein Richter einen Schuldbeweis sehen. Er kann sich das Geld auf irgendeine Weise in der Stadt verdient haben. Wenn ein Lehrling sich rächen will, steckt er eine tote Maus in den Brotteig der Meisterin, aber er bringt keinen erwachse-nen Mann um oder lässt einen Meuchelmörder ins Haus. Es sei denn …« Michel schwieg und starrte durch das winzige Fenster auf die Straße hinaus. »Es sei denn, die Tat wurde von jemand be-gangen, der den Steinzeller loswerden wollte und dabei Melcher als Helfer benutzte. Doch wer könnte ein Interesse an dem Tod eines fast unbekannten Junkers haben?«

Wilmar rutschte ganz aufgeregt auf dem Schemel herum. Der Hauptmann hatte angebissen, und jetzt konnte er endlich seinen Verdacht loswerden. »Der Abt von Waldkron! Der war doch hinter Hedwig her wie der Teufel hinter einer armen Seele und hat in Junker Philipp einen Nebenbuhler gesehen. Jetzt hat er ihn auf eine Weise beseitigt, dass Meister Mombert für den

Mörder gehalten wurde, und damit auch den Vater aus dem Weg geräumt, der seine Tochter vor ihm beschützte. Dann hat er Hedwig in den Ziegelturm schaffen lassen, wo ihre Base Marie so viel Schlimmes hat erdulden müssen. Ich fürchte, Hedwig wird nun ein ähnliches Schicksal erleiden, denn ich habe beobachtet ...«

Michel wollte schon abwinken, doch als der Name Marie fiel, unterbrach er den Burschen heftig. »Was ist mit Marie im Ziegelturm geschehen?«

Wilmar sah ihn verwundert an. »Hat Meister Mombert Euch die Geschichte nicht erzählt? Er war Zeuge bei dem Prozess gegen seine Nichte und hat erfahren, dass Marie drei Männer beschuldigt hat, sie in der Nacht nach ihrer Verhaftung im Ziegelturm vergewaltigt und ihr die Jungfernschaft geraubt zu haben. Der Richter hat ihr jedoch nicht geglaubt und sie wegen Verleumdung zu zusätzlichen Rutenhieben verurteilt.«

Michel fühlte sich wie vor den Kopf geschlagen. »Marie wurde vergewaltigt? Das habe ich nicht gewusst. Ich bin ihr damals gefolgt, wusste jedoch nur von der Auspeitschung. Warte, lass mich nachdenken.«

Kein Wunder, dachte er beschämt, dass Marie nach solchen Erfahrungen kein Vergnügen daran findet, mit mir zu schlafen. Und ich Idiot habe auch noch geglaubt, ihr Gutes zu tun ...

»Wer waren die Männer?«, fragte er Wilmar mit einer Stimme, die den Gesellen zusammenzucken ließ.

»Hunold, der Stadtbüttel, der Fuhrmann Utz und Linhard Merk, der damalige Schreiber ihres Vaters, der jetzt als Bruder Josephus im Barfüßerkloster lebt«, zählte Wilmar auf.

»Hunold ist ein Schwein, dem es Freude macht, Frauen zu quälen, und Utz eine Ratte, die hinter jedermann herschnüffelt und seine Geheimnisse gegen einen Judaslohn verrät. Von Matthis Schärers Schreiber weiß ich nichts, aber er war gewiss genauso ein widerwärtiger Kerl wie die beiden anderen. Mein Gott, wie muss Marie gelitten haben!« Michel sprang auf, lief in der Kammer hin und her und machte wütende Gesten, als wolle er die Schurken auf der Stelle zur Rechenschaft ziehen.

Wilmar zupfte ihn am Ärmel. »Es geht aber nicht um Marie, Hauptmann, sondern um Hedwig. Wenn wir nichts tun, wird sie ebenfalls ein Opfer solch gemeiner Schufte. Was ich von dem Waldkroner gehört habe, lässt mich das Schlimmste befürchten. Er ist vorhin über den See in Richtung Meersburg gefahren und wird von dort aus sicher nach Maurach reiten, wo er ein Haus gemietet hat. Bevor er an Bord ging, hat er seinem Knecht eine Pergamentrolle in die Hand gedrückt. Ich bin überzeugt, dass Selmo Hedwig aus dem Turm holen und zu ihm schaffen soll. Wenn wir sie nicht vorher befreien, wird der Abt Hedwig Gewalt antun und nach allem, was ich von ihm habe sagen hören, sie dabei misshandeln und quälen.«

Michel lachte bitter auf. »Wie stellst du dir das vor? Ich habe nicht die Macht, Hedwigs Freilassung zu veranlassen.«

Wilmar schlug die Hände vor das Gesicht. »Dann wird Hedwig das Schicksal ihrer Base teilen. Wenn sie die Behandlung durch den Waldkroner überlebt, heißt das. Sie ist doch so zart und zerbrechlich ...«

Michel packte ihn bei der Schulter und zog ihn zu sich hoch. »Jetzt wirf den Spieß nicht gleich ins Korn und hör auf zu jammern. Bevor so ein Kerl wie Abt Hugo das Mädchen in die Finger bekommt, fahre ich mit blanker Klinge dazwischen, das schwöre ich dir.«

Für einen Augenblick überlegte Michel, zu Marie zu gehen und ihr von der Sache zu erzählen. Vielleicht würde es sie geneigter stimmen, wenn sie erfuhr, dass er ihrer Verwandten beistehen wollte. Wahrscheinlicher war, dass sie ihn für einen Maulhelden hielt und ihm die Tür vor der Nase zuschlug. Nein, zuerst musste er Hedwig befreien. Mit einer solchen Tat konnte er Maries Dankbarkeit einfordern und ihr endlich näher kommen. Er forderte Wilmar auf, ihm noch einmal in allen Einzelheiten zu schildern, was er in Meister Momberts Haus und später am Hafen beobachtet hatte.

XIV.

Die Abenddämmerung legte sich wie ein dunkler Schleier über die Stadt, als Michel und Wilmar von St. Johann aus auf den Ziegelturm zugingen. Die Tore der Stadt waren längst geschlossen, und zu normalen Zeiten wäre es unmöglich gewesen, ein Mädchen aus Konstanz hinauszuschmuggeln. Doch wegen des Konzils ließen die Türmer zu jeder Stunde Leute hinaus.

Michel neigte zwar immer noch dazu zu glauben, dass Wilmar den Abt aus Eifersucht beschuldigt hatte. Aber so ganz war die Möglichkeit, dass der junge Geselle mit seinen Vermutungen ins Schwarze getroffen hatte, nicht von der Hand zu weisen. In jedem Fall war es unwahrscheinlich, dass der Abt die Entführung am hellen Tag vor Dutzenden von Zeugen ausführen lassen würde, und so hatte Michel Wilmar bis zum Sonnenuntergang in der Schenke festgehalten und war erst mit ihm losgezogen, als die Straßen sich zu leeren begannen. Der Anblick eines in einen weiten Kapuzenmantel gehüllten Mannes, der auf den Ziegelturm zueilte, verscheuchte Michels Zweifel, zumal Wilmar ihm zuflüsterte, dass er Selmo erkannt habe.

Der Mann trug eine Blendlaterne, deren Licht auf das Pflaster vor ihm fiel, und hatte einen zweiten Mantel über seinen Arm gelegt. Zielstrebig ging er auf die Pforte des Turms zu und pochte dagegen. Es dauerte eine Weile, bis eine kleine Klappe in Augenhöhe geöffnet wurde.

»Wer ist da?«, fragte jemand unhöflich.

»Im Namen des Rates der Stadt Konstanz, mach auf.« Selmo hielt das Pergament, das Abt Hugo ihm ausgehändigt hatte, so vor die Klappe, dass der Wächter das Siegel erkennen konnte. Er hörte zufrieden, wie die Riegel zurückgeschoben wurden, und trat ein, kaum dass die Tür sich einen Spalt geöffnet hatte.

»Ich soll die Gefangene Hedwig Flühi abholen«, erklärte er in strengem Ton.

Der Wächter rieb sich verwirrt über seinen blanken Schädel. »So spät am Abend?«

Um den Mann einzuschüchtern, legte Selmo sehr viel Hochmut in seine Stimme. »So wurde es mir befohlen.«

»Na schön. Ich hole sie.« Der Wächter schlurfte davon und kehrte kurz darauf mit Hedwig zurück. Das Gesicht des Mädchens war verquollen und nass vom Weinen, aber es zeichnete sich Hoffnung darauf ab.

»Werde ich freigelassen?«, fragte sie Selmo.

Selmo lächelte so gütig, wie er es von seinem Herrn abgeschaut hatte. »Darüber wird dort entschieden, wo ich dich jetzt hinbringe.«

Das Mädchen nahm es als Bestätigung und fragte hastig, so als schäme sie sich, zuerst an sich selbst gedacht zu haben, was mit ihren Eltern geschehen würde.

»Das liegt ganz bei dir. Wenn du vernünftig bist und brav tust, was man dir sagt, wird man deine Mutter bald freilassen und gnädig zu deinem Vater sein. Du kannst dazu beitragen, den Richter von seiner Unschuld zu überzeugen.«

Hedwig faltete die Hände und versprach, gehorsam zu sein und alles zu tun, was in ihrer Macht stand, um ihren Eltern zu helfen. Selmo zwang sich, ein vergnügtes Grinsen zu unterdrücken und seine salbungsvolle Miene beizubehalten. Sein Herr würde zufrieden sein, denn mit seiner Hilfe bekam er eine willige Geliebte. Da Frauen jedoch unberechenbar waren und er nichts riskieren wollte, zog er die Flasche mit dem Mohnsaft aus einer Tasche seines Umhangs, füllte den Inhalt in den Becher des Wächters, der auf dem Tisch der Wachstube stand, und reichte ihn Hedwig.

»Trink das, es wird dir gut tun.«

Hedwig starrte angewidert auf das schmutzige Gefäß. »Was ist das?«

»Eine Medizin. Sie verhindert, dass du durch den Dreck unten im Turm krank wirst. Wenn du sie brav austrinkst, sorge ich dafür, dass dein Vater und deine Mutter auch damit versorgt werden.«

Hedwig nickte eifrig und leerte den Becher bis zum letzten Tropfen, auch wenn die bittere Flüssigkeit sie sichtlich schüttelte.

Selmo steckte die leere Flasche wieder ein und legte Hedwig den anderen Kapuzenmantel um die Schultern.

»Lass uns heraus«, forderte er den Wächter auf.

Der nahm mit mürrischer Miene den Schlüssel, schlurfte zur Tür und öffnete sie widerwillig.

Als Selmo Hedwig auf die Straße hinausschob, hörte er, wie die Pforte hinter ihm wieder verschlossen wurde, und konnte sich ein halblautes Lachen nicht verkneifen. Der Büttel würde erst am nächsten Morgen bei der Ablöse begreifen, dass er die Gefangene übergeben hatte, ohne einen schriftlichen Befehl vorweisen zu können.

Selmo legte den Arm um Hedwigs Schulter und zog sie an sich, so als wolle er verhindern, dass sie auf dem löchrigen Pflaster stürzte. Durch den dicken Stoff der Umhänge hindurch konnte er spüren, wie sie zitterte, und musste sein Verlangen unterdrücken. Vorerst durfte er sich nur in seiner Phantasie ausmalen, was er mit dem Mädchen anstellen würde, wenn sein Herr ihrer überdrüssig geworden war. Ein Geräusch ließ ihn hochschrecken, doch ehe er sich umsehen konnte, traf ihn etwas am Kopf und löschte seine Sinne aus.

Anders als Selmo hatte Hedwig wahrgenommen, wie ein Arm mit einem Schwert aus der Dunkelheit auftauchte und der Knauf ihren Begleiter traf. Gleichzeitig packte sie jemand von hinten und erstickte ihren Schrei.

»Bitte, sei still, Hedwig. Wir sind es doch, Hauptmann Michel und ich. Wir wollen dich befreien.«

»Befreien? Aber warum? Ich soll doch freigelassen werden.« Hedwig wollte sich zu Wilmar umdrehen. Aber da begann sich der Boden unter ihren Füßen aufzuwölben, und sie stürzte in ein tiefes schwarzes Loch.

Wilmar fing das zusammensinkende Mädchen auf, hob es hoch und sah sich suchend nach dem Hauptmann um, doch den schien die Dunkelheit verschluckt zu haben.

Michel hatte Selmo in eine dunkle Ecke am Ziegelturm gezerrt und durchsuchte ihn. Als er die Pergamentrolle gefunden hatte, die Wilmar gesehen haben wollte, zündete er Selmos Blendlaterne wieder an, warf einen kurzen Blick auf das Schreiben und schob es mit einem Schnauben unter sein Wams.

Der Geselle trat neben ihn und wies mit dem Kinn auf Hedwig, die wie ein knochenloses Bündel in seinen Armen lag. »Sie ist plötzlich ohnmächtig geworden und rührt sich nicht mehr. Ich habe Angst, dass ihr Herz stehen geblieben ist.«

Michel legte die Hand auf Hedwigs Kehle und fühlte das schwache Klopfen der Schlagader. »Keine Sorge, sie lebt. Ich schätze, der Kerl hat sie betäubt. Nun, da haben wir ihm ja noch einen Gefallen getan, indem wir sie ihm abgenommen haben, denn sonst müsste er das Mädchen jetzt quer durch die Stadt tragen.«

Seiner Stimme war anzuhören, dass er sich über den schnellen Erfolg freute. »Komm, gib mir das Kind und nimm die Laterne. Wir müssen die Kleine in Sicherheit bringen, ehe der Kerl da hinten aufwacht.«

Wilmar ließ Hedwig nur ungern los, aber er sah ein, dass Michel sie müheloser tragen konnte. Jetzt erst fiel ihm auf, dass er nicht über Hedwigs Befreiung hinausgedacht hatte, und sog scharf die Luft ein. »Wir müssen sie irgendwo verstecken, wo sie weder der Abt noch die Büttel finden.«

»Ich weiß schon einen Ort, an dem kein Mensch sie suchen wird.

Wir bringen Hedwig zu einer mir gut bekannten Hure. Sie wird sich ihrer annehmen und auf sie aufpassen.«

»Zu einer Hure?«, fragte Wilmar empört.

Er wollte Michel erklären, dass ein Hurenhaus keine Unterkunft für eine unschuldige Jungfer wie Hedwig war, doch dann sah er ein, dass jetzt nicht der richtige Zeitpunkt für Diskussionen war. Er biss die Zähne zusammen und beeilte sich, mit den langen Beinen des Hauptmanns Schritt zu halten und ihm den Weg auszuleuchten. Nach kurzer Zeit bogen sie in die Gasse am Ziegelgraben ein und blieben auf Michels Wink vor einem der kleinen Häuser stehen.

»So, hier ist es. Du gehst jetzt noch bis zum Zolfinger Kloster oder ein Stück darüber hinaus und wirfst die Laterne dort in einen Graben. Dann kommst du zurück. Pass aber auf, dass du an der richtigen Tür klopfst, sonst musst du noch die neugierigen Fragen wildfremder Leute beantworten, und das wäre nicht gut für dein Mädchen.«

Wilmar hörte noch, wie Michel an die Tür trat und den Türklopfer betätigte, dann schritt er eilig aus, um den Hauptmann nicht zu lange mit Hedwig allein lassen zu müssen.

XV.

Als Michel und Wilmar sich ihrem Haus näherten, saßen Marie, Hiltrud und Kordula in der Küche. Sie hatten erst vor kurzem ihre letzten Freier verabschiedet und genossen es nun, träge herumzusitzen und weißes Brot zu essen, das sie in warmen, gewürzten Wein tauchten. Das war eine Leckerei, die sie sich früher nicht hatten leisten können. Während die beiden Freundinnen sich über die Eigenarten einiger treuer Kunden unterhielten, saß Marie wie üblich grübelnd in der Ecke. Da klopfte es plötzlich an die Tür.

»Wer mag das denn noch sein?« Kordula sprang auf und wollte nachsehen, als sich Maries Finger um ihr Handgelenk legten.

»Die Zeit fürs Geschäft ist vorbei. Wer jetzt kommt, hat wahrscheinlich nichts Gutes im Sinn.« Marie konnte ihr nicht erklären, dass sie zu jeder Stunde mit der Angst lebte, erkannt zu werden, und fürchtete, ein von Ruppert geschickter Mörder könne vor der Tür stehen.

Es klopfte heftiger.

Hiltrud warf den Kopf hoch. »Wir sollten doch nachsehen. Vielleicht ist Madeleine oder eine unserer anderen Freundinnen in Schwierigkeiten.«

Ohne Maries Reaktion abzuwarten, stand sie auf, griff nach dem Schlachtermesser, das sich auch vortrefflich als Waffe verwenden ließ, und trat in den Flur.

»Wer ist da?«, fragte sie laut genug, dass man es draußen hören konnte.

»Ich bin es, der Michel.«

Hiltrud steckte den Kopf in die Küche. »Es ist dein Hauptmann, Marie.«

Marie verzog das Gesicht und winkte verächtlich ab. »Der hat wohl von heute Morgen noch nicht genug, oder es sticht ihn erneut der Hafer.«

Kordula bedachte sie mit einem missbilligenden Blick. »Ich weiß nicht, was du gegen den Burschen hast. Ich wäre froh um so einen großzügigen und höflichen Kavalier.«

»Von mir aus kannst du ihn haben.«

Hiltrud überließ die beiden Frauen ihrem Wortwechsel und schob kurz entschlossen den Riegel zurück. In dem Licht, das aus der Küche fiel, sah sie, was für eine Last Michel trug, und steckte schnell das Messer weg.

»Wen bringst du uns denn da ins Haus?«

»Mach die Tür zu und leg die Läden vor die Fenster. Es darf uns niemand sehen«, bat Michel sie.

Hiltrud begriff zwar nichts, aber sie schloss schnell die Tür hinter ihm und wies auf die Küche. »Marie ist da drin.«

Marie hatte seine Stimme vernommen und stand auf, um ihn mit einem Kübel wüster Beschimpfungen zu empfangen. Dann sah sie das Mädchen und schluckte alles hinunter.

»Das ist doch Hedwig! Was tust du mit ihr?« Es klang, als hätte sie Michel im Verdacht, das Mädchen geraubt zu haben.

Michel war nicht in der Stimmung, freundlich zu antworten. »Sag mal, lebst du hinter dem Mond? Dein Onkel Mombert ist unter dem Verdacht verhaftet worden, Junker Philipp von Steinzell ermordet zu haben. Man hat deine Tante Frieda und Hedwig ebenfalls eingesperrt, und heute Nacht sollte Hedwig zu einem Mann gebracht werden, der sie schon länger verfolgt hat und sie zu seinem Liebchen machen wollte. Doch das haben Wilmar und ich ihm gründlich vermasselt.«

»Mein Onkel verhaftet?« Marie biss sich auf die Finger und atmete heftig durch. Dann mischten sich Wut und ein böses Lächeln auf ihrem Gesicht. »Das war Rupperts Werk. Doch das soll seine letzte Schandtat gewesen sein!«

Michel sah sie verständnislos an. »Magister Ruppertus Splendidus? Der Mann, der dich hatte heiraten wollen? Was soll der denn mit Hedwig zu tun haben? Wilmar ist sicher, dass der Abt Hugo von Waldkron dahinter steckt.«

»Wer ist Wilmar?«

»Der Geselle deines Oheims. Er hat mich von Momberts Verhaftung und dem geplanten Schurkenstreich gegen Hedwig unterrichtet. Er kommt gleich nach. Aber jetzt würde ich deine Base gerne irgendwo abladen. Auf die Dauer wird sie mir doch ein wenig schwer.«

»Komm, wir bringen sie nach oben in meine Kammer. Hiltrud, hilfst du uns?« Marie stieg ein Stück die Leiter hoch, während ihre Freundin Michel die Bewusstlose abnahm und Marie in die Arme schob. Gemeinsam trugen sie sie die Leiter hoch und legten sie auf Maries Bett. Michel folgte ihnen mit einer Laterne, die Hiltrud ihm in die Hand gedrückt hatte, musste jedoch an der Tür stehen bleiben, weil der Raum oben zu wenig Platz bot.

Momberts Tochter war bleich wie eine Wachsfigur, und nur das leichte, aber stete Heben und Senken ihrer Brust zeigte an, dass noch Leben in ihr steckte.

Michel sah besorgt auf sie nieder. »Ich fürchte, der Kerl, dem wir Hedwig abgejagt haben, hat ihr etwas eingeflößt, um sie unauffällig wegschaffen zu können. Sie ist uns auf der Straße ohnmächtig geworden.«

Hiltrud beugte sich über das Mädchen und schnupperte an ihrem Mund. »Sie hat Mohnsaft getrunken, und das nicht zu knapp. Vor morgen Nachmittag wird sie nicht aufwachen, sage ich euch.«

»Hoffentlich überlebt sie es.« Marie sah besorgt auf ihre Base herab. Mohnsaft wurde allgemein als Schlafmittel benutzt, doch wer zu viel davon nahm, wachte nicht mehr auf. Manch unglücklicher Frau, die tot im Bett gefunden worden war, sagte man hinter vorgehaltener Hand nach, sich mit diesem Mittel den ewigen Schlaf verschafft zu haben.

Hiltrud prüfte Hedwigs Puls und schüttelte den Kopf. »Ich glaube nicht, dass sie in Gefahr ist. Das Mädchen ist gesund und kräftig.«

Bevor Marie antworten konnte, klopfte es unten erneut an der Tür.

»Das wird Wilmar sein«, sagte Michel.

»Ich mache schon auf.« Hiltrud schob sich an ihm vorbei aus der Kammer und stieg hinab.

Michel fasste Marie beim Arm. »Kannst du dich auf die beiden anderen Frauen verlassen? Es darf niemand wissen, wer Hedwig befreit hat und wo sie versteckt ist.«

Marie schüttelte seinen Griff ab, als hätte er sie verbrannt, blickte ihn aber freundlich an. »Hiltrud hat mir das Leben gerettet und ist mir eine treue Freundin geworden, und Kordula wird uns ebenfalls nicht verraten, besonders nicht an Männer, die unschuldige Bürgermädchen bedrängen und uns Huren damit um den Verdienst bringen.«

»Dann ist es gut.« Michel steckte den Kopf zur Tür hinaus und sah Wilmar neben Hiltrud im Flur stehen, die ihn im Licht eines Kienspans musterte. Der Geselle starrte Hiltrud, die ihn um gut eine Handspanne überragte, so ängstlich an, als fürchte er, sie wolle ihn lebendig verspeisen.

Michel winkte die beiden nach oben. »Bringt die dritte Frau ebenfalls mit. Wir müssen beraten, wie es weitergehen soll, aber wir dürfen nicht riskieren, dass ein zufällig vorbeikommender Passant das Ohr an die Fensterläden legt und unser Gespräch mitbekommt.«

Wilmar schoss die Treppe hoch, als fliehe er vor einem wild gewordenen Stier. Hiltrud und Kordula folgten ihm lächelnd. Sie amüsierten sich über den Jungen, der sich in den hintersten Winkel verkroch, die Beine fest an den Leib zog und die Arme um sie schlang, um die Frauen neben ihm nicht zu berühren. Aber auch die anderen mussten sich ihre Plätze auf Knien und Händen suchen und beim Sitzen die Köpfe einziehen. Marie schob Hedwig kurzerhand gegen die Wand, setzte sich auf ihr Bett und blickte von dort aus auf die anderen herab. Michel nutzte die Gelegenheit, um sich an ihre Beine zu lehnen.

Als ihn alle erwartungsvoll ansahen, berichtete Michel noch einmal, was geschehen war und mit welcher Absicht er Hedwig zu Marie gebracht hatte. »Was Wilmar und ich getan haben«, schloss er, »dürfte den Behörden hier in Konstanz nicht gefallen. Bitte schweigt deswegen gegenüber jedermann und verbergt das Mädchen vor fremden Blicken.«

Kordula schnalzte mit der Zunge und schüttelte heftig den Kopf. »Das geht nicht. Wenn Marie das Mädchen hier versteckt, kann sie nicht mehr arbeiten.«

Marie hob beschwichtigend die Hände. »Doch, doch, das wird sich machen lassen. Wenn Hedwig wieder auf den Beinen ist, muss sie sich eben so lange auf dem Dachboden verstecken, wie ich meine Freier hier empfange.«

Sie deutete auf die Bretter, die die Decke ihres Zimmers bildeten. Wenn man zwei von ihnen wegnahm, konnte man über Maries Truhe in einen Verschlag unter den Giebel klettern. Dort oben war kaum mehr Platz als in einem Sarg, und die Konstruktion wirkte nicht gerade stabil, doch für ein schlankes Mädchen wie Hedwig mochte das Versteck reichen.

Wilmar protestierte vehement. »Nein! Nein, das geht nicht. Da oben bekommt Hedwig doch alles mit, was hier geschieht, und wird die Unschuld ihrer Seele verlieren. Sie ist doch eine fromme Jungfrau.«

Marie maß ihn mit einem Blick, der ihn erstarren ließ. »Wäre es dir lieber, wenn sie ihre Unschuld durch Gewalt und unter den widerlichsten Umständen verliert?«

Michel legte Marie die Hand auf ihr Knie und lächelte begütigend. »Du musst Wilmar verstehen. Er liebt Hedwig und möchte sie beschützen. Mir gefällt es ja auch nicht, dass du weiterhin Freier empfängst.«

»Marie muss weitermachen, sonst beginnen die Leute zu reden«, antwortete Hiltrud schnell, denn sie sah Marie an, dass sie mit verletzenden Worten über ihren treuen Verehrer herfallen wollte. »Man würde sich fragen, aus welchem Grund sie niemanden mehr in ihre Kammer nimmt.«

Marie holte tief Luft und schluckte sichtbar an bösen Worten. »Hiltrud hat Recht. Wir müssen so weitermachen wie bisher.«

Ehe Michel etwas einwenden konnte, fragte sie Wilmar aus. Sie wollte jede Einzelheit der Geschehnisse vor und nach dem Mord wissen. Der Geselle lebte ein wenig auf, während er ausführlich über die Ereignisse der letzten Wochen berichtete. Als er das Auffinden des Toten schilderte, kniff Marie die Lippen zusammen. Sie gönnte Philipp von Steinzell dieses unrühmliche Ende, allerdings wäre es ihr lieber gewesen, wenn der Sensenmann den Junker an einem anderen Ort geholt hätte.

Als Wilmar endete, schüttelte Marie den Kopf. »Warum bist du so überzeugt, dass der Abt des Klosters Waldkron diese Intrige eingefädelt hat?«

»Weil er Hedwig so in seine Gewalt bringen konnte.«

»Da hätte er ihr auch auf dem Weg zur Morgenmesse auflauern lassen können«, wandte Marie ein. »Warum sollte er zu einer Entführung auch noch einen Mord auf sein Gewissen laden? Oder hast du irgendeinen Anlass zu glauben, dass der Abt und der Junker aus anderen Gründen Todfeinde waren?«

Wilmar verneinte hilflos.

Marie stützte den Kopf auf die Hände und ließ zu, dass Michel gedankenverloren mit ihren Zöpfen spielte und sie erwartungsvoll ansah. Aber sie war nach der letzten Abfuhr nicht bereit, über das zu sprechen, was sie vermutete. Durch ihren Aufenthalt auf Burg Arnstein wusste sie über die Situation in der Heimat des ermordeten Junkers Bescheid. Konrad von Keilburg hatte seine Absicht, sich die Burgen und Ländereien dort unter den Nagel zu reißen, gewiss nicht aufgegeben.

Der Tod des Junkers brachte den Keilburger einen Schritt näher an den Steinzeller Besitz heran, und Momberts Verhaftung nützte nicht nur Abt Hugo, der Hedwig in seine Gewalt hatte bringen wollen, sondern auch Ruppert, der sich so einen hartnäckigen Prozessgegner aus dem Weg schaffen konnte, sei es aus Rache oder weil Mombert etwas wusste, das Ruppert zur Unzeit gefährlich werden konnte. Marie war bekannt, dass Konrad von Keilburg und der Waldkroner Gäste ihres ehemaligen Verlobten waren. Für Ruppert war es ein Leichtes, einen Mörder auszuschicken, und Marie war fest davon überzeugt, den Täter zu kennen. Vielleicht, dachte sie, hat Utz jetzt einen Mord zu viel begangen.

Sie lächelte Wilmar, der wieder in sich zusammengekrochen war, aufmunternd zu. »Du bist der Überzeugung, dieser Melcher habe U…, eh, den Mörder ins Haus gelassen?«

»Ja! Ganz bestimmt. Nur er kann ihm das Messer des Meisters gegeben haben, denn woher sollte ein Fremder wissen, wo es zu finden war?«

»Dann müssen wir Melcher in die Hände bekommen, bevor man ihn als unerwünschten Zeugen zur Hölle schickt.« Sie legte die Hand auf Michels Schulter und sah ihn bittend an.

Der Hauptmann gab ihren Blick recht unglücklich zurück. »Ich habe meine Befehle und kann Konstanz nicht verlassen.«

»Aber ich könnte ihn suchen«, rief Wilmar aus. »Wenn ich morgen den ersten Prahm nehme, der nach Lindau fährt, hat Melcher nur einen Tag Vorsprung. Das müsste ich aufholen können. Nur …«, er brach kurz ab und sah die anderen betreten an. »Nur habe ich nicht das Geld dafür.«

»Das ist das geringste Problem.« Michel schnürte seine Börse vom Gürtel und warf sie Wilmar zu. »Das müsste reichen. Der Bursche wird ja wohl kaum bis Böhmen oder Ungarn fliehen.«

»Ich kann auch ein paar Münzen beisteuern«, bot Marie an.

Michel streichelte ihr Knie. »Das ist lieb von dir. Ich werde Wilmar zwei meiner vertrauenswürdigsten Männer mitschicken, die ihm helfen sollen, Melcher einzufangen. Freiwillig wird er ja wohl kaum mit zurückkommen.«

Marie starrte Michel düster an. »Das ist mir noch zu wenig. Wir brauchen hochrangige Verbündete gegen unsere Feinde. Wenn wenigstens der Arnsteiner in Konstanz wäre.«

Michel hob den Kopf. »Meinst du Ritter Dietmar von Arnstein? Der ist vorgestern eingetroffen.«

Marie fuhr sich mit der Zunge über die Lippen. »Weißt du, wo er Quartier genommen hat?«

»Freilich. Der Ritter ist doch das Hauptgesprächsthema meiner Leute. Die amüsieren sich darüber, dass er seine Gemahlin mitgebracht hat. Ihrer Meinung nach gibt es so viele Hübschlerinnen in Konstanz, dass ein Mann drei Jahre lang jeden Tag eine andere nehmen kann und dann immer noch nicht alle besessen hat.«

Marie schüttelte unwillig den Kopf, so dass ihre Zöpfe Michel um die Ohren flogen. »Dummes Geschwätz! Dietmar von Arnstein weiß, was er an seiner Frau hat, und ich bin froh, dass Frau Mechthild mitgekommen ist. Das erleichtert die Sache.«

Die Herrin auf Arnstein würde sich von Ruppert gewiss nicht so an der Nase herumführen lassen wie ihr Gemahl, dachte Marie zufrieden und nahm sich vor, die Dame gleich am nächsten Morgen aufzusuchen.

XVI.

Wäre es nach Marie gegangen, hätte sie das Haus mit dem Fisch, in dem der Graf von Württemberg neben anderen Vasallen und Verbündeten auch die Arnsteiner untergebracht hatte, bereits kurz nach Sonnenaufgang aufgesucht. Hiltrud aber hielt sie zurück, denn sie musste dabei sein, wenn Hedwig aufwachte. Sonst bestand die Gefahr, dass das Mädchen die Situation missverstand und vor Angst die halbe Gasse zusammenschrie.

Marie hatte sich überzeugen lassen und hockte nun mit untergeschlagenen Beinen neben Hedwig auf dem Bett und nähte an einem neuen Kleid. Dabei prüfte sie von Zeit zu Zeit den Zustand ihrer Base. Da sie um ihretwillen alle Freier abweisen musste, war Michel schon früh am Morgen zurückgekehrt und hatte bereits an der Haustür laut und großspurig erklärt, dass Marie ihm heute den ganzen Tag gehören würde. So wurden die Freier, die nach Marie fragten, meist schon von den Eckenstehern aufgeklärt und mussten unverrichteter Dinge abziehen oder mit Hiltrud oder Kordula vorlieb nehmen.

Michel saß brav zu Maries Füßen und begnügte sich damit, ihr

Zwirn und Schere zu reichen oder ihr etwas zu trinken zu besorgen, wenn sie danach verlangte. Anders als bei seinen früheren Besuchen war sie bereit, seine Fragen zu beantworten, und erzählte von den fünf Jahren, die sie auf der Landstraße verbracht hatte. Obwohl sie meist einen scherzhaften Ton anschlug, spürte Michel die Schrecken und die Qualen der Erniedrigung, die sie durchlitten hatte, so deutlich, dass sich die Haare an seinen Armen aufrichteten. Einige Male schämte er sich sogar, ein Mann zu sein. Als Marie ihm von den Grausamkeiten der Riedburger Söldner berichtete, dankte er Gott, dass Junker Siegward so bald danach zugrunde gegangen war. Es hätte ihm sonst in den Fingern gejuckt, den Riedburger Satan zum Geschenk zu machen.

Ein klagender Laut und ein leichtes Zucken um Hedwigs Lippen beendeten das Gespräch. Marie und Michel beugten sich über das Mädchen und warteten gespannt. Es dauerte nicht lange, bis Hedwig die Augen öffnete und verwirrt auf die ungewohnte Umgebung starrte.

Sie richtete sich ein Stück auf und ließ sich mit einem weiteren Klagelaut wieder zurücksinken. »Oh Gott, mein Kopf tut so weh – und mir ist schlecht.«

Dann erkannte sie Michel, der ihr aufmunternd zunickte, und sah ihn mit großen Augen an. Sie wollte etwas sagen, aber ihr Blick blieb auf Maries Gesicht hängen.

»Marie? Bin ich im Himmel? Wann bin ich denn gestorben?«

Marie lachte und tippte ihrer Base auf die Wange. »Du bist nicht tot, und ich bin es auch nicht.«

Hedwig versuchte, sich aufzurichten. Michel half ihr, indem er sie stützte und ihr ein Kissen in den Rücken stopfte. Sie lächelte ihn dankbar an und fasste sich dann an den Kopf, als müsse sie ihre Gedanken mit den Händen festhalten. »Was ist passiert? Wie komme ich hierher? Da war doch eben noch der Mann, der mir gesagt hat, ich würde freigelassen?«

Michel strich ihr tröstend über die Haare. »Das war die Lüge eines gewissenlosen Menschen, der dich zu Abt Hugo bringen sollte.«

Hedwig stieß ein Wimmern aus. »Gott im Himmel, es war der Knecht des Waldkroners! Wie konnte ich nur so dumm sein?«

Marie strich ihr mit einer zärtlichen Geste über die Stirn und reichte ihr einen Becher mit verdünntem Wein. »Du warst zu aufgeregt, Kusinchen. Auch wenn du es gemerkt hättest, hätte es dir nicht geholfen, denn Selmo hätte dir den Schlaftrank dann mit Gewalt eingeflößt, um dich ungehindert zu seinem Herrn zu schleppen.«

Hedwig starrte ihre Kusine ungläubig an. »Aber wie ... wieso konnte er mich einfach so abholen, als sei ich ein Stück Tuch, das sein Herr gekauft hat?«

»Im Grunde warst du etwas Ähnliches.« Marie reichte Hedwig das Pergament, das Michel Selmo abgenommen hatte. »Wie du siehst, hat Alban Pfefferhart, Rat der Stadt Konstanz und Beisitzer des städtischen Gerichts, deine Auslieferung unterschrieben.«

»Pfefferhart? Das kann ich nicht glauben. Herr Alban ist ein ehrenwerter Mann.« Hedwig schüttelte verwundert den Kopf, doch die Unterschrift auf dem Pergament war eindeutig.

Marie lachte böse auf. »Nicht alle Menschen sind so, wie sie anderen erscheinen. Möglich, dass Hugo von Waldkron über Dinge Bescheid wusste, die Alban Pfefferhart vor anderen Leuten verbergen will. Aber sei unbesorgt. Ich werde nicht zulassen, dass Schurken deine Lage so ausnutzen, wie sie es bei mir getan haben.«

Der Wein verlieh Hedwig etwas Farbe und schien auch ihre Lebensgeister zu wecken. »Warum hast du so lange nichts von dir hören lassen? Wir haben alle geglaubt, du seist tot.«

»Ich glaube nicht, dass ich dir erzählen sollte, was ich die letzten Jahre getrieben habe«, antwortete Marie herb.

Die Bewegung, die sie dabei machte, ließ die gelben Bänder an ihrem Rock aufstieben. Jetzt verstand Hedwig, was ihre Base meinte, und senkte beschämt den Kopf. »Es tut mir so Leid.«

»Dummchen, du kannst ja nichts dafür. Im Gegenteil, du bist ja selbst ein Opfer des gleichen Schurken geworden, denke ich. Aber diesmal mache ich dem Kerl und seinen Helfershelfern einen dicken Strich durch die Rechnung.«

Hedwig zuckte unter dem harten Klang ihrer Worte zusammen und erinnerte sich gleichzeitig, womit der Mann gestern Abend ihr Vertrauen erschlichen hatte. »Was ist mit meinen Eltern? Der Diener des Abtes hat gesagt, meine Mutter würde freigelassen, und man würde auch meinen Vater gnädig behandeln. War das auch eine Lüge?«

»Leider ja. Als angeblicher Mörder eines adligen Herrn wird man deinen Vater der Tortur unterwerfen und ihn auf eine möglichst scheußliche Art zu Tode bringen. Aber noch ist es nicht so weit. Es gibt Beweise, dass ein anderer Mann den Junker umgebracht hat.« Marie lächelte geradezu satanisch, so dass Hedwig erschrocken von ihr zurückwich.

»Wilmar ist der Ansicht, dass euer Lehrling Melcher mit der Sache zu tun hat. Wenn wir den Kerl in die Hände bekommen, können wir die Unschuld deines Vaters beweisen.« Michel gab sich zuversichtlicher, als er war.

Marie schnaubte verächtlich. »Solange wir keine Fürsprecher bei den Behörden haben, wird sich niemand die Aussage des Burschen anhören. Daher werde ich mich jetzt nach Verbündeten umsehen.«

Sie stand auf und ging zur Tür, um die Leiter hinabzusteigen. Auf halbem Weg blieb sie stehen und drehte sich noch einmal zu ihrer Base um. »Michel wird dir sagen, wie du dich ab jetzt verhalten musst. Bitte höre auf ihn, Hedwig. Es darf dich niemand sehen, denn wenn die Büttel dich finden, werden sie dich auf der Stelle Abt Hugo ausliefern. Über diesen Mann habe ich Dinge gehört, die du besser nicht wissen solltest.«

Hedwig sah sie verständnislos an, nickte aber brav und versprach Marie, ihr und Michel in allen Dingen zu gehorchen. Mit einem zweifelnden Seufzer verließ Marie das Haus und rannte so hastig durch die Stadt, dass einige ihrer Freier ihr verwundert nachblickten.

Als sie das Haus gefunden hatte, in dem die Arnsteiner untergekommen waren, blieb sie zögernd stehen und überlegte, ob sie richtig handelte. Vielleicht hätte sie das Testament Otmars von Mühringen gleich mitbringen sollen. Doch die Vorsicht, die sie sich in den harten Jahren als Wanderhure angeeignet hatte, ließ das nicht zu. Konstanz wimmelte von Dieben und Beutelschneidern, die hinter jedem wertvoll aussehenden Gegenstand her waren. Deswegen war es ihr lieber, wenn Ritter Dietmars Burgvogt Giso mit einigen seiner Reisigen die Urkunde abholte und sicher zu den Arnsteinern brachte.

Sie gab sich einen Ruck, trat an die Tür des Gebäudes, auf dessen vorspringendem Giebel das Relief eines großen, kunstvoll gearbeiteten Fisches aus Schmiedeeisen prangte, und schlug den Türklopfer an.

Eine Magd öffnete ihr und wollte die Tür sofort wieder zuwerfen, als sie eine Hure vor sich sah.

Marie stellte den Fuß dazwischen. »Ich suche Ritter Dietmar von Arnstein oder Frau Mechthild.«

Die Magd schürzte geringschätzig die Lippen. »Die werden so etwas wie dich wohl kaum sehen wollen.«

»Das hast nicht du zu entscheiden. Also lass mich ein.«

Da die Magd keine Anstalten machte, den Weg freizugeben, versuchte Marie es weiter. »Ich bleibe hier an der Tür stehen, bis du mich bei den Herrschaften angemeldet hast. Sag ihnen, die Marie, die den vorletzten Winter auf ihrer Burg verbrachte, wolle sie sprechen.«

Die Ruhe und Ernsthaftigkeit in Maries Worten ließ die Bedienstete schwankend werden. »Also gut, ich werde die Kammerfrau der Herrin fragen, ob ich dich einlassen darf. Aber nimm zuerst den Fuß aus der Tür.«

»Die Kammerfrau, ist das immer noch Guda?« Als die Magd nickte, atmete Marie unwillkürlich auf und trat zurück.

Die Magd schloss das Tor, schob aber den Riegel nur halb vor und eilte davon. Keine Minute später ging die Tür wieder auf.

»Marie! Tatsächlich, du bist es.«

»Guda! Wie freut es mich, dich zu sehen.« Marie hätte Mechthild von Arnsteins Kammerfrau am liebsten vor Freude umarmt, beschränkte sich aber darauf, einen Knicks anzudeuten.

»Komm herein«, forderte Guda sie auf, »und lass dich betrachten. Gut siehst du aus. Dir scheint es seit Arnstein nicht schlecht ergangen zu sein.«

Marie lächelte über diese überschwänglichen Worte. Guda schien sich kein Bild vom Leben einer Wanderhure machen zu können. Sie war jedoch froh, so herzlich empfangen worden zu sein, und fragte die Kammerfrau nach ihrer Herrin.

Gudas Miene glänzte vor Freude. »Frau Mechthild geht es gut und unserem Sonnenschein ebenfalls. Der Junge gedeiht prächtig und wird nicht mehr lange ein Einzelkind bleiben.«

Marie hob interessiert den Kopf. »Frau Mechthild ist wieder schwanger?«

»Ja, aber man sieht noch nichts. Diesmal wird sie dich aber nicht rufen lassen, denn Herr Dietmar will nichts mehr von einer Ersatzfrau hören.«

Es klang wie eine Warnung. Marie lächelte innerlich. Sie nahm eher an, dass es Frau Mechthild auf die Dauer zu gefährlich war, ihren Mann an die Gesellschaft hübscher Huren zu gewöhnen. Jetzt, wo sie den ersehnten Erben geboren hatte, war ihre Stellung auf Arnstein so gefestigt, dass sie die Mägde vom Bett ihres Gemahls fern halten konnte.

Guda führte Marie in ein kleines, aber aufwändig eingerichtetes Zimmer. Der Boden war aus Eichenparkett, und die Wände und die Decke hatte man mit Paneelen aus Kiefernholz verkleidet. Das Bett, der Tisch und die Stühle waren aus rötlich schimmerndem Kirschholz geschreinert. An der Wand stand Frau Mechthilds Reisetruhe und daneben die Wiege, in der der Erbe von Arnstein von einer Magd behütet schlief. Durch gelbe Butzenscheiben fiel weiches Licht in den Raum und ließ ihn so hell erscheinen, dass Frau Mechthild, die auf einem der Stühle neben dem Kamin saß, ohne Mühe einen Faden durch das Nadelöhr führen konnte. Ritter Dietmar hatte sich seitlich von ihr niedergelassen und teilte seine Aufmerksamkeit zwischen seinem Sohn und seiner Gemahlin.

Als Marie eintrat, hob Frau Mechthild den Kopf. »Gott zum Gruße, Marie. Das ist aber eine Überraschung.«

Obwohl ihre Worte freundlich klangen, hörte Marie ihre Ablehnung heraus. Auch Ritter Dietmar zeigte deutlich, dass Maries Erscheinen ihm unangenehm war. Anscheinend wollte er nicht an die Zeit mit ihr erinnert werden.

Marie ärgerte sich über den kühlen Empfang. Schließlich wollte sie dem Ritter und seiner Gemahlin helfen, an ihr verlorenes Erbe zu kommen. Sie fiel aber nicht mit der Tür ins Haus, sondern begnügte sich mit einigen höflichen Grußworten und bewunderte wortreich Klein Grimald, um den elterlichen Stolz des Paares zu kitzeln.

»Hat der Wind dich jetzt doch nach Konstanz geblasen?«, fragte Frau Mechthild schließlich.

Sie wollte wissen, wieso die junge Frau es riskiert hatte, trotz dem Vorgefallenen ihre Heimatstadt wieder zu betreten. Anders als auf Burg Arnstein, wo Marie zu ihren engeren Bediensteten gehört hatte, ließ Frau Mechthild sie hier den Unterschied zwischen einer edlen Herrin und einer verachteten Hure fühlen.

Marie breitete die Hände aus. »Da sich alle hohen Herren hier in Konstanz versammelt haben, gab es andernorts kein Auskommen mehr für mich. Also musste ich ebenfalls hierher kommen. Und um ehrlich sein, hoffte ich auch, hier auf Euch zu treffen.«

Frau Mechthild hob die linke Augenbraue. »Du wolltest zu uns? Du hast wohl erfahren, dass ich wieder schwanger bin, und willst uns deine Dienste anbieten. Aber diesmal haben wir keinen Bedarf.«

Die Dame machte ein so abweisendes Gesicht, als wolle sie den ungebetenen Gast auf der Stelle hinauswerfen lassen.

»Nein, es geht um etwas anderes«, antwortete Marie hastig. »Ich habe …«

Sie brach ab, denn sie hätte beinahe verraten, dass sich Ritter Otmars verschollenes Testament in ihrem Besitz befand. Doch den Trumpf wollte sie vorerst nicht aus der Hand geben.

»Habt Ihr schon erfahren, dass Junker Philipp ermordet worden ist?«, fragte sie stattdessen.

Ritter Dietmar brummte ein »Ja«, und Frau Mechthild nickte wortlos.

»Man verdächtigt meinen Oheim«, fuhr Marie fort. »Er war es jedoch nicht, und das werde ich auch beweisen können. Doch ich brauche Freunde, die von den Behörden und dem Richter angehört werden.«

Frau Mechthild maß Marie mit einem verächtlichen Blick. »Da hat dich dein Weg ins falsche Haus geführt. Zum einen ist die Beweislast gegen den Mörder so erdrückend, dass es niemand anders gewesen sein kann, und zum Zweiten werden wir Ritter Degenhard von Steinzell nicht dadurch gegen uns aufbringen, dass wir uns für den Mörder seines Sohnes verwenden.«

»Onkel Mombert hat Junker Philipp nicht umgebracht. Es war eine der Intrigen des Magisters Ruppertus Splendidus, der ebenso Euer Feind ist wie der der Steinzeller Sippe.« Maries Stimme klang nicht weniger heftig als die der Edeldame, aber es gelang ihr nicht, sie zu überzeugen.

»Du hoffst wohl immer noch, du könntest uns gegen den Keilburger und seinen Bruder aufhetzen, um dich an dem Magister zu rächen. Doch ich bin nicht bereit, auch nur einen einzigen Blutstropfen meiner Leute wegen einer Hure zu vergießen. Uns kommt die Situation entgegen, denn Ritter Degenhard wird sich jetzt, wo der Habsburger in Acht und Bann geschlagen ist, gut überlegen, wer seine Freunde sind, und ich bin sicher, dass er sich meinem Gemahl anschließen wird.«

»Gott im Himmel, ich verlange doch nichts Ungebührliches von Euch. Mir geht es nur um Gerechtigkeit.« Marie hatte Mühe, ihren wachsenden Zorn zu zähmen. »Außerdem komme ich nicht mit leeren Händen. Ich weiß, wer das verschollene Testament Eures Oheims Otmar von Mühringen besitzt, und kann es Euch beschaffen.«

Frau Mechthild zeigte deutlich, dass sie ihr nicht glaubte, Ritter Dietmar aber hob interessiert den Kopf und starrte Marie durchdringend an. »Wäre das möglich?«

Da Marie das Testament nicht aus der Hand geben wollte, bevor sie die versprochene Unterstützung für sich und ihren Onkel erhielt, überlegte sie fieberhaft, wie sie weiter vorgehen musste. Da kam ihr eine Idee. »Ich weiß nicht, ob es Euch aufgefallen ist, doch Bruder Jodokus war auf Burg Arnstein sehr von mir angetan.«

»Ich weiß, dass er dir unzüchtige Angebote gemacht hat. Doch die hast du zu deinem Glück ja abgelehnt.« Frau Mechthild ließ deutlich erkennen, dass ihr dieses Thema nicht gefiel.

Marie durfte keine Rücksicht auf die Gefühle der Dame nehmen, wenn sie jetzt weiterkommen wollte. »Ich habe von anderen Huren erfahren, dass Jodokus mich immer noch sucht. Er trägt zwar jetzt einen anderen Namen und soll recht wohlhabend sein. Doch seine Beschreibung ist unverkennbar, und überdies hat er vor einer meiner Freundinnen angegeben, dass er einige Urkunden in der Hand hat, die ihn bald noch reicher machen werden.

Dabei kann es sich nur um das gestohlene Testament handeln, mit dem er Magister Ruppertus erpressen will. Wenn Ihr mir helft, werde ich zu ihm gehen und es ihm entwenden.«

Ritter Dietmar rieb sich über das glatt rasierte Kinn und sah seine Frau nachdenklich an. »Vielleicht sollten wir darauf eingehen, meine Liebe. Wenn wir das Testament haben, müsste Konrad von Keilburg Mühringen aufgeben, und das Erbe unseres Sohnes würde sich fast verdoppeln.«

Frau Mechthild hieb mit der Hand durch die Luft, als wolle sie Fliegen verscheuchen. »Ach, das sind doch nur die Hirngespinste einer gefallenen Weibsperson. Ritter Otmars Testament ist längst vernichtet, und selbst wenn wir mit Maries Hilfe Jodokus ausfindig machen würden, gälte das Wort eines davongelaufenen Mönches vor Gericht nicht mehr als das einer Hure.«

Marie fühlte, wie der Boden unter ihren Füßen nachgab. Wenn die Arnsteiner ihr nicht halfen, würde sie nirgendwo Gehör finden. Gleichzeitig fühlte sie Wut wie rote Glut in sich aufsteigen. »Das sind keine Hirngespinste, Frau Mechthild. Ich kann und ich werde Euch das Testament beschaffen.«

»Versprechen sind leicht gegeben, aber nur schwer zu halten. Glaubst du wirklich, ich würde mir auf das Wort einer Hure hin Ritter Degenhard zum Feind machen? Du solltest jetzt besser gehen, ehe ich bedaure, dich empfangen zu haben.«

Das klang so endgültig, dass Marie nicht mehr versuchte, sie umzustimmen. Sie blickte Ritter Dietmar fragend an, aber der schüttelte nur bedauernd den Kopf und schien in Gedanken der schönen Herrschaft Mühringen Ade zu sagen. Zum ersten Mal fand Marie es höchst störend, dass die Burgherrin von Arnstein in ihrer Ehe die Hosen anhatte und Ritter Dietmar sich nach ihren Ratschlägen richtete. So verabschiedete sie sich in einem Ton, der einem so hochgestellten Paar wie der Herrin und dem Herrn von Arnstein gegenüber nicht angebracht war, und stürmte zornglühend aus dem Zimmer. Guda, die sie in die Mägdekammer holen wollte, um ein wenig mit ihr zu plauschen, prallte vor ihrem wutverzerrten Gesicht zurück.

XVII.

Marie hatte fest mit der Hilfe der Arnsteiner gerechnet und stand jetzt vor einem Scherbenhaufen. Der Prozess gegen ihren Onkel würde in den nächsten Tagen damit beginnen, dass man ihn folterte, um sein Geständnis zu erzwingen, um ihn danach auf möglichst widerliche Weise zu Tode zu bringen. Marie hatte Richtstätten bisher gemieden, auf denen der Tod eines Delinquenten zu einem Volksfest wurde, und ihr Magen hob sich allein bei dem Gedanken an das, was andere Huren ihr erzählt hatten. Jetzt fühlte sie sich als Versagerin. Tränen der Wut und Verzweiflung stiegen ihr in die Augen und machten sie blind. Sie stolperte gegen einen Passanten und erhielt einen heftigen Stoß, der sie gegen den Bug eines Pferdes prallen ließ. Das Tier bäumte sich wiehernd auf und schlug mit den Vorderhufen nach ihr. Marie versuchte noch auszuweichen, bekam jedoch einen Huftritt gegen die Schulter und stürzte unter dem Lachen einiger Gaffer in den Straßenstaub. Für einen Augenblick sah es so aus, als würde das Pferd sie zu Tode trampeln, doch dann hatte der Reiter es wieder in der Gewalt.

Marie stand auf und blickte in ein lachendes, von einem gepflegten blonden Bart umrahmtes Gesicht, das auf sie herabsah. Der Mann, der ihr eben die rechte Hand entgegenstreckte, trug ein vor Gold- und Silberstickereien strotzendes Wams mit dem Hirsch von Württemberg.

»Wenn du nicht die hübsche Hure von Burg Arnstein bist, soll mich der Teufel holen.« Graf Eberhards Blick glitt über Maries Formen, und er spitzte den Mund, als wolle er sie auf der Stelle an sich ziehen und küssen.

»Du kommst doch mit mir?« Es klang wie ein Befehl.

Marie nickte verwirrt, während ihre Gedanken Purzelbäume schlugen. Eberhard von Württemberg war kein Freund des Keilburgers und würde ein weitaus mächtigerer Verbündeter sein als die Arnsteiner. Sie schwor sich, den Grafen zu ihrem Helfer zu machen, und wenn sie ihm dafür auf jede Art zu Diensten sein musste, die sich die Phantasie eines Mannes ausmalen konnte.

●◆●

SECHSTER TEIL

Der Aufstand der Hübschlerinnen

I.

Das Haus am Ziegelgraben war so voll, dass keine Maus mehr darin Platz gefunden hätte. In den beiden Kammern im Erdgeschoss standen die Huren dicht an dicht, und ein paar der Frauen waren in Maries Zimmer hochgestiegen und steckten ihre Köpfe zur Tür hinaus, um zu hören, was unten gesagt wurde. Trotzdem konnte das Haus nicht einmal die Hälfte der anwesenden Hübschlerinnen fassen, und so hatte Madeleine Fenster und Türen aushängen lassen, damit man sie auch draußen noch hören konnte. Sie selbst thronte auf dem mit Binsen abgedeckten Herd in Hiltruds Zimmer. Um alle mit in die Diskussion einzubeziehen, wiederholten die Huren, die vor dem Fenster standen, Madeleines Worte für die weiter hinten Versammelten.

Marie schätzte, dass an die hundert Hübschlerinnen zusammengekommen waren. Gemessen an der Zahl der in Konstanz arbeitenden Huren war das nicht viel, doch die meisten waren im Auftrag einer größeren Gruppe von Freundinnen hier erschienen, um ihrem Unmut über die Zustände in der Stadt Luft zu machen. Madeleine hörte sich die Beschwerden jeder Frau an und fragte immer wieder nach, ob dieser oder jener Punkt auch von den anderen bestätigt werde.

Als sich keine mehr zu Wort meldete, hob sie die Hand. »Wir sind uns also einig, dass es so nicht weitergehen kann.«

Eine erst vor kurzem zugezogene Hure, die mehr aus Neugier als wegen begründeter Beschwerden gekommen war, schüttelte den Kopf. »Was heißt hier einig? Ich habe von all diesen Dingen bisher noch nichts bemerkt. Was ist so schlimm daran, wenn sich eine Hand voll einheimischer Mägde ein paar Groschen nebenbei verdienen? Meine Kammer blieb gestern nicht leer und vorgestern auch nicht. Diese Jammerei ist doch reine Zeitverschwendung. Wenn ich daheim geblieben wäre, hätte ich ein halbes Dutzend Kunden abfertigen können.«

Andere Huren reagierten gereizt und beschimpften die neue. Madeleine bat sie, still zu sein, und sah die Frau kopfschüttelnd an. »Anscheinend hast du nicht richtig zugehört. Es geht hier nicht um zwei, drei Mägde. Der größte Teil des weiblichen Dienstpersonals und auch viele der ärmeren Ehefrauen bieten sich Kriegsknechten und barfüßigen Mönchen für ein paar Pfennige an. Auch etliche Bürgersfrauen und deren Töchter finden nichts mehr dabei, ihre Beine für blanke Schillinge für Ritter und Prälaten zu spreizen. Gewiss haben die Pfennighuren draußen in den Auen am meisten mit der unlauteren Konkurrenz zu kämpfen. Aber auch uns nehmen die so genannten ehrbaren Frauen einen Teil des Verdienstes weg und verderben außerdem die Preise. Welcher Mann ist noch bereit, einer Hübschlerin den ihr zustehenden Lohn zu zahlen, wenn er es in einer dunklen Ecke billiger haben kann? Überleg doch einmal: Als Hure musst du einen vielfach überhöhten Mietpreis für dein Zimmer zahlen, selbst wenn du kaum etwas verdienst, und wenn du bei einem Hurenwirt arbeitest, bekommst du Schläge, wenn du nicht genug einnimmst.«

Kordula drängte sich nach vorne und blieb vor der Neuen stehen. »Vor allem aber sehe ich nicht ein, warum wir mit Hurenbändern herumlaufen und Konstanz sofort nach Ende des Konzils verlassen müssen, während die hiesigen Weiber hinterher wieder die braven Bürgersfrauen spielen dürfen. Und sollte ein Donnerwetter dreinschlagen und all die geldgierigen Weiber hier unser Schicksal teilen müssen, gibt es hinterher so viele Huren, dass die meisten von uns verhungern müssen.«

Helma klatschte in die Hände, um die Aufmerksamkeit auf sich zu lenken. »Es geht nicht nur um die Hurerei der Bürgerinnen und Mägde. Inzwischen glauben die meisten Männer, jede Frau und jedes Mädchen in Konstanz wäre eine wohlfeile Ware, deren Nein nur den Preis treiben soll. Gestern wurde schon wieder ein junges Mädchen von ein paar Kerlen ins Gebüsch geschleift und vergewaltigt. Bis die Büttel kamen, waren die Schufte längst über alle Berge.«

»Und wie war das vor drei Tagen?«, rief eine andere Hure durch das Fenster herein. »Da hat ein Junker eine Bürgerstochter auf dem Weg zur Kirche entführt, nach Überlingen verschleppt und hält sie dort immer noch gefangen. So etwas ist ja nicht zum ersten Mal passiert. Ihr habt doch die Geschichte von der Tochter des Böttchermeisters gehört, die man aus dem Ziegelturm entführt hat und die seitdem spurlos verschwunden ist.«

Wie die meisten Frauen nickte auch Marie, doch fiel es ihr schwer, Ärger zu heucheln. Hedwigs Befreiung lag nun schon ein paar Wochen zurück, war aber immer noch eines der häufigsten Gesprächsthemen in den Schenken und auf den Märkten. Man fragte sich, warum die Behörden dem Fall kaum nachgegangen waren und gründlicher nach dem Mädchen und seinen Befreiern gesucht hatten. Michel zufolge hatte auch Hugo von Waldkron, der immer noch bei Ruppert wohnte, nichts unternommen, um Hedwig zu finden. Marie vermutete, dass Alban Pfefferhart vom städtischen Rat den Abt gebremst hatte, um seinen Anteil an dem bösen Spiel unter dem Deckel zu halten.

Hedwig zuliebe hoffte Marie, dass die Versammlung sich bald auflöste, denn das Mädchen steckte nun schon seit Stunden in dem winzigen Verschlag unter dem Giebel, in dem es sich noch nicht einmal umdrehen konnte. Dabei musste es dort oben so heiß sein wie im Fegefeuer. Selbst hier unten herrschte trotz der offenen Fenster eine Hitze, die den Schweiß aus jeder Pore trieb.

Die Stimme einer Frau mit rätischem Akzent hallte so laut in Maries Ohren, dass sie zusammenzuckte. »Ich bin dafür, dass wir eine Abordnung zum kaiserlichen Vogt schicken, die ihm die Situation erläutert und ihn um Abhilfe bittet. Er wird einsehen müssen, dass die Bürgersfrauen uns Huren nicht Konkurrenz machen dürfen.«

Madeleine winkte ab. »Ich habe schon mit dem Vogt gesprochen, als er zu Gast bei meinem Monseigneur war. Er hat mir nicht einmal richtig zugehört und sich hinterher noch über mich lustig gemacht.«

»Dann müssen wir den Mann eben dazu zwingen, uns ernst zu nehmen«, rief eine Frau aus Kordulas Zimmer.

Hiltrud, die bisher stumm zugehört hatte, warf den Kopf in den Nacken und lachte bitter auf. »Den Vogt zu etwas zwingen? Das kann nur der Kaiser, und der ist für unsereinen weiter weg als der Mond.«

»Es muss uns etwas einfallen.« Madeleine legte ihre Rechte an die Wange und schien intensiv nachzudenken.

Die Huren starrten die Französin erwartungsvoll an. Auch Marie fragte sich, was die Frau wohl aushecken würde. Wenn sie die Aufmerksamkeit des Vogtes auf die Probleme der Huren lenken wollte, musste es schon eine spektakuläre Maßnahme sein.

Hiltrud tippte Marie an. »Die Uhr von St. Peter hat eben die dritte Nachmittagsstunde geschlagen. Wolltest du dich nicht um diese Zeit mit dem Württemberger treffen?«

Marie starrte Hiltrud entsetzt an. »Mein Gott, das habe ich ganz vergessen.« Sie zwängte sich in den Flur hinaus, verscheuchte zwei Huren, die auf der Leiter standen, und kletterte hoch in ihr Zimmer. Sie hatte dem Württemberger versprochen, ihm heute die letzten Unterlagen aus Jodokus' Mappe mitzubringen. Den größten Teil hatte sie Stück für Stück unter dem Rock zu ihm geschmuggelt. Jetzt war sie neugierig, zu erfahren, wie er damit gegen den Keilburger und seinen intriganten Halbbruder vorgehen würde.

Als Marie in ihr Zimmer hochkletterte, machten ihr die Huren so weit Platz, dass sie ihre Truhe öffnen und das Päckchen für den Württemberger herausnehmen konnte. Die Frauen reckten neugierig die Hälse, wandten sich aber enttäuscht ab, als sie nur Kleider und etwas Hausrat zu sehen bekamen. Wenn sie erwartet hatten, dass Marie ihre Ersparnisse darin aufbewahrte, sahen sie sich getäuscht. Marie hatte ihr Geld außer Haus geschafft, denn das Konzil lockte auch viele Diebe und Einbrecher an, die den Einwohnern der Stadt das Leben schwer machten.

Um nicht das Risiko einzugehen, von einem Fremden übers Ohr gehauen oder sogar von ihm als Diebin hingestellt zu werden, wie es schon anderen Huren ergangen war, hatte Marie Michel gebeten, ihre Ersparnisse bei einem zuverlässigen Bankier zu deponieren. Ihr war zwar nicht ganz wohl dabei, weil sie sich damit ihrem Jugendfreund auslieferte, doch er war der einzige Mann, dem sie halbwegs vertrauen konnte.

Als Marie die Treppe hinunterstieg, fragte eine der Frauen neidisch: »Gehst du wieder mit deinem schmucken Kavalier aus?«

Da Marie keine Lust hatte, ihr wahres Ziel zu nennen, nickte sie nur. Unten machte man ihr nur widerwillig Platz und murrte, weil sie, die ein ebenso hohes Ansehen genoss wie Madeleine und von den meisten als Vertrauensperson und Ratgeberin angesehen wurde, die Versammlung frühzeitig verlassen wollte.

Marie wehrte Fragen und Zurufe mit einem entschuldigenden Lächeln ab und eilte davon. An der nächsten Ecke gesellte sich Michel mit grimmigem Gesichtsausdruck zu ihr. Wieder einmal ärgerte sie sich über sein Auftauchen, sie fühlte sich von ihm überwacht und kontrolliert. »Welche Laus ist dir denn über die Leber gelaufen?«

Michel sah sie empört an. »Wie kann ich gut gelaunt sein, wenn ich mir ständig Sorgen um dich machen muss? Du läufst so unbekümmert herum, als wäre die Stadt der sicherste Ort der Welt. Aber unsere Feinde schlafen nicht. Ich habe Selmo in der Nähe herumschleichen sehen. Er scheint immer noch nach den Leuten zu suchen, die ihm die Beule verpasst und das Mädchen abgenommen haben. Schärfe Hedwig gut ein, sich nicht sehen zu lassen, besonders nicht von den losen Weibsbildern, die bei euch herumlungern. Die meisten von denen dürften bereit sein, sie für ein paar Silberlinge an Abt Hugo und dich an deinen früheren Bräutigam zu verraten.«

Marie sah ihn betroffen an und lächelte entschuldigend. War sie so unvorsichtig gewesen, dass man auf sie aufmerksam geworden war, oder sah Michel nur Gespenster? Auf alle Fälle tat seine Fürsorge ihr gut, auch wenn sie es sich kaum eingestehen mochte. Sie nahm sich vor, beim nächsten Mal im Bett etwas freundlicher zu ihm zu sein. Heute hatte sie jedoch keine Zeit für ihn, denn der Graf von Württemberg war ein sehr einnehmender Liebhaber und würde sie sicher nicht vor dem Abend entlassen.

Der Graf entlohnte sie bei jedem Besuch so großzügig, dass sie mit seinem Geld recht komfortabel durch den nächsten Winter kommen konnte. Bei diesem Gedanken schüttelte Marie sich. Offensichtlich hatte sie das Leben einer Wanderhure so stark verinnerlicht, dass sie nur noch von Winterquartier zu Winterquartier denken konnte. Dabei brauchte sie sich zumindest für dieses Jahr keine Sorgen wegen einer Unterkunft zu machen, denn das Konzil würde in den kalten Monaten weitergehen und ihr die Möglichkeit geben, auch den Rest des Jahres gut zu verdienen. Diesmal würde der Winter sogar einträglicher sein als die anderen Jahreszeiten, denn die Kälte würde die hohen Herrschaften in die warmen Betten der Huren treiben – und die der bereitwilligen Bürgersfrauen.

Auch Marie ärgerte sich über die Zustände in der Stadt, allerdings weniger, weil sie um ihre Einnahmen fürchtete, sondern wegen der Selbstverständlichkeit, mit der die Bewohnerinnen von Konstanz jeden Anstand vergessen hatten und dabei auch noch die Zustimmung ihrer Männer fanden. Sie war nicht die einzige Frau, die ohne Verschulden der Unzucht angeklagt, ausgepeitscht und aus ihrer Heimat vertrieben worden war. Selbst die Huren, die nach dem Gesetz zu Recht bestraft worden waren, hatten es meist nicht so wild getrieben wie die ehrbaren Damen dieser Stadt, die immer noch die Röcke rafften, wenn ihnen eine Hübschlerin begegnete.

Michel zupfte sie am Ärmel. »Du scheinst auch nicht gerade bester Laune zu sein.«

Marie zog die Schultern hoch, als friere sie. »Ich muss über einiges nachdenken, und das meiste ist nicht besonders angenehm. Hast du schon eine Möglichkeit gefunden, Hedwig aus der Stadt zu schmuggeln? Wenn sie sich ständig in dem engen, heißen Verschlag verstecken muss, wird sie krank werden.«

Michel breitete bedauernd die Hände aus. »Sie hinauszuschmuggeln wäre nicht schwer. Doch ich kenne keinen Ort, an dem wir sie unterbringen könnten. Als allein stehende Frau wird man sie überall als Hure ansehen und entsprechend behandeln. Wir dürfen sie ja nicht einmal in ein Kloster bringen, denn Abt Hugo würde davon Wind bekommen.«

Marie kniff die Lippen zusammen. Wie es aussah, gab es keine Möglichkeit, ihre Base in Sicherheit zu bringen, solange ihr Vater noch unter Anklage stand. Das war auch einer der Gründe, weswegen sie zu Eberhard von Württemberg ging und alles tat, um ihm zu gefallen. Er war der einzige Mensch auf Erden, der nicht nur bereit, sondern auch in der Lage war, sich für sie und ihre Verwandten einzusetzen.

Viel zu schnell für Michels Gefühl erreichten sie das Gebäude, das der Graf für sich und seine engere Begleitung in Beschlag genommen hatte. Es hieß allgemein, dass der Württemberger die früheren Bewohner mit Drohungen dazu gebracht hatte, ihm ihr Haus für die Zeit des Konzils zu überlassen und selbst nach Radolfzell zu ziehen, wo sie Verwandte besaßen. Da Graf Eberhard nicht zu den Armen gezählt werden konnte, nahm Marie an, dass der Hausherr der Verlockung einer Börse voll blanker Hirschgulden erlegen war. Dem Württemberger gefiel das Gerücht jedoch, und er ließ sogar zu, dass seine eigenen Leute es herumerzählten.

Für Konstanzer Verhältnisse war es ein imposantes Gebäude, mit einem aus großen, behauenen Steinen errichteten Erdgeschoss, zwei weiteren, vorkragenden Stockwerken, deren Fachwerk mit aufwändigen Schnitzereien verziert war, und einem ungewöhnlich großen Dachboden. Die Fenster waren mit Glasscheiben ausgestattet, die der Besitzer aus Murano importiert hatte, und die anders als das in der Umgebung hergestellte gelbliche Butzenglas so durchscheinend waren, dass man sie kaum wahrnahm. So brauchte man nicht das Fenster zu öffnen, wenn man sehen wollte, wer auf der Straße vorbeiging. Wer hier lebte, zählte seine Gulden nicht mehr einzeln, sondern in Beuteln zu je drei Dutzend, dachte Marie wieder einmal, als sie an die geschnitzte Tür aus Eichenholz trat und den Türklopfer anschlug. Ein Lakai öffnete ihr und ließ sie eintreten, während Michel einem Händler, der mit einem kleinen Fass auf dem Rücken durch die Straßen wanderte, einen Becher Wein abkaufte, der angeblich von der sonnigsten Lage drüben in Meersburg stammen sollte. Er merkte nicht einmal, wie sauer das Gesöff war, sondern stürzte es hinab, ohne das Haus, in dem Marie verschwunden war, aus den Augen zu lassen. Obwohl er wusste, dass sie in der Zeit, in der sie den Württemberger besuchte, zu Hause mindestens ein halbes Dutzend Freier empfangen hätte, störte es ihn, dass sie sich als Gespielin für den berüchtigten Lebemann hergab. Michel lehnte sich gegen eine Wand und starrte Löcher in die Steine der gräflichen Residenz.

Eberhard, Graf von Württemberg, empfing Marie in seinem Schlafzimmer. Die Vorhänge seines Himmelbetts waren zurückgeschlagen und ließen die aus Kirschholz gedrechselten Pfosten erkennen. Die Bettdecke aus rotem Seidenstoff trug sein Wappen, den springenden Hirsch. Dasselbe Zeichen zierte auch sämtliche Wandbehänge und Vorhänge im Raum. Die größte Tapisserie zeigte einen mächtigen Sechzehnender, der einen unvorsichtigen Jäger niederwarf. Diese Szene war ein Symbol. Württemberg war kein Raubtier, das andere bedrohte, aber wehrhaft gegen jeden, der es zu bedrängen suchte.

Marie knickste vor dem Grafen, der in seiner Unterhose und dem offenen Hemd nicht gerade hoheitsvoll aussah, und reichte ihm ihr Bündel. »Ich habe die übrigen Unterlagen mitgebracht, erlauchter Herr.«

Graf Eberhard nahm das Päckchen, sah kurz hinein und legte es uninteressiert auf einen Tisch, in dessen Platte der Württemberger Hirsch als Intarsienarbeit eingelegt war. Sein Blick glitt streichelnd über Maries angespanntes Gesicht, blieb für einen Augenblick auf den beiden gut geformten Hügeln haften, die sich unter ihrer Bluse abzeichneten, und schien sich dann durch den Stoff ihres Rockes zu stehlen.

Marie sah, wie sich die Hose des Grafen wölbte, und wusste, dass er jetzt nur an eine amüsante Balgerei im Bett dachte. So öffnete sie ihre Bluse und zog sie sich über den Kopf. Die Ausbuchtung in Graf Eberhards Hose wurde größer, und er atmete schneller, während er sich gleichzeitig mit der Zunge über die Lippen fuhr.

In ihren Gesprächen mit Madeleine hatte Marie einiges mehr darüber erfahren, wie man das Verlangen eines Mannes steigerte, bis er es kaum noch ertragen konnte. Viele der Mittel, die die Französin anwandte, lehnte sie ab, doch ihre Kunst reichte aus, um den Württemberger in einen Zustand zu versetzen, der schon halb an Raserei grenzte. Als Marie sich weiter auszog und sich dabei scheinbar unbewusst wie in einem geheimnisvollen Tanz bewegte, hielt der Graf es nicht mehr aus. Er sprang auf, packte sie und schleuderte sie auf das Bett. Bevor sie auch nur zu Atem kam, war er über ihr und drang ungestüm in sie ein.

II.

Geraume Zeit später saß Eberhard von Württemberg nackt und sichtlich erschöpft auf der Bettkante und blätterte in Maries Dokumenten. Seine Haltung deutete darauf hin, dass er wartete, bis sich seine Männlichkeit wieder erholt hatte. Doch seine Augen verrieten, dass er den Inhalt der Pergamente mit großem Interesse las.

»Die Unterlagen sind nicht schlechter als jene, die du mir letztens gebracht hast. Nach Recht und Gesetz müsste es mehrfach ausreichen, den Keilburger um Besitz und Leben zu bringen und seinen Halbbruderbastard an den Galgen.«

In Maries Ohren klangen seine Worte nach Resignation, und sie fuhr enttäuscht auf. »Heißt das, Ihr wollt ihn nicht anklagen?«

»Nur Geduld, mein Kind. Ich sagte, wenn es nach Recht und Gesetz ginge, wäre alles ganz einfach. Doch der Keilburger und sein Bastardbruder haben schon zu oft aus Wahrheit Trug und Lüge gemacht und eidlich beschworene Verfügungen zu ihrem Nutzen ins Gegenteil verkehrt.«

Graf Eberhard wies Marie mit einer Geste an, ihm einen Becher Wein aus dem Krug einzuschenken, der auf einer Anrichte neben der Tür stand, und vertiefte sich wieder in das Studium der Akten.

»Diese Unterlagen sind zu wertvoll, um sie einem Gericht zu übergeben. In meinem Besitz sind die Dokumente sicher, doch ich weiß nicht, was in anderen Händen mit ihnen geschieht. Du weißt selbst, wie schnell sie verschwinden oder unbrauchbar gemacht werden können. Nicht alle Richter sind gegen eine kräftige Handsalbe gefeit, und so könnten unsere Beweise schnell im Feuer oder sogar in den Händen unserer Gegner landen.«

»Aber zu was wollt Ihr die Unterlagen sonst verwenden?« Marie gab sich keine Mühe, ihre Angst und Enttäuschung zu verbergen.

Eberhard von Württemberg warf das Bündel Pergamentblätter auf den Tisch und drehte sich zu ihr um.

»Ich werde die Beweise erst dann benutzen, wenn Konrad von Keilburg am Boden liegt und sein Bruder als meineidiger Lügner entlarvt worden ist. Vorerst werde ich mich auf eine Fehde mit ihm vorbereiten und ihn mit Krieg überziehen. Wenn der Kaiser und die anderen Fürsten Rechenschaft von mir fordern, lege ich ihnen deine Dokumente vor. Das wird dem Keilburger das Genick brechen.«

Und bringt dir reiche Ländereien und feste Burgen ein, dachte Marie, die den Gedankengang des Württembergers von dessen Stirn ablesen konnte. Doch selbst wenn Ruppert irgendwann einmal über seine eigenen Fallstricke stolpern sollte, half das weder ihr noch ihrem Onkel Mombert. Das sagte sie dem Grafen mit einer Schärfe, in der sonst kein Tieferstehender mit ihm zu reden wagte.

»Wenn ich die Macht dazu hätte, würde ich deinen Oheim mit meinen Soldaten aus dem Turm holen«, antwortete er mit einem Anflug schlechten Gewissens. »Aber ich war nicht untätig. Ich habe den Fall dem Kaiser vorgelegt, da der Ermordete ein Gast des Konzils war. Jetzt wird das kaiserliche Gericht Recht sprechen. Damit ist der Böttcher den Händen der städtischen und vor allem der bischöflichen Gerichtsbarkeit entzogen.«

»Aber er sitzt noch immer unter der Anklage des Mordes im Kerker, obwohl er unschuldig ist.«

Der Württemberger hob in gespielter Verzweiflung die Arme.

»Mein Mädchen, auch du wirst noch erkennen müssen, dass nicht alles auf der Welt so einfach ist, wie du es dir vorstellst. Es war nicht leicht für mich, zu verhindern, dass mit deinem Verwandten kurzer Prozess gemacht wurde. Einflussreiche Kreise um den Keilburger herum haben den Bischof schon gedrängt, deinen Onkel möglichst schnell abzuurteilen, und die Tiroler Vasallen waren empört, weil man ihn immer noch nicht aufs Rad geflochten hat. Zum Glück war ihnen der Friedensschluss zwischen ihrem Lehnsherrn und dem Kaiser wichtiger als die Hinrichtung des Böttchers. Daher stimmten sie zu, als ich den Kaiser überredete, die Sache in seine Hände zu nehmen.«

Marie schürzte verächtlich die Lippen. »Das sind doch nur Schliche, die nichts bringen.«

Auf den Lippen des Württembergers zeichnete sich ein überlegenes Lächeln ab. »Nur durch diese Schliche, wie du es nennst, ist dein Oheim überhaupt noch am Leben. Wenn wir den Lehrjungen Melcher in die Hand bekämen, könnten wir den wahren Mörder entlarven und dem Keilburger einen Schlag versetzen, gegen den er sich kaum wehren kann.«

Marie senkte traurig den Kopf. Michels Männer waren längst zurückgekehrt, nur Wilmar reiste immer noch auf der Suche nach Melcher herum, der wie vom Erdboden verschluckt schien. Das gestand sie dem Württemberger.

Der Graf hatte nichts anderes erwartet. »Meines Erachtens ruht der Bursche längst auf dem Grund des Bodensees.«

Marie schlug die Hände vors Gesicht. »Um Gottes willen, nein! Melcher ist der einzige Zeuge, der die Unschuld meines Oheims beweisen kann.«

»Dann wollen wir hoffen, dass er noch lebt und dein Wilmar ihn findet.« Die Stimme des Württembergers hörte sich nicht gerade hoffnungsvoll an.

Um Marie zu trösten, legte er ihr den Arm um die Schulter und zog sie an sich. »Der Prozess gegen deinen Onkel ist nicht von vorneherein verloren. Man muss dem Kaiser nur klar machen, dass Junker Philipp Flühis Tochter vergewaltigen wollte, und schon besteht die Möglichkeit, dass er begnadigt wird. Allerdings benötigen wir dafür einen Verteidiger, der sich eines guten Rufes erfreut. Ich gelte nun einmal nicht als Beispiel für ein sittsames Leben.«

Graf Eberhard lachte über seine eigenen Worte. »Es ist nicht leicht, mit Kaiser Sigismund zu leben, Marie. Die Kurfürsten haben ihn zum Kaiser des Reiches und zum deutschen König gewählt und ihn damit zum mächtigsten Mann der Christenheit gemacht. Doch den Verstand, den dieses Amt fordert, haben sie ihm nicht verleihen können. Er ist kleinlich, wenn er sich huldvoll zeigen sollte, leicht beleidigt und unnötig schroff. Wenn er sich etwas in den Kopf gesetzt hat, will er es mit allen Mitteln durchdrücken und verträgt dabei keinerlei Widerspruch. Erinnere dich an den Tiroler Friedrich, über den er die Reichsacht verhängt hat, weil dieser Papst Johannes zur Flucht aus Konstanz verhalf.«

»Aber der Kaiser hat dem Habsburger mittlerweile doch wieder verziehen.«

»Weil er musste. Friedrich hat viele Freunde, die auch der Kaiser nicht so einfach beiseite schieben kann. Der Papst wurde wieder festgesetzt, und damit hat der Kaiser im Augenblick keinen Grund mehr, sich mit dem Habsburger zu streiten. Sigismund kümmert sich immer nur um das, was ihm gerade am Herzen liegt, und vergisst darüber beinahe alles andere.«

Marie erinnerte sich an den Prozess gegen Papst Johannes XXIII., der vor versammeltem Konzil verurteilt worden war, weil er zu Unrecht auf dem Stuhl Petri säße. Kaiser Sigismund hatte den abgesetzten Papst, der im letzten Oktober mit großer Pracht in Konstanz empfangen worden war, den bitteren Kelch der Niederlage bis zur Neige austrinken und ihn zu Fuß und in Ketten nach Gottlieben schleppen lassen, wo man ihn jetzt gefangen hielt. Wenn der Kaiser schon einen hochgeborenen Herrn so behandeln ließ, wie mochte er mit einem einfachen Bürger verfahren? Erst nach einer Weile wurde ihr gewahr, dass der Württemberger das Thema gewechselt hatte.

»Hörst du mir überhaupt zu, Mädchen? Ich habe gesagt, du solltest es in der nächsten Zeit vermeiden, über den böhmischen Magister Jan Hus zu sprechen oder ihn gar als aufrechten Mann zu loben. Seine Predigten haben Sigismund erzürnt, und kaiserliche Strafen treffen meist nicht nur denjenigen, der sie herausgefordert hat, sondern auch die Leute, die auf der falschen Seite stehen.«

»Was kann denn schon passieren? Magister Hus kam auf kaiserliche Einladung und mit kaiserlichem Schutzbrief zum Konzil.«

»Kaiserliche Schutzbriefe sind auch nicht mehr das, was sie einmal waren«, spottete der Württemberger.

Marie bezog diese Worte sofort auf sich. Wenn der Schutzbrief nichts mehr galt, dann war auch sie in Gefahr, denn in den Gerichtsakten der Stadt Konstanz war niedergeschrieben, wie man mit ihr verfahren solle, wenn sie in die Stadt zurückkehrte. Sie fühlte sich so hilflos wie ein Blatt im Sturm und empfand ihre Hoffnung, ihrem Onkel das Leben retten zu können, auf einmal als lächerlich. Sie war so rechtlos wie eine Aussätzige, und ihr Plan, Ruppert mit legalen Mitteln zu Fall zu bringen, erschien ihr nun selbst vermessen. Noch nicht einmal der Graf, der zu den Mächtigen im Reich zählte, besaß genug Einfluss, Mombert Flühi zur Freiheit zu verhelfen oder Ruppertus Splendidus die Maske der Falschheit vom Gesicht zu reißen, denn auch er lief Gefahr, sich in den fein gesponnenen Netzen zu verstricken, die der Keilburger Bastard so meisterhaft zu knüpfen verstand.

Es war zum Verzweifeln. Für einen Augenblick dachte Marie daran, ihre Unterlagen wieder an sich zu nehmen und zu versuchen, zum Kaiser selbst damit vorzudringen. Sie verwarf die Idee jedoch sofort wieder. Für eine Frau wie sie war es unmöglich, auch nur auf zehn Schritt an den Kaiser heranzukommen, und selbst wenn es ihr gelänge, würde er das Material einem der Richter in dieser Stadt übergeben, und bei denen ging ihr früherer Verlobter aus und ein. Was dann mit Jodokus' Notizen und den von ihm gesammelten Beweisen geschehen würde, hatte der Graf ihr eben vor Augen geführt.

Am liebsten hätte sie ihren alten Plan wieder aufgegriffen, einen Meuchelmörder für Ruppert zu dingen. Doch sein Tod würde ihren Onkel nicht retten. Wie sie es auch drehte und wendete, sie war auf den Württemberger angewiesen und musste hoffen, dass der hohe Herr nicht nur seine Interessen verfolgte und die ihren als störend beiseite schob.

Graf Eberhard beobachtete Maries Mienenspiel und seufzte. Sie würde ihn hassen, wenn er nicht verhindern konnte, dass ihr Onkel als Mörder Junker Philipps verurteilt und hingerichtet wurde. Doch wenn er seine eigenen Pläne nicht gefährden wollte, durfte er nicht viel für den Böttcher tun. Dessen Schicksal war höchstwahrscheinlich selbst dann besiegelt, wenn der geflohene Lehrling wieder auftauchte und eine Aussage zugunsten seines Meisters machte.

Das durfte er Marie jedoch nicht sagen, denn zum einen hoffte er immer noch, dass er ihr wenigstens zur Rache an ihrem verräterischen Bräutigam verhelfen konnte, und zum anderen wollte er sie so lange wie möglich behalten. Eine so schöne und willige Bettgespielin fand er nicht alle Tage. Mit einer gewissen Bestürzung stellte er fest, dass Marie mehr für ihn geworden war als eine beliebige Mätresse. Das mochte auch daran liegen, dass sie ihm eine wirksame Waffe gegen den Keilburger in die Hand gegeben hatte. Es war ihr gelungen, ihn zu beeindrucken, denn bisher hatte noch keine Frau es gewagt, so freimütig mit ihm zu reden, und keine hatte ihm so viel Vertrauen geschenkt wie sie.

Während Graf Eberhard versuchte, sich auf die angenehmen Seiten seiner Beziehung zu konzentrieren, war er ans Fenster getreten. Als er sich wieder abwenden wollte, fiel ihm ein junger Offizier in pfälzischen Farben auf, den er schon einige Male in seiner Nähe hatte auftauchen sehen. Der Mann lehnte auf der anderen Straßenseite an einer Hausmauer und starrte sein Haus mit so zorniger Miene an, als würde er es am liebsten in Brand stecken. Der Württemberger drehte sich zu Marie um und winkte sie zu sich.

»Siehst du den Burschen dort? Könnte das ein Spion des Keilburgers sein?«

Marie winkte lachend ab. »Der und ein Keilburger Spion? Nein, Herr, da irrt Ihr Euch. Das ist niemand anders als Michel Adler, von dem ich Euch erzählt habe. Er ist ein alter Freund aus meiner Kinderzeit, der in die Dienste des Pfälzer Kurfürsten getreten ist.«

»Der ist das also. Na, so wie der Mann aussieht, sollte ich ihm lieber nicht in einer dunklen Ecke begegnen.« Graf Eberhard blickte Marie für einen Augenblick recht ungläubig an und begann dann lachen. »Ein Freund aus deiner Kinderzeit, sagst du? Na, wie es scheint, ist da mehr dahinter. Der Bursche sieht eher aus wie ein eifersüchtiger Liebhaber.«

Marie stimmte in sein Lachen ein. »Michel und eifersüchtig? Aber er weiß doch, dass ich hier nur meinem Beruf nachgehe. Er regt sich nie über meine Freier auf.«

»Da scheint er bei mir eine Ausnahme zu machen. Ich weiß nicht, ob ich mich geehrt fühlen soll.« Der Württemberger musterte Marie und fand, dass eine Frau wie sie in einem Mann durchaus starke Gefühle wecken konnte. Dabei erwachte sein Verlangen. Er streckte die Arme nach Marie aus und zog sie an sich.

»Komm aufs Bett, Mädchen. Ich muss bald aufbrechen und möchte es mit einem angenehmen Gefühl tun.«

Marie folgte der Aufforderung auf eine möglichst aufreizende Weise. Als sie dann unter ihm lag und ihm erneut das Gefühl gab, ein Mann wie kein Zweiter zu sein, dachte sie darüber nach, wie sie ihn doch noch dazu bringen konnte, sich ernsthaft für Mombert und dessen Frau einzusetzen.

III.

Da bist du ja endlich.« Michel löste sich von der Hauswand, die ihn mehr als drei Stunden gestützt hatte, und trat auf Marie zu.

Sein Gesicht wirkte mühsam beherrscht. Marie fühlte sich an die Worte des Württembergers erinnert und stellte die Stacheln auf. Was bildete Michel sich eigentlich ein? Sie war niemandes Besitz, und wenn er sich wie ein eifersüchtiger Liebhaber aufführen wollte, würden ihre Wege sich trennen müssen. Einerseits riss Michels Gegenwart immer wieder die alten Wunden ihrer Seele auf und ließ sie zänkisch werden wie ein altes Weib. Bei Fremden konnte sie vergessen, wer sie einst gewesen war, er aber präsentierte schon in seiner Erscheinung seinen Aufstieg und ihren Fall. Andererseits würde sie ihn ungern missen, denn er half ihr, wo er nur konnte, und seine regelmäßigen Besuche verliehen ihrem Haus und seinen Bewohnerinnen einen gewissen Schutz. Es gab hier wie überall unzufriedene Kunden und neidische Bordellwirte, aber bisher hatte es keiner von ihnen gewagt, einen Trupp Randalierer in ihr Haus zu schicken.

Sie schenkte Michel ein Lächeln, das zu ihrem geschäftlichen Repertoire gehörte. »Der Graf von Württemberg ist nun einmal ein fordernder Mann, und ich muss ihn mir um fast jeden Preis bei Laune halten, damit er mir zu meiner Rache verhilft und mich im schlimmsten Fall vor meinen Feinden schützt. Der kaiserliche Schutzbrief gilt zwar auch für uns Huren, aber er wird Ruppert nicht daran hindern, mich an den Schandpfahl zu bringen oder im See ertränken zu lassen.«

Der Ton ihrer Worte war eine Kampfansage, doch Michel wollte sich nicht darüber ärgern. »Das weiß ich, und ich verstehe dich auch. Trotzdem gefällt es mir nicht, dass du dich auf Gnade und Ungnade dem Württemberger verschrieben hast. Er ist auch nicht besser als die anderen hohen Herren. Wenn er sich einen Vorteil davon verspricht, dir zu helfen, wird er es tun, und wenn er es sich anders überlegt, lässt er dich fallen wie ein Stück Dreck.«

»Danke, dass du mir mal wieder erklärt hast, was ich wert bin«, fauchte Marie ihn an und brach unvermittelt in Tränen aus.

Sie wollte sich nicht mit Michel streiten und wusste auch, dass er mit dem Wort Dreck nicht sie persönlich gemeint hatte. Trotzdem hatte er ihr schon wieder vor Augen geführt, welch schmutzigem Stand sie angehörte. Konstanz war kein gutes Pflaster für sie. Hier wurden Huren beinahe wie ehrbare Frauen behandelt. Man spie nicht vor ihnen aus, wenn sie durch die Straßen liefen, ließ es ihnen durchgehen, wenn sie ohne ihre Standesabzeichen auftraten, und verschloss auch die Pforten der Kirchen nicht vor ihnen, wie es in vielen anderen Städten der Fall war.

Abgesehen von dem einen Mal auf Burg Arnstein hatte Marie nie mehr wirklich andächtig gebetet, sondern oft an ihrem Glauben gezweifelt. Jetzt aber empfand sie das Bedürfnis, ihre Sorgen der Heiligen Jungfrau zu Füßen zu legen und sie um Hilfe für ihre Verwandten zu bitten. Sie blickte hoch und sah den Turm von St. Stephan über die nahen Dächer aufragen. Dort hatte sie als junges Mädchen oft den Gottesdienst besucht. Sie beschleunigte ihren Schritt und bog in die Gasse ein, die zur Kirche führte.

Michel folgte ihr verärgert. »He, wo willst du denn jetzt schon wieder hin? Das ist nicht der Weg zu deiner Hütte.«

»Ich will in St. Stephan ein Gebet sprechen.« Marie kümmerte sich nicht um Michel, der wie ein Schatten an ihrer Seite blieb, sondern ging einfach weiter. Vor dem Kirchenportal holte sie erst einmal tief Luft und sah sich um. Da ihr niemand den Eintritt verwehrte, trat sie kurz entschlossen ein.

Eine kühle Dämmerung empfing sie. Es war gerade hell genug, um die wuchtigen Säulen und die Wände des Kirchenschiffs erkennen zu können. Die hohen Fenster wirkten wie von hinten erleuchtete Glasbilder und ließen nur wenig Tageslicht herein. Die brennenden Kerzen vor den drei Altären bildeten Inseln der Zuflucht, die von der Farbenpracht der Heiligenstatuen und Gemälde erfüllt waren.

Marie schlug um den dem heiligen Stephanus geweihten Hauptaltar einen Bogen und trat vor die Pieta, die Maria mit dem vom

Kreuz abgenommenen Christus darstellte. Hier gab es auch eine Statue der heiligen Maria Magdalena. Sie wirkte eher unauffällig und war so klein, dass sie im doppelten Sinne im Schatten der Gottesmutter stand.

Marie fragte sich, weshalb eine Hure eine so große Rolle im Leben Jesu gespielt hatte. Wahrscheinlich nur deswegen, weil der Sohn Gottes sich immer der Verachteten und Unterdrückten angenommen hatte. Aber davon wollten vollgefressene Kirchenmänner wie Abt Hugo von Waldkron nichts mehr wissen. Marie versuchte, ihre rebellischen Gedanken zum Schweigen zu bringen und sich an das richtige Gebet zu erinnern.

Michel stand ein wenig abseits an einer Säule und behielt das Kirchenschiff im Auge. Doch außer ein paar alten Frauen, die müde vom Leben im Kirchengestühl hockten, war niemand zu sehen. Er betrachtete die vor dem Altar kniende Marie, deren blondes Haar im Licht der Kerzen glänzte und ihren Kopf wie ein Heiligenschein umspielte. Für einen Augenblick stellte er sich vor, wie es wäre, wenn er sie als Mätresse auf einem Kriegszug mitnehmen würde. Hier in dieser überlaufenen Stadt fühlte er sich angehängt wie ein Hofhund und reagierte deswegen viel zu gereizt auf Maries Launen.

Er schreckte aus seinen Gedanken hoch, als eine Nebenpforte aufging und jemand eintrat. Michel musterte den Neuankömmling und lehnte sich beruhigt wieder zurück. Es war nur ein hagerer Mönch im schäbigen Habit eines Franziskaners, der wohl zu dem nahe gelegenen Barfüßerkloster gehörte. Er beugte mit gesenktem Kopf sein Knie und schlurfte dann wie ein Greis Richtung Marienaltar. Michel nahm ein vom vielen Fasten ausgezehrtes Gesicht wahr und roch den süßlichen Geruch von Blut. Der Mönch musste sich erst vor kurzem kasteit haben. Nun warf er sich vor der Pieta zu Boden und störte damit Maries leise Zwiesprache mit der Gottesmutter und der Schutzpatronin der Huren.

Marie stand auf, trat zwei Schritte zur Seite und wollte noch ein letztes Gebet sprechen. Da sah der Mönch zu ihr auf und streckte abwehrend die Hände aus. Sein Gesicht verzerrte sich, als erleide er Höllenqualen.

»Weiche von mir, Geist, und quäle mich nicht auch noch an dieser heiligen Stelle.«

Marie starrte den Mönch verwirrt an. Sie fühlte sich von ihm abgestoßen und belästigt, obwohl er ihr doch nicht zu nahe getreten war. Er richtete sich auf und machte das Zeichen gegen die Dämonen. Erst in dem Moment erkannte sie ihn an seinen blassen Augen.

»Linhard! Du elender Verräter!« Es lag so viel Hass in ihrer Stimme, dass der Mann in sich zusammenkroch und näher an den Altar heranrutschte. Jetzt schien er aber zu erkennen, dass er kein Spukbild vor sich hatte, sondern einen Menschen aus Fleisch und Blut.

»Wer nennt mich bei diesem Namen, den ich längst begraben und vergessen habe?« Dann wurde er so bleich, wie Marie es noch nie bei einem Menschen beobachtet hatte. »Bist du es? Bist du wirklich Marie Schärerin, die Tochter von Meister Matthis?«

Marie sah auf den Mann herab, den sie am liebsten wie einen ekelhaften Wurm zertreten hätte, und wollte ihm schon ihre ganze Verachtung ins Gesicht schleudern. Gerade noch rechtzeitig erkannte sie die Gefahr, in der sie schwebte. Wenn Linhard seine Begegnung mit ihr den falschen Leuten erzählte, war ihr Leben keinen Haller Pfennig mehr wert. Mit der Selbstüberwindung, die das harte Leben auf der Straße sie gelehrt hatte, zwang sie sich, eine gleichmütig freundliche Miene aufzusetzen.

»Ich weiß nicht, was Ihr von mir wollt, ehrwürdiger Bruder. Mein Name ist Berta, und ich habe Euch nie zuvor gesehen.«

Sie bekreuzigte sich mit einem hastig gemurmelten Amen, knickste noch einmal vor der Gottesmutter und ging dann Richtung Pforte. Sie musste sich fast mit Gewalt daran hindern, zurückzublicken, denn sie hatte das Gefühl, Linhards Blicke würden sich wie glühende Kohlen in sie hineinfressen. An der Tür drehte sie sich doch noch einmal kurz um und tat so, als wolle sie nur Michel zuwinken. Linhard stand mit dem Rücken zum Altar und hielt die rechte Hand halb nach ihr ausgestreckt. Als er sah, dass sie sich einem Mann zuwandte, schlug er das Kreuz und warf sich erneut vor dem Gnadenbild zu Boden.

Michel trat neben Marie ins Freie und sah sie fragend an. Als er bemerkte, wie sie zitterte, legte er die Arme um sie und hielt sie fest. »Was war denn los?«

Ihre Zähne klapperten so, dass sie kaum sprechen konnte. »Der Mönch! Es … war Linhard. Er hat mich erkannt.«

Michel sah das Entsetzen in ihrem Blick und wusste, dass die einst erlittenen Demütigungen und Schmerzen wieder in ihr hochstiegen und sie quälten. Aber er konnte nichts anderes tun, als sie zu stützen und wie eine Kranke durch die Straßen zu führen. Am liebsten hätte er sie aus Konstanz fortgeschickt, denn jetzt war sie hier wirklich nicht mehr sicher. Er überlegte auch schon, Linhard in einer dunklen Gasse aufzulauern und ihm das Genick zu brechen, damit er Marie nicht gefährdete. Beide Lösungen gefielen ihm jedoch nicht. Da er selbst Konstanz nicht verlassen konnte, würde Marie, wenn er sie wegschickte, wieder das Leben einer Wanderhure aufnehmen müssen und wäre dabei völlig auf sich allein gestellt; und einen Mann kaltblütig zu ermorden war nicht seine Art, selbst wenn es sich dabei um einen so widerwärtigen Schuft wie Linhard handelte.

Er beugte sich über Marie und küsste sie in den Nacken. »Kopf hoch, Mädchen. Ich bringe dich jetzt erst einmal zu Bett. Dann trinkst du einen Schluck Wein und schläfst dich aus, um dich von deinem Schrecken zu erholen. Ich habe nicht das Gefühl, dass der Kerl sofort zu Magister Ruppertus läuft und ihm von eurer Begegnung erzählt.«

Die Vorsicht, mit der er sich umsah und jedes Mal die Richtung wechselte, wenn er in der Ferne einen Mönch in der Kutte der Barfüßer wahrzunehmen glaubte, widersprach jedoch seinen Worten.

Als sie endlich das Häuschen am Ziegelgraben erreichten, fanden sie neben Hiltrud und Kordula auch Helma und Nina vor, die in ein erregtes Gespräch vertieft waren. Nina hatte ein blau geschlagenes Auge und eine tiefe, stark blutende Platzwunde auf der Stirn, die Hiltrud gerade versorgte. Obwohl Marie noch völlig im Bann der unerwarteten Begegnung stand, kümmerte sie sich sofort um die Italienerin.

»Was ist dir denn zugestoßen? Hat dich ein Freier so zugerichtet?«

Helma schüttelte an ihrer Stelle den Kopf. »Nein, das war unser Hurenwirt. Ihm passte es nicht, dass sie heute bei unserer Versammlung war und dadurch keine Freier empfangen konnte. Zuerst hat er nur herumgeschrien, und als Nina ihm widersprach, hat er zugeschlagen. Also, zu dem brutalen Kerl gehen wir nicht mehr zurück. Können wir nicht bei euch bleiben? Es ist zwar eng, aber Nina und ich brauchen wirklich nicht viel Platz.«

Marie und Hiltrud sahen sich erschrocken an. Es war bisher schon nicht einfach gewesen, Hedwig vor fremden Blicken zu verbergen. Doch wenn Helma und Nina bei ihnen wohnten, mussten sie die beiden ebenfalls einweihen, und das schien ihnen zu gefährlich. Marie fragte sich, wie sie die beiden Reisegefährtinnen abweisen konnte, ohne sie zu kränken und wieder ihrem Wirt auszuliefern. In dem Moment räusperte Michel sich und tippte Helma an.

»Hier ist nicht Platz genug für fünf von euch. Aber ich denke, ich kann euch beiden helfen. Mein Bruder Bruno will in einem Teil seines Hauses ein Bordell einrichten. Ihr könntet also bei ihm unterkommen. Wenn er weiß, dass ich euch beschütze, wird er euch gut behandeln und euch auch nicht betrügen. Außerdem habe ich gute Freunde, die einen Rat von mir, wo sie saubere und angenehme Mädchen finden können, gerne befolgt werden. Na, was meint ihr dazu?«

»Vielleicht trägst du dich gleich selbst auf der Liste ihrer Freier ein.« Marie wusste selbst nicht, weshalb sie so gereizt reagierte. Nina und Helma sahen sie bestürzt an, Michel lachte jedoch schallend.

»Aber Marie, das würde doch deinem Ruf schaden. Die ganze Stadt weiß doch, dass du die einzige Hure bist, zu der ich gehe.« Maries Gesicht verzerrte sich vor Zorn, Hiltrud begann hingegen zu kichern und prustete schließlich los. Nina und Helma versuchten, ihre Belustigung zu verbergen, doch ihre Schultern zuckten. Die Treue, mit der Michel an Marie hing, die ihn doch so kratzbürstig behandelte, war ein beliebter Gesprächsstoff bei den Konstanzer Huren.

Helma atmete tief durch, sah zu Michel hinauf und zupfte spielerisch an den Schnallen seines Brustpanzers.

»Dein Vorschlag ist gar nicht so schlecht, Soldat. Wenn nicht jede von uns ihr eigenes Zimmer hat, kann sie nicht genug anschaffen. Verbürgst du dich für deinen Bruder?«

»Ich glaube, das kann ich.« Michel erinnerte sich an eine Zeit, in der Bruno ihm bei jedem Widerwort eine Maulschelle gegeben hatte. Doch das lag weit zurück. Jetzt wieselte sein Bruder dienstbeflissen um ihn herum, sowie er die Adlerschenke betrat, und las ihm jeden Wunsch von den Augen ab.

»Ich würde sagen, wir gehen gleich zu ihm. Und du, Nina, mach dir keine Sorgen, dass er dich wegen deines blauen Auges abweisen könnte. So versteht mein Bruder gleich, warum du Rüdis Haus verlässt. Wenn dein Hurenwirt kommt und Ansprüche stellen will, wird er ihm die richtige Antwort geben. Sollte Rüdi euch dann doch bedrängen, werde ich meine Leute in sein Bordell schicken. Die sorgen schon dafür, dass ihm kein Zimmer heil bleibt.«

Michels Lachen nahm dieser Drohung ein wenig die Wirkung.

Dennoch waren die beiden jungen Huren erleichtert, denn sie wussten aus eigener Erfahrung, wie unangenehm ein Hurenwirt werden konnte, wenn er eine seiner Verdienstquellen verlor. Sie verabschiedeten sich noch kurz von ihren Freundinnen und verließen dann so hastig das Haus, als fürchteten sie, die Gelegenheit könne ihnen unter den Fingern zerrinnen.

»Gott sei Dank«, stöhnte Kordula auf. »Ich dachte schon, die beiden würden überhaupt nicht mehr gehen. Ich hatte heute noch keinen einzigen Freier.«

»Ich auch nicht«, seufzte Hiltrud. »Außerdem konnte Hedwig nur für ein paar Minuten aus ihrem Versteck herauskommen, nachdem sie stundenlang dort gebraten wurde, und kann nun endlich etwas essen.«

»Ich sage ihr, dass die Luft jetzt rein ist.« Marie stieg in ihre Kammer hoch, stellte sich auf ihre Truhe und schob die beiden Bretter zurück, die den Einstieg in den kleinen Verschlag versperrten. Hedwig steckte so rasch den Kopf heraus, als wäre sie kurz vor dem Ersticken. Ihr Kopf war puterrot und schweißüberströmt.

»Ich kann nicht mehr, Marie. Ich muss dringend auf den Abtritt. Noch ein paar Augenblicke, und ich hätte mich hier erleichtern müssen.«

»Das wäre nicht so gut gewesen. Helma hat eine gute Nase.« Marie half ihrer Kusine aus dem engen Versteck und trat beiseite, damit das Mädchen ins Erdgeschoss sausen konnte. Zum Glück besaß das Haus einen Abtritt, der an der Rückseite angebaut war und den man ungesehen von den Nachbarn betreten konnte. Sekunden später waren Hedwigs erleichterte Seufzer bis ins obere Stockwerk zu hören.

»Das war wohl Rettung im letzten Augenblick«, spöttelte Kordula. Sie bedauerte Hedwig, machte aber keinen Hehl daraus, dass sie ihre Anwesenheit als störend empfand. Sie wollte noch etwas hinzufügen, sah aber einen Mann im Aufputz eines bairischen Reiteroffiziers draußen vorbeigehen und eilte hinaus, um ihn anzusprechen. Marie, die die Treppe hinuntergestiegen kam, zupfte Hiltrud am Ärmel.

»Es kann sein, dass wir sehr schnell von hier verschwinden müssen. Ich bin erkannt worden.«

»Von wem?« Hiltrud legte die Hand auf die Kehle, als hätte der Schreck ihr den Atem geraubt.

»Von Linhard, dem ehemaligen Schreiber meines Vaters. Er hat mich in der Kirche gesehen und beim Namen genannt. Wenn er Ruppert oder Utz davon berichtet, sind wir in höchster Gefahr.« Hiltrud ließ sich die Begegnung genau schildern. »Wir sollten alles so herrichten, dass wir jederzeit fliehen können. Doch was willst du mit Hedwig machen? Wenn du sie mitnimmst, wird sie auch als Hure arbeiten müssen.«

Auf diese Antwort wusste Marie keine Antwort. Wenn Mombert als Mörder des jungen Steinzellers hingerichtet wurde, gab es für Hedwig keinen anderen Ausweg. Marie kannte ihre Kusine inzwischen gut genug, um zu ahnen, dass sie das Leben einer Hure nicht lange ertragen würde. Ihr fehlte die dafür notwendige Härte, und sie würde Erlösung im Wasser suchen, ehe der Sommer zu Ende war.

»Er ist Mönch geworden, sagst du?« Hiltrud hob in einer plötzlichen Eingebung den Kopf. »Dann siehst du wahrscheinlich eine Gefahr, wo gar keine ist. Linhard mag dich erkannt haben. Aber ist es sicher, dass er dich auch verraten wird? Wenn er in ein Kloster eingetreten ist, kann das heißen, dass er das Verbrechen an dir längst bereut hat und den Rest seines Lebens dafür sühnen will.«

Von dieser Warte aus hatte Marie es noch nicht betrachtet. Doch selbst wenn Hiltruds Vermutung stimmte, waren sie noch lange nicht in Sicherheit. Linhard konnte Ruppert unabsichtlich auf ihre Spur lenken. Vielleicht ließ der Magister ihn überwachen und wusste schon von ihrer Begegnung. Marie war klar, dass sie dazu neigte, Gespenster zu sehen, aber wenn es um ihren verräterischen Bräutigam ging, nahm sie lieber das Schlimmste an. Einige Augenblicke schwankte sie zwischen Flucht und Bleiben. In Panik davonzulaufen brachte ihr gar nichts ein. Wenn sie Ruppert im Staub sehen wollte, musste sie notfalls ihr eigenes Leben riskieren.

Marie lächelte bitter. Ruppert hatte dafür gesorgt, dass sie zur Hure wurde. Doch gerade damit hatte er ihr auch Möglichkeiten eröffnet, die zu seinem Untergang führen konnten. Hätte er sie in ein Kloster gesteckt, hätte sie weder Bruder Jodokus kennen gelernt noch den Grafen von Württemberg.

IV.

In den nächsten Tagen wechselten Maries Stimmungen schneller als ihre Kunden. Manchmal fürchtete sie sich vor jedem Schatten, den Vorübergehende auf das Haus warfen, und fühlte sich so hilflos wie eine Fliege im Spinnennetz. In optimistischeren Momenten sagte sie sich, dass Ruppert und Utz sie bisher nicht erkannt hatten, obwohl sie eine stadtbekannte Erscheinung geworden war. Wahrscheinlich brachten sie die Hure vom Ziegelgraben nicht mit dem Bürgerstöchterlein zusammen, dessen Leben sie vor fünf Jahren zerstört hatten. In diesen Augenblicken schwelgte sie wie früher in ihren Racheplänen und sah sich schon mit einer Hand ihren Onkel im Triumphzug aus dem Kerker holen und mit der anderen Ruppert und seine Handlanger hineinstoßen. Diese Zuversicht hielt jedoch nie lange an.

Sie musste sich eingestehen, dass sie Angst vor der Zukunft hatte. Ganz gleich, wie es ausgehen mochte, ihr selbst konnte niemand mehr helfen. Sie war wie Dreck auf der Straße, den jeder mit Füßen treten durfte, und das würde sie bleiben. Aber ehe sie ebenso elend zugrunde ging wie die meisten Huren, wollte sie den Verursacher ihres Unglücks auf dem Schindanger enden sehen.

So drängte sie den Württemberger bei ihrem nächsten Besuch, endlich etwas gegen Konrad von Keilburg und dessen Bruder zu unternehmen. Graf Eberhard hob bedauernd die Hände. »Das täte ich liebend gern, mein Kind, aber mir sind im Augenblick die Hände gebunden. Der Kaiser ist so mit seinen eigenen Plänen beschäftigt, dass er es mir sogar übel vermerken würde, wenn ich Vorbereitungen zu einer Fehde mit dem Keilburger träfe und meine Truppen sammelte. Er wittert überall Widerstand und Verrat und ist schnell bereit, zu verdammen. Jetzt, wo Johannes XXIII. wegen Unwürdigkeit von der Liste der Päpste gestrichen und in einen simplen Kardinal Baldassare Cossa zurückversetzt worden ist, will er den nächsten Stellvertreter Gottes auf Erden stürzen.«

Eberhard von Württemberg lachte, und Marie fragte sich, ob er sich über die streitenden Päpste lustig machte oder über den Kaiser.

Sie interessierte sich nicht für die Politik der Mächtigen, solange sie nicht selbst Gefahr lief, zwischen deren Mühlsteine zu geraten. Aber in der Hoffnung, den Württemberger doch noch überreden zu können, ging sie auf das Gespräch ein. »Was plant der Kaiser denn jetzt?«

»Als Nächstes will er Papst Gregor absetzen. Außerdem ist ihm Magister Jan Hus ein Dorn im Auge, in dessen aufrührerischen Reden er eine Gefahr für seine Krone sieht. Sigismund ist ja auch König von Böhmen, und es heißt, Magister Hus rufe die Böhmen zum Ungehorsam gegen die heilige Kirche und ihren Beschützer, den Kaiser und König auf.«

Wieder war Eberhard von Württemberg nicht anzusehen, ob er der gleichen Meinung war wie der Kaiser.

Marie zog die Stirn kraus und sah den Grafen kopfschüttelnd an. »Nach allem, was ich gehört habe, predigt Magister Hus nichts, was gegen Gott und die von ihm geschaffene Ordnung gerichtet ist. Dass er die Unmoral der Prälaten und die Prunksucht der Äbte und Bischöfe anprangert, müsste im Sinne jedes wahren Christen sein. Schließlich sind diese Herren zu Hirten der Christenheit ernannt worden und nicht zu ihren Kerkermeistern.«

Graf Eberhard lächelte nachsichtig. »Lass diese Worte niemanden hören, Marie, sonst giltst auch du als Ketzerin. Solche Ansichten bedrohen die Autorität der Kirchenfürsten und damit auch die des Papstes und des Kaisers. Die Mächtigen dieser Welt sehen ihren Stand und ihre Aufgabe anders als Jan Hus und du, vielleicht sogar auch anders als das Volk. Auch ich habe Magister Hus' Predigten gelauscht und vieles von dem, was er sagt, gutgeheißen. Die heilige Kirche muss von Grund auf erneuert, und ihre Repräsentanten müssen auf den ihnen zustehenden Platz verwiesen werden. Magister Hus begeht nur den Fehler zu glauben, seine Predigten würden das bewirken, und vergisst dabei, dass jemand, der ganz oben steht, sich ungern in einen geringeren Stand zurückversetzen lässt. Den größten Fehler hat Hus jedoch gemacht, als er Kaiser Sigismunds Schutzbrief vertraute. Wenn der Kaiser zu der Ansicht kommt, Hus wäre überflüssig geworden, ist das Pergament nicht mehr wert, als sich damit den Hintern zu wischen.«

Die derbe Sprache und das bittere Lachen des Grafen zeigte Marie, wie wenig es ihm gefiel, einem so unzuverlässigen Mann wie Sigismund von Böhmen huldigen zu müssen. »Wäre Sigismund ein souveränerer Herrscher, könnte ich offen mit ihm reden. Doch der Keilburger steht in seiner Gunst, und Ruppertus Splendidus hat es geschafft, sich bei ihm beliebt zu machen. Dieser Emporkömmling dienert vor dem Kaiser und seinen engeren Beratern, dass es zum Erbrechen ist.«

Der Graf schwieg abrupt, so als hätte er schon zu viel gesagt. Marie begriff auch so, was er meinte. Eberhard von Württemberg wagte es nicht, einen Prozess gegen Konrad von Keilburg anzustrengen, weil er nicht wusste, wie weit der Kaiser daran interessiert war, Gerechtigkeit walten zu lassen. Im schlimmsten Fall sprach er Konrad von Keilburg seinen Raub zu und erhöhte Rupperts Stand sogar noch. Sie hatte das Gefühl, den Boden unter sich zu verlieren.

Der nächste Morgen brachte Neuigkeiten, die in Windeseile durch die ganze Stadt eilten. Papst Gregor XII. entsagte durch seinen Bevollmächtigten Carlo Malatesta, den Signore di Rimini, dem Stuhl Petri und zog sich als Kardinalbischof Angelo Correr nach Recanati zurück. Wie es hieß, habe der Kaiser diesen Rücktritt, den militärisch durchzusetzen er nicht in der Lage gewesen wäre, mit großzügigen Zugeständnissen erkauft, um sich vor der Welt als oberster Monarch der Christenheit zu beweisen. Der Nächste, auf den die Augen des Kaisers sich jetzt richteten, konnte auf keine Zugeständnisse und keine Gnade mehr hoffen.

Marie hatte von Jan Hus' Predigten gehört und bewunderte die Unbeirrbarkeit, mit der dieser seine Lehren vertrat. Viele Bürger der ärmeren Schichten und Knechte verehrten den streitbaren Magister aus Prag und beteten für ihn. Der Kaiser und die Kardinäle aber mochten es nicht, vor allem Volk als Blutsauger und Unterdrücker angeklagt zu werden, und hatten im Geheimen schon den Stab über ihn gebrochen.

Es gab so viele widersprüchliche Meldungen über den Prozess gegen Magister Hus, dass diejenigen, die seinen Predigten gelauscht hatten, noch auf Gnade für ihn hofften, als Ritter Bodman bereits die Stadtknechte von Konstanz auf den Brüel führte, um den Scheiterhaufen für Hus zu errichten.

Um Hus zu demütigen, befahl Kardinal Pierre d'Ailly, der den Prozess gegen ihn geleitet hatte, dass die in der Stadt anwesenden Hübschlerinnen Hus auf seinem letzten Gang begleiten sollten. Die meisten Huren zuckten nur mit den Schultern, denn man hatte sie so oft gedemütigt, dass sie sich freuten, wenn es jemand anderem schlechter ging als ihnen.

Marie hätte den Befehl am liebsten abgelehnt, doch sie wollte kein Aufsehen erregen und riskieren, vor den erzürnten d'Ailly geschleppt und mit Ruten gestrichen zu werden. So ein Schauspiel ließen die Bürger sich nur ungern entgehen, und dann würde Utz sie erkennen. Sicher hatte der Fuhrmann von Jodokus' Zimmerwirtin in Straßburg erfahren, dass dieser sich kurz vor seinem Tod mit einer auffallenden, blonden Hure vergnügt hatte, und den überstürzten Aufbruch dieser Frau mit den verschwundenen Dokumenten in Verbindung gebracht. In dem Moment, in dem er sie erkannte, war ihr Leben nicht einmal mehr einen Hundedreck wert.

Hiltrud und Kordula bedauerten wortreich das bevorstehende Ende des Magisters und wünschten dessen erbarmungslosen Richtern und vor allem dem verräterischen Kaiser, der sein Wort gebrochen hatte, die Pest an den Hals. Dennoch machten sie sich wie Marie auf den Weg zum Kirchplatz bei St. Peter.

Als die drei dort ankamen, hatte sich schon eine große Anzahl anderer Huren versammelt. Einige, die wie Madeleine als Gespielinnen geistlicher Herren in Konstanz weilten, trugen so aufreizende Kleider, dass sie die Blicke jedes Mannes auf sich zogen. Ihre Brüste sprengten beinahe die engen, weit ausgeschnittenen Mieder, und ihre Röcke waren so geschickt gearbeitet, dass jeder Windstoß ihre Formen preisgab.

Auch Madeleine trug ein Kleid aus dünnem, durchscheinendem Stoff, aber sie war nicht in der Stimmung, Kunden anzulocken. Als sie Marie und die anderen begrüßte und umarmte, schimmerten Tränen in ihren Augen.

»Heute wird der falsche Hahn gebraten«, klagte sie leise. »Sollen die schwarzen Krähen und die Purpurvögel ruhig glauben, wir würden uns darüber amüsieren. Gott allein weiß um unsere Gedanken und wird es uns im anderen Leben vergelten.«

Sie hatten nicht viel Zeit, miteinander zu reden, denn die Stadtbüttel erschienen und forderten sie auf, durch das Schottentor zu gehen und von dort bis zur Richtstätte für den böhmischen Ketzer Spalier zu stehen. Marie zuckte zusammen, als sie unter den Männern Hunold entdeckte. Der vierschrötige Büttel ging so nahe an den vordersten Huren entlang, dass sein Ellbogen ihre Brüste streifte. Marie wich zurück und versteckte sich hinter Helma und Kordula. Hunold beachtete sie jedoch nicht, denn er hatte nur Augen für Madeleines Reize.

»Na, du hübsches Vögelchen, wie wär's, wenn wir zwei uns heute Abend ein wenig vergnügten?«, fragte er sie.

Die Hure musterte ihn spöttisch. »Wenn du einen Ecu d'or bezahlen kannst, gerne. Ansonsten solltest du zu den Pfennighuren gehen. Die freuen sich gewiss über deinen Besuch.«

Madeleines Spott traf Hunold an seiner schwachen Stelle, denn er lief rot an, bedachte sie mit einem drohenden Blick und stieß wilde Drohungen aus. Als ihn eine andere Hure herausfordernd fragte, ob er wisse, dass er eben die Mätresse eines hohen französischen Herrn beleidigt hatte, zog er jedoch den Kopf ein und rannte hinter den anderen Bütteln her.

In Maries Erinnerung war Hunold ein brutaler, rechthaberischer Kerl, der es liebte, anderen Angst einzujagen. Jetzt stellte sie mit einer gewissen Häme fest, dass der Büttel sich nur den Leuten gegenüber aufspielte, die sich nicht wehren konnten, während er vor hohen Herren zu einem kriechenden Wurm wurde. Zu jeder anderen Stunde hätte Marie sich gefragt, welchen Nutzen sie aus dieser Erkenntnis ziehen konnte. Doch jetzt hatte sie keinen Sinn dafür. Wie die anderen Huren folgte sie den Bütteln vor das Tor und stellte sich so auf, dass sie den Leuten, die Jan Hus begleiten würden, nicht ins Auge stach.

Hinter den Huren drängten sich die einfachen Bürger in solchen Scharen durch das Tor, dass es den Bütteln schon bald nicht mehr gelang, den Ansturm in geregelte Bahnen zu lenken. Marie

sah Michel in blank gewienerter Wehr an der Spitze seiner Fußknechte heranmarschieren, um den Weg für den Verurteilten
und dessen Begleiter frei zu machen. Obwohl die Soldaten die
Menschen mit ihren gekreuzten Speeren zurückdrängten, konnten sie die Menge nicht im Zaum halten. Auch Pfalzgraf Ludwig
vermochte die Menschen nicht zur Ordnung zu rufen. Als sein
Pferd eingekeilt wurde, befahl er Ritter Bodman, dem Anführer
der Stadtknechte, die Tore der Stadt zu schließen und die
Schaulustigen nur noch in kleinen Gruppen ins Freie zu lassen.
Der Verurteilte und die hohen Herren des Gerichts mussten so
lange warten, bis die Masse der Zuschauer auf dem Brüel und
dem anschließenden Paradies verteilt worden war, bevor auch sie
die Stadt verlassen konnten.

Von dem Hurenspalier, mit dem die Kirchenfürsten den abtrün-
nigen Böhmen verspotten hatten wollen, war nicht mehr viel
übrig geblieben. Marie war wie ein großer Teil der Hübschlerinnen von den Bewohnern der Stadt bis in die vordersten Reihen um den Richtplatz geschoben worden, doch ihr wurde erst
bewusst, wie exponiert sie dort stand, als Magister Ruppertus
Splendidus im Gefolge des Konstanzer Bischofs Friedrich von
Zollern dicht an ihr vorbeiging. Zu ihrem Glück hatte er nur Augen für einige andere hohe Herren und schenkte dem gemeinen
Volk keinen Blick. Marie starrte ihm nach, bis er mit selbstgefälli-
ger Miene auf einer der Bänke Platz genommen hatte, die für die
hohen Konzilsteilnehmer bereit standen, und versuchte dann,
sich hinter einem groß gewachsenen Rossknecht zu verbergen.

Ruppert schenkte den Leuten allerdings mehr Aufmerksamkeit,
als Marie annahm. Sein Blick streifte einige der Ratsherren und
Zunftmeister, die in dem allgemeinen Durcheinander zwischen
schwatzende Marktweiber und Tagelöhner in schmutzigen Kitteln geraten waren, und genoss manch neidischen Blick. Jetzt
konnten die großsprecherischen Konstanzer sehen, mit welcher
Selbstverständlichkeit Bischof Friedrich und die anderen hohen

Gäste ihn als ihresgleichen behandelten. Nicht mehr lange, und er würde beim Kaiser aus und ein gehen und vielleicht sogar in den Kreis seiner Berater aufgenommen werden. Man hatte ihm schon zugetragen, dass etliche Bischöfe und Grafen ihn, den jüngeren Sohn Heinrichs von Keilburg, als höflichen und angenehmen Edelmann schätzten, der sich wohltuend von seinem ungeschliffenen Rüpel von Bruder unterschied.

Ruppert nahm an, dass auch viele der Nachbarn und die meisten Gegner seines Bruders erleichtert sein würden, wenn er dessen Stelle einnahm. Also würde er den Plan zur Beseitigung seines Bruders bald ausführen können. Mir gelingt alles, dachte er mit einem Anflug von Hochgefühl. Dann erinnerte er sich daran, dass er in einer ihm selbst sehr wichtigen Angelegenheit auf unerwarteten Widerstand gestoßen war, dessen Quelle er bisher nicht ausfindig gemacht hatte. Aller Wahrscheinlichkeit zum Trotz lebte sein alter Prozessgegner Mombert Flühi immer noch, und dessen Tochter war auch nicht mehr aufgetaucht.

Letzteres war jedoch nicht seine Schuld. Er lächelte böse, als er daran dachte, wie Abt Hugo ihm gebeichtet und ihn um Hilfe angefleht hatte. Warum hatte dieser Dummkopf auch nicht warten können? Zu seinem Pech war sein Diener Selmo unterwegs niedergeschlagen und das Mädchen samt dem gefälschten Auslieferungsbefehl geraubt worden. Letzteres bereitete dem Abt viel Kopfzerbrechen, doch Ruppert glaubte nicht, dass das Schriftstück noch existierte. Es war anzunehmen, dass das Mädchen Söldnern in die Hände gefallen war, die es vergewaltigt und ebenso in den Strom geworfen hatten wie das für sie gefährliche Pergament.

Für einen Augenblick dachte Ruppert an die blonde Hedwig und den Grund für Mombert Flühis hartnäckige Anklagen. Seine Tochter hatte Matthis Schärers Tochter Marie recht ähnlich gesehen und ihren Vater wohl immer an das entgangene Vermögen seines Schwagers erinnert. Marie war eine wahre Schönheit gewesen. Ein Bulle wie sein Bruder oder Hugo von Waldkron hätte sie sich mit Sicherheit ins Bett geholt, statt zuzulassen, dass sie von einem Büttel halb zu Tode gepeitscht wurde, um danach irgendwo am Straßenrand zu verenden. Ruppert jedoch hatte das Schicksal des Mädchens nicht interessiert. Im Gegenteil, er war stolz darauf, dass er seinen Geschlechtstrieb beherrschen konnte, denn sonst wäre er heute nicht der anerkannte und geschätzte Erbe von Keilburg. Wenn er seinen Weg weitergehen wollte, durfte er sich keine menschlichen Schwächen leisten. Dabei dachte Ruppert kurz an das halbe Dutzend Bastarde, die sein Bruder mit irgendwelchen Mägden in die Welt gesetzt hatte und die er wohl auch noch beseitigen musste, wenn er die Herrschaft Keilburg ungefährdet übernehmen wollte.

Gegen ihren Willen sah Marie immer wieder zu ihrem ehemaligen Verlobten hinüber und erstickte beinahe an ihrem Hass. Deswegen war sie im ersten Moment sogar erleichtert, als die Trommeln die Ankunft des Verurteilten ankündigten und sie aus ihren mörderischen Gedanken rissen. Aller Augen richteten sich nun auf das Tor, und die, die etwas erkennen konnten, beschrieben es denjenigen, die hinter ihnen standen.

Hinter einigen Mönchen, die ein Kreuz trugen und Weihrauchkessel schwenkten, als wollten sie Dämonen fern halten, führten gepanzerte Fußknechte Magister Hus aus der Stadt. Als der Zug den freigehaltenen Platz um den Scheiterhaufen erreichte, konnte Marie den Böhmen genauer betrachten. Jan Hus ging aufrecht und mit ernstem Gesicht, das keine Angst erkennen ließ. Man hatte ihm einen schwarzen Schandkittel übergestreift, der die Hölle symbolisierte, in die er bald fahren sollte. Dazu trug er eine hohe gelbe Mütze mit zwei sich angeifernden Teufeln darauf und der lateinischen Aufschrift Ketzer.

Marie fühlte sich an ihre eigene Bestrafung erinnert, und ihr Rücken brannte und juckte in einer Weise, dass sie glaubte, es nicht aushalten zu können. Ihr Blick wanderte unwillkürlich von dem

Verurteilten zu Ruppert. Anders als Hus hatte der Mann so viel Schuld auf sich geladen, dass die Erde sich hätte auftun und ihn verschlingen müssen.

Jan Hus wurde bis zum Scheiterhaufen geführt, wo sich die Konstanzer Stadtknechte seiner annahmen. Während man ihn auf die Holzkloben und an dem in der Mitte errichteten Pfahl festband, wandte sich der Böhme an Ludwig von der Pfalz, der zu Pferd mit symbolisch gezogenem Schwert die Szene beaufsichtigte.

»Ist es mir erlaubt, ein letztes Mal zu den Menschen zu sprechen?«

»Damit du sie mit deinen Teufelskünsten verhexen kannst? Wenn du auch nur ein einziges Wort sagst, das mir nicht gefällt, lasse ich dich knebeln.«

»Was, wenn das Feuer erst einmal um mich herum lodert, etwas schwierig sein dürfte.« Der Spott des Böhmen war feiner, aber treffender als das Beißen des Pfalzgrafen.

Unterdessen hatten die Knechte ihr Werk vollendet. Hunold überprüfte noch einmal die Fesseln des Verurteilten, spie vor ihm aus und sprang vom Scheiterhaufen herab. Zusammen mit den anderen Bütteln schleppte er jetzt Reisigbündel heran und schichtete sie um das dickere Holz auf.

»Fahr zur Hölle!«, war sein wenig frommer Wunsch für Hus. Danach trat Hunold zu dem eisernen Feuerbecken, in dem bereits mehrere Fackeln brannten, und wählte eine davon aus. Sein Blick suchte den Pfalzgrafen, doch dieser bedeutete ihm, noch zu warten. Auf dem Pflaster der Stadt erklang Hufschlag, und kurz darauf ritt der Reichsmarschall Pappenheim mit drei Begleitern durch die Gasse, die von den Pfälzer Fußsoldaten mühsam offen gehalten wurde. Pappenheim zügelte vor dem Scheiterhaufen sein Pferd, wartete, bis das nervöse Tier zu tänzeln aufhörte, und wandte sich dann an Hus.

»Seine Majestät Sigismund, Kaiser des Heiligen Römischen Reiches, König der Deutschen und König von Böhmen, erweist dir die Gnade, deinen Irrlehren entsagen und in den Schoß der heiligen Kirche zurückkehren zu dürfen. Widerrufe – und du wirst leben.«

Ein Raunen erhob sich in der versammelten Menge. Ein Teil der Leute klatschte sogar Beifall. Marie aber hatte oft genug mit dem Württemberger über Hus gesprochen, um das abgekartete Spiel zu erkennen. Weder dem Kaiser noch den Kirchenfürsten war an einem Märtyrer Hus gelegen. Sie hatten ihm gezeigt, wozu sie fähig waren, und reichten ihm jetzt einen Strohhalm, nach dem er greifen sollte, um dem drohenden Unheil zu entgehen. Wenn Jan Hus widerrief, hatten die machtbesessenen Äbte und Bischöfe gewonnen. Der Mann blieb zwar am Leben, doch seine Anhänger würden sich von ihm abwenden oder mit ihm die Knie vor dem römischen Klerus beugen. Widerrief er jedoch nicht, würde er brennen, als Warnung für alle, die ähnliche Irrlehren verbreiteten. Marie hatte Hus' Worte als richtig empfunden, doch sie bezweifelte, dass es sich dafür zu sterben lohnte. Das seltsame Lächeln auf den Lippen des Böhmen verriet jedoch, dass er anders darüber dachte.

Hus blickte auf den Pappenheimer hinunter und lachte ihn aus. »Nein, ich widerrufe nicht! Täte ich es, müsste ich bekennen, dass Wahrheit Lüge und Lüge Wahrheit ist. Außerdem würde ich damit den Kaiser von seinem Eidbruch freisprechen.« Damit spielte er für alle hörbar auf das freie Geleit an, das Sigismund ihm versprochen und nicht gehalten hatte.

»Gehe in dich und bereue«, forderte Pappenheim Hus noch einmal auf. Statt einer Antwort hob der Verurteilte seine Augen zum Himmel und stimmte einen Choral an.

Für einen Augenblick schienen die verantwortlichen Männer unschlüssig zu sein. Der Pfalzgraf lenkte sein Pferd neben das des Reichsmarschalls und redete leise auf ihn ein. Schließlich nickte der Pappenheimer mit grimmiger Miene und deutete auf Hunold, der in gespannter Erwartung neben dem Scheiterhaufen stand und demonstrativ die Fackel in der Hand hielt.

»Büttel, tue deine Pflicht«, rief der Pfalzgraf und lenkte sein Pferd rückwärts, um es aus der Nähe der Flammen zu bringen.

Hunold hatte in seinem Leben schon an vielen Leuten Strafen vollzogen, doch hatte es sich dabei um Auspeitschungen von Huren und Diebsgesindel gehandelt. Einen Menschen hatte er noch nie verbrennen dürfen. Als er die Fackel in das Reisig stieß, fühlte er sich auf dem Höhepunkt seines Lebens. Nun war er eine wichtige Person, der auch die Patrizier und großen Kaufleute mit Respekt begegnen würden.

Während die Flammen höher schlugen, sang Jan Hus unbeirrt weiter. Einige der Menschen auf dem Brüel stimmten ergriffen in seine Choräle ein, ohne auf die Kardinäle und Bischöfe zu achten, die unruhig auf ihren Plätzen herumrückten und nicht zu wissen schienen, ob sie das Volk durch die Soldaten vertreiben oder es gewähren lassen sollten.

Marie wandte die Augen ab, um das Schreckliche nicht sehen zu müssen. Am liebsten wäre sie davongelaufen, doch sie war jetzt so in der Menge eingekeilt, dass sie kaum Luft holen, geschweige denn einen Schritt gehen konnte. Nicht weit von ihr wurde eine Frau ohnmächtig. Sie kippte jedoch nicht um, weil die anderen zu eng um sie herumstanden. Bevor ihr etwas geschehen konnte, schlang ihr Begleiter die Arme um sie, um sie aufrecht zu halten.

Irgendwann erstarb Hus' Stimme, und es waren nur noch das Prasseln des Feuers und die Unruhe in der verstummten Menge zu hören. Marie blickte auf die Bank der Kirchenleute und sah, dass einige nicht die Zufriedenheit der meisten anderen teilten. Noch im Tod hatte Jan Hus über die Spitzen der Kirche gesiegt und Kaiser Sigismund mit dem Kainsmal des Eidbrechers versehen.

Die Menschen blieben stehen und starrten auf den Scheiterhaufen, bis das Feuer niedergebrannt war. Auf Befehl des Pfalzgrafen löschten die Stadtbüttel die glimmenden Reste mit Wasser und sammelten die Asche in einem großen, eisernen Kübel. Ein Mann, der in Maries Nähe stand, erklärte den Umstehenden, dass das, was von dem Ketzer übrig geblieben sei, im Rhein versenkt werden sollte.

»Die Herren Bischöfe haben wohl Angst, ein Vogel könnte einen Schnabel mit Hus' Asche nach Böhmen zu seinen Anhängern tragen«, setzte er böse hinzu und wandte sich zum Gehen.

Die meisten schüttelten das Unbehagen rasch wieder ab und konnten, kaum dass sie die Stadt betreten hatten, schon wieder lachen. Marie blieb noch eine Weile in der Nähe des schwarz verbrannten Flecks stehen, der als Einziges noch von der Hinrichtung zeugte, und hing düsteren Gedanken nach.

Hiltrud, die den Platz ebenfalls schon verlassen hatte, vermisste sie, als sie unter den Bogen des Stadttors treten wollte, und kehrte wieder um. Als sie Maries versteinertes Gesicht sah, zupfte sie sie vorsichtig am Ärmel. »Wach auf, Marie! Du darfst doch nicht hier stehen bleiben, wo dich jeder Vorbeikommende fragend anstarrt. Komm, lass uns schnell nach Hause gehen.«

Marie zuckte zusammen und nickte. Über dem Tod des böhmischen Reformators hatte sie ihre eigene Sicherheit vergessen. Hiltrud zog sie hinter sich her und sorgte dafür, dass sie in einem Schwarm anderer Leute das Schottentor erreichten. Die Wachen kümmerten sich nicht um sie und ließen sie ungehindert in die Stadt. Während sie auf den Ziegelgraben zueilten, beschäftigte Marie sich immer noch mit der Hinrichtung des böhmischen Magisters. Nie zuvor war ihr so sehr bewusst geworden, dass die irdische Gerechtigkeit die Gerechtigkeit der Mächtigen war oder, wie Frau Mechthild sagen würde, Faustrecht. Eine tiefe Niedergeschlagenheit machte sich in ihr breit. War es nicht allzu vermessen, zu glauben, dass jemand, der so schwach und so unbedeutend war wie sie, ein Geschöpf aus der Gosse, sich an einem Mann wie dem Magister Ruppertus Splendidus rächen konnte? Als sie ihr Häuschen erreichten, fanden sie die Haustür nur angelehnt, nahmen aber an, dass Kordula vor ihnen zurückgekehrt wäre. Doch es war Wilmar, der sich Eintritt verschafft hatte. Er saß auf dem Stuhl in Hiltruds Kammer und hielt Hedwigs Hände in den seinen. Neben ihm lag ein verschnürtes Paket, das erst auf den zweiten Blick als Mensch zu erkennen war. Es war ein etwa sechzehnjähriger Junge, dessen Augen die beiden Frauen trotzig anstarrten. Marie sah jedoch, wie seine Kiefermuskeln zitterten. Wäre er nicht kunstvoll geknebelt gewesen, hätte er wahrscheinlich vor Angst geschrien.

Wilmar drückte Hedwig an sich, der die Situation sichtlich peinlich war, und begrüßte die beiden Frauen übermütig. »Da seid ihr ja endlich! Was sagt ihr dazu? Ich habe Melcher erwischt. Wochenlang habe ich nach ihm gesucht, ohne auch nur den Zipfel einer Spur von ihm zu finden, und ich war schon nahe dran, aufzugeben. Da sehe ich, wie er in Lindau ein Schiff nach Konstanz besteigt, und bin ihm mit dem nächsten Kahn gefolgt. Wie viele andere wollte er zusehen, wie der böhmische Magister verbrannt wird. Ich habe ihn auf einem Baum unweit des Brüel entdeckt und ihn wie eine reife Frucht heruntergeschüttelt.«

Marie starrte Wilmar fassungslos an. »Wie hast du ihn in die Stadt geschafft?«

»Ich habe ihn gefesselt, geknebelt und in einen Sack gesteckt. Den Wachen am Tor wollte ich erzählen, ich hätte ein Schwein gekauft, doch es war keiner da. Die Männer waren nämlich auch zum Brüel gelaufen, um Johann Hus brennen zu sehen. So musste ich nicht einmal Zoll für mein Schweinchen bezahlen.« Wilmar war die Freude über seinen gelungenen Streich anzusehen.

Hedwig blickte Wilmar mit leuchtenden Augen an. »Jetzt werden wir die Unschuld meines Vaters beweisen können, nicht wahr?«

Wilmar nickte eifrig, doch Marie dämpfte seinen Überschwang. »Das geht nicht auf der Stelle. Wir werden den Jungen bei Michels Soldaten verstecken müssen, bis der Prozess beginnt. Du, Wilmar, sorgst dafür, dass Michel ihn heute Nacht abholt, und lässt dir von ihm gleich selbst ein Quartier anweisen. Hedwig, du gehst sofort wieder hoch in mein Zimmer. Es war sehr leichtsinnig von dir, dich hier unten herumzutreiben, wo dich Vorübergehende durch die Fenster erkennen könnten.«

Die beiden jungen Leute blickten Marie so erschrocken an, dass sie beinahe laut aufgelacht hätte. Während sie zusah, wie Wilmar Hedwig noch die Treppe hinaufhalf, spürte sie, wie ihre Verzagtheit einem Hochgefühl Platz machte, das sie selbst verwirrte. Jan Hus' Hinrichtung war eine Episode gewesen, die keinen Einfluss auf ihr Handeln oder ihr Leben haben durfte. Jetzt, wo der Kaiser nicht mehr mit dem böhmischen Magister beschäftigt war, würde er möglicherweise geneigter sein, den Wunsch des Württembergers nach einem gerechten Prozess gegen den Mörder des Junkers von Steinzell zu erfüllen.

Marie legte sich ihr Schultertuch um, da es draußen kühl wurde, und eilte zum Haus ihres gräflichen Liebhabers, um ihm von der Gefangennahme Melchers zu berichten.

V.

Marie traf Eberhard von Württemberg nicht an. Der Pförtner teilte ihr freundlich mit, dass der Kaiser die hohen Herren des Reiches zu sich gerufen hatte, um mit ihnen das weitere Vorgehen zu besprechen, und bat sie, am nächsten Vormittag wieder zu kommen. Marie war es, als sei sie vor eine Wand gelaufen. Die Kraft, die sie gesammelt hatte, um den Grafen zum Handeln zu bewegen, rann aus ihr heraus und machte sie mutlos, und so kehrte sie mit hängenden Schultern in ihr Häuschen zurück und wünschte sich nichts sehnlicher, als sich zu verkriechen und zu schlafen.

Aber als sie die Leiter zu ihrer Kammer hinaufkletterte, saßen Hedwig und Wilmar dort Händchen haltend auf dem Boden vor ihrem Bett. Die Zuneigung, die die beiden füreinander empfanden, hatte Marie nie erleben dürfen, und sie empfand gegen ihren Willen Neid. Statt Wilmar hinauszuwerfen, wie sie es im ersten Impuls gerne getan hätte, und Hedwig auf den Strohsack unter der Schräge zu scheuchen, auf dem sie nachts schlief, drehte sie sich um, stieg ins Erdgeschoss hinab und half Hiltrud in der Küche.

Als Marie sich am nächsten Morgen dem Quartier des Württembergers näherte, riss der Pförtner das Tor auf, noch ehe sie es erreicht hatte. Der Mann schien heilfroh zu sein, sie zu dieser frühen Stunde zu sehen.

»Dem Himmel sei Dank, dass du kommst, Marie. Seine Erlaucht ist heute nicht auszustehen.«

Marie musste nicht nachfragen, denn sie hörte die zornige Stimme des Württembergers bis auf die Straße hinab. Im gleichen Augenblick, in dem sie das Haus betrat, ertönten eilige Schritte auf der Treppe, gefolgt von einem Poltern. Ein Lakai sprang die Stufen herab und wich im letzten Moment dem Stuhl aus, den der Graf ihm in einem Wutanfall nachgeworfen hatte. Marie fragte sich bang, was seinen Unmut erregt haben mochte, und wollte sich schon abwenden, um ein anderes Mal wieder zu kommen. Doch dann biss sie die Zähne zusammen und ging nach oben.

Eberhard, Graf von Württemberg, stand in der Tür seines Zimmers und hielt bereits einen anderen Gegenstand in der Hand, den er offensichtlich dem Nächsten, der ihn ansprach, an den Kopf werfen wollte. Als er Marie auf sich zukommen sah, ließ er die Silberschale fallen, trat auf sie zu und riss sie wild an sich. Sein saurer Atem und die flackernden Augen zeigten ihr, dass er zu viel getrunken hatte. Sein Hemd stand offen, und er hatte einen Knopf seines Hosenlatzes abgerissen. Marie wurde klar, dass etwas Unerwartetes eingetreten sein musste, und sah den Württemberger fragend an.

»Der Teufel soll den Kaiser holen«, sagte der Graf anstelle einer Begrüßung.

»Habt Ihr Euch etwa mit ihm gezankt?«

»Gezankt? Hätte ich ein Wort des Widerspruchs gewagt, hätte er die Reichsacht über mich verhängt, so verbohrt, wie er ist. Nachdem er den böhmischen Magister auf den Scheiterhaufen gebracht hat, hält es ihn nicht mehr in dieser Stadt. Er will so schnell wie möglich nach Spanien reisen, um sich mit den dortigen Königen wegen Pedro de Luna zu einigen, oder sagen wir lieber, wegen Seiner Heiligkeit, Benedikt XIII. Das ist Herrn Sigismund im Augenblick wichtiger als alles andere. Als ich ihn auf einige noch offen stehende Entscheidungen ansprach, die er eigentlich schon längst hätte treffen müssen – unter anderem auch über den Mord an dem Steinzeller Junker –, fertigte er mich unwirsch ab. Im Verlauf unseres Disputs kam heraus, dass er den Prozess gegen deinen Onkel auf Anraten des ehrenwerten Herrn Ruppertus von Keilburg bereits an das bischöfliche Gericht von Konstanz übertragen hat. Ich musste wirklich an mich halten. Ruppertus von Keilburg hat er diesen elenden Bastard genannt, den der Teufel besser vorgestern als gestern hätte holen sollen. Jetzt fehlt nur noch, dass Sigismund Konrad von Keilburg zum Herzog von Schwaben macht. Mächtig genug ist der Kerl ja schon.«

Marie ballte in hilfloser Wut die Fäuste. »Langsam glaube ich, dass der Teufel solchen Leuten wie Ruppert und seinem Bruder noch hilft, durch ihre Untaten groß zu werden. Vor dem bischöflichen Gericht ist mein Onkel schon vor dem Prozess ein toter Mann.«

Graf Eberhard zog sie an sich, strich ihr über das Haar und versuchte, sie wortlos zu trösten. Im ersten Augenblick wollte Marie ihn abwehren, denn sie war zu angespannt. Dann aber lehnte sie sich an ihn. »Jetzt hatte ich schon Hoffnung geschöpft, weil Wilmar den Lehrjungen Melcher gefunden hat, der die Unschuld meines Onkels bezeugen könnte.«

Der Württemberger winkte müde ab. »Der würde uns nur nützen, wenn der Kaiser selbst Recht spräche und wir auch die anderen Beweise gegen Ruppertus Splendidus vorlegen könnten. Doch um Sigismund anderen Sinnes werden zu lassen, müsste schon der Herrgott selbst vom Himmel herabsteigen.«

Eberhard von Württemberg ließ Marie los und trat ans Fenster, wie er es gerne tat, wenn er mit sich selbst uneinig war.

Marie stellte sich neben ihn, umklammerte seinen Arm, als wäre der Graf der einzige Mensch, der ihr noch Halt geben konnte in einer Welt, in der alle ihre Wünsche und Hoffnungen in Scherben gingen, und starrte auf die vorbeiströmenden Passanten. Ihr Blick fiel auf eine Gruppe ihr bekannter Huren, die erregt aufeinander einredeten und in die Gasse einbogen, durch die es zum Ziegelgraben ging. Einen Augenblick fragte Marie sich verärgert, ob es heute wohl schon wieder eine Versammlung in ihrem Haus geben würde. Sie war der sinnlosen Klagen und Beschwerden müde. Dann aber hatte sie eine Vision. Sie holte tief Luft und versuchte, ihre Gedanken wieder einzufangen. Erst als der Württemberger ihre verkrampften Hände von seinem Arm löste und spielerisch küsste, wurde ihr bewusst, dass sie eine Weile starr dagestanden und die Fingernägel in die Haut ihres gräflichen Liebhabers gebohrt hatte.

Entschuldigend strich sie über seinen Arm und lächelte ihn verschmitzt an. »Noch ist der Kaiser nicht abgereist. Haltet Euch morgen bei der Frühmesse im Münster mit einigen Eurer Leute bereit. Für das Wunder sorge ich schon.«

Der Graf kniff die Augen zusammen, musterte Marie und schien zu dem Schluss zu kommen, dass sie es ernst meinte.

»Also, Mädchen, wenn du es schaffst, die Aufmerksamkeit des Kaisers zu erringen und ihn für unsere Sache zu interessieren, werde ich dich in Gold aufwiegen.«

»Ich werde das meine dazu tun.« Marie knickste und wollte sich von dem Grafen verabschieden. Doch als sie seine enttäuschte Miene sah, streifte sie ihr Kleid ab und ließ sich aufs Bett fallen. Es war besser, wenn er dem nächsten Tag entspannt und zufrieden entgegensehen konnte.

VI.

Als Kaiser Sigismund mit seinen Begleitern am nächsten Morgen zur Messe ritt, strömten etliche Huren zum Münster und versammelten sich auf den beiden Vorhöfen. Zunächst achtete niemand auf die Frauen, doch als es immer mehr wurden und sie durch ihre Anzahl die Kirchentore blockierten, wurden die Stadtwachen unruhig. Ihr Kommandant, Ritter Bodman, schickte einige Knechte aus, die den Huren schroff befahlen, den Weg zum Hauptportal frei zu machen.

Madeleine stellte sich vor die Männer hin und stemmte die Arme in die Hüften. »Wir wollen den Kaiser sprechen.«

Die Knechte versuchten, ihren Befehl mit Beschimpfungen und wütenden Gesten durchzusetzen, doch die Frauen drängten sich noch dichter zusammen und machten so entschlossene Gesichter, dass einer der Männer zu seinem Kommandanten zurückkehrte.

Als er ihm Madeleines Worte mitteilte und nach neuen Befehlen fragte, färbte Bodmans Gesicht sich purpurrot. Er trieb sein Pferd die Stufen hoch, wich aber bald zurück, weil er von den immer noch zusammenströmenden Frauen eingekeilt zu werden drohte, und verlegte sich darauf, die Huren anzubrüllen. Die Frauen wussten jedoch genauso gut wie er, dass er nicht genug Männer besaß, um mit ihnen fertig zu werden. Jemand schlug vor, die Fußknechte des Pfalzgrafen zu Hilfe zu rufen. Doch von denen war weit und breit nichts zu sehen, und die Boten, die die

Pfälzer holen sollten, kamen unverrichteter Dinge wieder zurück.

Eine der Huren tippte Marie kichernd auf die Schulter. »Ich habe deinen Freund vorhin mit seiner ganzen Kompanie ausrücken sehen. Wirklich nett von ihm, sich hier rauszuhalten.«

Marie nickte zufrieden. Michel hatte sein Versprechen halten können. Er würde eingreifen, wenn es an der Zeit war, aber anders, als Ritter Bodman es sich vorstellte. Marie wusste, dass ihr Jugendfreund ein großes Risiko einging, denn wenn das hier schief ging und Ruppert triumphierte, würde es ihn den Kopf kosten.

Als eine größere Gruppe Pfennighuren die Straße zum Münster hochmarschierte, befahl Ritter Bodman seinen Stadtknechten, ihnen den Weg zu versperren. Einige der auf den Treppen stehenden Hübschlerinnen rannten ihren Kameradinnen entgegen, vertraten den Stadtknechten den Weg und überschütteten sie mit obszönen Flüchen. Einige von ihnen hoben sogar ihre Röcke und drehten den Männern ihre entblößten Hintern zu.

Unter den Augen des fassungslosen Kommandanten schlüpften die neu ankommenden Frauen durch die Reihe der Stadtknechte und schlossen sich ihren Kameradinnen an. Ritter Bodman wurde sichtlich nervös, denn nach dem Chorgesang zu urteilen ging die Messe ihrem Ende entgegen. Er lenkte sein Pferd noch einmal zu den Huren, stellte sich in den Steigbügeln auf und hob die Arme, um ihre Aufmerksamkeit auf sich zu lenken.

»Was soll dieser Aufruhr? Der Kaiser wird gleich aus dem Münster kommen. Wollt ihr, dass er euch für eine Horde wilder Megären hält und aus der Stadt weist?«

Madeleine schenkte ihm einen seelenvollen Augenaufschlag und lächelte süß. Doch ihre Worte verwandelten ihre Miene in Spott. »Wir bleiben hier, bis der Kaiser uns angehört hat!«

Der Ritter schluckte sichtbar. »Aber ihr könnt dem Kaiser doch nicht den Weg versperren! Nehmt Vernunft an und verschwindet, sonst lasse ich euch von den Wachen zum Teufel jagen.«

Madeleine lachte ihm ins Gesicht. »Wenn keine Huren mehr da wären, wäre es schlecht für die Dingelchen, die dir und deinen Männern zwischen den Beinen hängen. Außerdem kannst du deinen Leuten sagen, dass jeder, der eine von uns schlägt oder verletzt, unsere Türen in Zukunft verschlossen finden wird.«

»Willst du mich erpressen, Weib?« Bodman hob die Faust, als wolle er Madeleine züchtigen, ließ sie dann aber mit einer hilflosen Geste wieder sinken.

Am liebsten hätte der Ritter befohlen, die Frauen mit Waffengewalt zu vertreiben. Aber wenn er seine Leute mit Spießen und Hellebarden auf Huren losgehen ließ, würde er sich für immer dem Spott seiner Standesgenossen preisgeben. Auch konnte er sich nach Madeleines lautstarker Ankündigung nicht mehr auf alle seine Leute verlassen.

»Ich warne euch. Der Kaiser wird sehr zornig sein«, rief er beschwörend, bekam aber nur ein höhnisches Kichern zur Antwort.

Kurz darauf erklang im Münster das letzte Amen, und kurz darauf schwangen die mächtigen Flügel des Haupttors auf. Edelknaben in weißen Gewändern traten heraus, gefolgt von sechs Soldaten der kaiserlichen Wache in schimmernder Wehr. Sie kamen gerade bis zum Fuß der Treppe, dann hielten die dicht an dicht stehenden Huren sie auf. Hilflos drehten sie sich um und blickten den Kaiser an, der an der Spitze seiner Edelleute und der Honoratioren der Stadt ins Freie trat.

Sigismunds Gesicht nahm erst einen verwunderten, dann einen schmollenden Ausdruck an. Er war es gewöhnt, viel Volk auf dem Vorplatz vorzufinden. Bisher hatte sich jedoch jedermann ehrfürchtig vor ihm verbeugt und ihm eine Gasse gemacht, durch die er und seine Begleiter wie bei einer Prozession schreiten konnten. Doch jetzt sah er sich halbwilden Weibspersonen gegenüber, die ihn weder so begrüßten, wie es ihm zukam, noch Anstalten machten, zurückzuweichen und ihm den Weg freizugeben. Sein Blick schweifte über das wogende Meer von Köpfen und blieb anklagend auf Bodman haften. Der Ritter machte eine hilflose Geste in Richtung seiner Männer und rief, dass das Hurengesindel nur mit Waffengewalt vertrieben werden könnte. Inzwischen hatte Madeleine sich durch den Ring ihrer Mitstreiterinnen gedrängt und stand nun direkt vor dem Kaiser. Sie knickste geziert und sah ihn dann mit einem halb entschuldigenden, halb herausfordernden Lächeln an. »Wir müssen mit Euch sprechen, Majestät.«

Der Kaiser streifte ihren offenherzigen Ausschnitt mit einem angewiderten Blick und strich verwirrt über seinen Prunkmantel, dessen purpurgefärbter Stoff mit Goldstickereien verziert war. Dann richtete er sich entschlossen auf und blickte auf Madeleine herab, als sei sie ein ekelhaftes Gewürm, das es gewagt hatte, in seinen Weg zu kriechen.

»Was willst du, Weib?« Sigismunds Frage verriet, dass er bereit war, sich seinen Weg mit kleinen Zugeständnissen zu erkaufen. Madeleine nahm es mit einem feinen Lächeln zur Kenntnis. »Wir Hübschlerinnen haben Grund zu vielfacher Klage. Euer Vogt hat sich geweigert, unsere Beschwerden zur Kenntnis zu nehmen, und so müssen wir Eure Majestät selbst damit behelligen.«

»Ihr habt Grund zur Klage? Dabei nehmt ihr für eure Dienste so viel Geld, dass selbst meine treuen Vasallen sich ausgeplündert fühlen.« Der Kaiser hatte oft genug den Spottversen Oswalds von Wolkenstein gelauscht und konnte Madeleine daher nicht ernst nehmen.

Die französische Hure warf den Kopf hoch und fixierte den Kaiser mit durchdringendem Blick. »Ja, wir haben Grund, uns zu beschweren. Ihr glaubt wohl, wir würden aus lauter Habgier so viel Geld nehmen. Aber dem ist nicht so …«

»Ach nein? Mir ist zu Ohren gekommen, dass ihr euch wie Harpyien aufführt und euch kaum mit dem Doppelten des von der

Stadt festgesetzten Preises zufrieden gebt!« Der Ratsherr Alban Pfefferhart trat zwischen Madeleine und den Kaiser und unterbrach sie erregt. Offensichtlich wollte er es dem Herrn des Heiligen Römischen Reiches nicht länger zumuten, mit einer Hure sprechen zu müssen.

Madeleine maß den Mann, der sich in sein bestes Gewand geworfen hatte und dennoch unter den prachtvoll gekleideten Edelleuten wie ein Rebhuhn unter Goldfasanen wirkte, mit einem abschätzigen Blick. »Eure Bäcker und Fleischhauer halten sich auch nicht an die festgesetzten Preise, wenn sie eine Hure kommen sehen, sondern verlangen von uns das Vierfache für einen Laib Brot oder eine Wurst. Der von Euch festgesetzte Höchstpreis garantiert nur den hohen Herrschaften ein halbwegs billiges Auskommen. Wir Hübschlerinnen müssen zahlen, was man von uns verlangt, wenn wir nicht verhungern wollen.«

Pfefferhart kniff die Lippen zusammen. »Ich werde dafür sorgen, dass man euch nicht mehr übervorteilt.« Er glaubte, Madeleine damit besänftigt zu haben. Die Hure wandte sich jedoch erneut an den Kaiser.

»Das war nur der erste Punkt auf der Liste unserer Beschwerden und noch einer der geringsten. In erster Linie geht es uns Hübschlerinnen um die unlautere Konkurrenz der einheimischen Weiber, die für die Konzilsteilnehmer und ihr Gefolge die Röcke heben und die Preise verderben. Die meisten Hübschlerinnen hat man wegen kleinster Vergehen für unehrlich erklärt und zum Gewerbe der Hurerei verdammt. Andere wurden als halbe Kinder wie ein Sack Mehl an Hurenwirte verkauft und bezahlen es ihr Leben lang mit der Verachtung ihrer Mitmenschen. Nun fragen wir uns, wieso die Konstanzer Mägde sich eine Mitgift und die Bürgersfrauen ein Zubrot mit Unzucht verdienen und weiterhin als ehrbar gelten dürfen.«

Der Kaiser sah Pfefferhart an, als wolle er ihn für die peinliche Situation verantwortlich machen. »Entspricht das der Wahrheit?«

Der Ratsherr wurde ebenso bleich, wie er vorher rot angelaufen war. »Nun ja, es gibt sicher ein paar Küchenmägde, die sich für ein paar Pfennige mit einem Mönch oder Soldaten einlassen. Da kann man schlecht etwas dagegen tun.«

Madeleine lachte Pfefferhart höhnisch ins Gesicht. »Die eine oder andere Magd, sagt Ihr? Es geben sich mehr Konstanzer Weiber der Hurerei hin, als die Bordelle Hübschlerinnen beherbergen, und sie tun es meist sogar mit Wissen und Billigung ihrer Ehemänner und Väter. Da ihre Kosten geringer sind als die unseren, können sie unsere Preise unterbieten und damit die Männer zu sich locken.«

Eine ältere Pfennighure, die sich neben Madeleine geschoben hatte, zog ihr Kleid über dem Rücken hoch und reckte dem Kaiser ihre von weißen Striemen bedeckte Kehrseite zu. »Das hat man mit mir gemacht, als man mich mit einem anderen Kerl als meinem Mann im Bett erwischt hat! Danach bin ich ohne einen Pfennig in der Tasche aus der Stadt getrieben worden und wäre beinahe im Straßengraben verreckt. Wenn die ach so ehrbaren Frauen von Konstanz mir jetzt mein Brot wegnehmen, muss ich im Winter vor die Hunde gehen.«

Der Kaiser starrte auf ihren nicht gerade schönen Hintern und schien seinem empörten Tonfall zufolge dem Ratsherrn auch daran die Schuld geben zu wollen. »Stimmt es, dass sich hier ehrbare Bürgerinnen und Jungfrauen der Unzucht hingeben?«

Pfefferhart hob mit einer hilflosen Geste die Hände. »Verzeiht, Euer Majestät. Von solchen Dingen ist mir nichts bekannt.«

»Dann solltet Ihr mal Eure Ohren aufsperren, Ratsherr«, riet Madeleine ihm. »Schaut Euch doch in dem Haus zur Ähre in der Ringwilgasse um. Dort wird es besonders arg getrieben.«

Pfefferhart schnaubte. »Der Bürger Balthasar Rübli hat dort ganz offiziell ein Bordell eingerichtet.«

»Und lässt dort sein Weib, seine Töchter und seine Mägde anschaffen!«, rief eine von Madeleines Mitstreiterinnen von hinten.

»Wer hurt, darf nicht mehr als ehrbare Frau gelten.« Die Worte des Kaisers drückten die ganze Verachtung eines Edelmanns für den Bodensatz der Gesellschaft aus. »Ich habe eure Klage zur Kenntnis genommen und befehle, dass alle Frauen und Mädchen aus Konstanz, seien es Bürgerinnen oder Mägde, die der Hurerei überführt werden, auch als Huren behandelt werden müssen. Sie werden mit Ruten gestrichen und aus der Stadt gejagt, ohne das Recht, sie je wieder zu betreten.«

Sigismund hatte das letzte Wort noch nicht gesprochen, da brachen die Huren in Jubelrufe aus und priesen seine Weisheit. Da die Bürgerinnen und Jungfrauen der Stadt nun mehr als nur ihren Ruf zu verlieren hatten, würden sie nicht mehr so leichtfertig die Beine spreizen. Mochte viele das schnell verdiente Geld locken, das armselige Leben einer Wanderhure tat es gewiss nicht. Unterdessen hatten sich noch andere Besucher des Gottesdiensts aus dem Münster gedrängt, um den Grund für den verzögerten Aufbruch des Kaisers zu erfahren. Marie erkannte Lütfried Muntprat, den reichsten Bürger der Stadt Konstanz, neben ihm Ruppertus Splendidus und Abt Hugo von Waldkron. Während Ruppertus amüsiert verfolgte, wie der Kaiser den Forderungen von Huren nachgeben musste, sah man dem Abt an, dass er den Soldaten am liebsten befohlen hätte, die Frauen auf der Stelle nackt auszuziehen und auszupeitschen.

Marie schauderte, als sie daran dachte, dass ihre Kusine beinahe in die Hände dieses Mannes geraten wäre, und ihr wurde klar, dass sie jetzt handeln musste, wenn der von ihr inszenierte Aufruhr seinen Zweck erfüllen sollte. Während die Huren schon dabei waren, dem Kaiser eine Gasse zu öffnen, trat sie neben Madeleine und hob die Hand.

»Was aber ist mit den Mädchen, die in die Hände übler Schurken gefallen sind und ihre Jungfernschaft durch Gewalt verloren haben?« Maries Stimme ließ die Huren erneut nach vorne drängen.

Sie sah viele neugierige und erwartungsvolle Gesichter auf sich gerichtet, straffte den Rücken und stieg die Treppe hoch. Dabei streifte ihr Blick Ruppert. Ihr ehemaliger Bräutigam hatte sie erkannt und sah so aus, als hätte sich die Erde vor ihm geöffnet und einen Dämon ausgespien. Ihr erster Hieb würde jedoch einen anderen treffen.

Marie drehte ihrem einstigen Bräutigam den Rücken zu und baute sich vor Alban Pfefferhart auf. »Ich wünsche Auskunft über den Verbleib meiner Kusine Hedwig Flühi, der Tochter des Böttchermeisters Mombert Flühi.«

»Was ist mit diesem Mädchen, Meister Alban?«, fragte der Kaiser unwirsch.

Der Ratsherr kaute nervös auf seinen Lippen. »Das ist eine ebenso rätselhafte wie unangenehme Geschichte, Euer Majestät. Hedwig Flühi wurde vor ein paar Wochen wegen der möglichen Beteiligung an einem Mord verhaftet, verschwand aber noch am selben Abend spurlos aus dem Ziegelturm, in den man sie eingesperrt hatte. Das Ganze ist mir ein Rätsel.«

»Wirklich?« Marie zog Abt Hugos Pergament aus ihrem Busentuch und hielt es Pfefferhart hin. »Ihr dürftet weitaus mehr über diese Sache wissen, als Ihr zugeben wollt.«

Während Pfefferhart verwirrt auf das Blatt starrte, stieß Abt Hugo einen überraschten Ruf aus und schob die vor ihm stehenden Männer beiseite, um nach dem Schriftstück zu greifen. Doch just in dem Augenblick keilten ihn die Trabanten des Grafen von Württemberg ein und verhinderten, dass er Pfefferhart erreichte. Der Ratsherr las das Pergament mit wachsendem Unverständnis und reichte es Marie verwirrt zurück.

»Das ist nicht von mir! Da hat sich jemand ein dreistes Bubenstück mit meinem Namen geleistet.« Seine Stimme überschlug sich dabei vor Erregung.

Marie schluckte und wurde unsicher, wie sie weiter vorgehen sollte. Pfefferhart schien den Auslieferungsbefehl tatsächlich nicht ausgestellt zu haben. Jetzt brauchte sie einen neuen Stein, über den sie den Rest der scheinheiligen Bande stolpern lassen konnte. Ehe sie noch ein Wort sagen konnte, winkte der Kaiser sie zu sich, nahm ihr das Pergament aus der Hand und reichte es dem Konstanzer Bischof weiter. Dieser las den Inhalt laut vor und sah Pfefferhart fragend an.

»Das ist eine üble Fälschung«, versicherte der Ratsherr noch einmal und griff sich an den Hals, als würde ihm der Kragen zu eng.

Marie warf einen Blick auf den Waldkroner, der sich inzwischen gefasst und eine gleichmütige Miene aufgesetzt hatte. Er schien sich sicher zu sein, dass man das Pergament nicht mit ihm in Verbindung bringen würde. Marie warf den Kopf in den Nacken und lächelte Pfefferhart an. »Vielleicht kann ich den Herren weiterhelfen. Das Schriftstück hat ein Freund von mir dem Leibdiener des Abtes Hugo von Waldkron abgenommen, einem Kerl namens Selmo, nachdem der Mann meine Base Hedwig aus dem Ziegelturm geholt hatte.«

»Also lebt das Mädchen noch und ist unversehrt?« Pfefferhart atmete sichtlich auf, als Marie nickte.

Abt Hugo aber drohte Marie mit der Faust und schrie lauthals: »Verleumdung!«

Marie wollte Pfefferhart eben vorschlagen, den Wächter des Ziegelturms zu befragen, als eine Gruppe Pfälzer Fußknechte unter Michels Führung auf den Münsterhof zumarschierte. In ihrer Mitte schleppten sie den gefesselten und lauthals schimpfenden Selmo mit sich, während der Wächter des Ziegelturms mit den Armen fuchtelnd neben Michel herlief. Dann sah der Mann Pfefferhart an, drängte sich rücksichtslos durch den Ring der Huren und löste damit eine Kaskade von Schimpfworten aus. Doch als er vor dem Ratsherrn stehen blieb und auf Selmo zeigte, ebbte der Lärm sofort ab.

»Herr, der Bursche dort in der Kutte ist der Mönch, der damals das Mädchen abgeholt hat. Ich erkenne ihn mit absoluter Sicherheit wieder.«

Pfefferhart musterte Selmo, den die Soldaten durch die zurückweichenden Frauen eskortierten, und sah dann Michel fragend an. »Wer ist der Kerl?«

An Michels Stelle antwortete Marie. »Das ist der, den ich eben angeklagt habe. Er nennt sich Selmo und dient Abt Hugo von Waldkron.«

Pfefferhart ging auf Selmo los und schüttelte ihn. »Wie bist du zu diesem Schreiben gekommen, Kerl?«

»Welches Schreiben? Ich weiß von nichts! Man hat mich widerrechtlich gefangen genommen und hierher geschleppt ...« Selmos Stimme klang so vorwurfsvoll, als wäre er tatsächlich unschuldig, doch der Blick, den er seinem Herrn zuwarf, verriet ihn. Pfefferhart drehte sich zu dem Abt um und zeigte anklagend mit dem Finger auf ihn. »Die Fälschung stammt also von Euch! Wie kommt Ihr zum Amtssiegel der Stadt Konstanz?«

Das Gesicht des Abtes lief dunkelrot an, und er wandte sich an den Kaiser. »Ich habe mit dieser Angelegenheit nicht das Geringste zu tun und mein Diener auch nicht. Das ist eine Verschwörung, Majestät, die Euren treuesten Dienern und damit auch der Krone schaden soll.«

Der Kaiser wurde unsicher, und es sah so aus, als ziehe er es vor, dem Abt Glauben zu schenken. Da trat der Graf von Württemberg vor, der sich bisher unauffällig im Hintergrund gehalten hatte.

»Hier steht Wort gegen Wort, aber ein gefälschtes Siegel ist genauso verdammenswert wie ein Meineid. Es gibt eine einfache Möglichkeit, Abt Hugo von dem Vorwurf zu entlasten. Man braucht nur sein Quartier hier in Konstanz und sein Haus in Maurach zu durchsuchen. Wenn dort nichts gefunden wird, dürfte es sich tatsächlich um eine Verleumdung handeln.«

Der Kaiser nickte erleichtert, denn damit ergab sich die Möglichkeit, den Auflauf endlich aufzulösen. Noch bevor er etwas anordnen konnte, drängte sich Ruppertus Splendidus vor.

»Erlaubt mir, diese Untersuchung durchzuführen, Euer Majestät.«

Sigismund öffnete den Mund, doch ehe er etwas sagen konnte, hallte Graf Eberhards Stimme über den Platz. »Nein, Majestät, tut das nicht! Damit würdet ihr den Bock zum Gärtner machen!«

Der Kaiser ballte die Fäuste und maß den Württemberger mit einem warnenden Blick. Graf Eberhard verneigte sich entschuldigend und wies auf den Magister. »Ich klage den Magister Ruppertus Splendidus des Meineids an, der Fälschung, der Verleumdung und der Anstiftung zum Mord, und ich besitze genug Beweise für eine Verurteilung. Er hat zum Beispiel das echte Testament Ritter Otmars von Mühringen entwenden lassen und eine Fälschung vorgelegt, die den Mühringer Besitz in die Hände seines Halbbruders Konrad von Keilburg übergehen ließ. Des Weiteren hat er ebenfalls durch gefälschte Testamente und Meineide dafür gesorgt, dass die Herrschaften Dreieichen, Zenggen, Felde und einige andere wider jedes Recht in die Hand seines Vaters Heinrich beziehungsweise seines Halbbruders Konrad von Keilburg fielen.«

Ruppert starrte Marie an, auf deren Lippen ein böses Lächeln spielte, fasste sich ungläubig an den Kopf und stieß dann ein sehr unechtes Lachen aus. »Ihr habt gestern Abend wohl zu viel getrunken und deswegen schlecht geträumt, Graf Eberhard. Sonst könntet Ihr solche Hirngespinste nicht für bare Münze nehmen.«

Der Württemberger würdigte Ruppert keines Blickes. »Ich habe unumstößliche Beweise für diese und andere Schandtaten des Keilburger Bastards.«

Marie war froh, den Grafen als Vorkämpfer gewonnen zu haben. Hätte sie Ruppert angeklagt, wäre sie wohl nicht weit gekommen. Ihre Aussage hätte er mit Leichtigkeit zerpflückt und lächerlich gemacht. Doch dem Wort eines Eberhard von Württemberg, der an Macht und Einfluss den Keilburger Grafen noch übertraf, hatte er nichts entgegenzusetzen. Trotzdem war sie nicht gewillt, das Feld den Edelleuten und ihrem Streit um Land und Burgen zu überlassen. Sie zupfte am Mantel des Kaisers, knickste dabei und deutete auf Ruppert.

»Ich klage diesen Mann an, meinen Vater ermordet und mich um meine Ehre und mein Erbe gebracht zu haben.«

»Das ist doch lächerlich.« Ruppertus machte Miene, Marie zu schlagen. Doch einige Gefolgsleute des Württembergers hielten ihn kurzerhand fest.

Alban Pfefferhart verbeugte sich vor dem Kaiser. »Lasst mich gehen und das Quartier des Abtes durchsuchen.« Als Sigismund gnädig den Befehl erteilte, winkte der Ratsherr Ritter Bodman, ihm mit ein paar seiner Männer zu folgen. Michel schloss sich ihnen mit einigen seiner Fußsoldaten an.

Der Kaiser warf einen Blick auf die immer noch dicht gedrängte Menge, die sich durch neugierig gewordene Bürger inzwischen verdoppelt hatte, und befahl seinem Gefolge mit einer schroffen Handbewegung, in das Innere des Münsters zurückzukehren. Der Württemberger achtete darauf, dass seine Leute den Magister und den Abt, die heftige Gegenwehr leisteten, ebenfalls hineinbrachten. Marie sah ihnen nach und wusste nicht, was sie tun sollte. Ein Wink des Grafen enthob sie einer Entscheidung.

Die Leute im Münster sahen sich ratlos an, und nur die Gegenwart des Kaisers, der stumm und mit verbissener Miene auf seinem Prunkstuhl saß, hinderte sie daran, in lautstarke Diskussionen auszubrechen. Neugierige und verärgerte Blicke trafen den Württemberger, den man für den Anstifter des Aufruhrs hielt. Viele starrten aber auch Marie an, die in ihrer einfachen Kleidung und den gelben Hurenbändern wie ein Fremdkörper unter den versammelten Honoratioren des Reiches und den Konstanzer Patriziern wirkte. Einige zeigten mit Fingern auf sie und den Grafen und redeten eifrig auf ihre Nachbarn ein, wohl um diesen mitzuteilen, dass sie ihm regelmäßig das Bett wärmte.

Der Konstanzer Bischof Friedrich von Zollern trat an den Altar und stimmte ein Gebet an, weniger weil ihm nach einer Zwiesprache mit Gott zumute war, sondern um sich und den Anwesenden die Zeit zu vertreiben. Es verging beinahe eine Stunde, bis Pfefferhart und Michel mit ihren Leuten zurückkehrten. Der Ratsherr trug ein längliches Holzkästchen vor sich her, so als fürchte er, sich daran zu beschmutzen, und legte es zu Füßen des Kaisers nieder. Sigismund befahl ihm mit einer knappen Geste, seinen Inhalt auf die Bank zu legen. Pfefferhart nahm ein Siegel nach dem anderen heraus, so als wäre jedes eine Beleidigung für ihn und die versammelten Herrschaften.

»Der Abt von Waldkron besitzt nicht nur das Stadtsiegel von Konstanz, sondern auch die von mehreren edlen Geschlechtern, die kaum auf ehrlichem Weg in seinen Besitz gekommen sein können.«

Abt Adalwig von St. Ottilien, der mit Ritter Dietmar und Frau Mechthild im hinteren Teil des südlichen Kirchenschiffs saß, stand auf und eilte nach vorn. »Das Kloster Waldkron ist in den letzten zwölf Jahren über die Gebühr mit großen Schenkungen bedacht worden, die die Erben manches verstorbenen Mannes überraschten und oft auch in Schwierigkeiten brachten. Ich bin überzeugt, dass die Siegel zum Fälschen von Testamenten benutzt wurden.«

Diese Anklage riss etliche Edelleute von ihren Bänken, und diejenigen unter ihnen, die gutes Land teilweise mit ertragreichen Dörfern darauf an das Kloster Waldkron hatten abgeben müssen, meldeten lautstark ihre Ansprüche an. Es dauerte eine ganze Weile, bis es Eberhard von Württemberg und Bischof Friedrich von Zollern gelang, die Herren zu beruhigen. Doch die Stille hielt nicht lange an. Auf einen Wink Pfefferharts schleppten mehrere Pfälzer Fußknechte unter Michels Aufsicht einen Sekretär heran, dessen aufwändigen Drechsel- und Intarsienarbeiten die raue Behandlung durch die Soldaten nicht gut getan hatte. Magister Ruppertus schrie empört auf und versuchte, sich von seinen Bewachern loszureißen.

Auf Michels Befehl stellten seine Männer das Möbelstück vor dem Altar ab. »Nachdem der Magister Ruppertus Splendidus vorhin ebenfalls der Fälschung beschuldigt wurde, schien es mir notwendig zu sein, auch seinen Besitz zu durchsuchen. Dabei fiel mir dieses Schränkchen auf. Wir fanden mehrere Hohlräume, die als Geheimfächer dienen, und brachen einen von ihnen auf. Er enthielt das hier.« Michel überreichte dem Grafen von Württemberg ein mehrfach gesiegeltes Pergament.

Dieser warf einen kurzen Blick darauf und lächelte wie jemand, der eine Annahme bestätigt sieht. »Das ist das echte Testament Ritter Kunos, des Onkels Gottfrieds von Dreieichen, der seinen Besitz angeblich Heinrich von Keilburg vermacht haben sollte.«

Marie war wahrscheinlich die Einzige, die die Erleichterung wahrnahm, die in Graf Eberhards Stimme mitschwang. Mit diesem Fund war Ruppert endgültig überführt. Auch sie war mehr als froh darüber, wenn sie sich auch fragte, weshalb der Mann das belastende Dokument nicht längst vernichtet hatte. Die nächstliegende Erklärung war wohl Erpressung. Ein solches Dokument stellte eine Waffe gegen seinen Bruder dar, für den Fall, dass dieser Ruppperts Dienste müde geworden war.

Kuno von Dreieichens Testament war nicht der einzige Fund in Rupperts Schreibschrank. Als die Knechte das wertvolle Möbel auf Befehl des Kaisers hin in Stücke schlugen, kamen noch andere Dokumente zum Vorschein, zusammen mit einem gebundenen Buch aus Büttenpapier, dessen Seiten zu mehr als der Hälfte mit Rupperts klarer Handschrift gefüllt waren.

Sigismund warf einen kurzen Blick hinein und reichte es Bischof

Friedrich. »Es scheint Latein zu sein, doch die Worte ergeben keinen Sinn.«

Der Bischof krauste die Stirn und starrte auf die erste Seite, murmelte dann etwas und blätterte weiter. Als der Kaiser sich ungeduldig räusperte, sah er erschreckt auf und klappte das Buch mit einem hörbaren Laut zusammen.

»Der Text ist in einem Code geschrieben, wie ihn Kirchenmänner für geheime Aufzeichnungen verwenden. Ruppertus Splendidus hat Tagebuch geführt und alle seine Handlungen darin verzeichnet. Dieses Dokument enthält die Darstellung seiner Verbrechen. Ja, der Mann ist all dessen schuldig, wessen er hier angeklagt wurde, und hat noch viel mehr Unrecht auf sein Gewissen geladen.«

»Dann werden wir über ihn und seine Helfershelfer zu Gericht sitzen.« Der Kaiser schlug zur Bekräftigung auf die Kirchenbank und befahl den Wachen, Ruppert und den Abt von Waldkron zu fesseln und in sein Quartier zu bringen.

VII.

Die nächsten Tage wurden für Marie zu einem einzigen Albtraum. Man hatte sie ebenfalls in Kaiser Sigismunds Quartier im Kloster Petershausen gebracht und dort in eine Kammer gesperrt. Sie erhielt zwei Mahlzeiten am Tag und etwas Wasser zum Waschen, durfte den Raum aber kein einziges Mal verlassen. Nach den langen Jahren ihrer Wanderschaft erstickten die Wände sie, zumal niemand ihr sagte, was man mit ihr vorhatte. In ihrer Phantasie sah sie sich schon am Schandpfahl hängen und langsam zu Tode gepeitscht werden, während Ruppert in den Kleidern eines Edelmanns triumphierend zusah.

Hätte jemand sie besuchen dürfen, wäre ihre Gefangenschaft nicht ganz so quälend gewesen. Von einer der Nonnen, die sie wortkarg versorgten, erfuhr sie nach einigem Drängen, dass eine Hübschlerin, deren Beschreibung auf Hiltrud zutraf, schon mehrfach an der Pforte abgewiesen worden war. Am dritten Tag, kurz bevor Marie, wie sie glaubte, wahnsinnig geworden wäre, gelang es Michel, bis zu ihrer verschlossenen Tür vorzudringen, um sie mit ein paar Neuigkeiten zu trösten. Er berichtete ihr in knappen Worten, dass der Kaiser seine Abreise um ein paar Tage verschoben hatte, um den Prozess gegen Hugo von Waldkron und Ruppertus Splendidus persönlich zu leiten. Man hatte den Grafen Konrad von Keilburg und einige von Ruppertus Helfershelfern gefangen gesetzt, darunter Utz, Hunold, Linhard und Melcher. Michel konnte Marie auch schon berichten, dass der Büttel angesichts der Folterwerkzeuge zusammengebrochen war und das Verbrechen an ihr und einige andere Untaten, die er im Auftrag des Magisters begangen hatte, zugegeben hatte. Auch Linhard hatte reumütig gestanden, während Ruppert und Utz trotz der überwältigenden Beweislast alles abstritten. Den hohen Herren um den Kaiser schien es jedoch weniger um die gerechte Bestrafung der Verbrecher zu gehen als um die Aufteilung der reichen Ländereien, die die Keilburger Grafen an sich gebracht hatten.

Letzteres hatte Marie schon vermutet, denn der Lärm, den die sich streitenden Edelleute machten, war bis in ihre Kammer gedrungen. Sie begann diese Leute zu hassen, die sich nur für ihr Wohlergehen und ihren Machtzuwachs interessierten, aber Tieferstehende wie Spielfiguren behandelten. Schließlich ging es ja auch um ihr Schicksal, und sie empfand es als höchst ungerecht, von dem Prozess ausgeschlossen worden zu sein. Zwischendurch, wenn ihre Wut sich erschöpft hatte, fragte sie sich, wie es weitergehen mochte. Das Ziel, für das sie gelebt hatte, würde sich in dem Moment erfüllen, in dem die Männer, die sie geschändet und in den Schmutz der Landstraße gestoßen hatten, verurteilt und bestraft wurden. Was danach kam, lag wie eine drohende schwarze Wolke vor ihr. Auf keinen Fall würde sie weiterhin als Wanderhure über die Straßen ziehen, aber für eine heimatlose, entehrte Frau gab es nur einen anderen Ausweg: den Tod.

Der vierte Tag begann wie die drei anderen. Marie wurde durch ein Klopfen geweckt. Eine der Nonnen öffnete die Tür und brachte das Tablett mit dem Morgenbrei. Ohne ein Wort zu sagen, stellte sie es auf den Tisch, griff nach dem benutzten Nachtgeschirr und verschwand wieder so lautlos wie ein Schatten.

Marie aß mit wenig Appetit, und als wieder jemand an die Tür klopfte, nahm sie an, man wolle den noch halb vollen Napf wieder abholen und ihr den Nachttopf zurückbringen. Sie schob den Rest des Breis von sich und stand auf. Zu ihrer Verwunderung traten vier Nonnen in der Tracht des zweiten Ordens des heiligen Franziskus ein. Die Gesichter der vier Frauen wirkten ernst, ja sogar ein wenig feierlich, aber nicht unfreundlich.

»Marie Schärerin, wir haben den Auftrag, dich anzukleiden und vor deinen Richter zu bringen.« Die Oberin nickte ihr mit der Andeutung eines Lächelns freundlich zu, dennoch jagten die Worte Marie Schauer über den Rücken.

Hatte man sie angeklagt, weil sie es gewagt hatte, nach Konstanz zurückzukehren? Oder wollte man sie als eine der Anstifterinnen des Hurenaufstands bestrafen? Sie straffte die Schultern und sagte sich, dass man ihr wohl kaum ans Leben wollte, denn sonst hätte man nicht die frommen Frauen, sondern die Stadtbüttel geschickt. Sie streifte den Kittel ab, den sie hier hatte tragen müssen, und nahm das Kleid entgegen, das die Nonne ihr samt dem Korb reichte, in dem es lag. Es war eines der ihren, ihr bestes, aber es war mit neuen, frisch eingefärbten Hurenbändern versehen worden. Sie streife es über, knöpfte es zu und deutete den Nonnen mit trotzig vorgeschobenem Kinn an, dass sie bereit sei. Die vier nahmen sie wie Wächter in die Mitte und führten sie durch endlos lange Korridore, auf denen sie keinem Menschen begegneten, in den Innenhof des Klosters, in dem ein geschlossener Reisewagen auf sie wartete.

Da Marie zögerte, legte die Oberin ihr die rechte Hand auf die Schulter und schob sie auf das Gefährt zu. Es war groß genug, sie alle aufzunehmen, und besaß zu Maries Überraschung gepolsterte Sitze. Die hohen Herrschaften, die diese Kutsche sonst benutzten, hatten offensichtlich wenig für zerstoßene Hinterteile übrig. Marie fragte sich zwar bang, wohin die Reise wohl gehen mochte, schob ihre Ängste dann jedoch von sich weg und spähte durch einen Spalt, den das Fensterleder offen ließ, nach draußen. Zu ihrer Verwunderung fuhr der Wagen über die Rheinbrücke in die Stadt hinein. Als er kurz darauf anhielt, erblickte Marie jenen Ort, den sie niemals hatte wiedersehen wollen – das Inselkloster des Dominikanerordens, in dem sie damals verurteilt worden war.

Wie es schien, nahm man es derzeit mit der Geschlechtertrennung in den Konstanzer Klöstern nicht mehr so genau, denn die Nonnen eskortierten Marie in den weitläufigen Bau und führten sie in den gleichen Saal, in dem man vor mehr als fünf Jahren das Urteil gegen sie gefällt hatte. Der Raum sah noch genauso aus wie in ihrer Erinnerung. Nur war er diesmal bis auf den letzten Hocker belegt, und an den Wänden ringsum standen Gerichtsdiener und Gefolgsleute höherer Herrschaften.

Auf einem hochlehnigen Stuhl, der mit den Symbolen des Reiches geschmückt war und unter einem kleinen Baldachin stand, hatte der Kaiser Platz genommen. Der lange rote Waffenrock und das goldene Wappenschild mit dem schwarzen Reichsadler auf der Brust unterstrichen, wie wichtig Sigismund von Böhmen den Prozess zu nehmen schien. Sein Gesicht wirkte jedoch ungeduldig und gelangweilt, was man von den Herren um ihn herum nicht sagen konnte.

Direkt neben ihm saßen Pfalzgraf Ludwig und der Bischof von Konstanz, der den Kopf auf die rechte Hand stützte und mit einem seltsam entrückten, aber nicht unzufriedenen Lächeln den Eintretenden entgegensah. Neben dem Pfälzer entdeckte Marie Eberhard von Württemberg, der sich bei ihrem Anblick aufrichtete und ihr mit einem fast jungenhaften Lächeln zuzwinkerte. Wir haben es geschafft, schien er ihr sagen zu wollen, und deutete mit einer Kopfbewegung auf die Armesünderbank, auf der neben Ruppert seine Spießgesellen Utz, Hunold, Melcher, Linhard und noch drei andere, Marie unbekannte Männer hockten. Bis auf Linhard, der in seinen Ordenshabit gekleidet war und mit gesenktem Kopf und andächtig gefalteten Händen in sich hineinzuhorchen schien, hatte man die anderen in Schandkittel gesteckt und mit Ketten gefesselt.

Als Marie Rupperts hasserfüllten Blick auf sich gerichtet sah, wandte sie sich ab und sah nach vorne zur Richterbank. Für einen Augenblick glaubte sie, ihr Herz bliebe stehen, denn dort saß Honorius von Rottlingen, der Richter, der damals den Stab über sie gebrochen hatte. Auch die Beisitzer waren dieselben, und sogar den Gerichtsschreiber erkannte sie wieder, der inzwischen sichtbar vergreist war. Pater Honorius' Miene wirkte diesmal jedoch nicht überheblich und angewidert, sondern so verbissen, als säße er über sich selbst zu Gericht.

Als Marie auf einen Wink des Richters zu einem Hocker neben dem Richtertisch geführt wurde und nun die mehr im Hintergrund sitzenden Zuschauer erkennen konnte, entdeckte sie neben Ritter Dietmar, dessen Gemahlin und Abt Adalwig von St. Ottilien unter ihnen. Auch Michel war anwesend. Er stand in seiner besten Uniform neben der Tür und wirkte seltsam nachdenklich.

Als die vier Nonnen sich bis an die Wand zurückgezogen hatten, hob Honorius von Rottlingen die Hand, um Ruhe einzufordern. Er warf Ruppert einen Blick zu, als mache er ihn für alle Schwierigkeiten verantwortlich, die er je gehabt hatte und noch bekommen würde, und verneigte sich dann vor dem Kaiser und andeutungsweise vor dem Bischof von Konstanz, der nicht zu seinen Freunden zu zählen schien.

»Wir sind heute hier im Namen des Vaters, des Sohnes und des Heiligen Geistes versammelt, um Gerechtigkeit zu üben.« Er sagte es in einem Ton, als müsse er daran ersticken. »Die Angeklagten Ruppertus Splendidus und Utz Käffli sind vielerlei Verbrechen für schuldig befunden worden und werden morgen auf dem Brüel hingerichtet. Ruppertus Splendidus wird zum Feuertod verurteilt, seine Asche soll anschließend in den Rhein gestreut werden, so dass zum Tag der Auferstehung nichts mehr von ihm übrig ist. Utz Käffli wird auf das Rad geflochten.«

Während Utz das Urteil regungslos hinnahm, schrie der Magister auf und verfluchte den Richter. Ehe er aber mehr sagen konnte, wurde er von zwei Bütteln geknebelt. Melcher, Hunold und die drei anderen hoben die Köpfe, als hofften sie, mit leichteren Strafen davonzukommen, sanken aber bei den nächsten Worten wieder in sich zusammen.

»Hunold, der Büttel, wird wegen Vergewaltigung einer Jungfrau, Täuschung des Gerichts und anderer, in der Verhandlung zu Tage gekommener Vergehen zum Tod durch Erdrosseln verurteilt. Diese Strafe trifft auch den Böttcherlehrling Melcher wegen Beihilfe zum Mord, den Fährmann Hein wegen Diebstahl und Beihilfe zum Mord, den Kaufmannsgehilfen Adalbert und den ehemaligen Mönch Festus wegen Urkundenfälschung, Beihilfe zum Betrug und Diebstahl.

Der letzte Angeklagte, Linhard Merk, der nun Bruder Josephus genannt wird, soll als geständiger und reuiger Sünder bis zu seinem Tode in strenger Klosterhaft gehalten werden. Alle diese Männer waren Gehilfen des Hauptangeklagten Ruppertus Splendidus und haben ihn bei seinen ungeheuerlichen Verbrechen unterstützt.«

Honorius von Rottlingen schwieg für einen Moment und blickte nun Marie an. Dabei sah er so aus, als habe er an einer giftigen

Kröte zu kauen. »Es ist der Wille Seiner Majestät, des Kaisers, sowie aller hier versammelten hohen Herren des Reiches, dir, Marie Schärerin, Tochter von Matthis Schärer, Bürger der Stadt Konstanz, Gerechtigkeit widerfahren zu lassen. Schwester Theodosia, tue deine Pflicht.«

Die Oberin, die Marie hierher begleitet hatte, ließ sich von einer ihrer Nonnen eine Schere reichen, während die beiden anderen ein Becken mit glühenden Kohlen herbeibrachten. Dann trat sie auf Marie zu, fasste eines von Maries Hurenbändern mit spitzen Fingern und schnitt es dicht über dem Kleid ab. Mit einer Geste des Abscheus warf sie den gelben Stoffstreifen in das Kohlebecken, in dem er sofort vom Feuer verzehrt wurde. Ihr Gesicht verzerrte sich, als müsse sie besonders ekelhafte Raupen von einem Rebstock entfernen, doch sie hielt nicht eher inne, bis sie das letzte gelbe Band in die Glut geworfen hatte. Mit sichtlichem Aufatmen winkte sie den anderen drei Nonnen, das Werk fortzuführen. Diese entfalteten ein weißes Hemd, streiften es Marie über das Kleid und führten sie so vor den Richter. Pater Honorius schlug das Kreuz, schöpfte dann mit der Rechten Weihwasser, das ihm ein Mönch in einer Schale reichte, und ließ es über Maries Kopf rinnen.

»Im Namen des dreieinigen Gottes spreche ich dich, Marie Schärerin, aller deiner Sünden frei und erkläre dich für so rein und unschuldig, als seiest du eben dem Mutterschoß entschlüpft.«

»So sei es«, warf der Bischof lächelnd ein.

Friedrich von Zollern hatte selbst darauf gedrungen, dass Honorius von Rottlingen Maries Freisprechung übernahm. Die selbstherrlichen Äbte und Mönche des Inselklosters hatten seinen Vorgängern auf dem Konstanzer Bischofsstuhl und auch ihm oft genug hart zugesetzt. Nun war es ihm gelungen, mit Pater Honorius den hoffärtigsten von ihnen zu demütigen und mit ihm alle Mönche dieses Klosters.

Marie begriff zunächst nicht, was das Ganze sollte. Sie und unschuldig? Das konnten auch die Worte eines Pfaffen nicht mehr bewirken. Aber wenn die Bürger von Konstanz diesen Spruch akzeptierten und ihr das Bürgerrecht zurückgaben, konnte sie sich mit ihrem Geld ein Häuschen kaufen und als geachtete Bürgerin hier leben. Ein bösartiges Gelächter ließ sie hochschrecken.

»Du kannst die Hure ruhig freisprechen, du schwarze Krähe«, brüllte Utz in den Saal hinein. »Trotzdem wird sie die Männerschwänze nicht vergessen, die sie zwischen den Beinen hatte. Und meiner war der erste!« Utz wollte noch mehr sagen, doch da presste ihm ein Gerichtsbüttel einen Knebel zwischen die Zähne, so dass er nur noch lallen konnte.

Auf Marie wirkten Utz' Worte wie ein Guss kalten Wassers. Für einen Augenblick hatte sie gehofft, die letzten fünf Jahre seien ausgelöscht worden und sie könne wieder in Konstanz leben. Doch nun begriff sie, dass ihre Mitbürger ihre Vergangenheit nicht vergessen würden. Die Männer würden sie als leichte Beute ansehen und die Frauen die Türen vor ihr verschließen. Nur kurz dachte sie daran, dass Utz auch diesmal gelogen hatte. Nicht er war der Erste gewesen, sondern Hunold, der wimmernd und zitternd auf der Armesünderbank saß. Marie empfand kein Mitleid mit ihm, aber auch keine besondere Freude über die Verurteilung ihrer Feinde, die sie seit so vielen Jahren herbeigesehnt hatte.

Stattdessen hatte sie das Gefühl, vor einem Abgrund zu stehen und verzweifelt nach einem Steg zu suchen. Das Einzige, was ihr eine Zukunft verschaffen konnte, war Geld. Für eine Wanderhure war sie reich, doch all ihr Gold würde nicht reichen, sich das Bürgerrecht einer kleinen, weit entfernten Stadt zu kaufen, dort ein Haus und zwei Ziegen zu erwerben und von dem Rest bescheiden leben zu können. Mit einem Seufzer dachte sie an das Vermögen, das ihr Vater einst besessen hatte. Wenn man ihr nur ein Drittel davon zurückgab, würde sie sich und Hiltrud eine lebenswerte Zukunft schaffen können.

Während sie noch rätselte, wie es weitergehen sollte, besprengte

Pater Honorius sie erneut mit Weihwasser und sprach den Segen über sie. Marie glaubte, nun alles überstanden zu haben. Doch da traten die vier Nonnen erneut auf sie zu und streiften ihr ein Kleid aus dunkelblauem Stoff über das weiße Hemd. Es war mit reichen Stickereien und Pelzbesatz verziert und bestand, wie Marie fühlte, aus bestem flandrischem Tuch. So etwas trugen die reichsten und angesehensten Konstanzer Bürgerinnen zur Sonntagsmesse. Marie war es im Augenblick nur lästig, denn im Saal war es heiß, und jetzt, wo sie drei Schichten Kleidung übereinander trug, rann ihr der Schweiß in Strömen den Rücken hinab und ließ ihre Peitschennarben höllisch jucken. Am liebsten hätte sie Mechthild von Arnstein, die auf sie zutrat, gebeten, ihr den Rücken zu kratzen.

Die Dame nahm sie an der Hand, führte sie zu Abt Adalwig und blieb dort mit ihr stehen, ohne sie loszulassen. Ein Ritter aus dem Gefolge des Pfalzgrafen ergriff Michels Hand und hieß ihn, sich neben Marie zu stellen. Abt Adalwig lächelte ihnen begütigend zu. Als er zu sprechen begann, glaubte Marie zunächst, seine Sinne wären verwirrt, denn er spendete ihnen den Trausegen, ohne sie gefragt zu haben, ob sie damit einverstanden waren. Sie drehte sich zu Michel um, da er jedoch keinen Einspruch erhob, wagte auch Marie nicht zu protestieren.

»Und so erkläre ich euch zu Mann und Frau, Amen.« Abt Adalwig war sichtlich zufrieden mit sich, weil er das Sakrament der Ehe fehlerfrei und ohne Stottern hinter sich gebracht hatte.

Während der kurzen Zeremonie hatte Michel die wachsende Verblüffung in Maries Gesicht verfolgt. Sie wirkte so fassungslos, als hätte man sie schlussendlich doch noch zum Schandpfahl geschleppt, und unwillkürlich ärgerte er sich über sie. Schließlich war eine Heirat mit ihm eine andere Sache, als zur Auspeitschung auf der Marktstätte verurteilt zu werden. Dann erinnerte er sich daran, dass es ihm vor weniger als vierundzwanzig Stunden ähnlich ergangen war.

Er musste seinen Dienstherrn, den Pfalzgrafen Ludwig, zu einer Beratung beim Grafen von Württemberg begleiten und fand dort neben dem Gastgeber auch den Konstanzer Bischof Friedrich von Zollern, den Ratsherrn Alban Pfefferhart sowie Frau Mechthild und Ritter Dietmar von Arnstein vor.

Der Württemberger hielt sich nicht mit langen Vorreden auf, sondern kam nach einer knappen Begrüßung sofort zur Sache. »Und was soll jetzt mit Marie geschehen?«

Alban Pfefferhart hob abwehrend die Hände. »Hier in Konstanz kann sie schlecht bleiben. Wir können ihr zwar das Bürgerrecht zurückgeben und ein Haus, in dem sie leben kann, aber dann würden sich Abend für Abend die losen Lümmel der Stadt in ihrem Hof versammeln und hoffen, dass ihre Moral locker genug geblieben wäre, um ihnen eine angenehme Nacht zu verschaffen. Der Magistrat der Stadt, dem ich ja auch angehöre, schlägt deshalb vor, ihr das Bürgerrecht in einer weit entfernten Stadt zu beschaffen, wo sie ihn Ruhe leben kann.«

»Das wäre euch Konstanzer Pfeffersäcken wohl das Liebste«, spottete der Graf von Württemberg. »Doch ich frage euch, wie unbehelligt eine allein stehende Frau in welcher Stadt des Reiches auch immer leben kann.«

In diesem Augenblick fand Michel es an der Zeit, selbst das Wort zu ergreifen. »Marie braucht den Schutz eines Mannes. Daher werde ich sie fragen, ob sie nicht bei mir bleiben will.«

»Als Mätresse?« Die Stimme des Württembergers hatte scharf geklungen, doch dann war ein breites Lächeln auf seinen Lippen erschienen. »Nein, das lasse ich nicht zu. Du wirst sie heiraten müssen.«

Frau Mechthild schüttelte empört den Kopf. »Michel Adler ist ein Offizier das Pfalzgrafen und einer seiner Ministerialen. Er kann keine Hure heiraten.«

Der Konstanzer Bischof hob beschwichtigend die Arme und lächelte, als wäre ihm ein vergnüglicher Gedanke gekommen.

»Dafür gibt es eine Lösung, Frau Mechthild. Lasst mich auch meinen Teil zu einem guten Ausgang tun.«

»Dann sind wir uns ja einig.« Der Württemberger machte deutlich, dass er keinen weiteren Widerspruch zu hören wünschte, ging auf Michel zu und klopfte ihm auf die Schulter. »Es wird sich für dich auszahlen, Bursche. Wenn du Marie heiratest, mache ich dich zum Burghauptmann in einer meiner Städte. Wenn dann irgendein Kerl ein falsches Wort über deine Frau sagt, kannst du ihn mit meinem Segen getrost in den Turm werfen lassen.«

Michel starrte den Württemberger an und wusste nicht, was er darauf antworten sollte. Dann wanderte sein Blick zum Pfalzgrafen, der so aussah, als wüsste er nicht, ob er über das Ganze herzhaft lachen oder mit der Faust dazwischenschlagen sollte. Schließlich trat Herr Ludwig neben Michel.

»Für das Stiften von Ehen seid Ihr ja bekannt, Herr Eberhard, vor allem, wenn es um Eure abgelegten Mätressen geht. Doch Michel ist mein Gefolgsmann und wird es bleiben.«

Michel schüttelte die Erinnerung an diese Szene mühsam ab und versuchte zu begreifen, dass Marie ihm jetzt vor Gott und der Welt gehörte. Ihrem abweisenden Gesicht nach schien sie ihm jedoch ferner zu sein als selbst in den fünf Jahren, in denen sie über die Landstraßen gezogen und er im Pfälzer Dienst aufgestiegen war. Bevor er ein Wort mit ihr wechseln konnte, traten Eberhard von Württemberg und Ludwig von der Pfalz auf sie zu und schüttelten ihnen die Hände.

Das Lächeln des Württembergers verriet Marie, wer für diesen letzten Streich verantwortlich war, und sie hätte ihm am liebsten lautstark die Meinung gesagt. Sie war keine Puppe, über die man so einfach bestimmen konnte, und Michel hatte gewiss eine bessere Frau verdient als eine Wanderhure. Sie kam jedoch nicht dazu, sich bei Graf Eberhard zu beschweren, denn immer mehr Leute erschienen, um ihnen zu gratulieren. Ritter Dietmar war so verlegen, dass er Marie nicht anzublicken wagte, Alban Pfefferhart wirkte hingegen höchst erfreut, so als wäre mit dieser Eheschließung ein Makel von ihm und der ganzen Stadt genommen worden. Sogar der Kaiser ließ sich herab, ihr und Michel kurz die Hand auf die Schulter zu legen und ihnen Glück und reichen Kindersegen zu wünschen.

Marie wagte es nicht, Michel dabei anzusehen, und atmete auf, als Frau Mechthild sie am Arm fasste und sie aus dem Saal führte. Als sie sich auf dem Flur noch einmal umdrehte und in den Saal zurückblickte, sah sie, wie der Pfalzgraf Michel einen Becher mit Wein in die Hand drückte, um mit ihm anzustoßen. Dann schloss sich die Tür, und Marie fühlte sich, als sei sie abermals zu einem ungewissen Schicksal verdammt worden.

Sie drehte sich zu Frau Mechthild um. »Das Ganze ist doch lächerlich. Ich kann Michel nicht heiraten.«

Die Burgherrin wies auf den Gang, der zum Tor führte. »Komm, jemand wartet schon ungeduldig auf dich, und wir sollten uns beeilen. Was deine Heirat betrifft, bist du vor Gott und den Menschen jetzt Michel Adlers Frau. Ich kann verstehen, dass du dich überfahren fühlst, aber uns schien das die beste Lösung. Du bist keine Jungfrau mehr, aber auch keine Witwe, und du hättest kaum mit einem anderen Mann in den heiligen Stand der Ehe treten können, ohne ihm deine Vergangenheit zu enthüllen. Um dich nicht in eine solche Verlegenheit zu bringen und jedes Gerede im Keim zu ersticken, schlug Graf Eberhard von Württemberg vor, dich mit deinem Jugendfreund zu verheiraten, der dir seit vielen Wochen wie ein Schatten gefolgt ist. Der Rat der Stadt Konstanz war sehr froh über diese Lösung, und die Herren Muntprat und Pfefferhart spenden dir sogar eine ansehnliche Mitgift. Michel bekommt keine arme Frau, Marie. Mit dem, was du als Entschädigung für dein verlorenes Vatererbe erhältst, bist du sogar sehr reich.«

In Frau Mechthilds Worten schwang ein wenig Neid mit. Sie lächelte jedoch begütigend, um diesen Eindruck wieder wettzumachen. Während sie neben Marie im Wagen Platz nahm, ergriff sie deren Hände.

»Ich möchte mich bei dir entschuldigen, Marie, denn ich habe dir unrecht getan. Als du vor ein paar Wochen zu uns gekommen bist, war ich überzeugt davon, dass du meinen Platz im Bett meines Gemahls wieder einnehmen wolltest, und war plötzlich eifersüchtig. Außerdem habe ich geglaubt, du wolltest uns mit irgendwelchen Märchen für deine Zwecke einspannen. Von Graf Eberhard wissen wir, dass du tatsächlich das echte Testament für uns zurückgewonnen hast. Jetzt haben wir nicht nur die Herrschaft Mühringen erhalten, sondern auch einen Teil des früher zur Burg Felde gehörenden Besitzes, der unser Land ideal abrundet. Mein Gemahl und ich sind dir sehr dankbar und würden dich gerne belohnen. Wenn es also etwas gibt, was du dir wünschst, seien es Bauernhöfe, Forste oder Weinberge, dann sprich es ruhig aus.«

Der Wagen setzte sich in Bewegung, doch diesmal interessierte Marie sich nicht dafür, wohin er fuhr. Sie dachte an Hiltrud, die sie damals gerettet und sie trotz allem Widerstreben gegen ihre Rachepläne immer unterstützt hatte. Der Freundin war sie es schuldig, ihr ebenfalls zu einem besseren Leben und zu ein wenig Glück zu verhelfen. Sie wusste zwar nicht, ob es möglich war, die Winterromanze zwischen ihrer Freundin und dem Arnsteiner Ziegenhirten neu zu beleben, aber einen Versuch war es auf alle Fälle wert.

»Wenn Ihr Euch wirklich erkenntlich zeigen wollt, Frau Mechthild, so schenkt meiner treuen Gefährtin Hiltrud einen Bauernhof und lasst sie Euren Thomas heiraten.«

Frau Mechthild schien die Idee zu gefallen. »Gerne. Soll der Hof zu Arnstein gehören, oder hättest du deine Freundin lieber in deiner Nähe?«

Marie lachte kurz auf. »Ich hätte Hiltrud liebend gerne in meiner Nähe, aber ich weiß ja nicht, wohin der Wind mich bläst.«

Frau Mechthild legte ihr die Hand auf den Oberschenkel und blinzelte ihr verschwörerisch zu. »Dein Michel wurde vom Pfalzgrafen Ludwig zum Burghauptmann von Rheinsobern ernannt. Das ist eine der beiden Herrschaften, die der Pfalzgraf aus dem Besitz des Keilburgers zugesprochen erhielt.«

»Schön für ihn.« Marie tat diese Nachricht mit einem Schulterzucken ab. Sie war jedoch neugierig genug, nachzufragen. »Gab es für dieses Rheinsobern denn keinen Erben, der Anspruch darauf erheben konnte?«

»Die Grafen Keilburg haben viele Ländereien mit Gewalt zusammengeräubert und selbst oder mit Hilfe des Bastards Ruppert und seiner Spießgesellen dafür gesorgt, dass es keine Erben mehr gab, die ihm den Besitz streitig machen konnten. Wir hatten bisher noch Glück gehabt, aber ohne den Schutz des Grafen von Württemberg wären wir früher oder später ebenfalls der Gier des Keilburgers zum Opfer gefallen. Graf Eberhard hat übrigens die Keilburg mit all ihren Liegenschaften zugesprochen bekommen, Bernhard von Baden erhielt drei Dörfer im Schwarzwald und ein Städtchen am Rhein. Selbst der Kaiser hat drei Herrschaften beansprucht, um treue Gefolgsleute belehnen zu können.«

Frau Mechthild begann zu kichern. »Der Einzige, der leer ausging, war Friedrich von Tirol, aus Strafe für seine Empörung gegen den Kaiser. Eberhard von Württemberg und Bernhard von Baden vermochten Herrn Sigismund davon zu überzeugen, dass der Einfluss der Habsburger in dieser Gegend andernfalls so groß geworden wäre. Man hätte ihnen den Herzoghut von Schwaben nicht mehr verweigern können. Da die Habsburgersippe dem Kaiser bereits zu mächtig geworden ist, hat er Friedrich als nachträgliche Strafe von der Verteilung der Keilburger Ländereien ausgeschlossen.«

Frau Mechthild berichtete Marie, dass Konrad von Keilburg bereits verurteilt und durch das Schwert hingerichtet worden sei, ebenso Hugo von Waldkron, dessen Todesurteil einige Kirchenfürsten lieber in Klosterhaft umgewandelt hätten. Aber der Kaiser war wegen der Verbindung des Abtes zu den Keilburgern hart geblieben. Dann zählte sie auf, wer noch von dem Nachlass Konrads von Keilburg profitiert hatte und wie die Ländereien, die Abt Hugo von Waldkron an sich gerissen hatte, verteilt worden waren. Marie verlor bald das Interesse daran, wem nun welche Burg und wem dieser und jener Ort zugesprochen worden war. Sie blickte versonnen zum Kutschenfenster hinaus und fragte sich, wie sich ihr Leben an Michels Seite gestalten würde. Sie kam jedoch nicht dazu, den Gedanken auszuspinnen, denn der Wagen fuhr gerade über die Marktstätte und bog in die schmale Gasse unter den Säulen ein, die zum Obermarkt führte.

»Wo bringt Ihr mich hin, Frau Mechthild?«

Die Burgherrin von Arnstein lächelte ihr begütigend zu. »Ich denke, du freust dich, deine Verwandten wiederzusehen.«

Marie fiel jetzt erst auf, dass sie über der Ausführung ihrer Pläne und der Wut, eingesperrt und von dem Prozess ausgeschlossen worden zu sein, kein einziges Mal mehr an ihren Onkel gedacht hatte. Wie es aussah, war es ihr mit der Anklage gegen Ruppert auch gelungen, ihn und seine Frau vor einer Verurteilung wegen Mordes zu bewahren. Plötzlich stiegen ihr Tränen der Erleichterung in die Augen, und sie konnte es kaum erwarten, bis der Wagen an der Einmündung der Hundsgasse hielt. Frau Mechthild sah lächelnd zu, wie sie aus der Kutsche sprang, die Gasse hinunterrannte und das Tor zu Momberts Hof öffnete.

Nur wenige Herzschläge später trat Marie atemlos in die gute Stube und fand dort ihre Verwandten versammelt. Wie es aussah, hatte man Mombert und dessen Frau erst an diesem Tag freigelassen, denn sie schienen die überraschende Wendung ihres Schicksals noch nicht begreifen zu können. Beide wirkten blass und waren stark abgemagert. Unter dem Marienbild hielt die alte Wina Hedwig fest umschlugen, so als wolle sie das Mädchen nie mehr loslassen. Wilmar stand neben der Tür, trat von einem Fuß auf den anderen und starrte seinen Meister ängstlich an. Als Marie ihm aufmunternd zunickte, atmete er tief durch.

Mombert stand auf und kam seiner Nichte entgegen. Er versuchte zu sprechen, bekam jedoch einen Weinkrampf, der, seinen geröteten Augen nach zu urteilen, nicht der erste an diesem Tag war. Schließlich klammerte er sich an Marie fest und barg sein Gesicht wie ein Kind an ihrer Schulter.

»Was für eine Freude, dich zu sehen.« Er war kaum zu verstehen. »Gott hat dich uns geschickt, Marie. Ohne dich wären mein armes Weib und ich zu Tode geschunden und meine Hedwig die Sklavin eines perversen Schuftes geworden. Du hast uns alle gerettet.«

Marie warf einen kurzen Blick zu Wilmar und schüttelte lächelnd den Kopf. »Du solltest dich nicht allein bei mir bedanken, Onkel Mombert, sondern auch bei Wilmar. Hätte er Hedwig nicht befreit und Melcher nicht gefunden, hätte ich nicht viel für dich tun können.«

Hedwig entwand sich Winas Armen und eilte auf ihren Vater zu. »Da hörst du es, Vater. Es ist hauptsächlich Wilmars Verdienst, dass ich unbeschadet vor dir stehe.« In ihrem Blick lag eine Bitte, der Mombert nicht widerstehen konnte.

Er schob seine Tochter in Wilmars Arme. »Nun, wenn es so ist, habt ihr beide meinen Segen.«

Wilmar strahlte Marie dankbar an, doch sie konnte seinen Blick nicht erwidern, da sie sich um die alte Haushälterin ihres Vaters kümmern musste. Wina hatte es zunächst kaum gewagt, sie zu berühren, doch kaum hatte Marie ihr aufmunternd zugelächelt, schlang sie die Arme um sie und beteuerte tränenreich, dass dies der schönste Tag ihres Lebens sei. Marie streichelte sie und wiegte sie wie ein Kind in den Armen. Es war schön, jemand zu haben, der einen liebte.

VIII.

Am nächsten Tag reiste der Kaiser ab. Er verließ Konstanz mit der Miene eines Mannes, der seiner Meinung nach viel zu lange in dieser Stadt aufgehalten worden war. Auch für Marie kam die Stunde des Abschieds näher. Sie wäre am liebsten schon beim ersten Morgengrauen still und heimlich verschwunden, doch Pfefferhart hatte ihr klar gemacht, dass es ihre Pflicht war, der Bestrafung der Männer beizuwohnen, denen sie fünf Jahre der Entehrung und den Tod ihres Vaters zu verdanken hatte. Bei Hunold, Melcher und den anderen Helfershelfern von Ruppert ging es schnell. Der Henker legte ihnen ein Seil um den Hals und zog so lange zu, bis sie sich nicht mehr rührten. Dann verknotete er das Seil, um zu verhindern, dass der Delinquent doch noch einmal zu sich kam, und ging zum nächsten.

Utz hingegen wurden die Knochen gebrochen, ohne dass er den Gnadenstoß gegen die Brust erhielt, dann flocht man ihn bei vollem Bewusstsein auf das Rad. Er schrie jedoch nicht und bat auch nicht um ein schnelleres Ende, sondern verhöhnte das Gericht und prahlte mit seinen Verbrechen. Er schien stolz auf seine Taten zu sein, für die er einen Ehrenplatz in der Hölle beanspruchte. Jetzt brüllte er hinaus, welche Ritter und andere Standesherren er ermordet habe, und erwähnte dabei auch Ritter Dietmars Onkel Otmar und einige andere Erblasser und Erben, deren Namen Marie noch geläufig waren. Schließlich behauptete er noch, dass er Konrad von Keilburg für Ruppert hätte ermorden sollen, und bedauerte, dass es dazu nicht mehr gekommen war.

Während der Fuhrmann noch seine Untaten hinausschrie, wurde Ruppert zum Scheiterhaufen geführt. Er jammerte zum Steinerweichen, bettelte um sein Leben und bot seine Dienste dem Bischof von Konstanz, Graf Eberhard von Württemberg und jedem anderen der hohen Herren an, der ihn vor dem Feuertod bewahren würde. Doch er bekam nur den Hohn und die Verachtung der Konstanzer Bürger zu hören, und schließlich bewarfen ihn die Gassenjungen, die sich in die erste Reihe geschmuggelt hatten, mit Dreck. Die Henkersknechte mussten ihn zum Pfahl tragen und ihn festhalten, um ihn anbinden zu können. Ungerührt von seinem Flehen schichteten sie Holz und Reisig um ihn auf und zündeten es auf Befehl des Richters an. Als die Flammen ihn umzüngelten, gellten seine Schreie schaurig über den Brüel.

Marie verharrte nur so lange, wie es von ihr erwartet wurde, und lief dann zum Grab ihres Vaters, um dort ihr erstes Gebet an diesem Ort zu sprechen. Michel, der ihr seit dem frühen Morgen gefolgt war, obwohl sie ihn kaum eines Blickes, geschweige denn eines Wortes gewürdigt hatte, schloss sich ihr an und kniete ebenfalls nieder, um zu beten.

Als sie in die Stadt zurückkehren wollte, zog er sie an sich und führte sie, ohne auf ihr Widerstreben zu achten, hinunter zum Hafen und brachte sie auf eine Rheinbarke, die nur noch auf sie beide gewartet zu haben schien. Der schnelle, undramatische Abschied von Konstanz irritierte sie, denn nach der Hinrichtung ihres Feindes hatte sie sich darauf eingestellt, ein paar Tage mit Mombert und seiner Familie zu verbringen, auch wenn sie die tränenreiche Dankbarkeit ihrer Verwandten ein wenig anstrengte. Zu ihrer Verblüffung sah sie Mombert und seine Familie weiter vorne im Bug sitzen und den Schifferknechten zuschauen. Sie löste sich aus Michels Armen und machte eine Bewegung, als wolle sie auf ihren Onkel zugehen, blieb dann aber im Heck stehen. Ihr war immer noch nicht danach, mit jemandem zu reden.

Es würde nicht leicht für sie sein, sich an ein neues Leben als Frau eines Burghauptmanns zu gewöhnen, das eine Vielzahl ungewohnter Pflichten mit sich bringen würde. Zuerst musste sie begreifen lernen, dass das Ziel, für das sie um ihr Überleben gekämpft hatte, tatsächlich erreicht war. Fünf Jahre lang hatte sie Rupperts Tod mit jeder Faser ihres Herzen herbeigesehnt, und jetzt, wo ihre Schmach gerächt war, fühlte sie sich leer und ausgebrannt.

Als die Strömung die Barke erfasste und die Mauern von Konstanz immer schneller hinter ihr zurückblieben, seufzte sie tief auf. Sie bedauerte den überstürzten Abschied nicht, aber es war ungewohnt für sie, Hiltrud nicht in ihrer Nähe zu wissen. Ihr hätte sie jetzt das Herz ausschütten können, auch wenn sie sich dafür wieder einmal eine Standpauke eingehandelt hätte. Ihre Freundin wollte jedoch mit Frau Mechthild nach Arnstein ziehen, um Thomas abzuholen. Die beiden würde sie erst im Herbst wiedersehen. Kordula war in Konstanz zurückgeblieben, um noch möglichst viel Geld zu verdienen. Nach dem Ende des Konzils wollte sie Marie folgen und mit ihrer Hilfe in Rheinsobern eine Schenke aufmachen.

Michel trat mit einem Mal dicht hinter Marie und legte ihr die Hände auf die Schultern. Sie wollte ihn schon abwehren, doch da begann er zu reden. Zunächst vermied er es, von sich oder ihnen beiden zu sprechen, sondern erzählte ihr, dass ihrem Onkel Mombert der weitere Aufenthalt in Konstanz verleidet war und er vom Pfalzgrafen Ludwig das Privileg erwirkt hatte, sich in Rheinsobern als Böttchermeister niederzulassen. Wilmar, der dort Momberts Schwiegersohn werden würde, und die alte Wina begleiteten die Familie.

Als er begann, die Gegend zu schildern, in die sie kommen würden, wurde Marie klar, dass sie ihn nicht so behandelte, wie er es verdiente, und senkte beschämt den Kopf.

»Es tut mir Leid, Michel, wegen der Heirat, meine ich.«

»Mir tut es nicht Leid.« Michel zog sie mit einem zufriedenen Laut an sich. »Meine Marie! Ich habe dich schon immer geliebt, aber nie zu hoffen gewagt, dass aus uns beiden ein Paar werden könnte.«

»Aber wirst du vergessen können, was in den letzten fünf Jahren geschehen ist?«

»Nein. Das will ich auch gar nicht. Es war eine harte Zeit für dich, in der du viel Mut und Tapferkeit bewiesen hast, genau das, was du als Frau eines Kriegers auch weiterhin benötigen wirst. Diese Jahre waren auch für mich nicht gerade einfach, aber wir haben wohl das Beste daraus gemacht. Im Übrigen heiratest du mit mir immerhin einen offiziell bestallten Burghauptmann und Stadtvogt von Rheinsobern.«

»Der mit so etwas wie mir geschlagen ist.« Maries Stimme klang bitter.

Michel lachte jedoch nur leise. »Was ich bin, verdanke ich auch dir, Marie. Wenn ich dich nicht so verzweifelt geliebt hätte, wäre ich nie aus Konstanz weggegangen. Die Ehe mit dir bringt mir erneut reichen Gewinn. Wärest du jetzt nicht gewesen, hätte ich es mit viel Glück in zehn, fünfzehn Jahren zum Burgvogt eines zerbröckelnden, zugigen Gemäuers in einem abgelegenen Waldgebirge gebracht, und nicht zu so einer bedeutenden Herrschaft wie Rheinsobern. Normalerweise muss man von Adel sein, um so einen Posten zu bekommen. Ich gebe zu, dass mir meine Rangerhöhung nicht so gefallen hätte, wenn Rheinsobern dem Württemberger zugesprochen worden wäre. Aber unser Herr ist Ludwig von der Pfalz und Herr Eberhard sehr weit weg.«

In Michels Stimme schwang ein Rest Eifersucht, der ihm selbst auffiel und ihn zum Verstummen brachte. Er spielte selbstvergessen mit einer Locke ihres Haares, das in der Abendsonne wie Gold glänzte, und lächelte ihr verliebt zu. Als ihre Heimatstadt im Osten entschwand, führte er Marie nach vorne zum Bug des Schiffes.

»Du darfst nicht mehr zurückschauen, meine Liebste. Richte den Blick auf die Zukunft, und du wirst uns beide dort sehen, die schöne und reiche Burgherrin von Rheinsobern und mich, deinen Gemahl.«

Marie lachte. »Gemahl? Du redest fast schon so wie Frau Mechthild.«

»Warum nicht? Wenn wir sie und Ritter Dietmar das nächste
Mal treffen, werden wir am selben Tisch sitzen. Und wer weiß,
vielleicht führt ein Sohn von uns einmal eine ihrer Töchter
heim.«

Das war Marie dann doch etwas zu weit vorausgegriffen. Doch
als sie über diese Worte nachdachte, hatten sie einen recht angenehmen Klang.

Epilog

A. D. 1410 – Die Lage im Heiligen Römischen Reich der Deutschen und in der katholischen Christenheit ist gleichermaßen verworren. König Ruprecht ist tot, und um sein Erbe streiten sich die beiden Vettern Sigismund und Jobst von Mähren. Sigismund wird sich durchsetzen, doch auch er ist nicht in der Lage, die Fehden und das Machtstreben der großen Geschlechter zu beenden, außerdem stellt ihn die Situation der Christenheit vor schier unlösbare Probleme.

Nicht nur ein oder zwei, nein gleich drei Kirchenfürsten erheben den Anspruch, die legitimen Nachfolger des Apostels Petrus zu sein, und bekämpfen einander mit aller Macht. Gleichzeitig erleidet der Klerus einen Niedergang, der aus Mönchen und Priestern Hurenböcke und aus Äbten und Bischöfen Landesherren macht, denen weniger die ihnen anvertrauten Seelen als ihr eigener Reichtum und ihre eigene Größe am Herzen liegen.

In England hat bereits der Prediger John Wycliffe seine Stimme gegen die unwürdigen Verhältnisse im Klerus erhoben, und in Prag steht der Magister Jan Hus auf, um den hohen Herren die Leviten zu lesen. Doch wer einmal ganz oben steht, lässt sich ungern in einen geringeren Stand zurückversetzen. Keiner der drei Päpste, weder Gregor XII. in Rom noch Benedikt XIII. in Avignon noch Johannes XXIII. in Pisa wollen zurücktreten und den Weg für die Einheit des katholischen Glaubens frei machen.

Aus diesem Grund beruft Kaiser Sigismund ein Konzil nach Konstanz ein. Aber nur einer der Päpste erscheint persönlich, nämlich Johannes XXIII., der sich davon die Unterstützung des Kaisers gegen seine beiden Widersacher verspricht. Gregor und

Benedikt lassen sich durch Gefolgsleute vertreten. Doch wie soll der Knoten entwirrt werden, wenn die spanischen Königreiche den einen Papst unterstützen, Frankreich den nächsten und der Kaiser den dritten? Nach langen Verhandlungen wird Johannes XXIII. schließlich für unfähig erklärt und von der Liste der Päpste gestrichen. Der Name Johannes ist durch ihn in solchen Verruf geraten, dass ihn sechshundert Jahre lang kein Papst mehr wählen wird. Erst im zwanzigsten Jahrhundert wird es mit dem Kardinal Angelo Giuseppe Roncalli wieder einen Papst geben, der diesen Namen annimmt, und er wird der wahre Johannes XXIII. sein. Gregor XII. verzichtet schließlich freiwillig auf sein Amt, während Benedikt XIII. bis zu seinem Tod daran festhält, doch nach der Wahl des Kompromisskandidaten Oddo Colonna als Papst Martin V. ist sein Einfluss auf seinen engsten Umkreis beschränkt.

Obwohl es dem Konzil in Konstanz gelingt, die Papstfrage zu lösen, versagt es in den anderen wichtigen Punkten. Weder wird dem Prunk und der Unmoral der Kleriker ein Riegel vorgeschoben noch ein ehrlicher Dialog mit den Kritikern der Kirche gesucht. Jan Hus, der im Vertrauen auf das durch den Kaiser zugesicherte freie Geleit nach Konstanz gekommen ist, wird dort vor ein bischöfliches Gericht gestellt, in einem fragwürdigen Verfahren zum Tode verurteilt und auf dem Brüel vor Konstanz verbrannt. Die Folgen dieses Verrats werden die lang anhaltenden und gnadenlos geführten Hussitenkriege und die beginnende Entfremdung der Menschen deutscher und tschechischer Herkunft in Böhmen sein.

Gut hundert Jahre nach dem Konstanzer Konzil wird in der Stadt Wittenberg ein Augustinermönch seine 95 Thesen an die Kirchentür nageln und damit das Werk von Wycliffe und Hus fortsetzen und schließlich beide übertreffen. Die katholische Kirche kann auch er nicht reformieren, und sein Protest wird die Gläubigen bis weit über das Reich hinaus spalten. Die Auseinandersetzung mit der neuen Konfession wird jedoch im katholischen Klerus und in den Klöstern nicht ohne Folgen bleiben und sie in den hundert Jahren danach mehr verändern als in den tausend Jahren zuvor.

Im Verlauf des Konstanzer Konzils lockern sich die Sitten in der Stadt in einer Weise, dass der Minnesänger Oswald von Wolkenstein sie spöttisch ein Hurenhaus nennt, das von einem Stadttor bis zum anderen reiche. Die angereisten Hübschlerinnen müssen sich daher mit radikalen Mitteln gegen die unlautere einheimische Konkurrenz zur Wehr setzen. Viele der hohen Herren nehmen sich aber auch einfach die Mädchen, die ihnen gefallen, wie zum Beispiel der Graf von Württemberg, der eine Konstanzer Bürgerstochter auf offener Straße auf sein Pferd zieht und in sein Quartier entführt.

Die Stadt Konstanz hat noch lange nach dem Konzil mit dessen Nachwirkungen zu kämpfen, und selbst eine Generation danach stellt der Begriff »Konziliumskind« die schlimmste Beleidigung dar, die ein Konstanzer einem anderen an den Kopf werfen kann.

Iny Lorentz

Das Vermächtnis der Wanderhure

Roman

Als Maries Todfeindin Hulda erfährt, dass ihre Rivalin wieder schwanger ist, schmiedet sie einen perfiden Plan: Marie soll entführt und für tot erklärt werden. Zunächst scheint der Plan zu gelingen, und Michel, Maries Mann, trauert tief um die Liebe seines Lebens. Bald bedrängen ihn Hulda und ihre Verbündeten, sich wieder zu verheiraten. Marie ist währenddessen als Sklavin verkauft und verschleppt worden. Nur unter großen Gefahren für sich und ihr Kind und unter Einsatz ihres Lebens gelingt es ihr, den Weg in die Heimat zurückzufinden. Dort muss sie entdecken, dass Michel nicht mehr frei ist.

Wenn Sie neugierig geworden sind, dann blättern Sie bitte um:

aus

Iny Lorentz

Das Vermächtnis der Wanderhure

Roman

erschienen bei

KNAUR

Schreie von Kriegern und Pferden hallten misstönend in Maries Ohren, und über dem Schlachtenlärm lag der Klang hussitischer Feldschlangen, die Tod und Verderben in die dicht gedrängten Reihen der deutschen Ritter spien. Sie sah böhmisches Fußvolk in blauen Kitteln mit kleinen, federgeschmückten Hüten wie die Woge einer Sturmflut auf das eisenstarrende kaiserliche Heer zurollen. Zwar schützten sich die Angreifer nur durch Lederpanzer und kleine Rundschilde, doch sie schienen zahllos zu sein, und über ihren Köpfen blitzten Hakenspieße und die Stacheln der Morgensterne.

Nun vernahm sie Michels Stimme, der seine Leute zum Standhalten aufforderte. Dennoch löste sich an anderen Stellen die Formation der Deutschen auf, und ihre Schlachtreihe bröckelte wie ein hart gewordener Laib Brot, den man mit den Händen zerreibt, um ihn an die Schweine zu verfüttern. In diesem Moment begriff Marie, dass Kaiser Sigismund die Seinen in eine vernichtende Niederlage geführt hatte. Sie stöhnte auf und zog Trudi enger an sich.

Da stürmte einer der fliehenden Ritter direkt auf sie zu. Sein Visier stand offen, und sie erkannte Falko von Hettenheim. Er blieb vor ihr stehen und wies mit dem Daumen auf Michel, der von einer dichten Traube böhmischer Rebellen umzingelt war. »Diesmal opfert sich dein Mann für den Kaiser. Gleich wird er krepieren, und nichts kann dich mehr vor meiner Rache schützen!«

Marie versteifte sich und tastete nach dem Dolch, den sie in einer Falte ihres Kleides verborgen hielt, mochte die Waffe auch im Vergleich zu dem Schwert des Ritters eine Nadel sein. Falko von Hettenheim hob die Klinge zum Schlag, hielt aber mitten in der Bewegung inne und lachte auf.

»Ein schneller Tod wäre eine zu leichte Strafe für dich, Hure. Du sollst leben und dabei tausend Tode sterben!« Er griff mit der gepanzerten Rechten nach Trudi, riss das Kind an sich und wandte sich hohnlachend ab.

Mit einem verzweifelten Schrei wollte Marie ihm folgen, um ihre Tochter zu retten. Im gleichen Augenblick packte jemand sie an der Schulter und schüttelte sie kräftig.

»Wacht auf, Herrin!«

Marie schreckte hoch und öffnete die Augen. Da gab es keinen Falko von Hettenheim mehr, auch keine Böhmen und keine deutschen Ritter, sondern nur ein friedliches grünes Ufer und einen träge fließenden Strom. Sie selbst befand sich auf einem schlanken, von zwei hurtigen Braunen getreidelten Flussschiff und sah Anni und Michi vor sich stehen, die sie sichtlich besorgt musterten.

»Was ist mit Euch, Frau Marie? Seid Ihr krank?«, fragte der Junge.

»Nein, mir geht es gut. Ich bin wohl kurz eingeschlafen und habe schlecht geträumt.« Marie erhob sich, brauchte aber die helfende Hand ihrer Leibmagd, um sicher auf den Beinen zu stehen.

»Schlechte Träume nicht gut.« Inzwischen vermochte Anni sich zwar fließend auszudrücken, aber wenn sie sich aufregte, fiel sie in ihr früheres Stammeln zurück.

Marie lächelte ihr beruhigend zu und trat an den Rand der Barke. Während sie den grünen Auwald betrachtete, der an dieser Stelle bis in den Strom hineinwuchs und die Pferde zwang, durch das Wasser zu laufen, glitten ihre Gedanken wieder zu dem Traum zurück. Sie hatte ihn so intensiv erlebt, dass sie den Geruch des verschossenen Pulvers noch in ihrer Nase zu spüren glaubte. Darüber wunderte sie sich, denn Michel und sie waren den böhmischen Verwicklungen fast unversehrt entkommen, und es bestand auch keine Gefahr, wieder hineingezogen zu werden. Den Verräter Falko von Hettenheim hatte die Strafe des Himmels ereilt, und ihr Ehemann weilte auf Kibitzstein, dem Lehen, das Kaiser Sigismund ihm verliehen hatte. Sie aber hatte sich aufgemacht, ihre Freundin Hiltrud auf deren Freibauernhof in der Nähe von Rheinsobern zu besuchen.

Gerne hätte sie den Besuch bis ins Frühjahr aufgeschoben, um auf dem Rückweg nicht in kaltes, stürmisches Herbstwetter zu geraten. Doch dann hatte sie zu ihrer und Michels übergroßen Freude festgestellt, dass sie schwanger war. Sie wollte Michels Patensohn Michi jedoch persönlich nach Hause bringen, denn Hiltrud hatte ihren Ältesten seit mehr als zwei Jahren nicht gesehen, und ohne den Jungen hätten Michel und sie in Böhmen ein grausames Ende gefunden. Marie war Hiltrud überaus dankbar, dass die Freundin ihr bei jener Flucht aus der Pfalz ihren Sohn mitgegeben hatte, obwohl diese nicht von ihrem Plan überzeugt gewesen war.

Nun würde Hiltrud zugeben müssen, dass Marie damals Recht gehabt hatte. Das war auch anderen klar geworden, zuvorderst Pfalzgraf Ludwig, der sie nach dem angeblichen Tod ihres Mannes neu hatte vermählen wollen. Doch als Falko von Hettenheim behauptet hatte, Michel sei von Hussiten umgebracht worden, war sie überzeugt gewesen, dass er log. Sie wusste, dass der Ritter ihrem Mann den Aufstieg neidete, und hatte deswegen sofort vermutet, er habe Michel verletzt in den böhmischen Wäldern zurückgelassen, damit dieser einen qualvollen Tod in hussitischer Gefangenschaft erleide. Dieser Ahnung war sie nach Osten gefolgt, und sie hatte tatsächlich Recht behalten. Michel hatte dank der Hilfe friedlicher Tschechen überlebt, und gemeinsam war es ihnen schließlich sogar gelungen, dem Kaiser eine Botschaft von treu gebliebenen böhmischen Adeligen zu überbringen.

»Du bist heute aber sehr in Gedanken.« Anni blickte Marie verwundert an, denn ihre Herrin und Freundin war normalerweise gelassen und aufmerksam. Ihr Sinnieren musste wohl mit ihrer Schwangerschaft zusammenhängen. Sie wusste, dass Frau Marie und ihr Mann sich diesmal einen Sohn erhofften, dem Michel das Lehen würde vererben können. Mit Trudi gab es schon eine Tochter, aber die würde später einen Ritter heiraten und Herrin auf dessen Burg werden. Der Kaiser hatte zwar erlaubt, dass sie das Lehen erben konnte, doch selbst dann würde es keine weiteren Adler auf Kibitzstein geben, sondern den Sippennamen eines anderen Geschlechts.

»Da hat eben ein Langohr das andere Esel genannt«, spöttelte Marie über Anni, die jetzt ebenfalls gedankenverloren vor sich hin starrte, und bat sie, ihr ein wenig mit Wasser vermischten Wein zu bringen. Während ihre Magd den Becher suchte, der von der als Tisch dienenden Frachtkiste gefallen und über das Deck gerollt war, versuchte Marie, die düstere Vorahnung abzuschütteln. Die Tatsache, dass sie ausgerechnet von dem ehrlosen Mörder und Verräter Falko von Hettenheim geträumt hatte, erschien ihr als schlechtes Omen.

Um die Bilder des Traums wegzuschieben, richtete sie ihre Gedanken auf die Ankunft in Rheinsobern. Sie fieberte dem Wiedersehen mit ihrer alten Freundin entgegen, von der sie von ihrem siebzehnten Lebensjahr an bis zu dem böhmischen Abenteuer nie lange getrennt gewesen war. Damals, vor mehr als anderthalb Jahrzehnten, hatte Hiltrud ihr das Leben gerettet, und sie waren gemeinsam als Ausgestoßene, als wandernde Huren, von Markt zu Markt gezogen und hatten ihre Körper so oft wie möglich verkaufen müssen, um überleben zu können. Als sich ihr Geschick nach fünf Jahren gewendet hatte, war aus Hiltrud eine geachtete Freibäuerin und aus ihr die Ehefrau eines Burghauptmanns geworden, den der Kaiser nach einer verlustreichen Schlacht zum freien Reichsritter ernannt hatte. In Augenblicken wie diesem erschien Marie ihr und Michels Aufstieg zu steil, und ihr schwindelte allein bei dem Gedanken an ihren neuen Stand und die Pflichten und Rechte, die dieser mit sich brachte.

Mit einem Mal fragte sie sich, was ihr Vater wohl zu alledem gesagt hätte. Als sie siebzehn gewesen war, hatte er es als das größte Glück angesehen, sie mit dem illegitimen, vermögenslosen Sohn eines Reichsgrafen verheiraten zu können. Doch der war ein ebenso gewissenloser Schurke gewesen wie Falko von Hettenheim und hatte mit seinen Intrigen dafür gesorgt, dass sie nicht in ein geschmücktes Brautbett gelegt, sondern der Hurerei beschuldigt und verhaftet worden war. Schwer verletzt wurde sie aus der Stadt vertrieben, während ihr Verlobter ihren Vater um sein Vermögen brachte.

Sie hatte überlebt, weil sie fest davon überzeugt gewesen war, sich irgendwann an ihrem Verderber rächen zu können. Das war ihr auch gelungen, indem sie sich den wütenden Protest der zum Konzil nach Konstanz gereisten Huren über die Zustände in der Stadt zunutze gemacht und Kaiser Sigismund selbst dazu gezwungen hatte, sie zu rehabilitieren. Da jedoch niemand wusste, was man mit einer wieder zur Jungfrau erklärten Hure anfangen sollte, hatte man sie kurzerhand mit ihrem Jugendfreund Michel verheiratet, und gegen ihre Erwartungen war sie mit ihm sehr, sehr glücklich geworden.

»Ich weiß nicht, wer das größere Langohr von uns beiden ist,

Marie. Du denkst zu viel nach. Das ist nicht gut für das Kleine, das du in dir trägst.« Nach ihren gemeinsamen Erlebnissen in Böhmen als Sklavinnen der Hussiten konnte Anni sich nicht daran gewöhnen, ihre Freundin mit jener Ehrerbietung anzureden, die einer Burgherrin und Gemahlin eines Ritters zukam, und Marie verlangte es auch nicht von ihr.

Nun lachte sie leise auf. »Du tust ja gerade so, als hättest du bereits ein Dutzend Kinder geboren!«

Anni war knapp fünfzehn und immer noch ein recht schmales Ding. Dennoch hatte sie schon Erfahrungen mit dem anderen Geschlecht gesammelt, wenn auch recht unfreiwillige.

»Das habe ich nicht, aber ich weiß, dass es nicht gut für dich ist, so lange zu grübeln. Wir hätten Trudi mitnehmen sollen. Sie hätte dir deine Grillen längst schon ausgetrieben.«

Für einen Augenblick fühlte Marie, wie ihr die Tränen in die Augen schossen. Sie vermisste ihre kleine Tochter, mit der sie durch halb Böhmen gezogen war, doch da Michel so lange auf sein Kind hatte verzichten müssen, war Trudi bei ihm geblieben. Mit einem leicht gequälten Gesichtsausdruck sah sie Anni an. »Mach dir nicht so viele Sorgen um mich. Die meisten schwangeren Frauen haben ihre Launen. In spätestens einer Stunde lache ich wieder mit dir um die Wette.«

»Das will ich hoffen!«

So ganz nahm die junge Tschechin ihrer Herrin den bevorstehenden Stimmungswechsel nicht ab, denn Marie wirkte so bedrückt, als wäre ihr etwas Böses begegnet. Dabei hatte sie gehofft, ihre Freundin würde sich beim Anblick der Gefilde freuen, in denen sie lange gelebt hatte. Doch je näher sie Rheinsobern kamen, umso schwermütiger wurde Marie.

Als Anni mit dem leeren Becher ihrer Herrin nach hinten ging, um ihn neu zu füllen, sagte sie zu Michi: »Ich hoffe, deiner Mutter gelingt es, Frau Marie aufzuheitern. So gefällt sie mir gar nicht.«

Michi nickte, ohne richtig hinzuhören. Der Stimmbruch lag hinter ihm, und er spürte plötzlich Sehnsüchte, die ihm vor einem Jahr noch völlig fremd gewesen waren. In seinen Träumen stellte er sich vor, wie er Anni das züchtige graue Gewand einer Leibmagd auszog und mit der Nackten Dinge trieb, die er nicht einmal in der Beichte zu erwähnen wagte.

»Mama wusste mit Frau Maries Launen immer umzugehen. Und denke ja nicht, dass sie früher keine gehabt hätte. Die Herrin kann sturer sein als ein Ochse, und wenn sie ein Ziel ins Auge gefasst hat, gibt sie nicht eher auf, bis sie es erreicht hat. An deiner Stelle würde ich mir keine Gedanken machen.«

»Ich mache mir Sorgen!«, betonte Anni und schnaubte enttäuscht, weil Michi sie nicht ernst nahm.

Als sie weitergehen wollte, streckte er die Hand aus und berührte sie am Hintern. Im gleichen Augenblick schnellte das Mädchen herum und versetzte ihm eine Ohrfeige, die noch am gegenüberliegenden Ufer zu hören gewesen sein musste. Michi verlor das Gleichgewicht, setzte sich auf den Hosenboden und starrte verdattert zu Anni hoch, die mit zornblitzenden Augen über ihm stand.

»Mach das nicht noch einmal!«, warnte sie ihn.

»Jetzt tu nicht so, als wärst du eine unbefleckte Jungfrau. Ich weiß, dass du bereits unter Männern gelegen bist.« Michi traten vor Beschämung und Wut die Tränen in die Augen. Einen Herzschlag später mischten sich die des Schmerzes hinzu, denn das Mädchen hatte erneut zugeschlagen, und diese Ohrfeige hinterließ Spuren auf seiner Wange.

»Ich habe mich nicht freiwillig unter diese Kerle gelegt, und einen wie dich werde ich gewiss nicht an mich heranlassen. Wenn du es noch einmal versuchst, sage ich es Frau Marie.«

Jetzt zog Michi den Kopf zwischen die Schultern, denn in diesen Dingen verstand Marie keinen Spaß. Da sie selbst das Opfer einer Vergewaltigung geworden war, hasste sie Männer über alles, die Frauen zwangen, ihnen gefällig zu sein. Dabei hatte er Anni keine Gewalt antun, sondern sie nur necken wollen. Wobei er natürlich ein wenig darauf gehofft hatte, sie würde irgendwann einmal in der Nacht zu ihm kommen, damit er sich bei ihr als Mann beweisen konnte.

»Musst du deshalb so toll zuschlagen? Ich wollte doch gar nichts von dir.« Er stand auf, wandte dem Mädchen den Rücken zu und gesellte sich zu den Schiffern. Drei der Männer kümmerten sich um die Zugleine und unterstützten die Fahrt, indem sie den Rumpf mit langen Stangen von Untiefen fernhielten, während der vierte am Ruder stand und das Boot so am Treidelpfad entlangsteuerte, dass die Pferde es gut in Fahrt halten konnten. Die vier hatten den kleinen Zwischenfall mit angehört und rieten Michi nun lachend, sich nichts daraus zu machen.

Einer klopfte ihm zum Trost auf die Schulter. »Weißt du, mein Junge, in der Nacht sind alle Katzen grau. Da ist es egal, ob das Weib, auf dem du liegst, jung oder alt ist. Hauptsache, du kannst dein bestes Stück in einem warmen Frauenspalt versenken. Im nächsten Ort wohnt eine saubere Hure, die einem so patenten Burschen wie dir sicher gerne zeigen wird, wie er seinen Schwengel rühren muss. Was meinst du, sollen wir dich zu ihr bringen?«

»Nein, danke!« Michi schüttelte unter dem Lachen der Schifferknechte den Kopf. Er wäre ja gerne mit den Männern gegangen, doch der Ort lag schon zu nahe bei Rheinsobern, und er fürchtete, dieser Ausflug würde daheim bekannt werden. Sein Vater würde vielleicht darüber hinwegsehen, doch der Mutter dürfte er danach eine Weile nicht unter die Augen treten. Zu der Angst, seine Familie dummem Gerede auszusetzen, kam noch die Scheu, sich bei der Hure zu blamieren.

Die Einzige, die nichts von Annis Schlagfertigkeit und den Kommentaren der Schiffer wahrgenommen hatte, war Marie, die sich wieder in ihren Erinnerungen verlor. Sie musste an Falko von Hettenheim denken, und es war ihr, als ginge auch von dem Toten noch eine Bedrohung für sie aus.

Was hat es mit Falko von Hettenheim auf sich?
Und stellt er tatsächlich eine Bedrohung für Anni dar?
Antworten auf diese Fragen finden Sie in:

Das Vermächtnis der
Wanderhure

von Iny Lorentz

Iny Lorentz

Die Kastratin

Roman

Die junge Giulia, Tochter des Kapellmeisters Fassi aus Salerno, hat nur einen brennenden Wunsch: Sie möchte im Chor ihres Vaters singen, denn sie hat eine wunderschöne Stimme. Doch im Italien der Renaissance ist den Frauen das Singen in der Kirche verwehrt. Ein Zufall gibt Giulia die Chance, ihren größten Traum zu verwirklichen, doch sie zahlt einen hohen Preis dafür, denn fortan muss sie als Kastrat verkleidet durch die Lande ziehen …

Und jetzt...?

Viele weitere Informationen rund um
Iny Lorentz, ihre Geschichten und ihre Schwäche für
Propellerflugzeuge finden Sie im Internet unter

www.iny-lorentz.de

Kostenlose Leseproben · Hintergrundbericht
Steckbrief · Autorentelefon · Interviews
Weblog · Veranstaltungen · Bücher...